DU MÊME AUTEUR

Silo, Actes Sud, 2013.
Silo Origines, Actes Sud, 2014.
Silo Générations, Actes Sud, 2014.

Titre original :
Wool
© Hugh Howey, 2012

© ACTES SUD, 2013
pour la traduction française
ISBN 978-2-330-03737-6

HUGH HOWEY

SILO

roman traduit de l'anglais (États-Unis)
par Yoann Gentric et Laure Manceau

BABEL

I
HOLSTON

1

Les enfants jouaient pendant qu'Holston montait vers sa mort ; il les entendait crier comme seuls crient les enfants heureux. Alors que leurs courses folles tonnaient au-dessus de lui, Holston prenait son temps, et chacun de ses pas se faisait pesant, méthodique, tandis qu'il tournait et tournait dans le colimaçon, ses vieilles bottes sonnant contre les marches.

Les marches, comme les bottes de son père, présentaient des signes d'usure. La peinture n'y tenait que par maigres écailles, surtout dans les coins et sur l'envers, où elle était hors d'atteinte. Le va-et-vient ailleurs dans l'escalier faisait frémir de petits nuages de poussière. Holston sentait les vibrations dans la rampe luisante, polie jusqu'au métal. Ça l'avait toujours ébahi : comment des siècles de paumes nues et de semelles traînantes pouvaient éroder l'acier massif. Une molécule après l'autre, supposait-il. Peut-être que chaque vie en effaçait une couche pendant que le silo, lui, effaçait cette vie.

Foulée par des générations, chaque marche était légèrement incurvée, son rebord émoussé comme une lèvre boudeuse. Au milieu, il ne restait presque aucune trace de ces petits losanges dont la surface tirait jadis son adhérence. L'absence s'en déduisait seulement du motif visible de chaque côté, où de petites bosses pyramidales, aux arêtes vives et écaillées de peinture, se découpaient sur l'acier.

Holston levait sa vieille botte vers une vieille marche, appuyait sur sa jambe et recommençait. Il se perdait dans la contemplation de ce que les années sans nombre avaient fait, cette ablation des molécules et des vies, ces couches et ces couches réduites à l'état de fine poussière. Et il se dit, une fois de plus, que ni les vies ni les escaliers n'étaient faits pour ce genre d'existence. L'espace resserré de cette longue spirale, qui se déroulait dans le silo enterré comme une paille dans un verre, n'avait pas été conçu pour pareil traitement. Comme tant de choses dans leur gîte cylindrique, il semblait obéir à d'autres fins, répondre à des fonctions depuis longtemps oubliées. Ce qui servait aujourd'hui de voie de communication à des milliers de personnes, dont les montées et descentes quotidiennes se répétaient par cycles, Holston le trouvait plus propre à servir en cas d'urgence et à quelques dizaines de personnes seulement.

Il franchit un palier supplémentaire – un camembert de dortoirs. Alors qu'il gravissait les quelques étages qui restaient, pour sa toute dernière ascension, les bruits de joies enfantines se mirent à pleuvoir plus fort au-dessus de lui. C'était le rire de la jeunesse, d'êtres qui ne s'interrogeaient pas encore sur l'endroit où ils grandissaient, ne sentaient pas encore la terre presser de tous côtés, ne se sentaient pas le moins du monde enterrés, mais *en vie*. En vie et inusés, ils faisaient ruisseler leurs trilles heureux dans la cage d'escalier, des trilles qui s'accordaient mal aux actions d'Holston, à sa décision, à sa détermination à *sortir*.

Alors qu'il approchait du dernier étage, une voix juvénile résonna un ton au-dessus des autres, et il se rappela son enfance dans le silo – toutes ses heures d'école et de jeux. À l'époque, l'étouffant cylindre de béton, sa succession d'étages d'appartements, d'ateliers, de jardins hydroponiques et de salles d'épuration aux mille tuyaux enchevêtrés, lui paraissait un univers immense, une vaste étendue qu'il ne pourrait jamais explorer en entier, un labyrinthe dans lequel lui et ses amis risquaient de se perdre à jamais.

Mais plus de trente ans avaient passé. Holston avait l'impression que son enfance remontait à deux ou trois éternités, qu'elle avait été la joie de quelqu'un d'autre. Pas la sienne. Il avait derrière lui toute une vie de shérif qui pesait de tout son poids et lui barrait l'accès à ce passé. Et plus récemment, il y avait eu ce troisième stade de son existence – une vie secrète en plus de l'enfance et de sa vie de shérif. Les dernières couches de son être à se trouver réduites en poussière ; trois années à attendre en silence ce qui n'allait jamais arriver, trois années où chaque jour lui avait semblé plus long qu'un mois des temps heureux.

Au sommet du colimaçon, la rampe se déroba sous la main d'Holston. La barre de métal rond et usé s'arrêtait et la cage d'escalier se déversait dans les deux salles les plus spacieuses de tout le silo : la cafétéria et le salon adjacent. Les cris enjoués étaient maintenant à sa hauteur. Des formes vives zigzaguaient çà et là entre les chaises, jouant à s'attraper. Une poignée d'adultes essayait de contenir le chaos. Holston vit Donna ramasser des craies et des pastels éparpillés sur le carrelage sali. Son mari, Clarke, était assis derrière une table garnie de tasses de jus de fruits et de saladiers de biscuits à la farine de maïs. Il salua Holston de l'autre bout de la salle.

Holston ne songea pas à répondre, il n'en eut ni l'énergie ni le désir. Il ignora les adultes et les enfants en train de jouer pour contempler le panorama flou projeté derrière eux, au mur de la cafétéria. C'était la plus grande vue existante de leur monde inhospitalier. Un tableau matinal. La lumière chiche de l'aube enveloppait des collines sans vie qui n'avaient guère changé depuis l'enfance d'Holston. Elles étaient là, telles qu'elles avaient toujours été, alors que lui était passé des courses poursuites à travers les tables de la cafétéria à cette sorte de vide qu'il était aujourd'hui. Et par-delà leurs crêtes ondoyantes, majestueuses, les sommets familiers d'une ville en décomposition captaient les rayons du matin par faibles miroitements. Verre et acier antiques se dressaient tout au loin, à l'endroit où, soupçonnait-on, des gens avaient un jour habité en surface.

Un enfant, propulsé du groupe comme une comète, fonça dans les genoux d'Holston. Holston baissa les yeux et tendit le bras vers lui – c'était le garçon de Susan – mais comme une comète l'enfant était déjà reparti, ravalé dans l'orbite des autres.

Holston pensa soudain à la loterie qui leur avait souri, à Allison et lui, l'année où elle était morte. Il avait encore le ticket ; il le gardait toujours sur lui. L'un de ces enfants – peut-être qu'il ou elle aurait deux ans aujourd'hui, et tituberait derrière les plus grands – aurait pu être le leur. Ils avaient rêvé, comme tous les parents, de la fortune double d'avoir des jumeaux. Ils avaient essayé, bien sûr. Une fois l'implant d'Allison retiré, ils avaient passé nuit après nuit à essayer de concrétiser ce ticket, et si les parents déjà comblés leur souhaitaient bonne chance, ceux qui espéraient encore être tirés au sort priaient en silence pour une année blanche.

Sachant qu'ils n'avaient qu'un an, Allison et lui avaient convié la superstition dans leur vie, cherchant de l'aide de tous côtés. C'était des trucs – suspendre de l'ail au-dessus du lit, ce qui était censé accroître la fertilité ; placer deux pièces sous le matelas pour avoir des jumeaux ; un ruban rose dans les cheveux d'Allison, des taches de bleu sous les yeux d'Holston –, le tout ridicule, éperdu et drôle. Une seule chose aurait été plus folle : *ne pas* tout essayer, laisser de côté la moindre légende ou séance de spiritisme idiotes.

Mais cela ne devait jamais arriver. Avant même la fin de leur année, la loterie avait désigné un autre couple.

Ça n'avait pas été faute d'essayer ; ç'avait été faute de temps. Faute, tout à coup, d'*épouse*.

Holston se détourna des jeux d'enfants et de la vue floue projetée sur le mur pour diriger ses pas vers son bureau, qui se trouvait entre la cafétéria et le sas du silo. En chemin, ses pensées se tournèrent vers la lutte dont tous ces lieux avaient été témoins, une lutte de fantômes qu'il avait dû revivre au quotidien ces trois dernières années. Et il savait que, s'il se tournait et scrutait ce vaste panorama sur le mur, cherchait à percer le flou des caméras voilées et de la crasse en suspension dans l'air, suivait ce pli sombre qui gravissait la colline, cette ride qui sur la dune terreuse traçait son chemin vers la ville lointaine, il pourrait distinguer sa silhouette paisible. Là, sur cette colline, on pouvait voir sa femme. Elle y reposait comme un rocher endormi, érodée par l'air et les toxines, les bras repliés sous la tête.

Peut-être.

Il était difficile de voir, de distinguer clairement, même à l'époque où le flou n'avait pas encore commencé à se reformer. Et d'ailleurs, il n'y avait pas grand-chose de fiable dans cette image. Il y avait même vraiment de quoi douter. Holston fit donc simplement le choix de ne pas regarder. Il traversa les lieux du combat fantomatique de sa femme, décor de sa folie soudaine, à jamais habité de mauvais souvenirs, et pénétra dans son bureau.

— Tiens, regardez qui est tombé du lit, dit Marnes en souriant.

L'adjoint d'Holston referma l'un des tiroirs métalliques du classeur, dont les antiques jointures pleurèrent une note terne. Il souleva un mug fumant puis remarqua l'attitude solennelle de son supérieur.

— Tout va bien, chef ?

Holston hocha la tête. Il désigna le tableau de clés derrière le bureau :

— Cellule.

Le sourire de l'adjoint s'affaissa en une moue perplexe. Il posa le mug et se retourna pour décrocher la clé. Pendant qu'il avait le dos tourné, Holston frotta une dernière fois dans sa paume l'acier froid, anguleux, puis il plaqua l'étoile sur le bureau. Marnes se retourna et tendit la clé. Holston s'en saisit.

— Vous voulez que j'aille chercher le balai à franges ?

Marnes pointa le pouce vers la cafétéria dans son dos. Sauf arrestation, ils ne se rendaient dans la cellule que pour la nettoyer.

— Non.

Holston hocha la tête vers la cellule, invitant son adjoint à le suivre. Il tourna les talons, entendit la chaise crisser derrière le bureau lorsque Marnes se leva pour l'accompagner, et acheva son périple. La clé glissa sans peine dans la serrure. Bien fabriqué et bien entretenu, le mécanisme de la porte émit un claquement sec. Il y eut un grincement minimal des gonds, un pas déterminé, une poussée, et clac, ce fut la fin du supplice.

— Chef ?

Holston tendit la clé à travers les barreaux. Marnes la regarda, perplexe, mais sa paume s'avança pour l'accepter.

— Qu'est-ce qui se passe, chef ?

— Fais venir le maire, dit Holston.

Il laissa échapper un soupir, un souffle lourd qu'il retenait depuis trois ans.

— Dis-lui que je veux sortir.

2

La vue projetée dans la cellule n'était pas aussi floue que celle de la cafétéria et Holston passa son dernier jour dans le silo à considérer cette énigme. La caméra était-elle à l'abri du vent toxique, de ce côté? Est-ce que chaque nettoyeur, condamné à mort, mettait davantage de soin à préserver la vue qui avait accompagné ses derniers instants? Ou cet effort supplémentaire était-il un cadeau fait au *prochain* nettoyeur, qui lui aussi passerait son dernier jour dans cette cellule?

Holston préférait la dernière explication. Elle lui faisait penser à sa femme avec nostalgie. Elle lui rappelait pourquoi il était là, du mauvais côté des barreaux, de son plein gré.

Alors que ses pensées se portaient vers Allison, il s'assit et fixa le monde mort que des peuples anciens avaient laissé. Ce n'était pas la meilleure vue sur le paysage qui environnait leur bunker enterré, mais ce n'était pas non plus la pire. Au loin, des collines basses, onduleuses, mettaient une jolie touche de brun, comme du jus de café contenant juste ce qu'il faut de lait de cochon. Le ciel, au-dessus des collines, était du même gris terne que celui de son enfance, et de l'enfance de son père, et de celle de son grand-père. Le seul trait mouvant du paysage, c'étaient les nuages. Ils planaient pleins et sombres au-dessus des collines. Ils erraient, libres, comme les bêtes en troupeau des albums illustrés.

La vue du monde mort occupait tout le mur de sa cellule, comme elle occupait tous ceux du dernier étage du silo, chacun présentant une partie différente des terres désolées et floues, toujours plus floues, qui s'étendaient dehors. Le petit morceau de monde d'Holston partait du bout de son lit de camp, montait jusqu'au plafond, et s'étendait jusqu'au mur opposé, pour redescendre vers les toilettes. Et malgré le léger flou – comme si on avait huilé l'objectif – on avait l'impression de pouvoir partir en promenade dans ce décor, dans ce trou béant et engageant curieusement placé en face d'infranchissables barreaux de prison.

L'illusion, cependant, n'opérait qu'à une certaine distance. En se penchant plus près, Holston aperçut une poignée de pixels morts sur le gigantesque écran. Leur blanc uniforme contrastait avec les mille nuances de gris et de brun. D'une luminosité violente, chaque pixel (Allison les nommait les pixels "bloqués") était comme une fenêtre carrée ouvrant sur un lieu plus radieux, un trou gros comme un cheveu humain qui semblait inviter vers une réalité meilleure. À y regarder de plus près, on en voyait des dizaines. Holston se demanda si quelqu'un, dans le silo, savait les réparer, ou si on disposait des outils nécessaires à une tâche si délicate. Étaient-ils morts à jamais, comme Allison ? Finiraient-ils tous par mourir ? Holston imagina qu'un jour, la moitié des pixels seraient tout blancs, que, des générations plus tard, il n'en resterait que quelques gris et bruns, puis une dizaine à peine, et alors l'état du monde extérieur serait inversé, les gens du silo le croiraient en feu, prendraient les *vrais* pixels pour les points défectueux.

Ou était-ce Holston et son peuple qui se méprenaient en ce moment même ?

Derrière lui, quelqu'un s'éclaircit la gorge. Il se retourna et vit le maire Jahns de l'autre côté des barreaux, les mains croisées sur sa salopette. L'air grave, elle hocha la tête vers le lit de camp.

— Le soir, parfois, quand la cellule est vide et que vous et l'adjoint Marnes avez quitté votre service, je viens m'asseoir exactement au même endroit pour profiter de cette vue.

Holston tourna la tête pour embrasser du regard le paysage sans vie, terreux. Il n'était déprimant qu'en comparaison avec les images des livres pour enfants – les seuls à avoir survécu à l'insurrection. La plupart des gens doutaient des couleurs de ces livres, comme ils doutaient que les éléphants mauves et les oiseaux roses aient jamais existé, mais Holston sentait qu'elles étaient plus vraies encore que l'image qu'il avait devant les yeux. Comme quelques autres, il éprouvait quelque chose de primitif et de profond lorsqu'il regardait ces pages usées éclaboussées de vert et de bleu. N'empêche, en regard de l'atmosphère suffocante du silo, cette vue grise et terreuse apparaissait comme une sorte de salut, comme le genre de grand air que les hommes étaient faits pour respirer.

— Ça paraît un peu plus clair ici, dit Jahns. La vue, je veux dire. Plus net.

Holston resta silencieux. Il regarda un morceau de nuage frisé se détacher et prendre une nouvelle direction, en un tourbillon de noirs et de gris.

— Ce soir, vous dînez ce que voulez, dit le maire. La tradition veut…

— Vous n'avez pas besoin de m'expliquer comment ça marche, l'interrompit Holston. J'ai servi son dernier repas à Allison ici même il y a seulement trois ans.

Il voulut faire tourner son alliance de cuivre autour de son doigt, oubliant qu'il l'avait laissée sur sa commode plusieurs heures auparavant.

— Trois ans, déjà, murmura Jahns pour elle-même.

Holston se tourna et la vit scruter les nuages affichés au mur.

— Déjà, oui, pourquoi, elle vous manque ? demanda-t-il d'un ton venimeux. Ou c'est le fait que le flou ait eu tant de temps pour se reformer qui vous ennuie ?

Le regard de Jahns croisa brièvement le sien, puis tomba vers le sol.

— Vous savez que je n'ai pas envie de ça, pour aucune vue au monde, dit-elle. Mais les règles sont les règles…

— Je ne blâme personne, dit Holston, tentant d'évacuer sa colère. Je connais les règles mieux que quiconque.

Sa main se retint de pointer vers son insigne, qu'il avait, comme son alliance, laissé derrière lui.

— Bon Dieu, j'ai passé la plus grande partie de ma vie à les faire respecter, même après avoir compris que c'était de la foutaise.

Jahns se racla la gorge.

— Eh bien, je ne vous demanderai pas pourquoi vous avez fait ce choix. Je me contenterai de supposer que vous seriez plus malheureux ici.

Holston croisa le regard du maire, vit le voile devant ses yeux avant qu'elle ait pu le dissiper. Elle paraissait plus mince que d'habitude, comique dans sa salopette qui bâillait. Les lignes de son cou et aux commissures de ses yeux étaient plus profondes que dans le souvenir d'Holston. Plus sombres. Et il se dit que la fêlure de sa voix était vraiment causée par le regret, pas seulement par son âge ou sa ration de tabac.

Soudain, Holston se vit à travers le regard de Jahns, en homme brisé assis sur un banc usé, le teint gris dans le halo pâle du monde mort derrière lui, et pareille vision lui donna le vertige. La tête lui tourna, comme si elle tâtonnait pour trouver quelque chose à quoi se raccrocher, quelque chose de raisonnable, quelque chose qui aurait du sens. On aurait dit un rêve, l'état d'inconfort auquel sa vie s'était trouvée réduite. Aucune des trois années passées ne lui semblait vraie. Plus rien ne lui semblait vrai.

Il se retourna vers l'ocre des collines. À la périphérie de son champ de vision, il crut voir un autre pixel mourir, devenir tout blanc. Une autre minuscule fenêtre s'était ouverte, une autre vue claire trouant une illusion dont il était venu à douter.

Demain sera mon salut, pensa-t-il violemment, même si je meurs, là-dehors.

— Je suis restée maire trop longtemps, dit Jahns.

Holston jeta un œil vers elle et vit ses mains ridées serrer l'acier froid des barreaux.

— Nos registres ne remontent pas aux commencements, vous savez, poursuivit-elle. Ils ne remontent que jusqu'à l'insurrection, il y a un siècle et demi, mais depuis cette date, je suis le maire qui a envoyé le plus de gens au nettoyage.

— Pardon d'être un fardeau, dit Holston d'un ton sec.

— Je n'y prends aucun plaisir. C'est tout ce que je veux dire. Vraiment aucun.

Holston embrassa l'énorme écran d'un grand geste.

— Mais demain soir, vous serez la première à regarder un coucher de soleil nettoyé, je me trompe ?

Il détesta s'entendre parler sur ce ton. Ce n'était pas à cause de sa mort, ou de sa vie, enfin de ce qui pouvait se produire après demain, qu'Holston était en colère, mais le sort qu'avait connu Allison l'emplissait encore de rancœur. Longtemps après les faits, il considérait toujours comme évitables ces événements inéluctables du passé.

— Demain, vous serez tous enchantés de la vue, dit-il, plus pour lui-même que pour le maire.

— C'est vraiment injuste, dit Jahns. La loi est la loi. Vous l'avez enfreinte. En toute connaissance de cause.

Holston regarda ses pieds. Jahns et lui laissèrent se former un silence. C'est le maire qui finit par le rompre.

— Vous n'avez pas encore menacé de *ne pas* le faire. Certains craignent que vous ne fassiez pas le nettoyage parce que vous n'agitez pas cette menace.

Holston rit.

— Ils seraient rassurés si je *ne voulais pas* nettoyer les capteurs ?

Il secoua la tête devant cette logique absurde.

— Tous ceux qui passent par cette cellule promettent qu'ils ne le feront pas, dit Jahns, et finalement ils le font. C'est le comportement auquel nous sommes tous habitués…

— Allison n'a jamais menacé de ne pas le faire, lui rappela Holston, mais il savait très bien ce qu'elle voulait dire. Il avait été le premier à penser qu'Allison n'essuierait pas les objectifs. Et à présent, il croyait comprendre ce qu'elle avait ressenti lorsqu'elle s'était retrouvée sur ce même banc. Il y avait plus important à considérer que le seul acte de nettoyer. La plupart de ceux qu'on envoyait dehors s'étaient fait prendre en infraction et se retrouvaient dans cette cellule, surpris de n'avoir plus que quelques heures à vivre. Un esprit de vengeance les animait lorsqu'ils disaient qu'ils n'allaient pas le faire. Mais Allison, et maintenant Holston, avaient de plus grands soucis. Nettoyer ou pas, la question était secondaire ; ils étaient arrivés ici parce que, aussi fou que ce soit, ils le voulaient. La seule chose qui les animait encore, c'était leur curiosité pour tout cela. Leurs interrogations sur le monde extérieur, par-delà le voile projeté des écrans muraux.

— Alors, vous comptez le faire ou non ? demanda Jahns sans détour, visiblement à bout.

— Vous l'avez dit vous-même, dit Holston en haussant les épaules. Tout le monde le fait. Il doit bien y avoir une raison, non ?

Il faisait semblant d'être indifférent, de ne pas s'intéresser au *pourquoi* ils nettoyaient, mais il avait passé la plus grande partie de sa vie, et en particulier les trois dernières années, à se tourmenter à ce sujet. Cette question le rendait fou. Et si refuser de répondre à Jahns faisait souffrir ceux qui avaient tué sa femme, il n'en serait pas fâché.

Anxieuse, Jahns promenait ses mains le long des barreaux.

— Puis-je leur dire que vous allez le faire?

— Ou le contraire. Ça m'est égal. J'ai l'impression que pour eux ça revient au même.

Jahns ne répondit pas. Holston leva les yeux vers elle et elle lui fit un signe de tête.

— Si vous changez d'avis au sujet du repas, faites-le savoir à l'adjoint Marnes. Il passera la nuit derrière son bureau, comme le veut la tradition…

Elle n'avait pas besoin de le lui dire. Des larmes montèrent aux yeux d'Holston au souvenir de cette charge qui avait fait partie de ses fonctions. Il avait été de faction à ce bureau douze ans plus tôt, quand Donna Parkins avait été mise au nettoyage, et huit ans plus tôt, quand le tour de Jack Brent était venu. Enfin, trois ans plus tôt, il avait passé la nuit vautré par terre, cramponné aux barreaux, totalement effondré, quand le sort de sa femme avait été scellé.

Le maire Jahns se retourna pour partir.

— Au shérif, marmonna Holston avant qu'elle ne soit plus à portée de voix.

— Pardon?

Jahns s'attarda de l'autre côté des barreaux, ses sourcils gris et broussailleux en suspension au-dessus de ses yeux.

— C'est le shérif Marnes, désormais, lui rappela Holston. Pas l'adjoint.

Jahns donna quelques petits coups sur les barreaux.

— Mangez quelque chose, dit-elle. Et je n'aurai pas l'impudence de vous suggérer de dormir un peu.

3

Trois ans plus tôt.

— Non mais c'est une *blague*, dit Allison. Chéri, écoute ça. C'est pas croyable. Tu savais qu'il y avait eu *plusieurs* insurrections ?

Holston leva les yeux du dossier ouvert sur ses genoux. Autour de lui, des tas de papiers épars couvraient le lit comme une courtepointe – des piles et des piles de vieux dossiers à trier et de nouvelles plaintes à traiter. Allison était assise à son petit bureau, au pied du lit. Ils habitaient l'un des appartements du silo qui n'avait été redivisé que deux fois au fil du temps. On pouvait encore s'y autoriser le luxe d'avoir un bureau, ou un grand lit au lieu de lits superposés.

— Comment j'aurais pu savoir ça ? répondit-il.

Sa femme se retourna et replaça une mèche de cheveux derrière son oreille. Holston toqua du coin de son dossier contre l'écran de l'ordinateur.

— Tu passes tes journées à mettre au jour des secrets vieux de plusieurs centaines d'années, et tu voudrais que je les connaisse avant toi ?

Elle tira la langue.

— C'était une façon de parler. Je t'informais. Et ça n'a pas l'air d'éveiller ta curiosité. Tu as entendu ce que je viens de dire ?

Holston haussa les épaules.

— Je n'ai jamais pensé que l'insurrection que nous connaissons était la première – seulement la plus récente. Si mon travail m'a appris une chose, c'est qu'un crime ou une émeute ne sont jamais très originaux.

Il attrapa un dossier à côté de son genou.

— Ça, tu crois que c'est le premier voleur d'eau que le silo ait connu ? Ou que ce sera le dernier ?

La chaise d'Allison crissa sur le carrelage lorsqu'elle se tourna pour faire face à Holston. Sur le bureau, derrière elle, le moniteur projetait l'éclat faible des bribes de données qu'elle avait extraites des vieux serveurs du silo, vestiges d'informations supprimées depuis longtemps et écrasées à d'innombrables reprises. Holston ne comprenait toujours pas comment fonctionnait le processus de récupération, ni pourquoi quelqu'un d'assez intelligent pour le comprendre était assez bête pour l'aimer, lui, mais il acceptait que les deux soient vrais.

— Je suis en train de reconstituer une série de vieux rapports, expliqua-t-elle. S'ils disent vrai, ça signifie que quelque chose comme notre vieille insurrection se produisait régulièrement. Une fois par génération, ou quelque chose comme ça.

— Il y a beaucoup de choses qu'on ne sait pas sur les temps anciens, dit Holston.

Il se frotta les yeux et pensa à toute la paperasserie qu'il n'était pas en train d'expédier.

— Peut-être qu'ils n'avaient pas de système pour nettoyer les capteurs, tu sais ? poursuivit-il. Je parie qu'à l'époque, la vue là-haut devenait de plus en plus floue, jusqu'au jour où ça les rendait fous, alors il y avait un genre de révolte, et finalement ils en bannissaient quelques-uns pour régler le problème. Ou c'était peut-être une façon naturelle de contrôler la population avant la loterie.

Allison secoua la tête.

— Je ne crois pas. Je commence à me dire que…

Elle s'interrompit et regarda les papiers étalés autour de son mari. La vue de toutes les transgressions consignées sembla la conduire à peser ses mots avec soin.

— Je ne suis pas en train de porter un jugement, de dire que quelqu'un avait raison ou tort ou rien de ce genre. Mais il est possible que les serveurs n'aient pas été effacés par les rebelles lors de l'insurrection. En tout cas pas comme on nous l'a toujours raconté.

Ces mots éveillèrent l'intérêt d'Holston. Le mystère des serveurs vierges, du passé vide de leurs ancêtres, les hantait tous. L'histoire de l'effacement n'était qu'une vague légende. Il referma le dossier sur lequel il travaillait et le posa à côté de lui.

— Tu penses que c'était dû à quoi ? Un accident ? Un incendie, une coupure d'électricité ?

Il énumérait les théories les plus courantes. Allison fronça les sourcils.

— Non.

Elle baissa la voix et jeta un regard nerveux autour d'elle.

— Je pense que c'est *nous* qui avons effacé les disques durs. Je veux dire, nos ancêtres, pas les insurgés.

Elle se retourna et se pencha vers le moniteur pour parcourir du doigt une série de chiffres qu'Holston n'arrivait pas à lire d'où il était.

— Vingt ans, dit-elle. Dix-huit. Vingt-quatre.

Son doigt couinait en glissant sur l'écran.

— Vingt-huit. Seize. Quinze.

Holston se fraya un chemin à travers la paperasse qu'il avait à ses pieds, remettant les dossiers en tas pour pouvoir s'approcher du bureau. Il s'assit au bout du lit, prit sa femme par le cou et regarda l'écran par-dessus son épaule.

— C'est des dates ?

Elle hocha la tête.

— À peu près tous les vingt ans, il y a une révolte majeure. Ce rapport les a cataloguées. C'était l'un des fichiers

24

détruits au cours de la dernière insurrection. *Notre* insurrection.

Elle disait "notre" comme si l'un d'eux ou de leurs amis avait été en vie à l'époque. Mais Holston comprenait ce qu'elle voulait dire. C'était l'insurrection dans l'ombre de laquelle ils avaient grandi, celle qui semblait les avoir engendrés – le grand conflit qui avait plané sur leur enfance, sur leurs parents et leurs grands-parents. C'était l'insurrection qui nourrissait les messes basses et les regards en coin.

— Et qu'est-ce qui te fait croire que c'était nous, que l'effacement des serveurs venait du bon camp ?

Elle se tourna à demi, arborant un sourire amer :

— Qu'est-ce qui te fait croire que nous sommes le bon camp ?

Holston se raidit. Il retira sa main de la nuque d'Allison.

— Ne commence pas. Ne dis rien qui pourrait…

— Je plaisante, dit-elle, mais ce n'était pas un sujet de plaisanterie, on était à deux doigts de la trahison, du *nettoyage*. Ma théorie est la suivante, s'empressa-t-elle d'ajouter, insistant sur le mot *théorie*. On a des perturbations générationnelles, OK ? Sur une centaine d'années, j'entends, peut-être plus. C'est réglé comme une pendule.

Elle pointa le doigt vers les dates.

— Mais ensuite, durant la grande insurrection – la seule dont nous avions connaissance jusqu'ici – quelqu'un a effacé les serveurs. Ce qui, je peux te le dire, n'est pas aussi facile que d'appuyer sur quelques boutons ou d'allumer un feu. Il y a des sauvegardes et des sauvegardes de sauvegardes. Ça demanderait un effort concerté, pas un accident ni un travail fait à la hâte ou un simple sabotage…

— Tout ça ne te dit pas qui est responsable, fit remarquer Holston.

Sa femme était une experte en informatique, aucun doute là-dessus, mais jouer les détectives n'était pas le domaine d'Allison, c'était le sien.

— Ce qui me dit quelque chose, poursuivit-elle, c'est qu'il y a eu des soulèvements à chaque génération pendant tout ce temps, mais pas un seul *depuis*.

Allison se retint d'en dire plus. Holston se redressa, jeta un regard dans la pièce et laissa cette remarque faire son chemin. Sa femme lui apparut soudain en détective, le poussant de son fauteuil de shérif et prenant sa place.

— Si je te suis bien…

Il se frotta le menton et considéra bien la question.

— Si je te suis bien quelqu'un aurait effacé notre histoire afin de nous empêcher de la répéter ?

— Ou pire.

Elle prit la main de son mari et la serra entre les siennes. Le sérieux de son visage s'était accentué pour se faire plus grave.

— Et si la raison des révoltes s'était trouvée là, sur les disques durs ? Si une partie de notre histoire connue, ou des données de l'extérieur, ou peut-être le fait de savoir ce qui avait conduit les gens à s'installer ici il y a très longtemps – si ces informations avaient fait peser je ne sais quelle pression qui faisait que les gens perdaient la tête, ou ne supportaient plus d'être enfermés, ou voulaient simplement *sortir* ?

Holston secoua la tête.

— Je ne veux pas que tu aies ce genre de pensées, dit-il pour la mettre en garde.

— Je ne dis pas qu'ils avaient raison de perdre la boule, dit-elle, redevenant prudente. Mais à la lumière de ce que j'ai reconstitué jusqu'ici, c'est ma théorie.

Holston regarda le moniteur d'un air méfiant.

— Tu ne devrais peut-être pas faire ça. Je ne sais même pas *comment* tu fais, mais tu ne devrais peut-être pas.

— Chéri, les infos sont là. Si je ne reconstitue pas le puzzle maintenant, quelqu'un le fera un jour ou l'autre. On ne peut pas refermer le couvercle sur la marmite comme si de rien n'était.

— Comment ça?

— J'ai déjà publié un livre blanc sur la récupération des fichiers supprimés et écrasés. Le reste du DIT le fait circuler pour aider les gens qui jettent par accident des trucs dont ils avaient besoin.

— Je crois quand même que tu devrais arrêter. Ce n'est pas une bonne idée. Je ne vois pas ce que ça peut apporter de bon…

— Tu ne vois pas ce que la vérité peut apporter de bon? La vérité est toujours bonne à savoir. Et mieux vaut que ce soit nous qui la découvrions plutôt que quelqu'un d'autre, non?

Holston regarda ses dossiers. Cela faisait cinq ans qu'on n'avait envoyé personne au nettoyage. La vue du monde extérieur se dégradait chaque jour et, en tant que shérif, il sentait monter la pression : il fallait trouver quelqu'un. Elle grandissait, s'accumulant comme de la vapeur dans le silo, prête à provoquer un dégagement. Quand ils pensaient que le moment approchait, les gens devenaient nerveux. C'était comme une prophétie autoréalisatrice, quelqu'un finissait par être à cran et par commettre une folie ou tenir un propos regrettable, par se retrouver dans une cellule à contempler la vue floue de son dernier coucher de soleil.

Holston passait en revue les dossiers étalés autour de lui en espérant y trouver quelque chose. Il était prêt à envoyer un homme à la mort dès demain si cela pouvait faire retomber la pression. Sa femme était en train de donner des coups d'aiguille dans un ballon trop plein, et Holston voulait le dégonfler avant qu'elle appuie trop fort.

4

Aujourd'hui.

Holston était assis sur le banc d'acier esseulé du sas, le cerveau engourdi par le manque de sommeil et l'assurance de ce qui l'attendait. À genoux devant lui, Nelson, le chef du labo de nettoyage, lui passait une jambe de la combinaison de protection au pied.

— On a joué sur les joints d'étanchéité et on a pulvérisé une seconde couche d'enduit, disait Nelson. Ça devrait vous donner plus de temps que personne n'en a jamais eu.

Holston comprit soudain ce qu'on lui disait et se rappela quand il avait regardé sa femme procéder à son nettoyage. L'étage supérieur du silo, avec ses grands écrans qui montraient le monde extérieur, était généralement désert dans ces moments. Les gens de l'intérieur ne supportaient pas de voir ce qu'ils avaient fait – ou peut-être qu'ils avaient envie de monter et de profiter d'une belle vue sans avoir à connaître le prix à payer. Mais Holston avait regardé ; la question ne s'était même pas posée. Il ne voyait pas le visage d'Allison à travers le masque argenté de son casque, il ne voyait pas ses bras minces à travers l'épaisse combinaison alors qu'elle frottait encore et encore avec ses tampons de laine, mais il reconnaissait sa démarche, ses manières. Il l'avait regardée achever sa tâche, prendre le temps de bien faire, puis reculer un peu, regarder la caméra une toute dernière fois, lui faire signe, et se retourner pour partir. Comme d'autres avant elle, elle s'était rendue à pas lourds vers une colline voisine et s'était mise à la gravir, crapahutant vers les flèches délabrées de cette ville antique, croulante, qui émergeait à peine de l'horizon. Pendant tout ce temps, Holston n'avait pas bougé. Même lorsqu'elle était tombée sur le flanc de la colline, agrippant son casque, se convulsant sous l'effet des toxines qui attaquèrent d'abord la couche d'enduit, puis la combinaison, et finalement sa femme, il n'avait pas bougé.

— L'autre.

Nelson lui tapa sur la cheville. Holston leva la jambe afin de permettre au technicien de retrousser le reste de la combinaison sur son tibia. Regardant ses mains, la sous-combinaison de carbone noire qu'il portait contre sa peau, Holston l'imagina en train de se détacher de son corps, de se décoller comme des écailles de cambouis séché du tuyau d'une génératrice, tandis que le sang jaillirait de ses pores et formerait des flaques dans sa combinaison sans vie.

— Si vous voulez bien attraper la barre pour vous lever…

Nelson le guidait pas à pas dans une procédure à laquelle il avait déjà assisté à deux reprises. Une fois pour Jack Brent, qui s'était montré agressif et hostile jusqu'à la fin, le forçant à rester en faction près du banc. Et une fois pour sa femme, qu'il avait regardée se préparer à travers le petit hublot du sas. Holston savait ce qu'il devait faire pour avoir regardé ces deux prédécesseurs, mais il avait quand même besoin qu'on le lui dise. Son esprit était ailleurs. Il tendit les bras, attrapa la barre qui pendait comme un trapèze au-dessus de lui et se hissa sur ses jambes. Nelson saisit les deux pans de la combinaison et les tira vivement sur la taille d'Holston. Deux manches vides pendaient de part et d'autre.

— Bras gauche ici.

Holston obéit, détaché. Il était surréaliste de se trouver cette fois de l'autre côté de cette marche à la mort machinale du condamné. Holston s'était souvent demandé pourquoi les gens obtempéraient, suivaient les instructions. Même Jack Brent avait fait ce qu'on lui avait dit, malgré toutes ses injures, sa violence verbale. Allison, elle, avait obéi en silence, comme lui à cet instant, songea Holston en enfilant une manche puis l'autre. La combinaison prit forme et Holston se dit que les gens l'acceptaient peut-être parce qu'ils n'arrivaient pas à croire que c'était en train de se produire. Rien de tout cela n'était suffisamment réel pour susciter la révolte. La part animale de son esprit n'était pas faite pour ça, être calmement menée vers une mort dont il était parfaitement conscient.

— Tournez-vous.

Il se tourna.

Il y eut une petite saccade au bas de son dos puis un grand bruit de fermeture éclair jusqu'à son cou. Une autre saccade, une autre fermeture. Deux couches de futilité. Le crissement du velcro industriel par-dessus. Tapotements et doubles vérifications. Holston entendit le casque caverneux glisser de son étagère ; il s'entraîna à plier ses doigts boudinés dans les gants pendant que Nelson vérifiait le fonctionnement de l'appareillage du dôme.

— Revoyons encore une fois la procédure.

— Ce n'est pas nécessaire, dit doucement Holston.

Nelson jeta un œil vers la porte du sas. Holston n'eut pas besoin de regarder pour savoir que quelqu'un devait les surveiller.

— Faites ça pour moi, dit Nelson. Je suis obligé de suivre chaque étape à la lettre.

Holston acquiesça, mais il savait qu'il n'y avait pas de "lettre". De toutes les traditions orales ésotériques qui se transmettaient dans le silo de génération en génération, aucune n'atteignait le degré de hiératisme qu'y mettaient les fabricants de combinaisons et les techniciens du nettoyage. Tout le monde les laissait faire. Les nettoyeurs avaient beau exécuter l'acte physique, c'étaient les techniciens qui le rendaient possible. C'étaient bien ces hommes et ces femmes qui entretenaient la vue sur le monde plus vaste qui s'étendait par-delà l'enceinte étouffante du silo.

Nelson posa le casque sur le banc.

— Vos brosses se trouvent ici.

Il tapota les tampons de laine accrochés à l'avant de la combinaison. Holston en arracha un à grand bruit, examina les spires et volutes de la matière rêche, et le recolla.

— Deux giclées de la bouteille de détergent avant de frotter avec le tampon de laine, puis vous séchez avec ce chiffon et vous appliquez les films ablatifs à la toute fin.

Il tapota dans l'ordre sur chacune des poches, quand bien même elles étaient clairement légendées, numérotées – à l'envers pour être lisibles par Holston – et différenciées par un code couleur.

Holston hocha la tête et croisa le regard du technicien pour la première fois. Il fut surpris d'y lire de la peur, une peur qu'il avait appris à déceler dans l'exercice de son métier. Il faillit demander à Nelson ce qui n'allait pas, avant de saisir : l'homme était inquiet que toutes ces instructions soient vaines, qu'Holston – comme les habitants du silo le craignaient chaque fois d'un nettoyeur – parte directement sans s'acquitter de son devoir. Sans nettoyer pour ces gens dont les règles, qui proscrivent de rêver d'un monde meilleur, lui avaient valu d'être condamné. Ou bien Nelson craignait-il que l'équipement coûteux, en peine et en ressources, que lui et son équipe avaient élaboré à partir des secrets et techniques hérités de bien avant l'insurrection, quitte le silo pour aller pourrir inutilement ?

— Ça va comme ça ? demanda Nelson. Rien qui serre trop ?

Holston promena son regard dans le sas. Ma vie me serre trop, avait-il envie de dire. Ma peau me serre trop. Les murs me serrent trop.

Il se contenta de secouer la tête.

— Je suis prêt, murmura-t-il.

C'était la vérité. Une vérité étrange, mais Holston était vraiment prêt à partir.

Et tout à coup, il se rappela combien sa femme avait été prête, elle aussi.

5

Trois ans plus tôt.

— Je veux sortir. Je veux sortir. Jeveuxsortir.

Holston surgit en trombe dans la cafétéria. Sa radio braillait encore, c'était l'adjoint Marnes, il était question d'Allison. Holston n'avait même pas pris le temps de répondre, il s'était rué dans l'escalier et avait avalé les trois étages pour se rendre sur les lieux.

— Qu'est-ce qui se passe? demanda-t-il.

Il se fraya un chemin à travers l'attroupement qui s'était formé à la porte et découvrit sa femme en train de se tordre sur le sol, maintenue par Connor et deux autres employés de la cafétéria.

— Lâchez-la!

Il fit valser leurs mains des jambes de sa femme et faillit recevoir une botte dans le menton en guise de récompense.

— Calme-toi, dit-il.

Il attrapa les poignets d'Allison qui se débattait pour échapper à l'emprise désespérée des deux adultes.

— Bon sang, chérie, mais qu'est-ce qui se passe?

— Elle était en train de se ruer vers le sas, dit Connor entre deux grognements d'effort.

Percy immobilisa les deux pieds d'Allison qui leur lançait des coups, et Holston ne fit rien pour l'en empêcher. Il comprenait maintenant pourquoi trois hommes n'étaient pas de trop. Il se pencha tout près d'elle, s'assura qu'elle le voyait. Elle avait les yeux fous et lui jetait des regards à travers un rideau de cheveux dépeignés.

— Allison, ma chérie, il faut que tu te calmes.

— Je veux sortir. Je veux sortir.

Sa voix s'était adoucie, mais les mots n'en continuaient pas moins à se déverser.

— Ne dis pas ça.

Des frissons parcouraient le corps d'Holston au son de ces mots terribles. Il prit ses joues.

— Chérie, ne dis pas ça !

Mais, dans un choc soudain, une part de lui sut ce que ça signifiait. Il sut qu'il était trop tard. Les autres avaient entendu. Tout le monde avait entendu. Sa femme avait signé son propre arrêt de mort.

La pièce se mit à tourner autour de lui alors qu'il suppliait Allison de se taire. C'était comme s'il arrivait sur les lieux d'un accident horrible – un malheur à l'atelier d'usinage – et découvrait un être cher parmi les blessés. Le découvrait en vie, en train de lutter, tout en sachant au premier regard que la blessure était mortelle.

Holston sentit des larmes chaudes lui ruisseler sur les joues alors qu'il tentait de dégager le front d'Allison. Les yeux de sa femme finirent par trouver les siens, cessèrent leur va-et-vient fébrile pour se river sur lui, conscients. Et pendant un instant, juste une seconde, avant qu'il puisse se demander si elle avait été droguée ou victime d'une quelconque agression, une étincelle de lucidité calme s'y refléta, une lueur de raison, de froid calcul. Mais elle fut chassée et le regard d'Allison était redevenu fou lorsqu'elle se remit à supplier qu'on la laisse sortir.

— Soulevez-la, dit Holston.

Ses yeux d'époux étaient inondés de larmes alors qu'il autorisait le shérif consciencieux qu'il était aussi à intervenir. Il n'y avait rien d'autre à faire que l'arrêter, au moment où il ne désirait rien tant qu'assez d'espace pour hurler.

— Par ici, dit-il à Connor qui avait passé ses mains sous les épaules remuantes d'Allison.

Il hocha la tête en direction de son bureau et de la cellule adjacente. Juste après, au bout du couloir, la peinture jaune vif de la grande porte du sas se détachait, sereine et menaçante, patiente et silencieuse.

Dès qu'elle fut dans la cellule, Allison se calma. Elle s'assit sur le banc, ayant cessé de se débattre et de déblatérer, comme si elle s'était seulement arrêtée ici pour se reposer et profiter de la vue. C'était Holston, maintenant, qui s'agitait, anéanti. Il faisait les cent pas devant les barreaux en sanglotant des questions qui restaient sans réponse, pendant que le maire et l'adjoint Marnes se chargeaient de la procédure à sa place. Tous deux traitaient et Allison et son mari comme des patients. Et même si l'horreur de la demi-heure écoulée étourdissait Holston, à l'arrière de son cerveau de shérif, toujours à l'écoute des tensions croissantes du silo, il avait la conscience diffuse du choc et des rumeurs qui se répercutaient à travers les murs de béton armé. L'énorme pression contenue dans les lieux chuintait maintenant par les jointures, en chuchotements.

— Mon ange, il faut que tu me parles, l'implora-t-il encore et encore.

Il cessa ses va-et-vient et se cramponna aux barreaux. Allison lui tournait le dos. Elle contemplait l'écran mural, les collines brunes, le ciel gris et les nuées sombres. De temps à autre, elle levait la main pour chasser les cheveux de son visage, mais à part ça elle ne faisait pas un geste, ne disait pas un mot. Il n'y avait qu'au moment où Holston avait introduit sa clé dans la serrure, une fois qu'ils avaient réussi à la faire entrer et à refermer la porte, qu'elle avait prononcé un simple *"Non"* qui l'avait convaincu de retirer sa clé.

Tandis qu'il implorait et qu'elle se taisait, les manœuvres en vue du nettoyage imminent tournoyaient dans le silo. Le couloir résonnait des voix des techniciens qui ajustaient et apprêtaient une combinaison. Une panoplie de nettoyage était rassemblée dans le sas. Une bonbonne sifflait alors qu'on remplissait d'argon les chambres d'assainissement. Ce branle-bas grondait sporadiquement jusqu'à la cellule où Holston ne quittait pas sa femme des yeux. Des techniciens en grande conversation se faisaient muets comme des tombes lorsqu'ils passaient devant la porte ; on aurait dit que, en sa présence, ils arrêtaient même de *respirer*.

Les heures se succédaient et Allison refusait de parler – comportement qui fit sensation dans le silo. Holston passa toute la journée à sangloter à travers les barreaux, l'esprit ravagé par la douleur et la confusion. La destruction de tout ce qu'il connaissait s'était produite en un instant. Il essaya de trouver un sens à tout ça alors qu'Allison restait assise dans la cellule à contempler le paysage lugubre, apparemment contente de sa situation, pourtant bien pire, de nettoyeuse.

Finalement, c'est à la nuit tombée qu'elle se mit à parler, après avoir silencieusement refusé son dernier repas une dernière fois, après que les techniciens eurent terminé dans le sas, eurent refermé la porte jaune et se furent retirés pour une nuit blanche. Après que l'adjoint Marnes eut pris congé, non sans être venu deux fois tapoter Holston sur l'épaule. Des heures après, lui sembla-t-il, alors qu'il n'était pas loin de s'évanouir d'épuisement d'avoir tant pleuré et d'avoir protesté à s'en briser la voix, longtemps après la disparition du soleil voilé derrière les collines qu'on voyait du salon et de la cafétéria – les collines qui masquaient le reste de cette ville lointaine, croulante. Dans le noir presque complet de la cellule, Allison murmura quelque chose de presque inaudible :

— Ce n'est pas réel.

Du moins c'est ce qu'Holston *crut* entendre. Il tressaillit.

— Chérie ?

Il saisit les barreaux et se releva sur ses genoux.

— Mon ange, murmura-t-il, essuyant ses joues encroûtées de larmes séchées.

Elle se retourna. C'était comme si le soleil se ravisait et remontait derrière les collines. La voir réagir lui donna de l'espoir. Ce sentiment l'étreignit et l'amena à penser que tout cela n'avait été qu'une maladie, une fièvre, le docteur pourrait rédiger un mot d'excuse pour l'exonérer des paroles prononcées. Elle n'avait jamais rien pensé de tout cela. Elle était sauvée rien qu'en s'y arrachant, et Holston était sauvé rien qu'en la voyant se retourner vers lui.

— Rien de ce que tu vois n'est réel, dit-elle doucement.

Elle paraissait physiquement calme alors même que sa folie se poursuivait, que des mots interdits la condamnaient.

— Viens me parler, dit Holston.

Il lui fit signe de s'approcher des barreaux. Allison secoua la tête. Elle tapota le mince matelas du lit de camp tout près d'elle.

Holston regarda l'heure. Les horaires de visite étaient passés depuis longtemps. On pouvait l'envoyer au nettoyage rien que pour ce qu'il s'apprêtait à faire.

La clé entra dans la serrure sans une hésitation.

Un clic métallique retentit, outrageusement fort.

Holston entra dans la cellule de son épouse et s'assit à côté d'elle. C'était une torture de ne pas la toucher, de ne pas la porter ou l'entraîner en lieu sûr, la ramener dans leur lit où ils pourraient faire semblant que tout cela n'était qu'un mauvais rêve.

Mais il n'osa pas faire un geste. Il resta assis à se tordre les mains tandis qu'elle murmurait :

— Rien ne dit que ce soit réel. Que rien de tout cela ne soit réel.

Elle regardait l'écran. Holston se pencha si près d'elle qu'il sentit la transpiration séchée après les débattements de la journée.

— Chérie, qu'est-ce qui se passe ?

L'haleine de ses mots fit trembler les cheveux d'Allison. Elle tendit la main et toucha l'image qui s'assombrissait, tâtant les pixels.

— Ça pourrait très bien être le matin et nous n'en saurions rien. Il pourrait très bien y avoir des gens dehors.

Elle se retourna et le regarda.

— Ils pourraient être en train de nous observer, dit-elle avec un grand sourire sinistre.

Holston soutint son regard. Elle ne semblait pas folle du tout, pas comme un peu plus tôt. Ses *paroles* étaient folles, mais elle n'avait pas l'air de l'être.

— Où as-tu pêché cette idée ?

Il pensait le savoir mais demandait malgré tout.

— As-tu trouvé quelque chose sur les disques durs ?

On lui avait dit qu'elle avait couru droit du labo au sas, proférant déjà ses folies. Il s'était passé quelque chose au travail.

— Qu'as-tu trouvé ?

— Il y a plus de choses effacées que ce qui l'a été pendant l'insurrection, murmura-t-elle. Il fallait s'en douter. Tout est effacé. Toutes les données récentes aussi.

Elle rit. Soudain sa voix s'éleva et son regard se brouilla.

— Des e-mails que tu ne m'as jamais envoyés, je parie !

— Chérie.

Holston osa avancer ses mains vers celles d'Allison et elle ne les retira pas. Il les prit dans les siennes.

— Qu'as-tu trouvé ? Était-ce un mail ? De qui ?

Elle secoua la tête.

— Non. J'ai découvert les programmes qu'ils utilisent. Ceux qui produisent sur les écrans des images si *réelles*.

Elle redirigea son regard vers la nuit, qui tombait plus vite.

— Le département d'infotechnologie, dit-elle. Le DIT. C'est eux. Ils *savent*. C'est un secret qu'eux seuls connaissent.

Elle secoua la tête.

— Quel secret ? demanda Holston.

Il ne parvenait pas à savoir si ce qu'elle disait était absurde ou crucial. Tout ce qu'il savait, c'est qu'elle parlait.

— Mais à présent je sais. Et tu sauras aussi. Je reviendrai te chercher, je le jure. Ça se passera autrement cette fois. Nous allons briser le cycle, toi et moi. Je vais revenir et nous franchirons cette colline ensemble.

Elle rit.

— S'il y a une colline, dit-elle en élevant la voix. Si cette colline est là et qu'elle est verte, nous la franchirons ensemble.

Elle se tourna vers lui.

— Il n'y a pas d'insurrection, pas vraiment, juste une fuite progressive. La fuite des gens qui savent, qui veulent sortir.

Elle sourit.

— Ils obtiennent exactement ce qu'ils demandent. Je sais pourquoi ils nettoient, pourquoi ils disent qu'ils ne le feront pas mais changent d'avis. Je le sais. Je sais. Et ils ne reviennent jamais, ils attendent, attendent, attendent, mais pas moi. Je reviendrai aussitôt. Ça se passera autrement.

Holston serra les mains d'Allison. Des larmes lui ruisselaient des joues.

— Ma chérie, pourquoi tu fais ça ?

Il sentait qu'elle voulait s'expliquer, maintenant que le silo était plongé dans l'ombre et qu'ils étaient seuls.

— Je sais pour les insurrections, dit-elle.

Holston hocha la tête.

— Je sais. Tu m'as dit. Il y en a eu d'autres…

— Non.

Allison s'écarta de lui, mais c'était seulement pour pouvoir le regarder dans les yeux. Elle n'avait plus cet œil hagard qu'elle avait eu plus tôt.

— Holston, je sais pourquoi il y a eu des insurrections. Je sais *pourquoi*.

Elle se mordit la lèvre. Holston attendit, crispé.

— À chaque fois c'était à cause de ce doute, de ce soupçon que les choses n'étaient pas aussi mauvaises qu'elles semblaient là-dehors. Tu as déjà eu ce sentiment, non ? Que nous pourrions être *n'importe où*, en train de vivre un mensonge ?

Holston se garda bien de répondre, ou même de tiquer. Aborder ce sujet conduisait au nettoyage. Il resta là figé, à attendre.

— C'étaient sûrement les jeunes, dit Allison. Tous les vingt ans ou quelque chose comme ça. Je pense qu'ils avaient envie d'aller voir plus loin, d'explorer. Tu ne ressens jamais ce besoin ? Tu ne le ressentais pas quand tu étais plus jeune ?

Son regard se fit vague.

— Ou c'étaient peut-être les couples, les jeunes mariés, qui devenaient fous quand on leur disait qu'ils ne pouvaient pas avoir d'enfants dans ce fichu monde limité. Peut-être qu'ils étaient prêts à tout risquer pour avoir cette chance…

Ses yeux fixèrent quelque chose au loin. Peut-être voyait-elle ce ticket de loterie qu'il leur restait à concrétiser et qu'ils ne concrétiseraient jamais. Elle regarda à nouveau Holston. Il se demandait s'il pouvait être envoyé au nettoyage rien que pour son silence, pour ne lui avoir pas hurlé de se taire alors qu'elle prononçait chacun des grands mots interdits.

— Et c'étaient peut-être même les personnes âgées, dit-elle, enfermées depuis trop longtemps, n'ayant plus peur de rien dans leurs dernières années, désirant peut-être s'exiler pour laisser la place aux autres, à leurs rares et précieux petits-enfants. Mais peu importe, peu importe qui c'était, ce qui compte, c'est que chaque insurrection s'est produite à cause de ce doute, de ce sentiment, que *nous* sommes au mauvais endroit, *ici*.

Son regard balaya la cellule.

— Tu ne peux pas dire ça, chuchota Holston. C'est l'infraction suprême…

Allison hocha la tête.

— Exprimer tout désir de s'en aller. Oui. L'infraction suprême. Tu ne comprends pas pourquoi ? Pourquoi c'est interdit ? Parce que toutes les insurrections sont parties de ce désir, voilà pourquoi.

— On récolte ce qu'on demande, récita Holston, des mots qu'on lui avait entrés dans le crâne depuis l'enfance. Ses parents l'avaient averti – lui leur cher, leur seul enfant –, il ne devait jamais avoir envie de sortir. Il ne devait même pas le *penser*. Ne laisse pas cette idée te passer par l'esprit. C'était mourir sur-le-champ, cette pensée, c'était détruire leur seul et unique fils.

Il regarda sa femme. Il ne comprenait toujours pas sa folie, cette décision. Elle avait découvert des programmes supprimés qui donnaient un air de réalité à des mondes sur écran, et alors ? Qu'est-ce que ça voulait dire ? Pourquoi faire ça ?

— Pourquoi ? lui demanda-t-il. Pourquoi de cette façon ? Pourquoi ne m'en as-tu pas parlé ? Il y a forcément un meilleur moyen de découvrir ce qui se passe. On pourrait commencer par dire aux gens ce que tu trouves sur ces disques…

— Et déclencher la prochaine grande insurrection ?

Elle éclata de rire. Une partie de sa folie subsistait, ou peut-être était-ce simplement une intense frustration, une colère bouillante. Peut-être qu'une grande trahison, à l'œuvre depuis des générations, l'avait poussée à bout.

— Non merci, dit-elle, son rire se calmant. J'ai effacé tout ce que j'ai trouvé. Je ne veux pas qu'ils sachent. Tant pis pour eux s'ils restent ici. Je reviendrai uniquement pour *toi*.

— On n'en revient pas, lança Holston avec colère. Tu crois que les bannis sont encore là, dehors ? Tu crois qu'ils ont fait le choix de ne pas revenir parce qu'ils avaient le sentiment de nous avoir trahis ?

— Pourquoi crois-tu qu'ils font le nettoyage ? demanda Allison. Pourquoi prennent-ils leur tampon de laine et se mettent-ils à la tâche sans l'ombre d'une hésitation ?

Holston soupira. Il sentait sa colère s'épuiser.

— Personne ne sait pourquoi.

— Mais *à ton avis* ?

— Nous en avons déjà parlé, dit-il. Combien de fois avons-nous déjà eu cette discussion ?

Il était persuadé que tous les couples se chuchotaient leurs théories lorsqu'ils étaient entre eux. Il regarda par-delà Allison en se remémorant ces moments. Il regarda le mur et la position de la lune lui indiqua combien la nuit était avancée. Leur temps était compté. Demain, sa femme ne serait plus là. Cette pensée simple revenait souvent, comme des éclairs tombant de nuées d'orage.

— Tout le monde a des théories, dit-il. Nous avons partagé les nôtres des milliers de fois. Profitons seulement…

— Mais tu as de nouveaux éléments, à présent.

Elle lui lâcha la main et se dégagea le front.

— Toi et moi avons de nouveaux éléments, et à présent tout fait sens. Parfaitement sens. Et demain j'en aurai le cœur net.

Allison sourit. Elle tapota la main d'Holston comme si c'était un enfant.

— Et un jour, mon amour, tu sauras, toi aussi.

6

Aujourd'hui.

La première année sans Allison, Holston l'avait passée
à attendre, croyant aux folies de sa femme, se défiant de
la vue de son corps sur cette colline, espérant son retour.
Il avait passé le premier anniversaire de sa mort à récu-
rer la cellule, à laver la porte jaune du sas et à guetter un
bruit, un toc-toc qui aurait voulu dire que le fantôme de
sa femme était revenu pour le libérer.

Ne voyant rien venir, il avait commencé à envisager
l'autre solution : sortir et aller la chercher. Il avait passé
suffisamment de jours, de semaines, de mois à parcourir le contenu de son ordinateur, lisant une partie de ce
qu'elle avait reconstitué, n'en comprenant que la moitié, pour devenir à moitié fou lui-même. Le monde dans
lequel il vivait était un mensonge, en vint-il à penser,
et sans Allison il n'avait plus aucune raison d'y vivre
même s'il était vrai.

Le deuxième anniversaire du départ d'Allison fut
l'année de sa lâcheté. Il s'était rendu au travail, les mots
empoisonnés à la bouche – son désir de sortir – mais il les
avait ravalés à la dernière seconde. Pendant sa patrouille
avec l'adjoint Marnes, ce jour-là, le secret d'avoir frôlé la
mort l'avait brûlé de l'intérieur. Ce fut une longue année
de lâcheté, d'abandon d'Allison. La première année avait

marqué l'échec de sa femme ; la suivante son échec à lui. Mais c'en était fini.

Aujourd'hui, encore un an plus tard, il était seul dans le sas, vêtu d'une combinaison de nettoyage, plein de doutes et de convictions. Le silo était hermétiquement fermé derrière lui, l'épaisse porte jaune verrouillée, et Holston se dit qu'il n'aurait pas pensé mourir *comme ça* – ce n'était pas le destin qu'il avait espéré. Il avait pensé rester dans le silo à jamais, ses nutriments finissant comme ceux de ses parents : dans le sol de la ferme du huitième étage. Ses rêves de famille, d'enfant à lui, ses fantasmes d'avoir des jumeaux ou un autre ticket gagnant à la loterie, une femme auprès de qui vieillir, semblaient dater d'une autre vie…

Un klaxon retentit de l'autre côté de la porte jaune, enjoignant à tout le monde de s'en aller. Sauf lui. Lui devait rester. Lui n'avait nulle part ailleurs où aller.

Les chambres à argon sifflèrent, remplirent la pièce de gaz inerte. Au bout d'une minute, Holston sentit la pression de l'air froisser sa combinaison autour de ses articulations. Il respira l'oxygène qui circulait à l'intérieur de son casque, et devant l'autre porte, la porte interdite, la porte de l'affreux monde extérieur, il attendit.

La plainte métallique des pistons parvint du fond des murs. Les rideaux de plastique sacrificiels qui couvraient l'intérieur du sas se plissèrent sous la pression de l'argon accumulé. Ces rideaux seraient incinérés dans le sas quand Holston serait en train de nettoyer. La zone serait récurée avant la tombée de la nuit, rendue prête pour le prochain nettoyage.

Devant lui, les grandes portes de métal trépidèrent, puis un rai d'espace incroyable apparut dans l'entrebâillement, qui s'élargit à mesure que les panneaux rentraient dans leurs montants. Elles ne s'ouvriraient pas complètement, pas comme il avait été prévu à leur conception – il fallait réduire le risque d'entrée d'air toxique au minimum.

Un torrent d'argon siffla par l'interstice, s'atténuant en ronflement à mesure que l'ouverture grandissait. Holston s'approcha au plus près, aussi horrifié de ne pas résister qu'il avait été perplexe devant les actions de ses prédécesseurs. Mieux valait sortir, voir le monde une fois de ses propres yeux, que finir brûlé vif avec les rideaux en plastique. Mieux valait survivre encore quelques instants.

Dès que l'ouverture fut assez large, Holston se glissa entre les battants, sa combinaison frottant contre le métal. Il baignait dans un voile de brume, formé par la condensation de l'argon dans cet air à plus basse pression. Il s'avança à l'aveugle, trébuchant, tâtonnant dans la douce nuée.

Alors qu'il était toujours dans la brume, les portes gémirent et commencèrent à se refermer. Les mugissements de klaxon furent engloutis par les deux épaisseurs d'acier pressées l'une contre l'autre, qui l'enfermaient dehors avec les toxines tandis que les feux de purification faisaient rage dans le sas, détruisant tout l'air contaminé qui avait pu s'y infiltrer.

Holston se découvrit au bas d'une rampe de béton, une rampe qui *montait*. Il sentit que son temps était compté – un rappel constant tambourinait à l'arrière de son crâne – *Vite ! Vite !* Sa vie filait à chaque seconde. Il gravit pesamment la rampe, troublé de ne pas être déjà en surface, lui qui avait l'habitude de voir le monde et l'horizon depuis la cafétéria et le salon, qui se trouvaient au même niveau que le sas.

Il se hissa en haut de la rampe étroite, un mur de béton écaillé de chaque côté, la visière pleine d'une lumière déroutante, éclatante. Au sommet de la rampe, Holston vit le paradis auquel il avait été condamné pour avoir commis le péché d'espérer. Il tourna sur lui-même, scrutant l'horizon, étourdi à la vue de tant de vert !

Le vert des collines, le vert de l'herbe, le vert du tapis qu'il avait sous les pieds. Il poussa un cri de joie dans son casque. Cette vue lui chamboulait l'esprit. Au-dessus de tout ce vert planait exactement la même nuance de bleu que dans les livres pour enfants, les nuages flottaient immaculés, l'air frémissait du mouvement de la vie.

Holston pivota encore et encore, le temps d'encaisser le choc. Soudain, il revit sa femme faire de même ; il l'avait regardée se tourner lentement, maladroitement, presque comme si elle était perdue, désorientée, ou qu'elle hésitait à faire le nettoyage.

Le nettoyage !

Holston tendit la main pour décrocher un tampon de laine de sa poitrine. Le nettoyage ! Dans un vertige soudain, un torrent de conscience, il sut pourquoi, *pourquoi* !

Il regarda vers l'endroit où il avait toujours pensé que le haut mur circulaire du dernier étage se dressait, mais bien sûr ce mur était enterré. Derrière lui, il n'y avait qu'un petit monticule de béton, une tour qui ne dépassait pas les deux mètres cinquante. Une échelle métallique montait sur un côté ; des antennes jaillissaient du sommet. Et sur le côté qui lui faisait face – sur tous les côtés qu'il vit en s'approchant – se trouvaient les grands objectifs incurvés, panoramiques, des puissantes caméras du silo.

Holston leva son tampon et s'approcha de la première. Il s'imagina tel qu'on devait le voir de la cafétéria, en train d'avancer d'un pas chancelant, de grossir démesurément. Il avait regardé sa femme faire de même trois ans plus tôt. Il la revit en train d'agiter la main. À l'époque il avait pensé que c'était pour garder l'équilibre, mais avait-elle voulu lui dire quelque chose ? Avait-elle souri bêtement, aussi largement que lui à cet instant, cachée sous sa visière d'argent ? Son cœur avait-il battu d'un espoir insensé lorsqu'elle avait aspergé, frotté, essuyé, appliqué ? Holston savait que la cafétéria serait déserte ; aucun de ceux qui restaient ne l'aimait suffisamment pour regarder, mais il fit signe malgré tout. Et ce ne fut pas la colère brute que beaucoup avaient dû ressentir qui l'anima pendant son nettoyage. Ce ne fut pas la conscience que les habitants du silo étaient condamnés et les condamnés libérés. Ce ne fut pas un sentiment de trahison qui guida la laine en petits mouvements circulaires dans sa main. Ce fut la pitié. Une pitié pure et simple et une joie sans retenue.

Le monde devint flou, mais d'un flou aimable, lorsque des larmes vinrent aux yeux d'Holston. Sa femme avait vu juste : les écrans du silo mentaient. Les collines étaient les mêmes – il les avait reconnues au premier coup d'œil, après avoir vécu tant d'années avec elles – mais les couleurs étaient toutes fausses. Les écrans du silo, les programmes qu'Allison avait découverts, parvenaient à donner l'air gris aux verts éclatants, à les priver de vie. Cette vie extraordinaire !

Holston décrassa l'objectif de la caméra et alla jusqu'à se demander si ce flou progressif était réel. La crasse, assurément, l'était. Il le constata en la faisant partir. Mais s'agissait-il de simple poussière, plutôt que de résidus toxiques charriés par l'air ? Le programme découvert par Allison modifiait-il uniquement ce qu'on voyait déjà ? Tant d'idées et de faits nouveaux lui chaviraient l'esprit. Il se sentait comme un adulte nouveau-né, voyant le jour dans un monde immense, avec tant de choses à assimiler à la fois que sa tête bourdonnait.

Le flou est réel, décida-t-il, en faisant disparaître les dernières traînées qui souillaient la deuxième caméra. Le flou tenait lieu de filtre, comme les faux gris et les faux bruns que le programme devait utiliser pour cacher cette étendue verte et ce ciel bleu constellé de blanc soufflé. On leur cachait un monde si beau qu'Holston dut se concentrer pour ne pas rester planté là, bouche bée.

Il travaillait sur la deuxième des quatre caméras et songeait à ces murs mensongers au-dessous de lui, qui prenaient ce qu'ils voyaient pour l'altérer. Il se demanda combien de personnes dans le silo étaient au courant. Si quelqu'un l'était… Quel genre de dévouement fanatique fallait-il pour entretenir une illusion si déprimante ? Ou est-ce que le secret datait d'*avant* la dernière insurrection ? S'agissait-il d'un mensonge ignoré et perpétué de génération en génération – une série de programmes fallacieux qui continuaient à tourner sur les ordinateurs du silo à l'insu de tous ? Parce que si quelqu'un savait, si quelqu'un pouvait montrer quelque chose, pourquoi pas quelque chose de beau ?

Les insurrections ! C'était peut-être simplement pour empêcher qu'elles se reproduisent encore et encore. Holston appliqua un film ablatif sur le deuxième capteur et se demanda si l'affreux mensonge d'un monde extérieur sans attrait était une tentative malavisée d'ôter aux gens l'*envie* de sortir. Quelqu'un avait-il décidé que la vérité était pire qu'une perte de pouvoir, de contrôle ? Ou était-ce quelque chose de plus profond, de plus sinistre ? La peur d'enfants engendrés librement, sans frein, aussi nombreux que désirés ? Tant de possibilités horribles.

Et Allison ? Où était-elle ? En contournant la tour de béton pour accéder à la troisième caméra, Holston vit apparaître au loin les gratte-ciel de la ville, familiers mais étranges. C'est qu'il y avait plus d'immeubles que d'habitude, disposés de part et d'autre d'une masse inconnue qui se détachait au premier plan. Les autres, ceux qu'il connaissait, étaient intacts et lumineux, au lieu d'être affaissés et déchiquetés. Holston contempla la ligne de crête des collines verdoyantes et imagina qu'Allison allait y surgir d'un instant à l'autre. Mais c'était ridicule. Comment saurait-elle qu'il avait été expulsé aujourd'hui ? Se souviendrait-elle de l'anniversaire ? Même s'il avait manqué les deux premiers ? Holston maudit sa lâcheté passée, les années perdues. Il décida que c'était à lui d'aller la chercher.

Il brûla tout à coup de le faire sans plus attendre, d'arracher son casque et son encombrante combinaison et de s'élancer sur la colline dans sa sous-combinaison de carbone, en inspirant de grandes bouffées d'air frais et en riant sans discontinuer jusqu'à sa femme, en train de l'attendre dans une ville immense, incommensurable, pleine de gens et de cris d'enfants.

Mais non, il y avait des apparences à sauvegarder, des illusions à entretenir. Il ne savait pas exactement pourquoi, mais c'était ce que sa femme avait fait, ce que tous les autres avaient fait avant lui. Holston faisait désormais partie de ce club, de ceux du *dehors*. Il y avait une pression de l'histoire, une *jurisprudence* à respecter. Ils avaient su comment se comporter. Il irait au bout de sa tâche pour le groupe d'initiés qu'il venait de rejoindre. Il ne savait pas vraiment pourquoi il le faisait, seulement que tout le monde l'avait fait avant lui, or ils partageaient tous un tel secret ! Et le secret était une drogue puissante. Il se contenta de suivre les instructions, les chiffres sur les poches, il nettoya mécaniquement tout en songeant aux implications colossales d'un monde si vaste qu'on n'avait pas assez d'une vie pour tout voir, pour respirer tout l'air, boire toute l'eau, consommer tous les vivres.

Tels furent les rêves qu'Holston caressa en frottant consciencieusement le troisième objectif, avant d'essuyer, d'appliquer le film et de passer à la dernière caméra. Il entendait son pouls dans ses oreilles ; son cœur cognait dans la combinaison serrée. Bientôt, bientôt, se disait-il. Il utilisa le second tampon de laine pour décrasser le dernier objectif. Il aspergea, frotta, essuya et appliqua une dernière fois, en prenant soin de ranger chaque chose à sa place, dans sa pochette numérotée, pour ne pas polluer le sol sain et splendide qu'il avait sous les pieds. Lorsqu'il eut terminé, Holston recula, jeta un dernier regard aux absents qui n'étaient pas en train de le regarder de la cafétéria ou du salon, et tourna le dos à ceux qui avaient tourné le leur à Allison et à tous les autres avant elle. Si personne ne revenait chercher les gens de l'intérieur, il y avait une raison, pensa Holston, de même qu'il y avait une raison si tout le monde nettoyait, même ceux qui avaient juré de ne pas le faire. Il était libre. Il devait rejoindre les autres. Il gagna donc tranquillement le pli sombre qui gravissait la colline, marchant dans les pas de sa femme, sachant qu'un rocher bien connu et depuis longtemps endormi ne serait plus là. Ça aussi, décida Holston, ce n'était rien de plus qu'un horrible mensonge pixelisé.

7

Holston avait fait une douzaine de pas sur le versant, toujours émerveillé de l'herbe éclatante à ses pieds et du ciel
radieux au-dessus de sa tête, lorsque la première douleur
lui serra le ventre. C'était une forte crampe, comme une
faim violente. Au début, il craignit d'avancer trop vite – il
y avait d'abord eu le nettoyage et maintenant cette ascension impatiente dans l'encombrante combinaison. Il ne
voulait pas l'ôter avant d'avoir franchi la crête de la colline, afin de préserver l'illusion qui régnait entre les murs
de la cafétéria. Il concentra son attention sur les cimes des
gratte-ciel et se résigna à ralentir, à se calmer un peu. Un
pas à la fois. Après tant d'années passées à arpenter trente
étages de silo, cette côte-là n'était rien.

Une autre crampe, plus forte cette fois. Holston grimaça et s'arrêta, le temps que ça passe. À quand remontait son dernier repas ? Il n'avait rien avalé la veille.
Stupide. Quand s'était-il rendu aux toilettes pour la dernière fois ? Là encore, il ne s'en souvenait pas. Il allait
peut-être devoir ôter la combinaison plus tôt que prévu.
Lorsque la vague nauséeuse fut passée, il fit quelques pas
de plus, espérant atteindre le sommet de la colline avant
le prochain accès. Il n'avait fait qu'une douzaine de pas
supplémentaires lorsque la douleur ressurgit, plus sévère,
pire que tout ce qu'il avait jamais connu. Si intense qu'il
en eut un haut-le-cœur – heureusement qu'il avait le
ventre vide, tout compte fait. Il se tint l'abdomen et ses

genoux fléchirent, pris de flageolements. Il s'effondra par terre, poussant un gémissement. Un feu lui rongeait les entrailles, dévorait sa poitrine. Il parvint à ramper un peu, le front dégoulinant de sueur, éclaboussant l'intérieur de son casque. Des étincelles jaillirent devant ses yeux ; à plusieurs reprises, le monde entier devint blanc, comme traversé d'éclairs. Perdu et à demi conscient, il rampa encore, à grand-peine, l'esprit sidéré et tourné vers ce dernier but clair : franchir la crête.

Le miroitement se répéta encore et encore, une lumière vive entrant par sa visière avant de vaciller et de disparaître. Il devenait difficile de voir. Holston butta sur un obstacle et son bras céda, son épaule s'écrasa contre le sol. Il plissa les yeux et regarda vers le haut de la colline, attendant de voir nettement ce qu'il y avait devant lui, mais il ne vit que de l'herbe, par flashs intermittents.

Puis ce fut le noir complet. Il ne voyait plus rien. Il se laboura le visage, le casque, alors que son ventre se nouait à nouveau abominablement. Il y eut une lueur, un clignotement dans son champ de vision, et il sut qu'il n'était pas aveugle. Mais ce clignotement avait l'air de provenir de l'*intérieur* du casque. C'était sa *visière* qui était tout à coup devenue aveugle, pas lui.

Holston chercha les fermoirs à l'arrière de son casque. Il se demanda s'il avait épuisé toute sa réserve d'air. Était-il en train de s'asphyxier ? D'être empoisonné par ses propres rejets ? Bien sûr ! Pourquoi lui auraient-ils donné plus d'air qu'il en fallait pour le nettoyage ? Il tâtonna du bout de ses gros gants. Ils n'étaient pas faits pour ça. Les gants faisaient partie intégrante de la combinaison, une combinaison d'une seule pièce, à double fermeture éclair sécurisée par une bande de velcro. Elle n'était pas faite pour être enlevée, pas sans aide. Holston allait mourir dedans, s'intoxiquer, étouffer dans ses propres gaz, et il connut alors la vraie peur du confinement, un vrai sentiment de claustration. Le silo n'était rien comparé à cela, sut-il alors qu'il luttait pour se libérer, qu'il se tordait de douleur dans son cercueil taillé sur mesure. Il se tordit et donna des coups sur les fermoirs, mais ses doigts matelassés étaient trop gros. Et sa cécité aggravait les choses, lui donnait le sentiment d'être suffoqué, pris au piège. Son cœur se souleva à plusieurs reprises. Il se plia en deux, les mains écartées dans la terre, et sentit quelque chose de pointu à travers son gant.

Il tâtonna et trouva l'objet – une pierre crénelée. Un outil. Holston essaya de se calmer. Les années qu'il avait passées à faire respecter le calme, à apaiser les autres, à stabiliser le chaos, lui revinrent à l'esprit. Il saisit la pierre avec précaution, terrifié à l'idée de la perdre dans sa cécité, puis il la leva à la hauteur de son casque. Il songea un bref instant à s'en servir pour sectionner ses gants, mais il n'était pas sûr d'avoir encore assez d'air et de lucidité devant lui. Il lança la pointe de la pierre contre sa cuirasse, au niveau du cou, là où devait se trouver le fermoir. Il entendit un claquement. Clac. Clac. Il s'arrêta pour tâter à nouveau du bout de ses doigts boudinés, fut repris par des haut-le-cœur, et se concentra pour viser. Au clac succéda un déclic. Un rai de lumière s'introduisit lorsqu'un côté du casque se détacha. Holston s'étouffait dans ses propres exhalaisons, dans l'air confiné et usé où il macérait. Il fit passer la pierre dans son autre main et visa le second fermoir. Encore deux clacs avant de toucher la cible, et le casque céda.

Holston *voyait*. Ses yeux brûlaient à cause de l'effort, de l'asphyxie, mais il voyait. Il pressa les paupières pour chasser ses larmes et voulut inspirer une profonde goulée d'air bleu, frais, revivifiant.

Au lieu de ça, il reçut comme un coup dans la poitrine. Il s'étrangla. Il vomit de la salive et de la bile, ses parois mêmes essayant de s'échapper. Le monde autour de lui avait viré au brun. Herbe brune et cieux gris. Pas de vert. Pas de bleu. Pas de vie.

Il s'effondra sur le flanc, tomba sur l'épaule. Son casque était ouvert devant lui, la visière noire et éteinte. On ne voyait pas au travers. Holston tendit le bras pour le prendre, interloqué. L'extérieur de la visière était argenté, l'intérieur était… rien. Pas de verre. Une surface brute. Des fils qui entraient et sortaient. Un écran hors service. Des pixels morts.

Il vomit à nouveau. Il s'essuya mollement la bouche, regarda vers le bas de la colline, et à l'œil nu il vit le monde tel qu'il *était*, tel qu'il l'avait toujours connu. Morne et désolé. Il lâcha le casque, laissant tomber le mensonge qu'il avait apporté du silo avec lui. Il était en train de mourir. Les toxines étaient en train de le ronger de l'intérieur. Il plissa les yeux vers les nuages noirs qui erraient au-dessus de lui comme des bêtes en troupeau. Il se retourna pour voir jusqu'où il était parvenu, s'il était encore loin de la crête, et il vit la chose sur laquelle il avait buté en rampant. Un rocher, endormi. Qui n'apparaissait pas dans la visière, ne faisait pas partie du mensonge généré sur le petit écran par l'un des programmes découverts par Allison.

Holston tendit la main et toucha l'objet qui gisait devant lui, la combinaison blanche qui se désintégrait comme de la pierre friable, et il fut incapable de garder la tête levée plus longtemps. Il se recroquevilla, souffrant de la mort lente qui l'avait surpris, tenant ce qu'il restait de sa femme, et, dans son dernier souffle, il se demanda à quoi ressemblait sa mort aux yeux de ceux qui pouvaient voir, cette agonie recroquevillée dans la fente noire d'une colline brune sans vie, une ville déliquescente, silencieuse et abandonnée au-dessus de lui.

Que verraient-ils, ceux qui auraient choisi de regarder ?

II

LE BON CALIBRE

8

Ses aiguilles à tricoter reposaient par paires dans un étui de cuir, deux baguettes de bois assorties, côte à côte comme les os délicats d'un poignet dans une enveloppe de vieille chair desséchée. Bois et cuir. Ces artefacts étaient comme des indices transmis de génération en génération, des clins d'œil inoffensifs que lui adressaient ses ancêtres, des objets bénins, au même titre que les livres pour enfants et les sculptures en bois, qui avaient réussi à survivre à l'insurrection et à la purge. Chacun de ces indices était une allusion discrète à un monde au-delà du leur, un monde où des bâtiments se dressaient en surface, comme les ruines croulantes qu'on apercevait au-dessus des collines grises et sans vie.

Après mûre réflexion, le maire Jahns choisit une paire d'aiguilles. Elle choisissait toujours avec précaution, car il était crucial de trouver le bon calibre. Si l'aiguille était trop petite, le travail s'avérait difficile et le pull trop serré, étriqué. Si elle était trop grosse, le vêtement se retrouvait criblé de grands trous. La maille restait lâche. On voyait au travers.

Lorsqu'elle eut fait son choix, tiré les os de bois de leur manche de cuir, Jahns tendit la main vers la grosse pelote de fil de coton. En soupesant ce nœud de fibres entortillées, elle eut peine à croire que ses mains pourraient en faire quelque chose d'ordonné, d'utile. Elle chercha le bout du fil, songeant à la façon dont les choses voyaient le jour. Pour l'instant, son pull n'était guère plus qu'un emmêlement et une idée. Auparavant, ç'avait été d'éclatantes fibres de coton s'épanouissant dans les fermes de terre, cueillies, nettoyées et tissées en longues tresses. Et si on remontait encore, le plant de coton tirait sa substance même des êtres ensevelis dans le sol, qui avaient nourri ses racines de leur propre cuir cependant qu'en surface, l'air cuisait sous l'éclat puissant des lampes de croissance.

Jahns secoua la tête devant sa propre morbidité. Plus elle vieillissait, plus vite son esprit se tournait vers la mort. À la fin, toujours, ces pensées de mort.

Avec un soin expert, elle passa le bout du fil autour de la pointe de l'une des aiguilles et forma une toile triangulaire avec ses doigts. Le bout de l'aiguille dansa dans ce triangle, montant les mailles. C'était son moment préféré – les premières mailles. Elle aimait les commencements. Le premier rang. Quand de rien surgissait quelque chose. Comme ses mains savaient ce qu'elles avaient à faire, Jahns était libre de lever les yeux pour regarder une bourrasque de vent matinal chasser des poches de poussière dans la pente. Les nuages étaient bas et sinistres, aujourd'hui. Ils planaient comme des parents inquiets au-dessus de ces petits tourbillons de terre poussés par les vents qui dégringolaient comme des enfants rieurs, de pirouette en culbute, suivant les vallons et les creux pour converger vers un grand pli où deux collines entraient en collision pour n'en faire qu'une. Là, Jahns regarda les boules de poussière se jeter contre deux cadavres ; les jumeaux folâtres s'évaporèrent en fantômes ; une fois encore, des enfants joueurs retournaient à l'état de rêves et de brume dispersée.

Calé dans sa chaise en plastique délavée, le maire Jahns regarda les vents capricieux jouer dans le monde inhospitalier du dehors. Ses mains transformaient le fil en rangs et un coup d'œil de temps à autre lui suffisait pour savoir où elle en était. Souvent, la poussière volait par bancs vers les capteurs et chaque vague lui faisait rentrer la tête dans les épaules, comme si on allait la frapper physiquement. Ces assauts de poussière qui encrassaient la vue étaient toujours difficiles à regarder, mais au lendemain d'un nettoyage, ils semblaient particulièrement brutaux. Chaque fois que la poussière touchait les objectifs, c'était une violation, la main d'un homme sale sur un objet pur. Et au bout de soixante ans, elle se demandait parfois si l'encrassement des objectifs, si le sacrifice humain nécessaire pour les nettoyer ne lui étaient pas encore plus pénibles à supporter.

— M'dame ?

Le maire Jahns se détourna de la vue des collines mortes qui abritaient son shérif récemment défunt. Elle se tourna et trouva l'adjoint Marnes à ses côtés.

— Oui, Marnes ?

— Ce que vous m'aviez demandé.

Marnes posa trois dossiers sur la table de la cafétéria et les fit glisser vers Jahns à travers les miettes et les traces de jus de fruits laissées par la célébration du nettoyage la veille au soir. Jahns mit son tricot de côté et les prit à contrecœur. Ce qu'elle désirait vraiment, c'était qu'on la laisse seule encore un peu à regarder des rangs de mailles devenir quelque chose. Elle voulait profiter de la paix et de la tranquillité de ce lever de soleil avant que la crasse et les années ne le ternissent, avant que les autres habitants des étages supérieurs ne se réveillent, ne chassent le sommeil de leurs yeux, les taches de leurs consciences, et ne montent s'entasser autour d'elle dans les chaises en plastique pour s'abreuver de ce spectacle.

Mais le devoir lui faisait signe : elle était maire par choix et le silo avait besoin d'un shérif. Alors elle mit de côté ses propres besoins et désirs et soupesa les dossiers posés sur ses genoux. Caressant la couverture du premier, elle regarda ses mains dans un mélange de douleur et d'acceptation. Le dessus en semblait aussi sec et froissé que le papier écru qui dépassait des dossiers.

Elle jeta un regard à l'adjoint Marnes, dont la moustache blanche était mouchetée de noir. Elle se rappela l'époque où c'était le contraire et où sa grande et mince carrure était marque de jeunesse et de vigueur plutôt que de maigreur et de fragilité. Il était encore bel homme, mais seulement parce qu'elle le connaissait depuis longtemps, seulement parce que ses vieux yeux s'en souvenaient.

— Vous savez, dit-elle à Marnes, nous pourrions procéder autrement cette fois-ci. Si vous me laissiez vous promouvoir shérif, vous vous trouveriez un adjoint, on ferait ça comme il faut.

Marnes rit.

— Je suis adjoint depuis aussi longtemps que vous êtes maire, m'dame. Si je deviens autre chose un jour, c'est mort, pas shérif.

Jahns hocha la tête. Une des choses qu'elle aimait chez Marnes, c'était qu'il avait parfois les pensées si noires que les siennes paraissaient d'un gris éclatant.

— Je crains que ce jour n'approche rapidement pour nous deux, dit-elle.

— Rien de plus vrai, ma foi. J'aurais jamais pensé survivre à tant de gens. Et je me vois sûrement pas vous survivre à vous.

Marnes se frotta la moustache et étudia la vue du monde extérieur. Jahns lui sourit, ouvrit le dossier du dessus et étudia la première bio.

— Y a là trois candidats valables, dit Marnes. Comme vous me l'avez demandé. J'serai ravi de travailler avec n'importe lequel des trois. Juliette – je crois qu'elle est au milieu, là –, ce serait mon premier choix. Elle travaille en bas, aux Machines. Elle monte pas souvent, mais Holston et moi…

Marnes s'arrêta et se racla la gorge. Jahns leva les yeux et vit que le regard de son shérif adjoint avait glissé vers le pli sombre de la colline. Il mit son poing anguleux devant sa bouche et feignit de tousser.

— Pardon. Comme je disais, le shérif et moi avons travaillé sur un décès là-bas il y a quelques années. Cette Juliette – maintenant que j'y pense, je crois qu'elle préfère qu'on l'appelle Jules –, c'était une vraie lumière. Futée comme pas deux. Un sacré renfort dans ce dossier, douée pour mettre le doigt sur des détails, s'y prendre avec les gens, rester diplomate mais ferme, tout ça. Je crois pas qu'elle monte beaucoup plus haut que les 80. Une vraie fille du fond, chose qu'on n'a pas eue depuis un moment.

Jahns parcourut le dossier de Juliette, consultant son arbre généalogique, l'historique de ses bons, son salaire actuel en jetons. Elle était répertoriée comme chef d'équipe et bien notée. Rien à la rubrique loterie.

— Jamais mariée ? demanda Jahns.

— Négatif. Elle est du genre célibataire endurcie, du genre serre-cœur ? On a passé une semaine là-bas, on a vu l'affection que les gars avaient pour elle. Elle aurait l'embarras du choix, mais elle préfère s'abstenir. Le genre de personne qui fait de l'effet mais qui je trouve bien toute seule.

— J'en connais un à qui elle a fait de l'effet, en tout cas, dit Jahns, regrettant aussitôt cette pointe de jalousie dans sa voix.

Marnes changea de pied.

— Bah, vous me connaissez, madame le maire. J'exagère toujours les mérites des candidats. Prêt à tout pour ne pas être promu.

Jahns sourit.

— Qu'en est-il des deux autres ?

Elle regarda leurs noms en se demandant si un shérif du fond était une bonne idée. Ou inquiète, peut-être, que Marnes ait le béguin. Elle reconnut le nom du dossier du dessus. Peter Billings. Il travaillait quelques étages plus bas, au Judiciaire, en tant que greffier ou ombre d'un juge.

— Franchement, m'dame ? Je les ai seulement mis pour jouer le jeu. Comme je disais, je serais prêt à travailler avec eux, mais je pense que Juliette est votre homme. Ça fait longtemps qu'on n'a pas eu de fille comme shérif. Ce serait un choix populaire avant l'élection.

— L'élection ne sera pas un critère, dit Jahns. Qui que nous prenions, ce shérif sera probablement là longtemps après nous…

Elle s'interrompit, se souvenant avoir dit la même chose d'Holston lorsqu'ils l'avaient choisi.

Jahns referma le dossier et reporta son attention vers l'écran mural. Une petite tornade s'était formée à la base de la colline. La poussière amassée était battue en une fureur organisée. Elle accumula de la vapeur, cette petite volute, et enfla pour former un cône plus large qui tourna et tourna sur sa pointe vacillante et se précipita comme une toupie d'enfant vers des capteurs presque étincelants dans les rayons blafards d'un lever de soleil encore net.

— Je pense que nous devrions aller la voir, dit finalement Jahns.

Elle gardait les dossiers sur ses genoux, ses doigts parcheminés jouant avec les bords rugueux du papier artisanal.

— Pardon ? J'aimerais mieux la faire monter ici. Procéder à l'entretien dans votre bureau comme on l'a toujours fait. Y a du chemin pour descendre jusqu'à elle, et y en a encore plus pour remonter.

— Je comprends cette inquiétude, monsieur l'adjoint. Mais il y a bien longtemps que je ne suis pas descendue sous les 40. Mes genoux ne sont pas une excuse pour ne pas voir mon peuple…

Le maire s'interrompit. La tornade de poussière chancela, tourna et fonça droit vers eux. Elle se fit de plus en plus grosse – le grand-angle de l'objectif la transformant en un monstre bien plus grand et féroce, elle le savait, qu'il n'était en réalité – puis elle souffla sur le réseau de capteurs, plongeant brièvement la cafétéria dans le noir complet, avant de rebondir et de s'éloigner à travers l'écran du salon, laissant derrière elle une vue du monde ternie par un léger voile crasseux.

— Foutues saletés, grommela l'adjoint Marnes, les dents serrées.

Le cuir vieilli de son étui grinça lorsqu'il posa la main sur la crosse de son revolver et Jahns imagina le vieil adjoint au milieu de ce paysage, pourchassant le vent sur ses grandes échasses, criblant de balles un nuage de poussière en train de s'évanouir.

Tous deux gardèrent le silence un moment, le temps d'évaluer les dégâts. Puis Jahns reprit la conversation.

— Ce déplacement n'aura rien à voir avec l'élection, Marnes. Ce ne sera pas pour pêcher des voix. À ma connaissance, je serai à nouveau la seule candidate. Alors nous n'allons pas en faire toute une histoire. Nous voyagerons léger et dans la discrétion. Je cherche à *voir* mon peuple, pas à être vue.

Elle regarda vers lui et vit qu'il l'observait.

— Je le ferai pour moi, Marnes. Pour m'échapper un peu.

Elle se retourna vers la vue.

— Parfois… parfois je me dis que je suis en haut depuis trop longtemps. Et vous aussi. Que nous sommes *partout* depuis trop longtemps…

Des pas matinaux résonnèrent dans l'escalier en colimaçon, lui permettant de faire une pause, et ils se tournèrent tous deux vers le bruit de la vie, le bruit du jour qui s'éveillait. Et là, elle sut qu'il était temps de commencer à chasser les images de mort de son esprit. Du moins de les enterrer pour un moment.

— Nous allons descendre voir de quel calibre est cette Juliette, vous et moi. Parce que, parfois, rester assise ici à regarder ce que le monde nous oblige à faire, ça me taraude, Marnes. Ça me transperce comme une aiguille.

Ils se retrouvèrent dans l'ancien bureau d'Holston après le petit-déjeuner. Un jour après, Jahns le considérait toujours comme le bureau d'Holston. Il était encore trop tôt pour qu'elle puisse le voir autrement. Debout derrière les bureaux jumeaux et les vieilles armoires de classement, elle contemplait la cellule vide pendant que l'adjoint Marnes donnait ses dernières instructions à Terry, un agent de sécurité du DIT solidement charpenté qui gardait la maison quand Holston et Marnes s'en allaient travailler sur une affaire. Dans le dos de Terry était postée Marcha, une adolescente aux cheveux sombres et aux yeux clairs, en apprentissage au DIT. C'était l'ombre de Terry ; à peu près la moitié des travailleurs du silo en avaient une. Elles avaient entre douze et vingt ans, ces éponges toujours présentes qui absorbaient les leçons et techniques grâce auxquelles le silo pourrait fonctionner pendant au moins une génération de plus.

L'adjoint Marnes rappela à Terry combien les gens étaient agités après un nettoyage. Une fois la tension relâchée, ils avaient un peu tendance à faire la noce. Pendant au moins quelques mois, ils pensaient que tout était permis.

L'avertissement n'avait guère besoin d'être explicité – à travers la porte fermée, on entendait la fête battre son plein dans la pièce d'à côté. La plupart des gens résidant au-dessus du quarantième étaient déjà entassés dans la cafétéria et le salon. Tout le jour durant, des centaines d'autres allaient monter du milieu et du fond en un flux ininterrompu, demandant un congé et rendant des bons de vacances dans l'unique but d'admirer la vue presque parfaitement claire du monde extérieur. Pour beaucoup, c'était un pèlerinage. Certains ne montaient qu'une fois tous les quatre ou cinq ans, restaient là une heure à grommeler que c'était pareil que dans leur souvenir, puis redescendaient en poussant leurs enfants devant eux dans l'escalier, luttant contre les flots montants.

Terry se vit remettre les clés et un insigne temporaire. Marnes s'assura que la batterie de sa radio était chargée, que le volume de celle du bureau était à fond, et inspecta son arme. Il serra la main de Terry et lui souhaita bonne chance. Jahns sentit que l'heure du départ approchait et se détourna de la cellule vide. Elle dit au revoir à Terry, salua Marcha et sortit derrière Marnes.

— Ça ne vous ennuie pas trop de partir juste après un nettoyage ? demanda-t-elle lorsqu'ils entrèrent dans la cafétéria.

Elle savait combien l'ambiance serait agitée ce soir-là, et la foule irritable. Le moment semblait très mal choisi pour l'embarquer dans une expédition foncière-ment égoïste.

— Vous plaisantez ? J'ai besoin de ça. J'ai besoin de m'échapper.

Il jeta un œil vers l'écran mural, qui était masqué par la foule.

— Je n'arrive toujours pas à comprendre Holston, ce qui lui a pris, pourquoi il ne m'a jamais parlé de ce qui était en train de se passer dans sa tête. Quand nous reviendrons, j'arriverai peut-être à ne plus sentir sa présence dans le bureau. Parce que pour l'instant, j'ai du mal à respirer là-dedans.

Jahns y songea tandis qu'ils se frayaient un chemin à travers la cafétéria bondée. Les gobelets en plastique répandaient divers jus de fruits sur le sol et le maire sentit une odeur piquante d'alcool artisanal dans l'air, mais elle fit comme si de rien n'était. Les gens lui souhai-taient bonne route, lui demandaient de faire attention, promettaient d'aller voter. La nouvelle de leur descente s'était répandue plus vite que le punch corsé, même s'ils n'avaient presque prévenu personne. La plupart avaient l'impression que ce voyage était une opération de séduc-tion. Un déplacement électoral. Les habitants les plus jeunes du silo, qui n'avaient pas connu d'autre shérif qu'Holston, se mettaient déjà à saluer Marnes en l'affublant de ce titre. Mais ceux qui avaient des rides aux commissures des yeux étaient mieux avisés. Ils saluaient le duo d'un signe de tête et ils lui souhaitaient tacitement une autre espèce de chance. *Faites que ça dure*, disaient leurs yeux. *Faites en sorte que mes gamins vivent aussi longtemps que moi. Ne laissez pas les choses se délier, pas encore.*

Jahns vivait sous le poids de cette pression, un fardeau qui n'était pas seulement rude pour ses genoux. Elle resta silencieuse tandis qu'ils se dirigeaient vers l'escalier central. Une poignée de gens réclamèrent un discours, mais ces voix isolées ne firent pas d'émules. À son grand soulagement, l'appel ne fut pas repris en chœur. Qu'aurait-elle pu dire ? Qu'elle ne savait pas comment les choses perduraient ? Qu'elle ne comprenait même pas son tricot, comment, si on faisait des mailles et qu'on les faisait bien, ça tenait ? Leur aurait-elle dit qu'il suffisait d'un petit accroc pour que tout se délie ? Une entaille, et vous pouviez tirer et tirer jusqu'à ce que votre vêtement ne soit plus qu'un tas. Comptaient-ils vraiment sur elle pour comprendre, quand elle ne faisait qu'appliquer les règles et constater que ça fonctionnait toujours, année après année ?

Parce qu'elle ne comprenait pas ce qui faisait tenir les choses. Et elle ne comprenait pas leur état d'esprit, cette fête. Étaient-ils en train de boire et de crier parce qu'ils étaient à l'abri du danger ? Parce que le sort les avait épargnés, préservés du nettoyage ? Son peuple se réjouissait tandis qu'un homme bon, son ami, celui qui l'avait aidée à les garder tous sains et saufs, gisait sur une colline, aux côtés de son épouse. Si elle avait fait un discours, qui ne fût pas plein des mots interdits, ç'aurait été le suivant : que jamais, par le passé, deux personnes d'une telle valeur n'étaient parties au nettoyage de leur propre gré. Qu'est-ce que cela disait d'eux tous qui restaient ?

Mais l'heure n'était pas aux discours. Ni à la boisson. Ni aux réjouissances. L'heure était au silence, à la contemplation, et c'était l'une des raisons qui poussaient Jahns à s'en aller. Les choses avaient changé. Non au fil des jours, mais au fil des années. Elle le savait mieux que la plupart. Peut-être que la vieille Mme McLain des Fournitures le savait elle aussi, l'avait vu venir. Il fallait avoir beaucoup vécu pour en avoir la certitude, mais aujourd'hui elle en était sûre. Et comme le temps allait de l'avant et emportait son monde toujours plus vite, trop vite pour que ses pieds puissent le suivre, le maire Jahns savait qu'il la distancerait bientôt définitivement. Et sa grande peur, une peur qu'elle taisait mais qu'elle ressentait chaque jour, c'était que leur monde à eux ne puisse tituber très loin sans elle.

9

Le bruit de la canne de Jahns au contact de chaque marche métallique n'était pas très discret. Ce fut bientôt le métronome de leur descente, il réglait la musique de l'escalier, bondé, qui vibrait de l'énergie d'un nettoyage récent. À part eux deux, la circulation semblait intégralement montante. Ils luttaient contre le courant, frôlaient des coudes, et les "Bonjour, madame le maire !" étaient suivis d'un signe de tête à l'endroit de Marnes. Et Jahns la voyait sur leurs visages : la tentation de l'appeler shérif, tempérée par leur respect pour les circonstances terribles de cette promotion supposée.

— Vous êtes partie pour combien d'étages ? demanda Marnes.

— Pourquoi, déjà fatigué ?

Jahns regarda par-dessus son épaule pour le narguer un peu et vit l'épaisse moustache tordue en un sourire.

— Moi, la descente, c'est pas un problème. C'est remonter que je déteste.

Leurs mains se heurtèrent brièvement sur la rampe en colimaçon, celle de Jahns s'attardant tandis que Marnes avançait la sienne. Elle avait envie de lui dire qu'elle n'était pas du tout fatiguée, mais, de fait, elle ressentait une lassitude soudaine, un épuisement plus mental que physique. En une vision puérile, elle imagina Marnes plus jeune la soulevant du sol et la portant dans l'escalier. Une douce délivrance, qui soulagerait ses forces, qui la soulagerait de ses responsabilités. Elle s'en remettrait au pouvoir d'un autre, n'aurait plus à feindre le sien. Ce n'était pas un souvenir – c'était un avenir qui n'était jamais advenu. Et Jahns se sentit coupable à cette seule idée. Elle sentit son mari à côté d'elle, fantôme troublé par ces pensées…

— Madame le maire ? Combien d'étages, alors ?

Ils s'arrêtèrent et se collèrent contre la rampe pour laisser passer un porteur qui montait avec peine. Jahns reconnut le garçon, Conner. Il était encore adolescent mais avait déjà le dos robuste et le pas régulier. Un déploiement de paquets sanglés les uns aux autres était réparti en équilibre sur ses épaules. Le rictus qui lui tordait le visage n'était pas une grimace de fatigue ou de douleur, mais d'agacement. Qui étaient tous ces gens qui avaient soudain envahi son escalier ? Ces touristes ? Jahns voulut lancer un mot d'encouragement, une petite récompense verbale pour ces gens qui faisaient un travail que ses genoux n'auraient jamais supporté, mais il avait déjà disparu sur ses jeunes pieds vaillants, emportant avec lui nourriture et matériel en provenance du fond, seulement ralenti par la cohue qui tentait de remonter le silo dans l'unique but de jeter un œil au monde vaste et bien net qui s'étendait dehors.

Jahns et Marnes restèrent un instant à reprendre leur souffle entre les deux paliers. Marnes lui tendit sa gourde et elle se contenta de boire une petite gorgée polie avant de la lui rendre.

— J'aimerais faire la moitié du trajet aujourd'hui, finit-elle par répondre. Mais je veux faire quelques arrêts en chemin.

Marnes avala une lampée d'eau et commença à revisser le bouchon.

— Quelques visites à domicile ?

— En quelque sorte. Je veux m'arrêter à la nursery du vingtième.

Marnes rit.

— Pour faire des risettes aux bébés ? Madame le maire, personne n'a l'intention de voter contre vous. Pas à votre âge.

Jahns ne rit pas.

— Merci, dit-elle, feignant d'être peinée par cette remarque. Mais non, ce n'est pas pour faire des risettes aux bébés.

Elle se retourna et se remit en route ; Marnes lui emboîta le pas.

— Ce n'est pas que je ne me fie pas à votre jugement professionnel sur cette Jules, dit-elle. Depuis que je suis maire, vous avez toujours eu du nez.

— Même…? l'interrompit Marnes.

— Surtout pour lui, dit Jahns, sachant à quoi il pensait. C'était un homme bien, mais il avait le cœur brisé. Ça détruirait le meilleur des hommes.

Marnes émit un grommellement d'approbation.

— Alors pourquoi on s'arrête à la nursery ? Juliette n'est pas née au vingtième, pour autant que je me souvienne…

— Non, mais son père y travaille. Puisqu'on passe par là, je me suis dit qu'on pourrait sonder le bonhomme, en apprendre un peu sur sa fille.

— Un père comme témoin de moralité ? dit Marnes en riant. Dans le genre impartial, on doit trouver mieux.

— Je crois que vous seriez surpris. J'ai fait faire des recherches à Alice pendant que je me préparais. Elle a trouvé quelque chose d'intéressant.

— Ah oui ?

— Cette Juliette a encore tous les bons de vacances qu'elle a gagnés dans sa vie.

— Ce n'est pas rare aux Machines, dit Marnes. Ils font un paquet d'heures sup.

— Non seulement elle ne part pas, mais elle n'a pas non plus de visites.

— Je ne vois toujours pas où vous voulez en venir.

Jahns attendit qu'une famille soit passée. Un petit garçon qui devait avoir six ou sept ans faisait l'ascension sur les épaules de son père, la tête courbée pour ne pas se cogner au-dessous de l'escalier. La mère fermait la marche, un balluchon de voyage lui drapant l'épaule, un bébé emmailloté dans les bras. C'était la famille parfaite, pensa Jahns. Ils remplaçaient ce qu'ils prenaient. Deux pour deux. Exactement ce à quoi la loterie visait, et qu'elle accordait parfois.

— Dans ce cas, laissez-moi vous dire où je veux en venir. Je veux trouver le père de cette fille, le regarder dans les yeux, et lui demander pourquoi, depuis presque vingt ans que sa fille est partie aux Machines, il ne lui a jamais rendu visite. Pas une seule fois.

Elle se tourna vers Marnes, le vit froncer la moustache.

— Et pourquoi elle n'est pas non plus montée le voir une seule fois, ajouta-t-elle.

Le trafic se fit moins dense lorsqu'ils eurent passé le dixième étage et les appartements du haut. À chaque pas, Jahns redoutait d'avoir à reconquérir en remontant ces quelques centimètres perdus. C'était la partie facile, se rappela-t-elle. La descente était comme le déploiement d'un ressort d'acier la poussant vers le bas. Cela lui rappela ses cauchemars de noyade. Cauchemars idiots, puisqu'elle n'avait jamais vu d'eau en quantité suffisante pour s'y plonger, encore moins pour ne plus pouvoir respirer si elle se tenait debout. Mais comme ces rêves de chute vertigineuse que les gens faisaient parfois, ces cauchemars constituaient un legs d'un autre temps, des débris déterrés de leurs esprits endormis et qui semblaient dire : *Nous n'étions pas censés vivre de cette façon.*

Ainsi la descente, cette plongée en spirale, était-elle très semblable à la noyade qui l'engloutissait la nuit. Elle paraissait inexorable, inextricable. Comme un poids qui l'entraînait vers le bas, accompagné de la conscience qu'elle n'arriverait jamais à remonter à la surface.

Ils passèrent ensuite le secteur Textile, le pays des salopettes de toutes les couleurs, l'endroit d'où venaient ses pelotes de fil. L'odeur des teintures et d'autres produits chimiques flottait sur le palier. Une fenêtre percée dans le mur de parpaings incurvé donnait sur une petite boutique d'alimentation implantée en bordure de quartier. Elle avait été dévalisée par la foule, les étagères vidées par la demande pressante des marcheurs épuisés et le surcroît de fréquentation consécutif au nettoyage. Plusieurs porteurs lourdement chargés se bousculaient dans l'escalier, faisant de leur mieux pour satisfaire la demande, et Jahns dut admettre une vérité terrible au sujet du nettoyage de la veille : cette pratique barbare apportait plus qu'un soulagement psychologique, qu'un simple éclaircissement de la vue extérieure – elle renforçait aussi l'économie du silo. On avait soudain un prétexte pour voyager. Pour acheter. Et alors que les bavardages allaient bon train, que les familles et les vieux amis se revoyaient pour la première fois depuis des mois voire des années, une vitalité nouvelle était injectée dans tout le silo. C'était comme un vieux corps qui s'étirait, se dérouillait les articulations, dont le sang se remettait à circuler jusqu'aux extrémités. Une chose décrépite reprenait vie.

— Madame le maire !

Elle se retourna pour constater que Marnes avait presque disparu dans le virage au-dessus d'elle. Elle s'arrêta le temps qu'il la rattrape à pas pressés, en surveillant ses pieds.

— Doucement, dit-il. Je ne peux pas suivre si vous filez comme ça.

Jahns s'excusa. Elle n'avait pas conscience d'avoir changé de rythme.

Lorsqu'ils parvinrent dans la deuxième couche d'appartements, passé le seizième étage, Jahns se rendit compte qu'elle foulait déjà un territoire qu'elle n'avait pas vu depuis presque un an. On y entendait résonner la course de jambes plus jeunes qui se retrouvaient prises dans des amas de grimpeurs lents. L'école primaire du tiers supérieur se trouvait juste au-dessus de la nursery. À en croire ces va-et-vient et ces voix, la classe avait été suspendue. À la fois, pensa Jahns, parce qu'on savait que peu d'élèves seraient présents (leurs parents les emmenant voir la vue) et parce que beaucoup de professeurs voudraient en faire autant. Ils traversèrent le palier de l'école, où les marelles et autres jeux dessinés à la craie s'effaçaient sous les pas des passants, où les enfants se cramponnaient à la rampe, exhibant leurs genoux écorchés et balançant leurs pieds dans les airs, et où les huées et les cris d'enthousiasme se muaient en chuchotis secrets quand des adultes étaient présents.

— Content d'arriver, dit Marnes alors qu'ils descendaient le dernier étage avant la nursery. J'ai grand besoin d'une pause. J'espère au moins que ce monsieur aura le temps de nous voir.

— Il nous attend, dit Jahns. Alice lui a envoyé un message de mon bureau pour le prévenir.

Ils croisèrent du monde sur le palier de la nursery et s'arrêtèrent pour reprendre leur souffle. Quand Marnes lui passa sa gourde, Jahns but une longue gorgée d'eau puis vérifia l'état de sa coiffure dans la surface convexe et cabossée du récipient.

— Vous êtes très bien, dit-il.

— Assez maire ?

Il rit.

— Et même mieux que ça.

À ces mots, Jahns crut voir un pétillement dans les vieux yeux marron de l'adjoint, mais c'était probablement le reflet de la gourde lorsqu'il la porta à ses lèvres.

— Vingt étages en à peine plus de deux heures. Ce n'est pas un rythme à recommander, mais je suis content que nous ayons déjà fait tout ce chemin.

Il s'essuya la moustache et tendit le bras pour essayer de replacer la gourde dans son sac à dos.

— Attendez, dit Jahns.

Elle prit la gourde et la glissa dans le filet, à l'arrière du sac.

— Et laissez-moi mener les débats quand nous serons entrés, lui rappela-t-elle.

Marnes leva les mains et montra ses paumes innocentes, comme s'il n'avait jamais envisagé d'autre hypothèse. Il passa devant elle et tira l'une des lourdes portes métalliques, qui n'émit pas le grincement de gonds rouillés attendu. Jahns fut saisie par ce silence. Partout dans l'escalier, elle avait l'habitude d'entendre les vieilles portes gazouiller à l'ouverture et à la fermeture. C'était l'équivalent de la faune dans les fermes, toujours présente et toujours chantante. Mais ces gonds-là étaient badigeonnés d'huile, rigoureusement entretenus. Les écriteaux apposés aux murs de la salle d'attente renforçaient cette observation. Ils exigeaient le silence en caractères gras accompagnés de dessins de doigts sur les lèvres et de cercles barrés sur des bouches grandes ouvertes. La nursery prenait manifestement sa quiétude au sérieux.

— Me rappelle pas d'avoir vu autant d'écriteaux la dernière fois que je suis venu, chuchota Marnes.

— Vous étiez peut-être trop occupé à jacasser pour les remarquer, répondit Jahns.

Une infirmière leur lança un regard noir à travers une vitre et Jahns donna un coup de coude à l'adjoint.

— Madame le maire Jahns pour Peter Nichols, dit-elle.

Derrière sa vitre, l'infirmière ne broncha pas.

— Je sais qui vous êtes. J'ai voté pour vous.

— Ah, bien sûr. Eh bien, merci.

— Si vous voulez bien entrer.

La femme pressa un bouton sur son bureau et la porte située à côté d'elle émit un léger bourdonnement. Marnes poussa la porte et l'édile entra derrière lui.

— Si vous voulez bien enfiler ça.

L'infirmière – Margaret, à en croire le nom inscrit à la main sur son col – tendit deux blouses de toile soigneusement pliées. Jahns les prit toutes les deux et en donna une à l'adjoint.

— Vous pouvez me laisser vos sacs.

On ne disait pas non à Margaret. Jahns avait tout de suite senti qu'elle avait pénétré dans le domaine réservé de cette femme bien plus jeune qu'elle, qu'elle était devenue son inférieure au moment où elle avait franchi cette porte au bourdonnement discret. Elle posa sa canne contre le mur, se débarrassa de son sac, puis endossa la blouse. Marnes se battit avec la sienne jusqu'à ce que Margaret lui vienne en aide en lui tenant la manche. Il la tira à grand-peine sur sa chemise en jean, puis tint un bout de la longue ceinture en tissu dans chaque main comme si leur fonctionnement excédait ses capacités. Il regarda Jahns nouer la sienne et finit par emberlificoter suffisamment la chose pour que la blouse soit plus ou moins fermée.

— Quoi ? dit-il, voyant la façon dont Jahns le regardait. C'est pour ça que j'ai des menottes. Je n'ai jamais appris à faire un nœud, bon, et alors ?

— En soixante ans, dit Jahns.

Margaret pressa un autre bouton sur son bureau et indiqua le couloir.

— Le Dr Nichols est dans la nursery. Je le préviens de votre arrivée.

Jahns ouvrit la marche. Marnes la suivit en lui demandant :

— Pourquoi est-ce donc si difficile à croire ?

— Je trouve ça plutôt chou, en fait.

Marnes soupira.

— Quel mot affreux pour un homme de mon âge.

Jahns sourit toute seule. Au bout du couloir, elle fit une pause devant une porte à deux battants avant de l'entrouvrir. La pièce sur laquelle elle donnait était faiblement éclairée. Elle ouvrit un peu plus grand et ils pénétrèrent dans une salle d'attente austère mais propre. Elle s'en rappela une similaire, dans les étages du milieu, où elle avait accompagné une amie venue chercher son enfant. Une paroi de verre donnait sur une pièce contenant quelques berceaux et lits à barreaux. Jahns passa sa main sur sa hanche. Elle frotta la petite bosse dure de son implant désormais inutile, posé à la naissance et jamais retiré, pas une seule fois. Ce passage à la nursery lui rappela tout ce qu'elle avait perdu, tout ce à quoi elle avait renoncé pour son travail. Pour ses fantômes.

Il faisait trop sombre pour voir si des nouveau-nés gigotaient çà et là dans les petits lits. Elle était avertie de chaque naissance, bien sûr. En tant que maire, elle signait une lettre de félicitations ainsi qu'un acte de naissance pour chacun, mais les noms se confondaient dans sa tête au fil des jours. Il était rare qu'elle se souvienne à quel étage les parents habitaient, si c'était leur premier ou leur deuxième enfant. Ça la peinait de l'admettre, mais ces actes de naissance n'étaient plus que des papiers parmi d'autres, un devoir qu'elle remplissait machinalement.

La silhouette indistincte d'un adulte se déplaçait parmi les berceaux et la lumière de la salle d'observation faisait cligner la pince brillante d'un porte-bloc et le métal d'un stylo. La forme sombre était visiblement grande, la démarche et la carrure celles d'un homme âgé. Il prit son temps, nota quelque chose, penché sur un berceau, les deux miroitements métalliques se fondant au moment d'écrire. Lorsqu'il eut terminé, il traversa la pièce et emprunta une large porte pour rejoindre Marnes et Jahns dans la salle d'attente.

Peter Nichols était un personnage imposant, constata Jahns. Grand et mince, mais pas comme Marnes, qui semblait plier et déplier des membres incertains pour se mouvoir. Peter était mince comme quelqu'un qui fait de l'exercice, comme certains porteurs que Jahns connaissait, qui pouvaient monter les marches deux à deux en donnant l'impression d'avoir été expressément conçus pour ça. Quelqu'un à qui sa taille donnait de l'assurance. Jahns le sentit lorsqu'elle prit la main que Peter lui tendait et qu'il la serra fermement.

— Vous êtes venue, dit simplement Nichols.

C'était une observation froide, à peine teintée de surprise. Il serra la main de Marnes, mais son regard revint vers Jahns.

— J'ai expliqué à votre secrétaire que je ne vous serais pas d'un grand secours. Je crains de ne pas avoir vu Juliette depuis qu'elle est devenue ombre, il y a vingt ans.

— Eh bien, c'est justement ce dont je voulais vous parler.

Jahns jeta un regard aux banquettes garnies de coussins où elle imaginait que les grands-parents, oncles et tantes inquiets patientaient pendant qu'on unissait les parents à leur nouveau-né.

— On peut s'asseoir ?

Le Dr Nichols acquiesça, les invitant à s'installer.

— Je prends chacune de mes nominations très au sérieux, expliqua Jahns, assise en face du médecin. À mon âge, je m'attends à ce que la plupart des juges et des policiers que j'installe dans leur fonction me survivent, c'est pourquoi je choisis avec soin.

— Mais ce n'est pas toujours le cas, n'est-ce pas ?

Le Dr Nichols pencha la tête. Rien ne se lisait sur son visage maigre et soigneusement rasé.

— Ils ne vous survivent pas toujours, je veux dire.

Jahns déglutit. Marnes remua sur la banquette, à côté d'elle.

— La famille doit être importante pour vous, dit Jahns, changeant de sujet, comprenant qu'il ne s'agissait à nouveau que d'une simple observation, sans mauvaise intention. Pour que vous fassiez ombre pendant si longtemps, pour que vous choisissiez un métier si exigeant.

Nichols hocha la tête.

— Pourquoi ne vous voyez-vous jamais, Juliette et vous ? Tout de même, pas une seule fois en presque vingt ans. C'est votre seule enfant.

Nichols détourna légèrement la tête, son regard fuyant vers le mur. Jahns fut momentanément distraite par la vue d'une autre silhouette derrière la vitre, une infirmière qui faisait sa tournée. Une autre porte donnait sur ce qu'elle supposait être les salles d'accouchement, où, en ce moment même, une nouvelle mère convalescente attendait probablement qu'on lui tende son bien le plus précieux.

— J'ai aussi eu un fils, dit le Dr Nichols.

Jahns tendit la main vers son sac pour en sortir ses dossiers, mais il n'était pas à côté d'elle. Un frère, voilà un détail qui lui avait échappé.

— Vous ne pouviez pas le savoir, dit Nichols, déchiffrant le choc sur le visage du maire Jahns. Il n'a pas survécu. Techniquement, il n'a pas vu le jour. La loterie est passée aux suivants.

— J'en suis désolée…

Elle lutta contre une envie puissante de prendre la main de Marnes. Cela faisait des décennies qu'ils ne s'étaient pas touchés à dessein, même innocemment, mais la tristesse soudaine qui avait envahi la pièce crevait ce long intervalle.

— Il aurait dû s'appeler Nicholas, du nom du père de mon père. Il était né prématuré. Six cent quatre-vingts grammes.

Étrangement, la précision clinique de sa voix était encore plus triste qu'un épanchement aurait pu l'être.

— Ils l'ont intubé, l'ont placé en couveuse, mais il y a eu des… complications.

Le Dr Nichols regarda ses mains.

— Juliette avait treize ans. Elle était aussi excitée que nous, vous imaginez bien, voir arriver un bébé, un petit frère. À quatorze ans, elle devait devenir l'ombre de sa mère, qui était sage-femme.

Nichols leva les yeux.

— Pas dans cette nursery-là, du reste, dans l'ancienne nursery du milieu, là où nous travaillions tous les deux. Moi j'étais encore interne, à l'époque.

— Et Juliette?

Le maire Jahns ne voyait toujours pas le rapport.

— La couveuse a subi une défaillance technique. Quand Nicholas…

Le docteur détourna la tête et leva la main vers ses yeux, mais il parvint à se contenir.

— Désolé. Je l'appelle encore comme ça.

— Ne vous excusez pas.

Le maire Jahns tenait la main de l'adjoint Marnes. Elle ne savait pas quand et comment c'était arrivé. Le médecin n'avait pas l'air de l'avoir remarqué, ou probablement qu'il n'en avait cure.

— Pauvre Juliette.

Il secoua la tête.

— Elle était désemparée. Elle en a d'abord voulu à Rhoda, une sage-femme expérimentée dont le seul tort était d'avoir fait un miracle en offrant une mince chance de survie à notre garçon. Je le lui ai expliqué. Je crois qu'elle le savait. Mais elle avait besoin d'en vouloir à quelqu'un.

Il hocha la tête vers Jahns.

— Les filles, à cet âge-là, vous savez ce que c'est.

— Croyez-le ou non, je m'en souviens.

Jahns eut un sourire forcé que lui rendit le Dr Nichols. Elle sentit la main de Marnes serrer la sienne.

— Ce n'est qu'après la mort de sa mère qu'elle s'est mise à incriminer la couveuse tombée en panne. Enfin, pas la couveuse, mais l'état piteux dans lequel elle était. L'état de délabrement général des choses.

— Votre épouse a été victime de complications ? demanda Jahns.

Encore un détail du dossier qui semblait lui avoir échappé.

— Ma femme s'est donné la mort une semaine plus tard.

À nouveau, ce détachement clinique. Jahns se demanda si c'était un mécanisme de survie déclenché par ces événements ou un trait de caractère présent depuis toujours.

— Bizarre que je me souvienne pas de ça, dit l'adjoint Marnes, les premiers mots qu'il prononçait depuis qu'il s'était présenté au médecin.

— C'est que, j'ai moi-même rédigé l'acte de décès. J'ai donc pu indiquer la cause que je voulais…

— Et vous le reconnaissez ?

Marnes semblait prêt à bondir du banc. Pour faire quoi, Jahns se le demandait bien. Elle le tint par le bras pour qu'il reste tranquille.

— Maintenant qu'il y a prescription ? Bien sûr. Je le reconnais. Ce mensonge n'a servi à rien de toute façon. À cet âge-là déjà Juliette était intelligente. Elle a su. Et c'est la raison de sa f…

Il s'interrompit.

— De sa quoi ? demanda le maire Jahns. De sa folie ?

— Non.

Le Dr Nichols secoua la tête.

— Ce n'est pas ce que je voulais dire. C'est la raison de sa fuite. Elle a demandé un changement d'affectation. A réclamé de descendre aux Machines, d'entrer comme ombre à l'atelier. Elle était d'un an trop jeune pour ce genre de poste mais j'ai accepté. J'ai laissé faire. Je me suis dit qu'elle allait partir, respirer un peu l'air du fond et revenir. C'était naïf de ma part. Je pensais qu'un peu de liberté lui ferait du bien.

— Et vous ne l'avez jamais revue ?

— Une fois. Lors des funérailles de sa mère, quelques jours plus tard. Elle est montée toute seule, a assisté à l'enterrement, m'a embrassé, puis elle est redescendue. Le tout sans pause, à ce qu'on m'a dit. J'essaie de rester en contact avec elle. J'ai un collègue à la nursery du fond qui m'envoie des nouvelles de temps à autre. Juliette, c'est boulot, boulot, boulot.

Nichols marqua une pause et rit.

— Vous savez, quand elle était petite, je trouvais qu'elle était tout le portrait de sa mère. Mais elle s'est mise à me ressembler en grandissant.

— Y a-t-il quoi que ce soit, à votre connaissance, qui l'empêcherait ou la rendrait inapte à exercer la fonction de shérif du silo ? Vous comprenez ce que cette fonction implique, n'est-ce pas ?

— Je le comprends.

Nichols regarda Marnes, promenant ses yeux de l'insigne de cuivre apparent sous la blouse mal nouée au renflement du pistolet sur sa hanche.

— Tous les petits agents du silo ont besoin de quelqu'un là-haut pour donner les consignes, c'est ça ?

— Plus ou moins, dit Jahns.

— Pourquoi elle ?

Marnes s'éclaircit la voix.

— Elle nous a aidés dans une enquête, un jour…

— Jules ? Elle était remontée ?

— Non. C'est nous qui étions descendus.

— Elle n'est pas formée pour ça.

— Aucun d'entre nous ne l'est, dit Marnes. C'est plus une fonction… politique. Civique.

— Elle la refusera.

— Pourquoi ? demanda Jahns.

Nichols haussa les épaules.

— Vous le verrez par vous-mêmes, je pense.

Il se leva.

— J'aimerais pouvoir vous accorder davantage de temps, mais il faut vraiment que j'y retourne.

Il regarda la double porte.

— Nous accueillons bientôt une famille…

— Je comprends.

Jahns se leva et lui serra la main.

— Merci de nous avoir reçus.

Il rit.

— Est-ce que j'avais le choix ?

— Bien sûr.

— Si j'avais su…

Il sourit et Jahns vit qu'il plaisantait, du moins qu'il essayait. Lorsqu'ils le quittèrent et remontèrent le couloir pour aller rendre leurs blouses et récupérer leurs affaires, Jahns se trouva de plus en plus intriguée par cette nomination de Marnes. Une femme du fond. Au passé compliqué. Ce n'était pas son style. Elle se demanda si son jugement n'était pas altéré par *d'autres* facteurs. Et lorsqu'il lui tint la porte de la salle d'attente principale, le maire Jahns se demanda si elle ne le suivait pas dans cette aventure parce que son propre jugement était altéré.

10

C'était l'heure du déjeuner mais ni l'un ni l'autre n'avaient très faim. Jahns grignota une barre de maïs en marchant, fière de "manger en route", comme un porteur. Ils continuaient de croiser ces livreurs et l'estime de Jahns pour leur profession allait grandissant. Une étrange culpabilité la titillait à descendre si légèrement chargée quand ces hommes et ces femmes hissaient de tels fardeaux. Et à quelle vitesse ! Elle et Marnes se serrèrent contre la rampe lorsqu'un porteur descendit à pas lourds, l'air navré de déranger. Son ombre, une fille de quinze ou seize ans, marchait sur ses talons, lestée de ce qui semblait être des sacs de déchets pour le centre de recyclage. Jahns regarda la jeune fille disparaître dans la spirale. Ses jambes lisses et musclées finissaient à des kilomètres de son short, et Jahns se sentit tout à coup très vieille et très fatiguée.

Elle et Marnes trouvèrent leur rythme de croisière, chaque pied déjà tendu vers la marche suivante, une sorte d'effondrement des os, de résignation à la gravité, se laisser tomber sur ce pied, glisser la main, tendre la canne, recommencer. Le doute s'insinua en Jahns aux abords du trentième étage. Ce qui semblait une belle aventure au lever du soleil lui semblait désormais une entreprise immense. Chaque pas se faisait à contrecœur, avec la conscience de l'effort éreintant qu'il faudrait pour reconquérir cette altitude.

Au trente-deuxième, ils passèrent la station d'épuration du haut et Jahns réalisa que certaines parties du silo étaient presque nouvelles pour elle. À sa grande honte, il y avait une éternité qu'elle n'était pas descendue si bas. Et entre-temps, des changements étaient intervenus. Des constructions et des réparations étaient en cours. Les murs n'étaient plus de la même couleur que dans son souvenir. Encore qu'il lui était difficile de se fier à son souvenir…

Le trafic se fit moins dense à l'approche du DIT. C'était les étages les moins peuplés du silo. Moins de deux douzaines d'hommes et de femmes – mais surtout d'hommes – y opéraient, au sein de leur propre petit royaume. Les serveurs du silo occupaient presque un étage entier, leurs mémoires se rechargeant lentement de l'histoire récente après avoir été complètement effacées lors de l'insurrection. L'accès y était désormais drastiquement limité, et lorsque Jahns traversa le palier du trente-troisième, elle aurait juré entendre le bourdonnement puissant de toute l'électricité qu'ils consommaient. Elle ignorait ce qu'avait été le silo, ou quelle avait été sa fonction première, mais elle savait, sans avoir besoin de le demander ni qu'on le lui dise, que ces machines étranges en étaient les organes prééminents. Leur consommation électrique était un sujet de dispute récurrent lors des réunions budgétaires. Mais comme les nettoyages étaient nécessaires, et comme nul n'osait évoquer le monde extérieur et les dangereux tabous qui l'entouraient, le DIT jouissait d'une incroyable latitude. Il abritait les laboratoires qui confectionnaient les combinaisons, toutes taillées sur mesure pour la personne qui attendait dans la cellule, et cela suffisait à le distinguer du reste du silo.

Non, se dit Jahns, ce n'était pas simplement le tabou du nettoyage, la peur du monde extérieur. C'était l'espoir. Cet espoir mortel et inexprimé qui vivait en chaque habitant du silo. Un espoir ridicule, fantastique. L'espoir que, peut-être pas pour soi, mais pour ses enfants, ou pour les enfants de ses enfants, la vie au-dehors redevienne un jour possible, et ce, grâce au travail du DIT, grâce aux épaisses combinaisons qui sortaient de leurs laboratoires.

Vivre dehors. Le conditionnement qu'ils subissaient dans leur enfance était si fort que Jahns frémit d'y avoir pensé. Peut-être que Dieu allait l'entendre et la dénoncer. Comme ça ne lui arrivait que trop souvent, elle s'imagina en combinaison, se vit dans le cercueil flexible auquel elle avait condamné tant de gens.

Au trente-quatrième, elle s'arrêta un peu à l'écart de l'escalier. Marnes la rejoignit, sa gourde à la main. Jahns se rendit compte qu'elle avait bu à la gourde de son compagnon toute la journée pendant que la sienne était restée rangée dans son dos. Cela avait quelque chose d'enfantin et de romantique, mais il y avait également une raison pratique : il était plus difficile d'atteindre sa propre gourde que d'attraper celle de son voisin.

— Besoin d'une pause ?

Il lui passa la gourde, qui ne contenait plus que deux gorgées d'eau. Elle en but une.

— Voilà notre prochain arrêt, dit-elle.

Marnes leva les yeux vers les chiffres peints au pochoir au-dessus de la porte. Il devait bien savoir à quel étage ils se trouvaient, mais c'était comme s'il avait besoin de s'en assurer.

Jahns lui rendit sa gourde.

— Par le passé, je leur ai toujours soumis mes nominations par dépêche pour avoir leur aval. Le maire Humphries le faisait avant moi, et le maire Jeffers avant lui.

Elle haussa les épaules.

— C'est comme ça.

— Je ne savais pas qu'ils devaient donner leur accord.

Il avala la dernière gorgée et tapota l'épaule de Jahns en tournant un doigt pour lui demander de pivoter.

— Ils n'ont jamais refusé aucune de mes nominations, en tout cas.

Jahns sentit Marnes tirer sa gourde et enfoncer l'autre à la place. Son sac lui parut un brin plus léger. Elle comprit qu'il entendait porter son eau et la partager avec elle jusqu'à la dernière goutte.

— Je pense que cette règle tacite est là pour qu'on pèse avec soin le choix de chaque juge et de chaque policier, sachant qu'il y a un contrôle informel.

— Et donc, cette fois, vous faites ça en personne.

Elle se retourna pour faire face à son shérif adjoint.

— Je me suis dit que c'était sur le chemin…

Elle se tut, le temps qu'un couple se rue dans l'escalier derrière Marnes, se tenant par la main, et monte les marches deux à deux.

— … et qu'il serait peut-être encore plus voyant de ne pas se présenter au passage.

— Se présenter, dit Marnes.

Jahns crut un moment qu'il allait cracher par-dessus la rampe ; son ton paraissait requérir ce genre de ponctuation. Elle eut soudain l'impression d'avoir dévoilé une autre de ses faiblesses.

— Considérez ça comme une visite de courtoisie, dit-elle, se dirigeant vers la porte.

— Je vais considérer ça comme une mission d'inspection, marmonna Marnes en la suivant.

Jahns comprit que, cette fois, on n'allait pas se contenter de presser un bouton pour leur ouvrir la porte et les envoyer dans les profondeurs mystérieuses du DIT. Pendant qu'ils attendaient, elle vit qu'on tâtait et fouillait même un membre du département, identifiable à sa salopette rouge, alors qu'il *sortait* des locaux pour prendre l'escalier. Un homme muni d'un détecteur – un agent du service de sécurité interne du DIT – semblait avoir pour fonction de contrôler tous ceux qui franchissaient le portail métallique. La réceptionniste postée à l'extérieur les accueillit néanmoins avec déférence, apparemment heureuse d'avoir la visite du maire. Elle leur adressa ses condoléances pour le récent nettoyage, chose étrange à dire mais que Jahns aurait aimé entendre plus souvent. Ils furent conduits dans une petite salle de réunion adjacente au hall d'entrée, endroit prévu pour rencontrer les membres des autres départements sans avoir à leur infliger les contrôles de sécurité, supposa Jahns.

— Que d'espace ! chuchota Marnes lorsqu'ils furent seuls dans la pièce. Vous avez vu la taille de ce hall d'entrée ?

Jahns hocha la tête. Elle promena son regard sur les murs et au plafond, cherchant un judas, une confirmation au sentiment sinistre qu'elle avait d'être observée. Elle posa son sac et sa canne et, lasse, se laissa tomber dans l'un des somptueux fauteuils. Le siège glissa et elle s'aperçut qu'il était sur roulettes. Des roulettes bien huilées.

— J'ai toujours eu envie de jeter un œil à cet endroit, dit Marnes.

Il regarda à travers la vitre qui donnait sur le vaste hall.

— Chaque fois que je suis passé devant – et ce n'est pas arrivé plus d'une dizaine de fois – je me suis demandé ce qu'il y avait là-dedans.

Jahns faillit lui demander de se taire mais eut peur de le vexer.

— Dites donc, il a l'air pressé d'arriver. Ça doit être parce que c'est vous.

Jahns se retourna vers la vitre et aperçut Bernard Holland qui arrivait vers eux. Il disparut de leur champ de vision lorsqu'il approcha de la porte, la poignée s'abaissa d'un coup, et le petit homme qui avait pour mission d'assurer le bon fonctionnement du DIT pénétra dans la pièce d'un pas vif.

— Madame le maire.

Bernard était tout en dents, et celles de devant étaient de travers. Une moustache clairsemée tentait tant bien que mal de camoufler ce défaut. Petit, replet, une paire de lunettes juchée sur son petit nez, c'était le portrait type de l'expert technique. Et par-dessus tout, du moins aux yeux de Jahns, il avait l'air *intelligent*.

Il tendit la main à Jahns lorsqu'elle se leva de son fauteuil, ce satané siège se dérobant presque sous elle lorsqu'elle s'appuya sur les accoudoirs.

— Attention, dit Bernard, l'attrapant par le coude pour la maintenir. Monsieur l'adjoint, dit-il en adressant un signe de tête à Marnes tandis que le maire retrouvait l'équilibre. C'est un honneur que vous soyez descendue. Je sais que vous ne faites pas souvent ce genre de déplacement.

— Merci de nous recevoir dans un délai si bref, dit Jahns.

— Bien entendu. Je vous en prie, prenez vos aises.

Il fit un geste vers la table de réunion vernie. Elle était plus belle que celle de la mairie, mais Jahns se rassura en se disant qu'elle brillait parce qu'on l'utilisait moins souvent. Elle se rassit en se méfiant de son siège puis se pencha vers son sac et en sortit le jeu de dossiers.

— Droit au but, comme toujours, dit Bernard en s'asseyant à côté d'elle.

Il poussa ses petites lunettes rondes en haut de son nez et s'avança sur son fauteuil jusqu'à ce que son ventre dodu touche la table.

— Une qualité que j'ai toujours appréciée chez vous. Comme vous pouvez l'imaginer, après les événements regrettables d'hier, nous sommes occupés comme jamais. Beaucoup de données à éplucher.

— Qu'est-ce que ça donne ? demanda Jahns en arrangeant les documents devant elle.

— Y a du bon et y a du moins bon, comme toujours. Les valeurs de certaines des sondes d'étanchéité témoignent d'une amélioration. Les niveaux de concentration de huit des toxines connues dans l'atmosphère ont baissé, mais de peu. Deux ont augmenté. La plupart sont restés stables.

Il balaya le sujet d'un revers de main.

— Il y a là beaucoup de détails techniques ennuyeux, mais tout ça sera dans mon rapport. Je devrais pouvoir vous le faire porter avant votre retour.

— Parfait, dit Jahns.

Elle avait envie de dire autre chose, d'exprimer sa reconnaissance pour tout le travail effectué par son département, pour ce nouveau nettoyage réussi, Dieu savait comment. Mais c'était Holston qui gisait dehors, l'homme qui aurait été son ombre si elle en avait eu une, le seul qu'elle voyait prendre la suite lorsqu'elle serait morte et nourrirait les racines des arbres fruitiers. Il était trop tôt pour en parler, et plus encore pour s'en féliciter.

— Normalement c'est le genre de choses dont je vous informe par dépêche, dit-elle, mais puisque nous passions par là, et que la prochaine réunion du comité ne vous appellera pas là-haut avant, quoi, trois mois?

— Les années passent vite, dit Bernard.

— Je me suis dit que nous pourrions nous mettre d'accord de façon informelle dès maintenant, afin que je puisse proposer le poste à notre meilleure candidate.

Elle jeta un œil vers Marnes.

— Et si ça ne vous fait rien, nous pourrons achever les papiers quand nous remonterons, une fois qu'elle aura accepté.

Elle glissa le dossier vers Bernard et eut la surprise de le voir en sortir un à son tour, au lieu de prendre celui qu'elle lui donnait.

— Bien, voyons cela, dit-il.

Il ouvrit son dossier, s'humecta le pouce et parcourut quelques feuilles de papier de qualité supérieure.

— Nous étions prévenus de votre visite, mais votre liste de candidats n'est arrivée sur mon bureau que ce matin. Sans quoi j'aurais tâché de vous épargner ce voyage.

Il tira une feuille de papier dépourvue de plis. Elle n'avait même pas l'air d'avoir été blanchie. Jahns se demanda où le DIT trouvait ce genre de fournitures quand ses services ne tenaient qu'à coups de colle de farine.

— Parmi les trois candidats figurant sur cette liste, je pense que Billings est notre homme.

— Nous nous tournerons peut-être vers lui par la suite… commença Marnes.

— Je pense que nous devrions nous tourner vers lui dès maintenant.

Bernard glissa le papier vers Jahns. C'était un contrat d'acceptation. Avec des signatures au bas de la page. Il ne restait qu'une ligne vierge, sous laquelle le nom du maire était parfaitement imprimé.

Elle resta bouche bée.

— Vous avez déjà contacté Peter Billings?

— Il a accepté. La robe de juge risquait d'être un peu étouffante pour un homme si jeune et si plein d'énergie. C'était un excellent choix pour le poste, mais il sera encore meilleur à celui de shérif.

Jahns se rappela le processus de nomination de Peter. L'une de ces fois où elle s'était rangée à l'avis de Bernard, en se disant qu'il lui renverrait la politesse lors d'une prochaine nomination. Elle étudia la signature, l'écriture de Peter, qu'elle connaissait aux notes diverses qu'il faisait monter pour le juge Wilson, dont il était l'ombre. Et dire que l'un des porteurs qui les avaient doublés en trombe dans l'escalier, en s'excusant, redescendait probablement ce morceau de papier.

— Pour l'heure, je crains que Peter ne soit troisième sur notre liste, finit par dire le maire Jahns.

Elle avait soudain la voix fatiguée. Elle semblait faible, fragile dans l'espace caverneux de cette salle de réunion surdimensionnée et sous-employée. Elle leva les yeux vers Marnes, qui fixait le contrat d'un œil furieux, serrant et desserrant les dents.

— Bon, mais je crois que nous savons tous les deux que le nom de Murphy n'est là qu'à titre honorifique. Il est trop vieux pour ce travail…

— Plus jeune que moi, intervint Marnes. Et je tiens très bien le coup.

Bernard pencha la tête.

— Oui, enfin, votre premier choix ne fera pas l'affaire, j'en ai peur.

— Et je peux savoir pourquoi ? fit Jahns.

— Je ne sais pas à quel point vous avez… *approfondi* votre enquête, mais nous avons eu suffisamment de problèmes avec cette candidate pour que son nom me soit familier. Alors même qu'elle travaille à la Maintenance.

Bernard prononça ce dernier mot comme s'il était plein de clous et qu'il allait lui écorcher la bouche.

— Quel genre de problèmes ? voulut savoir Marnes.

Jahns lança à l'adjoint un regard d'avertissement.

— Rien que nous ayons souhaité signaler, remarquez.

Bernard se tourna vers Marnes. Il y avait du venin dans les yeux du petit homme, une haine primaire de l'adjoint, ou de l'étoile fixée sur sa poitrine.

— Pas de quoi déranger la police. Mais nous avons eu droit à des… réquisitions inventives de la part de son service, des détournements de matériel, des revendications de priorité abusives, ce genre de choses.

Bernard inspira un grand coup et croisa les mains sur le dossier qu'il avait devant lui.

— Je n'irais pas jusqu'à parler de *vol* à proprement parler, mais nous avons transmis des plaintes à Deagan Knox, en tant que chef du département des Machines, pour l'informer de ces… irrégularités.

— C'est tout ? grogna Marnes. Des réquisitions ?

Bernard fronça les sourcils. Il aplatit ses mains sur le dossier.

— C'est tout ? Est-ce que vous m'avez écouté ? Cette femme a quasiment volé des marchandises, elle a fait détourner du matériel destiné à *mon* département. Et il n'est même pas sûr que ce soit pour le silo. Peut-être à des fins de profit personnel. Dieu sait qu'elle utilise plus que sa part d'électricité. Peut-être qu'elle les échange contre des jetons…

— S'agit-il d'une plainte officielle ? demanda Marnes.

D'un geste ostensible, il sortit son carnet de sa poche et fit cliqueter son stylo.

— Non, non. Comme je vous le disais, nous ne voudrions pas déranger vos services avec ça. Mais vous voyez bien que ce genre de personne n'est pas faite pour exercer de hautes fonctions de police. Pour être franc, cela ne m'étonne guère d'une mécanicienne, et il vaut mieux qu'elle le reste, j'en ai peur.

Il tapota sur le dossier, comme pour classer l'affaire.

— C'est ce que vous suggérez, dit le maire Jahns.

— Eh bien, oui. Et puisque nous avons un si bon candidat, qui vit déjà en haut, prêt et disposé à servir, il me semble que…

— Je prendrai en compte cette *suggestion*.

Jahns ramassa le contrat impeccable et le plia délibérément en deux, passant ses doigts sur toute la largeur et pinçant le pli entre ses ongles. Elle le fourra dans l'un de ses dossiers sous les yeux horrifiés de Bernard.

— Et puisque vous n'avez pas de plainte *officielle* à formuler envers notre première candidate, je considère que vous approuvez tacitement notre entretien avec elle.

Jahns se leva et attrapa son sac. Elle glissa les dossiers dans la poche extérieure, ferma le rabat et récupéra sa canne, posée en appui contre la table.

— Merci de nous avoir reçus.

— Certes, mais…

Bernard bondit de son fauteuil et se rua derrière Jahns, qui franchissait la porte. Marnes se leva et suivit en souriant.

— Qu'est-ce que je dis à Peter? Il pense commencer d'un moment à l'autre !

— Vous n'auriez jamais dû lui dire quoi que ce soit, dit Jahns.

Elle s'arrêta dans le hall et lança un regard noir au directeur.

— Je vous ai communiqué ma liste en toute confidentialité. Et vous avez violé ce principe. Alors, j'apprécie tout ce que vous faites pour le silo. Cela fait longtemps que nous collaborons en toute harmonie, que nous présidons à ce qui est peut-être la période la plus prospère que notre peuple ait connue…

— C'est pourquoi… commença Bernard.

— C'est pourquoi je vous pardonne ce manquement, dit le maire Jahns. Mais c'est *mon* travail. Mon peuple. C'est pour prendre ce genre de décisions qu'ils m'ont élue. Mon adjoint et moi allons donc vous laisser. Nous allons accorder un entretien équitable à notre premier choix. Et soyez certain que je m'arrêterai au retour s'il y a quoi que ce soit à signer.

Bernard leva les mains, vaincu.

— Très bien. Je m'excuse. J'espérais seulement accélérer les choses. Mais je vous en prie, reposez-vous un peu, vous êtes ici chez vous. Je vais vous faire apporter quelque chose à manger, des fruits peut-être?

— Nous allons vous laisser.

— Bon.

Il hocha la tête.

— Mais un peu d'eau, au moins? De quoi remplir vos gourdes?

Jahns se rappela que l'une des gourdes était déjà vide, or il leur restait quelques étages à parcourir.

— Ce serait aimable à vous, dit-elle.

Elle fit un signe à Marnes et il se tourna pour qu'elle puisse attraper le bidon. Puis elle se tourna à son tour pour qu'il puisse attraper le second. D'un geste, Bernard demanda à l'un de ses employés de venir les chercher, sans jamais quitter des yeux cet échange intime et curieux.

11

Ils avaient presque atteint le cinquantième quand Jahns eut à nouveau les idées claires. Elle avait l'impression de sentir le poids du contrat de Peter Billings dans son sac. Quelques pas derrière elle, Marnes grommelait ses propres griefs. Il médisait de Bernard en s'efforçant de la suivre, et Jahns réalisa que son choix était fixé. La fatigue qu'elle éprouvait dans les cuisses et les mollets était aggravée par le sentiment croissant que ce voyage était plus qu'une erreur : il était probablement vain. Un père qui vous avertit que sa fille dira non. Le DIT qui fait pression pour que vous choisissiez quelqu'un d'autre. À présent, elle faisait chaque pas avec crainte. Avec crainte et avec une certitude nouvelle : Juliette était faite pour le poste. Ils allaient devoir convaincre cette mécano d'accepter, ne serait-ce que pour donner une leçon à Bernard, ne serait-ce que pour éviter d'avoir fait ce périple ardu en pure perte.

Jahns était vieille, elle était maire depuis longtemps, en partie parce qu'elle faisait avancer les choses, en partie parce qu'elle en empêchait de pires d'advenir, mais surtout parce qu'elle faisait rarement du grabuge. Elle se dit qu'il était grand temps de s'y mettre – maintenant qu'elle était assez vieille pour se moquer des conséquences. Elle se retourna vers Marnes et sut qu'il en allait de même pour lui. Ils avaient fait leur temps. Le meilleur service qu'ils pouvaient rendre au silo, le plus important, c'était de pérenniser leur héritage. Pas d'insurrections. Pas d'abus de pouvoir. C'est pour ça que personne ne s'était présenté contre elle lors des dernières élections. Mais aujourd'hui, alors qu'elle glissait doucement vers la ligne d'arrivée, elle sentait que des candidats plus forts et plus jeunes se préparaient à lui passer devant. Combien de juges avait-elle approuvés à la demande de Bernard ? Et aujourd'hui ce serait le shérif ? Combien de temps avant que Bernard ne soit maire ? Ou pire : avant qu'il ne manipule des marionnettes aux fils entrelacés dans tout le silo.

— Tout doux, souffla Marnes.

Jahns réalisa qu'elle allait trop vite. Elle ralentit.

— Ce salaud vous a mis en ébullition, dit-il.

— Et vous feriez bien de l'être aussi.

— Vous êtes en train de passer les jardins.

Jahns jeta un œil au numéro de palier et vit qu'il avait raison. Si elle avait fait attention, elle aurait remarqué l'odeur. Lorsque les portes s'ouvrirent, sur le palier suivant, un porteur sortit à grands pas, un sac de fruits sur chaque épaule et elle fut assaillie par le parfum de végétation humide et luxuriante qui l'accompagnait. L'heure du dîner était déjà passée et l'odeur était enivrante. Bien que lourdement chargé, le porteur, les voyant arriver, retint la porte avec son pied, les bras bandés autour des deux gros sacs.

— Madame le maire, dit-il en inclinant la tête, avant de saluer Marnes également.

Jahns le remercia. La plupart des porteurs lui semblaient familiers : elle les avait vus à maintes reprises lors de leurs livraisons dans tout le silo. Mais ils ne restaient jamais assez longtemps au même endroit pour qu'elle parvienne à saisir et retenir un nom, ce qu'elle avait normalement le chic pour faire. Alors qu'ils entraient dans les fermes hydroponiques, elle se demanda si les porteurs arrivaient à rentrer chez eux tous les soirs pour être avec leur famille. Avaient-ils seulement une famille, d'ailleurs ?

Ou étaient-ils comme les prêtres ? Elle était trop vieille et trop curieuse pour ne pas savoir une chose pareille ! Mais peut-être fallait-il passer une journée entière dans l'escalier pour apprécier leur travail, pour véritablement faire attention à eux. Les porteurs étaient comme l'air qu'elle respirait, toujours là, à leur service, suffisamment nécessaires pour être partout et tenus pour acquis. Mais la lassitude de la descente avait complètement ouvert ses sens à leur présence. C'était comme un soudain manque d'oxygène, qui lui faisait prendre conscience de leur valeur.

— Sentez-moi un peu ces oranges, dit Marnes, l'arrachant à ses pensées.

L'adjoint humait l'air alors qu'ils franchissaient le petit portail des jardins. Un employé en salopette verte leur fit signe d'avancer.

— Ici, les sacs, madame le maire, dit-il en montrant un mur de casiers inégalement remplis de sacs à dos et autres ballots.

Jahns obtempéra, laissant son fourbi dans l'un des casiers. Marnes le poussa au fond et ajouta le sien devant. Elle ignorait si c'était pour économiser l'espace ou l'expression de son éternel réflexe protecteur, mais elle trouvait ce geste aussi doux que l'air qui régnait dans les jardins.

— Nous avons des réservations pour la soirée, dit Jahns à l'employé.

Il acquiesça.

— Les chambres se trouvent à l'étage d'en dessous. Je crois que les vôtres ne sont pas encore prêtes. Êtes-vous simplement ici en visite ou pour manger ?

— Un peu des deux.

Le jeune homme sourit.

— Dans ce cas, le temps que vous mangiez un morceau, vos chambres devraient être faites.

Leurs chambres, songea Jahns. Elle remercia le jeune homme et suivit Marnes dans le lacis de jardins.

— Combien de temps que vous n'étiez pas venu ? demanda-t-elle.

— Ouh là. Un bon moment. Quatre ans, quelque chose comme ça ?

— Ah oui ! Comment ai-je pu oublier ?

Elle éclata de rire.

— Le casse du siècle !

— Je suis content que vous trouviez ça drôle.

Au bout de l'allée, la spirale sinueuse des jardins hydroponiques partait de chaque côté. Ce tunnel principal serpentait sur deux niveaux, ondulait tel un labyrinthe jusqu'aux lointains murs de béton. Le bruit incessant des gouttes qui tombaient des tuyaux était étrangement apaisant. Leur flic-floc se répercutait contre le plafond bas. Le tunnel était ouvert sur les côtés, laissant apparaître le vert touffu des plantes, des légumes et des petits arbres qui poussaient parmi un treillis de tuyaux en plastique blanc. Partout, des ficelles étaient tendues pour servir de support aux tiges et aux lianes grimpantes. Des hommes et des femmes accompagnés de leurs jeunes ombres s'occupaient des plantations, tous en salopette verte. À leurs cous pendaient des sacs gonflés de la récolte du jour et dans leurs mains claquaient de petits sécateurs qui semblaient faire partie de leurs corps. La coupe s'opérait avec une adresse et une facilité hypnotisantes, le genre de maîtrise qu'on n'atteignait qu'après des jours, des semaines, des années de pratique répétitive.

— Ce n'est pas vous qui aviez suggéré le premier que le voleur était quelqu'un d'ici ? demanda Jahns, continuant à rire dans sa barbe.

Elle et Marnes suivaient les panneaux indiquant le réfectoire et la salle de dégustation.

— Vous tenez vraiment à remettre ça sur le tapis ?

— Je ne vois pas ce qu'il y a d'embarrassant. Il faut en rire.

— Un jour, peut-être.

Il s'arrêta et contempla une planche de tomates à travers le grillage. En sentant leur puissante odeur de fruits mûrs, Jahns eut des gargouillements.

— On nous mettait vraiment la pression pour coffrer quelqu'un à l'époque, dit doucement Marnes. Holston était dans tous ses états. Il m'écrivait chaque soir pour avoir un rapport. Je ne l'ai jamais connu si désireux de pincer quelqu'un. Comme s'il en avait vraiment *besoin*, vous voyez?

Il accrocha ses doigts au treillis de protection et regarda par-delà les plantations, semblant scruter les années passées.

— Rétrospectivement, j'ai presque l'impression qu'il savait pour Allison. Qu'il voyait venir la folie.

Il se retourna vers Jahns.

— Vous vous rappelez l'atmosphère qui régnait avant le nettoyage d'Allison? Ça faisait si longtemps. Tout le monde était à cran.

Jahns avait depuis longtemps cessé de sourire. Elle se tenait tout près de Marnes. Il se retourna vers le jardin, regarda un travailleur sectionner une tomate rouge, bien mûre, et la placer dans son panier.

— Je crois qu'Holston voulait faire tomber la pression du silo, vous savez. Je crois qu'il avait envie de descendre et d'enquêter lui-même. Il me réclamait des rapports tous les jours, comme si une vie en dépendait.

— Désolée d'avoir soulevé le sujet, dit Jahns en posant une main sur l'épaule de Marnes.

Marnes tourna la tête et regarda le dos de cette main. Sa lèvre inférieure était visible sous sa moustache. Jahns imagina Marnes posant un baiser sur sa main. Elle la retira.

— Y a pas de mal, dit-il. Abstraction faite de tout ça, j'imagine que c'est plutôt drôle.

Il se retourna et se remit en route.

— Est-ce qu'on a fini par comprendre comment il était arrivé là?

— Par l'escalier, dit Marnes. C'est la seule explication. Quoique j'aie entendu une personne suggérer qu'un enfant l'avait peut-être volé pour s'en faire un animal de compagnie avant de le relâcher ici.

Jahns rit. C'était irrépressible.

— Un lapin, dit-elle, un lapin qui trompe le plus grand policier vivant et se fait la malle avec un an de salaire en légumes.

Marnes secoua la tête et rigola un peu.

— Pas le plus grand, non. Ça n'a jamais été moi.

Il contempla l'allée et se racla la gorge. Jahns savait très bien à qui il pensait.

Après un dîner substantiel, repus, ils se retirèrent dans leurs chambres à l'étage du dessous. Jahns avait l'impression qu'on s'était mis en quatre pour les recevoir. Toutes les chambres étaient bondées, beaucoup faisant l'objet d'une double, voire d'une triple réservation. Et comme le nettoyage avait été programmé bien avant leur équipée, elle soupçonnait les gens des jardins d'avoir annulé des réservations pour leur faire de la place. Le pire, c'était qu'on leur avait donné deux chambres séparées alors que la sienne comptait déjà deux lits. Ce n'était pas seulement le gaspillage qui la chagrinait. C'était cette organisation. Jahns avait espéré être davantage… incommodée.

Et Marnes devait partager ce sentiment. Comme il était encore tôt dans la soirée et qu'ils étaient tous deux grisés par le repas fin et le vin fort, Marnes invita Jahns à venir bavarder un peu dans sa petite chambre pendant que les jardins s'endormaient doucement.

La chambre ne comportait qu'un lit d'une place mais elle était aménagée avec goût et douillette à souhait. Les jardins du haut faisaient partie de la petite douzaine de grandes entreprises privées du silo. Tous leurs frais de séjour seraient couverts par le budget déplacements de la mairie, et cet argent, comme les nuitées acquittées par les autres voyageurs, permettait à l'établissement de s'offrir un équipement plus raffiné : de jolis draps provenant des métiers à tisser, des sommiers qui ne grinçaient pas...

Jahns prit place au bout du lit. Marnes défit l'étui de son revolver, le posa sur la commode et s'affala sur un petit banc à quelques pas d'elle. Tandis qu'elle faisait tomber ses bottes et se massait les pieds, il dégoisa sur la nourriture, sur le gâchis que représentaient ces chambres séparées, tout en se lissant la moustache.

Jahns faisait tourner ses pouces dans ses talons endoloris.

— J'ai l'impression qu'il va me falloir une semaine de repos au fond avant d'entamer la remontée, fit-elle pendant un silence.

— Ce ne sera pas si terrible, lui dit Marnes. Vous verrez. Vous aurez des courbatures au réveil, mais dès que vous vous remettrez en mouvement, vous vous sentirez plus forte qu'aujourd'hui. Et ce sera la même chose pour remonter. Il suffira de se pencher sur chaque marche, et vous serez rentrée avant d'avoir eu le temps de vous en rendre compte.

— J'espère que vous dites vrai.

— En plus, nous ferons le trajet en quatre jours au lieu de deux. Prenez-le comme une aventure.

— C'est déjà le cas, vous pouvez me croire.

Ils restèrent un moment silencieux, Jahns adossée aux oreillers, Marnes les yeux dans le vide. Elle fut surprise de découvrir combien il était naturel et apaisant de se trouver simplement dans une chambre, seule, avec lui. Parler n'était pas nécessaire. Ils pouvaient se contenter d'*être*. Pas d'insignes, pas de bureau. Deux personnes.

— Vous ne voyez pas de prêtre, si ? demanda enfin Marnes.

Elle secoua la tête.

— Non. Et vous ?

— Pas encore. Mais j'y songe.

— Holston?

— En partie.

Il se pencha et se frotta les cuisses, comme pour en essorer la douleur.

— J'aimerais savoir où son âme est partie, d'après eux.

— Elle est encore parmi nous. Du moins c'est ce qu'ils répondraient.

— Qu'est-ce que vous en pensez?

— Moi?

Elle se redressa et s'appuya sur un coude. Elle le regarda la regarder.

— Je ne sais pas, vraiment. J'ai trop d'occupation pour y penser.

— Vous croyez que l'âme de Donald est encore parmi nous?

Jahns eut un frisson. Elle ne se souvenait pas depuis quand personne n'avait plus prononcé son nom.

— J'ai été sa veuve plus longtemps que j'ai été sa femme. J'ai été mariée plus longtemps à son fantôme qu'à lui.

— Est-ce bien la chose à dire?

Jahns baissa les yeux vers le lit. Le monde s'était un peu embué.

— Je ne crois pas qu'il m'en voudrait. Et oui, il est toujours à mes côtés. Il m'encourage chaque jour à être quelqu'un de bien. J'ai l'impression qu'il veille sur moi tout le temps.

— Moi aussi, dit Marnes.

Jahns leva les yeux et vit qu'il la fixait.

— Vous pensez qu'il voudrait que vous soyez heureuse? À tous points de vue, je veux dire?

Il cessa de se masser les cuisses et resta comme ça, les mains sur les genoux, jusqu'à ce qu'il ne puisse plus soutenir le regard de Jahns.

— Vous étiez son meilleur ami, dit-elle. À votre avis, que voudrait-il?

Il se frotta le visage et jeta un regard vers la porte fermée alors qu'un enfant rieur passait en martelant le couloir.

— Je crois qu'il n'a jamais rien voulu d'autre que votre bonheur. C'est pour ça que c'était l'homme qu'il vous fallait.

Jahns profita de ce qu'il ne regardait pas pour s'essuyer les yeux et contempla curieusement ses doigts humides.

— Il se fait tard, dit-elle.

Elle se glissa au bord du petit lit, ramassa ses bottes. Sa canne et son sac l'attendaient à côté de la porte.

— Et je crois que vous avez raison. Que j'aurai un peu mal demain matin, mais qu'en fin de compte, je me sentirai plus forte.

12

Au second et dernier jour de leur descente vers le fond, l'inédit devint peu à peu l'accoutumée. La rumeur et les tintements du grand escalier en colimaçon trouvèrent un rythme. Jahns arrivait maintenant à se perdre dans ses pensées, rêvant si sereinement qu'elle levait les yeux vers le numéro de palier, 72, 84, et se demandait où était passée cette douzaine d'étages. La crampe de son genou gauche avait même disparu – était-elle engourdie par la fatigue ou bel et bien passée, elle l'ignorait. Elle utilisait de moins en moins sa canne qui ne faisait que la ralentir, glissant entre les marches et y restant coincée. Calée sous son bras, elle lui paraissait plus utile. Comme un os ajouté à son squelette, en renforçant la cohésion.

Lorsqu'ils passèrent le quatre-vingt-dixième étage, où flottait l'odeur fétide de l'engrais, des porcs et des autres animaux qui produisaient cet utile déchet, Jahns poursuivit sa route, sautant la visite et le déjeuner qu'elle avait prévus, n'ayant qu'une pensée fugace pour le petit lapin qui était parvenu à s'échapper d'une autre ferme, à monter vingt étages sans se faire repérer, et à manger à satiété pendant trois semaines, plongeant la moitié du silo dans la perplexité.

Techniquement, ils furent au fond lorsqu'ils atteignirent le quatre-vingt-dix-septième. Le tiers inférieur. Mais si le silo était mathématiquement divisé en trois parties de quarante-huit étages, le cerveau de Jahns ne fonctionnait pas de cette façon. L'étage cent constituait une meilleure démarcation. Un repère. Elle compta les étages jusqu'à ce qu'elle et Marnes déboulent sur le premier palier à trois chiffres, puis elle s'arrêta pour faire une pause.

Elle constata que Marnes était à bout de souffle. Quant à elle, elle était en pleine forme. En vie et régénérée par cette équipée, exactement comme elle l'espérait. Le sentiment d'inanité, la crainte et l'épuisement de la veille s'étaient envolés. La seule petite peur qui la tiraillait encore, c'était de voir ces sentiments lugubres ressurgir, c'était que cette poussée d'allégresse ne soit temporaire et qu'à trop s'arrêter ou y réfléchir, l'euphorie ne parte en fumée et ne la laisse à nouveau morne et sombre.

Ils partagèrent une petite miche de pain, assis sur le treillis métallique du vaste palier, les coudes en appui sur la rampe et les pieds pendant au-dessus de l'espace vide, comme deux gamins qui sèchent l'école. Le niveau 100 grouillait de gens qui allaient et venaient. L'étage entier était un bazar, un lieu d'échange de marchandises, où troquer ses jetons de travail contre ce dont on avait besoin ou simplement envie. Des travailleurs déambulaient, leur ombre sur les talons, des familles s'appelaient à grands cris dans la cohue étourdissante, des marchands aboyaient leurs bonnes affaires. Les portes restaient ouvertes au va-et-vient, laissant bruits et odeurs se répandre sur le double palier, dont les grilles vibraient d'animation.

Jahns se délectait d'être une anonyme dans la foule des passants. Elle mordit dans sa moitié de miche, savourant le goût de levure fraîche du pain cuit le matin même, se sentant comme une personne parmi d'autres. Une personne rajeunie. Marnes lui coupa un morceau de fromage et une lamelle de pomme et les mit en sandwich. Lorsqu'il les lui tendit, sa main effleura celle de Jahns.

Même les miettes dans sa moustache contribuaient à la perfection du moment.

— Nous sommes en avance, dit Marnes avant de mordre dans sa pomme.

Ce n'était qu'une observation agréable. Une petite tape dans leurs vieux dos pour s'en féliciter.

— On devrait pouvoir être au 140 au dîner.

— Là, je ne redoute même plus l'ascension, dit Jahns.

Elle termina sa pomme au fromage et mâcha avec contentement. Tout avait meilleur goût quand on voyageait, décida-t-elle. Ou quand on était en bonne compagnie, ou au milieu de la musique qui s'échappait du bazar, où un mendiant faisait résonner les cordes de son ukulélé dans le brouhaha de la foule.

— Pourquoi ne descendons-nous pas ici plus souvent ? demanda-t-elle.

Marnes grommela.

— Parce qu'il y a cent étages à parcourir ? D'ailleurs, on a la vue, le salon, le bar de Kipper. Parmi tous ces gens, combien y montent plus d'une fois tous les trois ou quatre ans ?

Jahns rumina cette remarque et sa dernière bouchée de pain.

— Vous pensez que c'est naturel ? De ne pas s'aventurer trop loin d'où on habite ?

— Vous suis pas, dit Marnes au détour d'une bouchée.

— Imaginez, juste par hypothèse, hein, que des gens vivaient dans ces anciens silos de surface qui pointent derrière la crête de la colline. Pensez-vous vraiment qu'ils se déplaçaient si peu ? Qu'ils restaient dans le même silo ? Sans jamais venir se promener par ici ou parcourir cent étages d'escalier ?

— Je ne pense pas à ce genre de choses, dit Marnes.

Et elle ne devrait pas y penser non plus, lut Jahns entre les lignes. Il était parfois impossible de savoir ce que l'on avait le droit de dire ou non à propos du monde extérieur. C'était le genre de discussion qu'on avait entre époux, et peut-être que la marche et la journée de compagnonnage de la veille lui montaient à la tête. Ou peut-être n'était-elle pas moins sujette à l'euphorie d'après nettoyage que n'importe qui : à ce sentiment que certaines règles pouvaient être assouplies, certaines tentations courtisées, le relâchement de la pression dans le silo servant de prétexte pour passer un mois à frétiller intérieurement.

— Est-ce qu'on se remet en route ? demanda Jahns alors que Marnes terminait son pain.

Il acquiesça. Ils se levèrent et reprirent leurs affaires. Une femme qui passait par là les dévisagea, les reconnaissant tout à coup, avant de disparaître aux trousses de ses enfants.

Le fond était véritablement comme un autre monde, se dit Jahns. Elle était restée trop longtemps sans descendre. Et alors qu'elle se promettait de faire mieux à l'avenir, elle savait au fond d'elle, comme une machine qui rouille et sent son âge, que c'était son dernier périple.

Les paliers dérivaient sous ses yeux. Les jardins du bas, la grande ferme des 130 et l'âcre station d'épuration au-dessous. Elle était perdue dans ses pensées, se remémorait la conversation de la veille, l'idée que Donald avait davantage vécu dans sa mémoire que dans la réalité, lorsqu'elle parvint au portail du cent quarantième.

Elle n'avait même pas remarqué le changement dans l'escalier, la prépondérance des salopettes de denim bleu, des sacoches remplies de pièces et d'outils sur le dos des porteurs, plutôt que de vêtements, de nourriture et de colis personnels. Mais la foule massée au portail lui indiqua qu'elle était parvenue au niveau supérieur des Machines. Devant l'entrée se pressaient des ouvriers vêtus d'amples salopettes bleues maculées de très vieilles taches. Jahns pouvait presque les ranger par professions au vu des outils qu'ils portaient. La journée était bien avancée, et la plupart d'entre eux devaient rentrer chez eux après avoir effectué des réparations çà et là dans le silo. Elle était ébahie qu'on puisse parcourir tant d'étages et qu'on doive encore travailler une fois arrivé. Puis elle se rappela que c'était exactement ce qu'elle s'apprêtait à faire.

Plutôt que d'abuser de leur statut et de leur pouvoir, ils firent la queue derrière les ouvriers qui pointaient au portail. Pendant que ces hommes et ces femmes fatigués indiquaient le lieu et la durée de leur déplacement, Jahns pensa au temps qu'elle avait perdu à ruminer sa propre existence durant cette longue descente, au lieu de peaufiner sa façon d'approcher la dénommée Juliette. Une nervosité inhabituelle lui noua l'estomac tandis que la file avançait lentement. L'ouvrier qui les précédait montra sa carte des Machines, de couleur bleue. Il griffonna ses renseignements sur une ardoise poussiéreuse. Quand vint leur tour, ils poussèrent la première barrière et montrèrent leurs cartes dorées. Le garde haussa les sourcils puis parut reconnaître le maire.

— Votre Honneur, dit-il, et Jahns ne le reprit pas. On ne vous attendait pas pendant cette faction.

Il leur fit signe de ranger leurs cartes et attrapa un petit bout de craie.

— Laissez.

Jahns le regarda tourner le tableau et inscrire leurs noms en capitales soignées, essuyant involontairement l'ardoise avec le dessous de sa main. Pour Marnes, il écrivit simplement "Shérif" et là encore, Jahns ne le corrigea pas.

— Je sais qu'elle ne nous attendait pas si tôt, dit Jahns, mais je me demandais si nous pouvions rencontrer Juliette Nichols dès maintenant.

Le garde se retourna vers l'horloge numérique qui donnait l'heure exacte, derrière lui.

— Il lui reste une heure de travail sur la génératrice. Voire deux, telle que je la connais. Vous pourriez trouver la cantine en attendant.

Jahns regarda Marnes, qui semblait indécis.

— Je n'ai pas vraiment faim, là, dit-il.

— Et si nous allions la voir au travail ? Ce serait bien de voir ce qu'elle fait. Nous nous ferions tout petits pour ne pas la déranger.

Le garde haussa les épaules.

— Vous êtes le maire. Je peux pas refuser.

Il pointa son bout de craie vers le couloir. Les gens qui faisaient la queue derrière eux commençaient à piaffer d'impatience.

— Voyez ça avec Knox. Il trouvera quelqu'un pour vous y conduire.

On avait peu de chances de passer à côté du chef des Machines : Knox remplissait largement la salopette la plus grande que Jahns ait jamais vue. Elle se demanda si le surcroît de tissu lui avait coûté des jetons supplémentaires et comment un homme parvenait à remplir un tel ventre. Une barbe épaisse ajoutait à son envergure. Quant à savoir s'il souriait ou se renfrognait à leur approche, c'était impossible : il était aussi expressif qu'un mur de béton.

Jahns expliqua leur requête. Marnes dit bonjour à Knox, et elle comprit qu'ils avaient dû faire connaissance la dernière fois que l'adjoint était descendu. Knox écouta, opina du chef puis rugit d'une voix si rauque qu'il était impossible de distinguer les mots les uns des autres. Mais cela faisait sens pour quelqu'un, puisqu'un jeune garçon se matérialisa derrière lui, un gamin miséreux aux cheveux d'un orange inhabituellement vif.

— Tlesconduisjusquàjules, grogna Knox.

Il y avait aussi peu d'espace entre ses mots que dans sa barbe, à l'endroit où il aurait dû y avoir une bouche. Le garçon, qui était jeune, même pour une ombre, fit un signe de la main et partit comme une flèche. Marnes remercia Knox, qui ne bougea pas d'un cil, et ils se mirent aux trousses du petit.

Jahns constata qu'aux Machines, les couloirs étaient encore plus étroits qu'ailleurs dans le silo. Ils se faufilèrent à travers le flux des travailleurs sortant du travail, entre des murs de béton badigeonnés d'enduit mais non peints, rugueux lorsqu'on s'y frottait l'épaule. Au-dessus de leurs têtes, des séries de tuyaux et de gaines électriques parallèles et sinueuses couraient à découvert. Jahns éprouvait le besoin de baisser la tête en dépit des quinze centimètres de marge ; elle vit que nombre d'ouvriers de grande taille marchaient voûtés. Les plafonniers, espacés et de faible puissance, donnaient l'écrasante sensation de marcher dans un tunnel qui s'enfonçait toujours plus profond dans la terre.

La jeune ombre aux cheveux orange les fit bifurquer à plusieurs reprises, suivant sans hésiter un itinéraire manifestement familier. Ils débouchèrent sur un de ces escaliers qui tournaient vers la droite par volées perpendiculaires et ils descendirent deux étages supplémentaires. Jahns perçut un grondement qui s'accentua en descendant. Lorsqu'ils quittèrent la cage d'escalier du cent quarante-deuxième, ils passèrent devant un engin étrange installé dans une pièce ouverte sur le couloir. Un bras d'acier grand comme plusieurs personnes mises bout à bout montait et descendait, actionnant un piston qui traversait le sol de béton. Jahns ralentit pour observer ses fluctuations rythmées. Il flottait dans l'air une odeur chimique, une odeur de pourri qu'elle n'arrivait pas à identifier.

— C'est ça, la génératrice ?

Marnes eut un rire condescendant, typiquement masculin.

— Ça, c'est une pompe, dit-il. Un puits de pétrole. C'est ce qui vous permet de lire le soir.

Il lui serra l'épaule en la dépassant, et elle lui pardonna aussitôt d'avoir ri d'elle. Elle se hâta de les rattraper, lui et la jeune ombre de Knox.

— La génératrice, c'est ce vrombissement que vous entendez, dit Marnes. La pompe amène le pétrole, il est traité dans une installation située quelques étages plus bas, après quoi on peut le consommer.

Jahns avait de vagues connaissances à ce sujet, vestiges, peut-être, d'une réunion du comité. Une fois encore, elle fut stupéfaite de constater à quel point le silo lui était étranger, à elle qui était censée le diriger – du moins sur le papier.

Le grognement continuel des cloisons augmentait à mesure qu'ils approchaient du bout du couloir. Quand le garçon aux cheveux orange ouvrit les portes, le bruit se fit assourdissant. Jahns fut réticente à aller plus loin, et Marnes lui-même sembla hésiter. Le gamin agita frénétiquement la main pour leur faire signe d'avancer et Jahns dut adjurer ses pieds de la porter vers le bruit. Soudain, elle se demanda si on les conduisait *dehors*. C'était une idée absurde, illogique – c'était simplement la menace la plus dangereuse qu'elle pouvait concevoir.

Lorsqu'elle eut franchi le seuil, blottie derrière Marnes, le garçon laissa claquer la porte derrière elle et ils se retrouvèrent piégés à l'intérieur, avec le vacarme. Le gamin décrocha un casque antibruit dont ne pendait aucun fil d'un présentoir placé près du mur. Jahns l'imita et se couvrit les oreilles. Étouffé, le bruit ne subsista plus que dans sa poitrine et ses terminaisons nerveuses. Elle se demanda ce qui justifiait que ce présentoir soit installé à l'*intérieur* plutôt qu'à l'extérieur de la salle.

Le garçon fit un geste et dit quelque chose, mais ses mots n'étaient plus que des mouvements de lèvres. Ils le suivirent dans un étroit couloir dont le sol, de simples grilles d'acier, était semblable à celui des paliers du silo. Après un coude, une des cloisons s'effaça pour laisser place à un garde-corps composé de trois barres horizontales. Derrière le garde-corps apparut une machine invraisemblable. Grande comme l'appartement et le bureau de

Jahns réunis. D'abord, Jahns ne vit rien bouger, rien qui justifie le martèlement qu'elle ressentait dans sa poitrine et partout sur sa peau. Ce n'est que lorsqu'ils eurent fait le tour de la machine qu'elle aperçut la tige d'acier qui sortait du dos de l'unité et tournait furieusement, disparaissant dans une autre énorme machine de métal pleine de câbles épais comme la taille d'un homme et qui montaient vers le plafond.

La puissance électrique était palpable dans la salle. Lorsqu'ils atteignirent le bout de la seconde machine, Jahns aperçut enfin une silhouette solitaire qui travaillait à côté. Une femme en salopette, d'apparence jeune, portant un casque dont dépassait une natte de cheveux châtains, était penchée sur une clé à molette aussi grande qu'elle. Sa présence faisait ressortir les proportions terrifiantes des machines, mais elle ne semblait pas les craindre. Elle pesait sur la clé de tout son corps, frôlant de terriblement près l'unité rugissante, rappelant à Jahns un vieux conte pour enfants dans lequel une souris arrachait une flèche prise dans la peau d'une bête imaginaire qui portait le nom d'éléphant. Qu'une femme de cette taille puisse réparer une machine d'une telle férocité semblait absurde. Mais Jahns la regarda travailler pendant que la jeune ombre se glissait par un portail et courait lui tirer sur le coin de la salopette.

La femme se retourna sans s'alarmer et plissa les yeux pour regarder vers Jahns et Marnes. Elle s'essuya le front d'une main et, de l'autre, jeta la clé sur son épaule. Elle donna une tape amicale sur la tête de la jeune ombre et vint à leur rencontre. Jahns vit qu'elle avait des bras minces, aux muscles dessinés. Elle ne portait pas de maillot de corps, seulement une salopette bleue qui montait haut sur sa poitrine, découvrant un peu de peau mate et luisante de sueur. Elle avait le même teint basané que les cultivateurs qui passaient leurs journées sous les lampes de croissance, mais à en croire l'état de sa tenue, cela pouvait aussi bien venir du cambouis et de la crasse.

Elle s'arrêta devant Jahns et Marnes et les salua d'un hochement de tête. Marnes eut droit à un léger sourire de connivence. Elle ne leur tendit pas la main, ce dont Jahns lui fut reconnaissante. Au lieu de ça, elle désigna une porte dans une cloison de verre et partit dans cette direction.

Marnes la talonna comme un chiot et Jahns ne tarda pas à suivre. Elle se tourna pour s'assurer que l'ombre n'était pas dans ses pieds mais l'aperçut qui détalait par où il était venu, ses cheveux rougeoyant sous l'éclairage de la salle des machines. En ce qui le concernait, il avait accompli son devoir.

Dans la petite salle de contrôle, le bruit s'atténua. Il disparut presque entièrement quand l'épaisse porte fut refermée. Juliette ôta son casque et son protège-oreilles et les jeta sur une étagère. Jahns tira timidement sur le sien, constata qu'il ne subsistait qu'un lointain ronflement, et l'enleva complètement. La pièce était exiguë et pleine de surfaces métalliques et de voyants qui clignotaient. Jahns n'en avait jamais vu de semblable. Elle trouva étrange d'être également maire de cette pièce, dont elle connaissait à peine l'existence et certainement pas le fonctionnement.

Pendant que les oreilles de Jahns cessaient de bourdonner, Juliette régla quelques boutons, regardant de petits bras trembloter sous des écrans de verre.

— Je croyais qu'on faisait ça demain matin, dit-elle, concentrée sur sa tâche.

— Nous sommes allés plus vite que j'espérais.

Jahns regarda Marnes, qui tenait son protège-oreilles à deux mains et gigotait sur place, gêné.

— Content de vous revoir, Jules, dit-il.

Elle hocha la tête et se pencha pour regarder les machines gargantuesques à travers l'épaisse vitre, promenant ses mains sur le grand tableau de contrôle sans avoir besoin de baisser les yeux, réglant de gros boutons noirs aux graduations blanches effacées.

— Désolée pour votre partenaire, dit-elle en consultant une rangée de cadrans.

Elle se retourna pour regarder Marnes, et Jahns vit que, sous la crasse et la sueur, cette femme était très belle. Elle avait le visage ferme et fin, les yeux brillants. Une intelligence farouche qu'on pouvait mesurer à distance. Et elle observait Marnes avec une compassion extrême, visible au sillon qui ridait son front.

— Vraiment, dit-elle. Je suis sincèrement désolée. Ç'avait l'air d'être un homme bien.

— Le meilleur des hommes, bredouilla Marnes, la voix fêlée.

Juliette hocha la tête, comme s'il n'y avait rien de plus à dire. Elle se tourna vers Jahns.

— Cette vibration que vous sentez dans le sol, madame le maire ? C'est un accouplement qui n'a même pas deux millimètres de jeu. Si vous trouvez ça désagréable ici, allez un peu poser les mains sur la machine. Vous aurez vite fait de ne plus sentir vos doigts. Laissez-les assez longtemps et vos os se mettront à s'entrechoquer, comme si vous étiez en train de vous disloquer.

Elle se retourna et tendit le bras entre Jahns et Marnes pour pousser un énorme interrupteur, puis revint vers le tableau de contrôle.

— Alors imaginez ce que la génératrice subit, à tressauter comme ça. Les dents commencent à s'éroder dans la transmission, de petits copeaux de métal circulent dans le combustible comme des grains de papier de verre. Et du jour au lendemain, on a une explosion d'acier et plus d'autre électricité que celle que la génératrice de secours veut bien nous cracher.

Jahns retint son souffle.

— Vous avez besoin qu'on aille chercher quelqu'un ? demanda Marnes.

Juliette rit.

— Rien de tout cela n'est nouveau ou différent de ce qui se passe durant n'importe quelle faction. Si on n'était pas en train de démonter la génératrice de secours pour changer des joints, et qu'on pouvait réduire le régime de moitié pendant une semaine, je pourrais sortir cet accouplement, le rajuster, et la refaire tourner comme une toupie.

Elle décocha un regard à Jahns.

— Mais comme on a un mandat qui nous demande de tourner à cent pour cent de nos capacités et sans interruption, ce n'est pas possible. Alors je vais continuer à serrer des boulons qui vont continuer à essayer de se dévisser, et je vais tâcher de trouver les bons réglages ici pour que la bécane continue à filer à peu près doux.

— Je n'en avais pas la moindre idée, quand j'ai signé le mandat…

— Moi qui croyais avoir suffisamment simplifié mon rapport pour que les choses soient claires.

— Combien de temps avant la panne ?

Jahns se rendit soudain compte qu'elle n'était pas en train de faire passer un entretien à cette femme, mais que les demandes allaient dans l'autre sens.

— Combien de temps ?

Juliette rit et secoua la tête. Elle acheva un dernier réglage et se retourna pour leur faire face, les bras croisés.

— Ça peut arriver maintenant. Ça peut arriver dans cent ans. Mais ce qui est sûr, c'est que *ça va* arriver, et que c'est parfaitement évitable. L'objectif ne devrait pas être de faire fonctionner cet endroit cahin-caha de notre vivant. Ou jusqu'à la fin de notre mandat, dit-elle en adressant à Jahns un regard plein de sous-entendus. Si on ne vise pas la pérennité, autant faire nos valises tout de suite.

Jahns vit le shérif adjoint se raidir à ces mots. Elle sentit son propre corps réagir et un frisson lui parcourir la peau. Cette dernière remarque frisait dangereusement la trahison. La métaphore ne la sauvait qu'à moitié.

— Je pourrais décréter un congé énergétique, proposa Jahns. Le présenter comme un hommage à ceux qui nettoient.

Elle y réfléchit davantage.

— Ça pourrait être l'occasion de réviser plus que votre machine, là. Nous pourrions…

— M'étonnerait que le DIT vous envoie pas chier, dit Juliette.

Elle se frotta le menton, puis essuya son poignet sur sa salopette. Elle regarda le cambouis passé sur le tissu.

— Si vous me passez l'expression, madame le maire.

Jahns avait envie de lui dire qu'il n'y avait pas de mal, mais l'attitude de cette femme, son autorité, lui rappelait trop celle qu'elle avait été et qu'elle avait presque oubliée. Une femme jeune qui ne s'encombrait pas de civilités et parvenait à ses fins. Elle se surprit à jeter un regard vers Marnes.

— Pourquoi ciblez-vous ce département en particulier ? Pour l'électricité, je veux dire.

Juliette rit et décroisa les bras pour les lever au plafond.

— Pourquoi ? Parce que le DIT occupe, quoi, trois étages sur cent quarante-quatre ? Et qu'ils utilisent plus du quart de l'électricité que nous produisons. Je peux faire le calcul pour vous si…

— Ce ne sera pas nécessaire.

— Et à ma connaissance, un serveur n'a jamais nourri quiconque ni sauvé la vie à personne, ni raccommodé un futal.

L'édile sourit. Elle comprit soudain ce que Marnes aimait chez cette femme. Elle comprit du même coup ce qu'il avait vu jadis en la jeune Jahns, avant qu'elle épouse son meilleur ami.

— Et si on demandait au DIT de lever le pied une semaine pour procéder eux-mêmes à des opérations de maintenance ? Ça irait ?

— Je croyais qu'on était descendus pour la recruter et l'arracher à tout ça, marmonna Marnes.

Juliette le mitrailla du regard.

— Et je croyais vous avoir dit, à vous ou à votre secrétaire, qu'il était inutile de vous fatiguer. Je n'ai absolument rien contre ce que vous faites, mais on a besoin de moi ici.

Elle leva le bras et regarda ce qui pendait à son poignet. C'était une montre. Mais elle l'observait comme si elle fonctionnait encore.

— Bon, je resterais bavarder avec plaisir, dit-elle en levant les yeux vers Jahns. Surtout si vous pouvez garantir un congé électrique. Mais j'ai encore quelques réglages à faire et je suis déjà en heures sup. Knox s'énerve quand j'en fais trop.

— Nous vous fichons la paix, dit Jahns. Nous n'avons pas encore dîné, peut-être qu'on pourrait se voir après ? Quand vous aurez débauché et fait un brin de toilette ?

Juliette baissa la tête et se regarda, comme pour vérifier qu'elle avait besoin de se laver.

— Oui, bien sûr. Ils vous ont mis dans le dortoir ?

Marnes acquiesça.

— Très bien. Je vous retrouve plus tard. Et n'oubliez pas vos casques.

Elle montra ses oreilles, regarda Marnes dans les yeux, fit un signe de tête et reprit son travail, les informant que la discussion était provisoirement close.

13

Marnes et Jahns furent conduits à la cantine par Marck, un mécano de la seconde équipe qui sortait du travail. Marnes semblait contrarié d'avoir besoin d'un guide. L'adjoint possédait cette qualité proprement masculine qui consiste à faire mine de savoir où on est même quand on n'en a aucune idée. Pour tenter de le prouver, il ouvrait la marche et s'arrêtait à chaque intersection pour pointer un doigt interrogateur dans telle ou telle direction. Chaque fois, Marck riait et le corrigeait.

— Mais ces couloirs sont tous pareils, bougonnait Marnes en reprenant la tête du groupe.

Jahns s'amusait de cette démonstration de virilité et restait en arrière, profitant d'avoir un coéquipier de Juliette sous la main pour le faire parler. Marck avait l'odeur du fond, cette odeur qui se répandait dans l'air chaque fois qu'un mécano montait faire une réparation dans ses locaux. C'était le mélange propre à leur travail, un cocktail de transpiration, de cambouis et de vagues produits chimiques. Mais Jahns apprenait lentement à en faire abstraction. Elle constata que Marck était un homme aimable et attentionné, un homme qui la prit par le bras lorsqu'un chariot de pièces ferraillantes passa en trombe, un homme qui saluait tous ceux qu'ils croisaient dans ces couloirs mal éclairés, pleins de fils qui tombent et de tuyaux qui dépassent. Il vivait et respirait bien plus haut que sa condition l'y disposait, pensa Jahns. Il était rayonnant d'assurance. Même dans l'obscurité, son sourire projetait des ombres.

— Vous la connaissez bien, Juliette ? lui demanda-t-elle lorsque le vacarme du chariot se fut estompé.

— Jules ? Comme une sœur. Nous autres, au fond, on forme une grande famille.

Il dit ça comme s'il supposait qu'il en allait autrement dans le reste du silo. Devant eux, Marnes se gratta la tête à un croisement et devina correctement. À l'angle opposé, deux mécanos étaient dans le passage, en train de rire. Marck fit un brin de causette avec eux et Jahns crut qu'ils parlaient une autre langue. Elle se demanda si Marck n'avait pas raison, s'il n'en allait pas tout autrement dans les profondeurs du silo. Ici, les gens avaient l'air d'afficher leurs pensées et leurs sentiments, de dire exactement ce qu'ils voulaient dire, tout comme les tuyaux et les fils étaient laissés à nu.

— Par ici, dit Marck en pointant le doigt vers un brouhaha de conversations et de couverts tintant contre des assiettes en métal qui provenait de l'autre bout d'un vaste hall.

— Et donc, avez-vous quoi que ce soit à nous dire à propos de Jules ? demanda Jahns.

Elle sourit à Marck lorsqu'il lui tint la porte.

— Qui serait bon à savoir ?

Tous deux suivirent Marnes vers quelques places libres. Le personnel de cuisine s'affairait entre les tables, servant les mécaniciens à leur place au lieu de leur faire faire la queue. Avant même qu'ils aient fini de s'installer sur les bancs d'aluminium cabossés, des bols de soupe et des verres d'eau dans lesquels flottaient des tranches de citron vert leur étaient présentés, ainsi que de gros bouts de pain arrachés à la miche et posés à même la surface abîmée de la table.

— Vous me demandez de me porter garant de Jules ?

Marck s'assit et remercia l'homme imposant qui leur distribuait leur ration de nourriture et leur cuillère. Jahns chercha des yeux une serviette et constata que la plupart des gens utilisaient le chiffon graisseux qui pendait de la poche avant ou arrière de leur salopette.

— Seulement de nous dire ce qui serait bon à savoir.

Marnes étudia son morceau de pain, le renifla puis en trempa le bout dans sa soupe. Une table voisine partit d'un grand éclat de rire à la chute d'une histoire ou d'une blague.

— Je sais une chose : vous pouvez lui donner n'importe quel travail, elle y arrivera. Elle a toujours été comme ça. Mais je n'ai probablement pas besoin de vous convaincre d'embaucher quelqu'un qui vous a déjà fait faire tout ce chemin. J'imagine que votre décision est prise.

Il avala une cuillerée de soupe. Jahns prit son couvert et vit qu'il était tordu et ébréché, le dos éraflé comme si on s'en était servi pour creuser.

— Vous la connaissez depuis combien de temps ? demanda Marnes.

L'adjoint mâchait son pain détrempé, fournissant un effort héroïque pour se fondre dans le paysage, pour faire comme s'il était du coin.

— Je suis né ici, leur dit Marck, élevant la voix pour couvrir le vacarme de la salle. J'étais ombre à l'Électricité quand Jules est arrivée. Elle avait un an de moins que moi. Je ne lui donnais pas deux semaines avant de réclamer à grands cris de pouvoir s'en aller d'ici. On a eu notre lot de fugueurs et de transférés, de gamins du milieu qui pensaient que leurs problèmes n'oseraient pas les suivre où ils…

Il laissa sa phrase en suspens et son regard s'éclaira lorsqu'une femme discrète enjamba le banc d'en face pour se glisser à côté de Marnes. La nouvelle venue s'essuya les mains à son chiffon, le fourra dans sa poche de poitrine et se pencha sur la table pour déposer un baiser sur la joue de Marck.

— Chérie, tu te souviens de l'adjoint Marnes.

Marck désigna le policier, qui s'essuyait la moustache avec sa paume.

— Shirly, mon épouse.

Ils se serrèrent la main. Les taches sombres que Shirly avait sur les phalanges semblaient indélébiles, comme un tatouage laissé par son travail.

— Et ton maire, Mme Jahns.

Les deux femmes se serrèrent également la main. Jahns se félicita de savoir accepter cette poigne ferme sans se soucier du cambouis.

— Enchantée, dit Shirly.

Elle s'assit. Son repas s'était matérialisé comme par enchantement pendant les présentations et la soupe fumante tanguait dans son bol.

— A-t-on commis un crime, monsieur l'agent?

Shirly déchira son bout de pain en souriant à Marnes pour indiquer qu'elle plaisantait.

— Ils sont venus haranguer Jules pour la convaincre de monter travailler avec eux, dit Marck, et Jahns le surprit à lever un sourcil à ces mots.

— Bonne chance, dit Shirly. Si cette fille bouge d'un étage un jour, ce sera pour descendre jusque dans les mines.

Jahns voulait lui demander ce qu'elle voulait dire par là, mais Marck se tourna vers elle et reprit là où il en était.

— Je travaillais donc à l'Électricité quand elle est arrivée…

— Tu les ennuies avec tes souvenirs de jeunesse? demanda Shirly.

— Je leur raconte l'arrivée de Jules.

Sa femme sourit.

— J'apprenais auprès du vieux Walk, à l'époque. C'était du temps où il se sortait encore, où on pouvait le croiser ici ou là…

— Ah oui, Walker, dit Marnes en donnant un coup de cuillère sur la main de Jahns. Sacré bricoleur. Il ne quitte jamais son atelier.

121

Jahns hocha la tête, s'efforçant de suivre. Plusieurs des joyeux drilles de la table voisine se levèrent pour partir. Shirly et Marck les saluèrent et échangèrent quelques mots avec certains d'entre eux avant de se retourner vers la table.

— J'en étais où ? demanda Marck. Ah oui, donc la première fois que j'ai rencontré Jules, c'est quand elle est arrivée dans l'atelier de Walk avec cette pompe.

Marck avala une gorgée d'eau.

— Un des premiers trucs qu'ils lui font faire, et faut voir qu'à l'époque c'est qu'une pauvre gamine, hein ! Douze ans. Mince comme un clou. Fraîchement débarquée du milieu ou de je ne sais où là-haut.

Il agita la main, comme si tout ça c'était la même chose.

— Ils lui font traîner des pompes gigantesques jusque chez Walk pour qu'il en retende les moteurs, en gros pour qu'il déroule un kilomètre de câble et le remette en place.

Marck s'arrêta et rit.

— Enfin, pour qu'il me le fasse faire, à vrai dire. Bref, c'est une sorte d'initiation, voyez ? Vous faites tous des trucs de ce genre à vos ombres, non ? Juste pour les roder un peu ?

Ni Jahns ni Marnes ne réagirent. Marck haussa les épaules et poursuivit.

— En tout cas, ces pompes, c'était du lourd. Elles pesaient forcément plus qu'elle. Elles faisaient peut-être le double de son poids. Et elle était censée se débrouiller pour les mettre sur des chariots et les monter quatre étages plus haut…

— Attendez. Mais comment ? demanda Jahns, essayant d'imaginer une fille de cet âge en train de déplacer un morceau de métal deux fois plus lourd qu'elle.

— Peu importe. Poulies, cordes, corruption, tout est permis. C'est le but du jeu, hein ? Et ils lui en avaient mis dix de côté…

— Dix, répéta Jahns.

— Ouais, et y en avait probablement deux qu'avaient besoin d'être retendues… ajouta Shirly.

— Et encore, rigola Marck. Du coup, les paris allaient bon train entre Walk et moi pour savoir combien de temps elle allait mettre avant de se carapater chez son paternel.

— Je lui donnais une semaine, dit Shirly.

Marck touilla sa soupe et secoua la tête.

— Seulement voilà, quand elle a réussi son coup, aucun d'entre nous n'a été foutu de dire comment elle avait fait. Ce n'est que des années plus tard qu'elle nous a enfin expliqué.

— On était assis à cette table, là-bas, dit Shirly. Je n'ai jamais autant ri de ma vie.

— Qu'elle vous a expliqué quoi ? demanda Jahns.

Elle avait oublié sa soupe. Les volutes de vapeur s'étaient éteintes depuis longtemps.

— Une chose est sûre, j'ai bien remonté les bobines de dix pompes cette semaine-là. À chaque instant, j'attendais qu'elle craque. J'espérais. J'avais les doigts en compote. C'était pas possible qu'elle les déplace toutes.

Marck secoua la tête.

— Pas possible. Et pourtant je continuais à les remonter, elle continuait à les emporter, et un peu plus tard elle m'en rapportait une autre. On a fait les dix en six jours. La petite morveuse est même allée voir Knox, qui n'était que chef d'équipe, à l'époque, pour lui demander si elle pouvait prendre un jour de congé.

Shirly rit, les yeux rivés à son bol de soupe.

— Elle s'était fait aider, alors, dit Marnes. Quelqu'un avait dû prendre pitié d'elle.

Marck s'essuya les yeux et secoua la tête.

— Oh, mais pas du tout. Quelqu'un les aurait vus, aurait dit quelque chose. Surtout quand Knox a exigé de connaître le fin mot de l'histoire. Le vieux a failli péter un câble quand il lui a demandé comment elle avait fait. Jules était là à hausser les épaules, calme comme une batterie à plat.

123

— Mais comment elle a fait ? demanda Jahns.

À présent, elle mourait d'envie de savoir. Marck sourit.

— Elle n'a déplacé qu'une seule et même pompe. Elle a failli se casser le dos en la montant, mais elle n'en a déplacé qu'une.

— Et toi tu l'as remonté dix fois, dit Shirly.

— Oui, inutile de me le rappeler.

— Attendez.

Jahns leva une main.

— Et les autres ?

— Elle les a retendues elle-même. La faute à Walk. Il n'a pas été capable de tenir sa langue quand elle a balayé l'atelier le premier soir. Elle était là à poser des questions, à me tanner pendant que je travaillais sur cette première pompe. Une fois le boulot terminé, elle a roulé la pompe jusqu'au bout du couloir, et au lieu de s'embêter avec l'escalier, elle l'a rangée dans l'atelier de peinture, encore sur son diable. Et ensuite elle est redescendue, elle a pris la deuxième pompe et elle l'a traînée dans la remise à outils juste à côté. Où elle a passé toute la nuit à apprendre comment recâbler un moteur.

— Ah, dit Jahns, qui voyait où il venait en venir. Et le lendemain matin, elle vous a ressorti la même pompe que la veille de l'atelier de peinture.

— Voilà. Et elle est partie rembobiner du cuivre quatre étages plus bas pendant que j'en faisais autant ici.

Marnes éclata de rire et tapa sur la table, faisant sauter les bols et les bouts de pain.

— J'ai fait deux moteurs par jour, cette semaine-là, une cadence infernale.

— Oui, enfin, concrètement, tu n'as fait qu'un moteur dans la semaine, souligna Shirly, hilare.

— Ouais. Et Juliette suivait la cadence. Elle a rapporté toutes les pompes à son modèle avec un jour d'avance, un jour qu'elle a demandé à prendre.

— Et qu'elle a obtenu, si je me souviens bien, ajouta Shirly en secouant la tête. Une ombre qui prend un jour de congé. Énorme.

— D'autant qu'elle n'était même pas censée achever cette tâche un jour !

— Maligne, dit Jahns, le sourire aux lèvres.

— Trop maligne, dit Marck.

— Et qu'a-t-elle fait de son jour de congé ? demanda Marnes.

Du bout du doigt, Marck poussa sa rondelle de citron vert dans son eau et l'y laissa un moment.

— Elle a passé la journée avec Walk et moi, à balayer l'atelier, à nous demander comment marchaient les choses, où allaient tels fils, comment on desserre un boulon ou creuse dans un objet, ce genre de trucs.

Il but une gorgée d'eau.

— Ce que je veux dire par là, en fait, c'est que si vous donnez un job à Jules, faites très attention.

— Attention ? Pourquoi ? demanda Marnes.

Marck leva son regard vers l'enchevêtrement de tuyaux et de câbles au-dessus de leurs têtes.

— Parce qu'elle le fera sacrément bien. Même si vous n'y comptiez pas vraiment.

14

Après le repas, Shirly et Marck leur expliquèrent comment se rendre au dortoir. Jahns regarda le jeune couple s'embrassér. Marck sortait du travail, Shirly y partait. Le repas partagé était le petit-déjeuner de l'une et le dîner de l'autre. Jahns les remercia tous deux du temps qu'ils lui avaient consacré, loua la qualité de la cuisine, puis Marnes et elle quittèrent un réfectoire presque aussi bruyant que la salle de la génératrice et, à travers le dédale des couloirs, gagnèrent leurs lits pour la nuit.

Marnes était logé dans le dortoir des mécanos juniors de la première faction. On lui avait préparé un petit lit de camp que Jahns jugea trop court d'une quinzaine de centimètres. Un peu plus loin, dans le même couloir, on avait réservé au maire un petit appartement. Ils décidèrent d'y attendre ensemble, massant leurs jambes courbaturées, se faisant remarquer combien tout était différent ici, jusqu'à ce qu'on frappe enfin à la porte. Juliette ouvrit et entra dans la pièce.

— On vous a mis dans la même chambre ? demanda-t-elle, surprise.

Jahns rit.

— Non, l'adjoint a un lit dans le dortoir. Et j'aurais été ravie de loger là-bas avec les autres.

— Laissez tomber, les nouvelles recrues et les familles en visite logent ici sans arrêt. Ce n'est vraiment rien.

Jahns regarda Juliette mettre un morceau de ficelle

entre ses lèvres puis rassembler ses cheveux encore mouillés après sa douche pour en faire une queue de cheval. Elle avait passé une nouvelle salopette et Jahns supposa que les taches étaient permanentes, que le vêtement sortait de la blanchisserie et était propre pour une nouvelle faction.

— Alors, quand pourrions-nous annoncer ce congé énergétique ? demanda Juliette.

Elle termina son nœud et croisa les bras, adossée au mur à côté de la porte.

— Vous voudrez sûrement profiter de l'atmosphère de lendemain de nettoyage ?

— Et vous, quand pouvez-vous commencer ? demanda Jahns.

Soudain, elle prit conscience qu'une des raisons pour lesquelles elle voulait que cette femme devienne son shérif, c'était qu'elle se sentait inaccessible. Jahns jeta un regard vers Marnes et se demanda dans quelle mesure l'attirance qu'il avait ressentie pour elle bien des années plus tôt, lorsqu'elle était jeune et mariée à Donald, avait la même banale explication.

— Demain, dit Juliette. On peut mettre la génératrice de secours en route pour demain matin. Je peux travailler avec l'équipe de nuit pour vérifier que les joints…

— Non, dit Jahns en levant la main. Quand est-ce que vous pouvez commencer comme shérif ?

Elle fouilla dans son sac ouvert et étala ses dossiers sur le lit, cherchant le contrat.

— Je – je croyais qu'on en avait déjà parlé. Je ne suis pas intéressée par le…

— Ils font les meilleurs shérifs, dit Marnes. Ceux qui ne sont pas intéressés par le poste.

Il était appuyé contre le mur d'en face, les pouces calés sur les bords de sa salopette.

— Je suis désolée, mais il n'y a personne pour me remplacer, dit Juliette en secouant la tête. Je crois que vous ne comprenez pas tout ce que nous faisons ici…

— Je crois que vous ne comprenez pas ce que nous faisons là-haut, dit Jahns. Ni pourquoi nous avons besoin de vous.

Juliette hocha le menton et rit.

— Écoutez, j'ai ici des machines qu'on ne peut absolument pas…

— Et à quoi servent-elles, ces machines ? Qu'est-ce qu'elles font ?

— Elles font fonctionner tout ce silo, bon sang de bois ! L'oxygène que vous respirez ? Il est recyclé ici. Les toxines que vous expirez ? C'est nous qui les aspirons et les renvoyons dans la terre. Vous voulez que je vous dresse la liste de tout ce que nous faisons avec le pétrole ? Le moindre bout de plastique, le moindre morceau de caoutchouc, tous les solvants et produits d'entretien, et je ne parle pas de l'électricité qu'il produit, je parle de tout le reste !

— Toutes choses qui existaient déjà avant votre naissance, souligna Jahns.

— Et qui auraient disparu avant ma mort, ça, je peux vous le dire. Dans l'état où j'ai trouvé les choses.

Elle croisa les bras et se rappuya contre le mur.

— Je crois que vous ne saisissez pas où on en serait sans ces machines.

— Et je crois que vous ne saisissez pas leur inutilité s'il n'y a plus personne dans ce silo.

Juliette détourna les yeux. C'était la première fois que Jahns la voyait fléchir.

— Pourquoi n'allez-vous jamais voir votre père ?

Juliette détourna brusquement la tête, regarda l'autre mur. Elle chassa des mèches de cheveux tombées sur son front.

— Jetez donc un œil à mon planning. Dites-moi quand j'aurais pu le caser.

Avant que Jahns ait pu lui répondre, lui dire que c'était la famille, qu'on avait toujours le temps, Juliette se retourna pour lui faire face.

— Quoi? Vous croyez que je n'aime pas les gens, c'est ça? Parce que si c'est ça, vous vous trompez. Je me soucie de chaque habitant de ce silo. Et les femmes et les hommes d'ici, des étages oubliés des Machines, c'est *eux*, ma vraie famille. Je leur rends visite quotidiennement. Je partage le pain avec eux plusieurs fois par jour. Nous travaillons, nous vivons, nous mourons côte à côte!

Elle regarda Marnes.

— Ce n'est pas vrai? Vous l'avez constaté vous-même.

Marnes ne dit rien. Jahns se demanda si elle parlait du "mourir" en particulier.

— Et lui, vous lui avez demandé pourquoi il ne venait jamais me voir? Parce qu'il a tout son temps. Il n'a rien, lui, là-haut.

— Oui, nous l'avons rencontré. Votre père a l'air d'être un homme très occupé. Aussi déterminé que vous l'êtes.

Juliette détourna les yeux.

— Et aussi têtu.

Jahns laissa les papiers sur le lit et vint près de la porte, à un pas de Juliette. Elle sentit l'odeur de savon dans les cheveux de la jeune femme. Elle voyait ses narines se dilater au rythme de sa respiration rapide, profonde.

— Les jours passent et pèsent sur les petites décisions, pas vrai? Cette décision de ne pas monter le voir. Les premiers jours filent assez facilement, sous l'impulsion de la jeunesse, de la colère. Mais après ça, ils s'accumulent comme des déchets mal recyclés. Je me trompe?

Juliette balaya ces propos d'un revers de main.

— Je ne vois pas de quoi vous parlez.

— Je parle des jours qui deviennent des semaines, des semaines qui deviennent des mois et des mois qui deviennent des années.

Elle faillit avouer qu'elle en était passée par là, qu'elle les entassait encore, mais Marnes se trouvait dans la pièce et écoutait.

— Au bout d'un moment, on reste en colère dans l'unique but de justifier une vieille erreur. Et puis ça devient un jeu. Deux personnes qui regardent au loin, qui refusent de jeter un œil par-dessus leur épaule, de crainte d'être le premier à prendre ce risque…

— Ça ne s'est pas passé comme ça, dit Juliette. Je ne veux pas de votre poste. Je suis sûre qu'il y a plein de volontaires.

— Si ce n'est pas vous, ce sera quelqu'un en qui je ne suis pas sûre de pouvoir faire confiance. Plus maintenant.

— Dans ce cas, donnez-le à la suivante sur la liste.

Elle sourit.

— C'est vous ou lui. Et je crois qu'il fondera davantage son action sur les conseils des trente que sur les miens, ou sur le Pacte.

Juliette parut réagir à ces mots. Ses bras se desserrèrent sur sa poitrine. Elle se tourna et son regard croisa celui de Jahns. Marnes observait la scène depuis le mur opposé.

— Le dernier shérif, Holston, qu'est-ce qui lui est arrivé ?

— Il est parti au nettoyage, dit Jahns.

— Volontairement, ajouta Marnes d'un ton bourru.

— Je sais, mais pourquoi ?

Elle fronça les sourcils.

— Il paraît que c'était à cause de sa femme.

— Toutes sortes d'hypothèses circulent…

— Je me souviens comme il en parlait quand vous étiez descendus enquêter sur la mort de George. Au début, je croyais qu'il me faisait du plat, mais il n'était pas capable de parler d'autre chose que de sa femme.

— Ils participaient à la loterie, à l'époque, lui rappela Marnes.

— Ah oui. C'est vrai.

Elle regarda le lit pendant un moment. Les papiers étalés partout.

— Je ne saurais pas faire ce travail. Tout ce que je sais faire, c'est réparer des choses.

— C'est pareil, lui dit Marnes. Vous nous aviez beaucoup aidés dans notre enquête. Vous comprenez comment les choses fonctionnent. Comment elles s'imbriquent. Les petits indices qui échappent aux autres.

— On parle de *machines*, là.

— Les gens ne sont pas si différents.

— Je crois que vous le savez déjà, dit Jahns. Je crois que vous avez la bonne attitude, en fait. La bonne disposition. Ce n'est pas une fonction si politique que ça. C'est bon d'avoir de la distance.

Juliette secoua la tête et regarda Marnes.

— C'est vous qui avez proposé mon nom, si je comprends bien ? Je me demandais d'où venait cette idée. On aurait dit qu'elle sortait de terre.

— Vous seriez bonne à ce poste, dit Marnes. Je crois qu'avec de la volonté, vous seriez bonne à n'importe quel poste. Et c'est une tâche plus importante que vous ne le pensez.

— Et je vivrais en haut ?

— Votre bureau est au premier. Près du sas.

Juliette eut l'air de cogiter. Le seul fait qu'elle pose des questions réjouissait Jahns.

— La paie est supérieure à ce que vous gagnez aujourd'hui, même avec vos factions supplémentaires.

— Vous vous êtes renseignée ?

Jahns acquiesça.

— J'ai pris quelques libertés avant de descendre jusqu'ici.

— Comme celle de parler à mon père.

— En effet. Il aimerait beaucoup vous voir, vous savez. Si vous remontiez avec nous.

Juliette regarda ses bottes.

— J'en suis pas si sûre.

— Il y a encore une chose, dit Marnes, attirant l'attention de Jahns.

Il jeta un œil aux papiers étalés sur le lit. Le contrat sèchement plié de Peter Billings était sur le dessus.

— Le DIT, lui rappela-t-il.

Jahns comprit l'allusion.

— Nous aurions un point à éclaircir avant que vous acceptiez.

— Je n'ai pas dit que j'acceptais. J'aurais besoin d'en savoir plus sur ce congé énergétique, d'organiser les phases de travail ici…

— Conformément à la tradition, le DIT contresigne toutes les nominations…

Juliette roula les yeux et poussa un soupir.

— Le DIT.

— Oui, et nous sommes également passés les voir en descendant, histoire de préparer le terrain.

— Je n'en doute pas, dit Juliette.

— C'est au sujet des réquisitions, intervint Marnes.

Juliette se tourna vers lui.

— Nous savons que ce n'est probablement rien, mais la question arrivera forcément sur le tapis…

— Attendez, vous parlez du ruban thermique ?

— Du ruban thermique ?

— Oui.

Juliette fronça les sourcils et secoua la tête.

— Quels enfoirés.

Jahns pinça cinq centimètres d'air.

— Ils avaient un dossier épais comme ça à votre sujet. Ils nous ont dit que vous détourniez des fournitures qui leur étaient destinées.

— Ben voyons. C'est une blague ?

Elle pointa le doigt vers la porte.

— On n'a jamais le matériel dont on a besoin, à cause d'eux. Quand j'ai eu besoin de ruban thermique, il y a quelques mois – on avait une fuite sur un échangeur de chaleur –, les Fournitures nous ont dit que toute la toile de renfort nécessaire était réservée. On avait déjà passé cette commande depuis un moment quand j'apprends par un de nos porteurs que le ruban va au DIT, qu'ils en ont des kilomètres pour le revêtement de leurs nombreuses combinaisons d'essai.

Juliette inspira profondément.

— Alors j'en ai fait intercepter une partie.

Elle regarda Marnes en faisant cet aveu.

— Écoutez, moi je garantis l'approvisionnement électrique pour qu'ils puissent faire leurs trucs, là-haut, et pas moyen d'obtenir des fournitures de base. Et même quand j'y parviens, la qualité est totalement merdique, sûrement en raison de quotas irréalistes, des cadences exagérées qu'on impose à la chaîne de fabrication…

— S'il s'agit d'articles dont vous aviez vraiment besoin, l'interrompit Jahns, alors je comprends.

Elle regarda Marnes qui sourit et hocha le menton, comme pour lui signifier qu'*il lui avait bien dit*, que c'était bien la femme de la situation.

Jahns l'ignora.

— Je suis vraiment contente d'entendre votre version de l'histoire, dit-elle à Juliette. Et j'aimerais faire le voyage plus souvent, quel qu'en soit le prix pour mes pauvres jambes. Il y a des choses que nous tenons pour acquises, là-haut, essentiellement parce qu'elles sont mal comprises. Je m'aperçois qu'une meilleure communication est nécessaire entre nos services, et que nous gagnerions à instaurer avec vous le même genre de contact assidu qu'avec le DIT.

— Ça ne fait jamais que vingt ans que je le dis, commenta Juliette. C'est une de nos grandes plaisanteries, ici, que ce silo a dû être conçu pour nous tenir bien à l'écart. Et parfois, c'est vraiment le sentiment qu'on a.

— Eh bien, si vous venez là-haut, si vous prenez le poste, les gens vous entendront. Vous pourriez être le premier maillon de cette chaîne de commandement.

— Et le DIT, dans tout ça ?

— Il y aura de la résistance, mais c'est normal avec eux. J'ai déjà eu à y faire face. Je vais envoyer une dépêche à mes services, leur faire établir des dérogations d'urgence. En leur demandant qu'elles soient rétroactives, pour régulariser ces acquisitions.

Jahns observa la jeune femme.

— Si toutefois vous me garantissez que chacune des fournitures détournées était absolument indispensable.

Juliette répondit sans ciller.

— Elles l'étaient toutes. Mais ça n'a pas grande importance. C'était de la cochonnerie. Ce ruban ne se serait pas mieux désagrégé s'il avait été conçu pour. Je vais vous dire, on a finalement reçu notre livraison des Fournitures, et maintenant on en a d'avance. Je serais ravie de leur en déposer lorsque nous monterons. En gage de réconciliation. Notre modèle est tellement mieux…

— Lorsque nous monterons ? demanda Jahns, s'assurant qu'elle comprenait bien ce que Juliette était en train de dire, ce à quoi elle était en train de consentir.

Juliette les toisa tous les deux. Elle acquiesça.

— Vous devrez me laisser une semaine pour réparer la génératrice. Tenir parole sur ce congé énergétique. Et comprenez-moi bien : je me considérerai toujours comme une mécano. Si je le fais, c'est en partie parce que je vois ce qui arrive quand les problèmes sont passés sous silence. Ce pour quoi je me suis le plus battue, ici, c'est l'entretien préventif. Ne plus attendre que les choses cassent avant de les réparer, mais les réviser et les consolider tant qu'elles marchent encore. Il y a trop de points qu'on a négligés, laissés se dégrader. Et j'ai tendance à penser que si le silo est un seul gros moteur, alors nous sommes le carter d'huile sale auquel il est temps de prêter attention, nous autres.

Elle tendit la main à Jahns.

— Obtenez-moi ce congé énergétique et je suis votre homme.

Jahns sourit et prit cette main tendue, admirant la chaleur, la force et l'assurance de cette poigne.

— Je m'en occupe demain à la première heure. Et merci. Bienvenue parmi nous.

Marnes traversa la pièce pour serrer à son tour la main de Juliette.

— Ravi de vous avoir à nos côtés, chef.

Elle tendit la sienne avec un sourire un coin.

— Holà, ne nous emballons pas. Je crois que j'ai beaucoup à apprendre avant que vous puissiez m'appeler comme ça.

15

Que leur remontée jusqu'en haut coïncide avec un congé énergétique semblait très à propos. Jahns sentait sa propre énergie se conformer au récent décret, décliner à chaque pas laborieux. Le martyre de la descente était une plaisanterie : l'inconfort du mouvement permanent s'était fait passer pour l'épuisement de l'effort. Mais à présent, sa frêle musculature était vraiment mise à l'épreuve. Chaque pas était une conquête. Elle levait sa botte jusqu'à la marche suivante, posait une main sur son genou et se haussait de vingt-cinq centimètres dans cet escalier en colimaçon qui lui paraissait faire des centaines de kilomètres.

Le palier sur sa droite portait le numéro 58. Chaque palier semblait être en vue pendant une éternité. Pas comme dans la descente, où elle rêvassait et pouvait en franchir plusieurs sans même s'en rendre compte. Désormais, ils apparaissaient progressivement au-dessus de la rampe extérieure et restaient là à la narguer dans le halo verdâtre des lumières de secours, tandis qu'elle luttait pour mettre un pied lourd et chancelant devant l'autre.

Marnes montait à côté d'elle : il avait la main sur la rampe intérieure, elle sur la rampe extérieure, et la canne résonnait entre eux sur les marches désertes. De temps à autre, leurs bras s'effleuraient. C'était comme s'ils étaient partis depuis des mois, loin de leurs bureaux, de leurs responsabilités, de leur familiarité froide. L'aventure consistant à mettre le grappin sur un nouveau shérif s'était déroulée différemment de ce qu'elle avait imaginé. Elle avait rêvé de renouer avec sa jeunesse et s'était retrouvée hantée par de vieux fantômes. Elle avait espéré en tirer une vigueur nouvelle et sentait les années d'usure dans ses genoux et son dos. Ce qui devait être une grande tournée de son silo se traînait finalement dans un relatif anonymat et elle en venait même à se demander si elle était vraiment nécessaire à son fonctionnement.

Le monde qui l'entourait était stratifié. C'était de plus en plus clair à ses yeux. Le haut ne se souciait que de la vue qui se brouillait et tenait pour acquis le jus pressé du petit-déjeuner. Pour les gens qui vivaient au-dessous et travaillaient dans les jardins ou nettoyaient des cages d'animaux, tout tournait autour de leur monde de terre, de verdure et d'engrais. Pour eux, la vue du monde extérieur était périphérique, on l'oubliait jusqu'au prochain nettoyage. Et puis il y avait le fond, les ateliers d'usinage et les laboratoires chimiques, le pompage du pétrole et le roulement des engrenages, le monde concret des ongles enluminés de cambouis et le parfum musqué du labeur. Pour ces gens-là, le monde extérieur et la nourriture qui s'écoulait lentement jusqu'à eux n'étaient que des rumeurs et un moyen de subsistance. Pour eux, le silo était là pour permettre aux gens de faire tourner les machines, alors que, sa vie entière, Jahns avait pensé exactement le contraire.

Le palier 57 apparut à travers le voile d'ombre. Une jeune fille était assise sur les grilles d'acier, les jambes repliées contre son corps, les bras autour des genoux, un livre pour enfants protégé par sa couverture de plastique tendu sous la lumière avare qui tombait d'un plafonnier. Jahns regarda la jeune fille, impassible, dont seuls les yeux bougeaient, couraient sur les pages colorées. Elle ne leva jamais la tête pour voir qui franchissait le palier d'appartement. Ils la laissèrent derrière eux et elle s'effaça dans l'obscurité tandis qu'ils continuaient à s'élever avec peine, épuisés par leur troisième jour d'ascension, n'entendant résonner ni vibrer aucun pas, ni au-dessus, ni au-dessous d'eux, le silo étant plongé dans le silence, étrangement privé de vie, et laissant à deux vieux amis, deux camarades, la place de marcher côte à côte sur les marches écaillées, leurs bras oscillant, et très rarement, s'effleurant.

Cette nuit-là, ils furent hébergés au poste de police du milieu. L'agent avait insisté pour leur offrir son hospitalité et Jahns était en quête de soutiens alors qu'elle s'apprêtait, une fois encore, à nommer un civil au poste de shérif. Après un dîner froid dans une quasi-obscurité et suffisamment de vain badinage pour satisfaire leur hôte et son épouse, Jahns se retira dans le bureau principal, où un canapé convertible avait été rendu le plus confortable possible et paré de draps empruntés en des lieux plus coquets, qui embaumaient le savon à deux jetons. Marnes avait été installé dans la cellule, sur un lit de camp. Il y flottait encore l'odeur du gin artisanal et d'un homme soûl qui s'était un peu trop laissé aller après le nettoyage.

L'éclairage était si faible que l'extinction des feux passa inaperçue. Jahns resta allongée dans l'obscurité. Ses muscles l'élançaient et s'abandonnaient aux délices de l'immobilité, ses pieds perclus de crampes semblaient s'être ossifiés, son dos endolori avait besoin d'étirements. Son esprit, en revanche, vagabondait encore. Il en revint aux conversations lasses qui les avaient aidés à passer le temps pendant cette journée d'ascension.

Dans la spirale de l'escalier, Marnes et elle semblaient se tourner autour, auscultant le souvenir d'attirances anciennes, sondant de vieilles cicatrices, cherchant des points restés sensibles dans leurs corps cassés et fragiles, sur leurs peaux fripées comme du parchemin, dans leurs cœurs endurcis par l'exercice de la police et de la politique.

Le nom de Donald était souvent revenu, timidement, comme un enfant qui se glisse dans le lit des adultes et oblige les amants prudents à laisser un peu de place entre eux. Jahns pleura à nouveau son mari depuis si longtemps disparu. Pour la première fois de sa vie, elle pleura les décennies de solitude qui s'en étaient suivies. Ce qu'elle avait toujours considéré comme sa vocation – cette vie à part, au service d'un bien supérieur – lui semblait désormais une malédiction. Sa vie lui avait été arrachée. Avait été pressée comme citron. Le jus tiré de ses efforts et de ses années sacrifiées avait ruisselé jusqu'au fond d'un silo qui, seulement quarante étages plus bas, était à peine au courant et s'en souciait peu.

Le plus triste, dans ce voyage, c'était qu'elle était tombée d'accord avec le fantôme d'Holston. Elle pouvait l'admettre, à présent : l'une des grandes raisons de son excursion, voire *la* raison pour laquelle elle avait fait de Juliette sa candidate, c'était qu'elle voulait se laisser tomber au fond du silo, loin du triste spectacle de deux amants blottis l'un contre l'autre dans le pli d'une colline, où le vent érodait leurs deux jeunesses gâchées. Elle était partie pour échapper à Holston, et au lieu de ça, elle l'avait trouvé. À présent elle savait non pas pourquoi tous ceux qu'on envoyait au nettoyage s'exécutaient – ça restait un mystère –, mais pourquoi quelques-uns, de tristesse, se portaient volontaires. Mieux valait rejoindre un fantôme qu'être hanté par lui. Mieux valait mourir que vivre ce vide…

La porte du bureau grinça sur ses gonds usés, pour lesquels l'huile ne pouvait plus rien depuis longtemps. Jahns essaya de se dresser sur son séant, de percer la pénombre, mais ses muscles étaient trop perclus, ses yeux trop vieux. Elle voulut appeler, dire à ses hôtes que tout allait bien, qu'elle n'avait besoin de rien, mais elle préféra écouter.

Des pas se dirigèrent vers elle, presque invisibles sur la moquette élimée. Il n'y eut pas une parole, seulement le craquement de vieilles articulations à l'approche du lit, le soulèvement de draps coûteux et parfumés et la compréhension unissant deux fantômes vivants.

La respiration de Jahns se suspendit. Sa main trouva un poignet qui tenait ses draps. Elle se poussa pour faire de la place sur le petit canapé-lit et attira Marnes à côté d'elle.

Il la prit dans ses bras et se glissa sous elle jusqu'à ce qu'elle ait une jambe étendue sur la sienne et qu'elle passe les mains autour de son cou. Elle sentit sa moustache lui effleurer la joue, entendit ses lèvres lui bécoter le coin de la bouche.

Elle lui prit les joues et cacha son visage au creux de son bras. Elle pleura, comme une écolière, comme une ombre apeurée débarquant dans la jungle d'un nouveau métier, étrange et terrifiant. Elle pleura, mais bientôt, sa peur se dissipa. Tout comme la douleur s'estompa de son dos massé par les mains de Marnes. Elle se dissipa pour laisser place à l'engourdissement, puis, après ce qui parut une éternité de sanglots hoquetants, à la *sensation*.

Jahns se sentit en vie, à fleur de peau. Elle sentit le frisson de la chair contre la chair, de son avant-bras contre les côtes dures de son compagnon, de ses mains sur les épaules de Marnes, des mains de Marnes sur ses hanches. Ses larmes furent alors une libération joyeuse, le deuil d'un temps perdu, la tristesse bienvenue d'un moment longtemps différé et enfin là, bien serré, dans ses bras.

Elle s'endormit ainsi, épuisée par bien plus que par l'ascension et par rien de plus que quelques baisers tremblants, que des doigts entrelacés, qu'un chuchotement de tendresse et de reconnaissance, et engloutie par les profondeurs de la nuit, ses vieux os et ses articulations lasses succombant malgré elle à un sommeil dont elle avait si cruellement besoin. Elle dormit en serrant un homme dans ses bras pour la première fois depuis des décennies et se réveilla dans un lit ordinairement vide, le cœur exceptionnellement plein.

À la moitié de leur quatrième et dernier jour d'ascension, ils approchèrent des étages de la trentaine qui abritaient le DIT. Jahns s'était surprise à faire des pauses plus fréquentes pour boire et se masser les muscles, non en raison de la fatigue, qu'elle feignait, mais par crainte de cette halte, de revoir Bernard, et par crainte que leur voyage ne touche à sa fin.

Les ombres noires et denses résultant du congé énergétique les suivaient dans leur montée et la circulation était clairsemée, la plupart des fournisseurs ayant fermé pendant cette diète électrique généralisée. Juliette, qui était restée au fond pour superviser les réparations, avait prévenu Jahns que les lumières alimentées par la génératrice de secours seraient vacillantes. Cet éclairage instable n'en avait pas moins usé les nerfs de l'édile durant sa longue marche. Ce clignotement incessant lui rappela une ampoule défectueuse qu'elle avait supportée tant bien que mal pendant presque tout son premier mandat. Deux techniciens de l'Électricité étaient venus l'inspecter tour à tour. Tous deux avaient jugé qu'elle fonctionnait encore trop bien pour être changée. Il lui avait fallu en appeler à McLain, qui était déjà à la tête des Fournitures à l'époque, pour en obtenir une de rechange.

Jahns se rappela que McLain l'avait livrée elle-même. Elle ne dirigeait pas le département depuis longtemps et avait tout bonnement monté l'ampoule en contrebande en traversant tous ces étages. À l'époque, déjà, Jahns admirait cette femme qui avait tant de pouvoir et de responsabilités. Elle se souvint que McLain lui avait demandé pourquoi elle n'avait pas simplement fait comme tout le monde – achevé de casser l'ampoule.

Cette solution ne lui avait jamais traversé l'esprit et ça l'avait tracassée – jusqu'au jour où elle s'était mise à s'enorgueillir de ce défaut, où elle avait suffisamment connu McLain pour comprendre que cette question était un compliment, et la livraison en mains propres sa récompense.

Lorsqu'ils atteignirent le trente-quatrième, Jahns eut le sentiment d'être un peu de retour à la maison, de retrouver le giron familier : le palier principal du DIT. Elle attendit, s'appuyant à la rampe et sur sa canne, pendant que Marnes ouvrait la porte. À peine fut-elle entrebâillée que le halo pâle de l'éclairage sous-alimenté fut chassé par les lumières vives qui rayonnaient à l'intérieur du département. On n'avait pas fait étalage de l'information, mais les sévères restrictions imposées aux autres étages étaient largement dues aux exemptions dont bénéficiait le DIT. Bernard avait été prompt à pointer différentes clauses du Pacte qui justifiaient ce traitement de faveur. Juliette avait râlé, ne voyant pas pourquoi les serveurs auraient la priorité sur les lampes de croissance, mais s'était résignée à prendre ce qu'on lui donnait et à se concentrer sur la réfection de la génératrice. Jahns lui avait conseillé de prendre la chose comme sa première leçon de compromis politique. Juliette avait répondu qu'elle la prenait comme un aveu de faiblesse.

À l'intérieur, Bernard les attendait avec l'air d'avoir avalé un jus de fruits trop acide. Plusieurs employés du DIT qui discutaient sur le côté se turent à leur entrée, et Jahns eut peu de doute quant au fait qu'on les avait repérés dans la montée.

— Bernard, dit-elle, s'efforçant de respirer régulièrement.

Elle ne voulait pas qu'il sache à quel point elle était fatiguée. Elle préférait lui laisser croire qu'elle ne faisait qu'un crochet dans sa promenade entre le fond et le sommet, qu'il n'y avait là rien de bien méchant.

— Marie.

L'affront était délibéré. Il ne tourna même pas les yeux vers Marnes, fit comme si l'adjoint n'était pas dans la pièce.

— Vous voulez signer ça ici ? Ou dans la salle de réunion ?

Elle fouilla dans son sac afin d'en exhumer le contrat au nom de Juliette.

— À quoi vous jouez, Marie ?

Jahns sentit sa température s'élever. Le petit groupe d'employés du DIT en combinaison argentée suivait l'échange.

— À quoi je joue ?

— Ça vous amuse, ce petit *congé énergétique* ? C'est votre petite revanche ?

— Ma revan…

— J'ai des serveurs, Marie…

— Et vos serveurs sont alimentés normalement, lui rappela Jahns, élevant la voix.

— Mais le refroidissement est assuré par des canalisations provenant des Machines, et si les températures continuent à monter, nous allons devoir tourner au ralenti, ce qui n'est absolument *jamais* arrivé !

Marnes s'interposa entre eux, les mains levées.

— Doucement, dit-il d'un ton froid en fixant Bernard.

— Rappelez votre petite ombre, là, dit Bernard.

Jahns posa la main sur le bras de Marnes.

— Le Pacte est clair, Bernard. Ce choix me revient. C'est *ma* nomination. Nous nous entendons depuis longtemps pour contresigner nos choix respectifs…

— Et je vous ai dit que cette fille des bas-fonds n'irait pas…

— Elle a le poste, l'interrompit Marnes.

Jahns remarqua que sa main était tombée sur la crosse de son pistolet. Elle ne savait pas si Bernard l'avait vu aussi, mais il resta silencieux. Son regard, cependant, resta rivé à celui de Jahns.

— Je ne signerai pas.

— Eh bien, la prochaine fois, je ne vous le demande-rai pas.

Bernard sourit.

— Vous pensez survivre à un autre shérif ?

Il se tourna vers les employés attroupés et fit signe à l'un d'eux d'approcher.

— J'ai comme un doute, c'est drôle.

L'un des techniciens se détacha du groupe, où les chuchotements allaient bon train, et vint vers eux. Jahns reconnut le jeune homme de la cafétéria, elle l'avait vu en haut certains soirs où elle avait travaillé tard. Lukas, si ses souvenirs étaient bons. Il lui serra la main et lui adressa un sourire et un bonjour gênés.

La main de Bernard brassa l'air d'impatience.

— Signe ce qu'elle a besoin de faire signer. Moi je refuse. Gardes-en des copies. Et occupe-toi du reste.

Il le congédia d'un geste, se retourna et toisa Jahns et Marnes une dernière fois, semblant dégoûté par leur état, leur âge ou leur fonction, enfin par *quelque chose*.

— Ah, et demande à Sims de remplir leurs gourdes. Assure-toi qu'ils aient assez à manger pour tituber jusque chez eux. Que leurs jambes décrépites aient de quoi les arracher d'ici et les remettre à leur place.

Et sur ces mots, Bernard partit à grands pas vers le portail métallique qui conduisait au cœur du DIT, afin de retrouver ses bureaux éclairés de mille feux où ses ser-veurs ronronnaient d'aise et où la température augmen-tait dans l'air à circulation lente, comme la chaleur de la chair irritée, quand les capillaires se contractent et que le sang entre en ébullition.

de retour dans leur environnement familier, reprendraient-ils leurs rôles habituels ? La nuit passée aurait-elle de plus en plus l'air d'un rêve ? De vieux fantômes reviendraient-ils les hanter ?

Elle avait envie d'aborder ces questions mais se contenta de dire des banalités. Quand Jules, comme elle tenait à se faire appeler, pourrait-elle enfin entrer en fonction ? Quels seraient les dossiers prioritaires, parmi ceux que Marnes avait entamés avec Holston ? Quelle concession allaient-ils faire pour satisfaire le DIT, pour calmer Bernard ? Et comment gérer la déception de Peter Billings ? Quelles conséquences sur les audiences que ce dernier pourrait être amené à présider en tant que juge ?

Jahns sentit son estomac se nouer lorsqu'ils évoquèrent ces sujets. Peut-être était-ce de la nervosité, peut-être était-ce dû à tout ce qu'elle avait envie de dire et ne pouvait exprimer. Des questions aussi nombreuses que les grains de poussière dans l'air extérieur, tout aussi susceptibles de lui assécher la bouche et de lui engourdir la langue. Elle buvait de plus en plus souvent à la gourde de Marnes. Sa propre eau faisait du bruit dans son dos, son estomac se soulevait à chaque palier, et les chiffres défilaient comme un compte à rebours les séparant de la fin de leur voyage, d'une aventure à tant d'égards si réussie.

Pour commencer, ils avaient leur shérif : une fille du fond pleine de tempérament qui semblait aussi sûre d'elle et aussi stimulante que Marnes l'avait laissé entendre. Pour Jahns, les gens de son espèce étaient l'avenir du silo. Des gens qui pensaient à long terme, qui prévoyaient, qui agissaient. Il n'était pas exceptionnel que des shérifs briguent la mairie. Un jour, se disait-elle, Juliette ferait une excellente candidate.

Et à propos d'élection, ce voyage avait ravivé ses propres buts et ambitions. Elle était enthousiaste à l'idée du scrutin à venir, dût-elle être la seule candidate, et elle avait imaginé des dizaines de petits discours durant l'ascension. Elle voyait maintenant comment les choses pouvaient mieux fonctionner, comment mieux accomplir sa mission, comment insuffler une vie nouvelle dans la vieille carcasse du silo.

Mais le plus grand changement, c'était ce qui avait grandi entre elle et Marnes. Ces dernières heures, elle en était même venue à soupçonner que la vraie raison pour laquelle il n'avait jamais accepté de promotion, c'était elle. En restant adjoint, il laissait suffisamment d'espace entre eux pour loger cet espoir, ce rêve impossible de la serrer dans ses bras. Au poste de shérif, la chose eût été impossible : trop de conflits d'intérêts, de proximité hiérarchique. Cette théorie renfermait une tristesse puissante et une formidable douceur. Elle lui étreignit la main à cette pensée et se sentit emplie d'un grand vide, l'estomac noué à l'idée de tout ce qu'il avait sacrifié sans rien dire, une dette immense qu'elle devrait honorer quoi qu'il arrive.

Ils approchaient du palier de la nursery et ne comptaient pas s'arrêter pour voir le père de Juliette, pour l'exhorter à recevoir sa fille lorsqu'elle monterait, mais Jahns changea d'avis car sa vessie l'en implorait.

— Il faut que j'aille au petit coin, dit-elle, gênée comme une enfant d'avouer qu'elle ne pouvait se retenir.

Elle avait la gorge sèche et l'estomac retourné d'avoir avalé tout ce liquide, ou peut-être de rentrer à la maison.

— Et je passerais bien voir le père de Juliette.

Les moustaches du vieil homme se dressèrent devant ce prétexte.

— Dans ce cas, faut qu'on s'arrête.

La salle d'attente était vide. Les écriteaux leur rappelaient toujours de ne pas faire de bruit. Jahns jeta un œil à travers la paroi de verre et vit une infirmière venir à pas feutrés dans la pénombre du couloir, son air sévère se muant en un léger sourire lorsqu'elle la reconnut.

— Madame le maire, chuchota-t-elle.

— Pardonnez-moi de ne pas avoir prévenu, mais j'espérais pouvoir dire un mot au Dr Nichols. Et faire usage de vos toilettes, si c'est possible.

— Bien sûr.

Elle pressa l'interrupteur de la porte et les invita à entrer.

— Nous avons eu deux accouchements depuis votre dernière visite. C'est de la folie depuis cette pagaille électrique…

— Ce congé énergétique, la corrigea Marnes d'une voix bourrue, plus sonore que les leurs.

L'infirmière lui décocha un regard mais acquiesça, comme si elle en prenait bonne note. Elle prit deux blouses dans l'étagère et les leur tendit en leur demandant de laisser leurs affaires à côté du bureau.

Dans la salle d'attente, elle leur montra les banquettes et dit qu'elle allait chercher le docteur.

— Les lavabos sont par ici.

Elle désigna une porte peinte d'une vieille inscription presque effacée par les nettoyages successifs.

— J'en ai pour une minute, dit Jahns à Marnes.

Elle se retint de lui presser la main, malgré tout ce que ce geste secret et clandestin avait désormais de naturel.

Il n'y avait presque pas de lumière dans les toilettes. Jahns tâtonna pour ouvrir un loquet inhabituel, jura à voix basse alors que son ventre grognait, et réussit enfin à pousser la porte et à s'asseoir. Elle eut l'impression d'avoir la vessie en feu lorsqu'elle se soulagea. Ce mélange entre une libération bienvenue et la brûlure de s'être retenue trop longtemps lui coupa la respiration. Elle resta assise là pendant ce qui lui parut une éternité, les jambes secouées de tremblements incontrôlables, et elle comprit qu'elle avait trop forcé durant l'ascension. La pensée des vingt étages restants la mortifia, elle sentit la peur lui creuser le ventre. Elle en termina et gagna la cabine adjacente pour faire ses ablutions, puis elle se sécha avec l'une des serviettes. Elle

148

tira les deux chasses afin de recycler l'eau. Tout cela l'obligeait à tâtonner dans le noir, tant les distances et l'agencement des lieux, qu'elle connaissait d'instinct dans son appartement ou son bureau, lui étaient ici étrangers.

Elle sortit des toilettes en flageolant et se demanda si elle allait devoir faire une nouvelle halte, dormir dans un lit d'accouchement, attendre le lendemain pour monter jusqu'à son bureau. Elle sentait à peine ses jambes lorsqu'elle tira la porte et rejoignit Marnes dans la salle d'attente.

— Ça va mieux ? demanda-t-il.

Il était assis sur l'une des banquettes familiales et une place était ostensiblement vide à côté de lui. Jahns acquiesça et s'assit lourdement. Elle avait la respiration hachée et se demanda s'il la trouverait faible si elle avouait qu'elle ne pouvait pas aller plus loin aujourd'hui.

— Jahns ? Ça va ?

Marnes se pencha en avant. Il ne la regardait pas elle, il regardait vers le sol.

— Jahns, qu'est-ce qui s'est passé ?

— Parle moins fort, murmura-t-elle.

Il hurla.

— Docteur ! Infirmière !

Une silhouette se mut derrière la vitre sombre de la nursery. Jahns appuya sa tête contre le dossier de la banquette et ses lèvres essayèrent de former des mots, de lui dire de parler moins fort.

— Jahns, ma douce, qu'as-tu fait ?

Il lui tenait la main, la tapotait. Il lui secoua le bras. Jahns avait juste envie de dormir. Il y eut un crépitement de pas se ruant dans leur direction. Les lumières se firent désagréablement vives. Une infirmière cria quelque chose. Il y eut la voix familière du père de Juliette, un médecin. Il lui donnerait un lit. Il comprendrait son épuisement…

On parla de sang. Quelqu'un examina ses jambes. Marnes pleurait, des larmes roulaient dans ses moustaches

149

blanches poivrées de noir. Il la secouait par les épaules, la regardait dans les yeux.

— Je vais bien, essaya-t-elle de dire.

Elle se passa la langue sur les lèvres. Si sèches. Bon sang, sa gorge était si sèche. Elle réclama de l'eau. Marnes attrapa sa gourde d'une main tremblante et la porta aux lèvres de Jahns, lui éclaboussa la bouche en la faisant boire.

Elle essaya d'avaler mais n'y parvint pas. Ils l'étendirent sur la banquette, le docteur lui tâta les côtes, dirigea une lampe dans ses yeux. Mais tout s'assombrit malgré tout.

Marnes serrait la gourde dans une main et lui lissait les cheveux de l'autre. Il sanglotait. Il avait l'air si triste, tout à coup. Il avait tellement plus d'énergie qu'elle. Elle lui sourit et lui prit la main, en un effort miraculeux. Elle le tint par le poignet et lui dit qu'elle l'aimait. Elle avait l'esprit fatigué et ses secrets lui échappaient, voilà qu'elle les lui livrait alors qu'il était ruisselant de larmes.

Elle vit ses yeux brillants et ridés la regarder avant de se tourner vers la gourde, dans sa main.

La gourde qu'il avait portée.

L'eau, comprit-elle, le poison destiné à Marnes.

17

La salle de la génératrice était anormalement peuplée et redoutablement silencieuse. Trois mètres en contrebas du garde-corps, des mécanos en salopette usée regardaient travailler l'équipe de la première faction. Juliette était à peine consciente de leur présence ; elle l'était nettement plus du silence environnant.

Elle était penchée sur un dispositif de son invention, une haute plateforme soudée au plancher métallique et pourvue de miroirs et de minuscules fentes qui projetaient de la lumière dans toute la pièce. Cette lumière se réverbérait sur des miroirs fixés à la génératrice et à sa grosse dynamo, aidant Juliette à trouver l'alignement parfait. C'était l'arbre qui les reliait, sa préoccupation, cette longue tige d'acier aussi large que la taille d'un homme et qui convertissait la puissance du pétrole en combustion en étincelles d'électricité. Elle espérait réduire l'écart d'alignement entre les machines situées à chaque bout de cette tige à moins de deux millièmes de centimètre. Mais tout ce qu'ils étaient en train de faire était sans précédent. Les procédures avaient été préparées à la hâte lors de séances nocturnes pendant que la génératrice de secours était mise en route. Désormais, il ne lui restait plus qu'à se concentrer, à espérer que les factions de dix-huit heures aient servi à quelque chose et à se fier aux plans élaborés lorsqu'elle était encore suffisamment reposée pour réfléchir correctement.

Lorsqu'elle manœuvra la mise en place finale, un silence de mort se fit autour d'elle. Elle fit un signe, et Marck et son équipe serrèrent plusieurs boulons énormes sur les nouveaux montants à revêtement de caoutchouc. On était au quatrième jour du congé énergétique. La génératrice devait être en route le lendemain matin et fonctionner à plein régime le soir venu. Avec tout ce qu'on lui avait fait – les nouveaux joints d'étanchéité, le polissage des arbres de cylindre, qui avait obligé de jeunes ombres à se glisser dans le cœur de la bête –, Juliette craignait qu'elle ne démarre même pas. La génératrice n'avait jamais été mise à l'arrêt complet du vivant de la jeune femme. Le vieux Knox se souvenait d'un arrêt d'urgence intervenu lorsqu'il n'était encore qu'une ombre, mais pour tous les autres, le grondement de la machine était un bruit aussi constant et intime que le battement de leur propre cœur. Un poids immense pesait sur les épaules de la jeune femme. Il fallait que tout fonctionne. C'était elle qui avait eu l'idée de cette révision. Elle se rassurait en se rappelant que c'était la meilleure chose à faire et que le pire qui pût arriver, désormais, c'était une prolongation du congé le temps qu'ils résolvent tous les problèmes. Ce qui valait bien mieux qu'une panne catastrophique dans des années.

Marck fit signe que les boulons étaient solidement vissés, les écrous de blocage ajustés. Juliette sauta de sa plateforme sur mesure et le rejoignit d'un pas tranquille près de la génératrice. Difficile de marcher l'air de rien avec tant d'yeux braqués sur elle. Elle n'arrivait pas à croire que cette équipe tapageuse, qui lui tenait lieu de famille étendue et dysfonctionnelle, puisse observer un si parfait silence. C'était comme s'ils retenaient tous leur souffle, se demandaient si l'emploi du temps délirant des derniers jours allait s'avérer vain.

— T'es prêt ? demanda-t-elle à Marck.

Il acquiesça en s'essuyant les mains à un chiffon sale qui semblait toujours lui draper l'épaule. Juliette regarda sa montre. La vue de la trotteuse qui tictaquait et parcourait son orbite avec constance la réconfortait. Chaque fois qu'elle doutait de pouvoir faire fonctionner quelque chose, elle jetait un œil à son poignet. Non pour regarder l'heure, mais pour voir un mécanisme qu'elle avait réparé. Une opération si complexe, si infaisable – il lui avait fallu des années pour nettoyer et ajuster des pièces presque trop petites pour l'œil – que sa tâche présente, quelle qu'elle soit, paraissait dérisoire en comparaison.

— On est dans les temps ? demanda Marck, souriant de toutes ses dents.

— On est bons.

Elle hocha la tête en direction de la salle de contrôle. Des murmures parcoururent la foule quand les gens comprirent que le redémarrage était imminent. Des dizaines d'entre eux prirent leur casque antibruit autour de leur cou pour se protéger les oreilles. Juliette et Marck rejoignirent Shirly dans la salle de contrôle.

— Comment ça va ? demanda Juliette au chef de la deuxième équipe, une jeune femme petite et pleine d'entrain.

— Comme sur des roulettes, dit Shirly en continuant ses réglages, annulant toutes les corrections apportées au fil des ans.

Ils repartaient de zéro, aucun des rafistolages et rustines du passé ne devait camoufler de nouveaux symptômes. Ils prenaient un nouveau départ.

— On peut y aller, dit-elle.

Elle s'écarta des commandes et alla se placer à côté de son mari. Le geste était transparent : c'était le projet de Juliette, peut-être la dernière chose qu'elle essaierait jamais de réparer dans les profondeurs des Machines. Elle aurait l'honneur et l'entière responsabilité de rallumer la génératrice.

Juliette se tenait devant le tableau de contrôle, les yeux baissés vers des touches et des boutons qu'elle aurait repérés dans le noir complet. Elle avait peine à croire que cette phase de sa vie s'achevait, qu'une nouvelle était sur le point de commencer. L'idée de migrer en haut du silo l'effrayait plus que ce projet. L'idée de quitter ses amis, sa famille, de s'occuper de politique, ne lui était pas aussi douce que la sueur et le cambouis sur ses lèvres. Mais au moins elle avait des alliés, au premier. Si des gens comme Jahns et Marnes arrivaient à s'en sortir, à survivre, elle devrait aussi s'en tirer.

D'une main tremblante, de fatigue plus que de nervosité, Juliette mit le démarreur en marche. Un puissant gémissement se fit entendre quand le petit moteur électrique essaya de mettre en branle la grosse génératrice diesel. Cela parut durer une éternité, mais Juliette n'avait aucune idée du son que la génératrice était censée faire lorsqu'elle fonctionnait normalement. Marck était près de la porte et la tenait entrouverte pour mieux entendre, au cas où on leur crierait d'arrêter. Le front soucieux, il regardait Juliette maintenir le contact alors que le démarreur continuait de gémir et de couiner dans la salle d'à côté.

Là-bas, quelqu'un agita les deux bras, tentant de lui dire quelque chose à travers la vitre.

— Arrête, arrête ! dit Marck.

Shirly se rua vers le tableau de contrôle pour aider Juliette. Juliette lâcha le bouton d'allumage et tendit la main vers le bouton d'arrêt mais se retint d'appuyer. Il y avait du bruit à l'extérieur de la cabine. Un ronronnement puissant. Elle crut le sentir sous ses pieds, mais pas comme les vibrations d'autrefois.

— Elle est déjà en route ! hurla quelqu'un.

— Elle était déjà en route, dit Marck en riant.

La salle était en liesse. Quelqu'un retira son casque antibruit et le lança dans les airs. Juliette réalisa que le démarreur faisait plus de bruit que la génératrice rénovée, qu'elle avait maintenu le contact alors que la machine était lancée et avait commencé à tourner.

Shirly et Marck s'étreignirent. Juliette contrôla les niveaux de température et de pression sur toutes les jauges réinitialisées et vit peu de choses à ajuster, mais elle n'en serait certaine que lorsque la machine serait chaude. Sa gorge se serra d'émotion, c'était une telle pression qui retombait. Les équipes enjambaient le garde-corps pour se rassembler autour de la bête ranimée. Certains, qui fréquentaient rarement la salle de la génératrice, tendaient la main pour la toucher, avec une révérence presque sacrée.

Juliette sortit de la salle de contrôle pour les regarder, pour écouter le son d'une machine fonctionnant à la perfection, d'engrenages alignés. Elle se tint derrière le garde-corps, les mains sur une barre d'acier qui autrefois dansait et trépidait quand la génératrice peinait, et elle regarda une fête improbable se dérouler dans un espace de travail que tout le monde avait coutume de fuir. Ce ronronnement était splendide. L'énergie sans la crainte, l'apothéose de tant de travail et de préparations accomplis dans l'urgence.

Ce succès la remplit d'une confiance nouvelle pour la tâche qu'elle avait devant elle, pour ce qui l'attendait au-dessus. Elle était de si belle humeur et si obnubilée par les machines puissantes et rénovées qu'elle ne vit pas le jeune porteur se ruer dans la salle, livide, prêt à cracher ses poumons après une course aussi longue qu'effrénée. C'est à peine si elle entendit la nouvelle passer de bouche en bouche, se propager parmi les mécanos, si elle remarqua la peur et la tristesse s'inscrire dans leurs yeux. C'est seulement quand la liesse s'éteignit complètement, quand un silence d'une autre espèce s'abattit sur la salle, entrecoupé de sanglots et d'exclamations incrédules, de pleurs d'hommes mûrs, que Juliette sut qu'il y avait un problème.

Il était arrivé quelque chose. Un rouage majeur et puissant s'était désaligné.

Et ça n'avait rien à voir avec sa génératrice.

III

LE BANNISSEMENT

18

Il y avait des chiffres sur chacune des poches. Juliette pouvait les lire lorsqu'elle baissait les yeux vers sa poitrine – ils devaient donc être imprimés à l'envers. Ils étaient là pour elle et pour personne d'autre. Elle les contempla à travers la visière de son casque, hébétée, tandis que la porte se refermait dans son dos. Une autre porte, interdite, apparut devant elle. Elle se dressait là en silence en attendant de s'ouvrir.

Juliette se sentait perdue dans ce vide entre deux portes, piégée dans ce sas rempli de tuyaux de couleurs vives qui jaillissaient des murs et du plafond, et où tout miroitait sous des linceuls de plastique.

Étouffé par son casque, le sifflement de l'argon insufflé dans la pièce lui parut lointain. Il l'informait que la fin était proche. Sous l'effet de la pression, le plastique se froissa contre le banc, les murs, enveloppa les tuyaux. Elle perçut la pression sur sa combinaison, comme une main invisible qui la serrait doucement.

Elle savait ce qui allait suivre – et une part d'elle-même se demanda comment elle en était arrivée là, elle, une fille des Machines, qui s'était toujours éperdument moquée du monde extérieur, qui n'avait jamais commis que des infractions mineures, et qui n'aurait pas demandé mieux que de passer le restant de ses jours dans les entrailles de la terre, couverte de cambouis, à réparer les choses cassées, peu soucieuse du vaste monde des morts qui l'environnait…

19

Quelques jours plus tôt.

Juliette était assise par terre dans la cellule, adossée à la rangée de hauts barreaux d'acier, face au monde misérable projeté sur l'écran mural. Durant ces trois derniers jours, alors qu'elle essayait d'apprendre le métier de shérif du silo, elle avait observé cette vue du monde extérieur en se demandant pourquoi on en faisait tout un plat.

Elle ne voyait là que des pentes mornes, des collines grises qui s'élevaient vers des nuages plus gris encore et des taches de soleil qui s'efforçaient d'illuminer la terre, sans grand succès. Le tout traversé de vents terribles, de bourrasques effrénées qui soulevaient de petits nuages de terre, des spires et des volutes qui se pourchassaient dans un paysage entièrement dévolu à leurs jeux.

Juliette ne trouvait rien dans cette vue qui soit de nature à l'inspirer, rien qui suscite sa curiosité. C'était une solitude inhabitable, bonne à rien. Sa seule ressource utile, c'était l'acier gâté des tours croulantes visibles à l'horizon, et nul doute qu'il aurait coûté davantage de le récupérer, le transporter, le fondre et le purifier que d'extraire du fer des mines creusées sous le silo.

Les rêves interdits du monde extérieur, constatait-elle, étaient vides et tristes. C'était des rêves morts. Les gens du haut qui révéraient cette vue avaient tout faux – l'avenir, il était *sous leurs pieds*. C'était de là que provenaient le pétrole dont ils tiraient leur énergie, les minerais qui servaient à fabriquer toute chose utile, l'azote qui régénérait le sol des fermes. Quiconque était ombre dans les secteurs de la Chimie ou de la Métallurgie savait ça. Ceux qui lisaient des livres pour enfants, ceux qui essayaient de reconstituer le mystère d'un passé oublié et inconnaissable, ceux-là demeuraient dans l'illusion.

La seule explication qu'elle trouvait à leur obsession, c'était l'espace ouvert lui-même, une caractéristique du paysage qu'elle trouvait franchement terrifiante. Peut-être que c'était elle qui n'était pas normale d'aimer les murs du silo, d'aimer les confins obscurs du fond. Est-ce qu'ils étaient tous fous de nourrir des pensées d'évasion ? Ou est-ce que c'était elle qui avait un grain ?

Juliette détourna les yeux des collines sèches et du brouillard terreux pour les poser sur les dossiers étalés autour d'elle. C'était l'œuvre inachevée de son prédécesseur. Une étoile brillante était en équilibre sur l'un de ses genoux, encore jamais portée. Une gourde conservée dans un sac plastique réutilisable était couchée sur l'un des dossiers. Elle semblait plutôt innocente, couchée là, ayant déjà rempli sa mission meurtrière. Plusieurs numéros inscrits sur le sac à l'encre noire avaient été barrés, ceux d'affaires depuis longtemps résolues ou abandonnées. Sur le côté figurait un nouveau numéro, correspondant à un dossier absent, un dossier rempli de témoignages et de notes relatives à la mort d'une élue que tout le monde avait aimée – mais que quelqu'un avait tuée.

Juliette avait vu certaines de ces notes, mais seulement de loin. Elles avaient été écrites de la main de l'adjoint Marnes, des mains qui refusaient de lâcher le dossier, qui s'y cramponnaient désespérément. Juliette avait jeté des coups d'œil à ce dossier depuis l'autre côté du bureau et aperçu les éclaboussures de larmes qui çà et là brouillaient un mot et faisaient gondoler le papier. Au lieu de l'écriture soignée caractéristique de ses autres dossiers, c'était un gribouillis qui courait à travers ces larmes en train de sécher. Ce qu'elle voyait semblait se traîner sur la page avec colère – des mots étaient biffés d'un trait rageur et remplacés. Cette rage qui ne quittait plus l'adjoint Marnes, désormais, cette colère bouillante qui avait poussé Juliette à déserter le bureau et à venir travailler dans la cellule. Elle avait trouvé impossible de réfléchir en face d'une âme pareillement brisée. La vue du dehors qui flottait devant ses yeux, aussi triste fût-elle, jetait une ombre bien moins déprimante.

C'était dans la cellule qu'elle tuait le temps entre les appels qui faisaient grésiller sa radio et les descentes sur les lieux des problèmes. Souvent, elle restait simplement assise là à trier et retrier ses dossiers selon le niveau de gravité perçu. Elle était shérif de tout le silo, un métier auquel elle n'avait pas été formée mais qu'elle commençait à comprendre. L'une des dernières choses que le maire Jahns lui avait dites s'était révélée plus vraie qu'elle ne l'aurait pensé : les gens étaient comparables aux machines. Ils disjonctaient. Ils déraillaient. Ils pouvaient vous brûler ou vous mutiler si vous ne faisiez pas attention. Son travail était non seulement de comprendre pourquoi ça se produisait et qui était responsable mais aussi de guetter les signes avant-coureurs. Être shérif, c'était comme être mécano, cela relevait autant de l'art subtil de la maintenance préventive que de la remise en ordre après une panne.

Les dossiers éparpillés sur le sol étaient de tristes illustrations du second cas de figure : des problèmes de voisinage qui avaient dégénéré ; des plaintes pour vol ; une cuvée de gin clandestin qui s'était avérée toxique ; plusieurs affaires consécutives aux troubles occasionnés par ledit gin. Chaque dossier nécessitait davantage d'éléments, de déplacements sur le terrain, de courses tournoyantes dans l'escalier pour se lancer dans des discussions contournées où il fallait démêler les mensonges de la vérité.

Pour se préparer au métier, Juliette avait lu deux fois la partie législative du Pacte. Couchée dans son lit, au fond du silo, le corps épuisé par le travail d'alignement de la génératrice principale, elle avait étudié la bonne façon de constituer les dossiers d'enquête, les risques d'altération des preuves, toutes choses qui étaient à la fois logiques et analogues à certaines parties de son ancien métier. Aborder une scène de crime ou un conflit en cours, c'était comme entrer dans une salle des pompes où il y avait eu de la casse. Quelqu'un ou quelque chose était toujours en faute. Elle savait écouter, observer, interroger toutes les personnes qui avaient pu intervenir sur l'équipement défectueux, s'enquérir des outils utilisés, remonter toute la chaîne des événements jusqu'au soubassement lui-même. Il y avait toujours des facteurs parasites – pas moyen d'effectuer un réglage sans dérégler autre chose –, mais Juliette avait le savoir-faire, le talent pour distinguer l'important du secondaire.

Elle supposait que c'était ce talent que l'adjoint Marnes avait décelé en elle, cette patience et ce scepticisme qu'elle mettait à poser toujours une question idiote supplémentaire, jusqu'à ce qu'elle tombe enfin sur la réponse. Avoir déjà aidé à résoudre une affaire lui donnait un peu plus confiance en elle. Elle ne l'avait pas su, à l'époque, animée qu'elle était par un simple souci de justice et par son chagrin personnel, mais cette affaire avait tenu lieu d'entretien d'embauche et de formation à la fois.

Elle attrapa ce dossier vieux de plusieurs années, dont la couverture portait le tampon "CLASSÉ" en capitales rouge pâle. Elle arracha le ruban adhésif dont il était scellé et parcourut les notes. Nombre d'entre elles avaient été tracées de la main soigneuse d'Holston, de cette écriture penchée vers l'avant qu'elle reconnaissait pour l'avoir vue sur à peu près tout ce qui se trouvait dans et sur son bureau, un bureau qui avait été celui d'Holston. Elle lut ce qu'il avait écrit sur elle, se refamiliarisa avec une affaire qui avait tout de l'homicide mais s'était avérée être le fruit d'une série d'événements improbables. Les passer à nouveau en revue, chose qu'elle avait évité de faire jusqu'ici, fit renaître de vieilles douleurs. Et pourtant, elle se rappelait aussi que se distraire avec les indices avait été d'un grand réconfort. Elle se souvint de la poussée d'adrénaline ressentie lorsqu'elle résolvait un problème, de la satisfaction d'avoir des réponses pour compenser le vide laissé par la mort de l'homme qu'elle aimait. C'était le même processus que lorsqu'elle faisait des heures supplémentaires pour réparer une machine. Il y avait la douleur physique de l'effort et de l'épuisement, légèrement compensée par la conscience d'être venue à bout d'un brinquebalement.

Elle mit le dossier de côté, pas encore prête à tout revivre. Elle en prit un autre et le posa sur ses genoux, laissant tomber sa main sur l'étoile de laiton.

Une ombre dansa sur l'écran et la déconcentra. Elle leva les yeux et vit un petit mur de terre se déverser dans la pente. Cette couche de crasse semblait frémir dans le vent en se dirigeant vers des capteurs qu'on lui avait appris à juger importants, qui lui offraient une vue du monde extérieur qu'on l'avait dressée, enfant, à juger digne d'intérêt.

Mais elle n'en était pas si convaincue, maintenant qu'elle était assez vieille pour penser par elle-même et assez proche pour l'observer en personne. Cette obsession du nettoyage qu'avaient les gens du haut peinait à se frayer un chemin jusqu'au fond, où un *vrai* nettoyage maintenait le silo en état et chacun de ses habitants en vie. Mais même au fond, depuis qu'ils étaient nés, on disait à ses amis des Machines de ne pas parler du monde extérieur. Chose assez aisée lorsqu'on ne le voyait jamais. Mais aujourd'hui qu'elle passait devant pour aller au travail, qu'elle restait assise face à cette immensité que son cerveau n'arrivait pas à embrasser, elle comprenait que d'inévitables questions surgissent. Elle comprenait qu'il pouvait être important d'étouffer certaines idées avant que les gens ne se ruent vers la sortie, avant que des questions n'écument à des lèvres folles, qui signeraient leur fin à tous.

Elle ouvrit le dossier d'Holston. Sous sa fiche biographique, il y avait une grosse liasse de notes qui traitaient de ses derniers jours en tant que shérif. La partie portant sur son crime proprement dit faisait à peine une demi-page, le reste de la feuille étant resté vierge, gaspillé. Un paragraphe unique expliquait simplement qu'il s'était présenté à la cellule du haut, où il avait fait part de son intérêt pour le monde extérieur. C'était tout. À peine quelques lignes pour signifier la perte d'un homme. Juliette lut ces mots plusieurs fois avant de tourner la page.

Au-dessous, il y avait une note du maire Jahns qui demandait qu'on se souvienne d'Holston pour sa carrière au service du silo, et non comme d'un simple nettoyeur. Juliette lut cette lettre écrite de la main d'une personne décédée récemment, elle aussi. Il était étrange de penser à des gens dont elle savait qu'elle ne les reverrait jamais. Si elle avait évité son père toutes ces années, c'était en partie parce que, pour le dire simplement, il était *encore là*. Parce qu'il n'y avait pas la menace de ne pas pouvoir changer d'avis. Mais c'était différent pour Holston et Jahns : ils étaient partis pour toujours. Et Juliette avait tellement l'habitude de reconstruire des mécanismes réputés irréparables qu'elle avait l'impression qu'en se concentrant suffisamment, en accomplissant la bonne série de gestes dans l'ordre adéquat, elle devait être capable de ramener les morts à la vie, de recréer leur forme anéantie. Mais elle savait que ce n'était pas le cas.

Elle feuilleta le dossier d'Holston et se posa des questions interdites, certaines d'entre elles pour la toute première fois. Ce qui lui semblait futile lorsqu'elle vivait au fond, où tous ceux qu'elle connaissait pouvaient mourir à cause d'une fuite d'échappement ou d'une pompe anti-inondation cassée, était passé au premier plan de ses préoccupations. Que signifiait cette vie confinée sous la terre ? Qu'y avait-il dehors, par-delà ces collines ? Pourquoi étaient-ils ici, et à quelle fin ? Ces hauts silos qui s'effritaient à l'horizon avaient-ils été bâtis par les siens ? Dans quel but ? Et, question la plus épineuse de toutes : qu'était-il passé par la tête d'Holston, un homme raisonnable – et par celle de sa femme, au demeurant – pour que tous deux soient pris de l'envie de partir ?

Deux dossiers lui tenaient compagnie, deux dossiers classés. Deux dossiers qui avaient leur place dans le bureau du maire, où ils auraient dû être scellés et archivés. Mais Juliette se surprenait à y revenir sans cesse, au lieu de s'occuper des affaires plus pressantes qu'elle avait devant elle. L'un de ces dossiers renfermait la vie d'un homme qu'elle avait aimé et dont elle avait aidé à élucider la mort, là-bas, au fond. L'autre abritait celle d'un homme qu'elle avait respecté et dont elle occupait maintenant la place. Elle ne savait pas pourquoi elle était obsédée par ces deux dossiers alors même qu'elle ne supportait pas de voir Marnes contempler tristement sa propre perte, étudier les détails de la mort du maire Jahns, relire les dépositions, convaincu qu'il tenait un assassin mais n'ayant aucune preuve pour le coincer.

Quelqu'un frappa aux barreaux, au-dessus de sa tête. Elle leva les yeux et s'attendit à trouver l'adjoint Marnes, venu lui dire qu'il était temps de plier boutique, mais un inconnu la regardait.

— Shérif ? dit-il.

Juliette posa ses dossiers et ramassa discrètement l'étoile qui traînait sur son genou. Elle se leva et se tourna pour faire face à ce petit homme ventripotent qui avait des lunettes perchées au bout du nez et une salopette argent parfaitement coupée et repassée.

— Je peux vous aider ? demanda-t-elle.

L'homme tendit sa main à travers les barreaux. Juliette fit passer son étoile dans son autre paume et tendit la sienne.

— Désolé d'avoir mis tant de temps à monter, dit-il. Entre les cérémonies, cette histoire de génératrice absurde et toutes les chicanes juridiques, j'ai été débordé. Je suis Bernard, Bernard Holland.

Juliette sentit son sang se glacer. La main de l'homme était si petite qu'on aurait dit qu'il lui manquait un doigt. La poigne n'en était pas moins solide. Elle essaya de se dégager mais il ne lâchait pas.

— En tant que shérif, vous devez déjà connaître le Pacte sur le bout des doigts ! Vous savez donc que je suis maire par intérim, au moins jusqu'à ce que nous puissions organiser une élection.

— On m'a dit ça, répondit Juliette d'un ton froid.

Elle se demandait comment cet homme avait pu passer devant le bureau de Marnes sans qu'il y ait le moindre éclat de violence. Elle avait devant elle leur principal suspect dans la mort de Jahns – mais il était du mauvais côté des barreaux.

— On fait un peu de classement ?

Il arrêta de serrer et Juliette put retirer sa main. Il baissa les yeux vers les papiers éparpillés par terre et son regard sembla s'attarder sur la gourde, même si Juliette n'aurait pu en jurer.

— Je me familiarise seulement avec les affaires en cours, dit-elle. Il y a un peu plus de place ici pour… réfléchir, disons.

— Oh, je suis sûr que cette pièce a donné lieu à de profondes réflexions.

Bernard sourit, et Juliette remarqua qu'il avait les dents de devant de travers – il y en avait une qui chevauchait l'autre. Ça le faisait ressembler aux souris qu'elle attrapait souvent dans les salles des pompes.

— Oui, en tout cas j'ai trouvé cet espace propice pour mettre un peu d'ordre dans mes pensées, alors peut-être que ça s'explique. Du reste – elle braqua ses yeux vers lui – je pense que cette cellule ne restera pas vide très longtemps. Et lorsqu'elle sera occupée, je pourrai prendre congé de ces pensées profondes pendant un jour ou deux, le temps qu'on mette son locataire au nettoyage…

— À votre place, je ne compterais pas trop là-dessus, dit Bernard.

Il montra à nouveau ses dents de travers.

— Plus bas, on raconte que cette pauvre Jahns – paix à son âme – s'est tout bonnement éreintée en faisant ce voyage de fou. C'est bien pour *vous* qu'elle descendait, je me trompe?

Juliette sentit une piqûre cuisante dans sa paume. Elle desserra son emprise sur l'étoile de laiton. Elle avait les mains blanches aux jointures à force de serrer les poings.

Bernard ajusta ses lunettes.

— Mais maintenant il paraît que vous suivriez la piste criminelle?

Juliette garda les yeux braqués sur lui, tâchant de ne pas se laisser distraire par le reflet des collines mornes dans ses lunettes.

— Puisque vous êtes maire par intérim, il faut probablement que vous le sachiez : nous traitons cette affaire comme un meurtre à part entière.

— Grands dieux !

Les yeux de Bernard s'écarquillèrent au-dessus d'un sourire mou.

— C'est donc vrai, ce qu'on raconte. Qui aurait pu faire une chose pareille?

Le sourire de Bernard s'agrandit, et Juliette comprit qu'elle avait affaire à un homme qui se sentait invulnérable. Ce n'était pas la première fois qu'elle se heurtait à ce genre d'ego crasse et surdimensionné. Elle en avait été environnée durant toute sa formation aux Machines.

— À mon avis, nous finirons par découvrir que le parti responsable était celui qui avait le plus à gagner, dit-elle sèchement.

Puis elle ajouta :

— *Monsieur le maire.*

Le sourire biscornu s'effaça. Bernard lâcha les barreaux et fit un pas en arrière, enfonçant ses mains dans les poches de sa salopette.

— Bien, en tout cas ça m'a fait plaisir de mettre un visage sur votre nom. Je suis conscient que vous n'avez pas passé beaucoup de temps ailleurs qu'au fond – et pour être franc, je suis resté bien trop isolé dans mon service, moi aussi –, mais les choses sont en train de changer. En tant que maire et que shérif, nous allons beaucoup travailler ensemble, vous et moi.

Il baissa les yeux vers les dossiers aux pieds de Juliette.

— C'est pourquoi je compte sur vous pour me tenir informé. De tout.

Sur ces mots, Bernard tourna les talons et disparut, et Juliette dut fournir un effort délibéré pour desserrer les poings. Lorsqu'elle finit par détacher ses doigts de l'étoile, elle découvrit que les bords anguleux lui étaient entrés dans la paume. Elle s'était coupée et du sang perlait. Sur l'arête de laiton, quelques gouttes capturèrent la lumière, comme de la rouille humide. Juliette essuya l'étoile sur sa salopette neuve, conformément à une habitude née de sa vie d'avant, dans la vidange et le cambouis. Elle pesta contre elle-même en voyant la tache sombre que le sang avait laissée sur sa nouvelle tenue. Elle retourna l'étoile et regarda l'insigne estampé sur la face. Le mot "Shérif" formait un arc au-dessus des trois triangles du silo. Elle la retourna à nouveau et manipula le fermoir qui retenait la pointe acérée de l'épingle. Elle l'actionna, libérant l'épingle. L'aiguille rigide avait été tordue et redressée en plusieurs endroits au fil des ans, lui donnant l'air d'avoir été forgée à la main. Elle oscillait dans sa charnière – tout comme Juliette hésitait à porter l'insigne.

Mais alors que les pas de Bernard s'éloignaient, qu'elle l'entendait lancer une parole incompréhensible à l'adjoint Marnes, elle se sentit armée d'une détermination nouvelle. C'était comme de tomber sur un boulon rouillé qui refusait de bouger. Il y avait quelque chose dans ce mauvais vouloir, dans cette résistance intolérable, qui lui faisait grincer les dents. Elle en était arrivée à croire qu'il n'y avait pas une fixation qu'elle ne puisse décoincer, avait appris à les attaquer à coups de graisse et de feu, d'huile infiltrée et de force brute. Avec suffisamment d'organisation et de persévérance, elle finissait toujours par les faire céder. Toujours.

Elle enfonça l'aiguille ondulée dans le tissu de sa salopette et pressa le fermoir. Baisser les yeux sur cette étoile avait quelque chose de surréaliste. Une douzaine de dossiers traînaient à ses pieds, réclamant son attention, et pour la première fois depuis son arrivée en haut, Juliette eut le sentiment que c'était là sa mission. Son travail aux Machines était derrière elle. Elle avait laissé l'endroit dans un bien meilleur état que celui dans lequel elle l'avait trouvé, était restée assez longtemps pour entendre le ronronnement presque imperceptible d'une génératrice réparée, pour voir un arbre de transmission tourner dans un alignement si parfait qu'on en décelait à peine le mouvement. Et voilà qu'elle avait fait le voyage jusqu'au sommet pour découvrir le brinquebalement grinçant et enlisé d'autres engrenages, un manque d'alignement qui rongeait le vrai moteur du silo, exactement comme Jahns l'avait prédit.

Laissant la plupart des dossiers où ils étaient, elle ramassa celui d'Holston, qu'elle n'aurait même pas dû regarder mais dont elle ne parvenait pas à se séparer, et tira la porte de la cellule. Au lieu de tourner vers son bureau, elle se rendit d'abord du côté opposé, vers l'entrée d'acier jaune du sas. Le front collé au triple vitrage pour la douzième fois en quelques jours, elle imagina l'homme qu'elle remplaçait debout dans cet espace, vêtu de l'un de ces scaphandres ridiculement encombrants, en train d'attendre que s'ouvrent les portes d'en face. Qu'est-ce qui passe par la tête d'un homme qui attend là son bannissement ? Ce ne pouvait être seulement de la peur, car Juliette avait déjà bien goûté à ce sentiment-là. Non, ce devait être un au-delà de la peur, une sensation absolument unique, le calme par-delà la douleur, ou la torpeur par-delà l'épouvante. L'imagination n'était tout simplement pas de taille à comprendre des sensations étrangères et uniques en leur genre, se dit-elle. Elle ne savait qu'atténuer ou accentuer ce qu'elle connaissait déjà. Ce serait comme d'expliquer à quelqu'un ce qu'on éprouve quand on fait l'amour, ou qu'on a un orgasme. Impossible. En revanche, une fois qu'on l'a vécu, on est à même d'imaginer cette sensation nouvelle à différents degrés.

C'était comme la couleur. On ne peut décrire une nouvelle couleur qu'à partir de nuances déjà vues. On peut mélanger du connu, mais pas créer de l'inconnu à partir de rien. Alors peut-être que les nettoyeurs étaient les seuls à comprendre ce que ça faisait de se tenir là, tout tremblant – ou au contraire, sans crainte aucune –, à attendre sa mort.

L'obsession du *pourquoi* se déployait en murmures à travers le silo – les gens voulaient savoir pourquoi ils faisaient ce qu'ils faisaient, pourquoi ils laissaient ce cadeau propre et luisant à ceux qui les avaient exilés –, mais cette question n'intéressait pas du tout Juliette. Elle se disait qu'ils voyaient des couleurs nouvelles, qu'ils éprouvaient l'indescriptible, qu'ils vivaient peut-être une expérience religieuse qui n'advenait que devant la faucheuse. N'était-il pas suffisant de savoir qu'ils le feraient à coup sûr ? Problème résolu. Le prendre comme un axiome. Passer à une vraie question : que *ressent* celui qui procède à l'opération, par exemple ? Car c'était là ce que ces tabous avaient de vraiment regrettable : non pas que les gens ne puissent pas se languir du monde extérieur, mais qu'ils n'aient même pas le droit de compatir avec les nettoyeurs au cours des semaines suivantes, de se demander ce qu'ils avaient souffert, d'exprimer convenablement leur gratitude ou leurs regrets.

Juliette tapota le coin du dossier d'Holston contre la porte jaune et se souvint de lui en des temps meilleurs, à l'époque où il était amoureux, où il avait gagné à la loterie et où il lui parlait de sa femme. Elle salua son fantôme et s'écarta de la grosse porte métallique aux petites vitres épaisses. Occuper son poste, porter son étoile et même passer du temps dans sa cellule lui donnaient le sentiment d'une affinité. Elle avait aimé un homme autrefois, elle savait ce que c'était. Elle avait aimé en secret, sans mêler le silo à leur relation, au mépris du Pacte. Et elle savait donc aussi ce que c'était que de perdre un bien si précieux. Si l'homme qu'elle avait aimé s'était trouvé sur cette colline – à se dégrader à la vue de tous au lieu de nourrir les racines des plantes –, elle aussi aurait pu se sentir poussée au nettoyage, à aller voir ces couleurs nouvelles par elle-même.

Elle ouvrit à nouveau le dossier d'Holston en se dirigeant doucement vers son bureau. *Leur* bureau. Il s'agissait là du seul homme qui ait été au courant de son amour secret. Une fois l'enquête achevée, au fond, elle le lui avait dit, que l'homme qui était mort, dont elle avait aidé à résoudre le cas, était son amant. Peut-être parce qu'il avait tant parlé de sa femme au cours des jours précédents. Peut-être à cause de son sourire qui inspirait confiance et faisait de lui un si bon shérif, provoquant ce besoin déconcertant de révéler des secrets. Quoi qu'il en soit, elle lui avait fait un aveu qui aurait pu lui valoir des ennuis – une liaison totalement clandestine, un mépris délibéré du Pacte – et tout ce qu'il avait dit, cet homme chargé de faire respecter la loi, ç'avait été : "Je suis désolé."

Il lui avait présenté ses condoléances et l'avait serrée dans ses bras. Comme s'il savait ce qu'elle gardait en elle, ce chagrin secret qui avait durci à l'endroit où gisait son amour caché.

Et elle l'avait respecté pour ça.

Et maintenant elle était assise à son bureau, dans son fauteuil, en face de son ancien adjoint, qui tenait sa tête dans ses mains et restait là, immobile, à contempler un dossier ouvert, constellé de larmes. Un regard suffit à Juliette pour soupçonner qu'un amour interdit gisait aussi entre lui et ce dossier.

— Il est cinq heures, dit Juliette aussi doucement et discrètement que possible.

Marnes sortit la tête de ses mains, le front rougi d'être resté si longtemps dans cette position. Ses yeux étaient irrigués de sang, sa moustache grise étincelait de larmes. Il semblait tellement plus vieux qu'une semaine avant, lorsqu'il était descendu au fond pour la recruter. Pivotant sur sa vieille chaise en bois, dont les pieds grincèrent, comme réveillés en sursaut par ce mouvement soudain, Marnes jeta un œil à la pendule murale accrochée derrière lui, prenant la mesure du temps emprisonné sous son dôme de plastique jauni. Il fit un signe de tête vers le tic-tac et, sans un mot, il se leva, voûté, luttant un instant pour se redresser. Il passa les mains sur sa salopette, attrapa le dossier, le referma avec tendresse et le cala sous son bras.

— À d'main, murmura-t-il en saluant Juliette.

— Oui, à demain matin, dit-elle, tandis qu'il s'éloignait d'un pas chancelant vers la caféteria.

Juliette le regarda partir, le cœur serré. Elle reconnaissait bien l'amour derrière sa perte. Il lui était pénible de l'imaginer dans son petit appartement, assis sur un lit à une place à sangloter sur ce dossier avant de sombrer finalement dans des rêves agités.

Une fois seule, elle posa le dossier d'Holston sur son bureau et rapprocha son clavier. Les touches s'étaient effacées depuis longtemps, mais au cours des dernières années, quelqu'un avait soigneusement retracé les lettres à l'encre noire. À présent, même ces caractères manuscrits s'estompaient. Ils auraient bientôt besoin d'une autre couche. Juliette allait devoir s'en occuper – elle était incapable de taper sans regarder son clavier, comme tous ces rats de bureau.

Elle tapa lentement une requête qu'elle voulait envoyer aux Machines. Après une nouvelle journée peu productive, où elle avait été distraite par ce mystère, la décision d'Holston, elle avait pris conscience d'une chose : elle ne serait pas capable de remplacer cet homme tant qu'elle n'aurait pas compris pourquoi il avait tourné le dos à ce travail, et au silo lui-même. C'était un cliquetis obsédant qui la détournait d'autres problèmes. Alors, au lieu de fermer les yeux, elle allait relever le défi. Elle avait donc besoin d'en savoir plus que ce que contenait ce dossier.

Elle ne savait pas trop comment obtenir ce qu'elle désirait, comment même y avoir accès, mais elle connaissait des gens qui sauraient peut-être. C'était ce qui lui manquait le plus, ici. Au fond, les gens formaient une grande famille et chacun avait des compétences qui recoupaient et complétaient celles des autres. Elle aurait fait n'importe quoi pour chacun d'entre eux. Et elle savait qu'ils étaient prêts à tout pour elle, à lui servir d'armée s'il le fallait. Un réconfort qui lui faisait cruellement défaut. Un filet de protection qui paraissait bien trop lointain.

Une fois sa requête envoyée, elle se cala dans son fauteuil, le dossier d'Holston sur les genoux. Elle avait là un homme, un type bien, qui avait connu ses secrets les plus enfouis. Il était le seul à les avoir jamais connus. Et avec un peu de chance, bientôt, Juliette découvrirait les siens.

20

Il était bien au-delà de dix heures quand Juliette repoussa son fauteuil du bureau. Elle avait les yeux trop irrités pour les garder plus longtemps fixés sur son moniteur, trop fatigués pour lire un rapport de plus. Elle éteignit l'ordinateur, rangea les dossiers, fit le noir dans la pièce et verrouilla la porte derrière elle.

Lorsqu'elle mit ses clés dans sa poche, son ventre gargouilla et une odeur déclinante de civet de lapin lui rappela qu'elle avait encore oublié de dîner. Ça faisait trois soirs de suite. Trois soirs où elle était si absorbée par un métier qu'elle savait à peine exercer, que personne n'était là pour lui apprendre, qu'elle avait négligé de s'alimenter. Elle aurait pu se le pardonner si son bureau n'avait pas jouxté une cafétéria bruyante, qui regorgeait de fumets.

Elle ressortit ses clés et traversa la salle faiblement éclairée, se faufilant entre des chaises presque invisibles éparpillées entre les tables. Un couple d'adolescents s'en allait, ayant volé quelques moments dans le crépuscule de l'écran mural avant le couvre-feu. Juliette leur cria d'être prudents dans l'escalier, surtout parce qu'il lui semblait qu'un shérif l'aurait fait, et ils disparurent en gloussant. Elle les imagina se tenant déjà par la main, échangeant quelques baisers clandestins avant d'atteindre leurs appartements. Les adultes étaient au courant de ces pratiques illicites mais laissaient faire, un cadeau que chaque génération accordait à la suivante.

Pour Juliette, toutefois, c'était différent. Elle avait fait le même choix une fois adulte, celui d'aimer sans autorisation, alors elle se sentait plus hypocrite.

Alors qu'elle approchait de la cuisine, elle s'aperçut que les lieux n'étaient pas totalement déserts. Une silhouette solitaire était assise au cœur de l'ombre, près de l'écran mural, contemplant le noir d'encre des nuages au-dessus des collines anuitées.

Il semblait s'agir de la même silhouette que le soir précédent, celle qui avait regardé la lumière du jour s'estomper peu à peu pendant que Juliette travaillait seule dans son bureau. Elle adapta son itinéraire vers la cuisine afin de passer derrière cet homme. Rester plongée toute la journée dans des dossiers débordant de mauvaises intentions faisait d'elle une paranoïaque en herbe. Elle qui, autrefois, admirait les personnes qui sortaient du lot, voilà qu'elle commençait à s'en méfier.

Elle passa entre l'écran et la table la plus proche, s'arrêta pour ranger des chaises, les fit crisser sur le carrelage. Elle ne perdit pas l'homme de vue, mais à aucun moment il ne se tourna vers le bruit. Il gardait les yeux rivés aux nuages, une main sous le menton, quelque chose sur les genoux.

Juliette passa derrière lui, se faufilant entre la table et sa chaise, poussée étrangement près de l'écran. Elle se retint de se racler la gorge ou de poser la moindre question, et se contenta de filer son chemin en faisant cliqueter son passe-partout sur le porte-clés surchargé dont elle avait hérité avec le poste.

À deux reprises, avant d'atteindre la porte de la cuisine, elle jeta un œil par-dessus son épaule. L'homme ne bougeait pas.

Elle ouvrit la cuisine et pressa l'un des interrupteurs. Après un vacillement bienveillant, les plafonniers brisèrent la douceur du clair-obscur. Elle sortit un bidon de jus de fruits de l'une des chambres froides, attrapa un verre propre dans le séchoir. De retour dans la chambre, elle trouva le civet – couvert et déjà froid – et le sortit également. Elle en versa deux louchées dans un bol et chercha une cuillère dans un tiroir. Elle n'envisagea qu'un bref instant de le réchauffer en rapportant la grosse marmite sur son étagère givrée.

Son verre dans une main et son bol dans l'autre, elle regagna la cafétéria, éteignant les lumières du coude, refermant la porte du pied. Elle s'assit au bout de l'une des longues tables, dans la pénombre, et lapa sa soupe à grand bruit, gardant un œil sur cet inconnu qui semblait scruter l'obscurité comme si on pouvait y voir quelque chose.

Sa cuillère finit par racler le fond de son bol et elle vida son verre. Pas une seule fois, pendant qu'elle mangeait, l'homme ne s'était détourné de l'écran. Elle repoussa son bol, folle de curiosité. La silhouette réagit à ce geste, à moins que ce ne soit une pure coïncidence. Il se pencha en avant et tendit sa main ouverte vers l'écran. Juliette crut discerner une baguette de bois ou de métal entre ses doigts – mais il faisait trop noir pour le savoir. Au bout d'un moment, il baissa la tête et Juliette entendit crisser un fusain sur un papier qui lui sembla coûteux. Elle se leva, prenant ce geste comme une ouverture, et s'approcha de lui d'un pas tranquille.

— Alors, on dévalise le garde-manger ? fit-il.

Sa voix fit tressaillir Juliette.

— J'ai oublié de dîner, balbutia-t-elle, comme si c'était *à elle* de s'expliquer.

— Ça doit être bien d'avoir les clés.

Il ne s'était toujours pas détourné de l'écran, et Juliette se rappela de penser à bien verrouiller la cuisine avant de partir.

— Vous faites quoi ? demanda-t-elle.

L'homme attrapa une chaise derrière lui, la tourna vers l'écran.

— Vous voulez voir ?

Juliette s'approcha avec méfiance, prenant la chaise par le dossier et l'écartant délibérément de quelques centimètres. Il faisait trop sombre pour qu'elle puisse discerner le visage de cet homme, mais sa voix était jeune. Elle se blâma de ne pas avoir mémorisé ses traits, la veille, lorsqu'il y avait plus de lumière. Il lui faudrait être un peu plus observatrice si elle voulait réussir dans ce métier.

— Qu'est-ce qu'on regarde, au juste ? demanda-t-elle.

Elle jeta un œil vers les genoux de son voisin. Un grand morceau de papier blanc reflétait faiblement la lumière pâle de la cage d'escalier. Il était étalé à plat sur ses cuisses, comme s'il y avait une planche ou quelque chose de dur en dessous.

— Je crois que ces deux-là vont s'écarter. Regardez par ici.

L'homme pointa le doigt vers l'écran et un mélange de noirs si riches et si profonds qu'ils semblaient ne faire qu'un. Les contours et les nuances confuses que Juliette distinguait avaient presque l'air d'être une illusion d'optique – aussi réels que des fantômes. Mais elle suivit son doigt, se demandant s'il était ivre ou fou, et toléra le silence épuisant qui s'installa.

— Là, chuchota-t-il, de l'excitation dans la voix.

Juliette vit un flash. Une tache de lumière. Comme si quelqu'un avait allumé une lampe torche à l'autre bout d'une salle de génératrice plongée dans le noir. Puis elle disparut.

Juliette bondit de sa chaise et se posta près de l'écran, se demandant ce qu'il pouvait bien y avoir là-bas.

L'homme fit crisser son fusain sur le papier.

— Qu'est-ce que c'était que ça ?! demanda Juliette.

L'homme rit.

— Une étoile. Si vous attendez, vous la reverrez peut-être. On a des nuages minces, ce soir, et des vents forts. Celui-ci est sur le point de passer.

Juliette se tourna pour regagner sa chaise et vit que l'homme tenait son fusain à bout de bras en fixant l'endroit où le flash était apparu, un œil fermé.

— Comment vous faites pour y voir quelque chose ? demanda-t-elle en se réinstallant dans sa chaise en plastique.

— Plus vous observez, mieux vous voyez la nuit.

Il se pencha sur sa feuille de papier et ajouta des griffonnages.

— Et ça fait longtemps que j'observe.

— Que vous observez quoi, au juste ? Les nuages ?

Il rit.

— Pour l'essentiel, oui. Hélas. Mais mon but, c'est de voir au-delà. Regardez, nous allons peut-être la réapercevoir.

Elle surveilla toute la zone vers où le clignotement s'était produit. Tout à coup, elle refit surface, une piqûre de lumière comme un signal envoyé de très haut pardessus la colline.

— Combien en avez-vous vu ? demanda-t-il.

— Une.

Elle avait presque le souffle coupé par la nouveauté du spectacle. Elle savait ce qu'étaient les étoiles – le mot faisait partie de son vocabulaire – mais elle n'en avait jamais vu auparavant.

— Il y en avait aussi une autre, plus pâle, juste à côté. Je vais vous montrer.

Il y eut un léger clic et un halo rouge éclaira les genoux de l'homme. Juliette vit qu'une lampe pendait à son cou et que le hublot était couvert d'un film plastique rouge. On aurait dit qu'elle était en feu, mais elle diffusait une lumière douce qui ne lui bombarda pas les yeux comme les plafonniers de la cuisine.

Étalée sur ses genoux, elle vit une grande feuille de papier couverte de points. Ils étaient disposés au hasard et quelques lignes parfaitement droites formaient un quadrillage autour d'eux. De minuscules notes étaient disséminées un peu partout.

— Le problème, c'est qu'elles bougent. Si je vois celle-là à cet endroit ce soir, dit-il en tapotant l'un des points – il y en avait un plus petit à côté – à la même heure demain, elle se sera décalée par ici.

Lorsqu'il se tourna vers elle, elle vit qu'il était jeune – il n'avait probablement pas encore trente ans – et plutôt beau garçon, dans le genre employé de bureau propret. Il sourit et ajouta :

— J'ai mis longtemps à le comprendre.

Juliette avait envie de lui dire qu'il n'avait pas encore *vécu* longtemps, mais elle se rappela ce qu'elle ressentait quand on la minorait de cette façon, à l'époque où elle était ombre.

— À quoi ça sert ? demanda-t-elle, et elle vit son sourire s'évanouir.

— À quoi sert tout ce qui nous entoure ?

Il reporta son regard vers le mur et éteignit la lampe. Juliette réalisa qu'elle avait posé la mauvaise question, qu'elle l'avait vexé. Puis elle se demanda si cette activité avait quelque chose d'illicite, si elle contrevenait aux tabous. Rassembler des données sur le monde extérieur, était-ce la même chose que de rester assis là à contempler les collines ? Elle notait mentalement qu'il faudrait poser la question à Marnes quand l'homme se tourna à nouveau vers elle dans la pénombre.

— Je m'appelle Lukas, dit-il.

Elle s'était suffisamment habituée à l'obscurité pour voir sa main tendue vers elle.

— Juliette, dit-elle en la serrant.

— Le nouveau shérif.

Ce n'était pas une question, bien sûr qu'il savait qui elle était. Tout le monde semblait le savoir, en haut.

— Qu'est-ce que vous faites quand vous n'êtes pas ici ? demanda-t-elle.

Elle était à peu près sûre que ce n'était pas son métier. On n'allait pas donner des jetons à quelqu'un pour regarder les nuages.

— Je vis dans les étages supérieurs du milieu, dit Lukas. La journée, je travaille sur des ordinateurs. Je ne monte que quand la visibilité est bonne.

Il ralluma la lampe et se tourna vers elle d'une façon qui semblait indiquer que les étoiles n'étaient plus sa priorité.

— Y a un gars de mon étage qui travaille ici, dans l'équipe du soir. Quand il rentre, il me dit comment étaient les nuages pendant la journée. S'il me donne le feu vert, je monte tenter ma chance.

— Et donc, vous en faites un schéma ?

Juliette montra la grande feuille de papier.

— J'essaie. Ça prendra probablement plusieurs vies.

Il glissa son fusain derrière son oreille, tira un chiffon de sa salopette et s'essuya les doigts.

— Et ensuite ?

— Avec un peu de chance, je réussirai à contaminer une ombre qui reprendra là où j'en serai resté.

— Donc plusieurs vies, littéralement.

Il rit et Juliette s'aperçut que ce rire était plaisant.

— Au moins, dit-il.

— Dans ce cas, je ne vous dérange pas plus longtemps, dit-elle, se sentant brusquement coupable de le trouver attachant.

Elle se leva et tendit sa main, qu'il serra chaleureusement. Il la serra entre les deux siennes et la garda un peu plus longtemps que nécessaire.

— Ravi de vous avoir rencontrée, shérif.

Il lui sourit. Et Juliette ne comprit pas un mot de ce qu'elle bredouilla en réponse.

21

Le lendemain matin, Juliette arriva tôt à son bureau,
n'ayant guère arraché plus de quatre heures de sommeil. Elle vit qu'un colis l'attendait à côté de son ordinateur : un petit paquet enveloppé dans du papier recyclé
et noué avec des colliers de câblage électrique. Ce détail
la fit sourire et elle chercha sa pince multifonctions dans
sa salopette. Elle sortit la pointe la plus fine, l'enfonça
dans le fermoir de l'un des colliers de câblage et desserra lentement son étreinte, le conservant intact pour un
usage futur. Elle se rappela les ennuis qu'elle s'était atti-
rés lorsqu'elle était ombre aux Machines et qu'on l'avait
surprise à sectionner un collier sur un tableau électrique.
Walker, qui était déjà un vieux ronchon vingt ans plus
tôt, lui avait hurlé dessus pour ce gaspillage, avant de
lui montrer comment débloquer patiemment le fermoir
afin de pouvoir préserver l'attache.

Des années avaient passé, et alors qu'elle était bien
plus vieille, elle avait eu l'occasion de transmettre cette
leçon à une autre ombre, un dénommé Scottie. C'était
alors un jeune garçon, mais elle lui avait passé un sacré
savon pour avoir fait preuve de la même désinvolture
qu'elle autrefois. Elle l'avait tellement effrayé qu'il
était devenu blanc comme un parpaing et qu'il était
resté nerveux en sa présence pendant des mois. Peut-
être en raison de cet emportement, elle avait davantage
fait attention à lui durant la suite de sa formation, et ils

avaient fini par devenir proches. Il s'était vite révélé un jeune homme doué, un vrai as de l'électronique, capable de programmer la puce de minuterie d'une pompe en moins de temps qu'il n'en fallait à Juliette pour en casser une et la remonter.

Elle desserra l'autre collier qui entourait le paquet et sut qu'il venait de lui. Plusieurs années auparavant, Scottie avait été recruté par le DIT et il était monté dans les 30. Il était devenu "trop futé pour les Machines", selon l'expression de Knox. Juliette mit les deux attaches de côté, imaginant le jeune homme en train de lui préparer ce paquet. La requête qu'elle avait envoyée aux Machines la veille au soir avait dû remonter jusqu'à lui et, plein de zèle, il avait passé la nuit à lui rendre ce service.

Elle écarta soigneusement les deux pans du papier. Il lui faudrait les réexpédier avec les attaches ; ces fournitures étaient trop précieuses pour qu'elle les garde et suffisamment légères pour être portées à peu de frais. Lorsque le paquet s'ouvrit, elle remarqua que les bords du papier avaient été pliés et les pattes glissées l'une sous l'autre, un truc que les enfants apprenaient pour pouvoir fermer des enveloppes sans dépenser de colle ou d'adhésif. Elle défit avec soin ce travail méticuleux, et le papier s'ouvrit enfin. À l'intérieur, elle trouva une boîte en plastique pareille à celles qu'on utilisait aux Machines pour trier boulons et écrous lors de petits chantiers.

Elle ouvrit le couvercle et constata que le paquet ne venait pas seulement de Scottie – on avait dû le lui faire porter en urgence avec une copie de sa requête. Des larmes lui montèrent aux yeux lorsque l'odeur des biscuits à la farine de maïs et aux flocons d'avoine de Mama Jean se répandit dans l'air. Elle en prit un, le porta à son nez et inspira profondément. Peut-être était-ce son imagination, mais elle aurait juré déceler une note de pétrole ou de cambouis parmi les odeurs qui montaient de la vieille boîte – ça sentait comme à la maison.

Juliette plia soigneusement le papier d'emballage et, un à un, posa les biscuits dessus. Elle songea à ceux avec qui il faudrait absolument qu'elle les partage. Marnes, bien sûr, mais aussi Pam, de la cafétéria, qui l'avait si gentiment aidée à s'installer dans son nouvel appartement. Et Alice, la vieille secrétaire de Jahns, qui avait les yeux rougis par le chagrin depuis plus d'une semaine. Elle sortit le dernier biscuit et finit par apercevoir le petit disque mémoire qui se promenait au fond de la boîte, un petit morceau cuisiné spécialement par Scottie et caché sous les miettes.

Juliette l'attrapa et mit la boîte en plastique de côté. Elle souffla dans l'embout métallique du disque pour le débarrasser d'éventuels débris avant de l'insérer à l'avant de son ordinateur. Elle n'était pas très forte en informatique, mais elle savait naviguer. On ne pouvait pas bouger le petit doigt, aux Machines, sans avoir enregistré une réclamation, un rapport, une requête ou quelque autre ineptie. Et les ordinateurs étaient pratiques pour se connecter à distance aux pompes et aux relais, les mettre en marche ou à l'arrêt, consulter leurs diagnostics, etc.

Quand le voyant clignota, elle sélectionna le disque sur son écran. À l'intérieur, elle trouva une foule de dossiers et de fichiers ; le petit support de stockage devait en être bourré à craquer. Elle se demanda si Scottie avait fermé l'œil cette nuit-là.

En tête d'une liste de dossiers primaires se trouvait un fichier nommé "Jules". Elle cliqua dessus et un bref fichier texte s'ouvrit, manifestement rédigé par Scottie, mais dont l'absence de signature était notable :

J –

Te fais pas choper avec ça, OK ? Tu as là tout le contenu des ordinateurs de M. Lapolice, pro et perso, les cinq dernières années. Y en a des tonnes, mais je savais

pas trop de quoi tu avais besoin et c'était plus facile à
générer automatiquement.
Garde les colliers – j'en ai plein.
(Et j'ai pris un biscuit. J'espère que tu m'en veux pas.)

Juliette sourit. Elle avait envie de tendre la main et de passer ses doigts sur les mots, mais ce n'était pas du papier, alors ce ne serait pas la même chose. Elle ferma la note et la supprima, puis vida sa corbeille. Même la première lettre de son nom, là-haut, semblait une information trop compromettante.

Elle se pencha en arrière et jeta un œil dans la cafétéria, qui semblait vide et plongée dans le noir. Il n'était pas encore cinq heures du matin et elle aurait le premier étage pour elle toute seule pendant un moment. Elle prit d'abord le temps de parcourir l'arborescence générale pour voir à quel genre de données elle avait affaire. Chaque dossier avait été nommé avec soin. Il s'avéra qu'elle disposait de l'historique d'utilisation des deux ordinateurs d'Holston, de la moindre touche frappée chaque jour depuis un peu plus de cinq ans, le tout rangé par dates et heures. Juliette se sentit accablée à la seule vue de la *quantité* d'informations – c'était bien plus que ce qu'elle pouvait espérer défricher en une vie.

Mais au moins, elle en disposait. Les réponses dont elle avait besoin se trouvaient là, quelque part au milieu de ces fichiers. Et finalement c'était un progrès, elle allait déjà mieux maintenant qu'elle savait que la solution à cette énigme, la décision d'Holston de partir au nettoyage, tenait dans le creux de sa main.

Elle épluchait les données depuis plusieurs heures quand le personnel de la cafétéria débarqua d'un pas titubant afin de nettoyer les lieux et de préparer le petit-déjeuner. L'une des choses auxquelles elle avait le plus de mal à s'habituer, ici, c'était les horaires stricts auxquels tout le monde se conformait. Il n'y avait pas de troisième faction. C'était à peine s'il y en avait une deuxième, à part pour l'équipe du dîner. En bas, les machines ne dormaient jamais, du coup les travailleurs non plus, ou presque. Les équipes faisaient souvent des factions supplémentaires et Juliette s'était habituée à survivre en ne se reposant qu'une poignée d'heures chaque nuit. Il suffisait de s'évanouir par pur épuisement de temps à autre, de faire une pause de quinze minutes les yeux fermés le long d'un mur, histoire de tenir la fatigue en respect.

Mais ce qui relevait autrefois de la survie constituait désormais un luxe. Sa capacité à se passer de sommeil lui libérait du temps le matin et le soir, du temps pour elle, à investir dans des recherches futiles en plus des affaires qu'elle était censée traiter. Et ça lui donnait aussi l'occasion de se former à ce fichu métier, puisque Marnes était trop déprimé pour l'aider à trouver ses marques.

Marnes…

Elle jeta un coup d'œil à la pendule au-dessus de son bureau. Il était huit heures dix, et les bacs de porridge fumant et de gruau de maïs faisaient déjà flotter les odeurs du petit-déjeuner à travers la cafétéria. Marnes était en retard. Elle le fréquentait depuis moins d'une semaine, mais ne l'avait encore jamais vu en retard où que ce soit. Cette rupture de la routine, c'était comme une courroie de transmission qui se détendait, comme un piston qui se mettait à claquer. Juliette éteignit son moniteur et repoussa son fauteuil. Dehors, le petit-déjeuner de la première faction commençait à faire le plein, les jetons de repas tintaient dans le grand seau placé à côté des vieux tourniquets. Elle sortit de son bureau et traversa le flux qui se déversait de la cage d'escalier. Dans la file d'attente, une fillette tira sur la salopette de sa mère et montra Juliette du doigt. Juliette entendit la mère la gronder pour cette impolitesse.

Sa nomination avait beaucoup fait jaser au cours des jours passés – cette femme qui avait disparu aux Machines lorsqu'elle était enfant et avait soudain ressurgi pour succéder à l'un des shérifs les plus populaires dont le silo ait le souvenir. Juliette se hâta de fuir cette attention et de disparaître dans l'escalier. Elle descendit en tournoyant à la vitesse d'un porteur sous une charge légère, ses pieds rebondissant sur chaque marche, accélérant toujours au point d'atteindre une allure qui semblait risquée. Quatre étages plus bas, après avoir doublé un couple trop lent et fendu une famille qui montait petit-déjeuner, elle atteignit le palier d'appartements situé directement sous le sien et franchit la porte à double battant.

Derrière, le couloir grouillait de scènes et de bruits matinaux : sifflement d'une théière, voix stridentes des enfants, bruits de pas au-dessus, ombres se dépêchant d'aller retrouver leur modèle pour partir travailler derrière eux. Les plus petits traînaient les pieds pour aller à l'école ; des couples s'embrassaient dans l'embrasure de leur porte tandis que leurs bambins leur tiraient sur la salopette et faisaient tomber un jouet ou une tasse en plastique.

Juliette bifurqua plusieurs fois, tournoyant dans les couloirs et autour de l'escalier central pour gagner l'autre bout de l'étage. L'appartement de l'adjoint se trouvait tout au fond. Elle présumait que Marnes avait eu droit à plusieurs promotions au fil des ans mais n'en avait pas profité. La seule fois où elle avait interrogé Alice au sujet de l'adjoint, la vieille secrétaire de Jahns avait haussé les épaules et répondu qu'il n'avait jamais désiré ni escompté autre chose que le second rôle. Juliette avait compris par là qu'il n'avait jamais voulu être shérif, mais elle commençait à se demander dans combien d'autres domaines de son existence cette philosophie s'appliquait.

Lorsqu'elle atteignit son couloir, elle croisa deux gamins qui partaient en courant, main dans la main, en retard pour l'école. Ils tournèrent au coin et disparurent dans des éclats de voix et de rire. Juliette se demanda ce qu'elle allait dire à Marnes pour justifier sa venue, pour expliquer son inquiétude. Peut-être était-ce le bon moment pour lui demander le dossier dont il semblait incapable de se séparer. Elle pourrait lui dire de prendre sa journée, de la laisser gérer le bureau pendant qu'il se reposait, ou bien romancer un peu et dire qu'elle était déjà dans le secteur pour une affaire.

Elle s'arrêta devant sa porte et leva la main pour frapper. Pourvu qu'il ne le prenne pas comme une démonstration d'autorité. Elle se faisait simplement du souci pour lui. C'était tout.

Elle donna trois coups secs sur la porte d'acier et attendit qu'il l'invite à entrer – et peut-être qu'il le fit. Ces derniers jours, sa voix s'était réduite à un filet sourd et râpeux. Elle frappa à nouveau, plus fort.

— Monsieur l'adjoint ? appela-t-elle. Tout va bien ?

Plus haut dans le couloir, une femme passa la tête dans l'entrebâillement de sa porte. Juliette l'avait aperçue dans la cafétéria aux heures où l'école y prenait ses récréations, et elle était à peu près sûre qu'elle s'appelait Gloria.

— Bonjour, shérif.

— Bonjour, Gloria, est-ce que vous auriez vu l'adjoint Marnes, ce matin ?

Gloria secoua la tête, coinça une tige de métal entre ses lèvres et commença à monter ses longs cheveux en chignon.

— Mnon, marmonna-t-elle.

Elle haussa les épaules et planta la baguette dans son chignon, fixant ses cheveux.

— Il était sur le palier hier soir, il avait l'air abattu comme jamais.

Elle fronça les sourcils.

— Il est pas venu au bureau ?

Juliette se retourna et essaya la poignée. Elle sentit cliqueter une serrure bien entretenue. Elle poussa la porte.

— Monsieur l'adjoint ? C'est Jules ! Je passais juste voir si tout allait bien.

La porte s'ouvrit grand sur l'obscurité. La seule lumière à pénétrer dans la pièce était celle du couloir, mais c'était suffisant. Juliette se retourna vers Gloria :

— Appelez le Dr Hicks – non, merde…

Elle se croyait toujours au fond.

— Quel est le médecin le plus proche ? Faites-le venir !

Sans attendre la réponse, elle se rua dans la pièce. Il n'y avait guère de place pour se pendre, dans le petit appartement, mais Marnes avait trouvé comment faire. Sa ceinture, dont la boucle était coincée en haut de la porte de la salle de bains, lui étranglait le cou. Il avait les pieds sur le lit, mais à angle droit, pas assez pour soutenir le poids de son corps. Son derrière était affaissé dans le vide, et son visage n'était plus rouge, la ceinture mordant profondément dans sa peau.

Juliette prit Marnes par la taille et le souleva. Il était plus lourd qu'il n'en avait l'air. Elle donna un coup dans ses pieds, qui tombèrent sur le sol, ce qui l'aida à le soutenir. Il y eut un juron à la porte, et le mari de Gloria se précipita pour aider Juliette à porter le poids de l'adjoint. Ils tâtonnèrent tous deux pour essayer de décoincer la ceinture. Finalement, Juliette tira sur la porte, qui s'entrouvrit et libéra Marnes.

— Sur le lit, souffla-t-elle.

Ils le hissèrent et le couchèrent de tout son long.

Le mari de Gloria posa ses mains sur ses genoux et reprit sa respiration.

— Gloria est partie chercher le Dr O'Neil.

Juliette hocha la tête et défit la ceinture du cou de Marnes. En dessous, la chair était violacée. Elle lui prit le pouls, se rappelant que George avait exactement le même air lorsqu'elle l'avait trouvé, en bas, parfaitement immobile, sans réaction. Il lui fallut un instant pour être sûre qu'elle faisait face au second cadavre qu'elle ait jamais vu.

Puis, assise là, en nage, à attendre que le docteur arrive, elle se demanda si ce travail qu'elle avait accepté garantirait que ce ne serait pas le dernier.

22

Après avoir rempli des rapports, découvert que Marnes n'avait aucune famille, parlé avec le coroner à la ferme de terre et répondu aux questions des curieux du voisinage, Juliette entama finalement une longue marche solitaire pour remonter les huit étages qui la séparaient de son bureau vide.

Elle passa le reste de la journée à ne pas faire grand-chose, gardant sa porte ouverte sur la cafétéria parce que sa petite pièce était peuplée de trop de fantômes. Elle essaya plusieurs fois de s'absorber dans les fichiers informatiques d'Holston, mais l'absence de Marnes était incomparablement plus triste que sa présence prostrée. Elle n'arrivait pas à croire qu'il était parti. Elle le ressentait presque comme un affront, la faire venir ici puis la quitter si soudainement. Et elle savait que c'était un sentiment horrible et égoïste à éprouver, et pire encore à admettre.

Tandis que son esprit vagabondait, elle jetait de temps en temps un coup d'œil par la porte, regardant glisser les nuages sur l'écran lointain. Elle cherchait à déterminer s'ils semblaient plutôt denses ou légers, si cette nuit serait propice à l'observation des étoiles. Encore une pensée culpabilisante, mais elle se sentait profondément seule, elle qui se targuait de n'avoir besoin de personne.

Elle s'amusa encore un peu avec le dédale de fichiers tandis que la lumière d'un soleil invisible déclinait dans la cafétéria, que deux services de déjeuner et deux de dîner bourdonnaient puis se taisaient autour d'elle, qui ne cessait d'observer le ciel tumultueux et d'espérer, sans vraie raison logique, qu'une autre occasion de rencontrer l'étrange chasseur d'étoiles de la veille se présenterait.

Et, même assise là, au milieu du bruit et des odeurs de repas des quarante-huit étages du haut, Juliette oublia de manger un morceau. Ce ne fut qu'au moment où la seconde équipe partit, éteignant les trois quarts des lumières, que Pam lui apporta un bol de soupe et un biscuit. Juliette la remercia et chercha quelques jetons dans sa salopette, mais Pam refusa. Les yeux de la jeune femme, rougis de larmes, glissèrent vers le fauteuil vide de l'adjoint, et Juliette comprit que les employés de la cafétéria avaient sûrement été les personnes les plus proches de lui.

Pam repartit sans un mot, et Juliette mangea avec le peu d'appétit qu'elle réussit à trouver. Elle eut finalement l'idée d'une nouvelle recherche à essayer sur les données d'Holston, une vérification orthographique globale autour de noms qui pourraient donner des indices, et elle finit par trouver comment la lancer. Pendant ce temps, sa soupe refroidit. Tandis que son ordinateur se mettait à brasser ces collines d'informations, elle prit son bol et quelques dossiers et abandonna son bureau pour aller s'asseoir dans la cafétéria, près de l'écran mural.

Elle était là toute seule à chercher des étoiles quand Lukas, sans un bruit, surgit à côté d'elle. Il ne dit rien, se contentant de tirer une chaise, de s'asseoir avec sa planche et sa feuille de papier et de lever les yeux vers le vaste panorama du dehors obscurci.

Juliette n'aurait su dire s'il avait la politesse de respecter son silence ou la grossièreté de ne pas dire bonjour. Elle trancha pour la première hypothèse, et ce silence finit par lui sembler normal. Partagé. Un moment de paix à la fin d'une journée horrible.

Plusieurs minutes s'écoulèrent. Une dizaine. Il n'y avait pas d'étoiles et pas un mot ne fut échangé. Juliette tenait un dossier sur ses genoux, juste pour s'occuper les mains. Un bruit monta de la cage d'escalier, des rieurs en transit entre les étages d'appartements, puis le silence revint.

— Je suis désolé pour votre coéquipier, dit finalement Lukas.

Ses mains lissèrent le papier sur la planche. Il n'avait pas encore tracé la moindre marque ou note.

— Merci, dit Juliette.

Elle ne savait pas trop quelle était la réponse qui convenait, mais ça lui paraissait la moins mauvaise.

— Je cherche des étoiles, mais je n'en ai vu aucune, ajouta-t-elle.

— Vous n'en trouverez pas. Pas ce soir. Ces nuages sont de la pire espèce.

Juliette les étudia, peinant à les distinguer dans la lueur lointaine de fin du crépuscule. Ils ne lui semblaient pas différents d'autres nuages.

Lukas se tourna très légèrement sur son siège.

— J'ai un aveu à faire, puisque vous représentez la loi.

La main de Juliette chercha l'étoile sur sa poitrine. Souvent, elle risquait d'oublier qui elle était.

— Ah oui ?

— Je savais que les nuages seraient épais ce soir. Mais je suis venu quand même.

Juliette compta sur l'obscurité pour dissimuler son sourire.

— Je ne suis pas sûre que le Pacte se prononce vraiment sur ce genre de duplicité, répondit-elle.

Lukas rit. Étrange que ce rire lui soit déjà si familier, et qu'elle ait tant besoin de l'entendre. Juliette eut soudain envie de saisir le jeune homme, d'enfouir son menton dans son cou et de pleurer. Elle pouvait presque sentir son corps commencer à esquisser le mouvement – même si sa peau refusait de bouger. Ça n'était pas possible et ça ne le serait jamais. Elle le savait, au moment même où cette sensation frémissait en elle. C'était seulement l'effet de la solitude, de l'horreur d'avoir tenu Marnes dans ses bras, d'avoir senti ce poids sans vie, dépouillé de ce qui l'animait. Elle manquait cruellement de contact, et cet inconnu était le seul être qu'elle connaissait suffisamment pour vouloir se tourner vers lui.

— Qu'est-ce qui va se passer, maintenant? demanda-t-il, son rire s'estompant.

Juliette faillit lâcher bêtement : Entre nous? mais Lukas lui sauva la mise.

— Savez-vous quand vont se dérouler les funérailles? Et où?

Elle hocha la tête dans l'obscurité.

— Demain. Il n'y a pas de famille à attendre, ni d'enquête à mener.

Juliette ravala ses larmes.

— Il n'a pas précisé ses dernières volontés, on m'a donc laissé le soin de m'en occuper. J'ai décidé de le faire reposer à côté du maire.

Lukas regarda vers l'écran. Il faisait assez noir pour qu'on ne discerne pas les corps des nettoyeurs, un soulagement bienvenu.

— Comme il se doit, dit-il.

— Je crois qu'ils étaient amants en secret, lâcha Juliette. Ou que s'ils ne l'étaient pas, c'était tout comme.

— C'est ce qu'on entendait dire. Ce que je ne comprends pas, c'est pourquoi ils en faisaient mystère. Ça n'aurait dérangé personne.

Étrangement, assise dans le noir en compagnie d'un parfait inconnu, ces choses-là s'exprimaient plus facilement qu'entre amis au fond du silo.

— Peut-être que ça les aurait dérangés eux, songea-t-elle à haute voix. Jahns avait été mariée. Je les soupçonne d'avoir voulu respecter ça.

— Ah oui?

Lukas griffonna quelque chose sur sa feuille. Juliette leva les yeux, mais elle était certaine qu'il n'y avait pas eu d'étoile.

— Je conçois mal qu'on puisse aimer en secret, comme ça.

— Et je conçois mal qu'on ait besoin de la permission de quelqu'un, du Pacte ou du père d'une fille, pour tomber amoureux, rétorqua-t-elle.

— Ah bon? Mais ça marcherait comment sinon? N'importe qui pourrait s'aimer n'importe quand?

Elle ne répondit pas.

— Et comment ferait-on pour participer à la loterie? demanda-t-il, persistant dans son raisonnement. J'ai du mal à imaginer que ce ne soit pas au grand jour. C'est une fête, vous ne croyez pas? Il y a ce rituel, un homme qui demande au père d'une fille la permission…

— Et vous alors, l'interrompit Juliette. Vous n'êtes pas avec quelqu'un? Non, je demande parce que… à vous entendre, on dirait que vous avez des opinions tranchées sur la question sans nécessairement…

— Pas encore, dit-il, venant à nouveau à sa rescousse. Ma mère n'a pas encore entièrement réussi à me culpabiliser. Elle aime me rappeler chaque année combien de loteries j'ai manquées et à quel point ça réduit ses chances d'avoir toute une flopée de petits-enfants. Comme si je n'étais pas au courant de mes statistiques. Mais oh, je n'ai que vingt-cinq ans.

— C'est tout?

— Et vous?

Elle faillit le lui dire carrément. Elle faillit lui cracher son secret sans qu'il ait rien demandé. Comme si elle pouvait se fier à cet homme, ce gamin, cet inconnu.

— Je n'ai jamais trouvé le bon, mentit-elle.

Lukas partit de son rire juvénile.

— Non, je voulais dire, quel âge avez-vous? Si ce n'est pas indélicat.

Son soulagement fut immense. Elle croyait qu'il voulait savoir si elle avait quelqu'un.

— Trente-quatre, dit-elle. Et il paraît que ça ne se demande pas, mais je n'ai jamais été très à cheval sur les règles.

— Et c'est notre shérif qui parle, dit Lukas, riant de sa propre plaisanterie.

Juliette sourit :

— Il faut encore que je m'y fasse, je crois.

Elle se retourna vers l'écran, et tous deux apprécièrent le silence qui se forma. C'était étrange d'être assise en compagnie de cet homme. Elle se sentait plus jeune, et d'une certaine façon plus en sécurité en sa présence. Moins seule, en tout cas. Elle le classait dans la catégorie des solitaires, lui aussi, des écrous de taille inusitée qui ne collaient à aucun boulon standard. Et dire qu'il avait été là, à l'autre bout du silo, à chercher des étoiles, pendant qu'elle avait passé son peu de temps de libre dans les mines du fond, aussi loin qu'il était possible, à dénicher des pierres de collection.

— La soirée ne s'annonce pas plus productive pour vous que pour moi, on dirait, dit-elle finalement, rompant le silence, caressant le dossier fermé sur ses genoux.

— Faut voir, dit Lukas. Tout dépend ce que vous êtes venue faire ici.

Juliette sourit. Et à l'autre bout de la vaste salle, à peine audible, l'ordinateur de son bureau tinta, pour signaler qu'il avait fini de brasser les données d'Holston et qu'il pouvait cracher ses résultats.

23

Le lendemain matin, au lieu de monter à son bureau, Juliette descendit cinq étages pour se rendre aux funérailles de Marnes, à la ferme de terre du haut. Il n'y aurait pas de dossier pour son adjoint, pas d'enquête, seulement la descente de son vieux corps fatigué dans la terre profonde, où il se décomposerait et alimenterait les racines. C'était étrange de se tenir dans cette assemblée et de penser à lui en terme de dossier absent. Moins d'une semaine à ce poste, et elle voyait déjà les chemises cartonnées comme l'endroit où vivaient les fantômes. Avec leurs noms, leurs numéros d'affaire. Leurs vies distillées sur une vingtaine de pages de papier recyclé, leur triste histoire jetée à l'encre noire sur un entrelacs de fibres et de traînées de couleurs.

La cérémonie fut longue, mais passa vite. À côté de la fosse, on distinguait toujours un monticule de terre, là où Jahns avait été enterrée. Bientôt, tous deux s'entremêleraient au sein des plantes, et ces plantes nourriraient les occupants du silo.

Juliette accepta une tomate mûre au moment où le prêtre et son ombre tournèrent dans les rangs serrés de l'assemblée. Drapés d'étoffe rouge, tous deux psalmodiaient en marchant, leurs voix sonores se complétant l'une l'autre. Juliette mordit dans son fruit, laissant une quantité de jus acceptable éclabousser sa salopette, mâcha puis avala. Elle constata que cette tomate était délicieuse, mais de façon purement détachée. Il était dur de vraiment l'apprécier.

Quand vint le moment de reverser la terre dans le trou, Juliette observa l'assemblée. Deux morts en moins d'une semaine dans le haut du silo. Il y en avait eu deux autres ailleurs, c'était donc une très mauvaise semaine.

Ou une très bonne, selon le point de vue. Elle aperçut des couples sans enfants qui mordaient à pleines dents dans leurs fruits, les doigts entrelacés, faisant le calcul dans leur tête. Les loteries suivaient de trop près les décès au goût de Juliette. Elle se disait toujours qu'elles devraient se tenir à des dates fixes dans l'année, histoire de donner le sentiment qu'elles auraient lieu quoi qu'il arrive, que quelqu'un meure ou non.

La descente du corps et la cueillette de fruits mûrs juste au-dessus des tombes visaient cependant à souligner une chose : tel est le cycle de la vie ; il est inéluctable ; il convient de l'embrasser, de le chérir, de l'apprécier. Celui qui s'en va prodigue la subsistance, la vie à ceux qui restent. Il s'efface pour faire place à la génération suivante. Nous naissons, nous sommes ombre, nous modelons à notre tour des ombres, puis nous disparaissons. Tout ce que nous pouvons espérer, c'est de rester dans la mémoire de deux générations.

Avant que le trou ne soit entièrement rebouché, les convives s'approchèrent du bord de la parcelle et y jetèrent ce qu'il restait de leurs fruits. Juliette s'avança et ajouta son reliquat de tomate à la grêle colorée de pelures et de chairs. Appuyé sur sa pelle trop grande, un acolyte regarda voler les derniers fruits. Ceux qui étaient tombés à côté, il les enfouit avec une pelletée de terre sombre et riche et ne laissa qu'un monticule qui, avec le temps et quelques arrosages, finirait par se tasser.

Après les funérailles, Juliette entama sa remontée vers le bureau. Elle sentait les étages dans ses jambes, même si elle se targuait d'être en pleine forme. Mais marcher et monter étaient des efforts différents de ceux qu'elle connaissait. Ce n'était pas la même chose que manier une clé à molette ou dégripper des boulons récalcitrants, ça ne supposait pas le même genre d'endurance que le seul fait de rester éveillé et alerte le temps d'une faction supplémentaire. Elle jugea que c'était contre nature, ces ascensions. Les êtres humains n'étaient pas faits pour ça. À son avis, ils n'avaient pas été conçus pour monter beaucoup plus d'un étage à la fois. Mais elle croisa un de ces porteurs dont les pieds dansaient sur les marches d'acier, un sourire de salutation expresse éclairant son visage frais, alors elle se demanda si ce n'était pas seulement une question d'entraînement.

Lorsqu'elle retrouva enfin la cafétéria, c'était l'heure du déjeuner. La salle bourdonnait des bruits de conversations et du tintement des fourchettes métalliques contre les assiettes métalliques. Devant la porte de son bureau, la pile de notes pliées avait encore grandi. Il y avait une plante dans un seau en plastique, une paire de chaussures, une petite sculpture en fils de fer de couleurs vives. Juliette resta un instant en arrêt devant cette collection. Comme Marnes n'avait pas de famille, il lui revenait probablement de trier tout ça, de s'assurer que ces objets iraient à ceux qui en feraient le meilleur usage. Elle se pencha et ramassa l'un des messages. Les caractères avaient été griffonnés d'une main incertaine, au crayon de couleur. Elle imagina que la grande section de l'école avait consacré les heures de travaux manuels à la confection de cartes pour l'adjoint Marnes, ce jour-là. Cette pensée la rendit plus triste que toutes les cérémonies. Elle essuya ses larmes et maudit les instituteurs qui avaient l'idée de mêler les enfants à cette noirceur.

— Laissez-les en dehors de tout ça, murmura-t-elle toute seule.

Elle reposa la carte et reprit contenance. Ça aurait plu à l'adjoint Marnes, décida-t-elle. C'était un homme facile à deviner, une de ces personnes qui vieillissent de partout sauf du cœur, un organe qu'il n'avait jamais usé parce qu'il n'avait jamais osé s'en servir.

Une fois dans son bureau, elle eut la surprise de découvrir qu'elle avait de la compagnie. Un inconnu était assis au bureau de Marnes. Il leva les yeux de son écran et lui sourit. Elle s'apprêtait à lui demander qui il était quand Bernard – qu'elle se refusait à considérer comme le maire, fût-ce par intérim – sortit de la cellule un dossier à la main, tout sourire.

— Comment étaient les cérémonies ? demanda-t-il.

Juliette traversa le bureau et lui arracha le dossier des mains.

— Merci de ne pas tout déranger, dit-elle.

— Déranger ?

Bernard rit et ajusta ses lunettes.

— C'est une affaire classée. Je m'apprêtais à le rapporter à mon bureau pour le réarchiver.

Juliette regarda le dossier et vit que c'était celui d'Holston.

— Vous êtes au courant que vous travaillez pour moi, n'est-ce pas ? Vous étiez censée jeter au moins un petit coup d'œil au Pacte avant que Jahns ne vous fasse prêter serment.

— Je vais le garder encore un peu, merci.

Juliette planta Bernard près de la cellule ouverte et marcha jusqu'à son bureau. Elle fourra le dossier dans le tiroir du haut, constata que le disque mémoire était toujours branché à son ordinateur, et leva les yeux vers le type assis en face d'elle.

— Et vous êtes ?

Il se leva et le fauteuil de l'adjoint Marnes émit son grincement habituel. Juliette essaya de se forcer à ne plus le considérer comme le fauteuil de Marnes.

— Peter Billings, madame.

Il tendit la main. Juliette la serra.

— Je viens moi-même de prêter serment.

Il prit son étoile par le coin et la tira en avant pour la lui montrer.

— En fait, c'était pour *votre* poste que Peter était pressenti, ajouta Bernard.

Juliette se demanda ce qu'il voulait dire par là, ou pourquoi il prenait la peine de le préciser.

— Vous aviez besoin de quelque chose ? lui demanda-t-elle.

Elle montra son bureau, sur lequel les papiers s'étaient accumulés la veille puisqu'elle avait passé le plus clair de son temps à gérer les affaires de Marnes.

— Parce que si vous avez besoin de quoi que ce soit, je peux l'ajouter en bas d'une de ces piles.

— Quand je vous donne une mission, ça va *en haut* de la pile, dit Bernard.

Il abattit sa main sur le dossier au nom de Jahns.

— Et je vous fais une fleur en montant ici pour cette entrevue au lieu de vous faire descendre à *mon* bureau.

— De quelle entrevue s'agit-il ? demanda Juliette sans le regarder, s'appliquant à trier des papiers.

Avec un peu de chance, il allait voir qu'elle était débordée et s'en aller, et elle pourrait commencer à mettre Peter au courant du peu qu'elle avait elle-même compris à leur travail.

— Vous n'êtes pas sans savoir que nous avons connu un certain… *renouvellement* ces dernières semaines. Sans précédent, vraiment, du moins depuis l'insurrection. Et voilà le danger, j'en ai peur, si nous n'accordons pas tous nos violons.

Il mit son doigt sur le dossier que Juliette essayait de déplacer, le clouant sur place. Elle leva les yeux vers lui.

— Les gens ont besoin de continuité. Ils ont besoin de savoir que demain sera très semblable à hier. Ils ont besoin qu'on les rassure. Nous venons d'avoir un nettoyage, de déplorer plusieurs décès, alors, bien sûr, l'ambiance est un peu survoltée.

Il désigna les dossiers et les piles de papiers fibreux qui débordaient du bureau de Juliette jusque sur celui de Marnes. Le jeune homme assis en face d'elle observait le tas d'un œil méfiant, comme si la plus grosse partie risquait de basculer de son côté et d'augmenter encore sa charge de travail.

— C'est pourquoi je vais annoncer une période de grâce. Non seulement pour renforcer le moral de tout le silo, mais pour vous aider à effacer l'ardoise, pour vous éviter d'être submergés, le temps que vous vous fassiez à vos nouvelles fonctions.

— Effacer l'ardoise?

— Exactement. Toutes ces petites infractions d'ivrognes. Celui-là, tiens, c'est pour quoi?

Il prit un dossier, regarda l'étiquette.

— Allons bon, qu'est-ce que Pickens a encore fait?

— Il a mangé le rat d'un voisin, dit Juliette. L'animal de compagnie de la famille.

Peter Billings gloussa. Juliette lorgna vers lui en se demandant pourquoi son nom lui était familier. Puis elle le remit, se rappela avoir lu un mémo de lui dans l'un des dossiers. Ce garçon, quasiment un gamin, avait été l'ombre d'un juge. Chose qu'elle avait quelque peine à imaginer en le voyant. Il avait plus le style du DIT.

— Je croyais qu'avoir un rat comme animal de compagnie était illégal, dit Bernard.

— Ça l'est. C'est lui le plaignant. C'est une action qu'il a entamée en représailles de… celle-ci, dit-elle après avoir fouillé dans ses dossiers.

— Voyons.

Bernard s'empara du second dossier, le mit sur le premier et laissa tomber le tout dans la corbeille de Juliette. Les notes et documents soigneusement consignés se répandirent en vrac sur d'autres bouts de papier destinés au recyclage.

— Pardon et oubli, dit-il en se frottant les mains. Ce sera là mon slogan électoral. C'est de ça qu'on a besoin. De nouveaux commencements, d'oublier le passé, en ces temps tumultueux, et de regarder vers l'avenir !

Il donna une grande claque dans le dos de Juliette, salua Peter et se dirigea vers la porte.

— Votre slogan électoral ? demanda-t-elle avant qu'il ait eu le temps de s'éclipser.

Et elle songea soudain qu'il était le suspect numéro un dans l'un des dossiers qu'il suggérait d'amnistier.

— Ah, oui, lança Bernard par-dessus son épaule.

Il s'appuya au montant de la porte et tourna la tête.

— Après mûre réflexion, j'ai décidé que personne n'était mieux qualifié que moi pour ce poste. Je ne vois pas ce qui m'empêche de garder mes fonctions au DIT tout en remplissant le rôle de maire. Après tout, je le fais déjà !

Il fit un clin d'œil.

— La continuité, voyez-vous.

Et il disparut.

Juliette passa le reste de l'après-midi à former son adjoint, dépassant largement ce que Peter Billings considérait comme "des horaires de travail raisonnables". Ce dont elle avait le plus besoin, c'était de quelqu'un qui réponde à la radio et évalue les plaintes sur le terrain. C'était l'ancien boulot d'Holston : sillonner les quarante-huit premiers étages, se rendre sur les lieux au moindre trouble. L'adjoint Marnes avait espéré que Juliette remplirait ce rôle, elle qui était plus jeune et plus ingambe. Il avait aussi déclaré que la population se montrerait peut-être plus conciliante envers une jolie femme. Juliette pensait que ses motivations étaient autres. Elle soupçonnait Marnes de vouloir l'envoyer en patrouille pour pouvoir passer du temps seul avec son dossier, son fantôme. Et elle comprenait bien ce besoin. Lorsqu'elle renvoya Peter Billings à la maison avec une liste d'appartements et de commerces à visiter le lendemain, elle eut donc enfin le temps de s'asseoir devant son ordinateur pour consulter les résultats de la recherche lancée la veille.

Le vérificateur orthographique avait donné des choses intéressantes. Pas tant les noms qu'elle avait espérés que de gros blocs de texte apparemment codé : un galimatias morcelé, à la ponctuation étrange, qui englobait des mots qu'elle connaissait mais qui ne semblaient pas à leur place. Ces paragraphes énormes étaient disséminés un peu partout dans l'ordinateur personnel d'Holston, les premiers remontant à un peu plus de trois ans. Ils correspondaient donc à la chronologie des événements, mais ce qui frappa Juliette, surtout, ce fut de constater que ces données étaient souvent nichées au fond d'un répertoire, dans des dossiers parfois imbriqués dans plus d'une douzaine d'autres. Comme si quelqu'un s'était donné du mal pour les cacher mais avait tenu à en faire de nombreuses copies, terrifié à l'idée de les perdre.

Quelles que soient ces données, Juliette supposait qu'elles étaient codées, et importantes. Elle arracha des morceaux d'une petite miche de pain et les trempa dans de la purée de maïs tout en copiant l'intégralité de ce charabia dans un fichier qu'elle enverrait aux Machines. Il y avait là-bas quelques gars peut-être assez intelligents pour interpréter ce code, à commencer par Walker. Elle mastiqua sa nourriture et passa les heures qui suivirent à réexaminer le fil qu'elle était parvenue à débrouiller des dernières années d'Holston comme shérif. Il avait été difficile de faire le tri dans ses activités, de distinguer l'important du parasite, mais elle avait abordé le problème aussi logiquement que s'il s'était agi d'une panne. Parce qu'elle avait décidé que c'était ce à quoi elle avait affaire. Une panne. Progressive et interminable. Presque inévitable. Perdre sa femme avait été pour Holston comme la rupture d'un joint d'étanchéité. Tout ce qui s'était déglingué dans sa vie remontait presque mécaniquement à la mort d'Allison.

L'une des premières choses dont Juliette s'était aperçue, c'était que l'ordinateur professionnel d'Holston ne trahissait aucune activité secrète. Tout comme elle, Holston était manifestement devenu noctambule, veillant des heures durant dans son appartement. Elle y vit un point commun supplémentaire et son obsession pour cet homme en fut encore renforcée. S'en tenir à son ordinateur personnel lui permit d'écarter plus de la moitié des données. De plus, il apparut clairement qu'il avait passé la majeure partie de son temps à enquêter sur sa femme, tout comme Juliette enquêtait maintenant sur lui. C'était ce qui les liait le plus profondément. Elle était là à dépouiller la vie du dernier nettoyeur volontaire comme il avait lui-même dépouillé la vie de son épouse, avec l'espoir de découvrir quelle cause térébrante pouvait conduire quelqu'un à choisir le monde interdit du dehors.

C'est alors que Juliette commença à trouver des indices reliés d'une façon presque effrayante. Apparemment, c'était Allison qui avait trouvé comment déchiffrer les mystères des anciens serveurs. À un moment donné, la méthode même grâce à laquelle Juliette avait pu avoir accès aux données d'Holston avait permis à Allison, puis à son mari, d'exhumer un secret quelconque. En se concentrant sur la correspondance supprimée du couple, et en remarquant que leurs échanges avaient explosé au moment où Allison avait rendu publique une méthode de récupération des données supprimées, Juliette pensa mettre le doigt sur une piste fiable. Elle fut encore plus persuadée qu'Allison avait trouvé quelque chose sur les serveurs. Le problème, c'était qu'elle ne savait pas quoi – ni si elle serait capable de le reconnaître si elle tombait dessus.

Elle échafauda plusieurs hypothèses, même l'idée qu'Allison ait été rendue furieuse par une infidélité, mais elle avait le sentiment de comprendre assez Holston pour savoir que ce n'était pas le cas. Puis elle constata que ces fils d'activité intense conduisaient systématiquement aux paragraphes en charabia, une réponse qu'elle cherchait à écarter par tous les prétextes, incapable qu'elle était de leur donner sens. Qu'est-ce qui avait bien pu conduire Holston, et surtout Allison, à consacrer tant de temps à tous ces textes absurdes ? Les journaux d'activité indiquaient qu'elle les gardait ouverts pendant des heures, comme si ces lettres et ces symboles cryptés étaient lisibles. Aux yeux de Juliette, c'était une langue entièrement nouvelle.

Alors qu'est-ce que c'était, qu'est-ce qui avait poussé Holston et sa femme au nettoyage ? L'hypothèse la plus répandue, c'était qu'Allison avait été prise de claustrophobie, d'obsession pour le grand air, et qu'Holston avait fini par succomber à son chagrin. Mais Juliette n'y avait jamais cru. Elle n'aimait pas les coïncidences. Lorsqu'elle démontait une machine pour la réparer et qu'un nouveau problème se manifestait au bout de quelques jours, il lui suffisait généralement de revenir sur les étapes de la première réparation. La réponse se trouvait toujours là. Elle portait le même regard sur cette énigme : le diagnostic était bien plus simple à poser s'ils avaient été poussés à sortir par *une seule et même cause*.

Seulement, elle ne voyait pas ce que ça pouvait être. Et elle craignait de devenir folle à son tour si elle le découvrait.

Juliette se frotta les yeux. Lorsqu'elle posa à nouveau son regard sur son bureau, le dossier de Jahns attira son attention. En tête figurait le rapport que le médecin avait adressé à Marnes. Elle l'écarta et prit la note qui se trouvait au-dessous, celle que Marnes avait écrite et laissée sur sa petite table de chevet :

Ça aurait dû être moi.

Si peu de mots, se dit Juliette. Mais qui lui restait-il dans le silo, à qui aurait-il pu écrire? Elle examina la petite poignée de mots, mais il y avait peu de choses à en extraire. C'était sa gourde à lui qu'on avait empoisonnée, pas celle de Jahns. Cela faisait de la mort du maire un homicide involontaire, mot nouveau pour Juliette. Et Marnes lui avait expliqué un autre point de la loi : le pire crime dont ils pouvaient inculper le responsable, c'était la *tentative d'assassinat* manquée sur sa personne à lui, et non l'accident grossier qui avait coûté la vie au maire. Ce qui signifiait que, s'ils parvenaient à imputer le crime à quelqu'un, cette personne pourrait être envoyée au nettoyage pour ce qu'elle avait *échoué* à faire à Marnes, alors qu'elle n'encourrait que cinq ans de mise à l'épreuve et de travaux d'intérêt général si elle était condamnée pour ce qui était *accidentellement* arrivé à Jahns. Juliette pensait que, plus que le reste, c'était cette torsion de la justice qui avait miné le pauvre Marnes. Il n'y avait jamais eu aucun espoir de vraie justice, une vie pour une vie. Ces lois bizarres, ajoutées à la torture de savoir qu'il avait eu le poison dans son sac, l'avaient profondément atteint. Il lui fallait vivre avec l'idée blessante qu'il était le porteur du poison, qu'une bonne action, une promenade partagée, avait signé l'arrêt de mort de celle qu'il aimait.

Tenant les derniers mots de Marnes, Juliette se maudit de n'avoir rien vu venir. Elle aurait dû anticiper cette panne, la résoudre en faisant un peu de maintenance préventive. Elle aurait pu en dire davantage, lui tendre la main d'une façon ou d'une autre. Elle avait été trop occupée à ne pas se laisser submerger, durant ses premiers jours ici, pour voir que l'homme qui l'avait fait venir en haut était en train de s'effondrer lentement sous ses yeux.

L'icône de sa boîte de réception se mit à clignoter, rompant le cours de ces pensées troublantes. Elle mit la main sur la souris et jura. Le gros fichier qu'elle avait

24

Il y avait trente-quatre étages à descendre jusqu'au DIT. Juliette avalait les marches à une telle vitesse qu'elle devait garder une main sur la rampe intérieure pour éviter de voler dans les quelques personnes qui montaient. Vers le sixième, elle passa un porteur qui tressaillit de se voir doublé. Au dixième, Juliette sentit sa tête commencer à tourner. Elle se demanda comment Holston et Marnes avaient pu répondre aux appels d'urgence dans des délais appropriés. Les deux bureaux de police annexes, celui du milieu et celui du fond, étaient commodément situés vers le centre de leurs quarante-huit étages, à un bien meilleur emplacement. Elle entra dans les 20 en se faisant cette réflexion : que son bureau n'était pas idéalement situé pour faire face aux appels des confins du secteur. Au lieu de ça, on l'avait installé à côté du sas et de la cellule, sièges du châtiment le plus élevé en vigueur dans le silo. Elle maudit cette décision en pensant à la longue ascension qui l'attendait au retour.

En haut des 20, elle faillit renverser un homme qui ne regardait pas où il allait. Elle passa son bras derrière lui et agrippa la rampe, leur évitant à tous deux une mauvaise culbute. Il s'excusa tandis qu'elle ravalait un juron. Elle s'aperçut alors qu'il s'agissait de Lukas, sa tablette à dessin attachée dans le dos, des morceaux de fusain dépassant de la poche de sa salopette.

— Oh, dit-il. Bonjour.

Il lui sourit, mais sa bouche se fronça lorsqu'il réalisa qu'elle se ruait dans la direction opposée.

— Désolée, dit-elle. Faut que je file.

— Bien sûr.

Il se redressa et s'écarta, et Juliette finit par enlever la main de ses côtes. Elle lui fit un signe de tête, ne sachant quoi dire, ne pensant qu'à Scottie, puis elle reprit sa descente, filant trop vite pour prendre le risque de jeter un regard en arrière.

Lorsqu'elle atteignit enfin le trente-quatrième, elle fit une pause sur le palier pour reprendre son souffle et dissiper le vertige. Après avoir vérifié que son étoile était encore en place, le disque mémoire toujours dans sa poche, elle tira les portes principales du DIT et tenta d'entrer l'air de rien, comme si elle était d'ici.

Elle fit un bref repérage de l'entrée. À sa droite, une vitre donnait sur une salle de réunion. La lumière y était allumée, même si on était maintenant au milieu de la nuit. Quelques têtes étaient visibles à travers la vitre – une réunion était en cours. Elle crut entendre la voix de Bernard, forte et nasillarde, se glisser sous la porte comme une sangsue.

Devant elle se dressaient les petits tourniquets de sécurité qui ouvraient sur le dédale d'appartements, de bureaux et d'ateliers du DIT. Juliette imagina le plan de l'étage ; elle avait entendu dire que ces trois niveaux étaient assez semblables à ceux des Machines, la bonne humeur en moins.

— Je peux vous aider ? demanda un jeune homme en salopette argentée placé de l'autre côté des barrières.

Elle s'approcha.

— Shérif Nichols.

Elle brandit sa carte d'identité puis la passa sous le lecteur du portail. Le voyant devint rouge et le portail émit un bourdonnement hostile, refusant de s'ouvrir.

— Je suis ici pour voir Scottie, l'un de vos techniciens.

Elle fit une deuxième tentative, tout aussi infructueuse.

— Vous avez un rendez-vous ? demanda l'homme.

Juliette le regarda en plissant les yeux.

— Je suis le shérif. Depuis quand j'ai besoin d'un rendez-vous ?

Elle repassa la carte, le portail gronda une fois de plus. Le jeune homme ne bougea pas le petit doigt pour l'aider.

— Merci d'arrêter de faire ça, dit-il.

— Tu vois, petit, là je suis au beau milieu d'une enquête. Et tu l'entraves.

Il sourit.

— Vous savez certainement que nous occupons une place à part et que vos pouvoirs…

Juliette rangea sa carte et se pencha par-dessus le portail pour l'attraper par les bretelles. Elle faillit lui faire passer le tourniquet, bandant ces biceps musclés qui avaient desserré tant de boulons.

— Écoute, nabot, ou je passe ce tourniquet, ou je le saute et je te passe dessus après. Je te signale que je travaille directement pour Bernard Holland, maire par intérim, qui se trouve être aussi ton patron. Est-ce que je suis claire ?

Les pupilles du gamin s'agrandirent démesurément. Il secoua le menton de haut en bas.

— Alors ouvre ça, dit-elle en le repoussant vivement.

Il tâtonna pour sortir sa carte – la passa sous le laser.

Juliette poussa le tourniquet et son gardien, mais s'arrêta.

— Euh, c'est par où, au juste ?

La main tremblante, le gamin était toujours en train d'essayer de ranger sa carte dans sa poche.

— Pa-pa… par là, madame.

Il pointa le doigt vers la droite.

— Ensuite, deuxième couloir à gauche. Dernier bureau.

— Brave garçon.

Elle tourna les talons et sourit toute seule. Apparemment, le ton qu'elle utilisait en bas pour calmer les mécanos qui cherchaient querelle marchait ici aussi. Et elle rit en pensant à l'argument qu'elle avait employé : ton patron est aussi mon patron, alors tu ouvres. Cela dit, à en croire l'écarquillement de ses yeux et la quantité de peur dans ses veines, elle aurait pu passer ce portail en lui lisant la recette du pain de Mama Jean.

Elle prit le deuxième couloir, croisant un homme et une femme en salopette argent qui en sortaient. Ils se retournèrent sur son passage. Au bout, elle trouva un bureau de chaque côté et ne sut pas lequel était celui de Scottie. Elle jeta d'abord un œil dans celui dont la porte était ouverte, mais il y faisait noir. Elle se tourna donc vers l'autre et frappa.

Au début, il n'y eut pas de réponse, mais la lumière baissa au bas de la porte, comme si quelqu'un s'était mis devant.

— Qui est là ? chuchota une voix familière.

— Ouvre, bon sang, dit Juliette. Tu sais très bien qui c'est.

La poignée s'abaissa et la serrure cliqueta. Juliette poussa la porte pour entrer et Scottie se hâta de la repousser derrière elle, actionnant le verrou.

— Est-ce que quelqu'un t'a vue ? demanda-t-il.

Elle le regarda, incrédule.

— Est-ce qu'on m'a vue ? Évidemment qu'on m'a vue ! Tu crois que je suis entrée comment ? Y a des gens partout !

— Mais est-ce qu'ils t'ont vue entrer *ici* ? chuchota-t-il.

— Scottie, qu'est-ce qui se passe, à la fin ?

Juliette commençait à se demander si elle ne s'était pas ruée jusqu'ici pour rien.

— Non seulement tu m'envoies une dépêche, ce qui semble déjà assez désespéré, mais en plus tu me demandes de venir maintenant. Alors voilà, je suis là.

— Où as-tu trouvé ça ? demanda-t-il.

Scottie prit un rouleau de papier imprimé qui traînait sur son bureau et le brandit entre ses mains tremblantes.

Juliette s'approcha de lui. Elle posa une main sur son bras et regarda la feuille.

— Calme-toi, lui dit-elle doucement.

Elle essaya de lire quelques lignes et reconnut aussitôt le charabia qu'elle avait envoyé aux Machines un peu plus tôt dans la soirée.

— Comment t'as eu ça ? Je l'ai envoyé à Knox il y a tout juste quelques heures.

Scottie hocha la tête.

— Et il me l'a fait suivre. Mais il n'aurait pas dû. Je pourrais avoir de gros ennuis.

Juliette rit.

— Attends, tu plaisantes, là ?

Elle vit que ce n'était pas le cas.

— Scottie, à la base, c'est toi qui m'as sorti toutes ces données.

Elle fit un pas en arrière et le dévisagea.

— Attends, tu comprends ce charabia, c'est ça ? Tu sais ce que c'est ?

Il acquiesça.

— Jules, sur le moment, je ne savais pas ce que je récupérais. C'était des gigas de conneries. Je n'ai pas regardé. Je me suis contenté de les extraire et de te les faire passer…

— Pourquoi c'est si dangereux ?

— Je ne peux même pas en parler. Je n'ai pas l'étoffe d'un nettoyeur, Jules. Vraiment pas.

Il tendit le rouleau.

— Tiens. Je n'aurais même pas dû l'imprimer, mais je voulais détruire la dépêche. Faut que tu le prennes. Que tu l'emmènes loin d'ici. Je ne peux pas me faire choper avec ça.

Juliette prit le rouleau, mais uniquement pour le calmer.

— Scottie, assieds-toi. S'il te plaît. Écoute, je sais que tu as peur, mais j'ai besoin que tu t'asseyes et que tu me parles. C'est très important.

Il secoua la tête.

— Nom de Dieu, Scottie, assieds-toi.

Elle pointa son doigt vers la chaise et il obtempéra, l'air hébété. Juliette s'assit sur le coin du bureau et remarqua que le lit de camp poussé au fond de la pièce avait servi récemment. Elle eut pitié du jeune homme.

— Je ne sais pas ce qu'il y a là-dessus, dit-elle en agitant le rouleau de papier, mais c'est ce qui a causé les deux derniers nettoyages.

Elle lui dit ça comme si c'était plus qu'une théorie rapidement en train de prendre forme, comme si c'était quelque chose qu'elle savait. Peut-être était-ce la peur dans les yeux de Scottie qui cimentait cette idée, ou le besoin d'avoir l'air forte et sûre d'elle pour l'aider à se calmer.

— Scottie, j'ai besoin de savoir ce que c'est. Regarde-moi.

Il leva les yeux.

— Tu vois cette étoile ?

Elle donna une chiquenaude à son insigne, qui tinta sourdement. Il acquiesça.

— Je ne suis plus ton chef d'équipe, mon gars. Je suis la police, et c'est très important. Je ne sais pas si tu en es bien conscient, mais tu ne peux pas avoir d'ennuis en répondant à mes questions. À vrai dire, tu es même *obligé* d'y répondre.

Il la regarda, une lueur d'espoir dans les yeux. Visiblement, il ignorait qu'elle inventait ça de toutes pièces. Elle ne mentait pas – elle ne livrerait Scottie pour rien dans le silo –, mais elle était à peu près sûre qu'il n'y avait d'immunité pour personne.

— Qu'est-ce que j'ai entre les mains ? demanda-t-elle, agitant le rouleau imprimé.

— C'est un programme, murmura-t-il.

— Comme un circuit de minutage, tu veux dire ? Comme un…

— Non, pour un ordinateur. Un langage de programmation. C'est un…

Il détourna les yeux.

— Je ne veux pas le dire. Oh, Jules, tout ce que je veux, c'est retourner aux Machines. J'aimerais que rien de tout cela ne soit jamais arrivé.

Ces mots furent comme une douche froide. Scottie n'avait pas peur – il était carrément terrifié. Il craignait *pour sa vie*. Juliette descendit du bureau et s'accroupit à côté de lui. Elle posa sa main sur celle du jeune homme, sur son genou agité de tressautements anxieux.

— Que fait ce programme ? demanda-t-elle.

Il se mordit la lèvre, secoua la tête.

— N'aie crainte. Nous sommes en sécurité, ici. Dis-moi ce qu'il fait.

— C'est un programme d'affichage, finit-il par dire. Mais pas un affichage type LED ou à matrice de points. Il y a des algorithmes que je reconnais là-dedans. Que n'importe qui reconnaîtrait…

Il marqua une pause.

— De la couleur en soixante-quatre bits, murmura-t-il en la fixant du regard. Soixante-quatre bits. Qui peut avoir besoin d'autant de *couleur* ?

— OK, et en clair ? demanda Juliette.

Scottie semblait sur le point de devenir fou.

— Tu l'as vue, non ? La vue, en haut.

Elle hocha la tête.

— Tu sais bien où je travaille.

— Eh bien, je l'ai vue aussi, à l'époque où je ne prenais pas tous mes repas ici, à m'user les doigts jusqu'aux os.

Il passa ses deux mains dans ses cheveux châtains ébouriffés.

— Ce programme, Jules – ce que tu as là, ça peut faire qu'une image comme celle de cet écran mural ait l'air *vraie*.

Juliette encaissa l'information, puis elle se mit à rire.

— Mais attends, c'est bien ce qu'il fait, non ? Scottie, y a des capteurs dehors. Ils captent les images qu'ils voient, et après, il faut bien que l'écran les affiche, non ? Parce que je ne suis pas sûre de te suivre, là.

Elle secoua le rouleau de charabia.

— Ce truc-là ne fait-il pas simplement ce que je crois ? Afficher l'image sur l'écran ?

Scottie se tordit les mains.

— Il n'y aurait pas besoin d'un programme de ce genre. Toi, tu parles de *transmettre* une image. Je pourrais écrire dix lignes de code pour ça. Non, ça, c'est pour *fabriquer* une image. C'est plus complexe.

Il saisit Juliette par le bras.

— Jules, ce truc peut créer des vues entièrement nouvelles. Il peut te montrer *ce que tu veux*.

Il coupa sa respiration, et une tranche de temps resta suspendue entre eux, une pause pendant laquelle leurs cœurs cessèrent de battre et leurs yeux s'abstinrent de ciller.

Juliette resta là accroupie, en équilibre sur le bout de ses vieilles bottes. Elle posa finalement son derrière sur le sol, s'appuyant contre la cloison métallique du bureau.

— Maintenant tu vois pourquoi… commença Scottie, mais Juliette leva la main pour le faire taire.

Il ne lui était jamais venu à l'idée que la vue puisse être fabriquée. Mais pourquoi pas ? Et à quelle fin, dans ce cas ?

Juliette imagina la femme d'Holston faisant cette découverte. Elle devait être au moins aussi intelligente que Scottie – c'était elle qui avait mis au point la technique qu'il avait utilisée pour exhumer tout ça, non ? Qu'aurait-elle fait de cette information ? En aurait-elle parlé tout haut, provoquant une émeute ? L'aurait-elle dit à son mari, qui n'était autre que le shérif ? Quoi ?

Juliette savait seulement ce qu'elle ferait, elle, dans cette situation, si elle était presque convaincue. Elle était trop curieuse de nature pour douter de sa réaction. Ça la rongerait, comme les entrailles bruyantes d'une machine scellée ou les rouages secrets d'un mécanisme encore jamais démonté. Il lui faudrait se munir d'un tournevis et d'une clé, et jeter un œil…

— Jules…

Elle l'arrêta. Des détails du dossier d'Holston ressurgirent. Des notes au sujet d'Allison, de sa folie soudaine, presque sortie de nulle part. Sa curiosité avait dû la rendre folle. À moins… à moins qu'Holston n'ait rien su. À moins qu'elle ait joué la comédie. Qu'elle ait protégé son mari de quelque chose d'horrible par un voile de démence simulée.

Mais aurait-il fallu trois ans à Holston pour reconstituer ce que Juliette n'avait mis qu'une semaine à comprendre ? Ou savait-il déjà et il lui avait juste fallu trois ans pour trouver le courage de la suivre ? Ou Juliette bénéficiait-elle d'un avantage sur lui ? Elle avait Scottie. Et après tout, elle marchait sur les traces de quelqu'un qui avait marché sur les traces d'une autre, pour elle la piste était bien plus évidente et facile à remonter.

Elle leva les yeux vers son jeune ami, qui la regardait, l'air inquiet.

— Il faut que tu sortes ça d'ici, dit-il en tournant son regard vers la feuille imprimée.

Juliette acquiesça. Elle s'arracha du sol et glissa le rouleau dans sa salopette. Il faudrait le détruire ; restait à savoir comment.

— J'ai effacé mes copies de tout ce que j'avais récupéré pour toi, dit-il. Je ne veux plus les voir. Et tu devrais en faire autant.

Juliette tapota sa poche de poitrine, sentit la bosse dure du disque mémoire.

— Et Jules – tu peux me rendre un service ?

25

Le lendemain matin, épuisée, Juliette arriva tard à son bureau, les jambes et le dos courbaturés après sa course tardive au DIT et une nuit sans sommeil. Elle n'avait cessé de se retourner dans son lit, se demandant si elle était tombée sur une boîte qu'il valait mieux laisser fermée, inquiète à l'idée de soulever des questions qui ne promettaient que de mauvaises réponses. Si elle se rendait dans la cafétéria et regardait dans une direction qu'elle avait coutume d'éviter, elle pourrait voir les deux derniers nettoyeurs gisant dans le pli de la colline, presque dans les bras l'un de l'autre. Ces deux amoureux s'étaient-ils jetés dans le vent corrosif à cause de ce que Juliette était en train de mettre au jour? Elle se rappela la peur qu'elle avait vue dans les yeux de Scottie et se demanda si elle était assez prudente. Elle regarda en face d'elle. Son adjoint, encore moins expérimenté dans ce métier, transcrivait les données d'un dossier.

— Eh, Peter?

Il leva les yeux de son clavier.

— Quoi?

— T'étais bien à la Justice avant? En tant qu'ombre d'un juge?

Il pencha la tête de côté.

— Non, j'étais assistant de justice. En fait, j'ai été ombre auprès du shérif adjoint du milieu. J'ai terminé il y a quelques années. C'était ce métier-là que je voulais faire, mais il n'y avait pas de postes.

— Et t'as grandi au milieu? Ou en haut?

— Au milieu.

Les mains du jeune homme glissèrent de son clavier sur ses genoux. Il sourit.

— Mon père était plombier dans les jardins hydroponiques. Il est mort il y a quelques années. Ma mère, elle travaille à la nursery.

— Ah bon? Elle s'appelle comment?

— Rebecca. C'est l'une des…

— Je la connais. Elle était ombre quand j'étais petite. Mon père…

— Il travaille à la nursery du haut, je sais. Je préférais ne rien dire…

— Pourquoi? Eh, si t'as peur que je fasse du favoritisme, je plaide coupable. T'es mon adjoint maintenant, tu peux compter sur moi.

— Non, ce n'est pas ça. Mais j'avais peur que vous ayez une dent contre moi. Je sais que vous et votre père ne…

Juliette l'arrêta tout de suite.

— Ça reste mon père. Nos vies ont suivi des chemins différents, c'est tout. Passe le bonjour à ta mère de ma part.

— Je n'y manquerai pas.

Peter sourit et se pencha sur son clavier.

— Eh. J'aurais une question pour toi. Un truc que je comprends pas.

— Bien sûr, dit-il en relevant la tête. Allez-y.

— Comment se fait-il qu'il soit moins cher d'envoyer un message par porteur que par ordinateur? T'as une idée?

— Bien sûr.

Il hocha la tête.

— Une dépêche informatique coûte un quart de jeton le caractère. Ça monte vite!

Juliette rit.

— Non, je connais le tarif. Mais le papier, c'est pas donné non plus. Ni le port. Et on pourrait penser que l'envoi électronique ne coûte quasiment rien, non? Ce n'est que de l'information. Ça ne pèse rien du tout.

Il haussa les épaules.

— C'est un quart de jeton depuis que je suis né. Je sais pas. D'ailleurs, on a un crédit de cinquante jetons par jour ici, et c'est illimité pour les urgences. À votre place, je ne m'inquiéterais pas trop.

— Je ne m'inquiète pas pour ça, mais ça me trouble. Je veux dire, je comprends pourquoi tout le monde ne peut pas avoir de radio comme les nôtres : une seule personne peut émettre à la fois, et nous avons besoin des ondes pour les urgences. Mais qu'est-ce qui nous empêcherait d'envoyer et recevoir tous autant de messages qu'on veut?

Peter posa ses coudes sur le bureau et appuya son menton sur ses poings.

— Ben, faut penser au coût des serveurs, de l'électricité. Faut compter la consommation de pétrole, l'entretien du câblage, le refroidissement et allez savoir quoi. Surtout s'il y a des tonnes de trafic. Si vous comparez ça au coût d'un peu de pâte à papier pressée sur un tamis, qu'on laisse sécher et sur laquelle on gratte un peu d'encre avant de la faire porter par quelqu'un qui montait ou descendait déjà de toute façon, pas étonnant que ce soit moins cher !

Juliette opina, mais c'était plus de la courtoisie qu'autre chose. Elle n'était pas si convaincue. Il ne lui plaisait pas de dire pourquoi, mais elle ne put s'en empêcher.

— Et si la raison était autre? Si quelqu'un rendait ça cher *exprès*?

— Comment ça? Pour gagner de l'argent?

Peter claqua des doigts.

— Pour donner du travail aux porteurs !

Juliette secoua la tête.

— Non, si c'était pour rendre la communication entre les gens plus difficile ? Ou en tout cas coûteuse. Pour nous séparer, tu vois, que les gens gardent leurs pensées pour eux.

Peter fronça les sourcils.

— Qui pourrait vouloir faire ça ?

Juliette haussa les épaules et reporta son attention vers son écran. Sa main glissa vers le rouleau caché sur ses genoux. Elle se rappela qu'elle ne vivait plus au milieu de gens à qui elle pouvait faire confiance les yeux fermés.

— Je ne sais pas, dit-elle. Oublie. C'était juste une idée idiote.

Elle tira son clavier vers elle et leva les yeux vers son écran. Peter aperçut l'icône d'urgence en premier.

— Ouah. Encore une alerte.

Elle cliqua sur l'image clignotante, entendit Peter pousser un grand soupir.

— Bon sang, mais qu'est-ce qu'il se passe en ce moment ?

Elle tira le message en haut de l'écran et le lut rapidement, n'en croyant pas ses yeux. Ça ne pouvait quand même pas être la routine. Les gens ne pouvaient pas mourir si souvent. Ou est-ce qu'elle n'était pas au courant auparavant, quand elle avait toujours le nez dans un moteur ou sous un carter d'huile ?

Le code qui clignotait au-dessus faisait partie de ceux qu'elle connaissait sans avoir besoin de son antisèche. Il devenait tristement familier. Encore un suicide. Ils ne donnaient pas le nom de la victime, mais il y avait un numéro de bureau. Et elle connaissait l'étage. Et l'adresse. Elle avait encore mal aux jambes pour s'y être rendue la veille.

— Non, dit-elle, agrippant le bord du bureau.

— Vous voulez que j'y…

Peter attrapa sa radio.

— Non, bon sang, non.

Juliette secoua la tête. Elle repoussa son fauteuil et fit tomber la corbeille de papier à recycler, qui déversa tous les dossiers graciés sur le sol. Le rouleau posé sur ses genoux tomba au milieu.

— Je peux… commença Peter.

— Je m'en charge, dit-elle, lui faisant signe de ne pas bouger. Merde !

Elle secoua la tête. Le bureau se mit à tourner autour d'elle, le monde devint flou. Elle se dirigeait vers la porte d'un pas chancelant, les bras ouverts pour garder l'équilibre, quand Peter se retourna vers son écran, tira sur sa souris et son petit cordon derrière elle et cliqua sur quelque chose.

— Euh, Juliette… ?

Mais elle avait déjà franchi la porte et rassemblait ses forces en vue d'une descente longue et éprouvante.

— Juliette !

Elle se retourna et vit Peter qui accourait vers elle, la main sur sa hanche pour empêcher sa radio de ballotter.

— Quoi ? demanda-t-elle.

— Je suis désolé… C'est… Je ne sais pas comment faire…

— Accouche, lança-t-elle, impatiente.

Elle ne pensait plus qu'au petit Scottie pendu dans son bureau. Dans son imagination, c'était des colliers de câblage électrique. Voilà la forme que son cauchemar éveillé, que ses pensées morbides donnaient à la scène de sa mort.

— C'est juste que j'ai reçu une dépêche personnelle et…

— Rejoins-moi si tu veux, mais il faut que je descende.

Elle virevolta vers l'escalier.

Peter la saisit par le bras. Brutalement. D'une poigne ferme.

— Désolé, m'dame, mais je dois vous placer en état d'arrestation…

Elle fit volte-face et vit qu'il semblait bien peu sûr de lui.

— Qu'est-ce que t'as dit ?

— Je ne fais que mon devoir, shérif, je vous le jure.

Peter chercha ses menottes. Juliette le dévisagea, incrédule, lorsqu'il fit claquer le premier bracelet sur son poignet et tenta de se saisir de l'autre.

— Peter, qu'est-ce que ça signifie ? Il faut que je m'occupe d'un ami…

Il secoua la tête.

— L'ordinateur dit que vous êtes suspecte, m'dame. Je fais seulement ce qu'il me dit…

Et sur ces mots, la seconde menotte cliqueta à son poignet et Juliette baissa les yeux pour contempler la difficulté de sa situation, abasourdie, incapable de chasser de son esprit l'image de son jeune ami pendu dans le bureau.

26

Elle avait droit à une visite, mais à qui aurait-elle voulu se montrer dans cette situation ? Personne. Alors elle resta assise le dos aux barreaux tandis que le morne monde extérieur s'éclaircissait avec le lever d'un soleil invisible et que le sol autour d'elle était vide de dossiers, de fantômes. Elle était seule, privée d'une fonction qu'elle n'était pas sûre d'avoir jamais voulu exercer ; un tas de cadavres traînait dans son sillage et sa vie simple et facile à comprendre s'était déliée.

— Je suis sûr que ce ne sera rien, dit une voix derrière elle.

Juliette se décolla de l'acier et tourna la tête pour découvrir Bernard debout derrière elle, tenant les barreaux. Elle s'écarta de lui et s'assit sur le lit de camp, tournant le dos à la vue grise.

— Vous savez très bien que je n'ai pas fait ça, dit-elle. C'était mon ami.

Bernard fronça les sourcils.

— Pour quoi pensez-vous être ici ? Le petit s'est suicidé. Des tragédies récentes l'ont visiblement perturbé. Ce n'est pas rare pour les gens qui changent de section dans le silo, qui s'en vont loin de leurs amis, de leur famille, prendre un poste pour lequel ils ne sont pas totalement faits…

— Alors pourquoi suis-je ici ? demanda Juliette.

Elle réalisa soudain qu'il n'y aurait peut-être pas de deuxième nettoyage, finalement. Au bout du couloir, elle voyait Peter faire des allées et venues sur le côté, comme si une barrière physique l'empêchait d'approcher.

— Entrée irrégulière au trente-quatrième, dit Bernard. Menaces à l'encontre d'un membre du silo, atteintes aux affaires du DIT, soustraction de documents appartenant au DIT dans les quartiers sécurisés…

— Foutaises, dit Juliette. J'ai été appelée par l'un de vos employés. J'avais parfaitement le droit d'être là !

— Nous examinerons ça. Enfin, Peter le fera. Je crains qu'il ait été obligé de saisir votre ordinateur, c'était une pièce à conviction. Mes équipes seront les mieux qualifiées pour…

— *Vos* équipes ? Vous êtes quoi, là, maire ou directeur du DIT ? Parce que je me suis penchée là-dessus, et le Pacte stipule clairement que vous ne pouvez être les deux à la fois…

— Il y aura bientôt un vote sur le sujet. Le Pacte a déjà été modifié par le passé. Il est conçu pour évoluer lorsque les événements l'exigent.

— Et donc, vous voulez vous débarrasser de moi.

Juliette se rapprocha des barreaux pour voir Peter Billings, et être vue de lui.

— Ce poste devait te revenir depuis le début, c'est ça ? lui lança-t-elle.

Peter s'esquiva de son champ visuel.

— Juliette. Jules.

Bernard secoua la tête et fit claquer sa langue.

— Je ne veux pas me débarrasser de vous. Je ne veux me débarrasser de personne. Ce que je souhaite, c'est que les gens soient *à leur place*. Bien intégrés. Scottie n'était pas taillé pour le DIT, je le vois maintenant. Et je ne crois pas que vous soyez faite pour vivre en haut.

— Et donc, quoi, je suis bannie, c'est ça ? Renvoyée aux Machines ? Sous couvert d'accusations grotesques ?

— Bannie est un mot si horrible. Je suis sûr qu'il excédait votre pensée. Et ne désirez-vous pas retrouver votre ancien poste ? N'y étiez-vous pas plus heureuse ? Il y a tant de choses à apprendre pour lesquelles vous n'avez jamais été ombre, ici. Et les gens qui pensaient que vous étiez la mieux placée pour ce poste, et qui, j'en suis sûr, espéraient vous aider à vous adapter…

Il s'arrêta net, et en un sens ce fut pire encore qu'il laisse ainsi la phrase en suspens, forçant Jules à compléter l'image, au lieu de se contenter de l'entendre. Elle revit deux monticules de terre fraîchement retournée, dans les jardins, quelques pelures de deuil jetées dessus.

— Je vais vous laisser rassembler vos affaires, celles qui ne sont pas des pièces à conviction, et vous autoriser à redescendre. Si vous vous présentez à mes adjoints sur le trajet et nous tenez informés de votre progression, nous abandonnerons les poursuites. Considérez ça comme un prolongement de mon petit… "congé judiciaire".

Bernard sourit et redressa ses lunettes.

Juliette serra les dents. Elle s'aperçut que, de toute sa vie, elle n'avait jamais mis son poing dans la figure de quelqu'un.

Et ce fut seulement la peur de rater, de mal s'y prendre et de se casser les os sur les barreaux d'acier, qui la retint de mettre fin à cette époque.

Cela faisait tout juste une semaine que Juliette était en haut et elle repartait déjà, moins chargée qu'à son arrivée. On lui avait procuré une salopette bleue, la couleur des Machines, qui était bien trop grande pour elle. Peter ne lui dit même pas au revoir – plus par honte que par colère ou par reproche, se dit-elle. Il traversa la cafétéria à ses côtés afin de la conduire jusqu'à l'escalier, et lorsqu'elle se tourna pour lui serrer la main, elle le vit qui fixait ses orteils, les pouces rivés à sa salopette, l'insigne de shérif de Juliette épinglé de travers à gauche de sa poitrine.

Juliette entama sa longue descente à travers tout le silo. Elle serait moins éprouvante que sa montée sur le plan physique, mais le serait bien plus à d'autres égards. Qu'était-il arrivé au silo, exactement, et pourquoi ? Elle ne pouvait s'empêcher de se sentir au cœur de tout ça, d'endosser une part de responsabilité. Rien de tout cela ne serait arrivé s'ils l'avaient laissée aux Machines, s'ils n'étaient jamais venus la voir pour commencer. Elle serait encore en train de râler au sujet de l'alignement de la génératrice, de passer des nuits sans sommeil à attendre la panne inéluctable et la plongée dans le chaos qui suivrait, lorsqu'ils apprendraient à survivre grâce à une génératrice de secours pendant les dizaines d'années nécessaires à la reconstruction de l'engin. Au lieu de ça, elle avait assisté à un autre type d'incident : une cascade en série, non pas de disjoncteurs, mais de cadavres. C'était pour le pauvre Scottie qu'elle s'en voulait le plus, un garçon plein d'avenir, de talent, disparu à la fleur de l'âge.

Elle n'avait été shérif que brièvement – c'est à peine si l'étoile avait eu le temps de briller sur sa poitrine – et pourtant elle ressentait profondément le besoin d'enquêter sur la mort de Scottie. Quelque chose clochait dans ce suicide. Les signes étaient là, certes. Il avait peur de sortir de son bureau – mais il avait été l'ombre de Walker et peut-être avait-il hérité de l'habitude de réclusion du vieil homme. Scottie avait aussi abrité des secrets trop grands pour son jeune esprit, il avait eu assez peur pour lui câbler de venir tout de suite – mais elle le connaissait comme son ombre et elle savait qu'il n'était pas capable d'un tel geste. Elle se demanda soudain si Marnes en était vraiment capable, lui aussi. Si Jahns était à ses côtés à cet instant, l'exhorterait-elle à enquêter sur leurs deux morts ? Lui dirait-elle que rien de tout cela ne tenait debout ?

— Je ne peux pas, murmura Juliette au fantôme, et un porteur qui montait tourna la tête sur son passage.

Le reste de ses pensées, elle le garda pour elle. Alors qu'elle arrivait au niveau de la nursery de son père, elle fit une pause sur le palier, envisageant plus longtemps et plus sérieusement qu'à l'aller d'entrer pour lui rendre visite. La première fois, c'était la fierté qui l'en avait empêchée. Et à présent, la honte mettait à nouveau ses pieds en mouvement, et elle descendit en tournoyant loin de lui, se fustigeant de songer à des spectres de son passé, depuis longtemps bannis de sa mémoire.

Au trente-quatrième, l'entrée du DIT, elle envisagea à nouveau de s'arrêter. Il y aurait des indices dans le bureau de Scottie, ils n'auraient peut-être pas réussi à tout faire disparaître. Elle secoua la tête. Les complots étaient déjà en train de se former dans son esprit. Et même s'il était dur de tirer un trait sur le lieu du crime, elle savait qu'on ne la laisserait jamais approcher du bureau.

Elle poursuivit sa descente et, songeant à l'emplacement du DIT, elle se dit que ça ne pouvait pas être un accident, ça non plus. Elle avait encore trente-deux étages à parcourir avant de se présenter à la première annexe de police, située environ à la moitié du milieu. Le bureau du shérif, lui, se trouvait trente-trois étages au-dessus d'elle. Le DIT se situait donc aussi loin que possible de tout poste de police.

Elle secoua la tête devant ces raisonnements paranoïaques. Ce n'était pas comme ça qu'on posait un diagnostic. Son père le lui aurait dit.

Après avoir rencontré le premier adjoint vers midi, avoir accepté du pain et des fruits et une incitation à bien s'alimenter, elle acheva sa traversée du milieu à un bon rythme, se demandant où habitait Lukas lorsqu'elle passa la première couche d'appartements, et s'il était au courant de son arrestation.

Le poids de la semaine écoulée semblait l'aspirer vers le fond, l'attraction terrestre lui tirait les bottes, et la pression du métier de shérif retombait à mesure qu'elle laissait ce bureau derrière elle. Plus elle se rapprochait des Machines et plus cette pression laissait place à la hâte de retrouver ses amis, même la tête basse.

Au cent vingtième, elle s'arrêta voir Hank, l'adjoint du fond. Elle le connaissait depuis longtemps, commençait à être environnée de visages familiers, de gens qui la saluaient, la mine sombre, comme s'ils connaissaient le moindre détail de sa semaine en haut. Hank essaya de la convaincre de se reposer un peu mais elle s'attarda juste assez pour ne pas paraître impolie, pour remplir sa gourde avant d'entamer les vingt étages qui la séparaient encore de l'endroit où elle avait vraiment sa place.

Knox eut l'air ravi de la retrouver. Il l'étouffa entre ses bras, la soulevant du sol, lui labourant le visage avec sa barbe. Il sentait le cambouis et la transpiration, un mariage que Juliette n'avait jamais pleinement remarqué lorsqu'elle était au fond parce qu'elle baignait dedans.

Le trajet jusqu'à son ancienne chambre fut ponctué de tapes dans le dos, de vœux de bon retour, de questions sur le haut, de "Bonjour Shérif" lancés par plaisanterie, le genre de frivolités frustes au milieu desquelles elle avait grandi et dont elle avait l'habitude. Ça l'attrista plus que tout le reste. Elle avait entrepris quelque chose et elle avait échoué. Et ses amis n'en étaient pas moins heureux de la voir revenir.

Shirly, de la deuxième équipe, la vit arriver dans le couloir et l'accompagna jusqu'à sa chambre. Elle l'informa de l'état de la génératrice et du rendement du nouveau puits de pétrole, comme si son amie avait seulement pris quelques jours de vacances. Arrivée à sa chambre, Juliette la remercia et entra en poussant du pied toutes les notes qu'on avait glissées sous sa porte. Elle passa la sangle de son balluchon par-dessus sa tête, le laissa tomber par terre, puis elle s'effondra sur son lit, trop épuisée et fâchée contre elle-même pour pouvoir pleurer.

Elle se réveilla au milieu de la nuit. Son petit terminal affichait l'heure en chiffres verts massifs : 2 h 14.

Elle s'assit au bord de son lit dans une salopette qui n'était pas vraiment la sienne et dressa le bilan de sa situation. Sa vie ne s'arrêtait pas là, décida-t-elle. C'était juste une impression. Dès le lendemain, même s'ils ne comptaient pas sur elle, elle reprendrait son poste dans les bas-fonds pour continuer à faire tourner le silo, s'employer à ce qu'elle savait le mieux faire. Il fallait qu'elle revienne à cette réalité, remise ses autres idées ou responsabilités. Elles lui semblaient déjà si loin. Elle n'était même pas sûre d'aller aux funérailles de Scottie, sauf s'ils envoyaient sa dépouille au fond pour qu'il soit enterré parmi les siens.

Elle tira le clavier logé dans l'étagère murale. Tout était recouvert d'une couche de crasse. Elle ne l'avait jamais remarqué auparavant. Les touches étaient maculées de la saleté qu'elle avait rapportée de chacune de ses factions, le moniteur barbouillé de graisse. Elle résista à la tentation d'essuyer l'écran, d'étaler un peu plus la couche luisante, mais décida qu'il faudrait faire un peu plus de ménage. Elle voyait désormais les choses avec des yeux immaculés et plus critiques.

Au lieu de chercher vainement le sommeil, elle démarra l'ordinateur pour consulter les plannings du lendemain et tout ce qui pourrait l'empêcher de penser à la semaine écoulée. Mais avant d'avoir pu ouvrir son gestionnaire de tâches, elle vit qu'elle avait plus d'une douzaine de dépêches dans sa boîte de réception. Elle n'en avait jamais vu autant. D'habitude, les gens se contentaient de glisser des notes de papier recyclé sous la porte – mais elle était au loin quand la nouvelle de son arrestation était tombée, et elle n'avait pas pu approcher un ordinateur depuis.

Elle se connecta à sa messagerie et ouvrit la dernière dépêche en date. Elle venait de Knox. Juste un point-virgule et une parenthèse – un sourire à un demi-jeton.

Juliette ne put s'en empêcher – elle sourit elle aussi. Elle sentait toujours l'odeur de Knox sur sa peau et comprit que, pour cette grande brute, tous les problèmes, tous les chuchotements qui filtraient à son sujet à travers la cage d'escalier étaient dérisoires comparés à son retour. Pour lui, le pire aléa de la semaine avait probablement été de devoir la remplacer dans la première équipe.

Elle passa au message suivant – le chef de la troisième équipe lui souhaitait la bienvenue, probablement à cause des heures supplémentaires que son groupe fournissait pour aider la première depuis son départ.

Il y en avait d'autres. Shirly avait englouti une journée de salaire dans un message où elle lui souhaitait bon voyage. Tous ces messages avaient été envoyés avec l'espoir qu'elle les lirait là-haut, qu'ils rendraient sa descente plus facile, lui éviteraient de s'en vouloir ou de se sentir humiliée, voire de se considérer comme une ratée. Juliette eut les larmes aux yeux devant tant de prévenance. Elle revit son bureau, le bureau d'Holston, dépouillé de son ordinateur et jonché de fils débranchés. Jamais elle n'aurait pu lire ces messages en temps voulu. Elle sécha ses larmes et tâcha de ne pas considérer ces dépêches comme de l'argent gaspillé, mais comme de luxueux gages d'amitié.

Avoir lu chacun d'entre eux, s'être s'efforcée de ne pas craquer, rendit le dernier message auquel elle parvint deux fois plus choquant. Il comptait plusieurs paragraphes. Juliette en déduisit qu'il s'agissait d'un document officiel, peut-être une liste de ses infractions, un jugement formel sur son cas. Les seuls messages de ce genre qu'elle connaissait étaient ceux qu'envoyait le bureau du maire, en général pendant un congé, à tous les membres du silo. Elle découvrit alors qu'il venait de Scottie.

Juliette se redressa et tenta de retrouver ses esprits. Elle commença par le début, en maudissant les larmes qui lui embuaient les yeux.

J.

J'ai menti. Pas pu détruire ces trucs. Trouvé d'autres. Ce ruban piqué pour toi ? Ta blague = la vérité. Et le programme – PAS pour grand écran. Pas la bonne densité de pxl. 32 768 × 8 192 ! Sais pas ce qui fait cette taille. 20 × 5 ? Tellement de pxl si c'est ça.

J'en rassemble +. Pas confiance porteurs, alors te le câble. Tant pis pr le coût, réponds de même. Besoin transfert Mch. Pas en sécurité ici.

S.

Juliette le lut une seconde fois et pleura pour de bon. Voilà qu'une vraie voix de fantôme l'avertissait de quelque chose, et tout ça trop tard. Et ce n'était pas la voix de quelqu'un qui projetait de se donner la mort – ça, elle en était sûre. Elle vérifia la date et l'heure de la dépêche ; elle avait été envoyée avant même son retour au bureau, la veille, avant la mort de Scottie.

Avant le *meurtre* de Scottie, se corrigea-t-elle. Ils avaient dû le surprendre en train de fouiner, ou peut-être était-ce sa visite qui les avait alertés. Elle se demanda ce que le DIT pouvait voir, s'ils pouvaient s'introduire dans son compte de messagerie, même. Ils n'avaient pas dû le faire pour le moment, ou ce message ne serait pas là à l'attendre.

Elle bondit tout à coup de son lit et attrapa l'un des papiers pliés qui traînaient près de la porte. Après avoir exhumé un fusain de son sac à dos, elle se rassit. Elle recopia l'intégralité de la dépêche, dans ses moindres bizarreries orthographiques, relut deux fois chaque nombre, puis détruisit le message. Lorsqu'elle en eut terminé, elle avait les bras hérissés de frissons, comme si une personne invisible était en train d'accourir pour s'introduire dans son ordinateur avant qu'elle ait pu faire disparaître les preuves. Elle se demanda si Scottie avait eu la prudence d'effacer cette dépêche de ses messages envoyés. S'il avait les idées claires, il avait dû le faire.

Elle resta assise sur son lit, agrippant son papier, ayant depuis longtemps oublié le planning de travail du lendemain. Au lieu de ça, elle étudiait la sinistre pagaille qui tournait autour d'elle, la tornade qui enflait au cœur du silo. Les choses allaient mal, du sommet jusqu'au fond. Un mécanisme immense s'était désaligné. Elle percevait le bruit de la semaine écoulée, ces coups sourds et ces ferraillements, cette machine qui sautait de ses supports et laissait des cadavres dans son sillage.

Et Juliette était la seule à pouvoir l'entendre. Elle était la seule à savoir. Et elle ignorait à qui elle pouvait faire confiance pour l'aider à remettre les choses en état. Mais elle savait une chose : il faudrait changer de régime pour réaligner tout ça. Et ce qui s'annonçait pourrait difficilement porter le nom de "congé".

27

Juliette débarqua dans l'atelier d'électronique de Walker à cinq heures du matin. Elle craignait de le trouver endormi sur son lit de camp mais sentit l'odeur caractéristique de la soudure vaporisée flottant dans le couloir. Elle entra en toquant à la porte ouverte et Walker leva les yeux de l'un de ses nombreux circuits imprimés, des volutes de fumée s'élevant du bout de son fer à souder.

— Jules ! s'exclama-t-il.

Il ôta la loupe de sa tête grisonnante et la posa sur l'établi d'acier, ainsi que son fer à souder.

— J'ai entendu dire que tu étais revenue. Je voulais t'envoyer un mot, mais…

Il fit un geste en direction des piles de pièces dont l'étiquette de commande de travail pendait au bout d'une ficelle.

— Très très occupé, expliqua-t-il.

— T'inquiète, dit-elle.

Elle le serra dans ses bras et sentit sur sa peau ce parfum de feu électrique qui n'appartenait qu'à lui. Et à Scottie.

— C'est moi qui vais me sentir coupable d'accaparer ton temps, dit-elle.

— Ah bon ?

Il recula et observa Juliette. La broussaille de ses sourcils blancs et son front ridé se froncèrent d'inquiétude.

— T'as quelque chose pour moi ?

Il la regarda de haut en bas, cherchant quelque chose de cassé, une habitude après une vie passée à recevoir de petits appareils à réparer.

— En fait, je voulais seulement faire appel à tes lumières.

Elle s'assit sur l'un des tabourets de l'atelier, et Walker l'imita.

— Je t'écoute.

Il s'essuya le front du revers de la manche et Juliette vit combien il avait vieilli. Elle se souvenait de lui sans tout ce blanc dans les cheveux, sans ces rides et ces taches sur la peau. Elle se souvenait de lui avec son ombre.

— Ça concerne Scottie, le prévint-elle.

Walker détourna la tête et acquiesça. Il essaya de dire quelque chose, se tapota plusieurs fois du poing sur la poitrine et s'éclaircit la gorge.

— Vraiment triste.

Ce fut tout ce qu'il parvint à articuler. Il regarda le sol pendant un moment.

— Ça peut attendre, lui dit Juliette. Si tu as besoin de temps…

— C'est moi qui l'ai convaincu de prendre ce poste, dit Walker en secouant la tête. Quand il a reçu l'offre, je me souviens, j'ai eu peur qu'il la refuse. À cause de moi, tu comprends ? Qu'il ait trop peur de me vexer pour partir, qu'il reste ici éternellement, alors je l'ai pressé d'accepter.

Il leva la tête, les yeux luisants.

— Je voulais simplement qu'il sache qu'il était libre de choisir. Je ne voulais pas le rejeter.

— Tu ne l'as pas rejeté, dit Juliette. Personne ne le pense, et tu ne devrais pas le penser non plus.

— Il n'était pas heureux là-haut, je suppose. Il n'était pas chez lui.

— Oui, mais il était trop intelligent pour nous. N'oublie pas ça. Nous l'avons toujours dit.

— Il t'adorait, dit Walker en s'essuyant les yeux. Dieu que ce gamin t'admirait !

Juliette sentit ses propres larmes refaire surface. Elle fouilla dans sa poche et en sortit le message qu'elle avait transcrit au dos du papier. Elle dut se rappeler pourquoi elle était là, s'enjoindre à garder son sang-froid.

— C'est juste que c'était pas son genre d'opter pour la facilité… murmura Walker.

— Non, c'était pas son genre, dit Juliette. Walker, ce dont j'ai besoin de discuter avec toi ne peut pas sortir de cette pièce.

Il rit. Surtout, semblait-il, pour ne pas sangloter.

— Comme si je sortais encore de cette pièce.

— Je veux dire que tu ne dois en parler à personne. Absolument personne. D'accord ?

Il hocha la tête.

— Je ne crois pas que Scottie se soit suicidé.

Walker plongea son visage dans ses mains. Il se pencha et tressaillit, secoué de sanglots. Juliette descendit de son tabouret et s'approcha de lui pour passer son bras autour de son dos tremblant.

— Je le savais, dit-il en pleurant dans ses paumes. Je le savais, je le savais.

Il leva les yeux vers elle. Ses larmes ruisselaient à travers une barbe blanche de plusieurs jours.

— Qui a fait ça ? Ils vont payer, n'est-ce pas ? Dis-le-moi, Jules, qui a fait ça ?

— Tout ce que je sais, c'est qu'ils n'ont pas eu beaucoup de chemin à faire.

— Le DIT ? Qu'ils soient maudits !

— Walker, j'ai besoin de ton aide pour élucider cette histoire. Scottie m'a envoyé une dépêche peu avant de se… de se faire tuer, donc, je crois.

— Une dépêche ?

— Oui. J'étais allée le voir un peu plus tôt ce jour-là. Il m'avait demandé de descendre.

— Au DIT ?

Elle acquiesça.

— J'avais trouvé quelque chose dans l'ordinateur du shérif précédent…

— Holston.

Il baissa la tête.

— Le dernier nettoyeur. Oui, Knox m'a apporté quelque chose qui venait de toi. Un programme, à ce qu'il semblait. Je lui ai répondu que Scottie saurait mieux que quiconque, alors nous lui avons fait suivre.

— Eh bien, tu avais raison.

Walker s'essuya les joues et secoua la tête.

— C'était le plus intelligent d'entre nous.

— Je sais. Il m'a expliqué ça, que c'était un programme, qui produisait des images très détaillées. Comme celles qu'on voit du monde extérieur…

Elle marqua une pause pour voir sa réaction. L'usage même du mot était tabou dans la plupart des contextes. Walker resta impassible. Comme elle l'avait espéré, il était assez vieux pour avoir dépassé ses peurs d'enfant – et probablement assez triste et solitaire pour que mourir lui soit égal de toute façon.

— Mais cette dépêche qu'il m'a envoyée, elle parle de p-x-l qui serait trop dense.

Elle lui montra le texte qu'elle avait recopié. Walker attrapa sa loupe et fit glisser la sangle sur son front.

— Ah, pixels, dit-il. Il parle des petits points qui forment une image. Chaque point est un pixel.

Il lui prit le papier des mains et continua de lire.

— Il dit qu'il n'est pas en sécurité là-bas.

Walker se frotta le menton et secoua la tête.

— Maudits soient-ils.

— Walker, quel genre d'écran ferait vingt centimètres sur cinq ?

Juliette parcourut des yeux tous les circuits, cadrans et bobines de fil disséminés dans l'atelier.

— T'as quelque chose qui ressemble à ça ?

— Vingt par cinq ? Peut-être un écran de contrôle comme y en a à l'avant d'un serveur ou quelque chose de ce genre. Ce serait le bon format pour afficher quelques lignes de texte, températures internes, cycles d'horloge…

Il secoua la tête.

— Mais on n'en ferait jamais un qui ait une telle densité de pixels. Même si c'était possible, ce serait absurde. L'œil serait incapable de distinguer un pixel de son voisin même si on avait l'écran au bout du nez.

Il frotta sa barbe naissante et s'attarda encore sur le papier.

— Qu'est-ce que c'est que cette histoire de ruban et de blague ? J'y comprends rien.

Juliette s'approcha de lui et parcourut le message.

— Je me suis posé la question. Il doit parler du ruban thermique qu'il m'a procuré il y a quelque temps.

— Ah oui, ça me dit quelque chose.

— Et tu te souviens des problèmes qu'on a eus avec ? Le tuyau d'échappement qu'on avait enveloppé a quasiment pris feu. C'était de la vraie camelote. Je crois qu'il m'avait envoyé un mot pour me demander si le ruban était bien arrivé et que j'avais répondu quelque chose comme : Oui, merci, mais ce ruban ne se serait pas mieux autodétruit s'il avait été conçu pour ça.

— C'était ça, ta blague ?

Walker pivota sur son tabouret et s'accouda à l'établi. Il ne cessait de contempler les caractères recopiés au fusain comme si c'était le visage de Scottie, sa petite ombre, revenue une dernière fois lui dire quelque chose d'important.

— Et il dit que ma blague, c'est la vérité, dit Juliette. Ça fait trois heures que je ne dors plus et que j'y pense, que je brûle d'en parler à quelqu'un.

Walker lui jeta un regard par-dessus son épaule, les sourcils dressés.

— Je suis pas shérif, Walk. J'étais pas née pour ça. J'aurais jamais dû y aller. Mais je sais comme tout le monde que ce que je vais dire maintenant devrait m'envoyer au nettoyage…

Aussitôt, Walker se laissa glisser de son tabouret et s'éloigna. Juliette se maudit d'être venue, d'avoir ouvert la bouche, de ne pas s'être contentée de pointer à la première faction en envoyant tout ça au diable…

Walker ferma la porte de son atelier, la verrouilla. Il regarda Juliette et leva un doigt, se dirigea vers son compresseur d'air et défit un tuyau. Puis il mit l'appareil en marche pour que le moteur se mette à produire de la pression, laquelle s'échappa par le branchement ouvert en émettant un sifflement bruyant et régulier. Il revint vers l'établi, alors que le moteur faisait lui aussi un vacarme épouvantable, et se rassit. Ses yeux écarquillés la suppliaient de poursuivre.

— Y a une colline là-haut avec un creux, dit-elle, contrainte d'élever un peu la voix. Je ne sais pas depuis combien de temps tu ne l'as pas vue, mais deux cadavres y sont blottis, mari et femme. Si tu regardes attentivement, tu peux voir une douzaine de formes similaires un peu partout dans le paysage, tous les nettoyeurs, à des stades de décomposition divers. La plupart ont disparu, bien sûr. Sont partis en poussière au fil des ans.

Walker secoua la tête devant ce tableau.

— Depuis combien de temps améliorent-ils ces combinaisons pour que les nettoyeurs aient une chance ? Des siècles ?

Walker acquiesça.

— Et pourtant personne n'arrive à aller plus loin. Même si personne n'a jamais manqué de temps pour nettoyer.

Walker leva la tête et croisa le regard de Juliette.

— Ta blague est vraie, dit-il. Le ruban thermique. Il est conçu pour lâcher.

Juliette pinça les lèvres.

— C'est ce que je crois. Mais pas seulement le ruban. Tu te souviens de ces joints, il y a quelques années ? Ces joints du DIT qu'on avait mis dans les pompes à eau, qui nous avaient été livrés par erreur ?

— Alors on se moque de ces idiots, de ces nullards du DIT…

— Alors que les idiots, c'est nous.

Et ça faisait tellement de bien de le dire à un autre être humain. Ça faisait tellement de bien de lâcher ces nouvelles idées à l'air libre. Et elle savait qu'elle avait raison au sujet du coût des dépêches électroniques, qu'ils ne voulaient pas que les gens se parlent. Penser allait encore ; on enterrerait vos pensées avec vous. Mais pas de collaborations, pas de groupes coordonnés, pas d'échanges d'idées.

— Tu crois qu'ils nous ont mis en bas pour qu'on soit à côté du pétrole ? demanda-t-elle à Walker. Moi je crois pas. Plus maintenant. Je crois qu'ils maintiennent quiconque a tant soit peu de sens mécanique aussi loin d'eux que possible. Il y a deux chaînes de fabrication, deux sortes de pièces qui sont produites, le tout de façon totalement secrète. Et qui le conteste ? Qui prendrait le risque d'être mis au nettoyage ?

— Tu penses qu'ils ont tué Scottie ? demanda-t-il.

Elle acquiesça.

— Walk, je crois que c'est pire que ça.

Elle se pencha vers lui alors que le compresseur vrombissait, que l'air qui chuintait remplissait la pièce.

— Je pense qu'ils tuent *tout le monde*.

28

À six heures, Juliette se présenta à la première faction, ne cessant de repasser dans sa tête la conversation qu'elle avait eue avec Walker. Elle eut droit à une salve d'applaudissements prolongée et embarrassante de la part des techniciens présents lorsqu'elle entra dans le bureau de répartition. Du coin de la pièce, Knox se contenta de la regarder sévèrement, retrouvant sa rudesse habituelle. Il lui avait déjà souhaité la bienvenue, il n'aurait plus manqué qu'il recommence.

Elle dit bonjour aux gens qu'elle n'avait pas vus la veille et parcourut la liste des travaux à effectuer. Les mots inscrits sur le tableau avaient un sens mais elle peinait à l'intégrer. Elle ne pouvait s'empêcher de penser au pauvre Scottie, perdu, luttant contre quelqu'un de bien plus grand que lui – ou même plusieurs personnes – en train de l'étrangler. Elle pensa à son petit corps, probablement bardé de preuves, mais qui nourrirait bientôt les racines de la ferme de terre. Elle pensa à deux époux gisant sur une colline et à qui on n'avait jamais donné la chance d'aller plus loin, de voir par-delà l'horizon.

Elle sélectionna une tâche dans la liste, une qui ne lui demanderait pas trop d'effort intellectuel, et pensa aux pauvres Jahns et Marnes, à leur amour si tragique – si elle avait bien interprété le comportement de Marnes. La tentation de le dire à toute la pièce était écrasante. Elle regarda autour d'elle, Megan et Rick, Jenkins et Marck, et songea à la petite armée fraternelle et unie qu'elle pourrait lever. Le silo était pourri jusqu'à la moelle ; un homme malfaisant était maire par intérim ; une marionnette avait pris la place d'un bon shérif ; et les hommes et les femmes de valeur avaient tous péri.

C'était comique à imaginer : elle, en train de rallier une troupe de mécanos pour prendre d'assaut les étages supérieurs. Et ensuite ? Était-ce là l'insurrection dont on leur avait parlé à l'école ? Est-ce que ça avait commencé comme ça ? Une idiote enflammée soulevant les cœurs d'une légion d'imbéciles ?

Elle ne dit pas un mot et s'achemina vers la salle des pompes, portée par le flot matinal des mécanos, songeant davantage à ce qu'elle aurait dû être en train de faire au-dessus qu'à ce qui avait besoin d'être réparé au-dessous. Elle descendit l'un des escaliers latéraux, passa retirer une trousse d'outils à la réserve et traîna la lourde sacoche jusqu'à l'une des fosses profondes où des pompes fonctionnaient en permanence pour empêcher le silo de se remplir d'eau jusqu'à mi-hauteur.

Caryl, qui avait été transférée de la troisième équipe, travaillait déjà à colmater du ciment pourri près du bassin. Elle salua avec sa truelle et Juliette hocha le menton, se forçant à sourire.

La pompe fautive trônait sur un mur, à l'arrêt, pendant que celle de secours tournait à plein régime à côté, de petites gerbes d'eau fusant de ses joints secs et craquelés. Juliette jeta un œil dans le bassin pour évaluer la hauteur de l'eau. Le chiffre 275 était peint juste au-dessus de sa surface fangeuse. Juliette fit un rapide calcul, connaissant le diamètre du bassin et sachant qu'il était rempli sur quasiment deux mètres soixante-quinze. La bonne nouvelle, c'était qu'il leur restait au moins une journée avant d'avoir les pieds dans l'eau. Au pire, ils emprunteraient une autre pompe aux pièces de rechange et s'accommoderaient d'Hendricks lorsqu'il râlerait, disant qu'ils feraient mieux de réparer ce qu'ils avaient au lieu de sortir du nouveau matériel.

Tandis qu'elle commençait à démonter la pompe défectueuse, bombardée par les fuites de sa petite voisine, Juliette examina sa vie à la lumière nouvelle des révélations du matin. Elle avait toujours considéré le silo comme quelque chose qui allait de soi. Les prêtres disaient qu'il avait toujours été là, qu'il avait été créé avec amour par un Dieu bienveillant, qu'absolument tous leurs besoins étaient pourvus. Juliette avait un peu de mal avec cette histoire. Quelques années plus tôt, elle avait fait partie de la première équipe à forer au-delà de trois mille mètres et à atteindre de nouvelles réserves pétrolières. Elle avait une idée de l'immensité du monde qui s'étendait sous leurs pieds. Puis elle avait vu de ses yeux l'image du monde extérieur, avec ses linceuls de fumée fantomatiques appelés nuages qui dérivaient à des hauteurs miraculeuses. Elle avait même vu une étoile, dont Lukas pensait qu'elle se trouvait à une distance inconcevable d'eux. Quel dieu créerait tant de pierre au-dessous, tant d'air au-dessus, pour ne placer qu'un misérable silo dans l'entre-deux ?

Et puis il y avait cet horizon de tours décrépites et ces images dans les livres d'enfants, qui semblaient receler des indices. Selon les prêtres, bien sûr, les tours étaient la preuve que l'humanité n'était pas faite pour excéder ses limites. Et ces livres aux couleurs passées ? L'invention fantaisiste d'auteurs, une classe qu'on avait liquidée en raison des troubles qu'elle inspirait.

Mais Juliette ne voyait pas là le produit d'une imagination fantasque. Elle avait passé son enfance dans une nursery, à lire et relire chacun de ces livres quand ils n'étaient pas empruntés, et ce qu'ils racontaient, comme les pièces merveilleuses qu'on jouait au bazar, lui semblait plus sensé que le cylindre croulant dans lequel ils vivaient.

Elle débrancha les derniers tuyaux et commença à séparer la pompe de son moteur. Les copeaux de métal suggéraient un effritement de la turbine, ce qui supposait d'extraire l'arbre. Alors qu'elle était en pilote automatique, procédant à une opération qu'elle avait déjà exécutée de nombreuses fois, elle repensa à la myriade d'animaux qui peuplaient ces livres et sur lesquels aucun vivant n'avait jamais posé les yeux, pour la plupart d'entre eux. La seule fantaisie, à son avis, c'était que tous parlaient et se comportaient comme des humains. Dans plusieurs livres, on trouvait des souris et des poules qui accomplissaient cet exploit, or elle savait ces deux espèces inaptes à la parole. Toutes les autres devaient exister quelque part, ou avaient dû exister un jour. Elle le sentait au fond d'elle-même, peut-être parce qu'elles n'avaient pas l'air si fantastiques que ça. Toutes semblaient conformes au même plan, exactement comme les pompes du silo. On voyait très bien que l'une était dérivée de l'autre. Un certain schéma fonctionnait, et celui qui en avait fait une avait fait toutes les autres.

Le silo, lui, avait moins de sens. Il n'avait pas été créé par un dieu – mais probablement par le DIT. C'était une théorie nouvelle, mais elle en était de plus en plus convaincue. Ils contrôlaient toutes les choses d'importance. Le nettoyage constituait la loi la plus haute, la religion la plus profonde, et ces deux dimensions étaient imbriquées et hébergées dans le secret de leurs murs. Et il y avait la distance qui les séparait des Machines et des postes de police – indices supplémentaires. Sans parler des dispositions du Pacte, qui leur accordait une quasi-immunité. Et maintenant la découverte d'une seconde chaîne de fabrication, d'une série de pièces délibérément défectueuses, d'une raison à l'absence de progrès dans la durée de survie à l'extérieur. C'était le DIT qui avait construit cet endroit. C'était le DIT qui les y retenait.

Juliette faillit mâcher le filetage d'un boulon tant elle était agitée. Elle se tourna pour voir Caryl mais sa cadette était déjà partie ; sa réparation formait une tache d'un gris plus foncé qui sécherait pour se fondre avec le reste. Levant la tête, Juliette scruta le plafond de la salle des pompes où des gaines électriques et des tuyaux traversaient les murs et s'entremêlaient au-dessus d'elle. Une série de conduites de vapeur était regroupée sur le côté afin de ne pas faire fondre les câbles électriques ; un morceau de ruban thermique pendait de l'une d'entre elles en un serpentin flasque. Il faudrait bientôt le remplacer, pensa-t-elle. Ce ruban pouvait avoir dix ou vingt ans. Elle songea au ruban volé qui était en grande partie responsable de la pagaille où elle se trouvait, se dit qu'il n'aurait pas résisté vingt minutes là-haut.

Et c'est alors que Juliette réalisa ce qu'elle devait faire. Une opération visant à dessiller les yeux de tout le monde, un service rendu au prochain qui commettrait une bourde ou se prendrait à espérer tout haut. Et ce serait si facile. Elle n'aurait rien à fabriquer elle-même – ils feraient tout le boulot à sa place. Sa seule mission serait de convaincre des gens, et ça, ça la connaissait.

Elle sourit. Une liste de pièces se formait dans sa tête tandis que la turbine cassée était retirée de la pompe défectueuse. La seule chose dont elle aurait besoin pour régler ce problème, ce serait une pièce de rechange ou deux. C'était la solution parfaite pour que le silo se remette à fonctionner correctement.

Juliette enchaîna deux factions entières, travaillant à n'en plus sentir ses muscles, avant de rendre ses outils et d'aller prendre une douche. Au-dessus du lavabo de la salle de bains, elle se frotta les ongles avec une brosse dure, résolue à les garder dans un état impeccable. Elle se dirigeait vers la cantine, se réjouissant à l'idée d'avaler une grande assiette de nourriture hautement énergétique plutôt que le maigre civet de lapin de la cafétéria, lorsqu'elle aperçut Knox en grande conversation avec l'adjoint Hank dans le hall d'entrée des Machines. À la façon dont ils se tournèrent pour la dévisager, elle sut qu'il était question d'elle. Son estomac se noua. Elle pensa d'abord à son père. Puis à Peter. Qui d'autre pouvait-on lui enlever dont elle se soucie? Quelle que soit la nature de leur relation, ils ne sauraient pas la prévenir pour Lukas.

Elle obliqua vers eux au moment où eux-mêmes s'avançaient pour l'intercepter. Leurs mines sombres confirmèrent ses craintes. Il s'était produit quelque chose d'affreux. C'est à peine si Juliette vit Hank mettre la main sur ses menottes.

— Je suis désolé, Jules, dit-il lorsqu'ils furent près d'elle.

— Qu'est-ce qui s'est passé? C'est papa?

La confusion rida le front de l'adjoint. Knox secouait la tête et mâchonnait sa barbe. Il regardait Hank comme s'il songeait à le dévorer.

— Knox, qu'est-ce qui se passe?

— Jules, je suis désolé.

Il secoua la tête. Il semblait vouloir en dire plus mais fut impuissant à le faire. Juliette sentit Hank lui attraper le bras.

— Vous êtes en état d'arrestation pour crimes majeurs contre le silo.

Il débitait ces mots comme on récite un poème triste. L'acier cliqueta au poignet de Juliette.

— Vous serez jugée et condamnée conformément au Pacte.

Elle leva les yeux vers Knox.

— Qu'est-ce que c'est que cette histoire?

Était-elle vraiment en train de se faire arrêter, encore?

— Si vous êtes reconnue coupable, vous aurez l'occasion de sauver votre honneur.

— Dis-moi ce que tu veux que je fasse, murmura Knox, contractant ses énormes muscles.

Il se tordit les mains en regardant le second anneau de métal cliqueter au poignet de Juliette, en voyant ses deux bras désormais enchaînés. Le grand gaillard à la tête des Machines semblait envisager la violence – voire pire.

— Du calme, Knox, dit Juliette.

L'idée qu'il arrive malheur à d'autres personnes à cause d'elle lui était insupportable.

— L'humanité dût-elle vous bannir de ce monde, continua à réciter Hank, la voix fêlée, des larmes de honte dans les yeux.

— Laisse, dit Juliette à Knox.

Derrière lui, elle vit d'autres travailleurs sortant de la deuxième faction s'arrêter pour assister au spectacle de l'arrestation de leur fille prodigue.

— Puissiez-vous, dans ce bannissement, être lavée et débarrassée de vos péchés, conclut Hank.

Il la regarda en se saisissant de la chaîne qui reliait ses poignets, des larmes sillonnant son visage.

— Je suis désolé.

Juliette lui fit un signe de tête. Elle serra les dents et fit aussi un signe à Knox.

— C'est bon, dit-elle, ne cessant de hocher la tête. C'est bon, Knox. Laisse.

29

L'ascension devait durer trois jours. C'était plus que nécessaire, mais il y avait un protocole à respecter. Une journée de trajet jusqu'au bureau d'Hank, une nuit dans sa cellule, et l'adjoint Marsh descendrait du milieu le lendemain matin pour l'escorter jusqu'à son bureau, encore cinquante étages plus haut.

Elle passa ce deuxième jour d'ascension dans l'hébétude, les regards des passants lui glissant dessus comme de l'eau sur un corps gras. Elle avait du mal à s'inquiéter pour sa vie – accaparée par le décompte de tous ceux qu'elle avait perdus, parfois par sa faute.

Comme Hank, Marsh essaya de faire la conversation, et la seule réponse qui venait à l'esprit de Juliette, c'était qu'ils étaient du mauvais côté. Que partout le mal sévissait. Mais elle garda le silence.

Au poste de police du milieu, elle fut conduite dans une cellule assez familière, conçue exactement comme celle du fond. Pas d'écran mural, juste un empilement de parpaings badigeonnés. Elle s'effondra sur la couchette avant même que Marsh ait verrouillé la porte et resta étendue là pendant ce qui lui parut des heures, à attendre que la nuit vienne et cède la place à l'aube, que le nouvel adjoint de Peter arrive et l'escorte pour la dernière étape de son trajet.

Elle jetait souvent un regard à son poignet, mais Hank lui avait confisqué sa montre. À tous les coups, il ne saurait même pas la remonter. Elle finirait par tomber hors d'usage et par redevenir un bibelot, une babiole inutile et portée à l'envers pour son joli bracelet.

Elle en était plus chagrinée que de raison. Elle frotta son poignet nu, brûlant de savoir l'heure, quand Marsh revint et lui annonça une visite.

Juliette se dressa sur son séant et posa les pieds par terre. Qui monterait des Machines jusqu'au milieu ?

Quand Lukas apparut de l'autre côté des barreaux, la digue qui contenait ses émotions manqua de céder. Elle sentit sa nuque se raidir, ses mâchoires souffrir à force de lutter contre les sanglots, le vide dans sa poitrine prêt à crever et à éclater. Lukas se tint aux barreaux et appuya sa tête contre eux, les tempes au contact de l'acier lisse, le visage éclairé d'un sourire triste.

— Salut, dit-il.

Juliette le reconnaissait à peine. Elle avait l'habitude de le voir dans le noir, et elle était pressée lorsqu'ils étaient entrés en collision dans l'escalier. C'était un homme très beau. Ses yeux étaient plus âgés que le reste de son visage et ses cheveux châtain clair étaient lissés en arrière, imprégnés d'une sueur qu'elle supposait consécutive à une descente précipitée.

— Vous n'aviez pas besoin de venir, dit-elle d'une voix douce et lente, pour éviter de pleurer.

Ce qui l'affligeait vraiment, c'était que quelqu'un la voie comme ça, quelqu'un à qui elle commençait à réaliser qu'elle tenait. L'indignité était insupportable.

— Nous sommes en train de contester cette arrestation, dit-il. Vos amis rassemblent des signatures. Ne vous découragez pas.

Elle secoua la tête.

— Ça ne marchera pas. Je vous en prie, ne vous faites pas de faux espoirs.

Elle approcha de la grille et mit ses mains sur les barreaux, quelques centimètres au-dessous des siennes.

— Tu ne sais même pas qui je suis.

— Je sais que c'est des conneries…

Il détourna la tête, une larme coulant sur sa joue.

— Encore un nettoyage ? lança-t-il d'une voix cassée. Pourquoi ?

— C'est ce qu'ils veulent, répondit Juliette. On ne peut pas les arrêter.

Lukas laissa glisser ses mains sur celles de Juliette. Elle ne put se dégager pour se sécher les joues. Elle essaya de pencher la tête pour les essuyer contre son épaule.

— Je montais pour te voir, l'autre jour…

Lukas secoua la tête et inspira profondément.

— Je montais pour t'inviter à…

— Arrête, Lukas. Ne fais pas ça.

— J'ai parlé de toi à ma mère.

— Oh, Lukas, pour l'amour de Dieu…

— Ce n'est pas possible, dit-il.

Il secoua la tête.

— Ce n'est pas possible, tu ne peux pas partir.

Lorsqu'il releva la tête, Juliette vit plus de peur dans ses yeux qu'elle n'en avait jamais éprouvé. Elle réussit à dégager une main, détacha les doigts de Lukas de son autre main. Le repoussa.

— Il faut te faire une raison, dit-elle. Je suis désolée. Trouve-toi quelqu'un. Ne finis pas comme moi. N'attends pas…

— Je pensais avoir trouvé, dit-il d'une voix plaintive.

Juliette se tourna pour cacher son visage.

— Va-t'en, murmura-t-elle.

Elle resta immobile, sentant la présence derrière les barreaux de ce garçon qui en savait beaucoup sur les étoiles mais qui ne savait rien d'elle. Et elle attendit, l'écoutant sangloter, pleurant en silence, jusqu'à ce qu'elle entende ses semelles frotter le sol, son pas attristé l'emporter.

Elle passa donc une autre soirée sur un lit froid, une autre soirée sans qu'on lui ait dit pour quoi on l'avait arrêtée, à dénombrer les blessures qu'elle avait infligées malgré elle. Le lendemain, il y eut une dernière ascension à travers un pays d'inconnus, et, poursuivie par des rumeurs de double nettoyage, Juliette tomba à nouveau dans un état de transe abasourdie, se contentant de bouger une jambe après l'autre.

Au bout de son ascension, elle fut conduite dans une cellule qu'elle connaissait bien, après être passée devant Peter Billings et son ancien bureau. Son accompagnateur s'affala dans le fauteuil grinçant de l'adjoint Marnes en se plaignant d'être épuisé.

Juliette sentait qu'une coquille s'était formée autour d'elle au cours de ces trois longues journées, un émail dur fait de torpeur et d'incrédulité. Les gens ne parlaient pas moins fort ; c'était Juliette qui les entendait moins. Ils ne se tenaient pas plus loin d'elle ; ils semblaient seulement plus distants.

Elle s'assit sur le lit solitaire et écouta Peter Billings l'inculper pour complot. Un disque mémoire gisait mollement au fond d'un sac plastique, comme un poisson rouge mort d'avoir bu toute son eau. Repêché dans l'incinérateur, elle ignorait comment. Ses bords étaient noircis. Un rouleau de papier était déployé, seulement partiellement mâché. Et il y avait une liste des recherches effectuées sur son ordinateur. Elle savait que la plupart des données mises au jour étaient celles d'Holston, pas les siennes. Mais à quoi bon le leur dire ? Ils avaient déjà de quoi l'envoyer au nettoyage plusieurs fois.

Un juge revêtu d'une salopette noire se tenait aux côtés de Peter pendant l'énumération de ses péchés, comme si quelqu'un était vraiment là pour statuer sur son sort. Juliette savait que la décision était déjà prise, et par qui.

Le nom de Scottie fut mentionné, mais elle ne saisit pas le contexte. Peut-être avait-on découvert la dépêche sur sa boîte électronique. Peut-être allaient-ils lui mettre sa mort sur le dos, pour plus de sûreté. Enfouir les os avec les os, mettre à l'abri les secrets qu'ils avaient partagés.

Elle cessa d'écouter et regarda par-dessus son épaule alors qu'une petite tornade se formait dans la plaine et se ruait vers les collines. Elle s'anéantit finalement, s'écrasant contre la pente douce, dissoute comme tant de nettoyeurs envoyés dans l'air corrosif et laissés là à dépérir.

Bernard ne se montra pas. Par peur, par suffisance, Juliette ne le saurait jamais. Elle regarda ses mains, les fines traces de cambouis logées loin sous ses ongles, et sut qu'elle était déjà morte. En un sens, c'était sans importance. Il y avait une file de cadavres derrière et devant elle. Elle n'était que le présent en train de piétiner, elle n'était qu'un rouage de la machine, tournant en faisant grincer ses dents métalliques jusqu'à l'usure, jusqu'à ce que des éclats se détachent d'elle et causent davantage de dégâts, jusqu'à ce qu'il faille la retirer, la jeter et la remplacer par quelqu'un d'autre.

Pam lui apporta du porridge et des pommes de terre sautées de la cafétéria, ses plats préférés. Elle les laissa, fumants, de l'autre côté des barreaux. Toute la journée on lui transmit des mots que les porteurs remontaient des Machines. Elle fut contente qu'aucun de ses amis ne lui rende visite. Leurs voix silencieuses étaient bien suffisantes.

Les yeux de Juliette se chargèrent des pleurs, le reste de son corps étant trop engourdi pour trembler ou pour sangloter. Pendant qu'elle lisait ces mots doux, des larmes gouttaient sur ses cuisses. Celui de Knox était un simple mot d'excuse. Il aurait probablement préféré commettre un meurtre et agir – sa tentative dût-elle le condamner au bannissement – plutôt que donner cette démonstration d'impuissance dont il disait qu'il la regretterait toute sa vie. D'autres envoyaient des missives spirituelles, la promesse de la retrouver de l'autre côté, des citations tirées de livres mémorisés. Shirly était peut-être celle qui la connaissait le mieux, puisqu'elle faisait le point sur la génératrice et la nouvelle centrifugeuse de la raffinerie. Elle disait que tout allait rester en état de marche et que c'était largement grâce à elle, lui arrachant un imperceptible sanglot. Juliette passa ses doigts sur les caractères charbonneux, s'incorporant un peu des pensées noires de son amie.

Il lui resta enfin le mot de Walker, le seul qu'elle eut peine à comprendre. Alors que le soleil se couchait sur le monde hostile, que le vent s'apaisait, laissant retomber la poussière, elle le lut encore et encore, essayant d'en déduire le sens.

Jules
N'aie crainte. Le moment est venu de rigoler. La vérité est une blague, et ils sont forts aux Fournitures.

Walk

Elle ne savait pas trop comment elle s'était endormie, seulement qu'elle s'était réveillée et qu'elle avait trouvé des mots tout autour de son lit, tombés comme des écailles de peinture, glissés entre les barreaux pendant la nuit. Juliette tourna la tête et essaya de percer l'obscurité, réalisant qu'il y avait quelqu'un. Un homme se tenait derrière la grille. Lorsqu'elle bougea, il s'écarta et son alliance chanta contre l'acier. Elle se leva d'un bond et se rua vers lui, les jambes ensommeillées. Elle saisit les barreaux en tremblant et regarda la silhouette se mêler à la nuit.

— Papa ? cria-t-elle en tendant la main entre les barreaux.

Mais il ne se retourna pas. La haute silhouette pressa l'allure, glissant dans le néant, n'étant déjà plus qu'un mirage, aussi bien qu'un lointain souvenir d'enfance.

Le lever de soleil valait le coup d'œil. Les nuages bas et sombres se scindèrent comme rarement, laissant des rayons de fumée dorée glisser sur les collines. Allongée sur son lit, les joues entre les mains, Juliette regardait la lumière effacer la pénombre. L'odeur du porridge froid et intact lui montait aux narines. Elle pensa aux hommes et aux femmes du DIT qui avaient travaillé trois nuits durant pour lui fabriquer une combinaison sur mesure, dont les Fournitures leur avaient fait porter les foutus composants. La combinaison serait conçue pour durer le temps nécessaire, pour qu'elle puisse nettoyer, mais pas davantage.

Durant tout le calvaire de son ascension menottée, durant ses jours et ses nuits de consentement hébété, jamais, jusqu'à maintenant, jusqu'à l'aube même de ce devoir, elle n'avait envisagé le nettoyage à proprement parler. Elle sentait, elle avait la certitude absolue qu'elle n'accomplirait pas cet acte. Elle savait qu'ils disaient tous ça, tous les nettoyeurs, et qu'ils connaissaient tous une conversion magique, peut-être spirituelle, au seuil de leur mort. Elle savait qu'ils s'exécutaient toujours. Mais elle n'avait personne, en haut, pour qui nettoyer. Elle n'était pas la première nettoyeuse des Machines, mais elle était résolue à être la première à refuser.

C'est ce qu'elle déclara quand Peter vint la chercher dans sa cellule pour la conduire vers la porte jaune. Un technicien du DIT l'attendait à l'intérieur et procédait à des ajustements de dernière minute.

Juliette écouta ses instructions avec froideur et détachement. Elle voyait toutes les faiblesses de conception. Elle s'aperçut que – si elle n'avait pas été occupée à travailler les deux tiers du temps pour évacuer l'eau, faire monter le pétrole et assurer l'approvisionnement électrique – elle aurait été capable de fabriquer une meilleure combinaison qu'eux en dormant. Elle observa les joints et les rondelles, identiques à ceux qu'on utilisait dans les pompes, mais conçus, elle le savait, pour se casser. La couche de ruban thermique rutilant, appliqué en bandes superposées pour former la peau du scaphandre, était délibérément de qualité inférieure. Elle faillit faire remarquer tout ça au technicien lorsqu'il lui promit qu'on n'avait encore jamais rien fait de mieux. Il remonta les fermetures éclair, tira un peu sur les gants, l'aida avec les bottes et expliqua les chiffres inscrits sur les poches.

Juliette se répéta la formule de Walker : *N'aie crainte. N'aie crainte. N'aie crainte.*

Le moment est venu de rigoler. La vérité est une blague. Et ils sont forts aux Fournitures.

Le technicien contrôla les gants et les bandes velcro qui recouvraient les fermetures éclair tandis que Juliette s'interrogeait sur le message de Walker. Pourquoi cette majuscule à Fournitures ? Ou est-ce qu'elle ne se souvenait pas bien ? À présent, elle n'était plus sûre. Une bande de ruban entoura l'une de ses bottes, puis l'autre. Juliette rit de toute cette comédie. C'était tellement vain. Ils auraient mieux fait de l'enterrer dans l'une des fermes, au moins son corps aurait servi à quelque chose.

Le casque arriva en dernier, manipulé avec un soin évident. Le technicien lui demanda de bien vouloir le tenir pendant qu'il réglait l'anneau métallique autour de son cou. Elle regarda son image dans la visière, ses yeux creusés qui faisaient bien plus vieux que dans son souvenir, mais bien plus jeunes qu'elle n'avait l'impression d'être. Finalement, le casque fut mis en place et la pièce s'obscurcit à travers le verre sombre. Le technicien lui rappela l'insufflation de l'argon, les flammes qui s'ensuivraient. Il fallait sortir rapidement ou elle connaîtrait une mort bien plus cruelle à l'intérieur.

Il la laissa y réfléchir. La porte jaune se referma avec fracas et son volant tourna tout seul, comme actionné par un fantôme.

Juliette se demanda si elle ne ferait pas mieux de rester et de périr par le feu, sans donner à cet éveil spirituel l'occasion de lui faire changer d'avis. Qu'en diraient-ils, aux Machines, quand cette histoire tournoierait jusqu'à eux ? Certains seraient fiers de cette obstination, elle le savait. Certains seraient horrifiés qu'elle ait péri ainsi, dans cet enfer qui calcinait les os. Peut-être même que quelques-uns penseraient qu'elle n'avait pas eu le courage de faire le premier pas dehors, qu'elle avait gâché l'occasion de voir le monde extérieur de ses propres yeux.

Sa combinaison se froissa quand l'argon se diffusa dans la pièce, créant une pression suffisante pour empêcher temporairement l'intrusion des toxines. Elle se surprit à traîner les pieds vers la porte, presque contre sa volonté. Lorsqu'un jour se fit, les bâches en plastique présentes dans la pièce se plaquèrent contre chaque tuyau, contre le banc, et Juliette sut que c'était la fin. Les portes s'écartèrent devant elle, le silo se fendit comme la peau d'un petit pois, lui donnant vue sur le dehors à travers un rideau de vapeur en condensation.

Une botte se glissa par l'ouverture, puis une autre. Et Juliette sortit dans le vaste monde, farouchement décidée à le quitter comme elle l'entendait et le voyant pour la première fois de ses propres yeux, fût-ce à travers ce portail limité, cette plaque de verre d'environ vingt centimètres sur cinq – réalisa-t-elle tout à coup.

30

Bernard regarda le nettoyage de la cafétéria pendant que ses techniciens récupéraient leur matériel dans le bureau de Peter. Il avait coutume de visionner la chose tout seul – ses techniciens se joignaient rarement à lui. Ils sortirent du bureau en traînant l'équipement et se dirigèrent droit vers l'escalier. Bernard avait parfois honte des superstitions, des peurs qu'il entretenait jusque chez ses propres hommes.

Il vit d'abord le dôme du casque, puis le spectre brillant de Juliette Nichols tituba à la surface de la terre. Elle déboucha de la rampe, par mouvements raides et mal assurés. Bernard jeta un œil à l'horloge accrochée au mur et attrapa son gobelet de jus de fruits. Il s'installa bien au fond de sa chaise et essaya de jauger la réaction d'un nouveau nettoyeur à ce qu'il voyait : un monde pur, propre et lumineux, parsemé d'une vie débordante, où l'herbe se balançait dans la brise fraîche tandis qu'une acropole étincelante attirait le regard au-dessus des collines.

Il avait assisté à une dizaine de nettoyages dans sa carrière et appréciait toujours la pirouette initiale, lorsqu'ils faisaient le tour de l'horizon. Il avait vu des hommes qui avaient laissé une famille derrière eux danser devant les capteurs, faire signe comme pour inviter ces êtres chers à sortir, essayer de mimer toutes les fausses bontés affichées dans leur visière, et tout ça en vain, sans public.

Il avait vu des gens tenter éperdument d'attraper des oiseaux en vol, les confondant avec des insectes qui étaient tout proches de leur visage. Un nettoyeur avait même redescendu la rampe et sans doute frappé à la porte comme pour signaler quelque chose, avant de finalement remonter nettoyer. Que voir dans ces diverses réactions, sinon de quoi être fier d'un système qui fonctionnait ? Le rappel que, quelle que soit la psychologie de l'individu, la vue de tous leurs faux espoirs finissait par les pousser à faire ce qu'ils avaient juré de refuser.

Peut-être était-ce la raison pour laquelle le maire Jahns n'avait jamais pu digérer ce spectacle. Elle n'avait aucune idée de ce qu'ils voyaient, sentaient, de ce à quoi ils réagissaient. L'estomac noué, elle montait le lendemain matin pour assister au lever du soleil. C'était sa façon à elle de faire son deuil, et le reste du silo lui laissait le champ libre. Bernard, lui, chérissait cette conversion, cette illusion que lui et ses prédécesseurs avaient affinée à la perfection. Il sourit, avala une gorgée de jus de fruits frais et regarda cette Juliette tituber avant de reprendre ses esprits, trompée. Il n'y avait qu'une infime couche de crasse sur les lentilles, ça ne valait même pas le coup de frotter, mais pour avoir connu des doubles nettoyages par le passé, Bernard savait qu'elle le ferait malgré tout. Jamais personne ne s'était exempté.

Il but à nouveau et se tourna vers le bureau du shérif pour voir si Peter avait trouvé le courage de venir regarder, mais la porte était presque entièrement fermée. Il plaçait beaucoup d'espoirs dans ce garçon. Shérif aujourd'hui, peut-être maire un jour. Bernard occuperait sûrement le poste pendant un moment, disons un mandat ou deux, mais il savait que sa place était au DIT, que ce job n'était pas pour lui. Ou, plutôt, qu'il était beaucoup plus difficile à remplacer dans ses autres fonctions.

Il se retourna vers l'écran – et faillit lâcher son gobelet de jus.

La silhouette argentée de Juliette Nichols était déjà en train de se hisser dans la pente. La crasse était toujours sur les capteurs.

Bernard se leva d'un bond et renversa sa chaise. Il marcha vers l'écran, presque comme s'il voulait courir après elle.

Et là, sidéré, il la regarda progresser à grands pas sur le pli sombre, s'attardant un instant sur la forme immobile des deux précédents nettoyeurs. Bernard consulta à nouveau l'horloge. Ça n'allait plus tarder maintenant. C'était imminent. Elle allait s'écrouler et tenter d'arracher son casque. Elle allait rouler dans la poussière et soulever un nuage, glisser jusqu'au bas de cette pente avant de s'immobiliser, sans vie.

Mais la trotteuse de l'horloge poursuivait son chemin, et Juliette aussi. Elle laissa les deux nettoyeurs derrière elle, grimpant toujours à foulées puissantes, et son pas régulier la conduisit jusqu'à la crête de la colline, où elle contempla la vue d'on ne sait quoi, avant, chose impossible, de disparaître.

Bernard avait la main collante de jus de fruits lorsqu'il se précipita dans l'escalier. Il garda le gobelet écrabouillé dans son poing en descendant les trois premiers étages et le balança dans le dos de ses techniciens lorsqu'il les rattrapa. La boule de carton rebondit et dégringola dans le vide, promettant d'atterrir sur un palier lointain en contrebas. Bernard invectiva les hommes interloqués et poursuivit sa course, risquant dangereusement de s'emmêler les pieds. Une douzaine d'étages plus bas, il faillit entrer en collision avec les premiers grimpeurs pleins d'espoir qui montaient voir le second lever de soleil clair et net de ces dernières semaines.

Il avait mal aux jambes et était hors d'haleine lorsqu'il atteignit enfin le trente-quatrième, ses lunettes glissant sur son nez trempé de sueur. Il enfonça la porte à deux battants et hurla qu'on lui ouvre le portail. Un garde apeuré obtempéra et passa sa propre carte d'identité sous le lecteur, juste avant que son patron n'envoie valser le gros bras de métal. Il courut pratiquement dans les couloirs, tournant à deux reprises avant de parvenir à la porte la plus lourdement sécurisée du silo.

Il enfonça sa carte magnétique, tapa son code secret et se rua à l'intérieur, franchissant l'épaisse cloison d'acier massif. Il faisait chaud dans la pièce remplie de serveurs. Des coffres noirs tous identiques s'élevaient du sol carrelé comme autant de monuments à ce qu'il était possible d'accomplir, à l'habileté technique propre au génie humain. Bernard s'avança parmi eux, la sueur s'accumulant dans ses sourcils, des miroitements troublant son champ de vision, la lèvre supérieure mouillée de transpiration. Ses mains couraient sur la façade des machines, dont les voyants clignotaient comme des yeux contents qui essayaient de dissiper sa colère, et dont les ronronnements électriques étaient comme des murmures adressés à leur maître avec l'espoir de le calmer.

Mais leurs tentatives d'apaisement étaient vaines. Bernard ne sentait plus qu'un déferlement de peur. Il cherchait encore et encore ce qui avait pu aller de travers. Ce n'était pas qu'elle risque de survivre, elle n'avait aucune chance, mais son mandat, juste après la conservation des données enregistrées sur ces machines, était de ne jamais perdre quiconque de vue. C'était la consigne suprême. Il comprenait pourquoi et tremblait à l'idée des répercussions de cet échec.

Il pesta contre la chaleur en atteignant le serveur placé devant le mur du fond. Les tuyaux d'aération fixés au plafond apportaient de l'air frais des couches inférieures du silo et le déversaient dans la salle des serveurs. Au bout de la pièce, de gros ventilateurs aspiraient la chaleur dans d'autres tuyaux qui redescendaient vers le fond pour assurer un niveau de température décent dans la fraîcheur déplaisante et malsaine des étages à trois chiffres. Bernard jeta un œil furieux vers les tuyaux de refroidissement, se rappelant le congé énergétique, cette semaine de hausse des températures qui avait menacé ses serveurs, tout ça pour une génératrice, tout ça à cause de cette femme qu'il venait de laisser échapper à sa vigilance. Ce souvenir le fit bouillonner un peu plus. Il maudit le défaut de conception qui avait laissé le contrôle de cette aération à ces graisseux des Machines, ces bricolos incultes. Il songea à leurs machines laides et bruyantes, à l'odeur de fuite d'échappement et de pétrole brûlé. Il n'avait eu besoin de s'y rendre qu'une fois – pour tuer un homme – mais c'était déjà trop. La comparaison entre leurs moteurs rugissants et ses sublimes serveurs suffisait pour qu'il n'ait jamais envie de sortir du DIT. C'était ici que les puces de silicium libéraient leur parfum acidulé, chauffées par le traitement d'harassantes quantités de données. C'était ici que fleurait le caoutchouc dont étaient enveloppés les câbles, lesquels couraient en parallèle, attachés, étiquetés et codés avec soin, et parcourus à chaque seconde de gigabits de données fabuleuses. C'était ici qu'il supervisait la restauration sur leurs disques durs de tout ce que la dernière insurrection avait détruit. Ici, un homme pouvait penser, environné de machines qui, discrètement, faisaient de même.

Plus bas sur ces tuyaux, en revanche, régnait l'odeur puante des malpropres. Bernard essuya la sueur qui perlait sur son front et frotta son bras sur le fond de sa salopette. La pensée de cette femme qui l'avait d'abord *volé*, que Jahns avait ensuite récompensée par la plus haute fonction de police et qui, maintenant, osait ne pas nettoyer, osait se faire la belle… élevait dangereusement sa température.

Il atteignit le dernier serveur de la rangée et se glissa dans l'interstice qui le séparait du mur. La clé qu'il gardait autour du cou coulissa dans les serrures bien huilées du caisson. En ouvrant chacune d'elles, il se rappela qu'elle ne pouvait pas être allée bien loin. Et puis, cela causerait-il tant de problèmes ? Surtout, qu'est-ce qui avait dysfonctionné ? Le chronométrage devait toujours être impeccable. Il l'avait toujours été.

Le panneau arrière du serveur se détacha, révélant un caisson presque entièrement vide. Bernard rentra la clé sous sa salopette et mit le panneau sur le côté. L'acier noir était diablement chaud. Dans le ventre du serveur se trouvait une pochette en tissu, nouée. Bernard la desserra, plongea la main à l'intérieur et sortit le casque. Il le posa sur ses oreilles, régla le micro et déroula le cordon.

Il pouvait garder le contrôle de la situation, songea-t-il. Il dirigeait le DIT. Il était maire. Peter Billings était à son service. Les gens aimaient la stabilité et il pouvait en maintenir l'illusion. Ils avaient peur du changement et il pouvait le masquer. Maintenant qu'il cumulait les deux fonctions, qui pouvait s'opposer à lui ? Qui était mieux qualifié que lui ? Il expliquerait tout ça. Tout allait bien se passer.

N'empêche, sa peur était puissante, elle était sans pareille lorsqu'il repéra la bonne prise et y brancha la fiche du casque. Il y eut aussitôt une tonalité, la connexion étant automatique.

Il pourrait continuer à superviser le DIT à distance, veiller à ce que cela ne se reproduise jamais, lire ses rapports d'un peu plus près. Tout était sous contrôle. Voilà ce qu'il se disait lorsqu'il y eut un clic dans son casque et que la tonalité s'interrompit. Il sut que quelqu'un avait décroché, même si son interlocuteur se refusait à toute forme de salutation. Il sentait qu'il y avait de la contrariété dans ce silence.

Bernard se dispensa également des civilités. Il en vint directement à son propos.

— Silo 1 ? Ici le silo 18.

IV
LE DÉLIEMENT

31

La marche était longue et paraissait plus longue encore à son jeune esprit. Même si elle n'allait que rarement sur ses propres pieds, Juliette avait l'impression qu'elle et ses parents voyageaient depuis des semaines. Pour l'impatiente jeunesse, tout prenait une éternité et toute espèce d'attente était une torture.

Elle voyageait sur les épaules de son père, agrippée à son menton, l'étranglant avec ses jambes. Si haut juchée, elle était obligée de baisser la tête pour ne pas se cogner au-dessous de l'escalier. Des bottes inconnues faisaient résonner les marches au-dessus d'elle, de la poussière de rouille lui volait dans les yeux.

Juliette les clignait et se frottait le visage dans les cheveux de son père. Aussi excitée fût-elle, le balancement des épaules paternelles l'empêchait de rester éveillée. Lorsqu'il se plaignait d'avoir mal au dos, elle gravissait quelques étages sur la hanche de sa mère, les doigts entrelacés autour de son cou, la tête dodelinant, tombant de sommeil.

Elle aimait les bruits du voyage, les bruits de pas et le chant cadencé des conversations de grandes personnes de ses parents, dont les voix s'éloignaient puis revenaient au rythme de ses somnolences.

Le périple devint une nuée de souvenirs brumeux. Elle fut réveillée par des couinements de cochon devant une porte ouverte, eut vaguement conscience de visiter un jardin, retrouva tous ses sens quand une odeur sucrée lui monta aux narines, et avala un repas – déjeuner ou dîner, elle ne savait pas trop. Ce soir-là, elle bougea à peine lorsqu'elle glissa des bras de son père dans un lit sombre. Elle se réveilla le lendemain matin à côté d'un cousin qu'elle ne connaissait pas, dans un appartement presque identique au sien. C'était une fin de semaine. Elle le sut parce que les plus grands jouaient bruyamment dans le couloir au lieu de se préparer pour l'école. Après un petit-déjeuner froid, elle retrouva l'escalier avec ses parents et la sensation de voyager non depuis un jour, mais depuis toujours. Alors les somnolences reprirent, qui estompaient doucement le passage du temps.

Au bout du deuxième jour, ils atteignirent le centième palier des insondables profondeurs du silo. Elle parcourut les dernières marches à pied et ses parents, qui lui tenaient chacun une main, lui expliquèrent la signification du lieu. Elle se trouvait désormais dans un endroit qu'on appelait "le fond", lui dirent-ils. Le tiers du bas. Ils soutinrent ses jambes flageolantes lorsqu'elle quitta la dernière marche de la quatre-vingt-dix-neuvième volée pour poser le pied sur le centième palier. Son père pointa le doigt vers un nombre incroyable, à trois chiffres, peint en grand au-dessus des portes, ouvertes et fréquentées :

100

Juliette fut fascinée par les deux cercles. C'étaient comme deux yeux grands ouverts qui regardaient le monde pour la toute première fois. Elle dit à son père qu'elle savait déjà compter jusque-là.

— Je sais que tu sais, lui dit-il. C'est qu'elle est drôlement intelligente, ma petite fille.

Elle entra dans le bazar à la suite de sa mère, serrant l'une des mains fortes et rugueuses de son père entre les siennes. Il y avait des gens partout. C'était bruyant, mais agréable. Les gens élevaient la voix pour se faire entendre et un brouhaha heureux emplissait l'air – comme dans une salle de classe quand la maîtresse était partie.

Juliette avait peur de se perdre, alors elle resta collée à son père. Ils attendirent pendant que sa mère allait chercher à déjeuner. Il lui fallut peut-être passer par une douzaine d'étals avant d'avoir la poignée de choses dont elle avait besoin. Son père convainquit un homme de laisser Juliette se pencher à travers une clôture pour toucher un lapin. Il avait la fourrure si douce, c'était comme s'il n'en avait pas. Quand l'animal tourna la tête, Juliette retira sa main, apeurée, mais il se contenta de mâcher quelque chose d'invisible et de la regarder, semblant mourir d'ennui.

On aurait dit que le bazar ne s'arrêtait jamais. Il tournait et s'étendait toujours plus loin, même quand les jambes de toutes les couleurs des adultes étaient assez dispersées pour qu'elle voie jusqu'au bout. Sur les côtés, des passages plus étroits, remplis d'éventaires et de tentes, zigzaguaient en un labyrinthe de sons et de couleurs, mais Juliette n'eut pas le droit d'aller par là. Elle resta avec ses parents jusqu'à ce qu'ils parviennent à la première volée de marches droites qu'elle ait jamais vue.

— Doucement, lui dit sa mère, l'aidant à monter.

— Je sais le faire, lui répondit-elle, têtue, mais lui prenant malgré tout la main.

— Deux adultes et un enfant, dit son père à quelqu'un au sommet des marches.

Elle entendit résonner des jetons dans une boîte qui semblait en être pleine. Lorsque son père franchit le portillon, elle vit que l'homme près de la boîte portait des habits de toutes les couleurs et un drôle de chapeau tout mou, trop grand pour lui. Elle essaya de le voir un peu mieux alors que sa mère lui faisait passer le tourniquet en la poussant par l'épaule et en lui chuchotant de rester derrière son père. Des clochettes tintèrent sur le chapeau quand le monsieur tourna la tête et lui fit la grimace, tirant la langue sur le côté.

Juliette rit, mais elle avait toujours à moitié peur de cet inconnu lorsqu'ils trouvèrent un endroit où s'asseoir et manger. Son père tira de son balluchon un drap fin qu'il étendit sur l'un des larges bancs. Sa mère lui demanda d'ôter ses chaussures avant de monter dessus. Se tenant à l'épaule de son père, elle contempla les rangées de bancs et de sièges qui descendaient en pente jusqu'à une large pièce ouverte. Son père lui dit que cette pièce s'appelait une "scène". Ici, au fond, tout portait un nom différent.

— Qu'est-ce qu'ils fabriquent ? demanda-t-elle à son père.

Sur la scène, plusieurs hommes aux vêtements aussi colorés que ceux du monsieur de l'entrée jetaient des balles en l'air – en quantité invraisemblable – et les empêchaient de retomber par terre.

Son père rit.

— Ils jonglent. Ils sont là pour nous divertir en attendant que la pièce commence.

Juliette n'était pas sûre de vouloir que la pièce commence. C'était ça qu'elle voulait voir. Les jongleurs se lançaient des balles et des cerceaux, et Juliette sentait ses propres bras faire le moulinet en les regardant. Elle essaya de compter les cerceaux, mais ils ne restaient pas au même endroit assez longtemps.

— Mange ton déjeuner, lui rappela sa mère, lui passant des bouchées de sandwich aux fruits.

Juliette était hypnotisée. Quand les jongleurs posèrent leurs balles et leurs cerceaux et commencèrent à se courir après, tombant et faisant les idiots, elle rit aussi fort que les autres enfants. Elle tournait constamment la tête pour voir si ses parents regardaient. Elle les tirait par la manche, mais ils se contentaient de hocher la tête et continuaient de parler, de boire et de manger. Lorsqu'une autre famille s'installa près d'eux et qu'un garçon plus âgé qu'elle rigola lui aussi, Juliette se sentit soudain en bonne compagnie. Elle se mit à glapir encore plus fort. Ces jongleurs étaient la chose la plus brillante qu'elle ait jamais vue. Elle aurait pu les regarder toute sa vie.

Mais bientôt la lumière baissa et la pièce débuta, fort ennuyeuse par comparaison. Elle avait bien commencé – par un enthousiasmant combat à l'épée –, mais ensuite il y eut plein de mots étranges, et un homme et une femme qui se regardaient comme son père et sa mère, en parlant d'une drôle de façon.

Juliette s'endormit. Elle rêva qu'elle volait à travers le silo et que cent balles et cerceaux colorés flottaient autour d'elle, toujours hors de portée, des cerceaux ronds comme les derniers chiffres du numéro d'étage du bazar – puis elle se réveilla dans les applaudissements et les sifflets.

Ses parents étaient debout et hurlaient tandis que les gens dans les drôles de costumes, sur la scène, s'inclinaient plusieurs fois. Juliette bâilla et regarda le garçon sur le banc d'à côté. Il dormait, la bouche ouverte, la tête sur les genoux de sa mère, les épaules secouées alors qu'elle frappait dans ses mains encore et encore.

Ils ramassèrent le drap et son père la porta jusqu'à la scène, où les tireurs d'épée et les drôles de parleurs discutaient et serraient des mains. Juliette avait envie de rencontrer les jongleurs. Elle voulait apprendre à faire flotter des cerceaux dans les airs. Mais au lieu de ça, ses parents attendirent de pouvoir parler à l'une des dames, celle dont les cheveux étaient tressés, emmêlés en torsades tombantes.

— Juliette, lui dit son père, la hissant sur la scène. Je te présente… Juliette.

Il désigna la dame à la robe mousseuse et à la coiffure étrange.

— Est-ce que c'est ton vrai nom ? lui demanda la dame en s'agenouillant, cherchant à lui prendre la main.

Juliette la retira aussi vite que si un autre lapin essayait de la mordre, mais elle hocha la tête.

— Vous étiez merveilleuse, dit sa mère à la dame.

Elles échangèrent une poignée de main et se présentèrent.

— La pièce t'a plu? demanda la dame bizarrement coiffée.

Juliette acquiesça. Elle sentait que c'était ce qu'il fallait faire et qu'elle avait le droit de mentir dans le cas présent.

— Son père et moi sommes venus voir ce spectacle il y a des années, quand nous commencions à nous fréquenter, dit sa mère, passant la main dans les cheveux de Juliette. Notre premier enfant devait s'appeler ou Romeus, ou Juliette.

— Alors réjouissez-vous d'avoir eu une fille, dit la dame en souriant.

Ses parents rirent, et Juliette commençait à avoir moins peur de cette femme qui portait le même nom qu'elle.

— Est-ce qu'on peut vous demander un autographe?

Son père lui lâcha l'épaule et fouilla dans son sac.

— J'ai un programme quelque part là-dedans.

— Pourquoi pas un texte pour cette jeune Juliette?

La dame lui sourit.

— Est-ce que tu apprends tes lettres?

— Je sais compter jusqu'à cent, répondit Juliette avec fierté.

La femme marqua un temps d'arrêt, puis sourit. Juliette la regarda se relever et traverser la scène, sa robe flottant comme une salopette ne pourrait jamais le faire. Elle revint de derrière un rideau munie d'un tout petit volume de feuilles de papier tenues par des attaches de cuivre jaune. Elle prit le fusain que lui tendait le père de Juliette et écrivit son nom en grandes lettres bouclées sur la couverture.

La femme serra la liasse de feuilles dans ses petites mains.

— Je tiens à t'offrir ça, Juliette du silo.

Sa mère protesta.

— Oh, mais nous ne pouvons pas accepter. C'est trop de papier…

— Elle n'a que cinq ans, dit son père.

— J'en ai un autre, leur assura la dame. Nous les fabriquons nous-mêmes. Je tiens à ce qu'elle l'ait.

Elle tendit la main et toucha la joue de Juliette, qui, cette fois, ne s'esquiva pas. Elle était trop occupée à feuilleter le texte et à regarder toutes les notes tracées dans une écriture bouclée, sur les bords, à côté des lettres imprimées. Un mot, remarqua-t-elle, était entouré partout au milieu des autres. Il n'y en avait pas beaucoup qu'elle comprenait, mais celui-là, elle savait le lire. C'était son nom. Inscrit au début de tellement de phrases :

Juliette.

C'était elle. Elle leva les yeux vers la dame, comprenant aussitôt pourquoi ses parents l'avaient amenée ici, pourquoi ils avaient marché si loin et si longtemps.

— Merci, dit-elle, se rappelant ses bonnes manières.

Puis, après mûre réflexion :

— Pardon de m'être endormie.

32

On était au matin du pire nettoyage de la vie de Lukas
– et pour une fois il envisagea de se rendre au travail, de
ne tenir aucun compte du congé payé, de faire comme
si c'était un jour ordinaire. Il était assis au pied de son
lit et cherchait le courage de bouger, l'une de ses nombreuses cartes du ciel sur les genoux. Délicatement, pour
ne pas effacer les marques, il caressa du bout des doigts
les contours charbonneux d'une étoile en particulier.

Ce n'était pas une étoile comme les autres. Les autres
étaient de simples points méticuleusement placés sur
une grille et assortis de renseignements : date à laquelle
ils avaient été aperçus, position et intensité. Ce n'était
pas ce genre d'étoile – elle était loin de durer aussi longtemps. Non, cette étoile-là avait cinq branches, elle avait
la forme d'un insigne de shérif. Il se rappelait l'avoir des-
sinée pendant qu'elle lui parlait, un soir. L'acier luisait faiblement sur sa poitrine, reflétant la lumière lointaine de la
cage d'escalier. Il se rappelait que sa voix était magique,
son maintien fascinant, et que son irruption dans sa routine ennuyeuse avait été aussi inattendue qu'une brèche
dans les nuages.

Il se rappelait aussi qu'elle s'était détournée de lui
dans sa cellule, deux nuits plus tôt, qu'elle avait essayé
de l'épargner en le repoussant.

Lukas n'avait plus de larmes. Il avait passé la majeure
partie de la nuit à les verser pour cette femme qu'il

connaissait à peine. Et à présent, il se demandait ce qu'il allait faire de sa journée, de sa vie. Imaginer Juliette dehors en train de faire quoi que ce soit pour eux – de nettoyer – le rendait malade. Il se demanda si c'était pour ça qu'il n'avait aucun appétit depuis deux jours. Quelque part au fond de ses tripes, il devait savoir que rien ne passerait, même s'il se forçait à manger.

Il retira la carte de ses genoux et enfouit sa tête dans ses paumes. Il resta un moment ainsi, fatigué, essayant de se convaincre de se lever et d'aller au travail. Là-bas, au moins, il penserait à autre chose. Il tâcha de se rappeler où il en était resté dans la salle des serveurs la semaine précédente. Était-ce la tour 8 qui était encore tombée en panne ? Sammi lui avait suggéré de changer le tableau de commande, mais il avait parié sur un problème de câble. Voilà ce qu'il était en train de faire, il s'en souvenait maintenant : il testait les câbles réseau. Et voilà ce qu'il fallait qu'il fasse aujourd'hui, dès maintenant. Tout sauf rester assis inoccupé un jour férié, à avoir l'impression qu'il pourrait tomber malade pour une femme dont il pouvait tout au plus se vanter d'avoir parlé à sa mère.

Lukas se leva et passa la même salopette que la veille. Il resta là un moment, à fixer ses pieds nus, à se demander pourquoi il s'était levé. Où allait-il, déjà ? Il avait l'esprit complètement vide, le corps engourdi. Il se demanda s'il pouvait rester là, immobile, l'estomac noué, pour le restant de ses jours. Quelqu'un finirait bien par le trouver, non ? Raide mort, bien droit, cadavre statufié.

Il secoua la tête et ces noires pensées, et chercha ses bottes.

Il les trouva – un vrai succès. Lukas avait accompli quelque chose en s'habillant.

Il quitta sa chambre et se dirigea vers le palier d'un pas tranquille, se faufilant entre des enfants à qui cette nouvelle journée sans école faisait pousser des cris, et que leurs parents essayaient de faire rentrer pour qu'ils enfilent une salopette et des bottes. Ce tumulte n'était guère plus qu'un bruit de fond pour Lukas. C'était un murmure, comme ce mal aux jambes contracté durant sa longue descente pour aller la voir, et sa remontée, plus longue encore. Il déboucha sur le palier et, comme toujours, l'idée de monter vers la cafétéria le démangea. Sa seule pensée était celle qui l'avait obnubilé toute la semaine : arriver au bout de la journée pour pouvoir monter et avoir une chance de la voir.

Il songea tout à coup qu'il le pouvait encore. Il n'était pas très amateur de levers de soleil – préférant largement le crépuscule et les étoiles – mais s'il voulait la voir, il lui suffisait de monter à la cafétéria et de scruter le paysage. Il y verrait un nouveau cadavre, un nouveau scaphandre qui n'aurait encore rien perdu de son lustre et miroiterait sous les faibles rayons que le soleil réussirait à faire suinter de ces foutus nuages.

L'image était claire dans sa tête : son corps affalé dans une position inconfortable – les jambes tordues, le bras écrasé, le casque tourné de côté, jetant un dernier regard vers le silo. Plus triste encore, il se voyait lui-même des décennies plus tard, en vieil homme solitaire assis devant cet écran gris, à dessiner non des cartes du ciel, mais des paysages. Les mêmes paysages encore et encore, les yeux levés vers un avenir avorté et en voie d'effritement, à esquisser cette même pose immobile tout en versant des larmes qui feraient tourner le fusain en boue.

Il serait comme Marnes, ce pauvre homme. Et pensant à l'adjoint, mort sans personne pour l'enterrer, il se souvint de la dernière chose que Juliette lui ait dite. Elle l'avait supplié de trouver quelqu'un, de n'être pas comme elle, de ne jamais être seul.

Il empoigna la rampe d'acier froid du cinquantième palier et se pencha en avant, regarda l'escalier se forer un chemin dans les profondeurs de la terre. Le palier du cinquante-sixième était visible en contrebas ; ceux des étages intermédiaires, en retrait, se dérobaient au regard. La distance était difficile à évaluer, mais ça lui paraissait largement suffisant. Inutile de descendre jusqu'au quatre-vingt-deuxième, que la plupart de ceux qui sautaient préféraient parce qu'il offrait un long couloir dégagé jusqu'au quatre-vingt-dix-neuvième.

Tout à coup, il s'imagina en plein vol, en train de chuter, les bras et les jambes en arrière. Il avait des chances de rater le palier. De heurter l'une des rampes, de se faire couper en deux ou presque. Ou peut-être qu'en sautant un peu plus loin, la tête la première, il pourrait faire ça proprement.

Il se redressa, tiraillé par la peur, envahi par l'adrénaline d'imaginer la chute, la fin, de façon si précise. Il jeta un regard à la ronde, à travers les flots du matin, pour voir si quelqu'un l'observait. Il avait vu d'autres adultes se pencher au-dessus de la balustrade. Il en avait toujours déduit que des pensées mauvaises leur traversaient l'esprit. Parce qu'il savait, pour avoir grandi dans le silo, que seuls les enfants laissaient tomber de vrais objets des paliers. En grandissant, on apprenait à s'agripper à tout ce qu'on pouvait. Finalement, c'était autre chose qui vous échappait, c'était autre chose que vous perdiez et qui dégringolait à travers le cœur du silo, et derrière lequel vous hésitiez à sauter…

Le palier trembla au rythme d'un porteur pressé ; un bruit de pieds nus claquant sur les marches d'acier suivit et s'approcha en tournoyant. Lukas s'écarta de la rampe et tenta de se concentrer sur ce qu'il allait faire ce jour-là. Peut-être valait-il mieux pour lui se traîner jusqu'à son lit et se rendormir, engloutir quelques heures dans l'inconscience.

Alors qu'il s'efforçait de retrouver un tant soit peu de motivation, le porteur passa en trombe et Lukas aperçut une grimace consternée. Au moment où le porteur disparut, filant à une vitesse imprudente, l'image de son inquiétude s'imprima nettement dans l'esprit de Lukas. Et il sut. Alors que le battement rapide des pieds du jeune garçon s'enfonçait dans la terre, Lukas sut qu'il était arrivé quelque chose ce matin, en haut, qu'il y avait une nouvelle à annoncer à propos du nettoyage.

Une graine d'espoir. Un vœu profondément enfoui, et qu'il répugnait à admettre de peur de l'empoisonner, de l'étouffer, commença à germer. Peut-être que le nettoyage n'avait jamais eu lieu. Se pouvait-il que l'on soit revenu sur son bannissement ? Les gens des Machines avaient fait porter une pétition. Des centaines d'intrépides avaient signé, prêts à risquer leur peau pour celle de Juliette. Ce geste fou venu du fond avait-il fait céder les juges ?

Cette minuscule graine d'espoir prit racine. Elle étendit ses rhizomes à travers la poitrine de Lukas et le pressa d'aller voir par lui-même. Il abandonna la balustrade et le rêve de sauter derrière ses soucis, et fendit la foule du matin. Dans le sillage du porteur, des rumeurs écumaient déjà. Il n'était pas le seul à avoir remarqué.

Lorsqu'il se fondit dans le flot montant, il s'aperçut que ses courbatures avaient disparu. Il s'apprêtait à dépasser la famille nonchalante qui le précédait – lorsqu'il entendit brailler une radio derrière lui.

Il se retourna et découvrit l'adjoint Marsh un peu plus bas, tâtonnant pour trouver sa radio sur sa hanche, une petite boîte en carton pressée contre la poitrine, une lueur de transpiration sur le front.

Lukas s'arrêta et se tint à la rampe en attendant que l'adjoint du milieu le rejoigne.

— Marsh !

L'adjoint réussit enfin à baisser le volume de sa radio et leva les yeux. Il salua Lukas. Tous deux se serrèrent contre la rampe pour laisser passer un travailleur et son ombre, qui montaient.

— Quelles nouvelles ? demanda Lukas.

Il connaissait bien l'adjoint et savait qu'il lui donnerait peut-être l'info gratuitement.

Marsh s'essuya le front et fit passer le carton dans le creux de son autre bras.

— Ce Bernard me met encore le feu au cul, se plaignit-il. Comme si j'avais pas assez couru dans cet escalier cette semaine !

— Non, quelles nouvelles *du nettoyage* ? demanda Lukas. Un porteur vient de passer en courant comme s'il avait vu un fantôme.

L'adjoint Marsh regarda plus haut dans l'escalier.

— On m'a demandé d'apporter ses affaires au trente-quatrième sur-le-champ. Hank a failli se tuer en faisant sa moitié du chemin.

Il monta quelques marches, comme s'il ne pouvait pas se permettre de rester.

— Écoute, il faut que je file si je tiens à mon travail.

Lukas l'attrapa par le bras. Le flot grossissait au-dessous d'eux et des grimpeurs agacés jouèrent des coudes en croisant l'une des rares personnes à descendre.

— Le nettoyage a eu lieu ou pas ? voulut savoir Lukas.

Marsh s'affaissa contre la rampe. Sa radio jacassait tout bas.

— Non, chuchota-t-il.

Et Lukas crut qu'il allait s'envoler. Qu'il allait s'élever entre les marches et le cœur de béton du silo, survoler les paliers, franchir cinquante étages d'un bond…

— Elle est sortie, mais n'a pas nettoyé, dit Marsh, d'une voix basse mais corsée de mots suffisamment tranchants pour crever les rêves de Lukas. Elle est allée se perdre derrière les collines…

— Attends. Quoi ?

Marsh hocha la tête et de la sueur goutta de son nez.

— Elle a carrément disparu de l'écran, susurra-t-il comme une radio mise en sourdine. Maintenant faut que je monte ses affaires à Berna…

— Je vais le faire, dit Lukas en tendant les mains. Je monte au trente-quatrième de toute façon.

Marsh changea la position du carton. Le pauvre adjoint semblait sur le point de s'effondrer d'un moment à l'autre. Lukas le supplia, comme il l'avait fait deux jours plus tôt pour pouvoir voir Juliette dans sa cellule.

— Laisse-moi monter ça pour toi, dit-il. Tu sais que Bernard ne dira rien. On est amis, lui et moi, comme toi et moi l'avons toujours été…

L'adjoint Marsh s'essuya la lèvre et acquiesça très légèrement, réfléchissant à la question.

— Écoute, moi je monte de toute façon, dit Lukas.

Il se surprit à retirer lentement le carton des mains de l'adjoint épuisé, quand bien même les vagues d'émotion qui déferlaient en lui le rendaient un peu absent. Le trafic dans l'escalier n'était plus qu'un bruit de fond. L'espoir que Juliette soit encore dans le silo s'était dissipé, mais apprendre qu'elle n'avait pas nettoyé, qu'elle était parvenue de l'autre côté des collines – voilà qui le comblait d'une autre manière. C'était l'homme qui désirait tant cartographier les étoiles qui en était touché. Cela voulait dire que personne n'aurait jamais à la regarder se décomposer.

— Fais bien attention avec ça, dit Marsh.

Il avait les yeux rivés au carton, désormais serré dans les bras de Lukas.

— Je le défendrai au péril de ma vie, lui répondit Lukas. Tu peux me faire confiance.

Marsh hocha la tête pour lui indiquer que c'était le cas. Et Lukas s'envola dans l'escalier, précédant tous ceux qui se levaient pour fêter le nettoyage, le poids des affaires de Juliette brinquebalant doucement dans un carton serré contre sa poitrine.

33

Walker l'électricien se pencha sur son établi en désordre et ajusta sa loupe. La grosse lentille bulbeuse était fixée au moyen d'une sangle qui aurait pu sembler inconfortable s'il ne l'avait eue sur la tête pendant le plus clair de ses soixante-deux ans. Lorsqu'il abaissa le verre, la petite puce noire fichée dans la carte verte lui apparut avec une netteté parfaite. Il voyait chacune de ses petites jambes métalliques, pliées sous son corps comme des genoux d'araignée, et ses minuscules pieds semblaient prisonniers de flaques d'argent gelé.

Walker plaça le bout de son fer à souder le plus fin sur l'un des points d'argent et actionna sa pompe à pied. Le métal agrégé sur la petite jambe de la puce fondit et fut aspiré par un tube – une petite jambe sur seize était libérée.

Il s'apprêtait à passer à la suivante – il était resté debout toute la nuit à retirer des puces grillées de circuits imprimés pour éviter de penser à autre chose – lorsqu'il entendit le trottinement caractéristique du nouveau porteur dans le couloir.

Il laissa tomber la carte et le fer à souder brûlant sur l'établi et se précipita vers la porte. Il se tint au montant et se pencha dans le couloir au moment où le gamin passait.

— Porteur ! hurla-t-il, et le garçon s'arrêta à contre-cœur. Quelles nouvelles, petit ?

Le gamin sourit, découvrant la blancheur de la jeunesse.

— J'ai de *grandes* nouvelles, dit-il. Mais ça vous coûtera un jeton.

Walker grommela, écœuré, mais plongea la main dans son bleu de travail. Il fit signe au gamin d'approcher.

— T'es le petit Samson, c'est ça ?

Le gamin hocha la tête, faisant danser ses cheveux autour de sa face juvénile.

— Tu étais l'ombre de Gloria, non ?

Là encore, le gamin confirma, ne perdant pas des yeux le jeton argenté que Walker avait tiré de sa poche ferraillante.

— Tu sais, Gloria avait pitié d'un vieil homme qui n'a pas de vie ni de famille. Elle savait me confier les nouvelles.

— Gloria est morte, dit le garçon en tendant la paume.

— Ça, je le sais, dit Walker en soupirant.

Il laissa tomber le jeton dans la paume du garçon, puis agita sa vieille main tachée pour obtenir son dû. Il brûlait de tout savoir et aurait payé dix jetons s'il l'avait fallu.

— Les détails, petit. Je veux tous les détails.

— Pas de nettoyage, M. Walker !

Le cœur du vieil homme oublia un instant de battre. Le garçon se retourna pour poursuivre sa course.

— Bouge pas d'ici, gamin ! Comment ça, pas de nettoyage ? Elle a été libérée ?

Le porteur secoua la tête. Ses cheveux longs, en bataille, semblaient faits pour voler de haut en bas de l'escalier.

— Nan, m'sieur. Elle a *refusé* !

L'enfant avait les yeux électrisés et le sourire jusqu'aux oreilles de détenir pareil savoir. De son vivant, jamais personne n'avait refusé de nettoyer. Du vivant de Walker non plus. Peut-être jamais dans l'histoire. Walker se sentit fier de sa petite Juliette.

Le garçon attendit un peu. Il semblait impatient de repartir.

— Autre chose ? demanda Walker.

Samson hocha la tête et lorgna vers les poches de Walker.

Le vieil homme laissa échapper un long soupir de dégoût pour ce que cette génération était devenue. Il fouilla dans sa poche d'une main et agita l'autre avec impatience.

— Elle est *partie*, M. Walker !

Il saisit le jeton dans la paume de l'aîné.

— Partie ? Comment ça, partie, morte ? Parle clairement, fiston !

Les dents de Samson brillèrent de tout leur éclat quand le jeton disparut dans sa salopette.

— Nan, m'sieur. Partie de l'autre côté de la colline. Pas de nettoyage, M. Walker, elle a juste marché droit et disparu. Partie vers la ville, et M. Bernard a assisté à toute la scène !

Le jeune porteur donna une grande claque sur le bras de Walker, éprouvant manifestement le besoin d'extérioriser son enthousiasme. Il écarta ses cheveux de son visage, sourit largement et se retourna pour reprendre sa course, les pieds plus légers et les poches plus lourdes d'avoir pu conter son histoire.

Walker resta dans l'embrasure, abasourdi. Il s'agrippa au montant d'une main de fer de peur de tomber dans le vide. Il resta là à tanguer en regardant la pile de vaisselle qu'il avait déposée sur le palier la veille au soir. Il jeta un regard par-dessus son épaule, en direction du lit défait qui l'avait appelé toute la nuit. De la fumée s'élevait toujours du fer à souder. Il tourna le dos au couloir, où résonneraient bientôt les pas et les voix de la première équipe, et débrancha le fer de peur de provoquer un autre incendie.

Il resta comme ça un moment, à penser à Jules, à réfléchir à cette nouvelle. Il se demanda si elle avait reçu son mot à temps, s'il avait atténué la peur affreuse qu'il avait ressentie pour elle jusque dans ses tripes.

Il se retourna vers la porte. Le fond commençait à s'animer. Il fut pris d'une puissante envie de sortir, de franchir ce seuil, de prendre part à ce moment sans précédent.

Shirly passerait probablement bientôt pour lui apporter son petit-déjeuner et reprendre sa vaisselle sale. Il pouvait l'attendre, pourquoi pas discuter un peu. Peut-être que cette folie passagère se dissiperait.

Mais la pensée d'attendre, de voir les minutes s'empiler comme des commandes de travaux, de ne pas savoir jusqu'où Juliette était allée et comment les autres avaient réagi à son refus le poussa à bouger.

Walker leva le pied dans l'embrasure de la porte, sa botte en suspens au-dessus d'un sol que rien ne lui interdisait de fouler.

Il inspira profondément, posa le pied et réalisa ce qu'il était en train de faire. Et soudain, il se sentit lui aussi dans la peau d'un explorateur intrépide. Quelque quarante ans plus tard, le voilà qui titubait dans un couloir familier, une main courant sur les cloisons d'acier, et de ce qu'il y aurait derrière le coin qui approchait, ses yeux n'avaient aucun souvenir.

Et il y eut une vieille âme de plus à s'enfoncer dans le vaste inconnu, prise de vertige à l'idée de ce qui pouvait s'y trouver.

34

Les lourdes portes d'acier du silo s'ouvrirent et un grand nuage d'argon s'en échappa, qui tourbillonna dans un sifflement furieux. Le nuage semblait surgi de nulle part – le gaz comprimé avait fleuri en une mousse écumeuse au contact de l'air extérieur, moins dense et plus chaud.

Juliette Nichols passa une botte dans l'étroite ouverture. Les portes ne s'ouvrirent que partiellement pour contenir les toxines mortelles, pour maintenir la pression de l'échappement d'argon, elle dut donc se tourner pour se glisser dans l'intervalle et sa combinaison frotta contre les portes épaisses. Elle ne pensait qu'à une chose : le feu qui bientôt ferait rage à l'intérieur du sas. C'était comme si les flammes lui léchaient les talons, la forçaient à s'enfuir.

Elle tira sa deuxième botte du sas – et se trouva soudain dehors.

Dehors.

Il n'y avait rien au-dessus de sa tête casquée que les nuages, le ciel, les étoiles invisibles.

Elle avança, à pas pesants, émergea du brouillard d'argon chuintant et se découvrit sur une rampe qui montait et dont les encoignures étaient encroûtées de poussière piégée par le vent. Il était facile d'oublier que l'étage supérieur du silo était enterré. La vue de son ancien bureau et de la cafétéria créait l'illusion d'être de plain-pied avec le monde, d'avoir la tête dans le vent furieux, mais c'était seulement parce que les capteurs s'y trouvaient.

Juliette baissa les yeux vers les chiffres sur sa poitrine et se rappela ce qu'elle était censée faire. Elle gravit la rampe avec peine, la tête baissée, les yeux rivés à ses bottes. Elle ne savait même pas comment elle faisait pour bouger, si c'était l'hébétude à laquelle succombait le condamné – ou un simple réflexe de conservation, de fuite devant le brasier annoncé dans le sas, son corps retardant l'inévitable faute d'arriver à réfléchir ou à se projeter au-delà de la prochaine poignée de secondes.

Lorsqu'elle atteignit le sommet de la rampe, sa tête déboucha dans un mensonge, un faux absolument grandiose. Une herbe verte recouvrait les collines, pareille à de la moquette neuve. Les cieux étaient d'un bleu enivrant, les nuages blanchis comme les meilleurs draps, l'air émaillé d'êtres volants.

Même en sachant que ce n'était pas la réalité, qu'elle contemplait un bobard de vingt centimètres sur cinq, la tentation d'*y croire* fut écrasante. Elle en eut envie. Elle eut envie d'oublier ce qu'elle savait du programme sournois du DIT, d'oublier tout ce dont elle avait discuté avec Walker et de se laisser tomber dans l'herbe souple qui n'existait pas, de se rouler dans la vie absente, de se défaire de cette combinaison ridicule et d'aller crier son bonheur à travers le paysage mensonger.

Elle regarda ses mains, les serra et les desserra autant que ses gants épais le permettaient. C'était là son cercueil. Ses pensées s'éparpillèrent lorsqu'elle lutta pour se rappeler ce qui était réel et ce qui était un faux espoir ajouté en surimpression par le DIT et sa visière. Le ciel n'était pas réel. L'herbe n'était pas réelle. Sa *mort* était réelle. Le monde laid qu'elle avait toujours connu était réel. Et là, pendant juste un instant, elle se souvint qu'elle était censée faire quelque chose. Qu'elle aurait dû être en train de nettoyer.

Elle se retourna et regarda la tour aux capteurs, la voyant pour la première fois. C'était un solide bloc d'acier et de béton muni d'une échelle trouée par la rouille. Les globes abritant les capteurs étaient plantés comme des verrues sur les faces de la tour. Juliette mit la main sur sa poitrine, attrapa l'un des tampons de nettoyage et tira. Le mot de Walker continuait à flotter dans son esprit : *N'aie crainte.*

Elle prit le tampon de laine rêche et le frotta contre son bras. Le revêtement de sa combinaison ne se décolla pas, ne se desquama pas comme le ruban thermique qu'elle avait jadis volé au DIT, celui qu'ils avaient conçu pour qu'il se désagrège. C'était le genre de ruban thermique avec lequel elle avait l'habitude de travailler, le modèle des Machines.

Ils sont forts aux Fournitures, disait le mot de Walker. Il voulait parler des gens du département. Après des années passées à aider Juliette à mettre la main sur des pièces de rechange quand elle en avait le plus besoin, ils avaient fait pour elle quelque chose d'extraordinaire. Durant ses trois jours d'ascension et ses trois nuits de solitude dans trois cellules différentes, alors qu'elle marchait vers son bannissement, ils avaient remplacé les matériaux du DIT par ceux des Machines. Ils s'étaient acquittés de leurs commandes de la façon la plus retorse, et ça ne pouvait être que l'œuvre de Walker. Le DIT avait ensuite – involontairement, et pour une fois – assemblé une combinaison conçue pour *durer*, et non pour se désintégrer.

Juliette sourit. Sa mort, quoique certaine, s'en trouvait retardée. Elle regarda longuement les capteurs, desserra les doigts et laissa choir le tampon de laine dans l'herbe feinte. Se tournant vers la colline la plus proche, elle fit de son mieux pour oublier les fausses couleurs et les couches de vie projetées sur ce qu'elle avait vraiment devant elle. Au lieu de céder à l'euphorie, elle se concentra sur la façon dont ses bottes foulaient la terre tassée, prêta attention au vent violent qui fouettait sa combinaison, écouta le léger sifflement des grains de sable qui bombardaient son casque par tous les côtés. Un monde terrifiant l'environnait, un monde dont elle avait confusément conscience si elle se concentrait assez, un monde qu'elle connaissait mais qu'elle ne voyait plus.

Elle commença à gravir la pente raide, se dirigeant à peu près vers la métropole qui miroitait à l'horizon. Elle n'espérait guère y parvenir. Tout ce qu'elle voulait, c'était mourir de l'autre côté des collines afin que personne ne soit obligé de la regarder pourrir, que Lukas le chasseur d'étoiles puisse continuer à venir au crépuscule sans craindre d'apercevoir sa forme immobile.

Et soudain, le seul fait de marcher, d'avoir un but, lui fit du bien. Elle allait se mettre à l'abri des regards. C'était un objectif plus tangible que cette fausse ville qu'elle savait croulante.

Au milieu de la colline, elle rencontra deux grosses pierres. Elle allait les contourner lorsqu'elle comprit où elle était, lorsqu'elle comprit qu'elle avait emprunté le chemin le plus facile dans le pli de deux pentes convergentes, où gisait le mensonge le plus horrible de tous.

Holston et Allison. Masqués par la magie de sa visière. Recouverts par un mirage de pierre.

Il n'y avait pas de mots. Rien à voir, rien à dire. Elle regarda vers le bas de la colline et aperçut d'autres rochers reposant çà et là dans l'herbe, placés non au hasard mais là où, autrefois, des nettoyeurs étaient tombés.

Elle se retourna, laissant ces tristes objets derrière elle. Elle n'avait aucun moyen de savoir de combien de temps elle disposait, ni de combien de temps elle avait besoin pour soustraire son corps aux regards de ceux qui jubileraient peut-être de le voir – et des quelques-uns que cette vue affligerait.

S'élevant vers la crête de la colline, les jambes encore endolories d'avoir remonté tout le silo, Juliette fut témoin des premiers accrocs dans le voile mensonger du DIT. De nouvelles portions du ciel et de la ville lui apparurent que la colline dissimulait lorsqu'elle se trouvait en bas. Tandis que les étages supérieurs des monolithes lointains étaient entiers et étincelants de faux soleil, elle vit, sous les vitres bien nettes et l'acier éclatant, la ruine déliquescente d'un monde abandonné. Elle voyait à travers les étages inférieurs de bon nombre d'immeubles. Surmontés de ces sommets pesants ajoutés en surimpression, ils semblaient prêts à s'effondrer à tout moment.

Sur le côté, des immeubles supplémentaires et inconnus n'avaient pas du tout d'appuis, pas de fondations. Ils flottaient simplement dans le ciel sombre. Ce même paysage de nuées grises et de collines sans vie s'étendait dans toute la partie inférieure de l'horizon, jusqu'à une ligne de bleu cru qui marquait la limite du champ couvert par le programme.

L'incomplétude du leurre du DIT laissa Juliette perplexe. Était-ce parce qu'ils n'avaient eux-mêmes aucune idée de ce qui s'étendait derrière ces collines et ne pouvaient deviner ce qu'il fallait modifier ? Ou avaient-ils jugé cet effort inutile, sachant que personne n'irait jamais aussi loin ? Quoi qu'il en soit, cette vision illogique et discordante lui donna le tournis. Elle se concentra donc sur ses pieds pour faire la douzaine de pas qui la sépararaient encore de la crête.

Au sommet, elle fit une pause, fouettée par de fortes rafales de vent, se courbant dans leur turbulence. Elle parcourut l'horizon et vit qu'elle se tenait sur la ligne de partage entre deux mondes. Au bas de la pente qu'elle avait sous les yeux, dans un paysage qu'elle voyait pour la première fois, s'étendait un monde nu, de poussière et de terre desséchée, de bourrasques de vent et de petites tornades, d'air qui pouvait tuer. C'était là une terre inconnue, et pourtant elle lui était plus familière que tout ce qu'elle avait rencontré jusqu'ici.

Elle se retourna et regarda la voie qu'elle venait de gravir, les herbes hautes qui oscillaient dans la brise douce, les fleurs éparses qui faisaient la révérence, le bleu vif et le blanc éclatant du ciel. Une fabrication maléfique, tentante mais fallacieuse.

Juliette admira une dernière fois cette illusion. Au milieu des collines, elle remarqua la dépression circulaire qui semblait souligner les contours du toit plat de son silo. Le reste de sa demeure habitable était profondément niché dans le ventre de la terre. À la façon dont le sol s'élevait tout autour de lui, on avait l'impression qu'un dieu affamé avait prélevé une grosse cuillerée de terre. Le cœur lourd, elle prit conscience que le monde dans lequel elle avait grandi lui était désormais fermé, que sa maison et son peuple étaient à l'abri de portes verrouillées et qu'il lui fallait se résigner à son destin. Elle avait été bannie. Son temps était compté. Alors elle tourna le dos à la vue attrayante et vivement colorée pour faire face à la poussière, à la mort, au réel.

Lorsqu'elle entama sa descente, Juliette inspira l'air de sa combinaison avec parcimonie. Elle savait que Walker lui avait fait don d'un peu de temps, un temps dont personne avant elle n'avait jamais bénéficié, mais combien ? Et pour quoi faire ? Elle avait déjà atteint son objectif, elle était parvenue à se hisser hors de portée des capteurs, alors pourquoi était-elle encore en train de marcher, de tituber sur cette pente étrangère ? Était-ce l'inertie ? L'attraction de la pesanteur ? Le spectacle de l'inconnu ?

À peine avait-elle commencé à descendre, marchant en direction de la ville croulante, qu'elle s'arrêta pour scruter ce paysage nouveau. L'élévation lui permettait de choisir l'itinéraire de sa dernière marche, la première dans ces hautes dunes de terre sèche. Et c'est là, regardant vers la ville en train de rouiller, qu'elle s'aperçut que la dépression dans laquelle son silo était niché n'était pas un accident. Les collines qui s'étendaient au loin présentaient un motif régulier. Les cuvettes circulaires se succédaient et la terre s'élevait entre elles comme pour protéger chaque trou de cuillère du vent caustique.

Juliette descendit dans celle qui se présentait, méditant sur cette découverte, prenant garde à ses appuis. Elle écartait du pied les plus grosses pierres et contrôlait sa respiration. Pour avoir travaillé dans des bassins inondés lorsqu'elle débouchait les égouts, nagé sous une gadoue qui faisait frémir les plus solides gaillards, elle savait qu'on pouvait économiser l'air en restant calme. Elle leva les yeux et se demanda si elle en avait assez pour franchir cette cuvette et gravir le prochain haut talus.

C'est alors qu'elle vit la mince tour qui s'élevait au centre de la cuvette, et dont le métal nu luisait dans le soleil avare. Ici, le paysage n'était pas affecté par le programme de sa visière ; la réalité traversait son casque, inaltérée. En voyant cela, cette tour aux capteurs si familière, elle se demanda si elle avait fait un tour sur elle-même, si elle avait embrassé l'horizon une fois de trop du haut de la colline, si elle était en fait en train de crapahuter vers son silo, de revenir sur ses pas.

La vue d'un nettoyeur mort et en train de se décomposer dans la poussière sembla le confirmer. C'était tout juste une silhouette, les lambeaux d'une vieille combinaison, les contours d'un casque.

Elle s'arrêta et toucha le sommet du casque du bout de sa botte. La coquille se fendit et s'effondra. Les vents avaient depuis longtemps disséminé toute la chair et les os qu'elle avait contenus.

Juliette chercha des yeux le couple endormi, mais ne trouva nulle part le pli entre les deux dunes. Elle se sentit soudain perdue, déconcertée. Elle se demanda si l'air avait fini par s'infiltrer à travers les joints et le ruban thermique, si son cerveau était en train de succomber à des vapeurs nocives, mais non. Elle était plus près de la ville, marchait toujours vers l'horizon des tours, dont les sommets apparaissaient toujours entiers et miroitants sous un ciel bleu tacheté de nuages éclatants.

Cela signifiait que cette tour au-dessous d'elle… n'était pas la sienne. Et que ces dunes, ces hauts remblais de terre morte, n'étaient pas là pour faire barrage aux vents ou contenir l'air. Ils étaient là pour arrêter les regards curieux. Ils étaient là pour masquer le spectacle, la vue de ce qu'il y avait d'*autre*.

35

Lukas montait vers le palier du trente-huitième, le petit carton contre sa poitrine. C'était un étage à usage mixte qui comportait des bureaux, des magasins, une fabrique de plastique et l'une des petites stations d'épuration du silo. Lukas poussa les portes et se pressa de gagner la salle de contrôle principale des pompes, empruntant des couloirs rendus calmes par le nettoyage du jour. Son passe-partout du DIT lui permit d'entrer. La salle abritait une grande armoire informatique, familière car elle figurait sur son planning de maintenance du mardi. Lukas laissa les plafonniers éteints pour éviter que les passants voient de la lumière par le hublot de la porte. Il se glissa entre la haute armoire et le mur, se jeta à genoux et extirpa sa lampe électrique de sa salopette.

Sous la douce lumière rouge de sa veilleuse, il écarta délicatement les rabats du carton pour en dévoiler le contenu.

La culpabilité fut immédiate. Elle dégonfla la hâte, l'excitation de la découverte, de l'intimité. Il ne se sentait pas coupable de braver son patron ou de mentir à l'adjoint Marsh, ni de retarder une livraison dont on lui avait dit toute l'importance. Mais de profaner les affaires de Juliette. Les vestiges de son destin. Ses restes. Non son corps, perdu à jamais, mais les traces de la vie qu'elle avait vécue.

Il inspira un grand coup, envisagea de repousser les rabats, d'oublier ces effets, puis songea à ce qu'ils allaient devenir de toute façon. C'était sûrement ses amis du DIT qui allaient farfouiller là-dedans. Ils allaient déchirer le carton et se partager les affaires de Juliette comme des gamins s'échangent des bonbons. Ils allaient l'avilir.

Il ouvrit les rabats en grand et décida plutôt de lui faire honneur.

Il ajusta sa lampe et, sur le dessus, découvrit une liasse nouée avec du fil de fer. Il la prit et la feuilleta. C'étaient des bons de vacances. Il y en avait des dizaines. Il les porta à ses narines et s'étonna du parfum acidulé de lubrifiant mécanique qui émanait du carton.

Sous ces bons se trouvaient quelques tickets de repas expirés. Le coin d'une carte d'identité dépassait. Il la tira – une carte argentée, celle qu'elle avait obtenue en devenant shérif. Il en chercha une autre parmi les diverses cartes éparpillées, mais apparemment elle n'avait pas encore été remplacée par une carte aux couleurs des Machines. Peu de temps s'était écoulé entre son renvoi pour un délit et sa condamnation à mort pour un autre.

Il prit le temps d'étudier la photo. Elle avait l'air récente. Juliette était exactement comme dans son souvenir. Elle avait les cheveux tirés et noués en arrière, bien plats sur sa tête. Il vit des mèches échappées boucler de chaque côté de son cou et se souvint du premier soir où il l'avait regardée travailler, quand elle avait tressé ses longs cheveux elle-même, assise toute seule dans une flaque de lumière, parcourant des pages et des pages tirées de ses fameux dossiers.

Il passa son doigt sur la photo et rit devant son expression. Elle avait le front plissé, les yeux aussi, comme si elle essayait de déterminer ce que le photographe essayait de faire ou pourquoi diable il lui fallait tant de temps. Il se couvrit la bouche pour empêcher son rire de se transformer en sanglot.

Les bons regagnèrent le carton, mais la carte d'identité glissa dans la poche avant de sa salopette, comme si

Juliette, têtue, en avait décidé ainsi. L'œil de Lukas fut ensuite attiré par une pince multifonction qui avait l'air neuve, un modèle légèrement différent du sien. Il la prit et se pencha pour tirer la sienne de sa poche arrière. Il les compara, dépliant quelques-uns des outils de Juliette, admirant la souplesse du mouvement et la netteté du déclic lorsqu'ils se bloquaient. Après avoir nettoyé le sien, effacé ses empreintes et enlevé un morceau de gaine électrique fondu, il échangea les pinces. Il décida qu'il préférait porter ce souvenir d'elle et voir sa propre pince disparaître à la réserve ou être bradée à un inconnu qui n'aurait de toute façon pas apprécié la…

Des bruits de pas et des rires le figèrent sur place. Il retint son souffle et s'attendit à voir entrer quelqu'un, à être ébloui par les plafonniers. Le serveur crépitait et ronronnait à côté de lui. Les pas s'éloignèrent dans le couloir, les rires s'estompèrent.

Il tentait le diable, il le savait, mais il restait des choses à regarder dans le carton. Il fouilla à nouveau et trouva un coffret de bois décoré, un objet ancien, un objet de valeur. Il était à peine plus grand que sa paume et Lukas mit un moment à trouver comment l'ouvrir. La première chose qu'il vit lorsque le couvercle glissa, ce fut une bague, une alliance de femme. Il pouvait s'agir d'or massif, mais c'était difficile à déterminer. Le halo rouge de sa lampe avait tendance à diluer les couleurs, à tout rendre terne et sans vie.

Il chercha une inscription mais n'en trouva pas. C'était un curieux artefact, cette bague. Il était sûr et certain que Juliette ne la portait pas lorsqu'il l'avait connue et il se demanda si elle avait appartenu à une parente, ou si c'était un héritage datant d'avant l'insurrection. Il la reposa dans le coffret et prit le second objet qui s'y trouvait, une sorte de bracelet. Non, pas un bracelet. En le sortant du coffret, il vit qu'il s'agissait d'une montre, dont le cadran était si minuscule qu'il se fondait dans le motif du bracelet orné de pierreries. Lukas examina le cadran, et, au bout d'un moment, il s'aperçut que ses yeux ou la lampe rouge lui jouaient des tours. À moins que ? Il regarda de plus près pour en avoir le cœur net – et vit que l'une des aiguilles incroyablement fines égrenait le passage du temps. La montre fonctionnait.

Avant d'avoir pu songer au défi que représentait la dissimulation de pareil objet ou ce qu'il encourait s'il était découvert en sa possession, Lukas glissa la montre dans sa poche avant. Il regarda l'alliance toute seule dans son coffret et, après un instant d'hésitation, il l'escamota elle aussi. Il fourragea dans le carton, ramassa quelques-unes des pièces qui traînaient dans le fond, les plaça dans le coffret, puis il le referma et le remit où il l'avait pris.

Qu'était-il en train de faire ? Il sentit un filet de sueur couler de sa tempe jusque sur son menton. La chaleur qui s'échappait de l'arrière de l'ordinateur en activité semblait de plus en plus forte. Il frotta son menton contre son épaule pour chasser cette démangeaison. Il restait des choses dans le carton et il ne pouvait pas s'en empêcher : il fallait qu'il continue à regarder.

Il trouva un petit bloc-notes et le feuilleta. Il contenait des listes et des listes de choses à faire. Chacune d'entre elles avait été soigneusement rayée. Il reposa le bloc-notes et voulut attraper une feuille de papier pliée au fond du carton, avant de s'apercevoir qu'il y en avait plus d'une. Il exhuma un gros paquet de feuilles reliées par des attaches en laiton. Sur le haut, écrit de la même main que celle du bloc-notes, il lut : "Salle de contrôle de la génératrice principale – Mode d'emploi".

Il l'ouvrit et trouva d'impénétrables schémas aux marges remplies de notations, listées point par point. Elle avait l'air d'avoir compilé ça elle-même, soit comme un mémento qu'elle avait établi en découvrant le fonctionnement de la salle au fil du temps, soit comme un guide conçu pour aider les autres. Le papier était recyclé sans avoir été remâché, constata-t-il. Elle s'était contentée d'écrire au dos. Il feuilleta le manuel, regarda les centaines de lignes de texte imprimé sur les versos. Il y avait des notes dans les marges et le même nom entouré encore et encore :

Juliette. Juliette. Juliette.

Il tourna le manuel pour voir ce qu'il y avait au dos et découvrit qu'il s'agissait de la couverture d'origine. *"La Tragique Histoyre de Romeus et Juliette"*, lut-il. Une pièce de théâtre. Lukas en avait entendu parler. Devant lui, un ventilateur se mit en route au cœur du serveur, soufflant de l'air sur les puces en silicone et les fils chauds. Il essuya son front moite et remit la pièce dans le carton. Il rangea soigneusement les autres objets et replia les rabats. Il se contorsionna pour se relever, éteignit sa lampe et la fourra dans sa poche, où elle se blottit contre la pince de Juliette. Le carton bien calé sous le bras, il se tapota la poitrine et sentit la montre, la bague et la carte d'identité de Juliette, sa photo. Le tout serré contre son torse.

Lukas secoua la tête. Il se trouva complètement inconscient lorsqu'il sortit en tapinois de la petite salle sombre, sous les regards clignotants d'un grand panneau de voyants.

36

Il y avait des corps partout. Couverts de poussière et de terre, de combinaisons rongées par les toxines voraces portées par les vents. Juliette en vint à trébucher de plus en plus souvent. Puis ils se firent omniprésents, masse de rochers jetés pêle-mêle, partout. Certains portaient des combinaisons pareilles à la sienne, mais la plupart étaient recouverts de haillons. Lorsque le vent soufflait sur ses bottes et tous ces cadavres, des lanières d'étoffe ondulaient comme le varech dans l'élevage de poissons du fond. Ne sachant comment les contourner tous, elle en vint à enjamber les restes, s'approchant tant bien que mal de la tour aux capteurs, environnée de centaines, peut-être de milliers de cadavres.

Ce n'était pas des gens de son silo, réalisa-t-elle. Ç'avait beau être une évidence, la sensation fut saisissante. *D'autres* gens. Qu'ils soient morts ne diminuait en rien cette fracassante réalité : des gens avaient vécu tout près et elle n'en avait jamais rien su. Sans savoir comment, elle avait traversé un vide inhabitable, passant d'un univers à un autre, étant la seule, peut-être, à l'avoir jamais fait, et voilà qu'elle tombait sur un cimetière d'âmes étrangères, de gens exactement comme elle qui avaient vécu et péri dans un monde à la fois si semblable au sien et si proche.

Elle se fraya un chemin à travers une couche de cadavres épaisse comme du roc friable, les formes se faisant de plus en plus indistinctes. Ils s'entassaient haut, par endroits, et elle devait choisir son itinéraire avec soin. Lorsqu'elle approcha de la rampe menant à cet *autre* silo, elle fut dans l'obligation de marcher sur un corps ou deux pour passer. On aurait dit qu'ils avaient essayé de s'enfuir et s'étaient rués les uns sur les autres, formant leurs propres petites collines en tentant désespérément d'atteindre les vraies. Mais lorsqu'elle parvint à la rampe, elle vit une bousculade de corps à la porte du sas et s'aperçut qu'ils avaient voulu *regagner* le silo.

Sa propre mort rôdait, imminente – une conscience de tous les instants, une sensation nouvelle à même sa peau, entrant par tous ses pores. Elle ferait bientôt partie de ces cadavres et, d'une certaine façon, elle n'en avait pas peur. Elle avait traversé cette peur au sommet de la colline et se trouvait maintenant en territoire nouveau, à voir des choses nouvelles, un cadeau terrible pour lequel elle ne pouvait que remercier la vie. La curiosité la poussait de l'avant, ou peut-être était-ce l'influence de cette foule figée, qui se débattait pour l'éternité, de ces corps qui nageaient les uns sur les autres, les bras tendus vers les portes.

Elle se faufila parmi eux. Pataugea, quand il le fallait. Traversa des corps brisés, caverneux, écarta du pied des os et des restes en lambeaux, lutta pour atteindre les portes entrouvertes. Il y avait une silhouette coincée entre leurs dents d'acier, un bras dedans, un bras dehors. Un hurlement était piégé sur ses traits gris et desséchés, ses orbites vides regardaient fixement.

Juliette était l'une d'entre eux, l'une de ces autres. Elle était morte, ou presque. Mais alors qu'ils étaient figés dans leur mouvement, elle continuait à aller de l'avant. Ils lui montraient le chemin. Elle tira sur le corps qui bloquait l'ouverture, respirant bruyamment dans son casque, son haleine couvrant l'écran de buée. La moitié du corps se décoinça – l'autre moitié s'effondra entre les portes. Un nuage de chair pulvérisée flotta entre les deux.

Juliette glissa l'un de ses bras à l'intérieur et essaya de se faufiler de profil. Son épaule passa, puis sa jambe, mais pas son casque. Elle tourna la tête et réessaya, mais son casque resta coincé entre les portes. Elle eut un moment de panique en sentant les mâchoires d'acier lui tenir la tête, supporter le poids de son casque alors qu'elle avait les pieds à moitié décollés du sol. Elle tendit le bras aussi loin qu'elle put, essaya de s'agripper au dos de la porte pour se tirer vers l'intérieur, mais son torse était bloqué. Elle avait une jambe dedans et une jambe dehors. Il n'y avait rien à pousser ni à tirer pour dégager le reste de son corps. Elle était prise au piège, un bras à l'intérieur, impuissant, s'agitant dans le vide, et sa respiration précipitée épuisait sa réserve d'air.

Elle essaya de passer son autre bras dans l'ouverture. Elle ne pouvait tourner le bassin, mais elle put plier le coude et glisser ses doigts sur son ventre, dans l'interstice qui le séparait de la porte. Du bout des doigts, elle agrippa le bord de l'acier et tira. Elle n'avait pas d'appui dans cet étau. Elle n'avait que la force de ses doigts, de sa prise. Et soudain elle n'eut pas envie de mourir, pas ici. Elle replia ses doigts comme si elle voulait fermer le poing, les arqua sur le bord de cette mâchoire d'acier. La pression fit craquer ses articulations. Elle donna des coups de tête dans son casque, essaya de fracasser ce maudit écran avec son front, se tordit et poussa et tira – et fut tout à coup expulsée.

Elle déboula dans le sas en trébuchant, sa botte s'étant brièvement prise entre les portes, et fit des moulinets pour trouver l'équilibre tandis que son pied buttait contre un tas d'ossements calcinés et soulevait un nuage de cendre. C'était les restes de ceux qui avaient été pris dans les feux purificateurs du sas. Juliette se trouvait dans une pièce carbonisée qui ressemblait étrangement à celle qu'elle avait quittée un peu plus tôt. D'extravagants délires tournèrent dans son esprit perdu et exténué. Peut-être était-elle déjà morte et il s'agissait là de fantômes venus l'attendre. Peut-être avait-elle brûlé vive dans le sas de son silo et ce n'était que ses rêves fous, sa façon d'échapper à la douleur, avant de hanter cet endroit pour l'éternité.

Elle traversa les restes éparpillés et, parvenue à la porte intérieure, elle appuya sa tête contre la vitre épaisse. Elle regarda si elle voyait Peter Billings assis à son bureau. Ou bien Holston errant dans les couloirs, spectre en quête du fantôme de sa femme.

Mais il ne s'agissait pas du même sas. Elle tâcha de se calmer. Elle se demanda si l'air commençait à se raréfier dans son casque, si respirer ses propres rejets était comme de baigner dans les exhalaisons d'un moteur chaud, si ça asphyxiait son cerveau.

La porte était fermée. C'était la réalité. Ces milliers de gens étaient morts, mais pas elle. Pas encore.

Elle essaya de tourner le gros volant qui condamnait la porte, mais il était ou grippé ou verrouillé de l'intérieur. Juliette cogna sur le hublot avec l'espoir d'être entendue par le shérif ou un employé de la cafétéria. Il faisait noir à l'intérieur, mais elle peinait à croire qu'il n'y ait personne dans les parages. Les gens vivaient *dans* les silos. Ils n'étaient pas censés s'entasser aux alentours.

Personne ne répondit. Aucune lumière ne s'alluma. Elle se mit en appui contre le volant, se rappela les instructions de Marnes, le fonctionnement des mécanismes, mais ces leçons semblaient déjà si lointaines et elle ne les avait pas jugées importantes sur le moment. Elle se souvenait tout de même d'une chose : après le bain d'argon et les feux de purification, la porte ne se déverrouillait-elle pas ? Automatiquement ? Afin que le sas puisse être nettoyé ? Elle croyait se souvenir que Marnes avait dit ça. Ce n'était pas comme si quelqu'un risquait de revenir une fois que le feu avait fait son œuvre, avait-il plaisanté. Était-ce un vrai souvenir ou était-elle en train de l'inventer ? Était-ce le vœu pieux d'un esprit à court d'oxygène ?

Quoi qu'il en soit, le volant de la porte refusait de bouger. Juliette pesa de tout son poids, mais il lui parut vraiment verrouillé. Elle recula. Le banc où les nettoyeurs étaient préparés avant leur mort était assez tentant. Elle était fatiguée du trajet, de sa lutte pour franchir les portes. Et d'ailleurs, pourquoi essayait-elle d'entrer ? Elle tourna sur place, indécise. À quoi cela rimait-il ?

Elle avait besoin d'air. Pour une raison ou pour une autre, elle pensait en trouver dans le silo. Elle regarda autour d'elle, où les ossements d'un nombre de cadavres incalculable étaient éparpillés. Combien de morts ? Ils étaient trop enchevêtrés pour qu'on le sache. Les crânes, pensa-t-elle. Si elle comptait les crânes, elle saurait. Elle secoua la tête pour se défaire de cette idée absurde. Elle était vraiment en train de perdre la raison.

"Le volant de la porte est un écrou grippé, dit une voix faiblissante en elle. C'est un boulon qui force."

Et n'avait-elle pas acquis la réputation de savoir tous les débloquer alors qu'elle n'était encore qu'une ombre ?

Juliette se dit que c'était faisable. Graisse, chaleur, levier. Les trois secrets pour un bout de métal qui refuse de bouger. Elle n'avait rien de tout ça mais regarda tout de même à la ronde. Inutile de songer à ressortir, elle savait qu'elle n'y parviendrait pas une seconde fois, qu'elle n'était plus capable de ce genre d'effort. Il lui restait donc cette pièce. Le banc était vissé au mur et maintenu par deux chaînes. Juliette secoua les chaînes mais ne voyait pas comment les détacher, ni à quoi elles lui serviraient de toute façon.

Dans le coin, il y avait un tuyau qui serpentait jusqu'à une série de ventilations au plafond. Ce devait être l'arrivée d'argon, se dit-elle. Elle prit le tuyau à deux mains, mit un pied sur le mur et tira d'un coup sec.

Le raccord de la ventilation s'ébranla ; l'air toxique l'avait corrodé et fragilisé. Juliette sourit, serra les dents et tira à nouveau de toutes ses forces.

Le tuyau se décrocha de la ventilation et se plia à la base. Elle fut soudain remplie d'excitation, comme un rat devant une grosse miette. Elle attrapa le haut du tuyau et le tordit d'avant en arrière, pliant et tirant le bout qui tenait encore. Le métal finissait toujours par casser pour peu qu'on puisse le tordre un peu, qu'on le travaille assez longtemps. Elle avait tant de fois senti la chaleur du métal affaibli en le pliant et repliant jusqu'à ce qu'il cède.

La transpiration perla sur son front et scintilla dans la lumière avare filtrée par sa visière. Elle dégoulina le long de son nez, embua l'écran mais Juliette n'en continua pas moins à pousser et tirer et pousser et tirer, d'un geste de plus en plus frénétique et désespéré…

Le tuyau cassa net, la prenant par surprise. Elle ne perçut qu'un faible clac à travers son casque, et le long morceau de métal creux fut libre. Il avait un bout tordu et froissé et l'autre rond, intact. Juliette se retourna vers la porte, cette fois munie d'un outil. Elle passa le tuyau dans le volant, en laissant dépasser la plus grande longueur possible sans racler le mur. Elle le saisit de ses deux mains gantées, se hissa dessus jusqu'à la taille, penchée sur la barre, son casque touchant la porte. Elle se balança sur le levier, sachant que c'était un mouvement saccadé qui décoinçait un boulon plutôt qu'une force constante. Elle recula vers le bout du tuyau, le regarda se tordre un peu, craignit de le voir se casser en deux avant que la porte ait pu bouger d'un pouce.

Lorsqu'elle parvint au bout – à l'effet de levier maximal –, elle fit jouer son poids de toutes ses forces, et elle jura quand le tuyau céda. Il y eut un grand fracas, à peine assourdi par sa combinaison, et elle tomba au sol en se faisant mal au coude.

Le tuyau était à l'oblique sous elle et il lui rentrait dans les côtes. Juliette essaya de respirer normalement. La sueur gouttait sur la visière et lui troublait la vue. Elle se releva et vit que le long tube n'était pas cassé. Elle se

37

Walker parvint au bout du couloir et dut quitter les limites rassurantes d'un corridor étroit pour s'avancer dans le vaste hall d'entrée des Machines. La salle, vit-il, était pleine d'ombres. Les jeunes gens traînaient par grappes, chuchotaient entre eux. Trois garçons accroupis près d'un mur lançaient des cailloux, pariant des jetons. Walker entendit une douzaine de voix entremêlées sortir de la cantine à l'autre bout du hall. Les modèles avaient fait sortir ces jeunes oreilles pour pouvoir parler entre adultes. Il inspira profondément et se hâta de traverser cette maudite salle ouverte en se concentrant sur chaque pas, n'avançant qu'un pied à la fois, vivant chaque petite portion de sol comme une conquête.

Au bout d'une petite éternité, il put enfin se jeter contre le mur opposé et, de soulagement, serrer les panneaux d'acier dans ses bras. Derrière lui, les ombres rirent, mais il était trop effrayé pour s'en soucier. Glissant le long de l'acier riveté, il attrapa le bord de la porte de la cantine et se hissa à l'intérieur. Son soulagement fut immense. Même si la cantine faisait plusieurs fois la taille de son atelier, au moins était-elle pleine de meubles et de gens qu'il connaissait. Le dos au mur, l'épaule touchant la porte ouverte, il pouvait presque faire semblant qu'elle était plus petite. Il se laissa tomber au sol et se reposa pendant que les hommes et les femmes des Machines débattaient, élevaient la voix et se contredisaient, agités.

— De toute façon, elle doit plus avoir d'air à l'heure qu'il est, disait Rick.

— Ça, t'en sais rien, dit Shirly.

Elle était debout sur une chaise pour être au moins aussi grande que les autres. Elle parcourut la salle du regard.

— On ne sait pas quels progrès ils ont fait.

— C'est parce qu'ils ne veulent pas nous le dire !

— Peut-être que ça s'est arrangé, dehors.

À ces mots, l'assemblée s'apaisa. Attendant de voir, peut-être, si la voix oserait en dire plus et sortir de l'anonymat. Walker étudia les regards de ceux qui lui faisaient face. Dans leurs yeux grands ouverts, peur et excitation se mêlaient. Le double nettoyage levait certains tabous. On avait fait sortir les ombres. Les adultes se sentaient pleins d'ardeur et libres d'exprimer des pensées interdites.

— Et si c'est le cas, si ça s'est *vraiment* arrangé ? demanda quelqu'un d'autre.

— En deux semaines ? Moi je vous le dis, les gars, c'est les combinaisons ! Ils ont trouvé comment faire les combinaisons !

Marck, un pétrolier, promena sur l'assemblée un regard plein de colère.

— J'en suis sûr, dit-il. Ils ont réglé le problème des combinaisons et maintenant nous avons une chance !

— Une chance de quoi ? grommela Knox.

Assis à l'une des tables, le grisonnant chef des Machines piochait dans son petit-déjeuner.

— Une chance d'envoyer d'autres gens de chez nous errer dans les collines jusqu'à ce qu'ils n'aient plus d'air ?

Il secoua la tête et avala une autre cuillerée avant de brandir son couvert dans leur direction.

— Ce dont il faut qu'on parle, dit-il en mastiquant, c'est de cette parodie d'élection, de cette enflure de maire, du fait qu'on nous tient à l'écart de tout ici…

— Ils n'ont pas trouvé comment faire les combinaisons, articula Walker, encore essoufflé après son épreuve.

— C'est *nous* qui faisons tourner cet endroit, continua Knox en s'essuyant la barbe. Et qu'est-ce qu'on y gagne ? Des doigts en compote et une paye minable. Et maintenant, ils viennent chercher les nôtres et les envoient dehors pour entretenir une vue dont on n'a rien à secouer !

Il assena un puissant coup de poing sur la table, faisant bondir son bol.

Walker s'éclaircit la gorge. Il resta accroupi par terre, le dos au mur. Personne ne l'avait vu entrer ni entendu la première fois qu'il avait parlé. Maintenant que Knox avait effrayé et calmé tout le monde, il essaya à nouveau.

— Ils n'ont pas trouvé comment faire les combinaisons, dit-il, un peu plus fort cette fois.

Shirly l'aperçut de son perchoir. Sa mâchoire se décrocha, elle resta bouche bée. Elle le montra du doigt et une douzaine de têtes se tournèrent.

Ils le regardèrent, ébahis. Walker essayait toujours de retrouver son souffle et devait sembler à l'article de la mort. Courtnee, une des jeunes de la plomberie qui était toujours gentille avec lui lorsqu'elle passait à l'atelier, se leva de sa chaise et se rua auprès de lui. Elle chuchota son prénom, surprise, et l'aida à se relever, le pressant de venir à la table et de prendre sa place.

Knox écarta son bol et donna une grande claque sur la table.

— Les gens se mettent à déambuler partout, ma parole !

Walker leva des yeux penauds et vit le vieux chef des Machines lui sourire à travers sa barbe. Deux douzaines de personnes le dévisageaient également, tous en même temps. Walker salua mollement, puis baissa les yeux vers la table. C'était soudain trop d'attention.

— Tous ces cris t'ont réveillé, l'ancien ? Tu t'en vas de l'autre côté des collines, toi aussi ?

Shirly sauta de sa chaise.

— Oh mon Dieu, je suis désolée. J'ai oublié de lui apporter son petit-déjeuner.

Elle se précipita vers la cuisine pour aller lui chercher à manger alors que Walker essayait de lui faire signe que ce n'était pas la peine. Il n'avait pas faim.

— C'est pas…

Sa voix se cassa. Il réessaya.

— Je suis venu parce que j'ai entendu la nouvelle, murmura-t-il. Jules. Disparue.

Il fit un geste de la main, la courbant au-dessus d'une colline imaginaire qui s'élevait sur la table.

— Mais c'est pas le DIT qu'a trouvé quoi que ce soit.

Il regarda Marck et se tapa sur la poitrine.

— C'est moi.

Un murmure de conversation se tut dans le coin de la salle. Plus personne ne sirotait son jus de fruits, plus personne ne bougeait. Ils étaient toujours à moitié sidérés de voir Walker sorti de son atelier, qui plus est pour se mêler à leur foule. Aucun d'entre eux n'était assez vieux pour se rappeler la dernière fois qu'il s'était promené dans les couloirs. Pour eux, Walker était cet électricien fou qui vivait dans son antre et ne voulait plus former aucune ombre.

— C'est-à-dire? demanda Knox.

Walker inspira un grand coup. Il allait parler quand Shirly revint et posa un bol d'avoine chaud devant lui, la cuillère plantée au milieu tant la préparation était épaisse. Exactement comme il l'aimait. Il prit le bol entre ses mains, se réchauffa les paumes. Il se sentit soudain très fatigué, accusant le coup après sa nuit blanche.

— Walk? demanda Shirly. Ça va?

Il acquiesça et la congédia d'un signe, leva les yeux pour regarder Knox.

— Jules est venue me voir l'autre jour.

Il hocha la tête, prenant confiance en lui. Il essaya de faire abstraction du nombre de personnes qui le regardaient et des plafonniers qui scintillaient dans ses yeux larmoyants.

— Elle avait une théorie au sujet de ces combinaisons, du DIT.

D'une main, il brassa son avoine, s'armant de résolution pour dire l'impensable. Mais à son âge, après tout, qu'est-ce que les tabous pouvaient bien lui faire?

— Vous vous souvenez du ruban thermique?

Il se tourna vers Rachele, qui travaillait dans la première équipe et connaissait bien Juliette. Elle hocha la tête.

— Jules a découvert que c'était pas par accident si le ruban se cassait comme ça.

Il opina pour lui-même.

— Elle a tout découvert, tout compris.

Il prit une cuillerée d'avoine, non qu'il eût faim mais il aimait la brûlure du couvert chaud sur sa langue. La salle resta silencieuse, en attente. On entendait à peine les ombres chuchoter et jouer calmement dans le hall.

— Les Fournitures, je leur en ai rendu des services au fil des ans, expliqua-t-il. Un bon paquet de services. Alors je leur ai demandé de me renvoyer la balle une fois pour toutes. Je leur ai dit qu'on serait quittes.

Il regarda ce groupe d'hommes et de femmes des Machines et en entendit d'autres, debout dans l'entrée, qui étaient arrivés plus tard mais qui avaient compris, à l'attitude figée de la salle, qu'il fallait se tenir coi.

— On a piqué pas mal de matériel au DIT par le passé. En tout cas, moi, je l'ai fait. C'est eux qu'ont tous les meilleurs fils et composants électroniques pour leurs combinaisons...

— Bande de rats, marmonna quelqu'un, et ils ne furent pas peu à l'approuver.

— Alors j'ai dit aux Fournitures de leur rendre la politesse. Dès que j'ai su qu'ils l'avaient emmenée...

Walker fit une pause et s'essuya les yeux.

— Dès que j'ai su, je leur ai écrit que c'était le moment de me renvoyer la balle, je leur ai dit de remplacer tout

ce que ces salauds leur demandaient avec nos fournitures à nous. Ce qu'on avait de mieux. Et surtout, qu'ils
n'y voient que du feu.

— T'as fait *quoi* ? demanda Knox.

Walker hochait la tête sans s'arrêter. Il était bon de
laisser sortir la vérité.

— Ils faisaient exprès de faire des combinaisons
défectueuses. Pas parce que l'air n'est pas si dangereux
que ça dehors, ça, je crois pas. Mais ils veulent pas que
ton corps disparaisse de leur vue, non monsieur.

Il touilla son avoine.

— Ils veulent tous nous avoir sous les yeux.

— Alors elle va bien ? demanda Shirly.

Walker fronça les sourcils et secoua lentement la tête.

— Je vous l'ai bien dit, les gars, lança quelqu'un. Elle
doit plus avoir d'air à l'heure qu'il est.

— Dans tous les cas, elle serait morte, répliqua
quelqu'un d'autre, et la dispute reprit. Ça prouve seulement qu'ils se foutent bien de notre gueule !

Walker dut en convenir.

— Hé, tout le monde, on se calme, rugit Knox.

Mais il avait l'air le moins calme de tous. D'autres
travailleurs entraient à la queue leu leu maintenant que
le moment de silence semblait passé. Ils s'amassaient
autour de la table, le visage empreint d'inquiétude.

— Ça y est, dit Walker pour lui-même, voyant ce qui
était en train de se produire, ce qu'il avait déclenché.

Il regarda ses amis et compagnons de travail se mettre
dans tous leurs états et aboyer dans le vide, réclamant
des réponses, leurs passions excitées.

— Ça y est, répéta-t-il, et il la sentait qui couvait, prête
à éclater. Çayest çayest…

Courtnee, qui le surveillait encore du coin de l'œil et
s'occupait de lui comme d'un invalide, prit son poignet
dans ses mains délicates.

— Quoi ? demanda-t-elle.

Elle fit signe aux autres de se taire pour pouvoir entendre. Elle se pencha vers lui.

— Walk, dis-moi, quoi ? Qu'est-ce qui y est ? Qu'es-tu en train de dire ?

— C'est comme ça que ça commence, murmura-t-il, dans une salle redevenue silencieuse.

Il leva les yeux vers tous les visages, les passa en revue, et vit dans leur fureur, qui faisait voler les tabous en éclats, qu'il avait raison de s'inquiéter.

— L'insurrection. C'est comme ça qu'elle commence…

38

Lukas parvint au trente-quatrième hors d'haleine et cramponné au petit carton, plus épuisé par toutes les lois qu'il avait enfreintes que par cette montée, habituelle, jusqu'à son lieu de travail. Il avait encore le goût métallique de l'adrénaline dans la bouche de s'être caché derrière les serveurs pour fouiller dans les affaires de Juliette. Il se tapota la poitrine, y sentit les objets dérobés et son cœur, qui battait à tout rompre.

Lorsqu'il eut un peu repris contenance, il tendit la main vers les portes du DIT et il faillit se briser un doigt quand elles volèrent vers lui. Sammi, un technicien de sa connaissance, sortit en trombe et disparut. Lukas cria son nom mais son aîné était déjà parti, montant l'escalier quatre à quatre.

Il y avait davantage de tumulte dans le hall d'entrée : des voix hurlaient les unes par-dessus les autres. Lukas entra prudemment, se demandant la raison de ce tapage. Il tint la porte avec son coude et se glissa dans l'entrée, le carton serré contre sa poitrine.

L'essentiel des hurlements, semblait-il, provenait de Bernard. Le directeur du DIT se tenait devant les barrières de sécurité et aboyait tour à tour sur chacun des techniciens. Non loin, Sims, le directeur de la sécurité du DIT, passait le même genre de savon à trois hommes en salopette grise. Lukas resta figé devant la porte, intimidé par ce duo furieux.

Quand Bernard l'aperçut, il se tut net et se fraya un chemin entre les techniciens tremblants pour venir l'accueillir. Lukas ouvrit la bouche pour dire quelque chose, mais son patron ne s'intéressait pas tant à lui qu'à ce qu'il avait entre les mains.

— C'est ça ? demanda Bernard, lui arrachant la boîte.

— Ça ?

— Tout ce que cette graisseuse possédait tient dans ce foutu carton ?

Bernard tira sur les rabats.

— Y a tout ?

— Euh… tout ce qu'on m'a donné, balbutia Lukas. Marsh a dit…

— Oui, l'adjoint m'a envoyé une dépêche pour me faire part de ses crampes. Le Pacte devrait stipuler une limite d'âge pour ces gens-là, je vous jure. Sims !

Bernard se retourna vers son directeur de la sécurité.

— Salle de réunion. Maintenant.

Lukas pointa le doigt vers les barrières de sécurité et, plus loin, vers la salle des serveurs.

— Je ferais probablement mieux d'aller…

— Viens avec moi, dit Bernard, qui passa son bras dans le dos du jeune homme et lui pressa l'épaule. J'ai besoin de toi sur ce coup-là. Apparemment, il y a de moins en moins de ces têtes de rat à qui je peux faire confiance.

— À… à moins que vous n'ayez besoin de moi sur les serveurs. On avait ce problème avec l'unité 13…

— Ça peut attendre. Cette affaire est plus importante.

Bernard le fit avancer vers la salle de réunion, sur les talons de l'imposant Sims. L'agent de sécurité ouvrit la porte et la leur tint, fronçant les sourcils au passage du jeune homme. Lukas sentait la sueur couler sur sa poitrine, il sentait une chaleur coupable sous ses aisselles et dans son cou. Il se vit soudain projeté contre la table et immobilisé pendant qu'on lui tirait des objets de contrebande des poches, qu'on les lui agitait sous les nez…

— Assieds-toi, dit Bernard.

Il posa le carton sur la table et Sims et lui se mirent à en vider le contenu pendant que Lukas s'enfonçait dans une chaise.

— Bons de vacances, dit Sims, sortant la liasse de tickets.

Lukas vit comme ses muscles ondulaient sur ses bras au moindre de ses mouvements. Sims avait été technicien, autrefois, mais son corps avait continué à se développer jusqu'à ce qu'il apparaisse trop évidemment taillé pour d'autres missions, moins cérébrales. Il porta les tickets à ses narines, renifla et fit une grimace de dégoût.

— Ça sent le graisseux en sueur.

— Des faux? demanda Bernard.

Sims secoua la tête. Bernard était en train d'inspecter le petit coffret en bois. Il l'agita et toqua dessus, écouta les jetons cliqueter à l'intérieur. Il l'examina sous toutes les coutures, en quête d'une charnière ou d'un fermoir.

Lukas faillit laisser échapper que le couvercle glissait, que la facture en était si délicate qu'on voyait à peine les jointures et que ça demandait un petit effort. Bernard grommela quelque chose et écarta le coffret.

— Qu'est-ce que vous cherchez, au juste? demanda Lukas.

Il se pencha en avant et attrapa le coffret, fit mine de l'examiner pour la première fois.

— N'importe quoi. Un putain d'indice, aboya Bernard.

Il regarda Lukas, l'air courroucé.

— Comment cette graisseuse a-t-elle pu passer la colline? C'est elle qui a fait quelque chose? C'est l'un de mes techniciens? C'est quoi?

Lukas ne comprenait toujours pas la raison de cette colère. Elle n'avait pas nettoyé, bon, et alors – Holston venait de le faire de toute façon. Bernard était-il furieux parce qu'il ne savait pas *pourquoi* elle avait survécu si longtemps ? Ça, il pouvait le comprendre. Chaque fois qu'il réparait quelque chose sans le faire exprès, ça le rendait presque aussi dingue qu'une panne. Il avait déjà vu Bernard en colère, mais cette fois, c'était différent. Il était carrément furieux. *Fou* furieux. Exactement comme il le serait lui-même s'il connaissait ce genre de succès historique sans parvenir à mettre le doigt sur la cause.

Pendant ce temps, Sims avait trouvé le bloc-notes et commençait à le feuilleter.

— Hé, patron…

Bernard le lui arracha et le parcourut, tournant les pages à toute vitesse.

— Il faudra que quelqu'un lise tout ça, dit-il.

Il remonta ses lunettes sur son nez.

— Il y a peut-être des indices de collusion là-dedans…

— Hé, regardez, dit Lukas en montrant le coffret. Ça s'ouvre.

Il leur montra le couvercle coulissant.

— Donne voir.

Bernard jeta le bloc-notes sur la table afin de s'emparer du coffret. Il fronça le nez.

— Que des jetons, dit-il avec dépit.

Il les déversa sur la table et s'apprêtait à jeter la boîte sur le côté, mais Sims la lui prit.

— C'est une antiquité, dit le colosse. Vous pensez que c'est un indice, ou je peux…

— Mais oui, prends-le, je t'en prie.

Et Bernard de jeter ses deux bras vers la vitre donnant sur le hall.

— Parce qu'on n'a rien de plus important à foutre en ce moment, tête de nœud, c'est ça ?

Sims se contenta de hausser les épaules et de glisser le coffret dans sa poche. Lukas aurait donné n'importe quoi pour être ailleurs, n'importe où dans le silo sauf ici.

— Peut-être qu'elle a simplement eu de la chance, proposa Sims.

Bernard s'était mis à vider le reste du carton sur la table, le secouant pour en faire tomber le manuel que Lukas savait coincé dans le fond. Il s'interrompit dans son effort et lorgna vers Sims par-dessus les montures de ses lunettes.

— De la chance, répéta-t-il.

Sims hocha la tête.

— Ça doit être ça, fit Bernard.

— Tu crois?

— Fous-moi le camp, imbécile!

Bernard pointa le doigt vers la porte.

— Dégage!

Le directeur de la sécurité sourit, comme s'il y avait de quoi, mais déplaça sa masse vers la sortie. Il se glissa par la porte entrebâillée et la fit doucement cliqueter derrière lui.

— Je suis cerné de crétins, dit Bernard lorsqu'ils furent seuls.

Lukas tenta de se persuader que cette insulte n'était pas dirigée contre lui.

— À l'exception des personnes présentes, ajouta Bernard, comme s'il lisait dans ses pensées.

— Merci.

— Toi au moins tu sais réparer un putain de serveur. Je me demande vraiment à quoi je paye toutes ces têtes de con!

Il poussa à nouveau ses lunettes sur l'arête de son nez, et Lukas essaya de se rappeler si le directeur du DIT avait toujours autant juré. Il lui semblait que non. Était-ce sa fonction de maire par intérim qui le mettait sous pression? Quelque chose avait changé. Il trouvait même étrange de continuer à le considérer comme son ami. L'homme semblait tellement plus important, tellement plus occupé. Peut-être craquait-il sous le poids de ses nouvelles responsabilités, peut-être souffrait-il d'être celui qui envoyait de braves gens au nettoyage…

— Tu sais pourquoi je n'ai jamais pris d'ombre? demanda Bernard.

Il feuilleta le manuel, vit la pièce au verso et retourna la brochure. Il regarda Lukas, qui leva les paumes et haussa les épaules.

— C'est parce que je frémis à l'idée que quelqu'un d'autre puisse diriger cet endroit un jour.

Lukas supposa qu'il parlait du DIT, non du silo. Bernard lui-même n'était pas maire depuis très longtemps.

Bernard posa la pièce et regarda par la vitre, derrière laquelle des voix assourdies se disputaient à nouveau.

— Mais un de ces jours, je vais devoir le faire. J'arrive à l'âge où on voit ses amis, les gens avec qui on a grandi, tomber comme des mouches, mais où on est encore assez jeune pour faire semblant qu'on ne sera jamais concerné.

Son regard revint vers Lukas. Ce tête-à-tête avec Bernard mettait le jeune technicien mal à l'aise. C'était la première fois.

— On a déjà vu des silos disparaître à cause de l'orgueil d'un homme, lui dit Bernard. Il suffit d'un manque de prévoyance, de faire comme si on allait toujours être là, mais parce qu'un seul homme disparaît – dit-il avec un claquement de doigts –, et laisse derrière lui un vide qui aspire tout, un silo peut être réduit à néant.

Lukas mourait d'envie de demander à son patron de quoi diable il parlait.

— Je crois que ce jour est venu.

Bernard contourna la longue table de réunion, abandonnant les vestiges de la vie de Juliette. Lukas effleura les objets du regard. La culpabilité qu'il avait ressentie avait disparu lorsqu'il avait vu comment Bernard traitait les affaires de la jeune femme. Il regrettait même de ne pas en avoir caché davantage.

— Ce dont j'ai besoin, c'est de quelqu'un qui ait déjà accès aux serveurs, dit Bernard.

Lukas se tourna de côté et s'aperçut que le petit homme ventripotent se tenait juste à côté de lui. Il glissa sa main jusqu'à sa poche avant pour s'assurer qu'elle n'était pas en train de bâiller et d'étaler son contenu sous les yeux de Bernard.

— Sammi est un bon technicien. J'ai confiance en lui, mais il est presque aussi vieux que moi.

— Vous n'êtes pas si vieux que ça, dit Lukas, essayant d'être poli, de rassembler ses esprits.

Il ne comprenait pas vraiment ce qui se passait.

— Rares sont les gens que je considère comme mes amis, dit Bernard.

— Je suis touché…

— Tu es probablement celui en qui…

— C'est réciproque…

— J'ai connu ton père. C'était un type bien.

Lukas déglutit et hocha la tête. Il leva les yeux vers Bernard et s'aperçut que l'homme lui tendait la main. Depuis un moment déjà. Il tendit la sienne, ne sachant toujours pas clairement ce qu'on lui offrait.

— J'ai besoin d'une ombre, Lukas.

La main de Bernard paraissait petite dans celle de Lukas. Le jeune homme regarda son bras se faire secouer.

— Je veux que tu sois cette personne.

39

Juliette se fraya un passage par la porte intérieure du sas et se dépêcha de la refermer. L'obscurité l'engloutit lorsque le lourd panneau grinça sur ses gonds et retomba sur ses joints secs. À tâtons, elle chercha le grand volant de verrouillage et pesa sur les rayons, qui tournèrent jusqu'à ce que la porte soit hermétiquement close.

L'air de sa combinaison était de moins en moins respirable ; elle se sentait gagnée par le vertige. Elle se retourna, garda une main sur le mur et, d'un pas incertain, s'avança dans l'obscurité. La bouffée d'air extérieur qu'elle avait fait entrer semblait s'accrocher à son dos comme une horde d'insectes enragés. Juliette tituba à l'aveugle dans le couloir, s'efforçant de mettre de la distance entre elle et les morts qu'elle venait de quitter.

Il n'y avait pas de lumières, pas de halos provenant des écrans muraux et de leurs vues du monde extérieur. Elle pria pour que la disposition soit la même, pour qu'elle puisse trouver son chemin. Elle pria pour que l'air de sa combinaison l'alimente encore un moment, pour que l'air du silo ne soit pas aussi vicié et toxique que les vents extérieurs. Ou – tout aussi funeste – pour que l'air du silo ne soit pas aussi dépourvu d'oxygène que l'était désormais sa combinaison.

Sa main frôla les barreaux d'une cellule exactement là où ils devaient être, lui donnant l'espoir de pouvoir s'orienter dans l'obscurité. Elle ne savait pas trop ce qu'elle espérait trouver dans ce noir de suie – elle n'avait pas de plan pour gagner son salut –, elle se contentait de s'éloigner des horreurs de l'extérieur. C'est à peine si elle réalisait qu'elle y avait été, qu'elle s'était trouvée *dehors*, et arrivait maintenant dans un endroit nouveau.

Alors qu'elle traversait le bureau à tâtons, inspirant les dernières bouffées d'air de son casque, ses pieds butèrent dans quelque chose et elle s'étala de tout son long. Elle atterrit rudement sur une masse souple, tâtonna et sentit un bras. Un corps. Plusieurs corps. Elle les escalada et la chair spongieuse lui parut plus humaine et solide que les os et les écorces vides de l'extérieur – et plus difficile à franchir. Elle sentit un menton. Son poids faisait tourner les cous et elle faillit perdre l'équilibre. Son corps se rétractait en sentant ce qu'elle était en train de faire, avait le réflexe de s'excuser, de retirer ses bras et ses jambes de là, mais elle se força à en gravir un tas dans les ténèbres quand, soudain, son casque cogna contre la porte du bureau.

Sans prévenir – le choc fut assez fort pour que Juliette voie trente-six chandelles et qu'elle craigne de s'évanouir. Elle leva la main et chercha la poignée. Elle aurait aussi bien pu garder les yeux fermés tant le noir était complet. Même les entrailles des Machines n'avaient jamais connu nuit si parfaite, si profonde.

Elle trouva la poignée et poussa. La porte était déverrouillée mais refusait de bouger. Juliette se remit sur ses pieds, ses bottes labourant des corps sans vie, et donna de l'épaule contre la porte. Elle voulait sortir.

La porte bougea. Un peu. Elle sentit quelque chose glisser derrière, imagina un autre tas de cadavres. Elle se jeta contre le battant, encore et encore, faisant résonner dans son casque des grognements d'effort et d'infimes cris de frustration. Ses cheveux libres et trempés de sueur se collaient contre son visage. Elle n'y voyait rien. N'arrivait plus à respirer. S'affaiblissait à mesure qu'elle empoisonnait sa propre atmosphère.

Quand la porte s'entrouvrit, elle essaya de forcer le passage, passa d'abord une épaule, puis son casque, tira son bras et sa jambe restants derrière elle. Elle tomba par terre et, rampant, poussa de tout son poids contre la porte, la fermant complètement.

Il y avait une faible lueur, presque impossible à déceler au début. Une barricade de tables et de chaises l'assiégeait, qu'elle avait renversées en forçant la voie. Leurs bords durs et leurs pieds effilés semblaient résolus à la prendre au piège.

Juliette s'entendit suffoquer et sut que son délai avait expiré. Elle s'imagina couverte de poison comme elle l'aurait été de cambouis. L'air toxique qu'elle avait fait entrer avec elle était un nuage de vermine qui n'attendait qu'une chose : qu'elle s'extraie de sa coquille pour se faire dévorer.

À la place, elle envisagea de s'allonger et de laisser sa réserve d'air s'épuiser. Elle serait préservée, dans cette chrysalide, cette robuste combinaison, ce présent de Walker et du peuple des Fournitures. Son corps reposerait pour l'éternité dans ce silo obscur qui n'aurait pas dû exister – mais c'était tellement mieux que de pourrir sur une colline sans vie et de s'envoler, morceau par morceau, au gré des caprices de la brise. Ce serait une bonne mort. Elle haleta, fière d'être parvenue dans un lieu qu'elle avait choisi, d'avoir surmonté ces derniers obstacles. Affalée contre la porte, elle fut à deux doigts de s'allonger et de fermer les yeux – n'eût été le démon de la curiosité.

Juliette leva ses mains et les étudia dans la lueur faible provenant de l'escalier. Les gants brillants – enrobés de ruban thermique et fondus en une peau lumineuse – lui donnaient des airs de machine. Elle passa ses mains sur le sommet de son casque et réalisa qu'elle était une sorte de grille-pain ambulant. Lorsqu'elle n'était encore qu'une ombre aux Machines, elle avait la mauvaise habitude de démonter les choses, même celles qui fonctionnaient. Et qu'est-ce que Walker disait d'elle ? Qu'elle n'aimait rien tant que de regarder dans le ventre des grille-pain.

Juliette se redressa et s'efforça d'être lucide. Ses sensations s'émoussaient, et avec elles sa volonté de vivre. Elle secoua la tête et se remit sur ses pieds, envoyant valser une pile de chaises. Elle était le grille-pain, réalisa-t-elle. Sa curiosité lui commandait de tout démonter. Pour voir, cette fois, ce qu'il y avait *à l'extérieur*. Pour prendre une inspiration et savoir.

Elle fendit le mur de tables et de chaises, désirant mettre toujours plus de distance entre elle et l'air nocif qu'elle avait pu faire entrer. Les cadavres qu'elle avait escaladés dans le bureau du shérif lui avaient paru entiers. À l'état naturel. Pris au piège dans la pièce et morts de faim, peut-être, ou par asphyxie. Mais pas corrodés. N'empêche, malgré son étourdissement et son besoin d'air, elle voulait trouver un moyen de se doucher avant d'ouvrir le casque, elle voulait diluer les toxines comme elle l'aurait fait en cas d'accident chimique aux Machines.

Elle se sortit de la barricade et eut le champ libre pour traverser le reste de la cafétéria. Les lumières de secours de l'escalier répandaient une lueur verdâtre et montraient faiblement le chemin. Elle poussa la porte de service, entra dans la cuisine et essaya les robinets du grand évier. Les boutons tournèrent, mais le bec ne versa pas une goutte, ne fit même pas entendre le claquement infructueux de pompes lointaines. Elle se rendit jusqu'au jet qui pendait au-dessus du bac à vaisselle, en actionna le levier – et fut pareillement rétribuée. Il n'y avait pas d'eau.

Elle pensa alors aux chambres froides, à congeler peut-être la saleté qu'elle sentait grouiller sur tout son scaphandre. Elle contourna les plans de travail en titubant et tira la grosse poignée argentée de la porte, la respiration sifflante. Dans les renfoncements de la cuisine, la lumière était déjà si faible qu'elle y voyait à peine. Elle ne sentit pas de froid à travers sa combinaison, mais elle ne savait pas si elle l'aurait senti. La combinaison était faite pour l'isoler, et bien faite. Le plafonnier ne s'alluma pas et elle en déduisit que le frigo était hors d'usage. Elle chercha des yeux un quelconque liquide et vit ce qui ressemblait à des bacs de soupe.

Elle était assez désespérée pour tout essayer. Elle entra dans la chambre froide et laissa la porte se refermer lentement derrière elle. Elle saisit l'un des grands récipients de plastique, un seau de la taille des plus grandes marmites, et elle en arracha le couvercle. La porte cliqueta, la replongeant dans le noir complet. Juliette s'agenouilla sous l'étagère et inclina l'énorme seau. Elle sentit la soupe claire asperger son scaphandre, le froisser et éclabousser le sol. Ses genoux glissèrent sur le carrelage mouillé. Elle tâtonna vers le seau d'à côté et répéta l'opération, passa ses doigts dans les flaques et s'enduisit de liquide. Elle n'avait aucun moyen de savoir si elle était folle, si elle ne faisait qu'empirer les choses ou si ça changeait quoi que ce soit. Sa botte dérapa et elle tomba sur le dos, son casque claquant contre le sol.

Juliette gisait dans une mare de soupe tiède, aveugle, la respiration rauque et viciée. Son sursis touchait à sa fin. La tête lui tournait et elle ne savait quoi tenter d'autre, n'avait de toute façon plus le souffle ni l'énergie. Il fallait ôter le casque.

Elle chercha les fermoirs, les sentit à peine à travers ses gants. Ils étaient trop épais. Ils allaient la tuer.

Elle roula sur le ventre et marcha à quatre pattes, ses mains et ses genoux glissant dans la soupe. Elle atteignit la porte, pantelante, et chercha la poignée, la trouva et poussa grand le battant. Un jeu de couteaux luisait derrière le plan de travail. Elle se releva en titubant et en attrapa un, tenant la lame dans ses grosses moufles, puis elle s'écroula par terre, épuisée, étourdie.

Dirigeant la lame vers son cou, Juliette chercha le fermoir. Elle fit glisser la pointe le long de son col jusqu'à ce qu'elle se prenne dans la fente du bouton. Le bras tremblant, essayant de se stabiliser, elle avança la lame du couteau et l'enfonça, la poussa vers son corps en dépit de ses instincts les plus élémentaires.

Il y eut un léger déclic. Juliette haleta et passa la lame le long du col jusqu'à ce qu'elle trouve l'autre fermoir. Elle réitéra la manœuvre.

Second déclic, et son casque tomba.

Le corps de Juliette se chargea du reste, l'obligeant à inspirer de grandes goulées d'air nauséabond. La puanteur était insupportable, mais elle ne put s'empêcher d'en vouloir davantage. Denrées avariées, pourriture biologique, un amalgame de pestilences tiédasses lui envahit la bouche, la langue et les narines.

Elle se tourna sur le côté et son estomac se souleva, mais rien ne sortit. Elle avait toujours les mains glissantes de soupe. Respirer lui faisait mal ; elle imagina que sa peau la brûlait, mais ce n'était peut-être qu'une poussée de fièvre. Elle s'éloigna de la chambre froide, se traînant vers la cafétéria, loin des vapeurs de soupe croupie, et avala une nouvelle goulée d'air.

De l'air.

Elle s'emplit les poumons, toujours accablée par l'odeur, couverte de soupe. Mais derrière la puanteur, il y avait autre chose. Quelque chose de léger. Quelque chose de *respirable*, qui commençait à chasser l'étourdissement et la panique. Il y avait de l'*oxygène*. Il y avait de la vie.

Juliette était toujours en vie.

Elle rit comme une folle et se traîna vers l'escalier, attirée par le halo de lumière verte, respirant profondément et trop épuisée pour apprécier cet état de fait, cette vie *impossible* toujours en elle.

40

Knox ne vit dans le tumulte aux Machines qu'une urgence de plus à surmonter. Comme la fois où il y avait eu une fuite dans le mur de soubassement, ou celle où le puits de forage avait atteint une poche de méthane et où ils avaient dû faire évacuer huit étages, le temps que les unités de traitement de l'air aient assaini les lieux. Contre l'inévitable déferlement des passions, il s'agissait pour lui d'imposer de l'ordre. D'assigner des tâches. Il lui fallait fractionner une immense entreprise en petites opérations discrètes et s'assurer qu'elles échoiraient aux bonnes personnes. Seulement cette fois, lui et les siens ne partaient pas réparer. Cette fois, il y avait des choses que le brave peuple des Machines entendait *briser*.

— Les Fournitures sont la clé, dit-il à ses chefs d'équipe en pointant le doigt vers le plan à grande échelle accroché au mur.

Son doigt parcourut les trente étages d'escalier qui menaient au centre de production principal des Fournitures.

— Notre meilleur atout, c'est que le DIT ne sait pas que nous arrivons.

Il se tourna vers ses chefs d'équipe.

— Shirly, Marck et Courtnee, vous viendrez avec moi. Nous allons monter du matériel, et nous prendrons vos ombres avec nous. Walker, tu peux les prévenir par dépêche de notre arrivée. Mais sois prudent. Considère que le DIT a des oreilles. Dis-leur qu'on vient livrer un lot d'appareils réparés.

Il se tourna vers Jenkins, qui avait été son ombre pendant six ans avant de laisser pousser sa propre barbe et de rejoindre la troisième équipe. Il était partout pressenti pour lui succéder.

— Jenks, je veux que tu prennes la relève ici. Y aura pas de jours de repos pendant un moment. Faites tourner la boîte, mais préparez-vous au pire. Je veux que vous stockiez un maximum de nourriture. Et d'eau. Assurez-vous que la citerne est pleine à ras bord. Déroutez-en des canalisations des fermes hydroponiques si nécessaire, mais faites ça discrètement. Songez à une explication, une fuite ou autre, au cas où ils s'apercevraient de quelque chose. Pendant ce temps, demande à quelqu'un de contrôler toutes les charnières et les serrures, juste au cas où la bagarre viendrait jusqu'à nous. Et stockez toutes les armes que vous pouvez trouver. Tuyaux, marteaux, n'importe quoi.

À ces mots, il y eut quelques dressements de sourcils, mais Jenkins acquiesça à cette liste comme si tout cela était à la fois sensé et faisable. Knox se tourna vers ses lieutenants.

— Quoi ? Vous savez vers quoi on s'achemine, non ?

— Oui mais après, l'idée, c'est quoi ? demanda Courtnee, jetant un œil vers le haut schéma de leur demeure enterrée. On s'empare du DIT, et ensuite ? On prend en charge le fonctionnement du silo ?

— C'est déjà le cas, grommela Knox.

Il plaqua sa main sur les étages de la mi-trentaine.

— On le fait dans l'ombre, c'est tout. De même que cet endroit-là nous reste obscur. Mais je compte bien braquer une lampe dans leur trou à rats et les en faire sortir, voir un peu ce qu'ils nous cachent d'autre.

— Tu comprends ce qu'ils font, non ? dit Marck en se tournant vers Courtnee. Ils envoient des gens à la mort.

Volontairement. Pas parce qu'on n'a pas le choix, mais parce qu'ils le décident !

Courtnee se mordit la lèvre et s'abstint de répliquer, se contentant de fixer le plan.

— Maintenant faut qu'on s'active, dit Knox. Walker, fais partir cette dépêche. Rassemblons le chargement. Et trouvez des sujets de discussion agréables pour le trajet. Faudra pas remettre ça sur le tapis quand des porteurs seront là pour nous entendre et nous balancer pour un ou deux jetons.

Ils acquiescèrent. Knox donna une claque dans le dos de Jenkins et hocha le menton vers lui.

— Je te ferai prévenir quand nous aurons besoin de tout le monde. Garde ceux que tu juges indispensables ici et envoie le reste. Le timing est crucial, entendu ?

— Je sais ce que j'ai à faire, dit Jenkins, non pour prendre son aîné de haut, mais pour le rassurer.

— Très bien, dit Knox. Alors c'est parti.

Ils parvinrent à monter dix étages sans trop souffrir, mais Knox commençait à avoir les jambes en feu sous le poids de son fardeau. Il avait un sac de jute bourré de vestes de soudage sur ses larges épaules, ainsi qu'un chapelet de casques. Ils avaient été enfilés sur une corde par la mentonnière et s'entrechoquaient dans son large dos. Marck se battait avec son chargement de tuyaux : ils n'arrêtaient pas de se décaler les uns des autres et de vouloir lui glisser des bras. Les ombres fermaient la marche, derrière les femmes, lestées de lourds sacs de poudre de mine noués de façon à pendre de chaque côté de leur cou. Des porteurs professionnels aussi lourdement chargés qu'eux passaient en courant d'air dans les deux sens, un mélange de curiosité et d'esprit de compétition enragé dans le regard. Quand une porteuse que Knox connaissait de vue s'arrêta pour lui proposer un coup de main, il la congédia d'un ton bourru. Elle fila son chemin, jetant un regard par-dessus son épaule avant de disparaître dans la spirale, et Knox regretta de lui avoir fait payer sa fatigue.

— Gardez le rythme, dit-il aux autres.

Même en effectif restreint, ils constituaient une attraction. Et il devenait de plus en plus barbant de devoir tenir sa langue alors que la nouvelle de l'incroyable disparition de Juliette tourbillonnait autour d'eux. Sur chaque palier ou presque, un attroupement, souvent de jeunes gens, palabrait du sens de toute cette affaire. Le tabou s'était déplacé des pensées aux chuchotements. Des idées interdites naissaient sur les langues et fendaient l'air. Knox fit abstraction de la douleur et conquit une marche après l'autre. Chaque pas les rapprochait des Fournitures et il avait le sentiment qu'il fallait arriver au plus vite.

Lorsqu'ils quittèrent les 130, les récriminations remplissaient l'air. Ils approchaient de la moitié supérieure du fond, où des gens qui travaillaient, faisaient leurs courses et mangeaient au milieu se mêlaient aux autres, qui se seraient bien passés de leur compagnie. Sur le palier du cent vingt-huitième, l'adjoint Hank essayait de jouer les médiateurs entre deux groupes qui se disputaient. Knox se faufila entre les gens en espérant que le policier n'allait pas se retourner, voir sa caravane lourdement chargée et leur demander ce qu'ils faisaient si haut. Lorsqu'il eut traversé le grabuge, Knox se retourna et regarda les ombres franchir discrètement le palier, serrant la rampe intérieure. L'adjoint Hank était encore en train de prier une dame de se calmer lorsque Knox le perdit de vue.

Ils passèrent la ferme de terre du cent vingt-sixième et Knox se dit que c'était un atout décisif. Le DIT se situait bien plus haut, dans les 30, mais s'ils devaient battre en retraite, il leur faudrait tenir bon aux Fournitures. Entre leurs chaînes de production, les vivres de la ferme et les infrastructures des Machines, ils seraient peut-être autosuffisants. Il imaginait bien quelques maillons faibles, mais le DIT en aurait bien plus. Ils pouvaient toujours leur couper l'électricité ou cesser d'assainir leur eau – mais alors qu'ils approchaient des Fournitures, fourbus, il espéra vraiment que les choses n'en arriveraient pas là.

Sur le palier du cent dixième, ils furent accueillis par des froncements de sourcils. McLain, la doyenne et directrice du département, se dressait là les bras croisés sur sa salopette jaune, dans une posture qui criait tout sauf "bienvenue".

— Bonjour, Jove.

Knox lui assena un grand sourire.

— Inutile de me donner du Jove, dit McLain. Je peux savoir quelle idée absurde tu t'es mise en tête ?

Knox jeta un œil en haut et en bas de la cage d'escalier, remonta son lourd chargement sur ses épaules.

— Si ça ne te fait rien, entrons pour en parler.

— Je ne veux pas de désordre ici, dit-elle, ses yeux lançant des flammes sous ses sourcils froncés.

— Entrons, dit Knox. Nous ne nous sommes pas arrêtés une seule fois pendant la montée. À moins que tu ne veuilles nous voir nous écrouler ici.

McLain sembla envisager cette solution. Ses bras se desserrèrent sur sa poitrine. Elle se retourna vers trois de ses travailleurs, qui formaient un mur imposant derrière elle, et fit un signe de tête. Tandis qu'ils tiraient grandes les portes rutilantes des Fournitures, elle se retourna et prit Knox par le bras :

— Inutile de prendre tes aises.

Dans la première salle des Fournitures, Knox trouva une petite armée d'hommes et de femmes en salopette jaune qui attendaient. La plupart d'entre eux se tenaient derrière le comptoir long et bas où les gens du silo venaient ordinairement chercher les pièces dont ils avaient besoin, qu'elles soient neuves ou récemment réparées. Derrière, les allées d'étagères parallèles s'enfonçaient à perte de vue dans des profondeurs lugubres, débordant de cartons et de casiers. Un silence remarquable régnait dans la salle. D'habitude, on entendait les cliquetis et les ronronnements mécaniques de la chaîne de fabrication s'insinuer dans la pièce, ou les bavardages de travailleurs cachés derrière les rayonnages et occupés à trier et jeter dans des bacs affamés des boulons et écrous fraîchement sortis de l'usine.

Pour l'heure, ce n'était que silence et regards méfiants. Épuisés, Knox et les siens laissèrent glisser leurs sacs et leurs cargaisons sur le sol, la sueur au front, tandis que les hommes et les femmes des Fournitures les observaient sans faire un geste.

Knox avait compté sur un accueil plus amical. Les Machines et les Fournitures avaient une longue histoire commune. Ils géraient ensemble la petite mine située sous les étages les plus bas des Machines, mine qui apportait un complément aux stocks de minerais du silo.

Mais en rentrant derrière ses garçons, McLain gratifia Knox d'un regard de dédain qu'il n'avait pas connu depuis que sa mère avait quitté ce monde.

— Tu peux me dire un peu ce que ça signifie ? lui sifflat-elle.

Il fut décontenancé par le ton employé, surtout devant ses troupes. Il se considérait comme l'égal de McLain, et voilà qu'elle lui sautait dessus comme l'un des chiens des Fournitures. Le faisait se sentir tout petit et bon à rien.

McLain passa en revue le rang de mécanos et d'ombres exténués puis en revint à Knox.

— Avant qu'on voie comment faire le ménage dans cette affaire, j'aimerais que tu m'expliques comment tu gères tes troupes, et qui est responsable.

Les yeux de McLain le transpercèrent.

— J'ai raison de supposer que tu n'es pas impliqué personnellement, n'est-ce pas ? Que tu es venu t'excuser et acheter mon pardon ?

Shirly allait dire quelque chose, mais Knox lui fit signe de se taire. La salle était pleine de gens qui attendaient que les choses dégénèrent.

— Oui, je m'excuse, dit Knox en grinçant des dents et en courbant la tête. Et non, je n'ai rien à voir là-dedans, je n'ai appris la chose que ce matin. Après avoir su pour le nettoyage, en fait.

— C'est donc uniquement le fait de ton électricien, dit McLain, ses minces bras serrés sur sa poitrine. D'un homme seul.

— C'est exact. Mais…

— J'aime mieux te dire que de mon côté, j'ai infligé des sanctions aux personnes impliquées. Et j'imagine que tu vas devoir faire mieux que de consigner ce vieux croûton dans sa chambre.

Des rires éclatèrent derrière le comptoir. Knox posa sa main sur l'épaule de Shirly pour qu'elle se tienne en place. Il ne regarda pas McLain mais les hommes et les femmes alignés derrière elle.

— Ils sont venus chercher l'une des nôtres, dit-il.

Il avait beau être encore essoufflé, il n'en tonitruait pas moins.

— Vous savez comment ça se passe. Quand ils ont envie d'envoyer quelqu'un nettoyer, ils viennent le chercher.

Il se frappa sur la poitrine.

— Et je les ai laissés faire. Je suis resté là sans intervenir parce que j'ai confiance dans le système. J'en ai *peur*, comme n'importe lequel d'entre vous.

— Eh bien… commença McLain, mais Knox la coupa net, poursuivant de cette voix habituée à donner posément ses ordres au milieu du raffut de machines déchaînées.

— Ils ont emmené l'une de mes travailleuses, et c'est le plus vieux, le plus sage d'entre nous qui est intervenu. C'est le plus faible et le plus craintif qui a risqué sa peau. Alors je ne sais pas vers qui il s'est tourné, je ne sais pas lesquels d'entre vous l'ont aidé, mais je vous dois ma vie.

Knox cligna des yeux pour effacer ses larmes et poursuivit.

— Vous n'avez pas seulement donné à notre amie
une chance de franchir cette colline, de mourir en paix
à l'abri des regards. Vous m'avez aussi donné à moi le
courage d'ouvrir les yeux. D'ouvrir les yeux sur le voile
de mensonges derrière lequel nous vivons t –

— Maintenant ça suffit ! aboya McLain. Quelqu'un
pourrait être envoyé au nettoyage rien que pour avoir
écouté ces sornettes.

— Ce ne sont pas des sornettes, s'écria Marck au bout
du rang. Juliette est morte parce que…

— Elle est morte parce qu'elle a enfreint nos lois !
rétorqua McLain d'une voix stridente. Et vous montez
ici pour en briser d'autres ? À *mon* étage ?

— C'est pas des lois qu'on monte briser ! dit Shirly.

— Laissez ! dit Knox à ses deux chefs d'équipe.

Il voyait la colère dans les yeux de McLain, mais il
voyait aussi autre chose : les hochements de tête et les
froncements de sourcils occasionnels qui parcouraient
sa base, derrière elle.

Un porteur entra dans la salle, des sacs vides dans
chaque main, et regarda le silence tendu autour de lui.
L'un des gaillards des Fournitures qui se trouvait près
de la porte l'invita à ressortir et s'excusa, lui demandant
de revenir plus tard. Knox profita de l'interruption pour
choisir ses mots avec soin.

— Personne n'a jamais été envoyé au nettoyage pour
avoir *écouté*, aussi fort soit le tabou.

Il leur laissa le temps d'enregistrer ce rappel. Il lança
un regard noir à McLain, qui allait l'interrompre mais
parut finalement changer d'avis.

— Alors, que n'importe lequel d'entre vous me fasse
envoyer au nettoyage pour ce que je vais dire. Je ne
demanderai pas mieux si ces faits ne vous incitent pas
plutôt à marcher avec moi et mes hommes. Car voici

ce que Walker et quelques braves nous ont démontré ce matin. Nous avons davantage de raisons d'espérer qu'ils ne daignent nous en donner. Nous avons plus de moyens d'élargir nos horizons qu'ils ne veulent nous en concéder. On nous a inculqué un tissu de mensonges, on nous a appris à craindre en nous obligeant à regarder nos proches pourrir sur les collines, mais l'une d'entre nous a franchi cette barrière ! A vu de nouveaux horizons ! On nous a donné des joints et de l'isolant en nous disant qu'ils devraient suffire, mais qu'étaient-ils en réalité ?

Il dévisagea les hommes et les femmes assemblés derrière le comptoir. Les bras de McLain semblaient se desserrer sur sa poitrine.

— Ils étaient conçus pour casser, voilà ce qu'ils étaient ! Ils étaient faux. Et qui sait combien d'autres mensonges nous subissons. Et si on avait fait revenir des nettoyeurs et tout mis en œuvre pour les sauver ? Si on les avait lavés, désinfectés ? Si on avait tout essayé ? Auraient-ils survécu ? Comment croire le DIT s'ils nous répondent que non ?

Knox vit des hochements de menton. Il savait que ses troupes étaient prêtes à s'emparer de la salle par la force si nécessaire ; ils étaient aussi furieux et remontés que lui devant cette situation.

— Nous ne sommes pas ici pour semer le trouble, dit-il, nous sommes ici pour mettre *de l'ordre* ! L'insurrection s'est déjà produite.

Il se tourna vers McLain.

— Ne le vois-tu pas ? L'insurrection, nous la *vivons*. Nos parents en étaient les fruits, et aujourd'hui nous donnons nos propres enfants en pâture à cette même machine. Il ne s'agit pas de commencer quelque chose, il s'agit de mettre un terme à une vieille affaire. Et si les Fournitures sont avec nous, nous avons une chance. Dans le cas contraire, eh bien, que nos corps hantent votre vue du monde extérieur. Désormais, il me semble bien moins pourri que ce fichu silo !

Knox rugit ces derniers mots, bravant ouvertement tous les tabous. Il les lança et savoura le goût de cet aveu – que quoi qu'il y ait à l'extérieur de ces murs courbes, c'était peut-être mieux que ce qu'il y avait à l'intérieur. Ce murmure que tant de gens avaient payé de leur vie fusait de son large coffre en un cri rauque.

Et ça faisait du bien.

McLain frémit. Elle fit un pas en arrière, les yeux remplis de ce qui s'apparentait à de la peur. Elle tourna le dos à Knox et rejoignit ses troupes, et il sut qu'il avait échoué. Il avait eu une chance, même mince, d'inciter cette foule calme et silencieuse à l'action, mais ce moment lui avait filé sous le nez, ou peut-être qu'il l'avait fait fuir.

C'est alors que McLain intervint. Knox vit enfler les tendons de son maigre cou. Elle leva le menton vers les siens, ses cheveux blancs noués en un chignon serré haut sur sa tête, et, doucement, elle demanda :

— Qu'est-ce que vous dites, les Fournitures ?

C'était une question, pas un ordre. Plus tard, Knox allait se demander si elle l'avait posée avec tristesse ; il allait se demander si elle avait mal jaugé ses troupes, qui avaient patiemment écouté sa diatribe. Il allait se demander si c'était seulement de la curiosité, ou une façon de mettre ses travailleurs au défi de les jeter dehors, lui et ses mécanos.

Mais pour l'instant, les larmes ruisselant sur son visage, la pensée de Juliette enflant dans son cœur, il se demanda s'il entendait vraiment les hourras de ses compatriotes, tant ils étaient noyés dans les cris de guerre et de colère du brave peuple des Fournitures.

41

Lukas suivit Bernard dans les couloirs du DIT. Des techniciens nerveux détalaient devant eux comme des insectes nocturnes qu'une lumière surprend. Bernard ne sembla pas les voir se réfugier dans leurs bureaux et regarder par la vitre. Lukas dut presser le pas pour le suivre, jetant des coups d'œil de chaque côté, se sentant au centre de l'attention de tous ces spectateurs cachés.

— Je ne suis pas un peu vieux pour apprendre un nouveau métier? demanda-t-il.

Il était à peu près certain ne pas avoir accepté la proposition, en tout cas pas verbalement, mais Bernard en parlait comme si c'était fait.

— Penses-tu! dit Bernard. Et tu ne seras pas une ombre au sens traditionnel du terme.

Il fit un grand geste.

— Tu continueras d'exercer tes fonctions. J'ai seulement besoin de quelqu'un qui puisse prendre la relève, qui sache quoi faire s'il m'arrive quelque chose. Mon testament…

Il s'arrêta devant la lourde porte de la salle des serveurs et se tourna pour faire face à Lukas.

— S'il fallait en arriver là, en cas d'urgence, mon testament expliquerait tout au prochain directeur, mais…

Il jeta un œil par-dessus l'épaule de Lukas, inspecta le couloir.

— Sims est mon exécuteur testamentaire, ce que nous devrons changer. Je crains juste que ça n'aille pas sans heurts.

Bernard se frotta le menton et se perdit dans ses pensées. Lukas attendit un moment, puis il s'avança et tapa son code sur le clavier situé à côté de la porte, avant de sortir sa carte d'identité de sa poche – s'assurant qu'il s'agissait bien de la sienne et non de celle de Juliette – et de l'insérer dans le lecteur. Il y eut un déclic et la porte s'ouvrit, arrachant Bernard à ses songeries.

— Oui, bref, ce sera bien mieux comme ça. Non que je compte aller où que ce soit pour l'instant, remarque bien.

Il ajusta ses lunettes et franchit l'embrasure d'acier lourd. Lukas lui emboîta le pas. Il repoussa le monstrueux portail derrière eux et attendit que les serrures s'enclenchent.

— Mais si quelque chose vous arrivait, c'est moi qui superviserais les nettoyages ?

Lukas n'arrivait pas à le concevoir. Il soupçonnait qu'il y avait encore plus à apprendre au sujet de ces combinaisons qu'au sujet des serveurs. Sammi serait meilleur pour ce rôle, et lui, il *voudrait* le poste. Et puis – lui faudrait-il abandonner ses cartes des étoiles ?

— Ce n'est qu'une petite partie du travail, mais oui.

Bernard guida Lukas à travers les serveurs, passant devant le treize, dont le visage était sans expression et les ventilateurs à l'arrêt, et gagna le fin fond de la pièce.

— Voici les clés du vrai cœur du silo, dit Bernard, tirant un jeu de clés de sous sa salopette.

Elles cliquetaient au bout d'un cordon de cuir suspendu à son cou. Lukas ne l'avait jamais remarqué auparavant.

— Ce coffre a d'autres particularités que tu découvriras avec le temps. Pour le moment, tu as seulement besoin de savoir comment descendre.

Il inséra la clé dans plusieurs serrures à l'arrière du serveur, des serrures conçues pour ressembler à des vis noyées. De quel serveur s'agissait-il? Du 28? Lukas embrassa la salle du regard, essaya de chiffrer sa position, et il s'aperçut qu'il n'avait jamais été affecté à l'entretien de cette tour.

Le métal résonna doucement quand le panneau arrière se détacha. Bernard le posa sur le côté et Lukas vit pourquoi il n'avait jamais travaillé sur cette machine. Elle était pratiquement vide, ce n'était plus qu'une coquille, comme une ferraille dont on serait venu prélever des pièces depuis très, très longtemps.

— Il est crucial de bien verrouiller le coffre quand tu es remonté.

Lukas regarda Bernard attraper une poignée au fond du châssis vide. Il la tira vers lui et il y eut un léger grincement tout près d'eux.

— Une fois que tu as remis la grille en place, tu n'as qu'à repousser cette manette pour la bloquer.

Lukas allait demander "Quelle grille?" quand Bernard s'écarta et enfonça ses doigts dans le treillis métallique du sol. Dans un grognement, il souleva le lourd rectangle de plancher et commença à le faire glisser. Lukas fit un bond de côté et se pencha pour l'aider.

— Ne serait-il pas plus simple de passer par… commença-t-il.

— Cette partie du trente-cinquième n'est pas accessible par l'escalier.

Bernard fit signe vers une échelle qui s'enfonçait dans le sol.

— Après toi.

Le tour soudain qu'avait pris cette journée étourdissait Lukas. Lorsqu'il se pencha pour empoigner l'échelle, il sentit bouger le contenu de sa poche avant et jeta une main sur sa poitrine pour retenir la montre, l'alliance et la carte d'identité. Il était fou d'avoir fait ça. Et il était fou

337

de faire ce qu'il était en train de faire. Il se coula contre la longue échelle et il eut l'impression qu'on avait déclenché une tâche automatique dans son cerveau, qu'un programme mécanique avait pris le contrôle de ses actions. Du bas de l'échelle, il regarda Bernard descendre les premiers barreaux avant de ramener la grille sur l'ouverture, les enfermant tous deux dans l'obscur souterrain pratiqué sous la salle déjà fortifiée des serveurs.

— Tu es sur le point de recevoir un cadeau immense, lui dit Bernard dans les ténèbres. Le même qui m'a autrefois été accordé.

Il alluma un plafonnier, et Lukas vit que son patron arborait un sourire dément, que sa colère s'était dissipée. C'était un autre homme qui se dressait devant lui, plein d'enthousiasme et d'assurance.

— Tout le silo et tous ceux qui l'habitent dépendent de ce que je vais te montrer, dit Bernard.

Il fit signe à Lukas d'avancer dans le corridor étroit, quoique vivement éclairé, qui conduisait jusqu'à une salle plus vaste. Les serveurs semblaient très loin au-dessus d'eux. Lukas se sentit retranché de tous les autres vivants du silo ; il était curieux mais il avait peur. Il n'était pas certain de vouloir endosser pareille responsabilité, se maudit de s'être prêté à la manœuvre.

Et pourtant, ses pieds avancèrent. Ils le portèrent par ce passage secret jusqu'à une pièce où le curieux le disputait à l'étrange, jusqu'en un lieu qui reléguait la cartographie des étoiles au rang d'activité insignifiante, un antre où la notion d'échelle, de *taille* du monde, prenait de toutes nouvelles proportions.

Juliette laissa traîner son casque recouvert de soupe et se dirigea vers le halo de lumière pâle. La lumière paraissait plus vive qu'auparavant. Elle se demanda dans quelle mesure l'obscurité avait été le fait de son casque. Retrouvant ses esprits, elle se rappela qu'elle n'avait pas vu à travers une simple plaque de verre, mais à travers un écran infernal, qui s'était emparé du monde tel qu'elle le voyait pour le recouvrir d'un demi-mensonge. Peut-être sa vision s'était-elle trouvée assombrie dans l'opération.

Elle s'aperçut que la puanteur de sa combinaison détrempée la suivait, l'odeur de moisissure et de légumes pourris – ou peut-être les vapeurs toxiques du monde extérieur. Sa gorge la brûlait un peu tandis qu'elle traversait la cafétéria. Sa peau se mit à la démanger, et elle ignorait si c'était l'effet de la peur, de son imagination, ou bien s'il y avait vraiment quelque chose dans l'air. N'osant prendre le risque de le découvrir, elle retint son souffle et marcha aussi vite que ses jambes lasses le lui permirent, jusqu'à l'angle derrière lequel elle était sûre de trouver l'escalier.

Ce monde est identique au mien, se dit-elle en descendant les premières marches dans la lueur blafarde des lumières de secours. *Dieu en a bâti plus d'un.*

Ses lourdes bottes, toujours dégoulinantes de soupe, manquaient de stabilité sur le métal des marches. Sur le palier du deuxième, elle fit une pause pour avaler quelques grandes goulées d'air, moins douloureuses, celles-là, et se demanda quelle était la meilleure façon d'ôter cet accoutrement infernal et encombrant qui entravait chacun de ses mouvements et empestait la pourriture et l'air extérieur. Elle regarda ses bras. Il avait fallu de l'aide pour enfiler tout ça. Il y avait une double fermeture éclair dans le dos, des longueurs de velcro, des kilomètres de ruban thermique. Elle regarda le couteau dans sa main, soudain réjouie de ne pas l'avoir lâché après s'être débarrassée de son casque.

Le serrant dans son gant malcommode, elle en enfonça prudemment la pointe dans son autre manche, juste au-dessus du poignet. Elle perça le vêtement et passa la lame à la surface de son bras de façon à ne pas s'écorcher si elle traversait toutes les couches. Le matériau était dur à couper, mais une entaille finit par se former lorsqu'elle imposa au couteau de petits mouvements circulaires. Elle glissa la lame dans ce minuscule accroc, en tourna le dos du côté de sa peau, et la fit descendre le long de son bras, jusqu'en haut de sa main. Lorsque la pointe du couteau déchira l'étoffe entre ses doigts, elle réussit à sortir sa main par la longue entaille et la manche se retrouva pendante à son coude.

Juliette s'assit sur les grilles, prit le couteau dans la main qu'elle venait de libérer, et s'attaqua à l'autre côté. Elle le libéra également. De la soupe lui dégoulinait des épaules et sur les bras. Elle perça ensuite un trou sur sa poitrine, contrôlant mieux le couteau maintenant qu'elle était débarrassée de ses gros gants. Elle arracha la couche métallique extérieure, se pelant comme une orange. Le col du casque, solide, était inamovible – il était fixé à sa sous-combinaison de carbone ainsi qu'aux fermetures éclair renforcées dans son dos – mais, morceau par morceau, elle se défit de la couche extérieure brillante et nappée d'une puanteur qu'elle attribuait en partie à la soupe et en partie à son périple à travers les collines.

Vinrent ensuite les bottes, qu'elle coupa au niveau des chevilles pour pouvoir commencer à se déchausser, avant d'ajouter une entaille verticale à partir du bord pour libérer un pied, puis l'autre.

Avant d'élaguer les lambeaux qui pendaient çà et là ou de se soucier des pans de combinaison qui tenaient encore à sa fermeture éclair, elle se leva et se hâta de mettre plus de distance entre elle et l'air du haut, qui paraissait lui irriter la gorge. Elle avait descendu deux étages supplémentaires, fendant les nappes de lumière verte de l'escalier, lorsqu'elle prit pleinement conscience du fait qu'elle était en vie.

Elle était en vie.

Même si elle ignorait pour combien de temps encore, c'était là un fait entièrement nouveau, brutal et beau. Il lui avait fallu trois jours d'une longue ascension, dans un escalier pareil à celui-ci, pour se faire à l'idée de son destin. Elle avait dû passer un jour et une nuit dans une cellule réservée aux prochains cadavres qui joncheraient le paysage. Et maintenant – *ça*. L'inconcevable traversée du désert interdit, l'entrée par effraction dans l'impénétrable, dans l'inconnu. Survivre.

Quoi que l'avenir lui réserve, Juliette dévalait pour l'instant des marches étrangères, les pieds nus, la peau fourmillant au contact de l'acier froid, l'air lui brûlant de moins en moins la gorge à chaque nouvelle bouffée, laissant peu à peu derrière elle l'odeur putride et le souvenir de mort. Bientôt, il n'y eut plus que le crépitement joyeux de sa descente qui résonnait et dérivait dans les ténèbres vides et solitaires, comme une cloche assourdie qui ne sonnait pas pour les morts, mais pour les vivants.

Elle s'arrêta au sixième pour récupérer et s'attaqua à ce qui restait de sa combinaison de protection. Avec soin, elle trancha sa sous-combinaison au niveau des épaules et des clavicules, pratiquant une entaille circulaire, et tira dans son dos pour la déchirer, arrachant des bandes de ruban thermique au passage. Maintenant que le col du casque était débarrassé du vêtement – il ne restait plus que la fermeture éclair, qui pendait dans son dos comme une seconde colonne vertébrale – elle put enfin l'ôter de son cou. Elle le tira et le jeta par terre, puis se dépouilla du reste de la sous-combinaison, retroussant les manches et les jambes et laissant le tout en tas grossier devant la double porte du sixième étage.

Le sixième devait être un étage d'appartements, songea-t-elle. Elle hésita à entrer pour appeler à l'aide ou chercher des vêtements et des vivres dans la myriade de pièces, mais l'impulsion de descendre fut plus forte. Le haut semblait contaminé et encore trop proche. Tant pis si c'était le fait de son imagination ou de son expérience malheureuse dans les hauts de son propre silo – son corps était révulsé par ces lieux. Seul le fond était sûr. Elle avait toujours eu ce sentiment.

De la cuisine du haut, elle gardait tout de même une image porteuse d'espoir : les rangées de boîtes et de bocaux de nourriture stockés pour parer aux mauvaises récoltes. Juliette pensait en trouver davantage dans les cantines des niveaux inférieurs. Et l'air lui parut d'une qualité convenable lorsqu'elle retrouva son souffle ; la brûlure qu'elle avait ressentie sur sa langue et dans ses poumons s'était dissipée. Soit le vaste silo contenait une grande réserve d'air que personne n'était là pour consommer, soit il restait une source d'approvisionnement. Toutes ces pensées lui donnèrent de l'espoir, cet inventaire des ressources à sa disposition. Elle abandonna donc ses lambeaux de vêtements salis et, seulement armée d'un grand couteau de cuisine, elle se coula nue dans l'escalier tournant, le corps un peu plus en vie à chaque pas, l'esprit un peu plus déterminé à se conserver dans cet état.

Au treizième, elle s'arrêta et jeta un œil entre les portes. Il n'était pas encore exclu que ce silo soit disposé de façon totalement différente du sien, étage par étage, et il ne servait à rien de planifier les choses si elle ne savait pas à quoi s'attendre. Il n'y avait qu'une poignée de zones qu'elle connaissait parfaitement en haut du silo et, pour l'instant, toutes celles par lesquelles elle était passée lui avaient semblé parfaitement conformes à son ancienne demeure. Au treizième, elle n'aurait aucun doute. Certaines choses, elle les avait apprises si jeune, son souvenir en était si profond, qu'elles étaient comme de petites pierres logées au cœur de son esprit. C'était ce qui pourrirait en dernier, ce qui resterait quand tout aurait été dispersé par les vents ou aspiré à longs traits par les racines. Lorsqu'elle entrouvrit la porte, ce fut comme si elle ne se trouvait pas dans un autre silo, une carcasse de silo abandonnée, mais dans son passé, poussant une porte qui donnait sur sa jeunesse.

Il faisait noir à l'intérieur, aucune veilleuse ou lumière de secours n'était allumée. Et l'odeur était différente. L'air était stagnant, corsé d'une pointe de pourriture.

Juliette cria dans le couloir :

— Ohé !

Elle écouta l'écho réverbéré par les murs vides. La voix qui lui revint semblait lointaine, plus faible, plus aiguë que la sienne. Elle s'imagina à l'âge de neuf ans, en train de courir dans ces mêmes couloirs, de crier à travers les ans vers celle qu'elle serait bien plus tard. Elle essaya d'imaginer sa mère courant derrière cette petite fille, tentant de la saisir au vol et de l'obliger à rester tranquille, mais les fantômes se dissipèrent dans les ténèbres. Le dernier écho s'évanouit, la laissant seule et nue dans l'embrasure.

Lorsque ses yeux furent accommodés, elle parvint tout juste à discerner un bureau d'accueil au bout du couloir. La lumière se reflétait dans des vitres exactement à l'endroit où elle l'attendait. La disposition était en tout point semblable à celle de la nursery de son père, au milieu, l'endroit où non seulement elle était née, mais où elle avait grandi. Elle avait peine à croire qu'il s'agissait d'un *autre* endroit. Que d'*autres* gens avaient vécu ici, que d'autres enfants étaient nés, avaient joué, avaient grandi derrière la colline, juste en bas du versant, que d'autres enfants s'étaient couru après, s'étaient défiés à la marelle ou à d'autres jeux de leur invention, et qu'ils avaient vécu dans l'ignorance les uns des autres. Peut-être était-ce parce qu'elle se tenait dans l'embrasure d'une nursery, mais elle ne put s'empêcher de penser à toutes les vies que cet endroit avait abritées.

Tous ces gens *à l'extérieur*. Des gens qu'elle avait profanés avec ses bottes, dispersant leurs os et leurs cendres pour se frayer un chemin vers l'endroit même qu'ils avaient fui. Juliette se demanda quand cela s'était produit, depuis combien de temps le silo était abandonné. Que s'était-il donc passé ici ? L'escalier était encore éclairé, ce qui signifiait qu'il restait du courant dans la salle des batteries. Il lui fallait une feuille de papier pour faire le calcul, pour déterminer si l'anéantissement de toute cette vie était ancien ou récent. Au-delà de la simple curiosité, elle avait des raisons pratiques de vouloir le savoir.

Après un dernier regard à l'intérieur, un ultime frisson de regret de ne pas s'être arrêtée pour voir son père les dernières fois qu'elle était passée devant sa nursery, Juliette referma la porte sur l'obscurité et les fantômes et considéra la difficulté de sa situation. Il se pouvait fort bien qu'elle soit parfaitement seule dans un silo mourant. L'émotion d'être en vie s'effaçait rapidement devant la réalité de sa solitude et la précarité de sa condition. Son ventre renchérit en gargouillant. Elle avait l'impression que la soupe l'empestait encore et ses haut-le-cœur lui avaient laissé un goût d'acide gastrique dans la bouche. Elle avait besoin d'eau. Elle avait besoin de vêtements.

Ces urgences vitales passèrent au premier plan, occultèrent la gravité des circonstances et les tâches décourageantes qui l'attendaient, se substituèrent aux regrets du passé.

Si la disposition des lieux était la même, la première ferme hydroponique se trouverait quatre étages plus bas et la plus grande des deux fermes de terre du haut serait juste au-dessous. Un courant d'air froid monta et la fit frissonner. L'escalier créait son propre cycle thermique et la température ne ferait que baisser à mesure qu'elle descendrait. Mais elle poursuivit malgré tout – le plus bas serait le mieux. À l'étage suivant, elle essaya d'ouvrir la porte. Il faisait trop noir pour voir au-delà du premier couloir, mais ça ressemblait à des bureaux ou à des ateliers. Elle essaya de se rappeler ce qu'il y aurait au quatorzième étage de son silo, mais elle l'ignorait. N'était-ce pas incroyable ? Le haut de son propre silo lui était resté à peu près inconnu, ce qui faisait de ce nouveau silo un territoire totalement étranger.

Elle maintint la porte ouverte et logea la lame de son couteau dans le treillis métallique du palier. Le manche ferait office de butoir. Elle laissa la porte se rabattre sous l'effet de ses charnières à ressorts et s'arrêter contre le couteau. Cela laissait entrer suffisamment de lumière pour qu'elle puisse se glisser à l'intérieur et tâtonner jusqu'aux premières salles.

Aucune salopette n'était suspendue au dos des portes, mais l'une des salles était préparée pour des réunions. L'eau s'était depuis longtemps évaporée des pichets, mais la nappe violette semblait assez chaude. Plus chaude que sa peau nue. Juliette débarrassa la collection de tasses, d'assiettes et de pichets de la table et tira la nappe. Elle s'en couvrit les épaules, mais le grand linge allait glisser lorsqu'elle se mettrait en mouvement, alors elle essaya d'en nouer les coins devant elle. Elle dut renoncer et se hâta de regagner le palier, la lumière bienvenue, où elle se découvrit à nouveau. Elle attrapa le couteau – la porte se referma dans un grincement sinistre –, perça le centre de la nappe et fit une longue entaille. Elle y passa la tête et le tissu tomba au sol devant et derrière elle. Elle mania la lame pendant quelques minutes, le temps de tailler l'excédent, puis se fit une ceinture d'une des longues bandes d'étoffe et noua une autre chute de tissu sur sa tête, pour la garder au chaud.

Ça lui faisait du bien de fabriquer quelque chose, d'inventer une solution à un problème précis. Elle avait un outil, une arme, si nécessaire, et des vêtements. L'impossible liste des choses à faire s'en trouvait légèrement rognée. Elle reprit sa descente en ayant froid aux pieds, en rêvant de bottes, de trouver de l'eau à boire, terriblement consciente de tout ce qu'il lui restait à accomplir.

Au quinzième, une autre nécessité se rappela à son souvenir lorsque ses jambes faillirent se dérober sous elle. Ses genoux plièrent, elle attrapa la rampe et, tandis que l'adrénaline quittait ses veines, elle réalisa qu'elle tombait de fatigue. Elle fit une pause sur le palier, les mains sur les genoux, et respira profondément. Depuis combien de temps était-elle en mouvement ? Jusqu'où pouvait-elle encore pousser ses forces ? Elle se regarda dans la lame du couteau, constata qu'elle avait une mine horrible, et décida qu'elle ne pouvait aller plus loin sans se reposer. Mieux valait s'arrêter maintenant, pendant qu'il faisait encore assez chaud pour ne pas mourir de grelottements.

Il était tentant de partir à la recherche d'un lit, mais elle décida de s'abstenir – elle trouverait peu de réconfort dans le noir d'encre qui régnait derrière ces portes. Alors elle se pelotonna sur les grilles d'acier du quinzième palier, croisa ses bras sous sa tête et tira la nappe afin que chaque parcelle de peau nue soit couverte. Et avant qu'elle ait pu parcourir la longue liste qui s'étirait dans sa tête, l'épuisement l'emporta. Elle se laissa gagner par le sommeil, n'ayant qu'un bref instant de panique pour se dire qu'elle n'aurait pas dû être si fatiguée, que c'était peut-être le genre de somme dont on ne se réveillait jamais, qu'elle était vouée à rejoindre les habitants de ce lieu étrange, blottie et immobile, glacée et sans vie, prête à pourrir et à se décomposer…

43

— Tu te rends compte de ce que tu proposes?

Knox leva la tête vers McLain, soutint son regard ridé et flétri avec autant d'assurance qu'il put en convoquer. Cette femme minuscule qui contrôlait toute la fabrication et les pièces de rechange du silo en imposait étonnamment. Elle n'avait ni le torse bombé ni l'épaisse barbe de Knox, ses poignets étaient à peine plus gros que deux doigts de son compère, mais parce qu'elle avait ce regard gris et flétri et ce pesant d'années rudes à son actif, Knox se sentait comme une ombre en sa présence.

— Ce n'est pas une insurrection, dit-il, les mots interdits sortant tout seuls, bien huilés par le temps et l'habitude. Nous remettons les choses en ordre.

— Pfff. Je suis sûre que mes arrière-grands-parents disaient la même chose.

Elle rabattit quelques mèches de cheveux argentés et se pencha sur le plan déroulé entre eux. C'était comme si elle savait que c'était mal mais s'était résignée à les aider plutôt que de les en empêcher. Peut-être que c'était l'âge, songea Knox en regardant le crâne rose de McLain à travers des cheveux si fins et si blancs qu'on aurait dit des filaments de verre. Peut-être qu'en passant suffisamment de temps entre ces murs, on en venait à accepter que les choses ne s'améliorent jamais, voire qu'elles ne changent guère. Ou peut-être finissait-on par perdre espoir, par trouver que rien ne valait la peine d'être préservé.

Il baissa les yeux vers le plan et lissa les plis nets du papier fin. Il prit soudain conscience de ses mains, de ses doigts épais veinés de cambouis. Il se demanda si McLain le considérait comme une brute, à débarquer ici avec ses illusions de justice. Elle était assez vieille pour le trouver jeune, réalisa-t-il. Pour le trouver jeune et emporté alors qu'il se considérait comme vieux et sage.

L'un des chiens qui vivaient par dizaines entre les rayonnages des Fournitures émit un grognement mécontent sous la table, comme si tous ces plans de guerre lui gâchaient sa sieste.

— Il me paraît prudent de supposer que le DIT s'attend à quelque chose, dit McLain, passant ses mains sur les nombreux étages qui les séparaient du trente-quatrième.

— Pourquoi? Tu penses qu'on n'a pas été discrets en montant?

Elle leva la tête et sourit.

— Je suis certaine que vous l'avez été, mais il me paraît prudent de le supposer parce qu'il serait dangereux de supposer le contraire.

Il acquiesça et se mordit la barbe au-dessous de la lèvre inférieure.

— Le reste de tes mécanos sera là dans combien de temps? demanda McLain.

— Ils partiront vers dix heures, quand l'éclairage de l'escalier sera mis en veilleuse, et seront là vers deux heures, trois au plus tard. Chargés à bloc.

— Et tu penses qu'une douzaine de tes hommes suffiront pour assurer le fonctionnement des Machines?

— Tant qu'il n'y a pas de panne majeure, oui.

Il se gratta derrière le cou.

— De quel côté les porteurs vont se ranger, tu crois? Ou les gens du milieu? demanda-t-il.

Elle haussa les épaules.

— La plupart des gens du milieu se considèrent comme des gens du haut. Je le sais pour y avoir passé mon enfance. Ils raffolent de la vue et mangent à la cafétéria aussi souvent que possible, histoire d'avoir une raison de monter. Les gens du haut, c'est une autre affaire. Je pense qu'il y a plus d'espoir de leur côté.

Knox ne fut pas sûr d'avoir bien entendu.

— Répète ?

Elle leva les yeux vers lui, et Knox sentit le chien donner du museau contre ses bottes, cherchant de la chaleur ou de la compagnie.

— Réfléchis, dit McLain. Pourquoi es-tu si révolté ? Parce que tu as perdu une amie ? Ça nous arrive tout le temps. Non, c'est parce qu'on t'a *menti*. Et ceux du haut y seront particulièrement sensibles, crois-moi. Ils ont les victimes de ce mensonge sous les yeux. Les plus réticents seront ceux du milieu, ceux qui aspirent à s'élever sans savoir et qui nous regardent de haut sans compassion.

— Donc tu penses qu'on a des alliés en haut ?

— Auxquels on ne peut pas accéder, oui. Et qu'il faudrait convaincre. Par un beau discours, comme celui grâce auquel tu as contaminé les miens.

Elle le gratifia d'un sourire rare et Knox se sentit rayonner en retour. À cet instant, il comprit pourquoi ses employés lui étaient dévoués. Elle avait le même genre d'empire sur les autres que lui, mais pour des raisons différentes. Les gens craignaient Knox et cherchaient la sécurité. Mais ils respectaient McLain et cherchaient à en être aimés.

— Le problème qui va se poser, c'est que le milieu se dresse entre nous et le DIT.

La vieille main frêle balaya le plan.

— Il va donc falloir traverser vite mais sans déclencher d'affrontement.

— Je pensais qu'on foncerait droit là-haut avant l'aube, ronchonna Knox.

Il s'écarta de la table pour regarder le chien, qui était à moitié assis sur l'une de ses bottes et levait les yeux vers lui, la langue pendant bêtement, la queue frétillante. Tout ce que Knox voyait dans cet animal, c'était une machine qui engloutissait de la nourriture et laissait de la merde derrière lui. Une boulette de viande à fourrure qu'il n'avait pas le droit de manger. Il secoua cette chose dégoûtante de sa botte.

— Fous le camp !

— Jackson, au pied.

McLain claqua des doigts.

— Je ne comprends pas pourquoi tu gardes ces créatures, encore moins pourquoi tu en élèves d'autres.

— Tu ne peux pas comprendre, répliqua McLain. Les chiens mettent du baume à l'âme de leur propriétaire.

Il leva les yeux pour voir si elle était sérieuse et constata qu'elle souriait un peu plus facilement, à présent.

— Eh bien, quand nous aurons remis cet endroit en ordre, je ferai pression pour qu'ils fassent aussi l'objet d'une loterie, histoire d'en contrôler un peu le nombre.

Ils échangèrent un sourire sarcastique. Jackson couina jusqu'à ce que McLain tende la main pour le caresser.

— Si nous faisions tous preuve de la même loyauté, il n'y aurait jamais besoin d'insurrection, dit-elle en levant les yeux vers Knox.

Il baissa la tête, incapable de se ranger à cette idée. Il y avait eu quelques chiens aux Machines, au fil des ans, assez pour qu'il sache que certaines personnes étaient sensibles à cette loyauté, même si ce n'était pas son cas. Il ne comprendrait jamais ces gens qui dépensaient des jetons durement gagnés pour nourrir et engraisser un animal qui ne leur rendrait jamais la politesse. Quand Jackson passa sous la table et se frotta contre son genou, gémissant pour avoir des caresses, Knox laissa ses mains à plat sur le plan du silo, récalcitrant.

— Ce qu'il nous faut, pour la montée, c'est une diversion, dit McLain. Faire en sorte qu'il y ait moins de gens au milieu. Ce serait bien si on pouvait en faire partir davantage en haut, parce que nous allons faire du raffut à conduire une telle troupe dans l'escalier.

— Nous? Une minute, tu ne comptes quand même pas venir avec…

— Si mes employés y vont, bien sûr que je compte venir.

Elle pencha la tête.

— Ça fait plus de cinquante ans que j'escalade des échelles dans la réserve. Tu crois que quelques étages d'escalier vont me faire peur?

Knox se demanda s'il y avait quoi que ce soit qui lui fasse peur. La queue de Jackson fouettait le pied de la table alors qu'il restait là à regarder Knox avec ce sourire idiot propre à son espèce.

— Et si on soudait les portes en montant? demanda Knox. Si on les enfermait le temps que tout ça soit terminé?

— Et qu'est-ce qu'on fait en leur rouvrant? On s'excuse? Et si ça prend des semaines?

— Des semaines?

— Tu ne crois tout de même pas que ça va être si facile? Qu'il va suffire de débouler et de prendre les commandes du silo?

— Je ne me fais aucune illusion sur ce qui nous attend.

Il pointa le doigt vers la porte du bureau, qui ouvrait sur des ateliers remplis du fracas des machines.

— Nos troupes sont en train de fabriquer des armes de guerre, et je compte bien m'en servir s'il le faut. Je serais ravi que la transition soit pacifique, je me contenterais volontiers de pousser Bernard et quelques autres vers le nettoyage, mais je n'ai jamais eu peur de me salir les mains.

McLain acquiesça.

— Que les choses soient bien claires…

— Claires comme du cristal, dit-il.

Knox tapa dans ses mains, une idée germant dans son esprit. Jackson esquiva ce bruit soudain.

— J'ai trouvé, dit-il. J'ai trouvé la diversion.

Il montra les étages inférieurs des Machines sur le plan.

— Et si je commandais à Jenkins une cascade de pannes de courant ? Nous pourrions les faire démarrer quelques étages au-dessus ou, mieux, commencer par les fermes et les cantines. Mettre ça sur le compte des travaux sur la génératrice…

— Et tu crois que les gens du milieu videront la place ? dit McLain en plissant les yeux.

— S'ils veulent un repas chaud, oui. Ou bien ils resteront tranquilles dans le noir.

— Moi je crois qu'ils seront sur les paliers à discuter, à se demander ce que c'est que cette histoire. Et qu'ils nous gêneront encore plus.

— Ben, on leur dira qu'on monte régler le problème !

Knox commençait à s'impatienter. Et ce foutu clébard était encore assis sur sa botte.

— Que vous *montez* régler le problème ?

McLain rit.

— Parce que c'est crédible, ça ?

Knox tira sur sa barbe. Il ne voyait pas ce qu'il y avait de compliqué. Ils étaient nombreux. Ils travaillaient tous les jours avec des outils. Ils allaient fracasser des têtes de techniciens, de petits hommes comme Bernard qui passaient leur temps assis sur leurs fesses à tapoter leur clavier comme des secrétaires. Il suffisait de monter là-haut et de le *faire*.

— T'as une meilleure idée ? demanda-t-il.

— Il faut que nous pensions à l'*après*, dit McLain. Quand vous aurez battu des gens à mort et que le sang gouttera à travers les grilles, qu'est-ce qu'on va faire ? Tu veux que les gens vivent dans la peur de voir ça se reproduire ? Ou dans la peur de ce que tu leur auras fait endurer pour parvenir à tes fins ?

— Je veux seulement m'en prendre à ceux qui ont menti, dit-il. Personne n'en demande plus. Nous avons tous vécu dans la peur. La peur de l'extérieur. La peur du nettoyage. Même la peur de parler d'un monde meilleur. Et rien de tout cela n'était vrai. Le système était truqué, truqué pour nous faire courber la tête et tout accepter…

Jackson lui aboya dessus et se mit à couiner. Sa queue balayait le sol comme un tuyau d'air comprimé au pistolet bloqué qui se promène par terre, hors de contrôle.

— Quand ce sera terminé et que nous commencerons à parler d'utiliser notre savoir-faire pour explorer un monde qu'on s'est toujours contentés de regarder, je pense que ça va en inspirer certains. Fichtre, moi ça me donne de l'espoir, pas toi?

Il tendit la main et caressa la tête de Jackson, ce qui le fit taire un peu. McLain regarda Knox pendant un moment. Et elle hocha enfin la tête.

— On va couper le courant, dit-elle d'un ton définitif. Ce soir, avant que ceux qui sont montés voir le nettoyage ne redescendent déçus. Je prendrai la tête d'un groupe chargé de bougies et de lampes électriques, ferai passer ça pour un geste d'entraide des Fournitures. Tu suivras quelques heures plus tard avec le reste des troupes. Nous verrons jusqu'où cette histoire de travaux peut nous mener avant que nous rencontrions des problèmes. Avec un peu de chance, une bonne partie des gens seront restés en haut ou auront regagné leur lit, trop épuisés d'avoir dû monter dîner pour se soucier du bruit.

— Il y aura moins de trafic si tôt le matin, approuva Knox. Nous ne rencontrerons peut-être pas tant de problèmes que ça.

— Le but sera de frapper le DIT et de le contenir. Bernard joue toujours les maires, donc il ne sera probablement pas là. Mais soit il viendra à nous, soit nous monterons le chercher quand nous aurons sécurisé les 30. Je ne pense pas qu'il oppose beaucoup de résistance, du moins quand nous aurons pris ses étages.

— Entendu, dit Knox.

Ça faisait du bien d'avoir un plan. Un allié.

— Et merci, hein.

McLain sourit.

— T'es pas mauvais en discours pour un mécano. Et du reste, ajouta-t-elle en hochant la tête vers le chien, Jackson t'aime bien. Et il est rare qu'il se trompe sur les hommes.

Knox baissa les yeux et s'aperçut qu'il était toujours en train de gratter l'animal. Il retira sa main et le regarda qui haletait et le fixait du regard. Dans la salle adjacente, quelqu'un rit à une plaisanterie. Les voix de ses mécaniciens se mêlaient à celles des gens des Fournitures, assourdies, adoucies par le mur et la porte. Ce rire fut rejoint par le bruit des barres d'acier mises en forme, des pièces plates affilées à coups de marteau, des machines à rivets transformées en machines à projectiles. Et Knox comprit ce que McLain voulait dire par loyauté. Il le vit dans les yeux de cet imbécile de chien – qu'il était prêt à faire n'importe quoi pour lui pour peu qu'il le lui demande. Et ce poids qu'il avait sur le cœur, le poids de ceux, nombreux, qui éprouvaient la même loyauté envers lui et McLain – Knox décida que c'était le plus lourd de tous les fardeaux.

44

Un peu plus bas, la ferme de terre emplissait la cage d'escalier d'une puissante odeur de pourriture fraîche. Juliette n'était pas encore tout à fait réveillée lorsqu'elle descendit un étage de plus et commença à sentir ce parfum. Elle ne savait pas du tout combien de temps elle avait dormi – elle aurait dit des jours mais c'était peut-être des heures. Elle s'était réveillée le visage pressé contre les grilles, la joue quadrillée de lignes rouges, et s'était tout de suite mise en route. Son estomac criait famine et l'odeur de la ferme lui faisait presser le pas. Parvenue au vingt-huitième, il y avait une telle âcreté dans l'air qu'elle avait l'impression de nager *à travers* les parfums. C'était l'odeur de la mort, décida-t-elle. Des funérailles. Du terreau fertile retourné, libérant dans l'air toutes ces molécules piquantes.

Elle s'arrêta au trentième – les fermes hydroponiques – et tira les portes. À l'intérieur, il faisait noir. Il y avait un bruit plus loin dans l'allée, le ronronnement d'un moteur ou d'un ventilateur. Étrange rencontre que ce léger bruit. Cela faisait plus d'une journée qu'elle n'avait pas entendu d'autres sons que ceux qu'elle produisait. La lueur verte des lumières de secours n'était en rien une compagnie ; c'était comme la chaleur d'un corps mourant, des batteries qui se vidaient par une hémorragie de photons. Mais cette fois quelque chose *bougeait*, produisait un bruit autre que celui de ses pas ou de sa respiration, et ce quelque chose était tapi dans les allées sombres des fermes hydroponiques.

Une fois encore, elle utilisa son seul outil et sa seule arme comme butoir afin de laisser entrer un filet de lumière. Elle se faufila dans la salle, où l'odeur de végétation n'était pas aussi forte que dans l'escalier, et s'avança prudemment dans l'allée, se tenant au mur. Les bureaux et la réception étaient sombres et sans vie, l'air sec. Aucun voyant ne clignotait sur le tourniquet et elle n'avait ni carte ni jeton à insérer. Elle posa ses mains sur les montants et sauta la barrière, un geste de rébellion étonnamment puissant ; c'était comme si elle en était venue à accepter l'absence de lois de cet endroit mort, l'absence totale de civilisation, de règles.

La lumière de l'escalier atteignait à peine la première chambre de culture. Elle attendit que ses yeux s'habituent aux ténèbres, heureuse d'avoir affûté son regard dans les profondeurs des Machines, dans le ventre obscur des engins cassés. Ce qu'elle entrevit, lorsqu'elle parvint à distinguer quelque chose, ne l'inspira guère. Les jardins hydroponiques avaient dépéri. De grosses tiges pendaient çà et là comme des cordes d'un réseau de tuyaux suspendus. Cela lui permit d'estimer un peu mieux depuis quand ces jardins, sinon le silo lui-même, avaient succombé. Cela ne remontait pas à des centaines d'années, mais pas à quelques jours non plus. L'intervalle avait beau être large, cette information lui parut précieuse, un premier indice pour élucider le mystère de cet endroit.

Elle toqua contre l'un des tuyaux qui rendit un son mat – elle tapait sur du plein.

Pas de plantes, mais de l'eau ! Sa bouche lui parut encore plus sèche à cette pensée. Elle se pencha par-dessus la clôture et colla ses lèvres contre l'un des trous percés sur le dessus d'un tuyau, là où la tige d'une plante aurait dû s'élever. Elle fit ventouse et aspira. Le liquide qui atteignit sa langue était croupi, saumâtre – mais aqueux. Et son goût ne provenait pas d'une substance chimique ou toxique, mais de la décomposition de matières organiques. De terre. C'était à peine plus désagréable que le cambouis et l'huile dans lesquels elle avait pour ainsi dire baigné pendant deux décennies.

Elle étancha donc toute sa soif. Et elle réalisa que, maintenant qu'elle avait de l'eau, s'il y avait d'autres traces, d'autres indices, elle vivrait peut-être assez longtemps pour les rassembler.

Avant de partir, Juliette cassa le bout d'un tuyau, en conservant le capuchon intact. Il faisait moins de trois centimètres de diamètre, n'excédait pas les soixante en longueur, mais il pourrait servir de gourde. Elle tordit délicatement le tuyau cassé vers le bas pour faire couler l'eau qui stagnait dans le coude. Pendant que sa gourde de fortune se remplissait, elle s'aspergea les mains et les bras, craignant toujours une contamination de l'air extérieur.

Lorsque son tuyau fut plein, Juliette regagna la porte éclairée au bout de l'allée. Il y avait trois fermes hydroponiques, toutes pleines de tuyaux aux coudes fermés qui serpentaient à travers de longs couloirs sinueux. Elle essaya de faire un calcul approximatif dans sa tête, mais sa seule conclusion fut qu'elle avait de quoi boire pendant très longtemps. L'eau avait un arrière-goût épouvantable, et elle s'attendait à souffrir de crampes d'estomac, mais si elle parvenait à allumer un feu, à trouver assez de tissu ou de restes de papier à brûler, une bonne ébullition saurait venir à bout de ce problème.

De retour dans l'escalier, elle retrouva les odeurs puissantes qu'elle avait laissées un peu plus tôt. Elle reprit son couteau et avala encore une grosse tranche de silo, faisant presque deux fois le tour du puits central avant d'ouvrir la porte de l'étage suivant.

Aucun doute, l'odeur provenait des fermes de terre. Et Juliette entendit à nouveau un moteur ronronner, plus fort, cette fois. Elle bloqua la porte, appuya sa gourde contre la rambarde et jeta un œil à l'intérieur.

L'odeur de végétation était écrasante. Devant elle, dans le halo vert, elle vit des bras feuillus dépasser des clôtures et envahir l'allée. Elle sauta le tourniquet et explora les abords, une main au mur, s'acclimatant à nouveau à l'obscurité. Il y avait bel et bien une pompe en service quelque part. Elle entendit aussi un goutte-à-goutte qui provenait soit d'une fuite, soit d'un robinet en état de marche. La caresse des feuillages la fit frissonner. L'odeur de pourriture était maintenant identifiable : c'était l'odeur de fruits et de légumes en train de se décomposer au sol ou de se flétrir sur pied. Elle entendit des mouches qui bourdonnaient, des bruits de vie.

Elle enfonça son bras dans une touffe de vert drue et tâtonna jusqu'à ce que sa main tombe sur quelque chose de lisse. Elle tira d'un coup sec et brandit une tomate charnue dans la lumière. Sa fenêtre de datation se réduisit soudain. Combien de temps les fermes de terre pouvaient-elles prospérer ? Les tomates avaient-elles besoin qu'on les sème, ou revenaient-elles chaque année comme les mauvaises herbes ? Elle ne s'en souvenait plus. Elle mordit dans son fruit, qui n'était pas complètement mûr, et elle entendit un bruit derrière elle. Une autre pompe en train de se mettre en route ?

Elle se retourna juste à temps pour voir la porte qui claquait, plongeant la ferme dans le noir complet.

Juliette fut pétrifiée. Elle attendit que son couteau ait fini de dégringoler dans l'escalier. Tenta d'imaginer qu'il avait pu glisser tout seul. Tous feux éteints, son ouïe semblait faire main basse sur la partie inutilisée de son cerveau. Sa respiration, son pouls même étaient audibles, le ronronnement du moteur plus marqué. Sa tomate à la main, elle s'accroupit et s'avança jusqu'au mur opposé, les bras tendus pour tâter le terrain. Elle se glissa vers la sortie, toujours baissée pour éviter les branches, s'efforçant de se calmer. Il n'y avait pas de fantômes ici, pas de frayeur à avoir. Elle se le répéta en s'acheminant lentement.

Et tout à coup il y eut un bras sur elle, par-dessus son épaule. Juliette poussa un cri et lâcha la tomate. Le bras la maintint au sol lorsqu'elle essaya de se relever. Elle frappa l'intrus, tenta de s'en libérer, sentit qu'on lui arrachait son bonnet de fortune – et finit par toucher l'acier dur du tourniquet, dont l'un des bras dépassait dans l'allée, et par se sentir ridicule.

— T'as failli me faire faire une crise cardiaque, dit-elle à la machine.

Elle tendit les mains vers les montants et se hissa par-dessus la barrière. Elle reviendrait chercher de la nourriture une fois qu'elle aurait de la lumière. Laissant là le tourniquet pour gagner la sortie, une main au mur, l'autre tâtonnant dans l'obscurité, Juliette se demanda si elle allait se mettre à parler aux objets. Si elle allait devenir folle. Absorbée par les ténèbres, elle s'aperçut que son état d'esprit changeait à vue d'œil. Résignée à mourir la veille, elle craignait désormais de perdre la tête.

C'était un progrès.

Enfin sa main heurta la porte et la poussa. Elle pesta d'avoir perdu le couteau ; il avait effectivement disparu de la grille. Elle se demanda s'il était tombé loin, si elle finirait par le retrouver ou par en dénicher un autre. Elle se tourna pour prendre sa gourde…

Elle avait disparu elle aussi.

Juliette sentit son champ de vision se réduire, son cœur s'emballer. Elle se demanda si la porte avait pu faire tomber son morceau de tuyau. Elle se demanda comment le couteau avait pu glisser dans un trou plus étroit que son manche. Et alors que ses tempes commençaient à battre moins fort, elle entendit autre chose.

Des pas.

Qui résonnaient sur les marches, au-dessous d'elle.

En train de s'enfuir.

45

Les instruments de la guerre cliquetaient sur le comptoir des Fournitures. Des fusils tout juste usinés et absolument interdits étaient alignés comme autant de bâtons d'acier. Knox en prit un, sentit la chaleur du canon récemment alésé et rayé, et fit jouer la bascule pour exposer la chambre. Il plongea la main dans l'un des seaux de balles rutilantes – des segments de tuyaux fins qu'on avait bourrés de poudre – et en glissa une dans le fusil flambant neuf. Le fonctionnement de l'engin paraissait assez simple : pointer le canon, tirer sur le levier.

— Braquez pas ça n'importe où, dit l'un des hommes des Fournitures en se penchant pour ne pas rester dans la trajectoire.

Knox leva le canon vers le plafond et essaya d'imaginer l'effet qu'un de ces engins pouvait produire. Il n'avait connu qu'une arme à feu jusqu'ici, une arme plus petite suspendue à la hanche du vieil adjoint, dont il avait toujours pensé qu'elle était là pour la galerie plus qu'autre chose. Il fourra une poignée de cylindres létaux dans sa poche, songea que chacun d'entre eux pouvait mettre fin à une vie, comprit pourquoi pareils instruments étaient prohibés. Tuer un homme devait être un acte plus difficile que de brandir un morceau de tuyau vers lui. Cela devait prendre suffisamment de temps pour que la conscience puisse s'interposer.

L'un des travailleurs des Fournitures surgit des rayonnages chargé d'une bassine. La courbure de son dos, l'affaissement de ses épaules indiquèrent à Knox que sa cargaison était lourde.

— On n'en a que deux douzaines pour le moment, dit l'homme en hissant la bassine sur le comptoir.

Knox plongea la main dans le récipient et sortit l'un des lourds cylindres. Ses mécanos et même certains des hommes et femmes en jaune lorgnèrent la bassine nerveusement.

— Vous claquez ce bout contre quelque chose de dur, expliqua l'homme derrière le comptoir aussi posément que s'il fournissait un relais électrique à un client et lui donnait d'ultimes conseils d'installation, par exemple un mur, le sol ou la crosse de votre fusil. Et vous vous en débarrassez.

— On peut les transporter sans risque ? demanda Shirly alors que Knox en fourrait une dans sa poche latérale.

— Oh oui, ça demande quand même un peu de force.

Plusieurs personnes plongèrent la main dans la bassine et firent s'entrechoquer les bombes en se servant. Knox croisa le regard de McLain lorsqu'elle en prit une, elle aussi, et la logea dans l'une de ses poches avant. Une tranquille expression de défi se peignait sur son visage. Elle devait voir à quel point il était déçu qu'elle vienne, et un regard suffit à Knox pour comprendre qu'il était vain de vouloir la raisonner.

— Bon, dit-elle en tournant ses yeux gris-bleu vers les hommes et les femmes rassemblés autour du comptoir. Écoutez-moi. Il va falloir qu'on rouvre, maintenant, alors si vous avez un fusil, prenez des munitions. Y a des bandes de toile par là-bas. Emballez-moi ces engins le mieux possible, que personne ne les voie. Mon groupe s'en va dans cinq minutes, compris ? Ceux qui font partie de la seconde vague peuvent patienter au fond, à l'abri des regards.

Knox acquiesça. Il regarda Marck et Shirly, qui l'accompagneraient tous deux avec la seconde vague ; les grimpeurs les plus lents partiraient les premiers, l'air de rien. Ceux qui avaient de meilleures jambes suivraient au pas de charge, et avec un peu de chance, ils arriveraient tous ensemble au trente-quatrième. Chaque groupe serait déjà assez voyant comme ça – s'ils étaient montés en masse, il ne leur serait plus resté qu'à chanter leurs intentions en chemin.

— Ça va, patron ?

Shirly posa son fusil sur son épaule et regarda Knox en fronçant les sourcils. Il se lissa la barbe et se demanda à quel point son stress et sa peur transparaissaient.

— Ouais, bougonna-t-il. Ça va.

Marck attrapa une bombe, la cacha en lieu sûr et posa une main sur l'épaule de sa femme. Knox fut pris d'un doute. Il aurait aimé que les femmes n'aient pas à s'en mêler – au moins les femmes mariées. Il espérait toujours que la violence à laquelle ils se préparaient ne serait pas nécessaire, mais il devenait de plus en plus difficile de le feindre alors que des mains empressées s'armaient. Ils étaient désormais capables, tous autant qu'ils étaient, d'ôter la vie à d'autres, et Knox les jugeait assez en colère pour le faire.

McLain sortit de derrière le comptoir et le jaugea.

— Ainsi, nous y voilà.

Elle tendit la main. Knox la serra. Il admirait la force de cette femme.

— On vous retrouve au trente-cinquième pour monter le dernier étage ensemble, dit-il. N'allez pas faire la fête sans nous.

Elle sourit.

— Promis.

— Et bonne ascension.

Il regarda les hommes et les femmes qui se rassemblaient derrière elle.

— À tous, bonne chance et à bientôt.

Il y eut des signes de tête pleins de gravité et des mâchoires serrées. La petite armée en jaune commença à s'étirer vers la porte, mais Knox retint McLain.

— Hé, dit-il. Pas de grabuge avant qu'on vous rejoigne, d'accord ?

Elle lui donna une claque dans le dos et lui sourit.

— Et quand ça éclatera vraiment, dit Knox, je veux te voir à l'arrière, derrière les…

McLain se rapprocha, le saisit par la manche. Ses traits ridés s'étaient soudain durcis.

— Et où seras-tu, toi, Knox des Machines, quand les bombes se mettront à voler ? Quand ces hommes et ces femmes qui nous admirent connaîtront le moment de vérité, où seras-tu ?

Knox fut interloqué par cette attaque soudaine, ces mots susurrés qui l'atteignirent avec la force d'un hurlement.

— Tu sais très bien où je…

— Tout juste, dit McLain en lâchant son bras. Et j'aime autant te dire qu'on s'y retrouvera.

poignée de gens feraient de même ailleurs en se tenant à l'écart. Ça la rendait tellement anxieuse qu'il lui fallut un moment avant d'envisager l'hypothèse opposée : que ces gens pourraient aussi *vouloir* la retrouver, et pas avec les meilleures intentions du monde.

Pas avec les meilleures intentions, mais avec son couteau.

Elle s'arrêta au trente-deuxième pour écouter, les mains cramponnées à la rampe. Retenir son souffle pour faire le silence lui fut presque impossible – ses poumons réclamaient de grandes goulées d'air. Mais elle se tint immobile, son pouls battant contre la rampe froide, et entendit un bruit de pas distinct, toujours au-dessous d'elle, plus fort qu'auparavant. Elle rattrapait son retard ! Elle repartit, enhardie, et descendit les marches trois à trois, le corps en biais, dansant comme elle le faisait dans sa jeunesse, une main sur la rampe qui tournait et l'autre tendue en avant pour garder l'équilibre, la plante de ses pieds effleurant à peine une marche avant de voler vers la suivante, concentrée pour ne pas glisser. À cette vitesse, une chute pouvait être mortelle. Des images de bras et de jambes plâtrées, des histoires de personnes âgées malchanceuses, aux hanches brisées, lui vinrent à l'esprit. Et pourtant, elle repoussa ses limites, s'envola carrément. Le trente-troisième passa dans un éclair. Une demi-spire plus tard, pardessus le crépitement de ses pas, elle entendit claquer une porte. Elle s'arrêta et regarda vers le haut. Se pencha sur la rampe et regarda en bas. Les bruits de pas avaient disparu et l'on entendait plus que ses halètements.

Elle engloutit encore une demi-volée de marches et essaya la porte du trente-quatrième. Elle refusa de s'ouvrir. Elle n'était pourtant pas verrouillée. La poignée cliquetait et la porte bougeait, mais quelque chose la retenait. Juliette tira aussi fort qu'elle le put – en vain. Elle donna encore un coup sec et elle entendit quelque chose craquer. Un pied arc-bouté sur l'autre porte, elle fit une troisième tentative, tira sèchement, la tête en arrière, les bras sur la poitrine, poussant du pied…

Quelque chose se brisa. La porte s'ouvrit brusquement et la poignée échappa à Juliette. Il y eut une explosion de lumière, une rapide éruption de clarté avant que la porte ne se referme.

Juliette revint à quatre pattes et attrapa la poignée. Elle tira la porte et se redressa. La moitié d'un balai cassé gisait dans l'allée ; l'autre pendait de la poignée de l'autre porte. Toutes deux se détachaient dans la lumière aveuglante qui l'environnait. Les lumières de la salle étaient toutes allumées, et les rectangles incandescents couraient au plafond jusqu'au bout du couloir et à perte de vue. Juliette tendit l'oreille, guettant des bruits de pas, mais n'entendit guère plus que le bourdonnement des néons. Devant elle, le tourniquet de sécurité ne cessait de cligner son œil rouge, comme s'il connaissait des secrets qu'il ne voulait pas dire.

Elle se leva et s'approcha de la machine, regarda à droite où une paroi de verre donnait sur une salle de réunions également éclairée de mille feux. Elle sauta le tourniquet – c'était déjà une habitude – et, pour la seconde fois, elle appela. Sa voix fut réverbérée mais l'écho lui semblait différent dans la lumière, pour peu que ce soit possible. Il y avait de la vie par ici, de l'électricité, d'autres oreilles pour entendre sa voix, ce qui, d'une certaine façon, atténuait les échos.

Elle passa devant des bureaux, jeta un œil dans chacun d'entre eux, en quête de signes de vie. L'endroit était sens dessus dessous. Tiroirs vidés sur le sol, armoires de classement renversées, papier précieux un peu partout. L'un des bureaux lui faisait face et Juliette vit que l'ordinateur était allumé, l'écran rempli de texte vert. C'était comme si elle venait d'entrer dans un rêve. En deux jours – à supposer qu'elle ait dormi aussi longtemps qu'elle le pensait – son cerveau s'était peu à peu acclimaté à la lueur vert pâle de l'éclairage de secours, s'était habitué à une vie primitive, une vie sans électricité. Elle avait toujours le goût de l'eau saumâtre sur la langue, et voilà qu'elle se promenait sur un lieu de travail certes en grand désordre, mais normal. Elle imagina que la prochaine équipe (y avait-il des équipes dans ce genre de bureau?) allait débouler de l'escalier en riant, brasser les papiers, redresser les meubles et se remettre au travail.

À propos de travail, elle se demanda ce qu'on faisait dans ces locaux. Elle n'avait jamais vu pareil agencement. Furetant de-ci de-là, aussi curieuse des salles et du courant que des bruits de pas qui l'avaient conduite jusqu'ici, elle oublia presque sa course dans l'escalier. Au détour d'un couloir, elle parvint à une large porte métallique qui, contrairement aux autres, ne s'ouvrait pas. Elle appuya sur le panneau et le sentit à peine bouger. Elle donna de l'épaule et poussa, de quelques centimètres à la fois, jusqu'à ce qu'elle puisse se faufiler par l'ouverture. Elle dut enjamber un grand classeur métallique qu'on avait fait tomber devant la lourde porte pour essayer de la condamner.

La pièce était gigantesque, au moins aussi grande que la salle de la génératrice, bien plus vaste que la cafétéria. Elle était remplie de meubles hauts, plus gros que des armoires de classement mais sans tiroirs. Au lieu de ça, leur face avant était couverte de voyants qui clignotaient, rouges, verts, orange.

Juliette marcha à travers des papiers déversés par l'armoire. Et, ce faisant, elle réalisa qu'elle ne pouvait être seule dans cette salle. Quelqu'un avait tiré l'armoire devant la porte, et n'avait pu le faire que *de l'intérieur*.

— Ohé?

Elle traversa les rangées de hautes machines, car c'est ce qu'elles devaient être, des machines. Elles produisaient un bourdonnement électrique, et, de temps à autre, vrombissaient ou cliquetaient, comme si leur ventre était en plein travail. Elle se demanda s'il s'agissait d'une sorte de centrale électrique exotique – celle qui fournissait l'éclairage, peut-être ? À moins qu'elles contiennent des piles de batteries ? À voir les cordons et les câbles qui sortaient de l'arrière, elle penchait pour les batteries. Pas étonnant que les lumières soient si fortes. Il y avait là l'équivalent de vingt salles des batteries des Machines.

— Y a quelqu'un ? appela-t-elle. Je ne vous veux aucun mal.

Elle déambula à travers la salle, à l'affût du moindre mouvement, jusqu'à ce qu'elle tombe sur une machine dont le vantail était ouvert. Lorsqu'elle jeta un œil à l'intérieur, elle vit non pas des batteries mais des planchettes semblables à celles que Walker passait sa vie à souder. En fait, le ventre de cette machine ressemblait étrangement à l'intérieur de l'ordinateur du bureau de répartition…

Juliette recula, comprenant de quoi il s'agissait.

— Les serveurs, murmura-t-elle.

Elle se trouvait dans le DIT du silo. Niveau 34. Bien sûr.

Il y eut un raclement près du mur du fond, du métal glissa sur du métal. Juliette se rua dans cette direction, s'élança entre les hautes armoires en se demandant qui pouvait bien la fuir et où il ou elle comptait se cacher.

Elle contourna la dernière rangée de serveurs et vit bouger une partie du plancher : l'une des grilles métalliques glissait pour recouvrir un trou. Juliette plongea vers le sol, son vêtement de nappe lui entravant les jambes, et saisit les bords de la grille avant qu'elle ait le temps de se refermer. Juste devant elle, des doigts d'homme s'agrippaient à la plaque. Il y eut un cri de surprise, un râle d'effort. Juliette essaya de tirer sur la grille, mais elle manquait d'appui. L'une des mains disparut. Un couteau prit sa place, qui ferrailla contre la grille, chercha les doigts de Juliette.

Juliette ramena ses pieds vers elle et s'accroupit pour avoir plus de force. Elle tira sur la grille et sentit le couteau lui piquer un doigt.

Elle hurla. L'homme au-dessous hurla. Il apparut et brandit le couteau entre eux, la main tremblante, la lame reflétant la lumière des plafonniers. Juliette jeta la trappe et serra sa main qui dégouttait de sang.

— Tout doux ! dit-elle, en reculant pour être hors d'atteinte.

La tête de l'homme disparut dans le trou du plancher, puis ressurgit. Il regarda derrière Juliette comme si quelqu'un arrivait dans son dos. Elle combattit son envie de se retourner – mais décida de se fier au silence, au cas où ce serait une ruse.

— Qui êtes-vous ? demanda-t-elle.

Elle enroula un pan de son vêtement autour de sa main pour la bander. Elle remarqua que l'homme, à la barbe épaisse et hirsute, portait une salopette grise. Elle aurait pu être confectionnée dans son silo, à quelques très légères différences près. L'homme la dévisagea, ses cheveux sombres en bataille et en broussailles autour de son visage. Il grogna, toussa dans sa main, sembla prêt à s'enfoncer dans le sol et à disparaître.

— Restez, dit Juliette. Je ne vous veux aucun mal.

L'homme regarda la main blessée et le couteau. Juliette baissa les yeux et vit un mince filet de sang serpenter vers son coude. La blessure lui faisait mal, mais elle avait connu pire durant sa vie de mécanicienne.

— Dé-désolé, marmonna l'homme.

Il passa sa langue sur ses lèvres et déglutit. Le couteau tremblait de façon incontrôlée.

— Je m'appelle Jules, dit-elle, comprenant que cet homme avait bien plus peur d'elle qu'elle de lui. Et vous ?

Il tenait le couteau de face entre eux deux et contemplait la lame presque comme on se regarde dans un miroir.

— Pas de nom, chuchota-t-il d'une voix sèche et râpeuse. Pas besoin.

— Êtes-vous seul ? demanda-t-elle.

Il haussa les épaules.

— Solo. Des années.

Il leva les yeux vers elle.

— D'où vous…

Il s'humecta à nouveau les lèvres, se racla la gorge. Ses yeux pleuraient, luisaient dans la lumière.

— … d'où vous venez ? Quel étage ?

— Vous êtes tout seul depuis *des années* ? dit Juliette, estomaquée.

Elle n'en revenait pas.

— Je ne viens d'aucun étage, répondit-elle. Je viens d'un autre silo.

Elle articula ces mots lentement, doucement, redoutant l'effet qu'ils pourraient avoir sur un homme d'apparence si fragile.

Mais Solo hocha la tête comme si la chose tombait sous le sens. Ce n'était pas la réaction à laquelle Juliette s'attendait.

— Dehors…

Solo jeta à nouveau un regard vers la lame. Il tendit le bras, posa le couteau sur les grilles et le fit glisser loin d'eux.

— C'est sans danger ?

Juliette secoua la tête.

— Non. J'avais une combinaison. Je n'ai pas eu beaucoup à marcher. Mais je ne devrais pas être en vie.

Solo dodelina de la tête. Il leva les yeux vers elle, des traînées humides coulant du coin de ses yeux et disparaissant dans sa barbe.

— Personne ne devrait être en vie. Personne.

47

— C'est quoi, cet endroit? demanda Lukas à Bernard.

Ils se tenaient tous deux devant une grande carte tendue au mur comme une tapisserie. Les diagrammes étaient précis, les caractères ornés. On y voyait une série de cercles espacés de façon régulière, séparés par des lignes et remplis de petits détails. Plusieurs d'entre eux étaient barrés de grosses croix rouges. C'était exactement le genre de schéma auquel il espérait aboutir un jour à partir de ses cartes du ciel étoilé.

— C'est notre Héritage, dit simplement Bernard.

Lukas l'avait souvent entendu parler de la même façon des unités centrales de la salle d'au-dessus.

— Et ces ronds, ce serait les serveurs? demanda-t-il, osant passer la main sur ce morceau de papier de la taille d'un drap de lit. Ils sont disposés comme les serveurs.

Bernard s'approcha de lui et se frotta le menton.

— Hmm. En effet. Je n'avais jamais remarqué. Intéressant.

— Qu'est-ce que c'est?

Lukas regarda de plus près et vit que chaque cercle était numéroté. Dans un coin, il y avait aussi un entrelacs de carrés et de rectangles séparés par des lignes parallèles. Ces blocs ne contenaient aucun détail, mais le mot "Atlanta" figurait en dessous en gros caractères.

— Nous y viendrons. Mais d'abord, il faut que je te montre quelque chose.

Au bout de la pièce se trouvait une porte. Bernard le précéda et alluma d'autres lumières en entrant.

— Qui descend ici à part vous ? demanda Lukas en le suivant.

Bernard le regarda par-dessus son épaule.

— Personne.

Lukas n'aima guère cette réponse. À son tour, il regarda par-dessus son épaule, avec le sentiment de sombrer dans quelque chose dont on ne remontait pas.

— Je sais que ça doit te paraître soudain, dit Bernard.

Il attendit que Lukas l'ait rejoint et passa son petit bras sur l'épaule du jeune homme.

— Mais les choses ont changé ce matin. Le monde change. Et rarement de façon plaisante.

— Est-ce que ça a un rapport avec… le nettoyage ?

Il avait failli dire "Juliette". Sur son sternum, le portrait de la jeune femme semblait brûlant.

Le visage de Bernard se rembrunit.

— Il n'y a pas eu de nettoyage, dit-il d'un ton abrupt. Et maintenant, il va y avoir un bazar monstrueux et des gens vont mourir. Or les silos, vois-tu, ont entièrement été conçus pour éviter ça.

— Conçus, répéta Lukas.

Son cœur battit une fois, deux fois. Son cerveau fit vrombir ses circuits et calcula enfin que Bernard avait dit quelque chose d'absurde.

— Pardon, vous avez dit *les* silos ?

— Il va falloir que tu te familiarises avec ceci.

Bernard désigna un petit bureau sous lequel une chaise en bois chétive était poussée. Sur le bureau trônait un livre comme Lukas n'en avait encore jamais vu, comme il ne savait même pas qu'il en existât. Il était presque aussi épais qu'il était large. Bernard en tapota la couverture puis vérifia qu'il n'avait pas trop de poussière sur la paume.

— Je vais te confier le double de la clé. Tu ne l'ôteras de ton cou sous aucun prétexte. Descends lire ici quand tu le peux. Ce volume renferme notre histoire, ainsi que les mesures appropriées à tous les cas d'urgence.

Lukas s'approcha du livre, une vie de salaire en papier, et en fit basculer la couverture. Le contenu était imprimé à la machine, l'encre noire comme la poix. Il fit tourner une douzaine de pages de sommaire avant d'atteindre enfin la première page de texte. Bizarrement, il reconnut tout de suite les premières lignes.

— C'est le Pacte, dit-il en levant la tête vers Bernard. J'en connais déjà une bonne…

— Le Pacte, c'est ça, lui dit Bernard en pinçant le premier centimètre de la grosse reliure. Le reste, c'est l'Ordre.

Il recula.

Lukas hésita, digérant cette information, puis posa sa main plus loin sur la tranche et fendit le volume vers le milieu.

En Cas de Tremblement de Terre :
En cas de fissure des vantaux ou d'infiltration d'air extérieur, *voyez* BRÈCHE DU SAS (p. 2180).
Si un ou plusieurs étages s'effondrent, *voyez* PILIERS DE RENFORTS *sous* SABOTAGE (p. 751).
Si un incendie se déclare, *voyez*…

— Sabotage ?

Lukas tourna quelques pages, tombant sur un passage qui parlait de traitement de l'air et d'asphyxie.

— Qui a pensé à tout ça ?

— Des gens qui ont connu bien des déboires.

— Comme…

Il n'était pas sûr d'avoir le droit de dire ça, mais avait l'impression qu'on pouvait briser les tabous, à cet étage.

— Comme le peuple d'avant l'insurrection ?

— Comme le peuple d'avant ce peuple-là, dit Bernard. Le peuple premier.

Lukas referma le livre. Il secoua la tête en se demandant si tout cela n'était qu'un canular, une espèce d'initiation. Ce que disaient les prêtres ou les livres pour enfants était généralement moins absurde que ça.

— Rassurez-moi, je ne suis pas vraiment censé apprendre tout ça?

Bernard rit. Son expression n'était plus du tout la même qu'un peu plus tôt dans la journée.

— Tu as seulement besoin de savoir ce que ce livre contient pour pouvoir le retrouver en cas de besoin.

— Qu'est-ce que ça dit pour ce matin?

Il se tourna vers Bernard et s'aperçut soudain que personne n'était au courant de sa fascination pour Juliette, de son ensorcellement. Les larmes s'étaient évaporées de ses joues; sa culpabilité de détenir les effets interdits de la jeune femme avait pris le pas sur sa honte d'être tombé si amoureux de quelqu'un qu'il connaissait à peine. Et voilà que ce secret avait disparu des écrans. Seule pouvait désormais le trahir la rougeur qu'il sentait monter à ses joues tandis que Bernard l'observait et réfléchissait à sa question.

— Page 72, dit Bernard, la bonne humeur s'évanouissant de ses traits pour laisser place à la même frustration qu'un peu plus tôt.

Lukas se retourna vers le livre. Il s'agissait d'un test. D'un rite pour l'ombre qu'il redevenait. Il y avait bien longtemps qu'il n'avait pas agi sous l'œil scrutateur d'un modèle. Il commença à tourner les pages et s'aperçut aussitôt que la section qu'il cherchait venait juste après le Pacte, se trouvait au tout début de l'Ordre.

Il trouva la page. Tout en haut, en gras, était écrit:

En Cas de Nettoyage Manqué:

Et au-dessous, des mots terribles tissaient un sens effroyable. Lukas lut plusieurs fois les instructions, pour être sûr de ne pas rêver. Il jeta un regard vers Bernard, qui hocha tristement la tête, et se retourna vers les caractères imprimés.

En Cas de Nettoyage Manqué :
   Se préparer à la Guerre.

48

Juliette suivit Solo dans le trou de la salle des serveurs. Il y avait une longue échelle et un passage qui menait au trente-cinquième, à une partie du trente-cinquième qu'elle soupçonnait de ne pas être accessible par l'escalier. Solo le lui confirma alors qu'ils baissaient la tête dans l'étroit passage et s'engageaient dans un couloir sinueux et vivement éclairé. On aurait dit qu'un bouchon avait sauté de sa gorge, libérant un torrent gonflé de solitude. Il parla des serveurs au-dessus d'eux, dit des choses dont Juliette eut du mal à saisir le sens, jusqu'à ce que le corridor débouche sur une pièce encombrée.

— Mon chez-moi, dit Solo en ouvrant grands les bras.

Il y avait un matelas par terre dans un coin, duquel partait un tas de draps et d'oreillers tirebouchonnés. Une cuisine de fortune avait été aménagée sur deux meubles d'étagères : pichets d'eau, conserves, boîtes et bocaux vides. L'endroit n'était qu'un fatras malodorant mais Juliette se dit que Solo ne voyait ni ne sentait rien de tout cela. À l'autre bout de la pièce, un mur de rayonnages était garni de boîtes en fer de la taille de grosses mallettes à outils. Certaines étaient entrouvertes.

— Vous vivez là tout seul ? demanda Juliette. N'y a-t-il personne d'autre ?

Elle ne put s'empêcher d'entendre l'espoir ténu niché dans sa voix.

Solo secoua la tête.

— Même plus bas?

Juliette inspecta sa blessure. Le saignement avait presque cessé.

— Je ne crois pas, dit-il. Parfois si. Parfois je découvre qu'une tomate a disparu, mais je me dis que ce sont les rats.

Il fixait le coin de la pièce.

— Peux pas tous les attraper. Y en a de plus en plus qui…

— Parfois vous vous dites qu'il y a d'autres gens? D'autres survivants?

Elle aurait aimé qu'il ne perde pas le fil de la conversation.

— Oui.

Il se frotta la barbe, regarda à la ronde comme s'il était censé faire quelque chose, proposer quelque chose à son invitée.

— Parfois des choses ont été déplacées. Ou oubliées. Les lampes de culture sont restées allumées, par exemple. Puis je me rappelle que c'est moi qui ai fait tout ça.

Il rit dans sa barbe. C'était la première chose naturelle qu'elle le voyait faire et Jules se dit qu'il avait dû beaucoup rire au cours des ans. On riait soit pour rester sain d'esprit, soit parce qu'on avait renoncé à le rester. Mais dans les deux cas, on riait.

— J'ai cru que c'était moi qui avais calé le couteau devant la porte. Puis j'ai trouvé le tuyau. Je me suis demandé s'il avait été laissé là par un très, très gros rat.

Juliette sourit.

— Je ne suis pas un rat.

Elle ajusta sa nappe, se tâta la tête et se demanda ce qui était arrivé à son autre bout de tissu.

Solo eut l'air de méditer cette assertion.

— Alors, ça fait combien d'années? demanda-t-elle.

— Trente-quatre, répondit-il sans hésiter.

— Trente-quatre ans? Que vous êtes seul?

Il hocha la tête et elle eut l'impression que le sol se dérobait sous elle. L'idée de passer tant de temps sans aucune compagnie était vertigineuse.

— Mais quel âge avez-vous ?

Il ne lui paraissait pas beaucoup plus vieux qu'elle.

— Cinquante, dit-il. Le mois prochain. J'en suis pratiquement sûr.

Il sourit.

— C'est marrant, de parler.

Il pointa le doigt vers la pièce.

— Je parle aux choses parfois, et je siffle.

Il la regarda droit dans les yeux.

— Je sais bien siffler.

Juliette réalisa qu'elle était probablement à peine née quand quelque chose avait provoqué la ruine de ce silo.

— Comment vous avez fait, au juste, pour survivre toutes ces années ?

— Chais pas. J'ai pas cherché à vivre des années. Seulement à durer quelques heures. Puis les heures s'accumulent. Je mange. Je dors. Et…

Il détourna les yeux, se dirigea vers l'une des étagères et fouilla parmi les boîtes de conserve, dont beaucoup étaient vides. Il en trouva une dont le couvercle était entrouvert, sans étiquette, et la tendit vers elle.

— Haricots ? demanda-t-il.

Le premier réflexe de Juliette fut de décliner la proposition, mais l'air d'empressement qui se lisait sur le pauvre visage de Solo rendit la chose impossible.

— Volontiers, dit-elle, et elle s'aperçut qu'elle mourait de faim.

Elle avait toujours dans la bouche le goût de l'eau saumâtre, celui de la tomate pas mûre, le piquant de l'acide gastrique. Il se rapprocha et elle plongea les doigts dans le jus de conserve pour en sortir un haricot vert froid. Elle le mit dans sa bouche et mastiqua.

— Et je fais caca, dit-il, embarrassé, tandis qu'elle avalait. C'est pas joli.

Il secoua la tête et pêcha un haricot.

— Je suis tout seul, alors j'utilise les toilettes d'un appartement jusqu'à ce que l'odeur soit insupportable, puis je change.

— Vous… vous changez? s'exclama Juliette.

Solo chercha un endroit où poser les haricots. Il les mit finalement par terre, au milieu d'un petit tas de déchets et de débris de célibataire.

— Y a pas de chasse. Pas d'eau. Je suis tout seul.

Il avait l'air confus.

— Depuis l'âge de seize ans, dit Juliette, qui avait fait le calcul. Que s'est-il passé ici il y a trente-quatre ans?

Il leva les bras au plafond.

— Ce qui se passe toujours. Les gens deviennent fous. Il suffit d'une fois.

Il sourit.

— Ça ne compte pour rien d'être sain d'esprit, pas vrai? Personne ne nous en félicite. Moi, personne ne m'en félicite. Je ne m'en félicite même pas moi-même. Je tiens le coup, je tiens bon, je tiens un jour de plus, une année de plus, et y a pas de récompense. Y a rien d'extraordinaire à être normal. À ne pas être fou.

Il fronça les sourcils.

— Et un jour, vous avez un moment de moins bien et vous vous faites du souci pour vous-même, vous savez? Il suffit d'un seul jour.

Il s'assit soudain sur le sol, croisa les jambes et se mit à tordre les plis que sa salopette formait au coin de ses genoux.

— Notre silo a connu un mauvais jour. Il a suffi d'un seul.

Il leva les yeux vers Juliette.

— Les années d'avant n'ont compté pour rien. Rien du tout. Vous voulez vous asseoir?

Il désigna le sol. À nouveau, elle ne put refuser. Elle s'assit loin du lit puant et appuya son dos contre le mur. Elle avait tant de choses à encaisser.

— Comment avez-vous survécu ? demanda-t-elle. Ce jour-là, je veux dire. Et depuis.

Elle regretta aussitôt d'avoir posé la question. C'était sans importance. Mais elle avait besoin d'avoir un aperçu de ce qui l'attendait, peut-être parce qu'elle craignait qu'il soit pire de survivre ici que de mourir dehors.

— En ayant toujours peur, dit-il. Le modèle de mon père était directeur du DIT.

Il hocha le menton.

— De cet endroit. Mon père était une ombre importante. Il connaissait l'existence de ces salles. Ils étaient peut-être deux ou trois à savoir. Dès les toutes premières minutes d'affrontement, il m'a montré cet endroit, il m'a donné ses clés. Il a fait diversion, et tout à coup j'ai été le seul à savoir que ces pièces existaient.

Il regarda ses genoux pendant un instant puis releva la tête. Juliette comprit pourquoi il avait l'air si jeune. Ce n'était pas seulement la peur, la timidité qui lui donnaient cet air – c'était dans ses yeux. Il était enfermé dans la terreur perpétuelle de son calvaire d'adolescent. Son corps vieillissait autour de l'enveloppe pétrifiée d'un petit garçon apeuré.

Il passa sa langue sur ses lèvres.

— Aucun n'a survécu, n'est-ce pas ? De ceux qui sont sortis ?

Solo scruta le visage de Juliette, avide de réponses. Elle sentit l'espoir éperdu qui se dégageait de tout son être.

— Non, dit-elle d'une voix triste, se rappelant ce qu'il lui en avait coûté de se frayer un chemin à travers eux, de les escalader.

Elle avait l'impression que ça remontait à des semaines plutôt qu'à quelques jours.

— Alors vous les avez vus dehors ? Morts ?

Elle hocha la tête.

Il baissa le menton.

— La vue n'est pas restée très longtemps affichée. Je ne suis monté qu'une fois pendant les premiers jours. Il y avait encore beaucoup d'affrontements. Plus le temps passait, plus je sortais et m'aventurais loin. J'ai découvert une bonne partie des dégâts qu'ils avaient causés. Mais je n'ai pas vu un seul cadavre avant…

Il prit soin de réfléchir.

— … peut-être vingt ans ?

— Donc il y a eu d'autres gens ici pendant un moment ?

Il pointa le doigt vers le plafond.

— Parfois ils entraient là-haut. Dans la salle des serveurs. Et ils se battaient. Ils se battaient partout. C'était de pire en pire, vous savez. Ils se battaient pour tout – pour la nourriture, pour les femmes, pour se battre.

Il se tordit et pointa le doigt vers une autre porte, derrière lui.

— Ces pièces sont comme un silo dans le silo. Faites pour qu'on puisse tenir dix ans. Mais on tient plus longtemps quand on est solo.

Il sourit.

— Un silo dans le silo ? Comment ça ?

Il hocha la tête.

— Oui. Pardon. J'ai l'habitude de parler à quelqu'un qui sait tout ce que je sais.

Il lui fit un clin d'œil et Juliette comprit qu'il parlait de lui-même.

— Vous ne savez pas ce qu'est un silo.

— Bien sûr que si. Je suis née et j'ai grandi dans un endroit exactement comme celui-là. Sauf que tout fonctionne encore et que nous oublions de nous en féliciter, comme vous diriez.

Solo sourit.

— Alors qu'est-ce que c'est, un silo ? demanda-t-il avec un air de défi tout droit remonté de l'adolescence.

— C'est…

Juliette chercha les mots.

— C'est notre demeure. C'est un bâtiment comme ceux qu'on voit par-dessus les collines, mais enterré. Le silo, c'est la partie du monde où on peut vivre. L'*intérieur*, dit-elle, s'apercevant que c'était plus difficile à définir qu'elle le croyait.

Solo rit.

— C'est ce que le mot signifie pour *vous*. Mais on passe notre temps à employer des mots sans vraiment les comprendre.

Il pointa le doigt vers les rayonnages garnis de boîtes en fer.

— Tout le vrai savoir se trouve là-dedans. Tout ce qui s'est jamais passé.

Il décocha un regard à Juliette.

— Vous avez déjà entendu l'expression "avoir une faim de loup"? Ou "hurler avec les loups"?

Elle hocha la tête.

— Bien sûr.

— Mais qu'est-ce que c'est, un loup?

— Un individu mal dégrossi. Quelqu'un d'un peu loupé.

Solo rit.

— Il y a tant de choses qu'on ne sait pas, dit-il.

Il examina ses ongles.

— Un silo, ce n'est pas le monde. Ce n'est rien. Ce terme, ce mot vient d'il y a longtemps, à l'époque où les cultures poussaient dehors à perte de vue – il fit un grand geste au-dessus du sol comme s'il s'agissait d'un vaste terrain – à l'époque où il y avait plus de gens qu'on ne pouvait en compter, à l'époque où tout le monde avait des tas d'enfants.

Il leva les yeux vers elle et se pétrit nerveusement les mains, comme s'il était gêné d'aborder la procréation devant une femme.

— Ils faisaient pousser tellement de choses qu'ils avaient beau être nombreux, ils n'arrivaient pas à tout manger à la fois. Alors ils stockaient les récoltes en cas de coups durs. Ils prenaient plus de céréales qu'on peut en compter et les versaient dans de grands silos construits à la surface de la terre…

— À la surface, dit Juliette. Des silos.

Elle eut l'impression qu'il inventait, qu'il s'agissait d'un délire forgé durant ses décennies de solitude.

— Je peux vous montrer des images, répliqua-t-il vivement, comme s'il était vexé qu'elle doute de lui.

Il se leva et se précipita vers les étagères pleines de boîtes en fer. Il lut les petites étiquettes blanches collées au bas de chacune d'entre elles, les parcourant du doigt.

— Ah!

Il en attrapa une – qui parut lourde – et l'apporta. Un fermoir placé sur le côté libéra le couvercle, qui s'ouvrit sur un objet massif.

— Permettez, dit-il, même si elle n'avait pas levé le petit doigt pour l'aider.

Il inclina la boîte et, d'un geste expert, laissa tomber le lourd objet sur sa paume, où il se tint en équilibre. Il était de la taille d'un livre pour enfants, mais dix ou vingt fois plus épais. C'était bien un livre. Les tranches étaient rognées de façon miraculeusement nette.

— Je vais trouver, dit-il.

Il tourna les pages par paquets et, chaque fois, c'était une fortune en papier imprimé qui claquait lourdement contre d'autres fortunes. Puis il affina sa recherche, ne tournant plus les pages que par pincées, avant de les feuilleter une par une.

— Tenez.

Il montra quelque chose.

Juliette s'approcha. C'était comme un dessin, mais si précis qu'il paraissait presque réel. C'était comme de regarder la vue de la cafétéria, ou le visage de quelqu'un sur sa carte d'identité, mais en couleur. Elle se demanda si ce livre contenait des batteries.

— Ça paraît si réel, murmura-t-elle en passant ses doigts dessus.

— *C'est* réel. C'est une photo. Une photographie.

Juliette s'émerveilla des couleurs. Ce champ vert, ce ciel bleu lui rappelèrent les mensonges qu'elle avait vus dans sa visière. Elle se demanda si cette image était fausse, elle aussi. Cela ne ressemblait en rien aux photos grossières et tachées qu'elle connaissait.

— Ces bâtiments, dit-il, montrant de grosses boîtes de conserve blanches posées sur le sol, ce sont des silos. Ils contiennent des graines pour les temps difficiles. De quoi tenir jusqu'à l'arrivée de jours meilleurs.

Il leva les yeux vers elle. Ils n'étaient qu'à quelques pas l'un de l'autre. Elle vit les rides aux coins de ses yeux, elle vit à quel point la barbe dissimulait son âge.

— Je ne suis pas sûre de comprendre où vous voulez en venir, lui avoua-t-elle.

Il pointa le doigt vers elle. Puis le retourna vers sa propre poitrine.

— Nous sommes les graines. Nous sommes dans un silo. Ils nous conservent ici parce que les temps sont difficiles.

— Qui ? Qui nous conserve ici ? Et quels temps difficiles ?

Il haussa les épaules.

— Mais ça ne marchera pas.

Il secoua la tête, puis se rassit par terre et scruta les images de l'énorme volume.

— On ne peut pas garder des graines si longtemps. Pas dans le noir, comme ça. Non.

Il leva le nez du livre et se mordit la lèvre, les larmes aux yeux.

— Les graines ne deviennent pas folles, dit-il à Juliette. Non. Elles connaissent des mauvais jours et beaucoup de bons, mais ça n'a aucune importance. Si tu les laisses là indéfiniment, tu auras beau en enterrer des milliers, elles feront ce que font les graines quand on les laisse trop longtemps dans un coin…

Il s'interrompit. Referma le livre et le tint contre sa poitrine. Juliette le regarda se balancer tout doucement.

— Que font les graines quand on les laisse trop long-temps dans un coin ? demanda-t-elle.

Il fronça les sourcils.

— Nous pourrissons, dit-il. Tous autant que nous sommes. Nous nous abîmons et nous pourrissons si profondément que nous ne pouvons plus pousser.

Il refoula ses larmes et la regarda.

— Nous ne repousserons jamais.

49

Le pire fut d'attendre, cachés derrière les rayonnages des Fournitures. Ceux qui y parvinrent firent un somme. La plupart se lancèrent des vannes qui dissimulaient mal leur nervosité. Knox passait son temps à regarder la pendule, s'imaginant toutes les pièces de son jeu qui étaient en train de se déplacer dans le silo. Maintenant que ses troupes étaient armées, il ne lui restait plus qu'à espérer une transition en douceur, sans effusion de sang. Il espérait obtenir des réponses, découvrir ce qu'avait tramé le DIT pendant toutes ces années – en secret, ces salauds – et peut-être réhabiliter Jules. Mais il savait que des malheurs pouvaient se produire.

Il le vit sur le visage de Marck, qui ne cessait de regarder Shirly. L'inquiétude se lisait sur son front plissé, dans la pente de ses sourcils, les sillons qui se creusaient au-dessus de son nez. Le chef d'équipe de Knox ne cachait pas son souci pour sa femme aussi bien qu'il devait le croire.

Knox sortit sa pince multifonction et contrôla la lame. Il grimaça dans ce miroir de fortune pour vérifier qu'aucun vestige de son dernier repas n'était resté entre ses dents. Alors qu'il la rangeait, l'une des ombres des Fournitures surgit de derrière les rayons et l'informa qu'ils avaient de la visite.

— De quelle couleur, ces visiteurs ? demanda Shirly alors que chacun ramassait son fusil et se relevait, titubant.

La petite fille pointa le doigt vers Knox.

— Bleue. Pareil que vous.

Knox caressa la tête de la petite et se glissa entre les rayonnages. C'était bon signe. Le reste de ses troupes des Machines était en avance sur l'horaire. Il gagna le comptoir pendant que Marck rassemblait les autres, en réveillait certains, dans le fracas des fusils qu'on ramassait.

Alors qu'il contournait le comptoir, Knox vit Pieter franchir la porte d'entrée, avec l'accord des deux travailleurs des Fournitures qui gardaient le palier.

Pieter sourit lorsqu'ils se serrèrent la main. Des membres de son équipe de la raffinerie entrèrent à la file derrière lui. Ils avaient remplacé leur habituelle salopette noire par du bleu, plus discret.

— Comment ça se passe ? demanda Knox.

— L'escalier résonne de bruits de pas, dit Pieter.

Sa poitrine enfla lorsqu'il prit une grande respiration et la retint avant de l'expulser. Knox imagina l'allure qu'ils avaient dû maintenir pour arriver si tôt.

— Tout le monde est en route ?

Pieter et lui se rangèrent sur le côté tandis que leurs deux groupes se mêlaient, que les membres des Fournitures se présentaient ou tapaient dans le dos de ceux qu'ils connaissaient déjà.

— Tout le monde.

Il hocha la tête.

— Les derniers devraient arriver d'ici une demi-heure, je pense. Mais je crains que les rumeurs ne voyagent encore plus vite aux lèvres des porteurs.

Il regarda vers le plafond.

— Je parie qu'elles se propagent déjà au-dessus de nos têtes, à l'heure qu'il est.

— Des soupçons ? demanda Knox.

— Oh oui. On a eu une prise de bec au marché du bas. Les gens voulaient savoir ce que c'était que tout ce ramdam. Georgie les a envoyés promener et j'ai cru qu'on allait en venir aux mains.

— Bon sang, et on n'est pas encore au milieu.

— Ouais. Je peux pas m'empêcher de penser qu'une incursion plus petite aurait eu davantage de chances.

Knox fronça les sourcils, mais il comprenait que Pieter soit de cet avis. L'homme avait l'habitude d'en faire beaucoup avec une petite équipe de gros bras. Mais il était trop tard pour débattre de plans déjà en cours d'exécution.

— Bon, mais les coupures de courant ont probablement commencé, dit Knox. Alors il ne nous reste plus qu'à monter derrière elles.

Pieter hocha la tête, l'air grave. Il passa en revue les hommes et les femmes qui s'armaient et reconstituaient leur chargement pour une autre ascension éclair.

— Et je suppose que nous entendons monter par la force s'il le faut.

— Notre plan est de nous faire entendre, dit Knox. Ce qui suppose de faire du bruit.

Pieter donna une petite tape sur le bras de Knox.

— Dans ce cas, dit-il, on gagne déjà.

Il partit chercher un fusil et remplir sa gourde. Knox rejoignit Marck et Shirly près de la porte. Ceux qui n'avaient pas de fusils s'étaient armés de redoutables tiges d'acier aplaties, dont le travail strident de la meule avait rendu les bords luisants et argentés. Knox trouvait stupéfiant que, d'instinct, ils sachent tous fabriquer les instruments de la douleur. Même les ombres l'avaient dès le plus jeune âge, ce savoir comme déterré des profondeurs brutales de leur imagination, cette capacité à faire mal à autrui.

— Est-ce que les autres sont en retard ? demanda Marck à Knox.

— Pas tant que ça, dit Knox. C'est surtout que ces gars-là n'ont pas traîné. Le reste rattrapera. Vous êtes prêts ?

Shirly acquiesça.

— Allons-y, dit-elle.

— Très bien. Alors en avant, marche ! comme on dit.

Knox promena son regard dans la salle et regarda ses mécaniciens se mêler aux gens des Fournitures. Plus d'un visage était tourné vers lui, dans l'attente d'un signe, peut-être d'un autre discours. Mais Knox n'en était pas capable. Le seul sentiment qui l'habitait maintenant, c'était la peur de conduire de braves gens au massacre, la peur que les tabous soient en train de tomber en cascade et que les choses aillent bien trop vite. Maintenant que des fusils étaient fabriqués, qui allait les détruire ? Les canons reposaient sur les épaules et hérissaient la foule comme une pelote à épingles. Il y avait des choses, des idées exprimées à haute voix, qu'il serait presque impossible d'effacer. Et il sentait que ses troupes allaient en ajouter bien d'autres.

— Derrière moi, grogna-t-il, et les bavardages commencèrent à s'estomper.

On entendit un froissement des sacs endossés, un cliquetis dangereux dans les poches.

— Derrière moi, répéta-t-il dans le silence qui gagnait peu à peu la salle, et ses soldats se rangèrent en colonnes.

Knox se retourna vers la porte et se dit que bien des choses étaient désormais *derrière lui*. Il s'assura que son fusil était recouvert, le cala sous son bras et serra l'épaule de Shirly lorsqu'elle lui ouvrit la porte.

Sur le palier, deux travailleurs des Fournitures étaient postés près de la rampe. Ils avaient refoulé les visiteurs en invoquant une fausse panne de courant. Une fois les portes ouvertes, une lumière vive et le bruit des machines des Fournitures se répandirent dans la cage d'escalier, et Knox comprit ce dont Pieter parlait lorsqu'il disait que les bruits voyageaient plus vite qu'eux. Il ajusta son sac de matériel – les outils, bougies et lampes électriques qui lui donnaient l'air de partir en mission d'assistance plutôt qu'à la guerre.

Sous cette couche enjôleuse étaient cachés des munitions et une bombe supplémentaires, des bandages et du baume antalgique, juste au cas où. Son fusil était enveloppé dans un morceau de tissu et restait calé sous son bras. Sachant ce qu'il y avait dessous, il trouvait le camouflage ridicule. Il regarda ceux qui marchaient avec lui, les uns en veste de soudage, d'autres portant des casques de chantier, et vit que leurs intentions étaient bien trop flagrantes.

Ils abandonnèrent le palier et la lumière des Fournitures pour entamer leur ascension. Plusieurs de ses travailleurs des Machines avaient enfilé une salopette jaune, l'idéal pour se fondre dans la population du milieu. Ils avançaient bruyamment dans la lumière atténuée des veilleuses, et le tremblement de l'escalier en contrebas donna à Knox l'espoir que le reste des siens les rejoindrait bientôt. Il plaignit leurs jambes lasses mais se rappela qu'ils voyageaient léger.

Il fit tout ce qu'il put pour se représenter le matin qui venait sous le meilleur jour possible. Peut-être que l'affrontement serait terminé avant l'arrivée du reste des siens. Ils ne seraient peut-être qu'une vague de sympathisants les rejoignant pour fêter la victoire. Knox et McLain auraient déjà pénétré dans les étages interdits du DIT, arraché le couvercle de l'impénétrable machinerie qu'ils abritaient, exposé une fois pour toutes ces rouages malfaisants.

Ils progressaient à un bon rythme pendant que Knox rêvait d'un renversement en douceur. Ils passèrent un palier où un groupe de femmes mettait du linge à sécher sur la rampe. Elles aperçurent les salopettes bleues et se plaignirent des coupures de courant. Plusieurs hommes des Machines s'arrêtèrent pour distribuer de l'équipement et propager des mensonges. Ils étaient déjà repartis dans le colimaçon quand Knox s'aperçut que le canon de Marck s'était un peu découvert. Il le lui fit remarquer et Marck y remédia avant d'arriver à l'étage suivant.

L'ascension se transforma en épreuve silencieuse, éreintante. Knox céda sa place en tête du cortège, se laissant glisser vers l'arrière pour s'enquérir de l'état de ses troupes. Même ceux des Fournitures, il s'en considérait comme responsable. Leurs vies étaient en jeu à cause de décisions qu'il avait prises. C'était exactement comme ce vieux fou de Walker l'avait annoncé. Ça y était. Ils étaient en insurrection, comme dans les fables de leur jeunesse. Et Knox éprouva soudain une affinité sinistre avec ces vieux fantômes, ces ancêtres des mythes et des légendes. Des hommes et des femmes l'avaient fait avant eux – peut-être pour des raisons différentes, avec une colère moins noble en travers de la gorge, mais un jour, quelque part, il y avait eu un cortège comme celui-ci. Des bottes semblables sur les mêmes marches. Voire les mêmes bottes ressemelées, pour une partie d'entre elles. Le tout dans un cliquetis d'engins mauvais entre des mains n'ayant pas peur de s'en servir.

Knox fut troublé de ce lien soudain avec un passé mystérieux. Et ce n'était pas il y a si longtemps que ça, finalement. Moins de deux cents ans ? Si des gens vivaient aussi longtemps que Jahns, ou que McLain, d'ailleurs, trois vies pouvaient suffire à couvrir cette distance. Trois poignées de main pour aller d'une insurrection à l'autre. Et que penser des années qui les séparaient ? De cette longue paix prise entre deux guerres ?

Knox hissait ses bottes d'une marche à la suivante en méditant sur ces questions. Était-il devenu l'un de ces méchants dont on lui avait parlé dans sa jeunesse ? Ou lui avait-on menti ? L'envisager lui faisait mal à la tête, mais, de fait, il était en train de conduire une révolution. Et pourtant cela semblait si juste. Si *nécessaire*. Et si cet ancien conflit avait semblé l'être, lui aussi ? Si les hommes et les femmes qui l'avaient fomenté avaient eu le même sentiment dans leur cœur ?

50

— Il faudrait dix vies pour lire tout ça.

Juliette leva les yeux du tas de boîtes en fer en désordre et des piles d'épais volumes. Il se trouvait plus de merveilles dans leurs pages noires de texte que dans n'importe quel livre pour enfants de sa jeunesse.

Solo se détourna de la cuisinière sur laquelle il faisait chauffer de la soupe et bouillir de l'eau. Il brandit une cuillère ruisselante vers la pagaille que Juliette avait semée.

— Je ne crois pas qu'ils aient été écrits pour être lus, lui dit-il. Du moins pas comme je les ai lus moi, du début à la fin.

Il toucha la cuillère du bout de la langue puis la replongea dans la casserole pour touiller.

— Tout est dans le désordre. C'est plus une sauvegarde de la sauvegarde.

— Je ne sais pas ce que ça signifie, avoua Juliette.

Elle baissa les yeux vers ses genoux, où des pages étaient remplies d'animaux appelés "papillons". Leurs ailes étaient cocassement bariolées. Elle se demanda s'ils étaient grands comme une main ou grands comme une personne. Elle n'avait pour l'instant aucune notion d'échelle en matière d'animaux.

— Les serveurs, dit Solo. Tu pensais que je parlais de quoi? La sauvegarde.

Il semblait agité. Juliette le regarda s'activer au fourneau, par mouvements brusques et frénétiques, et prit conscience que c'était elle qui avait vécu dans la réclusion et l'ignorance, pas lui. Il avait tous ces livres, des décennies d'histoire, la compagnie d'ancêtres qu'elle pouvait seulement imaginer. Et elle, quelle expérience avait-elle ? Une vie passée dans un trou noir en compagnie de milliers d'autres sauvages ignares ?

Elle tâcha de garder ça en tête lorsqu'elle le vit enfoncer un doigt dans son oreille puis inspecter son ongle.

— La sauvegarde de quoi, au juste ? finit-elle par demander, redoutant presque la réponse sibylline qui allait suivre.

Solo trouva deux bols. Il se mit à en essuyer un avec le ventre de sa salopette.

— La sauvegarde de *tout*, dit-il. De tout ce que nous savons. De tout ce qui a jamais existé.

Il posa les bols et régla un bouton sur la cuisinière.

— Suis-moi, dit-il, en agitant le bras. Je vais te montrer.

Juliette referma le livre et l'inséra dans sa boîte. Elle se leva et suivit Solo dans la pièce d'à-côté.

— Ne fais pas attention au désordre, dit-il en faisant un geste vers une petite colline de débris et d'ordures entassés contre un mur.

À vue d'œil, on aurait dit qu'il y avait là mille boîtes de conserve vides ; à vue de nez, dix mille. Juliette fronça les narines et réprima un haut-le-cœur. Solo ne parut pas affecté par l'odeur. Il se posta près d'un petit bureau en bois et feuilleta des diagrammes sur d'immenses feuilles de papier accrochées au mur.

— Où est celui que je cherche ? s'interrogea-t-il tout haut.

— Qu'est-ce que c'est que tout ça ? demanda Juliette, extasiée.

Elle en vit un qui ressemblait à un schéma du silo, mais différent de tous ceux qu'ils avaient aux Machines.

Solo se retourna. Plusieurs feuilles de papier lui retombaient sur l'épaule et son corps disparaissait presque entre les pages.

— Des cartes, dit-il. J'aimerais te montrer tout ce qu'il y a dehors. La première fois que j'ai vu ça, ça m'a troué le cul.

Il secoua la tête et marmonna quelque chose pour lui-même.

— Pardon, ce n'est pas ce que je voulais dire.

Juliette lui dit que ce n'était pas grave. Elle gardait le dos de sa main contre son nez tant l'odeur de nourriture pourrissante était intolérable.

— La voilà. Tiens-moi ce côté.

Solo lui tendit le coin d'une demi-douzaine de feuilles. Il prit l'autre coin et ils les soulevèrent du mur. Juliette eut envie de lui faire remarquer les œillets au bas des cartes, et de suggérer qu'il y avait probablement des clous ou des crochets où les suspendre quelque part, mais elle retint sa langue. Ouvrir la bouche ne faisait qu'accentuer l'odeur de pourri.

— Ça, c'est nous, dit Solo.

Il désigna un point sur le papier. Des lignes sombres serpentaient un peu partout. Ce plan, ce schéma ne ressemblait à rien de ce que Juliette connaissait. On aurait dit qu'il avait été dessiné par des enfants. Il ne comportait presque aucune ligne droite.

— Qu'est-ce que c'est censé représenter? demanda-t-elle.

— Des frontières. Les terres!

Solo promena sa main sur une forme continue qui occupait presque un tiers du dessin.

— Tout ça, c'est de l'eau, dit-il.

— Où ça?

Juliette avait le bras fatigué de tenir son coin des feuilles. L'odeur et les énigmes commençaient à l'impatienter. Elle se sentait si loin de chez elle. L'excitation d'avoir survécu risquait de céder le pas à la dépression devant l'existence misérable qui l'attendait au cours des prochaines décennies.

— Dehors ! Recouvrant la terre.

Solo fit un geste vague en direction des murs. Il plissa les yeux devant la confusion de Juliette.

— Sur cette carte, le silo, *ce silo*, serait aussi gros qu'un cheveu sur ta tête.

Il tapota la carte.

— Là. Ils sont tous là. Nous sommes peut-être les seuls qui restons. Pas plus gros que mon pouce.

Il posa un doigt dans un nœud de lignes. Il avait l'air tellement sincère. Elle se pencha en avant pour mieux voir, mais il la repoussa.

— Lâche, dit-il.

Il lui donna une tape sur la main pour qu'elle laisse retomber le coin des feuilles et lissa les cartes sur le mur.

— Ça, c'est nous.

Il indiqua l'un des cercles sur la feuille du dessus. Juliette considéra les colonnes et les rangées, estima qu'il y avait quelque chose comme quatre douzaines de cercles.

— Silo 17.

Il glissa sa main vers le haut.

— Numéro 12. Ça, c'est le 8. Et là-haut, le silo 1.

— Non.

Juliette secoua la tête et se tint au bureau, les jambes flageolantes.

— Si. Le silo 1. Tu viens probablement du 16 ou du 18. Tu te souviens si tu as marché longtemps ?

Elle saisit la petite chaise et la tira. S'assit lourdement.

— Combien de collines as-tu franchies ?

Juliette ne répondit pas. Elle songeait à *l'autre* carte et était en train de comparer les échelles. Et si Solo avait raison ? S'il y avait une cinquantaine de silos et qu'ils tenaient tous sous son pouce ? Et si Lukas avait raison au

sujet de la distance qui les séparait des étoiles ? Elle avait
besoin de quelque chose dans quoi se glisser, de quelque
chose pour la couvrir. Elle avait besoin de dormir.

— J'ai eu des nouvelles du silo 1, une fois, dit Solo. Il
y a longtemps. Je ne sais pas trop comment tous ces autres
s'en sortent…

— Attends.

Juliette se redressa sur sa chaise.

— Comment ça, des *nouvelles* ?

Solo ne se détourna pas de la carte. Il promenait ses
mains d'un rond à l'autre, une expression enfantine sur
le visage.

— Ils ont appelé. Pour prendre des nouvelles.

Son regard délaissa la carte et Juliette pour se diriger
vers le coin opposé de la pièce.

— Nous n'avons pas parlé longtemps. Je ne connais-
sais pas toutes les procédures. Ils n'étaient pas contents.

— D'accord, mais t'as fait ça comment ? Est-ce qu'on
peut appeler quelqu'un, là ? Est-ce qu'il s'agissait d'une
radio ? Y avait-il une petite antenne, une petite pointe
noire…

Juliette se leva et marcha sur lui, le prit par l'épaule
et le força à se retourner. Que savait donc cet homme qui
pourrait l'aider mais qu'elle n'arrivait pas à lui faire cracher ?

— Solo, comment leur as-tu parlé ?

— Par le câble.

Il recourba les doigts et posa ses mains sur ses oreilles.

— Il suffit de parler dedans.

— Il faut que tu me montres, dit-elle.

Solo haussa les épaules. Il feuilleta à nouveau une partie des cartes, trouva celle qu'il cherchait et leva les autres
contre le mur. C'était le schéma du silo qu'elle avait vu
un peu plus tôt, une vue latérale divisée en trois tiers,
dessinés les uns à côté des autres. Elle l'aida à empêcher
les autres de retomber.

— Voici les câbles. Ils partent de tous les côtés.

Il déplaça son doigt le long d'épais faisceaux de lignes qui partaient des murs extérieurs et couraient jusqu'aux bords de la feuille. Ils étaient légendés en tout petits caractères. Juliette se pencha plus près pour lire ; elle reconnut une bonne partie des symboles techniques.

— Ça, c'est pour l'électricité, dit-elle, montrant les lignes surmontées de petits éclairs.

— Ouais.

Solo acquiesça.

— On ne produit plus notre électricité. Je crois qu'on l'emprunte à d'autres. Tout est automatique.

— Vous êtes alimentés par d'autres ?

Juliette sentait grandir sa frustration. Combien d'informations cruciales détenait cet homme qu'il considérait comme futiles ?

— T'en as d'autres, comme ça ? lui demanda-t-elle. Tu as peut-être une combinaison volante qui peut me rapatrier vite fait dans mon silo ? À moins qu'il y ait des passages secrets sous chaque étage et que je puisse rentrer tranquillement à pied ?

Solo éclata de rire et la regarda comme si elle était folle.

— Non, dit-il. Sinon nous ne formerions qu'*une* graine, pas plusieurs. Un mauvais jour nous détruirait tous. D'ailleurs, les excavatrices sont fichues. Ils les ont enterrées.

Il pointa le doigt vers un renfoncement, une salle rectangulaire qui se détachait du bord des Machines. Juliette scruta le schéma de plus près. Elle reconnaissait chaque étage du fond au premier coup d'œil, mais cette salle n'était pas censée exister.

— Comment ça, *les excavatrices* ?

— Les machines qui ont enlevé la terre, tu sais. Qui ont creusé cet endroit.

Il passa sa main sur toute la hauteur du silo.

— Trop lourdes à déplacer, je suppose, alors ils ont coulé les murs directement dessus.

— Est-ce qu'elles marchent? demanda Juliette.

Une idée lui vint. Elle songea aux mines, où elle avait aidé à déblayer la pierre à la main. Elle songea à ces machines capables de creuser un silo entier, se demanda si on pourrait s'en servir pour creuser *entre* les silos.

Solo claqua la langue.

— Aucune chance. Rien ne marche au fond. Tout est foutu. D'ailleurs – il posa la tranche de sa main à la moitié du fond –, c'est inondé jusque…

Il se retourna vers Juliette.

— Attends un peu. Tu veux *sortir*? Aller quelque part?

Il secoua la tête, incrédule.

— Je veux rentrer chez moi, dit Juliette.

Solo écarquilla les yeux.

— Pourquoi? Ils t'ont expulsée, non? Tu vas rester ici. On ne va pas partir!

Il se gratta la barbe et secoua la tête d'un côté sur l'autre.

— Il faut que quelqu'un sache, lui dit Juliette. Qu'il y a tous ces gens autour de nous. Et tout cet espace audelà. Il faut que mon silo le sache.

— Certains le savent déjà dans ton silo.

Il l'observa, un peu perplexe, et Juliette comprit tout à coup qu'il disait juste. Elle se rappela où ils se trouvaient dans le silo. Ils étaient actuellement au cœur du DIT, au fond de la forteresse qui abritait les mythiques serveurs, sous ces serveurs et au bout d'un passage dérobé, dont même ceux qui avaient accès aux mystères les plus intimes du silo devaient ignorer l'existence.

Oui, quelqu'un dans son silo savait déjà. Avait aidé à garder ces secrets des générations durant. Avait décidé, seul, sans consulter personne, de ce qu'ils devaient ou ne devaient pas savoir. Celui-là même qui avait condamné Juliette à mort, et qui en avait tué combien d'autres?…

— Parle-moi de ces câbles, dit Juliette. Comment as-tu communiqué avec l'autre silo ? Donne-moi tous les détails.

— Pourquoi ? demanda Solo, semblant rentrer dans sa coquille.

La peur lui faisait monter les larmes les yeux.

— Parce que, dit-elle. Il y a quelqu'un que j'aimerais beaucoup appeler.

51

L'attente fut interminable. Ce fut le long silence des cheveux qui démangent et de la sueur qui coule, l'inconfort des coudes en appui, des dos courbés, des ventres à plat contre une table de réunion incommode. Le regard braqué dans l'alignement de son redoutable fusil, Lukas voyait à travers la vitre brisée de la salle de réunion. Des fragments diamantés en hérissaient encore les montants, comme des dents transparentes. Lukas entendait encore résonner l'incroyable détonation du pistolet de Sims qui avait fait voler la vitre en éclats. Il sentait encore l'odeur âcre de la poudre, il voyait encore l'inquiétude sur les visages des autres techniciens. Cette destruction lui avait paru tellement inutile. Tous ces préparatifs, décrocher d'énormes fusils noirs des râteliers, interrompre sa conversation avec Bernard, apprendre que des gens montaient du fond, tout cela paraissait si irréel.

Il vérifia la *culasse mobile* sur le côté du fusil et essaya de se souvenir des cinq minutes d'instruction auxquelles il avait eu droit quelques heures plus tôt. Il y avait une *cartouche* dans la *chambre*. Le fusil était *armé*. D'autres *balles* attendaient patiemment dans le *chargeur*.

Et les gars de la sécurité trouvaient le moyen de lui reprocher son jargon technique. Le vocabulaire de Lukas venait de connaître une inflation de termes nouveaux. Il songea aux deux pièces cachées sous les serveurs, aux innombrables pages de l'Ordre, aux rangées de livres dont il avait à peine eu le temps de prendre un aperçu. Son esprit s'affaissait sous le poids de ces révélations.

Il passa encore une minute à s'entraîner à *prendre sa mire*, à regarder dans l'axe du *canon* et à placer la petite croix dans le minuscule cercle. Il visa l'amas de fauteuils de bureau qu'on avait roulés près de la porte et renversés pour faire barrage. Si ça se trouvait, ils allaient attendre comme ça pendant des jours sans que rien ne se passe. Cela faisait déjà un bon moment qu'aucun porteur n'avait plus monté de nouvelles de ce qui se tramait plus bas.

Pour s'exercer, il glissa doucement son doigt dans le *pontet* pour le poser sur la *détente*. Il essaya de se faire à l'idée d'actionner ce levier, de lutter contre le mouvement de recul auquel Sims leur avait dit de s'attendre.

À côté de lui, Bobbie Milner – une ombre qui n'avait pas plus de seize ans – lança une plaisanterie, et Sims leur dit à tous les deux de fermer leurs gueules. Lukas ne protesta pas contre cet amalgame injustifié. Il regarda vers le portail de sécurité, où une crête de canons noirs se dressait entre les montants et devant la guérite métallique des gardes. Peter Billings était là-bas. Le nouveau shérif du silo était en train de tripoter son petit pistolet. Derrière lui, Bernard donnait des instructions à chacun de ses hommes. À côté de Lukas, Bobbie Milner changea d'appui et grogna, tentant de trouver une position plus confortable.

Attendre. Et attendre encore. Ils étaient tous là à attendre.

Bien sûr, si Lukas avait su ce qui se préparait, attendre ne l'aurait pas dérangé.

Il aurait supplié pour que l'attente ne cesse jamais.

Knox conduisit son groupe dans les 60 en ne faisant que quelques pauses pour boire, ainsi qu'un arrêt pour rajuster les chargements et refaire les lacets. Ils croisèrent plusieurs porteurs curieux qui effectuaient des transports de nuit et essayèrent de leur arracher des détails sur leur destination et sur les pannes. Tous repartirent bredouilles. Knox espéra qu'ils n'étaient pas trop perspicaces.

Pieter avait dit vrai : la cage d'escalier résonnait de part en part. Elle vibrait sous l'avancée de trop nombreux pieds. Ceux qui vivaient au-dessus allaient généralement dans le sens montant, ils s'éloignaient des pannes et marchaient vers la promesse du courant électrique, d'une douche et d'un repas chauds. Pendant ce temps, derrière eux, Knox et les siens se mobilisaient pour couper un courant d'une autre espèce.

Ils rencontrèrent leur premier problème au cinquante-sixième. Devant l'entrée de la ferme hydroponique, des cultivateurs étaient en train de faire descendre un bouquet de câbles électriques par-dessus la rampe, probablement à destination du petit groupe que Knox et sa troupe avaient croisé sur le palier précédent. Lorsqu'ils aperçurent les salopettes bleues des Machines, l'un d'entre eux lança :

— Hé, nous on arrive à vous nourrir, comment se fait-il que vous n'arriviez pas à nous fournir de l'électricité ?

— Adressez-vous au DIT, répliqua Marck, qui marchait en tête du cortège. C'est eux qui font sauter les plombs. De notre côté, on fait ce qu'on peut.

— Eh bien, faites-le plus vite, dit le cultivateur. Je croyais qu'on venait d'avoir un congé énergétique pour éviter ce genre de bazar.

— Ce sera fait d'ici le déjeuner, leur dit Shirly.

Knox et les autres rejoignirent la tête du groupe, créant un embouteillage sur le palier.

— Plus vite nous serons là-haut, plus vite vous aurez votre courant, expliqua Knox.

Il essayait de tenir son fusil caché avec naturel, comme il aurait tenu un outil quelconque.

— Dans ce cas, si vous nous donniez déjà un coup de main avec ce branchement ? Le cinquante-septième a eu du courant une bonne partie de la matinée. On veut juste de quoi amorcer les pompes.

Il désigna le faisceau de fils enroulés qui pendait de la rampe.

Knox réfléchit. En théorie, ce que cet homme lui demandait était illégal. S'il commençait à discuter, ils les mettraient en retard, mais leur donner son blanc-seing pourrait sembler suspect. Il sentait que le groupe de McLain les attendait quelques étages plus haut. Tout était affaire de rythme et de timing.

— Je peux détacher deux de mes hommes pour vous aider. À titre de faveur. Mais que je n'entende jamais dire que les Machines ont eu un rôle dans cette histoire.

— Pour ce que ça peut me faire, dit le cultivateur. Moi je veux juste que l'eau circule.

— Shirly, Courtnee et toi allez leur donner un coup de main. Rejoignez-nous quand vous le pourrez.

Shirly resta bouche bée. Ses yeux supplièrent Knox de trouver quelqu'un d'autre.

— Et que ça saute ! lui dit-il.

Marck s'approcha. Il souleva le sac de sa femme et lui tendit sa pince multifonction. Elle l'accepta de mauvaise grâce, jeta encore un regard noir à son patron, puis se retourna pour partir, sans dire un mot ni à Knox ni à son mari.

Le cultivateur lâcha les câbles et fit un pas vers Knox.

— Hé, je croyais que vous me détachiez deux de vos…

Knox lui décocha un regard suffisamment sévère pour qu'il s'interrompe net.

— Voulez-vous mes meilleurs éléments ? lui demanda-t-il. Parce que vous les avez !

Le fermier montra ses paumes et battit en retraite. Courtnee et Shirly faisaient déjà trembler l'escalier, descendant pour se coordonner avec les hommes de l'étage inférieur.

— Allons-y, dit Knox en rendossant son sac.

Le convoi des Machines et des Fournitures s'ébranla à nouveau. Ils abandonnèrent les fermiers du palier 56, qui regardèrent la longue colonne serpenter et disparaître un peu plus haut.

Des murmures s'élevèrent tandis qu'on abaissait les câbles. De puissantes forces étaient en train de se rassembler au-dessus de leurs têtes, de mauvaises intentions confluaient et s'acheminaient vers quelque chose d'absolument terrible.

Il suffisait d'avoir des yeux et des oreilles pour le comprendre : l'heure des comptes avait sonné.

Il n'y eut pas d'avertissement pour Lukas, pas de compte à rebours. Des heures de calme appréhension, d'insupportable rien éclatèrent simplement en violence. Même si on lui avait dit de se préparer au pire, Lukas eut le sentiment qu'attendre si longtemps ne faisait que rendre la surprise plus fulgurante.

La double porte du trente-quatrième s'ouvrit dans un souffle. Des couches d'acier massif se décollèrent comme des rouleaux de papier. Cette déflagration soudaine fit bondir Lukas et sa main glissa de la crosse de son fusil. Des coups de feu retentirent à côté de lui – Bobbie Milner tirait sur rien en hurlant de peur. Ou peut-être d'excitation. Sims poussa une gueulante inconcevable au milieu du vacarme. Lorsque le bruit cessa, quelque chose vola à travers la fumée, un cylindre métallique qui rebondit vers le portail de sécurité.

Il y eut un temps d'arrêt terrible – puis une autre explosion, qui fut comme un coup de poing dans les oreilles. Lukas faillit lâcher son arme. La fumée qui flottait au-dessus du portail de sécurité ne suffit pas à voiler le carnage. Des morceaux de gens que Lukas avaient connus s'immobilisèrent dans le hall d'entrée du DIT, écœurants.

Les assaillants déferlèrent avant qu'il ait pu faire le bilan, avant qu'il ait pu craindre qu'une autre explosion ne survienne devant lui.

À côté de lui, le fusil rugit à nouveau, et cette fois Sims ne gueula pas. Cette fois, plusieurs autres canons se joignirent à lui. Les gens qui essayaient de forcer le barrage s'effondrèrent parmi les fauteuils, le corps secoué, comme tiré par d'invisibles ficelles, des arcs rouges jaillissant d'eux comme de grands jets de peinture.

Il en vint d'autres. Un gros homme au hurlement guttural. Tout se passait si lentement. Lukas vit les lèvres de l'homme s'ouvrir, un cri au centre d'une barbe massive, une poitrine large comme deux hommes. Il portait un fusil devant sa taille. Il fit feu sur les ruines du poste de sécurité. Lukas vit Peter Billings tournoyer vers le sol en se tenant l'épaule. Devant Lukas, des morceaux de verre tombaient du montant de la vitre, soufflés par les fusils qui fulminaient les uns après les autres au-dessus de la table de réunion. Le bris de la vitre lui paraissait maintenant totalement anodin. Une utile précaution.

La grêle de balles frappa l'homme par surprise. La salle de réunion était une embuscade, une attaque par le flanc. Le gros homme tressaillit lorsqu'une partie du feu furieux fit mouche. Sa barbe s'ouvrit grand. Il avait cassé son fusil, tenait une balle luisante entre ses doigts. Il tentait de recharger.

L'arsenal du DIT déchargeait les siennes trop vite pour qu'on puisse les compter. Les détentes étaient actionnées, les ressorts et la poudre faisaient le reste. Le géant manipula son fusil mais ne parvint jamais à le recharger. Il s'écroula dans les fauteuils, les envoyant promener autour de lui. Une autre silhouette surgit dans l'entrée, une femme minuscule. Lukas l'observa au bout de son canon et la vit se tourner et regarder droit vers lui. La fumée de l'explosion flottait dans sa direction, ses cheveux blancs flottaient sur ses épaules et on aurait dit que la fumée faisait partie de son corps.

Il vit ses yeux. Il n'avait pas encore fait usage de son arme, était resté bouche bée à regarder les combats se dérouler.

La femme plia le bras pour jeter quelque chose vers lui.

Il pressa la détente. Son fusil lança un éclair et partit de côté. Dans l'instant qui suivit, le long et terrible instant qu'il fallut à la balle pour traverser la pièce, il réalisa que ce n'était qu'une vieille femme. Qui tenait quelque chose.

Une bombe.

Le torse de la vieille femme se vrilla et une fleur rouge perça sur sa poitrine. L'objet tomba. Il y eut un autre horrible instant d'attente, d'autres assaillants apparurent dans des cris de colère, jusqu'à ce qu'une déflagration pulvérise les fauteuils et les gens.

Lukas pleura alors qu'une seconde vague tentait vainement d'entrer. Il pleura jusqu'à ce que son chargeur soit vide, pleura lorsqu'il chercha le fermoir, poussa une recharge dans la crosse, des larmes amères lui salèrent les lèvres lorsqu'il tira la culasse en arrière et déchargea un second déluge de métal – tellement plus solide, plus rapide que la chair qu'il rencontrait.

52

Bernard reprit connaissance dans les hurlements. La fumée lui brûlait les yeux, ses oreilles bourdonnaient encore d'une explosion depuis longtemps passée.

Peter Billings le secouait par les épaules et criait, un air de frayeur déformant ses yeux écarquillés et son front noir de suie. Du sang tachait sa salopette, formant une grande auréole de rouille.

— Hrm?

— Monsieur! Vous m'entendez?

Bernard repoussa les mains de Peter et tenta de se mettre sur son séant. Il tâta son corps, chercha du sang ou des fractures. Il avait des élancements dans la tête. Lorsqu'il retira sa main de son nez, elle était pleine de sang.

— Qu'est-ce qui s'est passé? gémit-il.

Peter s'accroupit à côté de lui. Bernard découvrit Lukas derrière le shérif, le fusil sur l'épaule, le regard tourné vers l'escalier. Au loin, on entendait des cris, bientôt suivis par le crépitement de coups de feu.

— Nous avons trois morts, dit Peter. Quelques blessés. Sims est parti avec une demi-douzaine d'hommes dans l'escalier. Mais ç'a été bien pire pour eux. Bien pire.

Bernard hocha la tête. Il tâta ses oreilles, fut surpris de ne pas les trouver en sang elles aussi. Son nez constella sa manche de taches rouges et il tapota le bras de Peter. Il regarda par-dessus l'épaule du shérif et hocha le menton.

— Faut que je parle à Lukas.

408

Peter fronça les sourcils, mais acquiesça. Il dit un mot à Lukas, qui s'agenouilla près de Bernard.

— Ça va aller ? demanda-t-il.

Bernard hocha la tête.

— Stupide. Je savais pas qu'ils auraient des fusils. Et les bombes – j'aurais dû deviner.

— Calmez-vous, dit Lukas.

Bernard secoua la tête.

— J'aurais pas dû te garder ici. C'était idiot. On aurait pu y passer tous les deux…

— Eh bien, nous nous en sommes tous les deux sortis. Nous les avons fait détaler dans l'escalier. Je crois que c'est terminé.

Bernard lui tapa sur le bras.

— Emmène-moi au serveur. Il faut qu'on signale ça.

Lukas hocha la tête. Il savait de quel serveur Bernard voulait parler. Il passa son bras dans le dos de son patron pour l'aider à se relever et Peter Billings fronça les sourcils lorsqu'ils s'éloignèrent tous les deux en titubant dans le couloir enfumé.

— C'est pas bon, dit Bernard à Lukas lorsqu'ils furent seuls.

— Mais on a gagné, non ?

— Pas encore. Nous ne limiterons pas les dégâts à ça. Pas aujourd'hui. Il va falloir que tu restes en dessous pendant un moment.

Bernard grimaça et essaya de marcher tout seul.

— Je peux pas courir le risque de nous exposer tous les deux.

Lukas en parut contrarié. Il tapa son code à la grande porte, sortit sa carte d'identité, essuya le sang de quelqu'un d'autre qui avait coulé sur la carte et sur sa main, et l'inséra dans le lecteur.

— Je comprends, finit-il par répondre.

Bernard sut qu'il avait choisi la bonne personne. Il laissa Lukas refermer la lourde porte pour s'acheminer vers le dernier serveur. Il chancela une fois, tomba contre l'unité 8, puis se ressaisit et resta là un moment, le temps que le vertige se dissipe. Lukas le rattrapa et sortit le double du passe-partout avant que Bernard ait eu le temps d'arriver au fond de la salle.

Bernard s'appuya contre le mur pendant que Lukas ouvrait le serveur. Il était encore trop secoué pour remarquer le code qui clignotait sur le panneau avant. Ses oreilles étaient trop pleines de faux carillonnements pour qu'il remarque le vrai.

— Qu'est-ce que ça veut dire ? demanda Lukas. Ce bruit ?

Bernard lui adressa un regard interrogateur.

— C'est l'alerte incendie ?

Lukas pointa le doigt vers le plafond. Bernard finit par l'entendre aussi. Il s'élança en trébuchant alors que Lukas ouvrait la dernière serrure et poussa le jeune homme.

Combien de chances y avait-il pour que… ? Étaient-ils déjà au courant ? Deux brèves journées avaient suffi pour que la vie de Bernard se détraque. Il plongea la main dans la pochette en tissu, en sortit le casque et le posa sur ses oreilles sensibles. Il enfonça la fiche dans la prise portant le numéro "1" et fut surpris d'entendre un bip. Ça sonnait. Il était en train d'appeler.

Il débrancha aussitôt le casque, annulant l'appel, et vit que le voyant du numéro "1" ne clignotait pas ; c'était le "17" qui clignotait.

Bernard sentit la pièce tourner autour de lui. Un silo mort était en train de l'appeler. Un rescapé ? Après tant d'années ? Qui aurait accès aux serveurs ? Sa main trembla lorsqu'il dirigea la fiche dans la prise. Derrière lui, Lukas lui demandait quelque chose, mais le casque l'empêchait de l'entendre.

— Allô ? dit-il d'une voix rauque. Allô ? Y a quelqu'un ?

— Allô, dit une voix.

Bernard ajusta son casque. Il fit signe à Lukas de la boucler. Ses oreilles bourdonnaient toujours, son nez saignait dans sa bouche.

— Qui est là ? demanda-t-il. Vous m'entendez ?

— Je vous entends, dit la voix. Ai-je affaire à qui je pense ?

— Qui êtes-vous, bon sang ? postillonna Bernard. Comment avez-vous accès aux… ?

— Vous m'avez mise dehors, dit la voix. Vous m'avez condamnée à mort.

Bernard s'effondra, les jambes coupées. Le cordon du casque se déroula et faillit lui arracher les écouteurs des oreilles. Il le retint et lutta pour poser sa voix. Lukas le tenait par les aisselles pour l'empêcher de tomber à la renverse.

— Vous êtes là ? demanda la voix. Vous savez qui je suis ?

— Non, dit-il.

Mais il le savait. C'était impossible, mais il le savait.

— Vous m'avez envoyée vers la mort, espèce d'enfoiré.

— Vous connaissiez les règles ! s'écria Bernard, hurlant contre un fantôme. Vous saviez très bien !

— Fermez-la et écoutez-moi, Bernard. Fermez votre grande gueule et écoutez attentivement.

Bernard attendit. Il avait le goût cuivré de son propre sang dans la bouche.

— Je vais venir vous chercher. Je vais rentrer et je vais faire un grand *nettoyage*.

V

LES NAUFRAGÉS

53

Silo 18

Marck descendait l'escalier central tant bien que mal, la main sur la rampe froide, un fusil sous le bras, ses bottes dérapant dans le sang. Il entendait à peine les cris qui le cernaient : les plaintes des blessés qu'on traînait à moitié dans les marches, les exclamations horrifiées des curieux amassés sur chaque palier pour le voir passer avec ses mécaniciens, les voix menaçantes des hommes lancés à leur poursuite.

Le sifflement continu dans ses oreilles noyait le bruit ambiant. C'était l'explosion, cette affreuse explosion. Pas celle qui avait soufflé les portes du DIT – celle-là, il s'y était préparé, s'était mis aux abris avec les autres. Ce n'était pas non plus la deuxième bombe, celle que Knox avait lancée au cœur du camp ennemi. Non, c'était la dernière, celle qu'il n'avait pas vu venir, tombée des mains d'une petite bonne femme aux cheveux blancs des Fournitures.

La bombe de McLain. Elle avait explosé devant lui, lui avait coûté l'ouïe, et à elle, la vie.

Le vaillant Knox, indéboulonnable chef des Machines – son patron, son ami – était mort lui aussi.

Marck accéléra la cadence, blessé, effrayé. Il était encore loin du fond et de la sécurité qu'il lui offrirait – et il voulait à tout prix retrouver sa femme. Il essaya de se concentrer sur cet objectif plutôt que sur le passé, tenta d'occulter cette explosion qui avait emporté ses amis, fait échouer leur plan et anéanti toute possibilité de justice.

Des coups de feu étouffés résonnèrent au-dessus de sa tête, suivis par le bruit strident des balles qui heurtaient le métal – et rien que le métal, Dieu merci. Marck restait au plus près du pilier central, hors de portée des tireurs qui les mitraillaient sans relâche depuis les paliers. Les braves ouvriers des Machines et des Fournitures couraient et se battaient depuis plus de douze étages ; Marck supplia intérieurement les hommes au-dessus d'eux de s'arrêter, de leur laisser une chance de se reposer, mais rien n'arrêtait les bottes ni les balles.

Un demi-étage plus bas, il rattrapa trois membres des Fournitures ; celui du milieu, blessé, enserrait ses épaules, porté par les deux autres, le dos de leur habit jaune tacheté de sang. Il leur gueula de laisser passer, mais, au lieu d'entendre sa voix, ne ressentit qu'une vibration dans sa poitrine. Une partie du sang dans lequel il glissait était le sien.

Son bras blessé contre le torse, son fusil coincé sous le coude, Marck tenait la rampe de l'autre main pour éviter de basculer tête la première dans l'escalier en pente raide. Il n'avait plus d'alliés pour couvrir ses arrières. Après la dernière fusillade, il avait envoyé les autres devant et l'avait lui-même échappé belle. Les tirs continuaient de lui frôler les oreilles. Il s'arrêtait de temps en temps, fouillait dans ses munitions, chargeait son arme et tirait à l'aveugle vers le haut. Histoire de faire quelque chose. De les ralentir.

Il s'arrêta pour reprendre son souffle, se pencha au-dessus de la rampe, fusil pointé vers le ciel. Mais le coup ne partit pas. Les balles ennemies, elles, ripostèrent bel et bien. En appui contre le pilier, il prit le temps de recharger son arme. Son fusil n'était pas comme les leurs. Un seul coup à la fois, pas de viseur.

Eux avaient des armes modernes dont il n'avait jamais entendu parler, les tirs s'enchaînaient comme les battements d'un cœur terrorisé. Il jeta un œil au palier du dessous, aperçut des visages curieux par l'embrasure d'une porte, des doigts cramponnés au montant en métal. C'était là. Le niveau 56. Le dernier endroit où il avait vu sa femme.

— Shirly !

Tout en criant son nom, il dévala les dernières marches qui le séparaient du palier. Il resta à couvert, hors de vue de ses assaillants, et scruta les visages tapis dans l'ombre.

— Ma femme ! hurla-t-il, une main en coupe contre sa joue, oubliant que ce sifflement insupportable ne résonnait que dans ses oreilles, pas les leurs. Où est-elle ?

Des lèvres bougèrent dans l'obscurité. Mais la voix n'était pour lui qu'un lointain bourdonnement. Quelqu'un fit un signe de la main vers le bas. Soudain les visages se crispèrent et la porte se ferma d'un coup sec, alors que les balles se remettaient à ricocher autour de lui. L'escalier vibra sous les bottes apeurées du dessous et celles à l'affût du dessus. En voyant les câbles électriques enroulés autour de la rampe, Marck se souvint des fermiers qui avaient voulu voler de l'électricité au niveau inférieur. Il reprit sa course dans l'escalier, le long des câbles, décidé à retrouver Shirly.

Une fois au niveau du dessous, certain que sa femme serait à l'intérieur, il se risqua sur le palier, à découvert, et se jeta contre les portes. Des coups de feu résonnèrent. Agrippé à la poignée, Marck tira de toutes ses forces et cria le nom de Shirly à des oreilles aussi sourdes que les siennes. La porte bougea, mais des bras invisibles l'empêchaient de s'ouvrir. Il tapa au carreau, où sa paume laissa une empreinte rosée, suppliant qu'on le laisse entrer. Des balles acharnées ricochaient à ses pieds – l'une d'elles laissa une cicatrice en bas de la porte. Accroupi, mains sur la tête, il retourna dans la cage d'escalier. Il se força à descendre. Si Shirly était derrière ces portes, elle ne s'en porterait peut-être pas plus mal. Elle pourrait se débarrasser de tout matériel suspect, se fondre dans la masse jusqu'à ce que le calme revienne. Et si elle était en bas, il fallait qu'il la rejoigne au plus vite. De toute façon, il n'avait pas d'autre choix que de descendre.

Au palier suivant, il rattrapa les trois membres des Fournitures qu'il avait doublés un peu plus tôt. Le blessé était assis, les yeux écarquillés. Les deux autres s'occupaient de lui, le sang de leur collègue avait laissé de longues traînées le long de leurs vêtements. L'un d'eux était une femme que Marck se rappelait vaguement avoir croisée en montant. Il vit une lueur froide dans ses yeux lorsqu'il s'arrêta pour leur proposer de l'aide.

— Je peux le porter, cria-t-il à la femme, blessée elle aussi.

Elle répondit. Marck secoua la tête en désignant ses oreilles.

Elle répéta en articulant de façon exagérée, mais Marck ne réussit pas à lire sur ses lèvres. Elle abandonna et le repoussa. Le blessé se cramponna à son ventre, où une tache rouge n'en finissait plus de s'élargir. Ses mains s'agrippèrent à un objet qui semblait sortir de son abdomen, une petite roue qui tournait au bout d'un tube en métal. Un pied de chaise.

La femme sortit une bombe de son sac, artisanale mais dévastatrice. Elle la remit solennellement au blessé, qui l'accepta et la serra dans son poing tremblant.

Les deux membres des Fournitures tirèrent Marck par le bras – loin de l'homme qui avait un morceau de mobilier de bureau enfoncé dans son ventre sanguinolent. Les cris semblaient lointains, mais il savait qu'ils étaient tout proches. Ils étaient pratiquement dans son oreille. Il sentit qu'on le tirait vers l'arrière, hypnotisé par le regard vide de cet homme blessé et condamné. Leurs regards se croisèrent. L'homme tenait la bombe loin de lui, les doigts crispés sur ce terrible cylindre métallique, dents serrées, mâchoire contractée.

Marck jeta un œil vers le haut. Les bottes noires et implacables de l'ennemi revenaient enfin dans son champ de vision. Elles suivaient le chemin dégoulinant que Marck et les autres avaient laissé derrière eux, avec un stock de munitions apparemment inépuisable.

Il trébucha à reculons dans les marches, à moitié tiré par les autres, une main sur la rampe, le regard attiré par la porte qui s'ouvrait derrière l'homme qu'ils venaient d'abandonner.

Un visage apparut, celui d'un petit garçon curieux sorti voir ce qui se passait. Mais une mêlée de mains adultes l'empoigna pour l'en empêcher.

D'autres mains forcèrent Marck à descendre, de sorte qu'il ne vit pas la suite. Mais ses oreilles, toutes sourdes qu'elles étaient, perçurent le sifflement des coups de feu, avant une explosion prodigieuse dont le souffle secoua l'escalier central et les fit tomber. Le fusil de Marck faillit basculer dans le vide, mais il le rattrapa de justesse.

Sonné, il se mit d'abord à quatre pattes puis se leva lentement. Presque inconscient, il reprit sa descente au fil des marches qui vibraient sous ses pas tandis qu'autour d'eux tous, le silo continuait sa chute infernale vers le chaos.

54

Silo 18

La première plage de vrai repos survint des heures plus tard, aux Fournitures, dans la tranche supérieure du fond. Il était question d'organiser une résistance, d'installer une sorte de barrière, mais on ne savait comment obstruer la cage d'escalier de façon à inclure l'espace découvert entre la rampe et le cylindre en béton. C'était l'endroit où volaient les balles sifflantes, où ceux qui sautaient rencontraient une issue fatale, et où l'ennemi pouvait s'engouffrer.

L'ouïe de Marck s'était améliorée pendant la dernière étape de sa course. Assez en tout cas pour se lasser du rythme de ses propres pas, de ses gémissements de douleur, du bruit de ses halètements épuisés. Il entendit quelqu'un dire que l'explosion avait endommagé l'escalier, ce qui avait mis un terme à la course poursuite. Mais pour combien de temps ? Quels étaient les dégâts ? Personne ne le savait.

La tension était à son comble ; la nouvelle de la mort de McLain perturbait les membres de Fournitures. Les blessés vêtus de jaune furent transportés à l'intérieur mais on suggéra sans ménagement aux blessés issus du département des Machines d'aller se faire soigner plus bas. À leur place.

Marck passait au travers de ces disputes, dont les mots étaient encore un peu assourdis. Il demandait des nouvelles de Shirly à tout le monde, mais la plupart haussaient les épaules comme s'ils ne la connaissaient pas. Un type lui dit qu'elle était déjà descendue avec d'autres blessés. Il dut répéter plus fort avant que Marck soit sûr d'avoir bien entendu.

C'était une bonne nouvelle. Il s'apprêtait à partir lorsque sa femme émergea de la foule à cran. Il sursauta de surprise.

Ses yeux s'écarquillèrent lorsqu'elle le reconnut. Puis son regard se posa sur la blessure qu'il avait au bras.

— Mon Dieu !

Elle jeta ses bras autour de lui et enfouit son visage dans son cou. Marck la serra avec un bras, son fusil entre eux, le canon froid contre sa joue tremblotante.

— Tu vas bien ? demanda-t-il.

Elle s'accrocha à son cou, la tête sur son épaule et dit quelque chose, mais il ne sentit que son souffle contre sa peau. Elle s'écarta un peu pour examiner son bras.

— Je n'entends pas bien, dit-il.

— Je vais bien, répéta-t-elle plus fort. Elle secoua la tête, les yeux humides. Je n'étais pas là. Je n'ai rien vu. Est-ce que c'est vrai pour Knox ? Qu'est-ce qui s'est passé ? C'était si horrible que ça ?

Elle se concentra sur sa blessure ; ses mains, fortes, confiantes, lui faisaient du bien. La foule diminuait à mesure que ceux des Machines refluaient aux étages inférieurs. Plusieurs membres des Fournitures lançaient des regards assassins en direction de Marck, de sa blessure, comme inquiets de voir bientôt la même à leur bras.

— Knox est mort, lui dit-il. McLain aussi. Et quelques autres. J'étais là quand l'explosion a eu lieu.

Il baissa les yeux sur son bras, qu'elle avait exposé en déchirant son maillot taché de sang.

— On t'a tiré dessus ?

Il secoua la tête.

— Je n'en sais rien. Tout s'est passé très vite. Il regarda par-dessus son épaule. Où ils vont, tous ? Pourquoi on ne fait pas barrage ici ?

Mâchoires serrées, Shirly fit un signe de tête en direction de la porte, gardée par deux hommes en jaune.

— Je crois que nous ne sommes pas les bienvenus, dit-elle assez fort pour qu'il entende. Il faut nettoyer cette blessure. Tu dois avoir des éclats d'obus dans la chair.

— Je vais bien, je t'assure. Je te cherchais. Je me suis fait un sang d'encre.

Il vit que sa femme pleurait. Ses larmes ruisselaient entre les gouttes de sueur.

— J'ai cru que je ne te reverrais pas, dit-elle. Il devait lire sur ses lèvres pour la comprendre. J'ai cru qu'ils t'avaient… que tu étais…

Elle se mordit la lèvre et le regarda avec une peur inhabituelle. Marck n'avait jamais vu sa femme dans cet état. Elle n'avait pas cillé quand une voie d'eau s'était déclarée dans le département, ni quand un effondrement avait piégé plusieurs de leurs amis proches dans la mine, ni même quand Juliette avait été condamnée au nettoyage. Mais là, il lisait tout l'effroi du monde dans ses yeux. Et ça l'effrayait bien plus que les bombes et les coups de feu.

— Allez, viens, il faut qu'on rejoigne les autres, dit-il en lui prenant la main.

La nervosité était palpable sur le palier, Mark sentait les regards qui ne souhaitaient que leur départ.

Lorsque des cris résonnèrent à nouveau au-dessus d'eux et que les membres des Fournitures se réfugièrent derrière leur porte, Marck comprit que son bref moment de répit était terminé. Mais ce n'était pas grave. Il avait retrouvé sa femme. Elle était saine et sauve. On ne pouvait plus lui faire grand mal à présent.

Lorsqu'ils atteignirent le niveau 139 ensemble, Marck sut qu'ils étaient tirés d'affaire. Par miracle, ses jambes avaient tenu le coup. La perte de sang ne l'avait pas empêché d'avancer. Soutenu par sa femme, il franchit le dernier palier avant le département des Machines en ne songeant qu'à une chose : défendre son camp contre les enfoirés qui leur tiraient dessus. Aux Machines, ils auraient de l'électricité, des renforts, l'avantage de jouer à domicile. Plus important encore : ils pourraient panser leurs blessures et se reposer. C'était ce dont il avait le plus besoin. De repos.

À la fin de la descente, il faillit tomber. Ses jambes, habituées à trouver une nouvelle marche, encore et encore, trébuchèrent sur le sol plat. Tandis que ses genoux se dérobaient et que Shirly le retenait, il remarqua enfin la longue file de gens devant le poste de sécurité des Machines.

L'équipe restée en bas tandis que les autres étaient allés combattre n'avait pas chômé. Des plaques d'acier avaient été soudées en travers de l'entrée du poste. La tôle quadrillée de losanges recouvrait l'espace d'un bout à l'autre, du sol au plafond. Des étincelles jaillirent le long d'une plaque tandis que quelqu'un terminait le boulot à l'intérieur. L'afflux soudain de blessés et de réfugiés formait une foule qui voulait à tout prix rentrer. Des mécaniciens se poussaient, se pressaient contre le barrage. Ils criaient, tapaient sur les plaques d'acier, pris d'une peur panique.

— C'est quoi ce truc ? cria Marck.

Il suivit Shirly qui essayait de pénétrer dans la foule. Devant, quelqu'un rampait à plat ventre en se tortillant pour passer par un minuscule espace laissé ouvert entre le portail de sécurité et le sol, juste assez large pour laisser passer un corps.

— Hé, poussez pas ! Chacun son tour, cria une personne devant eux.

Des salopettes jaunes se mélangeaient aux autres. Parmi eux, des mécaniciens déguisés – certains semblaient venir des Fournitures, aidant les blessés ; soit ils s'étaient trompés d'étage, soit ils ne se sentaient pas assez en sécurité à leur niveau.

Tandis que Marck tentait de pousser Shirly vers l'avant, un coup de feu retentit. La balle de plomb brûlant heurta une paroi dans un grand fracas métallique, tout près. Il changea de direction et attira Shirly vers l'escalier. Autour de la toute petite entrée, la foule céda à la panique. Il y eut des huées, ceux à l'extérieur criaient qu'on leur tirait dessus et ceux à l'intérieur leur répondaient "Un seul à la fois !".

Ils étaient plusieurs à plat ventre. L'un parvint à passer les mains dans le trou et fut aspiré par des bras invisibles à l'intérieur. Deux autres se disputaient la place suivante. Tous étaient exposés à la cage d'escalier, à découvert. Un autre coup de feu retentit, quelqu'un tomba, main agrippée à l'épaule, avant de crier "Je suis touché !". La foule se dispersa. Plusieurs coururent se réfugier à l'abri des balles sous les marches. Le reste entreprit une mêlée pour s'engouffrer dans un trou expressément conçu pour ne laisser passer qu'une personne à la fois.

Shirly cria et saisit le bras de Marck en voyant quelqu'un d'autre tomber sous les balles tout près. C'était un mécanicien, il se tordait de douleur. Elle demanda à son mari ce qu'ils devaient faire.

Pour toute réponse, Marck laissa tomber son sac à dos, l'embrassa sur la joue et gravit les marches au pas de course, fusil à la main. Il essaya de les monter deux par deux, mais ses jambes lui faisaient trop mal. Une autre balle siffla à ses oreilles, le manquant de peu. Son corps lui semblait incroyablement lourd, et lent, comme dans un cauchemar. Il aborda le niveau 139 avec son fusil en joue mais les tireurs le canardaient de plus haut.

Il s'assura qu'il avait une cartouche dans son fusil fait maison, l'arma et s'aventura sur le palier. Mais plusieurs hommes en gris, de la Sécurité, étaient penchés par-dessus la rambarde au-dessus de lui, canons pointés vers le bas. L'un d'eux tapa sur l'épaule d'un collègue en désignant Marck, qui les observait depuis l'extrémité du canon de son propre fusil.

Il tira, une mitraillette noire tomba à ses pieds, et les bras de son possesseur s'avachirent sur la rampe avant de disparaître.

Les coups de feu se mirent à pleuvoir, mais il était déjà retourné s'abriter sous les marches. Les cris gagnèrent en férocité, en dessous et au-dessus de lui. Il fila à l'autre bout des marches, à l'opposé d'où on l'avait repéré, et jeta un œil en contrebas. Près de la barrière de sécurité, la foule s'amenuisait. De plus en plus de gens étaient aspirés à l'intérieur. Il aperçut Shirly qui regardait vers le haut, abritant ses yeux de l'éclairage.

Derrière lui, soudain, un bruit de bottes. Il rechargea son arme, se tourna et visa vers la plus haute marche qu'il lui était donné de voir le long de la spirale. Il attendait de voir ce qui se présenterait à lui.

Lorsque la première botte apparut, il se stabilisa, laissa l'homme entrer davantage dans son champ de vision, et fit feu.

Une autre mitraillette noire tomba sur les marches et rebondit contre la rampe ; un autre homme s'écroula sur les genoux.

Marck se retourna et courut. Il sentit son fusil lui échapper, cogner contre ses tibias, mais ne s'arrêta pas pour le rattraper. Il glissa et tomba lui-même, atterrit sur le derrière et se releva d'un bond pour reprendre sa course. Il essayait de descendre les marches deux par deux mais il ne courait pas assez vite, comme englué dans la mélasse, les jambes rouillées.

Il entendit soudain un bruit métallique, un grondement étouffé, juste derrière lui, et sans qu'il sache comment, quelqu'un l'avait rattrapé, et attaqué par-derrière.

Il s'étala dans les marches, le menton contre l'acier. Il sentit le sang dans sa bouche. Il rampa tant bien que mal, réussit à se lever et à faire quelques pas trébuchants.

À nouveau ce bruit assourdi, ce coup dans le dos, l'impression d'avoir été mordu et frappé en même temps.

Alors c'est ce qu'on ressent quand on se prend une balle, songea-t-il, hébété. Il descendit les dernières marches d'une traite, ne sentit plus ses jambes, s'effondra.

L'étage était presque vide. Il restait une personne près du petit trou. Une autre était à moitié à l'intérieur, ses bottes dépassaient encore.

Marck reconnut Shirly, sur le ventre, qui le regardait. Ils étaient tous les deux allongés par terre. C'était si confortable. Contre sa joue, l'acier rafraîchissait sa peau. Il n'y avait plus de marches à descendre, plus de fusil à charger, plus de cible.

Shirly hurlait, ne semblant pas trouver le même réconfort que lui dans cette position.

Elle tendit un bras vers lui depuis ce petit rectangle noir aux bords en acier coupant. Mais son corps glissa dans la direction opposée, tiré par les forces de l'intérieur, poussé par la dernière salopette jaune encore à l'extérieur, près de cet étrange mur d'acier qui avait remplacé l'entrée de sa maison.

— Avance, lui dit Marck.

Il aurait préféré qu'elle ne crie pas comme ça. Chaque mot qu'il prononçait était ponctué de gouttes de sang projetées au sol.

— Je t'aime –

Et, comme sur commande, les pieds de Shirly furent happés par l'obscurité et ses cris avalés par cette gueule rectangulaire.

L'homme en jaune se retourna. Ses yeux s'écarquillèrent, sa bouche s'ouvrit en grand, et son corps ondula violemment sous l'impact des balles.

Ce fut la dernière chose que Marck vit, une danse macabre.

Puis en une infime seconde, en un lointain frisson, il se sentit mourir.

55

Trois semaines plus tard.
Silo 18

Blotti dans son lit de camp, Walker écoutait la violence qui faisait rage au loin. Des cris en provenance de l'entrée des Machines parvenaient jusque dans son couloir. Puis résonnait l'alternance désormais familière des coups de feu : les "pan pan" des gentils, suivis des "ta ta ta ta ta" des méchants.

Il y eut une formidable explosion, dont le souffle fit gémir l'acier, et les échanges de tirs cessèrent un instant. Puis à nouveau des cris. Des bottes qui passaient d'un pas lourd devant sa porte. C'était ce bruit de bottes qui rythmait la musique de ce nouveau monde. Et cette musique, il l'entendait depuis son lit, malgré les couvertures tirées sur sa tête, malgré les oreillers entassés pardessus, malgré sa prière incessante, à voix haute, pour que ça s'arrête, pour l'amour du Ciel.

Les bottes apportaient avec elles davantage de cris. Walker se roula en boule, les genoux contre la poitrine, se demanda quelle heure il était. Il redoutait que ce fût le matin, l'heure de se lever.

Un bref répit survint, un silence pendant lequel on soignait les blessés, dont les gémissements étaient trop faibles pour passer sa porte hermétiquement fermée.

Il essaya de se rendormir avant que la musique ne revienne à plein volume. Mais, comme toujours, le calme était pire encore. Durant la trêve, il sentait monter l'angoisse à l'idée de l'inéluctable fusillade. Son envie urgente de s'endormir effrayait en fait le sommeil. Et alors il craignait que la résistance soit terminée, que les méchants aient gagné et viennent le déloger –

On frappa à sa porte – un petit poing plein de hargne que ses oreilles expertes auraient reconnu entre mille. Quatre coups brefs, puis plus rien.

Shirly. Elle devait avoir déposé sa ration de petit-déjeuner à sa place habituelle et ramassé le dîner de la veille, dans lequel il avait à peine picoré. Il grogna, fit rouler sa vieille carcasse sur le côté. Martèlement de bottes. Toujours pressées, toujours alarmantes. En guerre perpétuelle. Son couloir, autrefois si paisible, loin des machines et des pompes qui avaient besoin d'entretien, était à présent une voie au passage constant. C'était l'entrée qui comptait le plus désormais, l'entonnoir à travers lequel on distillait la haine. Que le silo aille se faire voir, les habitants d'en haut comme les machines d'en bas. Contentons-nous de nous battre pour ce territoire insignifiant, d'empiler les cadavres des deux bords du barrage jusqu'à ce qu'un camp abandonne, parce que c'était la cause d'hier, et que personne ne voulait se souvenir des événements antérieurs.

Mais Walker, lui, se rappelait. Il se rappelait –

La porte de son atelier s'ouvrit d'un coup. À travers une fente dans son cocon crasseux, Walker aperçut Jenkins, un garçon d'une vingtaine d'années dont la barbe le vieillissait un peu et qui avait hérité de cette situation chaotique à la mort de Knox. Il se fraya un chemin dans le labyrinthe d'établis et de pièces détachées de toutes sortes pour atteindre le lit de camp.

— Je suis réveillé, grogna Walker, en espérant que Jenkins parte.

— On dirait pas. Jenkins enfonça le canon de son arme dans les côtes de Walker. Allez, vieux machin, debout !

Walker se raidit. Il sortit un bras de sous les couvertures pour faire signe au jeunot de le laisser tranquille.

Le regard de Jenkins se fit grave, et inquiet.

— On a besoin que tu nous répares cette radio fissa, Walk. On se fait laminer. Si on ne peut pas les espionner, impossible de se défendre.

Walker essaya de se redresser. Jenkins l'attrapa par la bretelle de sa salopette pour l'aider.

— J'ai bossé dessus toute la nuit, répondit Walker en se frottant le visage. Il avait une haleine terrible.

— Et alors, elle marche ? Il nous la faut, Walk. Tu sais que Hank a risqué sa vie pour nous la refiler, quand même ?

— Bah, il aurait dû risquer un peu plus et nous envoyer le manuel avec.

Il prit appui sur ses genoux pour se lever et, malgré la plainte de ses articulations, fit quelques pas jusqu'à un établi, laissant tomber ses couvertures en tas. Ses jambes dormaient encore à moitié, et ses mains le picotaient, il les sentait faibles, incapables de former un poing serré.

— Je me suis occupé des piles, dit-il à Jenkins. Mais le problème ne vient pas de là.

Walker regarda par sa porte restée ouverte et aperçut Harper, un ouvrier de l'affinerie converti en soldat. Harper était devenu le second de Jenks à la mort de Pieter. Il salivait à la vue du petit-déjeuner de Walker, intact.

— Vas-y, sers-toi, lui lança Walker en faisant un signe vers le bol encore fumant.

Harper lui jeta un regard interdit mais n'hésita pas davantage. Il appuya son fusil contre le mur, s'assit sur le seuil de l'atelier et engloutit la nourriture.

Jenkins n'eut pas l'air d'approuver mais ne dit rien.

— Bon, tu vois, là ?

Walker lui montra les divers éléments de la petite radio qu'il avait disposés sur son établi et reliés entre eux par un fil électrique afin d'y voir plus clair.

— J'ai du courant en continu, dit-il en tapotant le transformateur qu'il avait fabriqué pour contourner la batterie. Et les haut-parleurs fonctionnent.

Il fit jouer le bouton d'émission, et on entendit des bruits parasites.

— Mais rien ne sort. Ils ne disent rien. Je l'ai laissée allumée toute la nuit, et je ne dors jamais d'un sommeil de plomb.

Jenkins sonda son visage.

— J'aurais entendu, insista Walker. Je te dis qu'ils ne parlent pas.

Jenkins se frotta le visage. Il garda les yeux fermés un instant, paume contre le front, une certaine lassitude dans la voix.

— Tu crois que quelque chose a pu se casser quand tu l'as démolie ?

— Démontée, soupira Walker. Je ne l'ai pas démolie.

Jenkins leva les yeux au ciel.

— Donc, tu penses qu'ils ne s'en servent plus, c'est ça ? Tu crois qu'ils savent qu'on en a une ? Je te jure, moi je crois que cet enfoiré de prêtre qu'ils nous ont envoyé est un espion. C'est la merde depuis qu'on l'a laissé entrer pour administrer les derniers sacrements.

— J'en sais rien, de ce qu'ils font, dit Walker. Je pense qu'ils utilisent les radios, mais qu'ils ont exclu celle-ci du circuit. Regarde, j'ai fait une autre antenne, plus puissante.

Il lui montra les fils qui sinuaient depuis l'établi et s'enroulaient autour de la poutre en métal au-dessus de leurs têtes.

Jenkins leva les yeux puis tourna vivement la tête vers la porte. Des cris. Harper cessa de manger pour tendre l'oreille mais replongea vite sa cuillère dans la bouillie de maïs.

— Tout ce que je veux savoir, c'est quand je pourrai les écouter, déclara Jenkins en posant le bout du doigt sur l'établi avant de reprendre son fusil. Ça fait une semaine qu'on tire à l'aveugle. J'ai besoin de résultats, pas de leçons de… de… sorcellerie.

Walker se laissa tomber sur son tabouret préféré, les yeux perdus dans le maelström de fils autrefois emmêlés dans l'étroit boîtier de la radio.

— C'est pas de la sorcellerie, c'est de l'électronique.

Il désigna deux circuits, reliés entre eux par des fils qu'il avait allongés puis ressoudés afin de pouvoir examiner tous les composants en détail.

— Je sais à quoi ils servent, mais n'oublie pas que ces appareils ne sont connus de personne, en dehors du DIT en tout cas. Ce qui m'oblige à émettre des hypothèses tout en bricolant.

Jenkins se frotta l'arête du nez.

— Écoute, fais-moi savoir quand tu as quelque chose. Toutes les autres demandes peuvent attendre. C'est ta seule priorité. Pigé ?

Walker acquiesça. Jenkins tourna les talons et aboya sur Harper pour qu'il lève ses fesses.

Ils abandonnèrent Walker sur son tabouret, leurs bottes reprenant sans peine le rythme de la musique extérieure.

Seul, il examina la machine éventrée sur son établi, dont les petites lumières vertes allumées semblaient le narguer. Sa main se posa machinalement sur sa loupe, mue par une habitude vieille de plusieurs décennies, alors même qu'il mourait d'envie de retourner dans son lit, de s'enrouler dans son cocon, de disparaître.

Il avait besoin d'aide. En voyant tout ce qui lui restait à faire, il pensa, comme toujours, au petit Scottie, son ombre, parti travailler au DIT, où ils n'avaient pas pu le protéger. Il y avait eu une époque, qui glissait à présent inexorablement loin de lui pour s'enfoncer dans le passé, où Walker avait été heureux. Où sa vie aurait dû prendre fin pour lui éviter toutes les souffrances subies par la suite. Mais il avait survécu à ce bref bonheur et se rappelait à peine ces moments. Il ne se souvenait pas de ce que ça faisait de se réveiller avec une joie anticipée le matin, de s'endormir content à la fin de la journée.

Il ne connaissait plus que la peur, la terreur. Et le regret.

C'est à cause de lui que tout ce bruit et toute cette violence avaient commencé. Walker en était convaincu. Chaque vie perdue était à mettre au compte de ses mains ridées. Chaque larme était due à ses actes. Personne ne le disait, mais il le lisait dans leurs pensées. Rien qu'un petit message aux Fournitures, un service rendu à Juliette, un geste pour se montrer digne, une occasion de tester sa théorie aussi folle qu'horrible, de disparaître des écrans radars – et puis l'enchaînement des événements, l'éruption de la colère, la violence absurde.

Ça ne valait pas le coup. Il arrivait toujours à cette conclusion : plus rien ne semblait valoir le coup.

Penché sur son établi, il se remit au bricolage. C'était son métier, ce qu'il avait toujours fait. Il n'avait aucun moyen d'y échapper, d'arrêter ces doigts à la peau rugueuse, ces paumes aux lignes profondes qui semblaient interminables. Il les suivit du regard jusqu'à ses poignets frêles, parcourus de minces veines pareilles à des câbles gainés de bleu.

Rien qu'une entaille, et il irait retrouver Scottie, et Juliette.

C'était tentant.

Surtout parce que, où qu'ils se trouvent, que les prêtres aient raison ou soient bons à enfermer, ses deux vieux amis étaient dans un monde bien plus enviable que le sien...

La voix fluette de Solo lui parvint depuis le fond.

Perplexe, Juliette regarda en contrebas, dans ce puits faiblement éclairé. Il fallait qu'elle aille se rendre compte par elle-même.

Elle laissa sa petite sacoche à outils sur une marche – aucun danger que quelqu'un vienne trébucher dessus – et descendit à toute vitesse. Elle voyait à chaque tournant le câblage électrique et les tuyaux qui serpentaient le long du béton, ponctués de ruban adhésif violet à l'endroit où, non sans peine, elle avait fait ses raccords à la main.

D'autres fils électriques couraient là, partant du DIT tout en haut pour venir alimenter les lampes de croissance des fermes du bas. Juliette se demandait qui avait pu les installer. Ce n'était pas Solo : on les avait mis en place pendant les premiers jours de la chute du silo 17. Solo était seulement devenu l'heureux bénéficiaire du dur labeur d'un autre. Les lampes horticoles obéissaient désormais à leur minuterie, la végétation à son besoin de fleurir, et au-delà des vieilles odeurs d'essence, d'eau saumâtre et d'air vicié, on sentait à plusieurs paliers de distance les effluves des plantes qui arrivaient à maturité.

Juliette s'arrêta au niveau 136, le dernier palier sec avant l'inondation. Solo avait essayé de la prévenir, alors même qu'elle fantasmait sur les possibilités qu'offraient les énormes pelleteuses. Elle aurait dû s'en douter, qu'il y avait eu une inondation. L'eau s'infiltrait sans cesse dans son propre silo, c'était le risque quand on vivait sous la nappe phréatique. Sans électricité pour alimenter les pompes, le niveau de l'eau ne pouvait que monter.

Elle s'appuya contre la rampe d'acier pour reprendre son souffle. Douze marches plus bas, Solo se tenait sur l'unique giron que leurs efforts avaient permis d'assécher. Presque trois semaines de câblage et de plomberie, une bonne partie de la ferme hydroponique mise au rancart, l'installation d'une pompe pour acheminer le trop-plein vers les citernes de traitement des eaux, tout ça pour faire refluer l'inondation d'une petite marche.

Solo se tourna vers elle, tout sourire.

— Ça marche, non ?

Il se gratta la tête, les cheveux hirsutes, la barbe émaillée d'un gris qui détonnait avec sa joie enfantine. La question resta en suspens dans l'air, matérialisée par un nuage de condensation dû au froid qui régnait dans le tréfonds du silo.

— Pas comme il faudrait, lui répondit Juliette, agacée par le résultat.

Elle jeta un œil en contrebas à la nappe d'huile et d'essence qui recouvrait l'eau. La surface, miroitante et colorée, était immobile. Sous cette couche gluante, l'éclairage de secours de l'escalier, d'un vert spectral, donnait aux profondeurs des airs de maison hantée qui s'accordaient bien avec le reste du silo, désert.

Dans le silence, Juliette entendit un faible gargouillis à l'intérieur d'un tuyau. Elle crut même distinguer le bourdonnement lointain de la pompe immergée à quatre mètres de profondeur. Elle essaya d'exhorter l'eau à monter dans le tube, monter les vingt niveaux qui la séparaient des citernes vides.

Solo toussa dans sa main.

— Et si on installait une autre… ?

Juliette leva une main pour le faire taire. Elle comptait. Le volume des huit étages des Machines était difficile à estimer – il y avait tant de couloirs et de pièces qui pouvaient être, ou non, inondées –, mais elle pouvait deviner la hauteur de la cage d'escalier depuis le niveau où se tenait Solo jusqu'au poste de sécurité. La pompe avait fait baisser le niveau d'un peu moins de trente centimètres en deux semaines. Il restait encore dans les vingt-cinq mètres à évacuer. Avec une autre pompe, il faudrait, disons, un an pour atteindre l'entrée du département des Machines. Selon le degré d'étanchéité des niveaux intermédiaires, ce pouvait être beaucoup plus. Il pourrait falloir trois ou quatre fois plus de temps pour arriver là.

— Et si on mettait une autre pompe ? insista Solo.

Juliette en eut mal au cœur. Même avec trois petites pompes de plus prises dans la serre hydroponique, et les câbles et les tuyaux qui allaient avec, il fallait compter un an, peut-être deux, avant d'assécher le silo entièrement. Elle n'était pas sûre d'avoir tout ce temps devant elle. Au bout de quelques semaines déjà, dans cet endroit abandonné, seule avec un homme à moitié sain d'esprit, elle commençait à entendre des murmures, à oublier où elle laissait ses affaires, à trouver allumées des lumières qu'elle était persuadée d'avoir éteintes. Soit elle devenait folle, soit Solo s'amusait à le lui faire croire. Deux ans de cette vie, en sachant sa maison si proche, mais si inaccessible…

Elle se pencha au-dessus de la rampe, par crainte de finir par vomir. En contemplant son reflet dans cette pellicule d'huile, elle envisagea soudain des risques plus fous que ces deux années de quasi-solitude.

— Deux ans, dit-elle à Solo, avec l'impression de prononcer une peine de mort. Deux ans. Voilà ce que ça nous prendra si on ajoute trois pompes. Au moins six mois pour la cage d'escalier, mais le reste prendra plus de temps.

— Deux ans ! chantonna Solo. Deux ans, deux ans !

Il tapa du pied en rythme sur la marche du dessous, et l'onde concentrique vint troubler le reflet de Juliette. Il se mit à tourner sur place, la tête renversée.

— Deux ans, c'est rien du tout !

Juliette contint sa frustration tant bien que mal. Deux ans, c'était une éternité. Et puis, qu'est-ce qu'ils trouveraient, en bas ? Dans quel état serait la génératrice principale ? Et les pelleteuses ? Une machine en immersion serait préservée tant qu'elle ne serait pas en contact avec l'air, mais dès que le pompage en exposerait la moindre partie, la corrosion commencerait. La nocivité de l'oxy-gène sur le métal humide condamnait presque d'avance tout ce qui pourrait leur être utile. Il faudrait aussitôt sécher et huiler machines et outils. Et ils n'étaient que deux…

Horrifiée, Juliette observa Solo se pencher, écarter la pellicule de graisse du revers de la main et boire l'eau saumâtre dans ses paumes à grandes gorgées bruyantes et joyeuses.

Mieux valait ne compter que sur elle-même pour tra-vailler au sauvetage des machines, et à elle toute seule elle n'y arriverait pas.

Elle pourrait peut-être sauver la génératrice de secours. Elle fournirait moins de travail pour une quantité non négligeable d'électricité.

— Quoi faire pendant deux ans ? demanda-t-il en essuyant sa barbe avant de lever les yeux vers elle.

Elle secoua la tête.

— On ne va pas attendre deux ans, répondit-elle.

Les trois dernières semaines avaient déjà été diffi-ciles… mais elle n'en dit rien.

— D'accord, dit-il en haussant les épaules.

Il remonta l'escalier à pas lourds avec ses bottes trop grandes. Sa salopette grise n'était pas non plus bien rem-plie ; on aurait dit un petit garçon qui voulait porter les vêtements de son père. Il rejoignit Juliette et lui sourit à travers sa barbe luisante de gouttelettes.

— On dirait que tu as de nouveaux projets, dit-il avec joie.

Elle acquiesça en silence. Quelle que soit la chose sur laquelle ils travaillaient, remplacement des câbles, entretien des fermes, réparation de dispositifs d'éclai-rage, c'était, dans la bouche de Solo, "un projet". Et il confessait adorer les projets. Juliette se disait que ça devait lui venir de l'enfance, que c'était une sorte de mécanisme de survie qui s'était installé au fil des ans pour lui permettre de s'atteler à la tâche avec le sourire plutôt qu'en déprimant.

— Ça, tu peux le dire, c'est un sacré projet qui nous attend, lui dit Juliette, redoutant déjà l'ampleur du boulot. Elle se mit à réfléchir aux outils et aux pièces de rechange qu'ils devraient grappiller ici et là en remontant.

Solo rit en tapant dans ses mains.

— Super ! En route pour l'atelier !

Du bout du doigt, il décrivit une spirale au-dessus de sa tête pour mimer la longue ascension qui les attendait.

— Pas tout de suite. D'abord, pause déjeuner à la ferme. Après, arrêt aux Fournitures. Et ensuite, j'ai besoin d'un peu de temps seule dans la salle des serveurs.

Juliette se détourna de la rampe et des eaux profondes aux reflets vert métallisé.

— Avant qu'on se mette au boulot, j'ai un appel…

— Un appel ! s'écria Solo. Non. Pas d'appel. Tu es tout le temps branchée sur ce foutu machin.

Juliette l'ignora et commença à gravir les marches qui la mèneraient au DIT pour la cinquième fois en trois semaines. Mais elle savait que Solo avait raison : elle passait trop de temps le casque sur les oreilles, à l'affût du moindre bip. Elle savait que ça n'avait pas de sens, que petit à petit, elle devenait folle dans cet endroit, mais ces moments passés seule au fond de cette salle, le micro près de la bouche, le monde autour d'elle assourdi par les écouteurs – ce lien possible entre un monde mort et un autre qui abritait la vie –, c'était la seule chose, dans le silo 17, qui l'empêchait de perdre la raison.

57

Silo 18

> … fut l'année où la Guerre civile fit rage dans les trente-
> trois États. Ce conflit coûta plus de vies américaines que
> tous ceux qui suivraient réunis, car chaque mort était
> pour ainsi dire à déplorer dans la même famille. Pen-
> dant quatre ans, le pays fut ravagé par le feu, et lorsque
> la fumée se dissipait des champs de bataille, on décomp-
> tait les cadavres entassés, frère après frère. Plus d'un
> demi-million de personnes trouvèrent la mort. Certaines
> estimations donnent un chiffre deux fois plus élevé. La
> maladie, la faim, le chagrin régnèrent…

Les pages du livre se teintèrent de rouge au moment
où Lukas lisait la description des champs de bataille. Il
leva les yeux vers les voyants au-dessus de sa tête. Leur
inactivité avait cédé la place à un clignotement effréné :
quelqu'un était entré dans la salle des serveurs au-dessus de lui. Il replaça le ruban dans le livre pour mar-
quer sa page, referma le tome, le glissa dans sa boîte
avec précaution puis à sa place sur l'étagère parmi les
autres tranches argentées. À pas de loups, il revint s'installer devant l'ordinateur et secoua la souris pour sortir
l'écran de sa torpeur.

Une fenêtre s'ouvrit sur des images de la salle des
serveurs prises en direct par des caméras, légèrement

déformées par le grand-angle. C'était un secret de plus parmi tous ceux que recelait cet endroit : la capacité à voir à distance. Lukas regarda de plus près ; il se demandait si c'était Sammi ou un autre technicien venu faire une réparation. Mais son estomac qui criait famine espérait plutôt l'arrivée du plateau déjeuner.

Par la caméra 4, il repéra enfin son visiteur : un profil courtaud en salopette grise arborant lunettes et moustache. Légèrement voûté, il portait un plateau avec couverts, verre d'eau au contenu à moitié renversé et assiette sous cloche, le tout reposant en partie sur son ventre proéminent. Bernard lança un regard à la caméra en passant, l'œil perçant, le sourire pincé.

Lukas courut au bout du couloir ouvrir la trappe, au son mat de ses pieds nus contre le sol en acier. Il gravit l'échelle sans peine et actionna la poignée rouge usée. Au moment où il soulevait la grille d'accès, l'ombre de Bernard le plongea dans l'obscurité. Le plateau se posa dans un cliquetis de couverts.

— Je te gâte aujourd'hui, dit Bernard en soulevant la cloche de l'assiette.

La vapeur, une fois dissipée, laissa voir deux rangées de travers de porc.

— Hmm.

Lukas sentit son ventre gronder à la vue de la viande. Il se hissa hors de la trappe et s'assit à même le sol, les jambes pendant le long de l'échelle. Il posa le plateau sur ses genoux.

— Je croyais qu'on était tous soumis à des restrictions, du moins jusqu'à la fin de la rébellion.

Il se coupa un morceau de viande juteuse.

— Mais n'allez pas croire que je me plains, hein.

Il mâcha et apprécia l'apport de protéines, reconnaissant à l'animal pour son sacrifice.

— Oh, les rations n'ont pas été augmentées. Ce pauvre cochon s'est simplement retrouvé au beau milieu d'une fusillade. Je n'allais pas permettre qu'on gâche tout ça. La majeure partie de la viande a bien entendu été donnée aux épouses et époux de ceux que nous avons perdus.

— Ah oui ? Et ça fait combien maintenant ?

— Cinq. Plus les trois de la première attaque.

Lukas secoua la tête.

— Ça pourrait être pire, vu la situation.

Tout en caressant sa moustache, Bernard observait Lukas manger. Ce dernier agita sa fourchette pour lui proposer de partager, mais Bernard déclina. Il s'adossa contre le serveur qui abritait les liaisons radio. Lukas essaya de ne pas réagir.

— Alors, combien de temps je vais rester ici ? demanda-t-il, l'air détaché, comme si n'importe quelle réponse lui conviendrait. Ça fait déjà trois semaines, non ?

Il mangeait la viande sans s'occuper des légumes.

— Encore quelques jours, vous pensez ?

Bernard se frotta les joues et passa une main dans ses cheveux clairsemés.

— Je l'espère, mais je n'en sais rien. C'est Sims qui décidera, et il est convaincu que la menace pèse encore sur nous. C'est qu'ils se sont bien barricadés en bas, dans les Machines. Ils menacent de couper le courant, mais je ne pense pas qu'ils passeront à l'acte. Je crois qu'ils ont enfin compris qu'ils ne contrôlaient pas l'électricité ici à notre niveau. Ils ont sûrement essayé de la couper avant leur attaque-surprise, mais ils ont dû être étonnés de voir toutes ces lumières en arrivant.

— Vous ne croyez quand même pas qu'ils priveraient les fermes de jus ?

Lukas pensait au rationnement, il craignait que le silo ne meure de faim.

— Ils finiront peut-être par le faire. En dernier recours. Mais ça ne fera qu'amoindrir le peu de soutien dont ces graisseux bénéficient parmi nous. Ne t'en fais pas, la faim les fera plier. Tout se passe comme prévu.

441

Lukas acquiesça et prit une gorgée d'eau. Cette viande était la meilleure qu'il avait jamais mangée.

— Au fait, demanda Bernard, tu as avancé dans ta lecture ?

— Oui oui, mentit Lukas.

En vérité, il avait à peine ouvert le livre de l'Ordre. Les détails qui l'intéressaient le plus étaient ailleurs.

— Bien. Quand ces petits tracas seront terminés, on te programmera des séances dans la salle des serveurs. Tu travailleras en tant qu'ombre. Et une fois que nous aurons choisi une nouvelle date pour l'élection, à laquelle, vu les événements, personne d'autre ne se présentera, j'aurai beaucoup à faire. Et ce sera donc toi qui dirigeras le DIT.

Lukas posa son verre et prit la serviette en tissu. En s'essuyant la bouche, il réfléchit à ce que Bernard venait de dire.

— Quand même pas dans les semaines qui viennent, si ? Parce que j'ai l'impression qu'il me faudrait des années avant de pouvoir…

Un bruit de vibreur l'interrompit. Il se figea, lâcha sa serviette, qui voltigea jusqu'au plateau.

Bernard bondit du serveur comme s'il avait pris un coup de jus ou comme s'il s'était brûlé contre l'enveloppe de métal noir.

— Bordel ! dit-il en tapant du poing sur le serveur. Il fouilla ses poches en quête de son passe-partout.

Lukas s'efforça de continuer à manger comme si tout était normal. Les sonneries répétées du serveur commençaient à mettre Bernard dans tous ses états. Comme s'il perdait la boule. Lukas avait l'impression de vivre à nouveau avec son père, à l'époque où sa gnôle maison ne lui avait pas encore troué le foie.

— Putain, je te jure… grognait Bernard en déverrouillant une série de serrures.

Il jeta un œil à Lukas, qui mâchait lentement un morceau de viande sans même en sentir le goût.

— J'ai une mission pour toi, dit Bernard en venant à bout de la dernière serrure, qui, Lukas le savait, était assez récalcitrante. Tu vas m'ajouter un tableau ici, un truc tout simple avec des diodes. Tu inventes un code pour qu'on voie qui nous appelle, qu'on sache si c'est important ou si on s'en fout.

Il arracha le panneau arrière et le posa bruyamment contre le serveur 40, derrière lui. Lukas se concentra sur sa gorgée d'eau tandis que Bernard inspectait l'intérieur obscur de la machine, les petites lumières qui clignotaient au-dessus des prises de communication. Les entrailles sombres de la tour et ses vibrations incessantes noyaient les jurons de Bernard.

Il ressortit la tête, rouge de colère, et se tourna vers Lukas, qui reposa son gobelet.

— Je vais te dire ce que je veux sur ce tableau : juste deux lumières. Une rouge si c'est le silo 17 qui appelle. Une verte pour tous les autres. Pigé ?

Lukas acquiesça. Il baissa les yeux vers son plateau et coupa une pomme de terre en deux. Bernard attrapa le panneau du serveur.

— Laisse, je le remettrai, marmonna Lukas en se brûlant avec son morceau de patate.

Il souffla la vapeur à l'extérieur, avala, et but à grands traits.

Bernard laissa le panneau à sa place. Il lança un dernier regard à l'intérieur de la machine, qui continuait à vibrer, et à faire clignoter ses voyants.

— Merci. Tiens, t'as qu'à t'y mettre tout de suite après manger.

Les appels cessèrent enfin, et le silence revint, à peine troublé par les bruits de couverts contre l'assiette. Ça ressemblait au calme embué d'alcool de son enfance. Bientôt – tout comme son père tombait ivre mort dans la salle de bains ou dans la cuisine – Bernard partirait.

Comme s'il avait lu dans ses pensées, son patron se releva pour s'en aller.

— Quoi qu'il en soit, bon dîner, dit-il. J'enverrai Peter reprendre le plateau un peu plus tard.

Lukas embrocha plusieurs haricots au bout de sa fourchette.

— Vous êtes sérieux ? Je croyais que c'était le déjeuner.

— Il est huit heures passées, répondit Bernard en ajustant sa salopette. Oh, au fait, j'ai parlé à ta mère aujourd'hui.

Lukas posa sa fourchette.

— Et ?

— Je lui ai rappelé que tu accomplissais un travail de première importance pour le silo, mais elle veut à tout prix te voir. J'ai discuté avec Sims d'une permission pour qu'elle vienne…

— Ici ? Dans la salle des serveurs ?

— Oui, juste à ce niveau. Pour qu'elle voie que tu es en pleine forme. J'arrangerais bien un rendez-vous ailleurs, mais Sims pense que c'est une mauvaise idée. Il n'est pas sûr de la loyauté des techniciens. Il essaie encore de débusquer des mouchards…

Lukas manqua s'étouffer.

— Sims est parano, dit-il. Aucun de nos techniciens n'ira s'acoquiner avec ces graisseux. Jamais ils ne trahiraient le silo, et vous encore moins.

Il prit un os et rogna la viande restante.

— Quoi qu'il en soit, il m'a convaincu de te garder sous haute sécurité. Je te ferai savoir quand tu pourras voir ta mère le moment venu.

Bernard se pencha pour lui serrer l'épaule.

— Merci de ta patience. Je suis content d'avoir un second qui comprenne aussi bien les enjeux de ce poste.

— Oh, ça reste simple : le silo d'abord.

— C'est bien. Continue à lire le livre de l'Ordre. Surtout les chapitres concernant les insurrections et les soulèvements. Je veux que tu en apprennes le maximum, au cas où, Dieu nous en garde, une telle chose se produirait sous ta charge.

— Entendu, répondit Lukas.

Il posa son os et s'essuya les doigts avec sa serviette. Bernard se retourna une dernière fois.

— J'allais oublier. Inutile que je te le rappelle, mais tu ne dois répondre à ce serveur en aucun cas. Je n'ai pas encore parlé de toi aux directeurs des autres DIT, et donc ta nomination pourrait être… heu, gravement remise en cause si tu leur parlais avant que ce soit officiel.

— Vous plaisantez ? dit Lukas en secouant la tête. Comme si j'avais envie de parler avec quelqu'un qui vous met dans un état pareil. Non merci.

Bernard sourit et s'épongea le front.

— Tu es un brave garçon, Lukas. Je suis content de pouvoir compter sur toi.

— Et moi je suis content de vous être utile.

Ils échangèrent un sourire. Bernard finit par tourner les talons, ses bottes résonnant contre les grilles de métal, et passa cette lourde porte qui retenait Lukas prisonnier parmi les machines et tous leurs secrets.

Il entendit Bernard composer son nouveau code pour verrouiller la porte. Le rythme des bips lui était familier mais le code lui demeurait inconnu.

C'est pour ton bien, avait dit Bernard. Tandis qu'il mâchonnait un bout de gras, Lukas vit par la trappe les voyants rouges en dessous de lui s'éteindre.

Il laissa tomber l'os dans son assiette. Il poussa la pomme de terre sur le côté en essayant de ne pas vomir, en pensant à l'endroit où le squelette de son père gisait. Il reposa son plateau, sortit ses pieds de la trappe et se posta face à l'arrière du serveur resté ouvert.

Le casque à écouteurs glissa avec fluidité hors de son sac. Il le mit sur ses oreilles, et ses mains frôlèrent au passage sa barbe de trois semaines. Il inséra la fiche du cordon dans la prise étiquetée "17".

Il y eut une série de bips. L'appel était lancé. Il imagina les bourdonnements à l'autre bout de la ligne, les voyants qui clignotaient.

Il attendait, incapable de respirer.

— Allô?

La voix chantante retentit dans le casque. Il sourit.

— Salut, dit-il.

Il s'assit, s'adossa au serveur 40, se mit à l'aise.

— Comment ça se passe chez vous?

58

Silo 18

Walker agita les bras au-dessus de sa tête pour expliquer sa nouvelle théorie sur le mode de fonctionnement probable de la radio.

— Bon, le son, ces émissions, c'est comme des ondes dans l'air, tu vois ?

Il fit taire la voix invisible avec son doigt. Au-dessus de sa tête était pendue la troisième antenne qu'il avait construite en deux jours.

— Ces ondes, elles parcourent le fil de haut en bas, de bas en haut, expliqua-t-il en gesticulant le long de l'antenne, c'est pour ça que plus il est long, mieux c'est. Ça en attrape plus.

Mais si ces ondes sont partout, pourquoi est-ce qu'on n'en capte aucune ?

Walker hocha la tête d'un air appréciatif. C'était une bonne question. Une excellente question.

— On va en capter cette fois. On est à deux doigts.

Il régla l'ampli qu'il venait de fabriquer, bien plus puissant que celui qu'il avait récupéré dans la vieille radio de Hank.

— Écoute.

Un sifflement entrecoupé de crépitements emplit la pièce, comme si on froissait du film plastique.

J'entends rien.

— C'est parce que tu fais trop de bruit. Écoute.

Et voilà. C'était léger, mais quelques bruits distincts émergèrent du flot sonore.

J'ai entendu !

Walker acquiesça avec fierté. Pas tant pour ce qu'il avait mis au point que pour sa doublure. Il jeta un œil à la porte pour s'assurer qu'elle était toujours bien fermée. Car il parlait avec Scottie seulement lorsqu'elle était fermée.

— Par contre, j'arrive pas à comprendre pourquoi je capte rien de plus net, dit-il en se grattant le menton. C'est peut-être parce qu'on est trop profond dans la terre.

On a toujours été aussi bas, remarqua Scottie. *Et ce shérif qu'on a rencontré il y a des années, il parlait toujours dans sa radio sans avoir de problèmes.*

Walker frotta ses joues ombrées de barbe. Sa petite ombre, comme toujours, était pleine de bon sens.

— Il y a bien un petit circuit, là, que j'arrive pas à comprendre. Je crois qu'il est censé nettoyer le signal. Tout semble passer par lui.

Il fit tourner son tabouret pour se retrouver face à son établi, entièrement recouvert de circuits électriques et d'un méli-mélo coloré de fils en tous genres. Il prit sa lunette grossissante et examina le circuit en question. Il imagina Scottie faisant de même.

C'est quoi cet autocollant ? demanda Scottie en désignant un minuscule rond blanc sur lequel figurait le numéro 18. C'était Walker qui avait enseigné à Scottie qu'il ne fallait jamais hésiter à admettre qu'on ne savait pas telle ou telle chose. Parce que si on n'en était pas capable, alors on n'apprendrait jamais rien.

— Je ne sais pas, admit-il. Mais tu vois ce câble plat qui relie le circuit au reste ?

Scottie acquiesça.

— C'est comme si on avait voulu le tenir à l'écart exprès. Peut-être parce qu'il crame facilement. Je crois que c'est la partie qui nous freine, comme un plomb qui aurait sauté.

Est-ce qu'on peut le contourner ?

— Le contourner ?

Walker n'était pas sûr de comprendre.

L'éviter. Au cas où il serait cramé. Le court-circuiter.

— Mais on risque de cramer autre chose. Et puis, il serait pas là s'il servait à rien.

Walker réfléchit un instant. Il voulut ajouter qu'on pouvait en dire de même de Scottie, de sa voix apaisante. Mais bon, il n'avait jamais su partager ses sentiments avec son ombre. Rien que son savoir.

En tout cas, moi, c'est ce que j'essaierais de…

On frappa soudain à la porte et les gonds se mirent à grincer – problème auquel il ne remédiait pas à dessein. Scottie se fondit dans l'ombre sous l'établi et sa voix se perdit dans le bruit parasite des haut-parleurs.

— Walk, qu'est-ce que c'est que ce bordel ?

Il pivota sur son tabouret en reconnaissant Shirly – elle seule alliait aussi bien voix charmante et jurons de toutes sortes. Elle entra dans l'atelier avec un plateau, la bouche pincée en signe de déception.

Walker baissa le volume.

— J'essaie de réparer la…

— Non, je parle du fait que tu ne manges plus, à ce qu'on m'a dit.

Elle posa le plateau devant lui et découvrit l'assiette, pleine de maïs fumant.

— Tu as mangé ton petit-déjeuner ce matin ou tu l'as donné à quelqu'un d'autre ?

— C'est trop, dit-il en regardant la platée qui comptait trois ou quatre rations de nourriture.

— Pas quand on donne sa bouffe aux autres depuis je ne sais quand.

Elle lui fourra une fourchette dans les mains.

— Mange. Tu remplis pas la moitié de ta salopette.

Walker mélangea la nourriture du bout de sa fourchette, mais son estomac, perclus de crampes, avait depuis longtemps dépassé le stade de la faim. Il espérait que l'organe se crispe encore et encore jusqu'à n'être plus qu'une petite boule et alors tout irait bien pour toujours…

— Mange-moi ça, putain.

Il souffla sur sa platée et se força à en enfourner une bouchée pour faire plaisir à Shirly.

— Et qu'on ne vienne pas me dire que mes hommes traînent devant ta porte pour t'amadouer, OK ? Tu ne leur donnes pas tes rations, point barre. T'as pigé ? Allez, encore une fourchette.

Walker avala. Il devait admettre que la nourriture qui descendait, malgré la brûlure, lui faisait du bien. Il en prit une autre bouchée.

— Je vais être malade si je mange tout ça.

— Et je ferai en sorte que tu sois mort si tu ne finis pas.

Il lui lança un regard, s'attendant à un sourire. Mais Shirly ne souriait plus. Plus personne, d'ailleurs.

— Qu'est-ce que c'est que ce boucan qu'on entend ?

Elle tourna sur elle-même en quête de la source.

Walker posa sa fourchette et régla le volume. Le bouton était soudé à une série de résistances ; le bouton lui-même s'appelait un potentiomètre. Il eut soudain envie de lui expliquer tout ça, il aurait tout fait pour ne pas avoir à manger. Il pourrait lui dire comment il avait réparé l'ampli, que le potentiomètre n'était en fin de compte qu'une résistance réglable, que le moindre mouvement du bouton affinait le volume… mais il arrêta de gamberger. Il reprit sa fourchette et mélangea son maïs. Il entendait Scottie murmurer dans son coin.

— Ah, c'est mieux, dit Shirly en parlant du volume sonore. C'est encore pire que le vacarme de l'ancienne génératrice. Mais si tu peux le baisser, tu peux m'expliquer pourquoi tu le mets si fort ?

Tout en mâchant, Walker souleva le fer à souder de son support. Il fouilla dans un compartiment de petites pièces à la recherche d'un potentiomètre mis au rebut.

— Tiens-moi ça, dit-il à Shirly en lui donnant les fils qui pendaient du potentiomètre, qu'il connecta à son multimètre.

— Si tu me promets de continuer à manger.

Walker enfourna une autre bouchée en oubliant de souffler. Le maïs lui brûla la langue. Il l'avala sans mâcher, sentant sa poitrine se réchauffer. Shirly lui dit de ralentir, qu'il n'y avait pas le feu. Il l'ignora et tourna le bouton du potentiomètre. L'aiguille de son multimètre se mit à danser, signe que la pièce fonctionnait.

— Pourquoi tu ferais pas une petite pause pour manger tranquillement pendant que je suis là ? Je peux surveiller.

Elle prit un tabouret et s'y laissa tomber.

— Parce que c'est trop chaud, dit-il en agitant sa main devant sa bouche.

Il attrapa une bobine de fil à étamer, fit entrer l'extrémité en contact avec le bout du fer à souder brûlant, ainsi recouvert de métal fondu.

— Bien, apporte le fil noir par là.

Il frôla délicatement la patte de la résistance du circuit "18" du bout de son fer. Shirly se pencha au-dessus de l'établi.

— Et après tu finis ton dîner ?

— Promis juré.

Elle plissa les yeux comme pour signifier qu'elle prenait cette promesse très au sérieux, puis fit ce qu'il lui avait demandé.

Les gestes de Shirly n'étaient pas aussi précis que ceux de Scottie, mais à l'aide de sa loupe, il réalisa rapidement la soudure. Il lui montra où devait aller le fil rouge, et le souda aussi. Et si ça ne marchait pas, il pourrait toujours retirer la pièce et bricoler autre chose.

— Ne laisse pas ton assiette refroidir. Je sais que tu ne mangeras rien si c'est froid, et il est hors de question que je retourne au réfectoire te la réchauffer.

Walker fixa du regard l'autocollant imprimé du chiffre 18. Il reprit sa fourchette à contrecœur.

— Comment ça se passe dehors ? demanda-t-il en soufflant.

— C'est la merde. Jenkins et Harper s'écharpent pour savoir s'il faut ou non couper le jus dans tout le silo. Mais certains des mecs qui étaient là quand, tu sais, quand Knox et…

Elle détourna le regard et laissa sa phrase en suspens.

Walker opina tout en mâchant.

— Ils disent que l'électricité était loin de manquer dans le DIT ce matin-là, bien qu'on ait coupé le courant.

— Il a peut-être été redirigé. Ou alors c'étaient des génératrices de secours. Ils en ont, tu sais.

Il prit une autre bouchée, mais mourait d'envie de faire jouer le potentiomètre. Il était persuadé que les parasites n'étaient plus les mêmes depuis qu'il avait fait la connexion.

— Je n'arrête pas de leur dire que ça nous fera plus de mal que de bien de foutre la merde dans tout le silo. Ça achèvera de monter tout le monde contre nous.

— Ouais. Dis, tu peux régler ce bouton, pendant que je mange ?

Il augmenta le volume ; il avait besoin de ses deux mains car le bouton pendait encore au bout de ses fils. Shirly se recroquevilla au son des crépitements qui s'échappèrent des haut-parleurs. Elle tendit la main vers le bouton du volume comme pour le baisser.

— Non, je voudrais que tu tournes celui qu'on vient d'installer.

— Mais tu me soûles, Walk. Mange, je t'ai dit.

Il s'exécuta. Et malgré ses réticences, Shirly se mit à régler le bouton.

— Doucement, lui dit-il, la bouche pleine.

Et, comme il s'y attendait, ils perçurent des modulations dans les bruits parasites. Ce n'était plus du film plastique qu'on froissait, mais une boule qu'on faisait rebondir aux quatre coins de la pièce.

— Et je peux savoir ce que je suis en train de faire ?

— Tu aides un vieil homme à…

— Je crois que c'est plutôt toi qui vas m'aider, là.

Walker posa sa fourchette et tendit une main pour la faire taire. Elle avait dépassé la zone intéressante pour sombrer à nouveau dans les parasites. Elle sembla le comprendre intuitivement. Elle se mordit la lèvre et fit tourner le bouton dans l'autre sens jusqu'à ce que les voix reviennent.

— *Très bien. C'est calme par ici, de toute façon. Tu veux que j'apporte mon kit ?*

— Tu as réussi, murmura Shirly à Walker, comme si ces gens pouvaient l'entendre si elle parlait trop fort. Tu as réparé…

Walker leva la main. Les bavardages continuaient.

— *Négatif. Tu peux le laisser. L'adjointe Roberts est arrivée avec le sien. Elle récolte des indices au moment même où je te parle.*

— *C'est ça ! Je travaille pendant qu'il se tourne les pouces !* lança une voix plus lointaine.

Walker se tourna vers Shirly tandis que les rires se déversaient par les haut-parleurs. Ça faisait longtemps qu'il n'avait pas entendu de rires. Mais lui ne riait pas. Il fronça les sourcils, perplexe.

— Qu'est-ce que tu as ? demanda Shirly. On a réussi ! On l'a réparée !

Elle se leva de son tabouret, prête à aller annoncer la bonne nouvelle à Jenkins.

— Attends !

Walker passa une main sur sa barbe et pointa sa fourchette en direction des composants éparpillés. Shirly le regardait en souriant, dans l'expectative.

— L'adjointe Roberts ? demanda Walker. C'est qui ? Jamais entendu parler.

59

Silo 17

Juliette alluma les lumières du labo de Confection, les mains pleines des derniers outils glanés aux Fournitures. À la différence de Solo, pour elle, l'électricité n'allait pas de soi. Ne sachant pas comment elle était produite, elle craignait la panne à tout instant. Et donc, alors que lui avait l'habitude, voire la manie, de tout allumer partout et de ne jamais éteindre, elle essayait de préserver autant que possible cette énergie à l'origine mystérieuse.

Elle déversa sa prise du jour sur son lit de camp en songeant à Walker. Était-ce ainsi qu'il avait fini par vivre à l'endroit même où il travaillait ? À cause du besoin obsédant de marteler, de bricoler, de travailler à des réparations interminables jusqu'à ne plus pouvoir dormir à plus de quelques pas de son établi ?

Plus elle comprenait le vieil homme, plus elle se sentait loin de lui, plus seule aussi. Elle s'assit et se frotta les jambes pour délasser ses cuisses et ses mollets après sa dernière ascension. Elle se faisait peut-être des muscles dignes d'un porteur, mais ils lui faisaient mal constamment. Le fait de les masser transformait le mal diffus en douleur précise, aiguë, ce qu'elle préférait. Elle aimait les sensations qu'elle pouvait comprendre.

Elle ôta ses bottes – bizarre de considérer toutes ces affaires récupérées à droite et à gauche comme les siennes – et se leva. Elle ne pouvait s'autoriser davantage de répit. Elle posa ses gros sacs de toile sur l'un des établis très étudiés du labo de Confection, où tout était plus beau que ce qu'elle avait connu aux Machines. Même les pièces conçues pour lâcher atteignaient un degré de sophistication mécanique et chimique dont elle commençait seulement à se rendre compte, à présent qu'elle comprenait leurs néfastes intentions. Elle avait amassé des tas de joints et de rondelles, en bon état s'ils provenaient des Fournitures, et ceux, défectueux, du surplus du labo, pour comprendre leur système. Elle les avait alignés contre le mur, au bord de l'établi principal, et ils lui rappelaient sans cesse la logique meurtrière dont elle avait été victime.

En déversant les pièces des Fournitures, elle songea à quel point il était étrange de vivre au cœur d'un *autre* silo. Plus bizarre encore, le fait de profiter de ces établis, de ces outils impeccables, tous conçus pour envoyer des gens comme elle vers leur propre mort.

Avec la douzaine de scaphandres de nettoyage pendus au mur à divers stades de réparation, elle avait l'impression de vivre avec des fantômes. Elle n'aurait pas été surprise que l'un d'eux saute à terre et se mette à marcher tout seul. Les manches et les jambes, gonflées, étaient comme remplies, et les casques miroitant pouvaient aisément abriter des visages curieux. C'était comme si elle avait de la compagnie. Ils l'observaient tandis qu'elle triait ses trouvailles en deux piles : une d'articles qui lui seraient utiles pour son prochain gros projet, l'autre de bouts de tout et de rien qu'elle avait récupérés sans idée précise.

Une pile rechargeable entrait dans cette seconde catégorie, encore tachée de sang qu'elle n'avait pas réussi à enlever. Des images lui revinrent en mémoire, des scènes sur lesquelles elle était tombée pendant sa recherche de matériel, comme celle des deux hommes qui s'étaient suicidés dans le bureau de la direction des Fournitures, les mains entrelacées, le poignet opposé tailladé, une vaste auréole couleur rouille tout autour d'eux. C'était l'une des pires qu'elle avait vues, un souvenir qu'elle ne parvenait pas à chasser. Il y avait d'autres traces de violence éparpillées dans le silo. C'était un endroit hanté, anéanti. Elle comprenait parfaitement que Solo ait choisi de limiter ses rondes aux jardins. Et qu'il ait pris l'habitude de bloquer la porte de la salle des serveurs tous les soirs à l'aide du classeur, bien qu'il ait été seul depuis des années. Elle-même actionnait les verrous du labo sans faute avant de se coucher. Elle ne croyait pas vraiment aux fantômes, mais cette donnée était rudement mise à l'épreuve par l'impression constante d'être surveillée, peut-être pas par de vraies personnes, mais par le silo lui-même.

Elle commença par le compresseur d'air et, comme toujours, le travail manuel lui procura un bien-être instantané. Elle aimait réparer les choses, avoir l'esprit occupé. Les premières nuits, après avoir survécu à la terrible épreuve du nettoyage, après s'être introduite tant bien que mal dans cette carcasse de silo, elle avait longtemps cherché un endroit où elle serait susceptible de dormir. Ça n'aurait jamais pu être sous la salle des serveurs, à cause de la puanteur que dégageaient les piles de détritus de Solo. Elle avait testé l'appartement du directeur du DIT, mais le souvenir de Bernard l'empêchait même de tenir assise. Les canapés des divers bureaux n'étaient pas assez longs. La chambre qu'elle avait essayé de se concocter à l'étage de la salle des serveurs, chauffé, n'était pas mal, mais le ronronnement de toutes ces machines avait failli la rendre folle.

Assez bizarrement, le labo de Confection, avec ses spectres suspendus, était le seul endroit où elle avait profité d'une bonne nuit de sommeil. C'était sûrement dû au fouillis de fers à souder et de clés à molette, aux murs de tiroirs débordant de prises et de mandrins en tout genre. Si elle devait réparer des choses, et se remettre elle-même sur pied, ce serait ici, dans cette pièce. Le seul autre endroit du silo 17 où elle se sentait chez elle, c'était les deux cellules dans lesquelles elle dormait parfois lors de longues ascensions ou descentes. Sans oublier le serveur dans lequel elle prenait place pour parler avec Lukas.

Elle pensa à lui en allant chercher la bonne taille de cheville dans une énorme caisse à outils. Elle la mit dans sa poche et descendit l'un des scaphandres de nettoyage complets, en admira le poids en se souvenant à quel point elle l'avait trouvé volumineux quand elle en avait porté un semblable. Elle le posa sur un établi et ôta le collier de serrage du casque, qu'elle porta à la perceuse à colonne pour y pratiquer un trou. Le collier maintenu par un étau, elle se mit à faire jouer sa cheville pour la faire entrer dans le trou, créant ainsi un nouveau connecteur de sortie pour le tuyau à oxygène. Elle luttait et pensait à sa dernière conversation avec Lukas lorsqu'une odeur de pain frais envahit le labo, suivie de Solo.

— Salut ! lança-t-il sur le seuil.

Juliette leva la tête et, du bout du menton, lui fit signe d'entrer. Cette saloperie de cheville lui donnait du fil à retordre ; le métal s'enfonçait dans sa paume, elle transpirait.

— J'ai refait du pain.

— Ça sent bon.

Depuis qu'elle lui avait appris à faire du pain sans levain, il enchaînait les fournées. Au fil de ses expérimentations, il retirait les uns après les autres les grands pots de farine qui servaient de pieds aux étagères de son garde-manger. Il faudrait qu'elle lui apprenne de nouvelles recettes pour utiliser au mieux le zèle dont il faisait preuve en cuisine.

— J'ai aussi fait des rondelles de concombre, dit-il, aussi fier que s'il avait préparé un festin.

Par bien des aspects, Solo était resté coincé dans l'esprit d'un adolescent – habitudes culinaires y compris.

— J'en mangerai tout à l'heure, répondit-elle.

Non sans effort, elle parvint à insérer sa dérivation dans le trou pour au final créer une connexion filetée digne des Fournitures. La pièce se retirait facilement, comme s'il s'agissait du boulon d'origine.

Solo posa le plateau garni de pain et de légumes sur l'établi et attrapa un tabouret.

— Tu travailles sur quoi ? Une autre pompe ? demanda-t-il en lançant un regard au compresseur et aux longs tuyaux qui y étaient branchés.

— Non. Ça aurait pris trop de temps. Je bosse plutôt sur un système pour respirer sous l'eau.

Solo se mit à rire. Il grignota un morceau de pain mais se rendit compte qu'elle ne plaisantait pas.

— Tu blagues pas, on dirait.

— Non. Les pompes dont on a vraiment besoin sont dans le bassin d'évacuation tout en bas du silo. Tout ce qu'il faut, c'est leur apporter de l'électricité depuis le DIT. Et alors on aura un silo sec au bout de quelques semaines ou de quelques mois.

— Respirer sous l'eau, répéta-t-il.

Il la regarda comme s'il songeait que c'était elle qui avait perdu la boule.

— Il n'y a pas de différence avec ma petite promenade au grand air, dit-elle.

Elle enveloppa le coupleur du tuyau d'oxygène de ruban de silicone, puis l'assembla au collier.

— Ces scaphandres sont hermétiques, ce qui les rend également étanches. J'ai seulement besoin d'un apport constant en oxygène, et je pourrai travailler sous l'eau aussi longtemps qu'il me plaira. Assez longtemps pour relancer les pompes, en tout cas.

— Tu crois qu'elles marchent encore ?

— Elles devraient.

À l'aide d'une clé, elle serra le coupleur aussi fort que la solidité du dispositif le permettait.

— Elles sont conçues pour être utilisées en immersion, et elles sont simples d'utilisation. Elles ont seulement besoin d'électricité, et on en a plein ici.

— Et moi, je ferai quoi pendant ce temps ? demandat-il en s'essuyant les mains.

Des miettes tombèrent un peu partout sur l'établi. Il prit un autre morceau de pain.

— Toi, tu surveilleras le compresseur. Je te montrerai comment le démarrer à la manivelle, comment ajouter du carburant. Je vais m'installer l'une des radios portables de l'adjoint au shérif dans le casque pour qu'on puisse communiquer. Ça va faire un beau paquet de fils à dérouler.

Elle lui sourit.

— Ne t'en fais pas. Tu auras de quoi t'occuper.

— Oh, je m'en fais pas.

Il bomba le torse et croqua une rondelle de concombre avant que son regard ne dérive vers le compresseur.

Et Juliette se rendit compte que – comme un adolescent qui avait peu d'expérience et grand besoin d'entraînement – Solo ne maîtrisait pas encore l'art du mensonge.

60

Silo 18

… des garçons de l'autre bout du parc. Ces résultats
furent attentivement analysés par les sociologues, qui
se faisaient passer pour des animateurs. Lorsque la violence atteignit un point critique, ils mirent un terme
à l'expérience pour éviter que la situation ne dégé-
nère. Les deux groupes de garçons emmenés au parc
de Robber Cave, partageant quasiment la même origine sociale et les mêmes valeurs, finirent par devenir
ce que l'on appelle en psychologie un endogroupe et
un exogroupe. D'infimes différences – la façon dont
Untel portait sa casquette, le léger accent de l'autre –
étaient devenues des motifs impardonnables d'exclu-
sion. Lorsque les pierres se mirent à voler, et que les
attaques lancées sur le camp ennemi devinrent san-
glantes, les expérimentateurs n'eurent d'autre choix
que de mettre un terme à…

Lukas avait mal aux yeux. Il ferma le livre et s'adossa
aux étagères. Il sentit une odeur nauséabonde, renifla
la tranche du livre, mais non. Ce devait être lui. Quand
avait-il pris une douche pour la dernière fois ? Sa routine
était complètement chamboulée. Il n'y avait plus de cris
de gamins pour le réveiller le matin, plus de chasse aux
étoiles le soir, plus d'escalier éclairé de veilleuses pour

le guider jusqu'à son lit, afin qu'il recommence le lendemain. Au lieu de ça, il tournait en rond dans ce dortoir secret du trente-cinquième étage à longueur de journée. Une douzaine de couchages pour lui tout seul. Un voyant rouge clignotait pour lui annoncer de la visite, il parlait à Bernard ou à Peter Billings quand ils lui apportaient à manger, ou discutait longuement avec Juliette lorsqu'elle appelait et que le champ était libre. Entre tout ça, il y avait les livres. D'histoire ancienne, de milliards de gens, d'étoiles inconnues. Des histoires de violence, de foules en proie à la folie, de dérèglement de la frise chronologique de la vie, de soleils qui s'éteindraient un jour, d'armes qui pouvaient anéantir le monde, de maladies qui l'avaient presque fait.

Combien de temps pouvait-il encore tenir comme ça ? À lire, manger, dormir ? Les semaines ressemblaient déjà à des mois. Il n'avait aucun moyen de compter les jours, de se souvenir depuis quand il portait cette salopette, de savoir s'il était temps de l'enlever pour enfiler celle qui attendait dans le séchoir. Parfois il avait l'impression de se changer et de laver ses vêtements trois fois par jour. Mais ç'aurait pu être deux fois par semaine. D'après l'odeur, ça faisait plus longtemps.

La tête appuyée contre la bibliothèque, il ferma les yeux. Les choses qu'il lisait ne pouvaient pas être vraies. Pas toutes. Ça n'avait pas de sens, ce monde bizarre, surpeuplé. Lorsqu'il mesurait les différences d'échelle, pensait à cette vie terrée sous la surface, aux gens qu'on envoyait au nettoyage, aux bisbilles pour savoir qui avait volé quoi à qui, il lui arrivait d'éprouver une sorte de vertige mental, de terreur, comme au bord d'un précipice au fond duquel il percevait une vérité noire, mais la réalité le rattrapait par le col avant qu'il ne sombre et ne puisse la distinguer complètement.

Impossible de dire depuis combien de temps il rêvassait assis là lorsqu'il remarqua les voyants rouges.

Il rangea le livre et se releva. Il vit sur l'écran d'ordinateur que Peter Billings était entré avec un plateau-repas et l'attendait près de la porte – il n'avait pas l'autorisation d'aller plus loin.

Il traversa vite le couloir et escalada l'échelle. Une fois sorti, il referma soigneusement la trappe et se fraya un chemin entre les serveurs qui ronronnaient.

— Ah, voilà notre petit protégé.

— Shérif, dit Lukas en inclinant la tête.

Peter souriait, mais Lukas avait toujours l'impression qu'il se moquait de lui, qu'il le traitait avec condescendance, bien qu'ils aient le même âge. À chaque fois que Bernard venait avec Peter, et en particulier le jour où Bernard avait expliqué qu'il fallait protéger Lukas, il y avait une sorte de tension entre les deux plus jeunes, un esprit de compétition, dont Lukas était conscient mais qu'il ne partageait pas. Bernard avait confié en privé à Lukas qu'il préparait Peter aux fonctions de maire, qu'un jour, Lukas et lui travailleraient main dans la main. Lukas essaya de s'en souvenir lorsqu'il prit son plateau. Peter l'observait, l'air perdu dans ses pensées.

Lukas tourna les talons.

— Pourquoi tu ne t'assois pas pour manger ici ? lui demanda Peter, adossé contre la lourde porte.

Lukas se figea.

— Quand c'est Bernard, tu t'assois là, mais t'es toujours pressé de repartir quand c'est moi. Qu'est-ce que tu fabriques, là-dedans, de toute façon ?

Lukas se sentit piégé. En vérité, il n'avait même pas faim et pensait plutôt garder son plateau pour plus tard, mais manger le tout devant son visiteur serait le moyen le plus rapide de mettre un terme à cette conversation. Il haussa donc les épaules et s'assit contre le classeur, jambes tendues devant lui, pour découvrir le contenu de son plateau : soupe non identifiable, deux rondelles de tomate, un morceau de pain de maïs.

— Je bosse principalement sur les serveurs, comme avant.

Il prit une bouchée de pain. Insipide.

— La seule différence, c'est que je n'ai pas besoin de marcher jusque chez moi à la fin de la journée, ajouta-t-il avec un sourire.

— Tu l'as dit. Tu vis au milieu, c'est ça?

Peter croisa les bras, se mettant à l'aise contre la porte massive. Lukas pencha la tête et jeta un œil dans le couloir. Il entendit des voix. Il eut une soudaine envie de se lever et de courir, pour le plaisir de courir.

— Si on veut. Mon appartement est pratiquement tout en haut.

— Tous ceux du milieu le sont, dit Peter en riant, pour ceux qui y vivent.

Lukas mastiqua assidûment son pain pour s'occuper la bouche. Il jeta un regard méfiant au bol de soupe.

— Est-ce que Bernard t'a parlé de la grande attaque qui est prévue? Je pensais descendre avec les autres pour y participer.

Lukas secoua la tête. Il plongea sa cuillère dans la soupe.

— Tu es au courant de ce barrage qu'ont construit les mécanos? Ils se sont carrément emmurés! Bref. Sims et ses gars vont le réduire en poussière. Ils y travaillent depuis un paquet de temps, alors leur rébellion de nuls devrait se finir dans deux, trois jours, maxi.

Tout en avalant bruyamment sa soupe chaude, Lukas ne songeait qu'aux hommes et aux femmes des Machines piégés derrière ce mur d'acier, avec la très nette impression qu'il savait ce qu'ils enduraient.

— Ça veut dire que je vais bientôt sortir d'ici alors?

Il coupa une tomate encore verte avec le bord de sa cuillère au lieu d'utiliser sa fourchette et son couteau.

— Je ne suis plus menacé maintenant, si? Personne ne sait qui je suis de toute façon.

— C'est à Bernard de décider. Il est bizarre depuis quelque temps. Le stress, j'imagine.

Peter se laissa glisser le long de la porte pour s'accroupir. Lukas était content de ne plus devoir se tordre le cou pour le regarder.

— Mais il a mentionné une visite de ta mère prochainement. Ce qui doit vouloir dire que tu es encore là pour une semaine minimum.

— Super.

Au loin, un serveur se mit soudain à vibrer. Lukas faillit bondir sur ses pieds, comme tiré par des ficelles. Les voyants clignotèrent, compris de lui seul.

— Qu'est-ce que c'est? demanda Peter en se hissant sur la pointe des pieds.

— Ça? Ça veut dire qu'il est temps que je me remette au boulot, répondit Lukas en lui tendant son plateau. Merci de m'avoir apporté à manger.

— Attends! Le maire a dit qu'il fallait que tu finisses…

Mais Lukas, déjà parti, lui fit un signe de la main par-dessus son épaule. Il disparut derrière le premier grand serveur et courut vers le fond de la salle, sachant que Peter ne pouvait le suivre.

— Lukas!

Mais il n'y avait plus de Lukas. Tout en courant, il sortit les clés qui pendaient à son cou.

Face aux verrous, il vit que le voyant rouge avait cessé de clignoter: Peter avait refermé la porte. Il ôta le panneau arrière, saisit le casque à écouteurs et le brancha.

— Allô?

Il ajusta le micro de façon à ce qu'il ne soit pas trop près.

— Salut.

La voix le réconforta plus que n'importe quelle nourriture.

— Je t'ai fait courir?

Lukas inspira un grand coup. Dur de garder la forme dans ces conditions de vie, sans marcher, sans monter et descendre l'escalier.

— Non non. Mais tu devrais peut-être appeler moins souvent. Du moins pendant la journée. Tu-sais-qui est souvent dans les parages. Hier, quand tu as laissé sonner hyper longtemps, on était assis juste à côté du serveur, qui faisait que de vibrer. Ça l'a vraiment énervé.

— Et tu crois que je vais m'en vouloir ? dit Juliette en riant. J'adorerais qu'il réponde, moi, j'ai encore plein de choses à lui dire. Et sinon, tu proposes quoi ? Je veux te parler, j'ai besoin de ça. Toi, tu es tout le temps disponible. C'est pas comme si tu pouvais m'appeler en t'attendant à ce que je sois en train de poireauter. J'en fais, des kilomètres. Tu sais combien de fois j'ai fait le trajet des trentièmes jusqu'aux Fournitures en une semaine ? Devine.

— J'ai pas envie de deviner, dit-il en se frottant les paupières.

— Au moins six fois. Et tu sais, si tu l'as toujours dans les pattes, ne te gêne pas pour le tuer, ça me rendrait service et ça m'éviterait de…

— Le tuer ? Comment, à coups de matraque ?

— Tu veux vraiment des exemples ? Parce que j'ai rêvé à plusieurs façons de…

— Non, je ne veux pas d'exemples. Et je ne veux tuer personne ! J'ai jamais fait un truc pareil.

Lukas se massait la tempe du bout de l'index. Ces maux de tête n'arrêtaient pas de revenir, depuis que…

— Laisse tomber, fit Juliette, la déception palpable à l'autre bout du fil.

— Écoute…

Il réajusta son micro. Il détestait ces conversations. Il préférait quand ils parlaient de tout et de rien.

— Je suis désolé, mais c'est… c'est compliqué ici. Je ne sais même plus qui fait quoi. Je suis coincé dans cette

465

boîte avec toutes ces informations, j'ai une radio où j'entends beugler des gens sans arrêt, et pourtant, on dirait que je sais que dalle par rapport aux autres.

— Mais tu sais que tu peux me faire confiance, pas vrai ? Que je suis du côté des gentils ? Je n'ai rien fait de mal, rien pour avoir mérité qu'on m'exclue, Lukas. Il faut que tu me croies.

Il l'entendit prendre une profonde inspiration et pousser un long soupir. Il l'imaginait assise, là-bas, seule dans un silo avec un fou, le micro près de la bouche, le souffle exaspéré, l'esprit empli de tout ce qu'elle attendait de lui.

— Lukas, tu sais que je suis du bon côté, tu le sais, hein ? Et que tu travailles pour un grand taré ?

— Mais tout est complètement barré, ici. Tout le monde. Voilà tout ce que je sais : on était assis là au DIT, on espérait que rien de mal n'arriverait, et les pires choses qu'on pouvait imaginer se sont produites pour nous.

Juliette poussa à nouveau un long soupir, et Lukas songea au récit qu'il lui avait fait du soulèvement, aux détails qu'il avait omis.

— Je me souviens de ce que tu as dit sur les miens, mais tu comprends pourquoi ils en sont arrivés là ? Dis-le-moi, je t'en prie. Il fallait agir, Luke. Et il en est encore temps.

Lukas haussa les épaules, oubliant qu'elle ne pouvait pas le voir. Même s'ils se parlaient souvent, il n'était toujours pas habitué à ce mode de communication.

— Tu pourrais être d'une aide précieuse, lui dit-elle.

— Mais je n'ai pas demandé à être ici.

Il sentait l'énervement le gagner. Pourquoi fallait-il que leurs conversations dérivent vers ces sujets ? Pourquoi ne pouvaient-ils pas se contenter d'évoquer le meilleur repas qu'ils avaient jamais fait, leur livre préféré quand ils étaient petits, les goûts qu'ils avaient en commun ?

— Aucun de nous n'a demandé à être où il est, lui rappela-t-elle froidement.

Ce qui fit réfléchir Lukas, à l'endroit où elle se trouvait, à ce qu'elle avait enduré pour y arriver.

— Ce que nous contrôlons en revanche, ce sont nos actions une fois que le destin nous a mis à tel ou tel endroit.

— Bon, il va falloir que je raccroche.

Il n'avait pas envie de penser en termes d'action et de destin. Il ne voulait pas poursuivre cette conversation.

— Peter va bientôt m'apporter mon dîner.

Mensonge. Il l'entendait respirer. Il avait l'impression de l'écouter penser.

— OK, je comprends. Il faut que j'aille tester mon scaphandre de toute façon. Et euh... je serai peut-être partie un moment si ça marche. Alors si je ne donne pas de nouvelles pendant un peu plus d'une journée...

— Fais attention à toi, c'est tout.

— Promis. Et souviens-toi de ce que je t'ai dit, Luke. Ce qui nous définit, c'est ce qu'on fait pour avancer. Tu ne fais pas partie des méchants. Tu n'es pas chez toi là-bas. S'il te plaît, ne l'oublie pas.

Lukas bredouilla un "D'accord", Juliette lui dit au revoir et il entendit sa voix résonner à ses oreilles longtemps après avoir débranché le casque.

Au lieu de remettre les écouteurs dans leur sac, il s'adossa au serveur en triturant les oreillettes, en pensant à ce qu'il avait fait, à qui il était.

Il avait envie de se rouler en boule et de pleurer, de fermer les yeux, de s'extraire du monde. Mais il savait que s'il les fermait, s'il se laissait aller vers l'obscurité, il ne verrait qu'elle. Cette petite bonne femme aux cheveux blancs, au corps secoué par l'impact des balles, celles qu'il avait tirées. Il sentirait son doigt sur la gâchette, ses joues humides et iodées, la puanteur de la poudre, il entendrait le bruit métallique des douilles creuses contre la table, les cris de victoire poussés par les hommes et les femmes de son camp.

61

Silo 18

— ... t'ai dit jeudi que tu l'aurais dans deux jours.

— Ben ouais, et ça fait deux jours, Carl. Tu as bien conscience que le nettoyage doit avoir lieu demain matin ?

— Et tu as bien conscience que la journée n'est pas terminée ?

— Fais pas le malin avec moi. Trouve-moi ce dossier et apporte-le moi fissa. Je te jure que si tout foire parce que tu...

— Tu l'auras, ça va. Je te fais marcher un peu. Détends-toi.

— Bon, je descends...

Shirly se tenait la tête à deux mains, les doigts pris dans ses cheveux, les coudes plantés sur l'établi de Walker.

— Mais qu'est-ce qui se passe, bon sang ? Walk, c'est quoi ce merdier ? Qui sont ces gens ?

Walker regardait à travers sa loupe. Il trempa la pointe d'un pinceau dans un pot de peinture blanche. Avec une infinie précaution, soutenant son poignet d'une main, il effleura le potentiomètre pour y faire une nouvelle encoche blanche. Content de lui, il compta les repères qu'il avait tracés sur le bouton, qui indiquaient chacun la position d'un signal fort.

— Onze, dit-il.

Il se tourna vers Shirly, qui venait de dire quelque chose, mais il n'avait pas bien compris.

— Et je ne crois pas qu'on ait trouvé le nôtre, ajouta-t-il.

— Le nôtre ? Putain, Walk, ça me fout les boules ce truc. Mais d'où viennent ces voix ?

Il haussa les épaules.

— De la ville ? Derrière les collines ? Comment veux-tu que je sache ?

Il se mit à faire jouer le bouton lentement, en quête d'autres discussions.

— Onze, en plus de nous. Et s'il y en avait plus ? Je suis sûr qu'il y en a plus. On ne peut pas les avoir tous trouvés, pas déjà.

— Les derniers, là, ils parlaient d'un nettoyage. Tu crois qu'ils voulaient dire que… ?

Walker acquiesça et reposa sa loupe. Il recommença à tourner le bouton.

— Alors ils sont dans des silos. Comme nous.

Il désigna le petit circuit vert qu'elle l'avait aidé à connecter au potentiomètre.

— C'est sûrement à ça que sert ce circuit, à moduler la fréquence.

Shirly faisait une fixation sur les voix, Walker était fasciné par d'autres mystères. Il y eut un sursaut de parasites ; il stoppa le bouton, recula, avança un peu, mais ne trouva rien. Il poursuivit.

— Tu veux dire celui qui porte le numéro 18 ?

Walker leva la tête instinctivement. Il lâcha le bouton et acquiesça à nouveau.

— Ce qui veut dire qu'il y a au moins dix-huit silos, dit-elle.

Elle avait pigé plus vite que lui.

— Faut que je trouve Jenkins. Il faut qu'on lui dise.

Elle bondit de son tabouret et fila vers la porte. Walker baissa la tête. Toutes ces implications lui donnaient le vertige, les murs et l'établi lui semblaient soudain de biais. L'idée qu'il y ait des gens au-delà de ces murs…

Un souffle violent fit s'entrechoquer ses dents et chassa ses pensées. Le sol trembla, ses pieds se dérobèrent sous lui, une pluie de poussière accumulée sur le fouillis de tuyaux et de fils au-dessus de sa tête s'abattit sur lui.

Il roula sur le côté et se mit à tousser, étouffé par les particules de moisissure qui voletaient dans l'air. L'explosion résonnait encore dans ses oreilles. Il se tâta la tête, voulut attraper sa loupe mais vit le verre brisé en mille morceaux.

— Oh non. Il faut que…

En tentant de prendre appui sur ses mains, il sentit une douleur intense à la hanche, à l'endroit où elle avait heurté le revêtement en métal. Il n'arrivait pas à penser. Il fit signe à Scottie de sortir de l'ombre pour l'aider.

Une botte vint écraser ce qu'il restait de sa loupe. De jeunes mains, pleines de vigueur, le remirent d'aplomb. Il y avait des cris, partout. Des coups de feu aussi.

— Walk! Ça va?

Jenkins le tenait par les bretelles de sa salopette. Walker était sûr qu'il s'effondrerait si l'autre le lâchait.

— Ma lou…

— Monsieur! Faut dégager! Ils sont entrés!

Walker se tourna vers la porte et vit Harper aider Shirly à se relever. Elle avait les yeux écarquillés, l'air sonnée, une pellicule de poussière grise sur les épaules et ses cheveux noirs. Elle regardait dans sa direction, apparemment aussi paumée que lui.

— Prends tes affaires, dit Jenkins. On se replie.

Il scruta la pièce, s'arrêta sur l'établi.

— Je l'ai réparée, dit Walker en toussant dans son poing. Ça marche.

— Un peu tard, si tu veux mon avis.

Jenkins le lâcha et Walker se rattrapa à son tabouret. Les coups de feu se rapprochaient. Un bruit de bottes, encore des cris et une nouvelle explosion qui secoua tout l'étage. Devant la porte, Jenkins et Harper aboyaient des ordres à ceux qui passaient en courant. Shirly rejoignit Walker près de l'établi. Elle regarda la radio.

— Il faut qu'on la prenne, dit-elle, le souffle court.

Walker, lui, observait les bris de verre étincelants éparpillés par terre. Deux mois de salaire pour cette loupe –

— Walk ! Je prends quoi ! Aide-moi !

Shirly était en train de prendre des éléments de la radio, dont les fils s'emmêlaient. Un coup de feu tout proche le força à se recroqueviller et à nouveau ses pensées dérivèrent au loin.

— Walk !

— L'antenne, murmura-t-il en levant un doigt vers la poutre métallique d'où la poussière continuait de tomber.

Shirly bondit sur l'établi. Walker balaya la pièce du regard, cette pièce qu'il s'était promis de ne plus jamais quitter, et il avait bien compté s'y tenir. Que prendre avec lui ? Des souvenirs stupides. Des conneries. Des vêtements sales. Un tas de schémas. Il prit sa caisse de pièces détachées et la vida pour y faire tomber les éléments de la radio et le transformateur. Shirly se débattait avec l'antenne, fils et tiges de métal serrés contre sa poitrine. Il saisit son fer à souder, quelques outils ; Harper cria que c'était maintenant ou jamais.

Shirly attrapa Walker par le bras et le tira en direction de la porte.

Et Walker décida que ce ne serait pas *jamais*.

62

Silo 17

Elle ne s'était pas attendue à éprouver une telle peur panique en enfilant le scaphandre.

Juliette s'était préparée à une certaine appréhension lorsqu'elle entrerait dans l'eau, mais le simple fait de revêtir la combinaison de nettoyage l'emplit d'une terreur glaciale qui lui fit comme un creux à l'estomac. Elle s'efforça de contrôler sa respiration tandis que Solo remontait la fermeture éclair dorsale et fermait les bandes velcro.

— Où est mon couteau ? demanda-t-elle en tâtant ses poches de devant.

— Il est là, répondit-il.

Il se pencha pour le sortir de sous la serviette et les vêtements de rechange entassés dans son sac. Il le lui tendit par le manche et elle l'inséra dans la poche qu'elle avait ajoutée sur la partie ventrale. Le simple fait de l'avoir à portée de main lui permit de respirer avec plus d'aisance. Cet outil rapporté de la cafétéria la réconfortait au même titre qu'un doudou. Elle se surprenait à s'assurer régulièrement de sa présence, comme elle l'avait fait auparavant avec sa montre.

— Attends pour le casque, dit-elle à Solo tandis qu'il soulevait le dôme transparent. Prends cette corde d'abord.

L'épaisseur de la combinaison plus les deux grenouillères commençaient à lui donner chaud. Elle

472

espérait que c'était bon signe, qu'elle ne mourrait pas de froid une fois sous l'eau.

Solo souleva les spires de corde épissée au bout de laquelle était nouée une clé à molette longue comme son bras.

— De quel côté?

Elle indiqua du menton l'endroit où les marches disparaissaient dans l'eau aux reflets verts.

— Laisse-la filer, mais pas toute d'un coup. Tiens-la bien à mesure qu'elle descend pour pas qu'elle se coince dans les marches.

Il acquiesça. Tandis que le poids de la clé entraînait la corde jusqu'en bas de l'escalier central, Juliette vérifia ses outils. Dans une poche, elle avait une série de mandrins, chacun relié à la combinaison par quelques dizaines de centimètres de ficelle. Elle avait une clé anglaise dans une autre poche, des cutters derrière la poche numéro quatre. En se regardant, elle se remémora son excursion à l'extérieur. Elle entendait encore le bruit du sable qui volait contre son casque, le son mat de ses bottes sur la terre compacte, sentait sa réserve d'oxygène s'amoindrir…

Elle saisit la rampe et essaya de penser à autre chose. Tout sauf ça. Un câble pour l'électricité, un tuyau pour l'oxygène. Concentre-toi. Elle inspira profondément et vérifia une dernière fois les spires de câble électrique et de tuyau disposées sur la plateforme. Elle les avait enroulés en forme de huit, de sorte qu'il était impossible qu'ils s'emmêlent. Bien. Le compresseur était prêt; Solo devait simplement s'assurer qu'elle soit correctement alimentée, que rien ne se coince…

— C'est bon, la clé est en bas, dit-il.

Elle l'observa faire un nœud à la rambarde. Il était de bonne humeur aujourd'hui. Lucide, plein d'allant. C'était le moment d'en finir avec ce projet. Transférer l'eau vers les citernes de traitement aurait été une solution temporaire et grossière. Non, l'heure était venue de remettre en marche les grosses pompes pour qu'elles évacuent l'eau à gros bouillons au-delà des murs de béton, dans la terre.

Juliette avança jusqu'au bord du palier pour observer la surface argentée de l'eau stagnante. Est-ce que son plan n'était pas un peu barré ? Ne devrait-elle pas avoir peur ? À moins que plus effrayante encore soit la perspective de devoir attendre des années si elle choisissait une solution plus sûre ? La possibilité de sombrer peu à peu dans la folie semblait un risque plus grand. Ce ne serait pas pire que de s'aventurer à l'extérieur, se dit-elle pour s'encourager, ce à quoi elle avait déjà survécu. C'était même moins dangereux : elle emportait une réserve d'oxygène illimitée, et il n'y avait en bas rien de toxique, rien qui soit susceptible de la ronger.

Elle aperçut son reflet à la surface de l'eau, elle avait l'air énorme dans cette combinaison. Si Lukas était là avec elle, s'il pouvait voir ce qu'elle s'apprêtait à faire, essaierait-il de l'en dissuader ? C'était possible. À quel point se connaissaient-ils ? Ils s'étaient vus, quoi, deux, trois fois, en vrai ?

Mais ils s'étaient parlé des dizaines de fois depuis. Pouvait-on connaître quelqu'un rien qu'en l'écoutant ? Rien qu'à partir de ses souvenirs d'enfance ? De son rire étourdissant quand tout le reste de la journée était triste à pleurer ? Était-ce pour cela que les télégrammes et les mails coûtaient si cher, pour empêcher ce genre de vie, ce genre de relation ? Comment se pouvait-il qu'elle soit en train de penser à un homme qu'elle connaissait à peine plutôt qu'à la folie inconsidérée de ce qui l'attendait ?

Lukas était peut-être devenu sa ligne de sauvetage, un mince filin d'espoir qui la reliait à sa maison. Ou était-il plutôt un point lumineux aperçu dans l'obscurité, le phare qui guidait son retour ?

— Casque ?

Solo l'avait rejointe, visière à la main, au-dessus de laquelle était fixée une lampe torche.

Juliette le prit. Elle s'assura que la lampe était solidement arrimée et s'efforça de chasser toutes ces divagations de son esprit.

— Branche-moi l'air d'abord. Et allume la radio.

Il opina. Elle tint le casque en place tandis qu'il insérait le tuyau d'air dans l'adaptateur qu'elle avait installé au niveau du col. L'air résiduel s'échappa avec un petit sifflement, le tuyau était inséré. La main de Solo effleura la nuque de Juliette lorsqu'il alluma la radio. Juliette baissa le menton et actionna le bouton qu'elle avait cousu dans sa grenouillère.

— Allô, allô.

La radio pendue à la ceinture de Solo émit un beuglement incompréhensible.

— C'est un peu fort, dit-il en baissant le volume.

Elle chaussa le casque, débarrassé de son écran et de ses joints en plastique. Après avoir décapé la peinture extérieure, elle s'était retrouvée avec une demi-sphère de plastique presque entièrement transparente. Elle était rassurée de savoir que tout ce qu'elle verrait serait bien réel.

— C'est bon ?

La voix de Solo était assourdie par la connexion hermétique entre le casque et le scaphandre. Elle leva le pouce en guise de réponse, puis montra le compresseur.

Il acquiesça, s'agenouilla près de la machine et se gratta la barbe. Elle l'observa mettre l'appareil sous tension, presser cinq fois la poire d'amorçage, et enfin tirer sur la corde de démarrage. Le compresseur cracha un petit nuage de fumée et se mit à vrombir. Malgré ses pneus de caoutchouc, il dansait et faisait vibrer tout le palier, jusque sous les bottes de Juliette. Elle entendait un bruit désagréable malgré son casque, alors elle imagina le vacarme que ça devait être dans tout le silo.

Solo retint le starter encore une seconde, comme elle le lui avait montré, puis le repoussa à fond. Fier des teuf-teuf du moteur, il leva la tête vers elle et lui sourit à travers sa barbe – on aurait dit l'un des chiens fidèles des Fournitures quand ils regardaient leur maître.

Elle désigna le bidon rouge de carburant supplémentaire et leva le pouce à nouveau. Il lui adressa le même geste. Juliette se mit en marche, une main emmitouflée posée sur la rampe pour l'équilibre. Solo la rejoignit et lui prit l'autre main pour l'aider – ses bottes étaient encombrantes, les marches, glissantes.

Elle espérait que ses mouvements seraient plus fluides une fois qu'elle serait dans l'eau, mais elle n'avait aucun moyen de le savoir, c'était juste une intuition, du même ordre que celle qui lui permettait de deviner à quoi servait une machine au premier coup d'œil. Elle descendit les dernières marches qui la séparaient de l'eau, puis ses bottes brisèrent la pellicule huileuse et entrèrent en contact avec la marche du dessous. Elle en descendit deux autres, se préparant à la morsure du froid, mais ne sentit rien. La combinaison et les deux sous-couches la gardaient bien au chaud. Presque même un peu trop – une légère buée apparut à l'intérieur du casque. Elle baissa le menton sur l'interrupteur de la radio et dit à Solo d'ouvrir sa valve pour laisser entrer l'air.

Il farfouilla à la base du casque et tourna une manette. Après un sifflement, elle sentit la combinaison gonfler autour de son corps. La soupape qu'elle avait ajoutée de l'autre côté du col émit un petit grincement en laissant s'échapper le trop-plein d'air pour éviter que la combinaison – et sa tête, soupçonnait-elle – n'explose.

— Les poids, dit-elle par radio.

Il courut au palier et redescendit avec les haltères, qu'il lui fixa sous les genoux à l'aide de bandes velcro.

Juliette leva péniblement un pied, puis l'autre, pour s'assurer que les poids tenaient bien en place.

— Câble, dit-elle ensuite, prenant le coup avec la radio.

C'était le plus important : l'électricité du DIT devait alimenter les pompes. Vingt-quatre volts d'intensité. Elle avait installé un interrupteur sur le palier pour que Solo puisse le tester quand elle serait en immersion. Pas question de plonger avec des câbles sous tension.

Solo déroula quatre mètres de câble, qu'il lui attacha autour du poignet. Ses nœuds étaient solides, sur du fil comme sur de la corde. La confiance que plaçait Juliette dans la réussite de son expédition grandissait peu à peu, à mesure qu'elle s'habituait à sa tenue.

Planté deux marches au-dessus d'elle, Solo lui sourit de toutes ses dents jaunies. Elle lui rendit son sourire. Il alluma la lampe torche fixée à son casque. La pile, qu'il venait de recharger, pouvait durer toute la journée, soit bien plus de temps qu'elle n'en aurait besoin.

— OK. Aide-moi à grimper.

Elle se tourna, prit appui sur ses bras pour se hisser sur la rampe jusqu'au ventre. Elle n'arrivait pas à croire qu'elle s'apprêtait à se jeter par-dessus cette rambarde. C'était du suicide. C'était l'escalier central ; c'était son silo ; elle était quatre étages au-dessus des Machines ; tout cet espace, cette longue chute que seuls les fous entreprenaient, et elle y allait de son plein gré.

Solo descendit pour l'aider à passer ses pieds de l'autre côté. En se retrouvant à cheval sur la rampe glissante, elle se demanda si l'eau la retiendrait vraiment, ralentirait sa chute. Survint alors un accès de panique, un goût de métal dans la bouche, une boule au creux du ventre, l'envie d'uriner, le tout pendant que Solo faisait passer son deuxième pied par-dessus la rampe, ses mains gantées qui se cramponnent à la corde qu'il avait attachée, ses bottes qui percent la surface argentée de l'eau à grandes éclaboussures.

— Merde !

Elle souffla un grand coup, surprise d'avoir plongé si vite, mains et genoux agrippés à la ligne de sauvetage, le corps se débattant à l'intérieur de la combinaison comme dans une peau soudain devenue flottante.

— Ça va? cria Solo, les mains en coupe autour de sa barbe.

Elle acquiesça sans que le casque bouge. Elle sentait le poids des haltères qui voulaient l'entraîner par le fond. Elle voulait encore dire tout un tas de choses à Solo, des conseils, des rappels, des encouragements, mais ses pensées se bousculaient trop pour qu'elle songe à utiliser la radio. Elle desserra donc ses doigts, ses genoux, sentit la corde glisser le long de son corps avec un couinement distant, et entama sa longue descente.

63

Silo 18

Assis à un petit bureau en bois, Lukas regardait un livre qui valait une fortune. Sa chaise coûtait elle-même sûrement plus que ce qu'il gagnerait en une vie, et il était assis dessus. Quand il bougeait, les charnières délicates grinçaient de toutes parts, comme si l'objet menaçait de s'écrouler.

Il gardait les jambes bien écartées, son poids sur les orteils, juste au cas où.

Il tourna une page, faisant semblant de lire. Non qu'il n'ait pas eu envie de lire ; c'était un problème de contenu. Des étagères entières d'ouvrages plus intéressants semblaient se moquer de lui depuis leurs boîtes en fer. Ils l'appelaient, l'invitaient à les feuilleter, à délaisser l'Ordre, son style rigide, ses listes à puce et son labyrinthe de références internes qui donnait plus le tournis encore que le grand escalier.

Chaque entrée de l'Ordre renvoyait à une autre page, et vice-versa. Lukas tourna encore quelques pages et se demanda si Bernard le tenait à l'œil. Le directeur du DIT était assis à l'autre bout du petit bureau, une des nombreuses pièces cachées sous les serveurs. Tandis que Lukas faisait semblant de potasser pour ses fonctions futures, Bernard travaillait à l'ordinateur sur l'autre bureau et se levait de temps à autre pour aller à la radio encastrée dans le mur donner des ordres aux forces de sécurité en plein conflit dans le fond.

Lukas pinça un gros paquet de pages qu'il sauta allègrement. Assez des méthodes pour éviter les désastres, place à la matière théorique. Mais c'était encore plus flippant : il y avait des chapitres sur la persuasion coercitive, le contrôle des esprits, les effets de la peur dans l'instruction des enfants, des graphiques et des tableaux traitant de contrôle de la démographie…

C'était au-dessus de ses forces. Il leva les yeux vers Bernard, directeur du DIT et maire intérimaire, qui faisait défiler sur son écran des pages et des pages de texte, sa tête pivotant légèrement de droite à gauche au fil de sa lecture.

Au bout d'un moment, Lukas osa briser le silence.

— Hé, Bernard ?

— Hmm ?

— Pourquoi il n'y a rien dans ce livre qui parle de comment tout ça est arrivé ?

La chaise de Bernard couina lorsqu'il fit face à Lukas.

— Pardon, tu disais ?

— Les gens qui ont fait tout ça, les gens qui ont écrit ces livres. Pourquoi est-ce qu'on ne les mentionne nulle part dans l'Ordre ? Par exemple, pourquoi on a construit les silos et tout.

— À quoi ça servirait ?

Bernard se tourna à moitié vers son ordinateur.

— Bah, comme ça, on saurait. Je sais pas moi, tout ce qu'il y a dans les autres livres…

— Je ne veux pas que tu t'y intéresses. Pas encore.

Il pointa un doigt sur le bureau.

— Apprends l'Ordre d'abord. Si tu es incapable de maintenir l'unité au sein du silo, ces livres de l'Héritage ne sont que du papier. Ils ne seront rien d'autre que de la sciure de bois transformée s'il n'y a plus personne pour les lire.

— Mais personne d'autre que nous ne peut les lire de toute façon si on les garde enfermés dans…

— Je voulais dire personne de vivant. Pas aujourd'hui. Mais un jour, tout un tas de gens les liront. Seulement si tu étudies d'abord.

Bernard hocha le menton en direction de l'épais et redoutable volume avant de retourner à son clavier.

Lukas fixa un moment le dos de Bernard, et le cordon auquel pendait son passe-partout qui dépassait de son col.

— J'imagine qu'ils étaient au courant de ce qui allait arriver, dit-il, incapable de stopper le fil de ses pensées.

Il s'était toujours posé ces questions, mais les avait chassées, et remplacées par les joies de la reconstitution des constellations, qui gravitaient suffisamment loin du tabou des collines. Et voilà qu'il se retrouvait dans ce vide, dans cet espace au cœur du silo dont tout le monde ignorait l'existence, où les sujets interdits étaient permis, avec un homme qui semblait avoir accès à la précieuse vérité.

— Tu n'étudies pas, dit Bernard.

Il garda la tête penchée sur son clavier mais devinait que Lukas le regardait.

— Mais c'est obligé qu'ils aient vu le truc venir, pas vrai ?

Lukas souleva sa chaise et l'orienta davantage sur le côté.

— Je veux dire, il a fallu les construire, tous ces silos, avant que ça se corse à la surface…

Bernard tourna la tête, serra et desserra les mâchoires. Sa main quitta la souris pour venir lisser sa moustache.

— C'est ça que tu veux savoir ? Comment ça s'est passé ?

— Oui, répondit Lukas.

Il se pencha en avant, coudes sur les genoux.

— Je veux savoir.

— Tu crois que ça a de l'importance ? Ce qui est arrivé à l'extérieur ?

Le regard de Bernard se posa sur les schémas accrochés au mur, puis revint vers Lukas.

— Pourquoi ça en aurait ? insista-t-il.

— Parce que c'est arrivé, c'est tout. Et ça s'est passé d'une seule façon, et ça me tue de ne pas savoir comment. Donc, ils avaient tout prévu ? Parce qu'il faut sûrement des années pour…

— Des décennies.

— Et puis après, faire rentrer tout le matériel, tous les gens…

— Ça, ça a pris beaucoup moins de temps.

— Donc, vous savez.

Bernard acquiesça.

— Les informations sont stockées ici, mais pas dans les livres. Et tu as tort. Ça n'a aucune espèce d'importance. Il s'agit du passé, et le passé n'est pas la même chose que notre Héritage. Il va falloir que tu apprennes à faire la différence.

Lukas y réfléchit. Une conversation qu'il avait eue avec Juliette lui revint en mémoire, c'était un truc qu'elle lui répétait sans cesse…

— Je crois que je sais, dit-il.

— Ah oui ? fit Bernard en remontant ses lunettes sur son nez. Alors, dis-moi donc ce que tu crois savoir.

— Notre espoir, ce que nos prédécesseurs ont accompli, ce que le monde peut être, voilà notre Héritage.

Le visage de Bernard se fendit d'un sourire. D'un geste de la main, il l'invita à poursuivre.

— Et les catastrophes inévitables, les erreurs qui nous ont menés jusqu'ici, c'est le passé.

— Et que signifie cette différence ? Selon toi ?

— Ça signifie qu'on ne peut pas changer ce qui est déjà arrivé, mais qu'on peut avoir une influence sur ce qui se passera ensuite.

Bernard fit un petit bravo.

— Très bien, Lukas.

— Et ça, continua-t-il en posant une main sur le grand livre, ça, l'Ordre, c'est une carte pour nous guider à travers les obstacles qui se sont entassés entre notre passé et nos espoirs futurs. Ce sont les choses qu'on peut éviter, qu'on peut réparer.

Bernard arqua un sourcil, comme s'il voyait une vérité connue depuis longtemps sous un jour nouveau. Il finit par sourire, moustache retroussée, lunettes remontées sur sa ride du lion.

— On dirait que tu es presque prêt.

Il se concentra à nouveau sur son ordinateur, main sur la souris.

— C'est pour bientôt, très bientôt.

64

Silo 17

La descente jusqu'aux Machines se déroula dans un calme étrange, presque hypnotique. Juliette s'enfonçait dans les eaux verdâtres, se repoussait de la rampe à chaque nouveau tournant de l'escalier qui défilait. Le seul bruit était celui de l'air qui entrait dans le casque en sifflant et en ressortait en gargouillant. Un flux continu de bulles frôlait sa visière, telles des perles de métal en fusion remontant vers la surface au mépris des lois de la gravité.

Elle observait ces sphères argentées se courir l'une après l'autre, telles des enfants jouant dans l'escalier. Elles éclataient en entrant en contact avec la rampe et laissaient de minuscules gouttes d'air à la surface du métal. D'autres poursuivaient leur ascension en décrivant des spirales à l'intérieur de la cage. Elles s'assemblaient parfois sous les marches pour former des poches d'air qui ondulaient et réfléchissaient la lumière émise par sa lampe torche.

Elle aurait facilement pu oublier où elle était, ce qu'elle faisait. L'environnement, qui aurait dû lui être familier, était déformé. À travers le dôme de sa visière, tout semblait bizarre, comme grossi. Et au lieu de sombrer, elle avait l'impression que l'escalier montait, montait, depuis les profondeurs de la terre en direction des nuages. Elle sentait presque que la corde qui glissait entre ses mains et contre son ventre rembourré était tirée vers le haut plutôt qu'une ligne de sauvetage le long de laquelle elle descendait.

Cambrée pour regarder vers le haut, Juliette prit conscience du volume d'eau qui s'accumulait au-dessus d'elle. En l'espace d'un ou deux paliers, la lueur verte de l'éclairage de secours céda la place à une obscurité inquiétante, à peine entamée par sa lampe torche. Elle inspira brutalement avant de se rappeler qu'elle disposait de tout l'air du silo. Elle essaya de chasser cette sensation de poids sur ses épaules, d'être enterrée vivante. En cas de panique, il lui suffisait de se débarrasser des haltères. Un coup de couteau, et elle pouvait repartir vers la surface. C'est ce qu'elle se répétait en descendant inexorablement. Elle lâcha la corde d'une main pour s'assurer que le couteau était toujours à sa place.

— DOUCEMENT ! aboya sa radio.

Juliette s'agrippa de toutes ses forces à la corde jusqu'à s'arrêter complètement. Elle songea à Solo à la surface, qui devait regarder les spirales des câbles et du tuyau se défaire à mesure qu'elle descendait. Elle l'imagina emmêlé dans les fils, sautant à cloche-pied. Les bulles continuaient à s'échapper de la valve, elle pencha la tête en arrière pour les voir tourbillonner autour de la corde tendue en se demandant ce qui lui prenait autant de temps. Sous les marches, les poches d'air ondoyaient, leur enveloppe de mercure frémissant sur son passage…

— OK, grésilla l'écouteur. C'EST BON.

Juliette grimaça au son de la voix de Solo. Elle n'avait pas pensé à régler le volume. Dommage. Impossible de le faire maintenant.

Les oreilles encore bourdonnantes, elle descendit un autre étage à un rythme régulier, tout en gardant un œil sur le mou des câbles et du tuyau d'oxygène. En passant près du palier 139, elle s'aperçut qu'il manquait une porte, et que l'autre avait été brutalement arrachée de ses gonds.

Tout l'étage devait être inondé, ce qui voulait dire qu'il y avait encore plus d'eau à évacuer. Elle aperçut des formes sombres qui flottaient dans le couloir. Un visage pâle et boursouflé apparut brièvement dans le faisceau de sa torche juste avant qu'elle perde complètement le palier de vue.

Il ne lui avait pas traversé l'esprit qu'elle croiserait peut-être des cadavres. Pas de noyés – la montée des eaux avait été trop lente pour prendre quiconque par surprise – mais les traces de la violence qui s'était déchaînée au fond du silo avaient dû être préservées par le froid, qui, justement, commençait à pénétrer les couches de sa combinaison. Ou alors c'était son imagination.

Ses bottes entrèrent en contact avec le tout dernier étage alors qu'elle avait encore la tête renversée pour surveiller le mou des fils. Ses genoux accusèrent le choc de cet arrêt brutal. Il lui avait fallu beaucoup moins de temps qu'en descendant par l'escalier. Cramponnée d'une main à la ligne pour l'équilibre, elle agita l'autre devant elle pour dissiper le trouble ambiant. Elle appuya son menton contre le bouton de la radio.

— J'y suis, dit-elle à Solo.

Elle fit quelques pas maladroits, nageant à moitié à l'aide de ses bras, en direction de l'entrée des Machines. La lumière de l'escalier éclairait à peine au-delà du portique de sécurité, où l'attendait l'intérieur graisseux d'une maison qui lui était à la fois étrangère et familière.

— JE T'ENTENDS, répondit Solo avec un peu de retard.

Juliette sentit ses muscles se raidir au son de la voix qui faisait écho dans son casque. L'impossibilité de régler le volume allait la rendre folle.

Au bout d'une douzaine de pas hésitants, elle finit par prendre le coup et par mouvoir efficacement ses jambes lestées sur le revêtement en métal. Avec ce scaphandre qui bouffait autour de son corps, elle avait l'impression d'être dans une bulle qu'elle devait faire avancer en se jetant contre sa paroi. Elle se retourna pour s'assurer que son tuyau d'oxygène ne se coinçait pas dans les marches, et lança un dernier regard à sa ligne de sauvetage. Même à cette distance, elle lui semblait d'une finesse impossible, à peine plus grosse qu'un fil. Elle ondula légèrement, comme pour dire au revoir.

Juliette ne voulut y voir aucun signe. Elle reprit sa progression vers les Machines. *Tu n'es pas obligée de le faire*, se dit-elle. Elle pouvait encore prendre deux ou trois pompes et des tuyaux des fermes hydroponiques. La mise en place prendrait plusieurs mois, la décrue plusieurs années, mais au final ces niveaux s'assécheraient et elle pourrait partir en quête des pelleteuses dont avait parlé Solo. Et les risques, en dehors de ceux concernant sa santé mentale, étaient minimes.

Si sa seule raison de rentrer chez elle avait été motivée par un désir de vengeance, elle aurait pu choisir l'attente, cette solution plus sûre. Elle éprouvait à l'instant même la tentation d'envoyer balader ses haltères pour remonter à la surface, de voler le long de l'escalier comme dans ses rêves de petite fille, les bras déployés, pleine de vie, libre…

Mais Lukas lui avait parlé du chaos auquel étaient en proie son silo et ses amis, un chaos que son départ avait provoqué. Il y avait une radio encastrée dans le mur près de lui, sous les serveurs, d'où la violence filtrait nuit et jour. L'appartement de Solo était équipé de la même, mais elle ne pouvait communiquer qu'avec les radios portables du silo 17. Juliette avait essayé de la bricoler, sans succès.

D'un côté, elle était soulagée de ne pas pouvoir entendre. Elle n'aurait pas supporté de devoir écouter tous ces combats. Tout ce qu'elle voulait, c'était rentrer pour les faire cesser. C'était devenu une obsession : rentrer chez elle. Ça la rendait folle de se savoir à quelques pas seulement de son silo, mais ces portes ne s'ouvraient que pour tuer des gens. Et puis, à quoi servirait son retour ? Le fait d'avoir survécu à un nettoyage et de révéler la vérité aux autres suffirait-il à remettre en cause l'autorité de Bernard et du DIT ?

Parce que, en fait, elle avait d'autres projets, encore moins réalistes. C'était peut-être de l'ordre du fantasme, mais ça lui donnait de l'espoir. Elle rêvait de réparer une des pelleteuses qui avaient construit cet endroit, une machine qui avait été enfouie à la fin de ce travail de titan, et de la conduire à travers la terre jusqu'au tréfonds du silo 18. Elle rêvait de mettre fin à ce blocus, de ramener ses amis ici une fois le fond asséché et de redonner vie à cet endroit. Elle rêvait de faire marcher un silo sans mensonges et sans trahisons.

Elle pataugeait avec difficulté en direction du portail de sécurité, la tête pleine de ces rêves puérils mais encourageants. À l'approche du tourniquet, elle se retrouva confrontée à son premier obstacle. Le franchir ne serait pas une mince affaire. Elle se mit dos au dispositif, prit appui sur ses mains et se tortilla en s'aidant de ses pieds jusqu'à réussir à s'asseoir sur le boîtier de commande.

Ses jambes étaient trop lourdes… en tout cas pas assez hautes pour la faire passer de l'autre côté. Les poids étaient finalement beaucoup plus que ce dont elle avait besoin pour contrebalancer la flottabilité de la combinaison. Elle recula pour avoir une assise plus stable et tenta de se mettre sur le côté. Une main placée sous le genou, elle se pencha en arrière au maximum et parvint à poser une botte sur le muret. Elle se reposa un instant, le souffle court, prise d'un fou rire. Autant d'efforts pour accomplir un geste aussi simple, c'était ridicule ! L'autre botte fut plus facile à lever. Elle sentit les muscles de son abdomen et de ses cuisses, courbatus après des semaines d'activité dignes d'un porteur, se contracter dans l'effort.

La nuque en sueur, soulagée, elle secoua la tête, redoutant déjà la manœuvre sur le chemin du retour. Descendre de l'autre côté ne lui posa aucun problème : les haltères se chargèrent du boulot. Elle s'assura que les câbles noués à son poignet et le tuyau d'oxygène fixé à son col ne s'emmêlaient pas, puis descendit le couloir principal, éclairée par la lampe torche de son casque.

— ÇA VA ? demanda Solo.

Elle sursauta.

— Oui, ça va. Je te contacterai si j'ai besoin de toi. Le volume est mal réglé. Je flippe à chaque fois que tu parles.

Elle relâcha le bouton et se tourna pour voir comment se portait sa ligne de sauvetage. Au plafond, les bulles de son trop-plein dansaient comme de minuscules bijoux…

— OK, BIEN REÇU.

Avec ses bottes qui se soulevaient à peine du sol, elle passa lentement devant la cantine pour arriver au carrefour principal. Si elle prenait le couloir de gauche et tournait deux fois, elle arriverait à l'atelier de Walker. Mais était-ce systématiquement un atelier ? Elle n'en avait pas la moindre idée. Ici, ce pouvait être un entrepôt. Ou un appartement.

Son petit appartement à elle se trouverait dans la direction opposée. Elle jeta un œil dans ce couloir-là, et en balayant l'obscurité, le faisceau de sa lampe tomba sur un corps comprimé contre le plafond, emmêlé dans les canalisations et les tuyaux. Elle détourna le regard. Ç'aurait pu être George, Scottie, ou tout autre être cher disparu. Ç'aurait pu être elle.

Elle se dirigea vers l'escalier d'accès. L'eau était claire mais lui semblait épaisse ; malgré le savant équilibre entre les haltères et la combinaison qui la maintenait à la verticale, elle craignait de trébucher à chaque pas. Elle s'arrêta en haut des marches qui la mèneraient tout en bas.

— Je vais descendre, dit-elle, menton baissé. Assure-toi que je ne manque de rien. Et s'il te plaît, réponds-moi uniquement en cas de problème. J'ai les oreilles qui bourdonnent encore de la dernière fois.

Elle releva la tête et descendit les premières marches, s'attendant à ce que Solo lui vrille à nouveau les tympans, mais non. Cramponnée ferme à son câble et à son tuyau, elle s'engouffra dans l'eau noire de la cage d'escalier carrée. Ses petites bulles et le cône de lumière de sa lampe entamaient à peine l'obscurité ambiante.

Au bout de six étages, elle eut du mal à tirer sur le tuyau et le câble – trop de friction sur les marches. Elle s'arrêta pour en rassembler un peu, laissant le mou flotter autour d'elle. Elle en profita pour vérifier si ses raccords tenaient bon. De minuscules bulles s'échappaient en file indienne d'une rustine collée sur son tuyau d'oxygène, mais vraiment pas de quoi s'inquiéter.

Une fois qu'elle eut accumulé assez de mou pour aller dans le bassin d'évacuation, elle marcha avec détermination vers la tâche qui l'attendait. Elle avait fait le plus dur. L'air arrivait librement, elle sentait sa fraîcheur et son petit sifflement près de son oreille. L'excès sortait par l'autre valve, un rideau de bulles se levait devant elle dès qu'elle tournait la tête. Elle avait assez de câble et d'air pour mener sa mission à bien, et tous ses outils intacts. Maintenant qu'elle n'avait pas à descendre plus bas, elle pouvait enfin se détendre un peu. Il ne lui restait plus que deux branchements à faire, et elle pourrait remonter.

À deux doigts du but, elle osa songer à nouveau à la liberté, à la possibilité de sauver ce silo, de ressusciter l'une de ses génératrices, puis l'une de ses pelleteuses enterrées quelque part. Elle progressait. Elle était en route pour sauver ses amis. Enfin, après des semaines de frustration et de contretemps, tout lui semblait possible, pratiquement à portée de main.

Elle trouva le bassin exactement là où elle pensait. Elle glissa ses bottes dans la fosse centrale. En se penchant, elle éclaira les chiffres censés indiquer le niveau de l'eau. C'était assez comique, sous toute cette eau. Comique, et triste à la fois. Ce silo avait trahi ses habitants.

Mais elle se corrigea : non, c'étaient les habitants qui avaient trahi leur silo.

— Solo, je suis dans le bassin. Je vais faire le branchement.

Elle s'assura que le filtre de la pompe n'était pas encombré de débris. L'eau était incroyablement claire. Toute la graisse qui aurait dû encrasser le bassin avait été diluée dans des milliers de litres d'eau souterraine infiltrée. Une eau qui semblait si pure qu'elle aurait pu la boire.

Elle frissonna, soudain consciente que le froid qui régnait dans ces eaux profondes commençait à consumer sa chaleur corporelle. Allez, bientôt fini, se dit-elle. Elle se planta face à l'énorme pompe encastrée dans le mur. Des tuyaux gros comme elle serpentaient le long de la paroi pour sortir de la fosse et rejoignaient le réseau de canalisations des Machines au niveau supérieur. En desserrant les câbles noués à son poignet, elle se souvint de sa dernière mission en tant que mécanicienne. En actionnant une pompe semblable, elle avait découvert un rotor usé et cassé. Tout en démontant le panneau de la borne d'alimentation positive à l'aide d'un tournevis pris dans sa poche, elle priait pour que cette pompe soit en meilleur état que lorsque l'électricité avait sauté. Elle n'avait vraiment pas envie de refaire la descente pour des réparations. Pas tant qu'elle ne pourrait le faire les bottes au sec.

Elle dégagea le câble d'alimentation plus facilement qu'elle ne l'aurait cru. Elle mit le nouveau en place en le tortillant. Sa respiration bruissait contre les parois de son casque, c'était sa seule compagnie. Alors qu'elle finalisait son branchement, elle se rendit compte que si elle entendait son propre souffle, c'était parce que l'arrivée d'air n'émettait plus son petit sifflement.

Elle se figea. Elle tapota son casque au niveau de son oreille, les bulles continuaient à sortir de l'autre valve, mais plus lentement. Il y avait encore de la pression dans sa combinaison, mais l'air n'arrivait tout simplement plus.

En baissant le menton sur le bouton de sa radio, elle sentit la sueur qui humectait son cou. Bizarrement, alors qu'elle transpirait à cet endroit, ses pieds étaient gelés.

— Solo? C'est Juliette. Tu m'entends? Qu'est-ce qui se passe en haut?

Elle attendit, orienta sa lampe sur son tuyau pour détecter un éventuel nœud. Elle avait encore de l'air, l'air de sa combinaison. Mais pourquoi il ne répondait pas?

— Allô? Solo? Allez, dis quelque chose.

Elle commença à entendre un tic-tac imaginaire. Quelle quantité d'air lui restait-il? Il lui avait sûrement fallu une heure pour arriver jusqu'ici. Solo réparerait le compresseur avant qu'elle soit en détresse. Elle avait tout le temps nécessaire. Il était peut-être en train de faire le plein de carburant. Tout mon temps, se répétait-elle en s'attaquant au panneau de la borne négative. Mais il était coincé.

Pour ça, elle n'avait vraiment pas le temps. Saloperie de corrosion. La borne positive était déjà raccordée. Elle devait ajuster sa lampe, le faisceau visait trop haut : parfait pour marcher, horrible pour travailler. Elle réussit à l'orienter vers la pompe.

Bien. Le fil de terre pouvait être connecté à n'importe quelle partie du boîtier principal, non? Elle essaya de se rappeler. Tout le boîtier représentait la terre, à moins que… Est-ce qu'elle se trompait? Pourquoi est-ce qu'il lui était impossible de s'en souvenir? Et de réfléchir, soudain?

Elle tira sur le câble noir et tenta d'entortiller les mèches de cuivre avec ses gros doigts emmitouflés. Elle les inséra dans une grille d'aération à l'arrière du boîtier, soit à un bout de métal qui semblait connecté au reste de la pompe. Elle enroula le fil autour d'un boulon, fit un nœud qu'elle serra de toutes ses forces, et tenta de se convaincre que ça marcherait, que ça suffirait à relancer cette fichue machine. Walker aurait su comment faire. Où était-il quand on avait besoin de lui?

Sa radio émit soudain un bruit de parasites parmi lesquels elle crut reconnaître son nom crié de très loin, puis plus rien.

Juliette frissonna dans l'eau sombre et froide. Elle baissa le menton pour dire à Solo d'éloigner sa radio de sa bouche lorsqu'elle s'aperçut, à travers la visière de son casque, qu'il n'y avait plus de bulles qui s'échappaient de la valve de sortie, plus de joli rideau de perles devant ses yeux. Il n'y avait plus de pression dans sa combinaison.

Et c'est une pression toute différente qui la remplaça.

65

Silo 18

Walker s'engouffra malgré lui dans l'escalier carré, où une équipe de mécanos s'échinait à bloquer l'étroit passage à l'aide de nouvelles plaques de métal soudées ensemble. Il avait la plupart des pièces de la radio dans sa caisse, qu'il tenait fermement à deux mains. Il observait les divers éléments se heurter les uns aux autres tandis qu'il se frayait un passage dans la foule de mécaniciens qui fuyaient l'assaut. Devant lui, Shirly portait le reste, c'est-à-dire l'antenne, dont les fils volaient derrière elle. Walker sautait d'un pied sur l'autre pour ne pas s'emmêler les jambes.

— Allez plus vite ! cria quelqu'un.

Tout le monde se poussait, se pressait. La pétarade de coups de feu reprit de plus belle derrière lui, une pluie d'étincelles les arrosait. Il plissa les yeux et franchit la tempête rougeoyante tandis qu'un groupe de mineurs en combinaison à rayures remontait en portant une autre plaque de métal.

— Par ici ! cria Shirly en le tirant par un bras.

Ses pauvres jambes avaient du mal à tenir la cadence. Un sac tomba à terre, un jeune homme armé se dépêcha de faire demi-tour pour le récupérer.

— Là, la salle des machines, dit-elle.

Il y avait déjà tout un tas de gens qui passaient les doubles portes. Jenkins était là, il régulait le flux des

494

arrivées. Des hommes armés prirent position près d'une pompe hydraulique dont le balancier, abaissé, semblait indiquer qu'elle avait déjà succombé à l'assaut qui se préparait.

— C'est quoi tout ce bazar ? demanda Jenkins à Shirly en désignant le fatras de fils qu'elle portait.

— La radio, monsieur.

— Tu parles que ça va nous servir, maintenant.

Il fit signe à deux personnes supplémentaires d'entrer. Shirly et Walker s'écartèrent pour les laisser passer.

— Monsieur, je…

— Amène-le à l'intérieur, aboya Jenkins, faisant référence à Walker. Je n'ai pas besoin de l'avoir dans les pattes.

— Mais monsieur il faut que vous entendiez…

— Allez, allez ! cria Jenkins à ceux qui fermaient la marche.

Seuls les mécanos qui avaient échangé leur tournevis pour un fusil restaient à l'extérieur. Ils se mirent en formation, comme habitués à ce jeu, bras en appui sur la rampe, canon pointé dans la même direction.

— C'est dedans ou dehors, dit Jenkins à Shirly en commençant à fermer la porte.

— Allez, dit-elle à Walker en soupirant. Viens, on entre.

Walker obéit d'un air hébété, songeant aux pièces qu'il aurait dû prendre, des objets qui n'étaient qu'à quelques étages au-dessus d'eux, mais qu'il avait peut-être perdus pour toujours.

— Hé ! Faites sortir ces gens de la salle de contrôle !

Shirly traversa la salle des machines au pas de course, suivie par des tiges d'aluminium qui rebondissaient derrière elle.

— Vous, dehors !

Un groupe de mécaniciens et de salopettes jaunes des Fournitures s'empressa de s'exécuter. Ils rejoignirent les autres le long du garde-corps qui couronnait la fosse dans laquelle se trouvait l'énorme génératrice. Au moins, le bruit était tolérable. Shirly imagina toutes ces personnes coincées ici à l'époque où le vacarme métallique des supports du moteur était propre à percer les tympans.

— Sortez de ma salle de contrôle, tous.

Elle agita le bras pour que les derniers s'activent. Shirly comprit pourquoi Jenkins avait barricadé ce niveau. Le dernier atout qu'il leur restait, c'était l'électricité. Une fois le dernier homme sorti de la petite salle pleine de boutons sensibles, de touches, d'instruments de mesure, elle vérifia les niveaux de combustible.

Les deux citernes étaient remplies, ça faisait au moins une chose correctement pensée. Ils auraient toujours quelques semaines d'électricité, à défaut d'autre chose. Elle tourna sur elle-même avec son fouillis de fils serré contre sa poitrine.

— Où est-ce que je… ? demanda Walker en tendant sa caisse.

Les seules surfaces planes dans la pièce étaient couvertes de commandes et de trucs fragiles en tout genre, ce qu'il semblait avoir compris.

— Par terre, j'imagine, répondit-elle en posant sa cargaison de fils.

Elle alla fermer la porte. Ceux qu'elle avait chassés regardèrent avec envie par la vitre les tabourets hauts qui se dressaient dans l'espace climatisé. Shirly essaya de ne pas faire cas d'eux.

— Est-ce qu'on a tout pris ? voulut-elle savoir.

Walker se mit à sortir les divers éléments de la radio, en faisant claquer sa langue face aux fils emmêlés.

— On a du jus ? demanda-t-il, une prise de transformateur à la main.

Shirly éclata de rire.

— Heu, Walker, tu as vu où on est, là, non ? Bien sûr qu'on a du jus.

Elle prit le cordon et le brancha sur le tableau de contrôle central.

— On a tout ? reprit-elle. Est-ce qu'on peut la remonter, ça va marcher ? Walker, il faut à tout prix faire écouter à Jenkins ce qu'on a entendu.

— Je sais. Il faut qu'on démêle tout ça, dit-il en hochant la tête vers les fils et tiges de l'antenne tout embrouillés.

Shirly leva la tête. Il n'y avait pas de poutre ici.

— Va la pendre au garde-corps, là, dehors. En ligne droite, et fais en sorte que ce bout-là revienne se brancher ici.

Elle sortit, tirant les fils derrière elle.

— Et fais gaffe que les bouts en métal touchent pas le garde-corps ! lui lança Walker.

Elle recruta quelques mécanos avec qui elle avait l'habitude de travailler pour lui venir en aide. Une fois au courant de leur mission, ils se mirent en peine de démêler les nœuds et Shirly rejoignit Walker.

— Ça va leur prendre deux minutes, lui dit-elle en refermant la porte. Le fil passait largement entre la porte et le montant.

— Bon, je crois que c'est bon, dit-il.

Il leva les yeux vers elle, l'air épuisé, les cheveux hirsutes, la sueur perlant à travers sa barbe blanche.

— Merde, dit-il en se tapant le front. On n'a pas d'enceintes.

Shirly avait cru au pire en entendant Walker jurer, pensant qu'ils avaient oublié un élément crucial.

— Bouge pas, dit-elle.

Elle franchit à nouveau la porte pour se ruer vers un placard et en sortit un casque à écouteurs qu'ils utilisaient en général pour communiquer depuis la salle de contrôle avec les ouvriers qui travaillaient sur la génératrice principale ou secondaire. Elle passa en courant devant la foule aussi curieuse qu'effrayée et revint dans la salle de contrôle. Elle se dit qu'elle devrait avoir plus peur, comme eux, du fait qu'une véritable guerre approchait à grands pas. Mais la seule chose à laquelle elle était capable de penser, c'était ces voix que la guerre, justement, avait interrompues. Sa curiosité était bien plus forte que sa peur. Ç'avait toujours été comme ça.

— Qu'est-ce que tu penses de ça ?

Elle referma la porte et lui montra le casque.

— Parfait, s'écria-t-il, l'air surpris.

Avant qu'elle ait le temps de réagir, il mit un coup de ciseaux dans la prise et dégagea les fils électriques.

— C'est bien, ici au moins on est au calme, dit-il en riant.

Shirly rit avec lui, et elle se demanda ce qui leur prenait. Qu'est-ce qu'ils allaient faire ? Rester ici à bidouiller leurs fils jusqu'à ce que les adjoints au shérif et les agents de sécurité du DIT viennent les faire sortir de force ?

Walker brancha les écouteurs, qui émirent un petit sifflement. Shirly se colla contre lui, s'assit et lui tint le poignet pour le stabiliser. Les oreillettes tremblaient dans sa main.

— Tu devrais peut-être…

Il lui montra le bouton avec les encoches blanches qu'il avait tracées.

Shirly acquiesça mais s'aperçut qu'ils avaient oublié de prendre la peinture. Elle se pencha sur le bouton.

— Quelle station ? demanda-t-elle en le tournant vers les voix qu'ils avaient déjà repérées.

— Non, va dans l'autre sens. Il faut que je sache… Il toussa. On doit d'abord savoir combien il y en a.

Elle tourna alors le bouton vers la partie noire, encore vierge. Ils retinrent leur souffle ; à travers la porte épaisse et le double vitrage, on entendait à peine le bourdonnement de la génératrice.

Tout en tournant le bouton, Shirly se demanda ce que Walker deviendrait une fois qu'ils seraient cernés.

Seraient-ils tous envoyés au nettoyage ? Ou pourrait-il, avec quelques autres, prétendre n'avoir été qu'un simple spectateur ? Ça la rendait triste. Leur colère, leur soif de revanche. Son mari était mort, lui avait été arraché, et pour quoi ? Des gens mouraient, et pour quoi ? Les choses auraient pu se passer différemment. Elle pensa aux rêves qu'ils avaient tous nourris, irréalistes peut-être, à leur envie de changement de gouvernance, à la solution facile qu'ils avaient proposée à des problèmes insolubles. Avant tout cela, elle se considérait injustement traitée, mais elle était en sécurité. L'injustice était son lot quotidien, mais l'amour aussi. Est-ce que ça compensait ? Quel sacrifice avait le plus de sens ?

— Un peu plus vite, souffla Walker, que le silence agaçait.

Ils avaient perçu quelques bruits parasites, mais pas de conversations. Shirly augmenta légèrement sa vitesse.

— Tu crois que l'antenne… ?

Mais Walker leva une main. Le petit écouteur avait émis un petit pop. Du pouce, il fit signe à Shirly de revenir en arrière. Elle s'exécuta. Elle essaya de revenir à l'endroit exact où le son s'était produit, faisant appel au savoir-faire qu'elle avait acquis dans cette même pièce pour régler la génératrice et le boucan qu'elle…

— *Solo ? C'est Juliette. Tu m'entends ? Qu'est-ce qui se passe en haut ?*

Shirly lâcha le bouton. Elle le regarda tomber à terre, pendu à son petit fil.

Elle avait les mains engourdies, des picotements au bout des doigts. Tous deux rivèrent leur regard au petit écouteur d'où s'était élevée la voix du fantôme.

Aucun ne bougea. La voix, le nom, impossible de se tromper.

Des larmes de joie roulèrent sur la barbe de Walker et s'écrasèrent sur ses genoux.

66

Silo 17

Juliette attrapa le tuyau tout flasque et le serra. Seules quelques bulles défilèrent devant sa visière – il n'y avait plus de pression à l'intérieur.

Elle jura, pressa le menton contre la radio et appela Solo. Quelque chose était arrivé au compresseur. Il devait être en train de travailler dessus, de remplir le réservoir peut-être. Mais elle lui avait bien dit de ne pas l'éteindre pour ça. Il ne saurait pas s'y prendre pour le redémarrer. Elle n'avait pas envisagé toutes les possibilités ; elle était à une distance impossible d'un air respirable, de tout espoir de survie.

Elle prit une inspiration hésitante. Elle disposait de ce qui restait dans la combinaison et dans le tuyau. Mais quelle quantité d'air du tuyau pouvait-elle aspirer avec la seule force de ses poumons ? Sûrement pas beaucoup.

Elle lança un dernier regard à la pompe, à ses branchements hâtifs, aux fils qui flottaient et qu'elle avait espéré sécuriser avant de remonter. Mais plus rien de tout ça n'avait d'importance à présent. Elle s'éloigna de la pompe à grands gestes, mais l'eau semblait empêcher ses mouvements, sans pour autant lui donner de prise pour se propulser.

C'étaient les haltères qui la retenaient. Elle se pencha pour les détacher et se rendit compte qu'elle ne pouvait pas. La flottabilité de ses bras, le gonflant du scaphandre… Elle tendit ses mains au maximum vers les bandes velcro mais vit à travers son casque grossissant ses doigts qui s'agitaient en vain à quelques centimètres de ces saloperies de poids.

Elle respira à fond, le nez ruisselant de sueur. Elle fit une nouvelle tentative. Le bout de ses doigts frôla presque les bandes noires. Mains tendues, épaules projetées vers l'avant pour atteindre ses tibias…

Mais rien n'y faisait. Elle abandonna et reprit son chemin, en suivant le câble et le tuyau, éclairés par sa lampe. Elle faisait attention à ne pas toucher le câble, à ne pas le tirer accidentellement, le branchement qu'elle avait réalisé était si précaire… Même en manque d'air, son esprit de mécano tournait à plein régime. Elle se maudit de ne pas s'être mieux préparée.

Le couteau ! Elle se souvint de son couteau et cessa de traîner les pieds. Elle glissa sa lame étincelante hors de son étui ventral fait maison.

Elle se pencha et, grâce à la longueur du manche et à celle de la lame, réussit à en faire passer la pointe entre la combi et l'une des bandes. Autour d'elle, l'eau était noire. Tout au fond du département des Machines, sous toute cette eau, avec une lampe à la portée limitée, elle se sentait seule, isolée, jamais elle n'avait eu aussi peur de toute sa vie.

Cramponnée à son couteau, terrifiée à l'idée de le perdre, elle fit un mouvement de va-et-vient, comme une séance d'abdos debout. La lame sciait la bande tant bien que mal, l'effort la faisait jurer dans son casque, la douleur commençait à poindre dans son ventre, dans sa tête qu'elle jetait en avant… quand soudain le velcro céda. La rondelle d'acier se posa sans bruit sur le sol et elle eut l'impression d'avoir le mollet nu et léger comme l'air.

Elle se mit à pencher d'un côté, retenue par une jambe, l'autre essayant de se lever. Elle s'attaqua à la seconde bande prudemment, de peur d'entailler sa combinaison et de voir de précieuses bulles d'air s'échapper. Avec l'énergie du désespoir, elle répéta les mêmes mouvements. Le nylon finit par s'effilocher, de la sueur éclaboussa sa visière, le couteau passa à travers le tissu et le poids, enfin, tomba.

Lorsque ses bottes s'élevèrent au-dessus de sa tête, un cri lui échappa. Malgré ses contorsions et ses mouvements de bras, son casque heurta les canalisations au-dessus d'elle.

Ce fut le noir complet. Elle tâtonna pour rallumer sa lampe torche mais elle avait disparu. Elle sentit un objet toucher son bras dans l'obscurité. Elle tenta de l'attraper d'une main, couteau dans l'autre, le sentit filer entre ses doigts gantés. Tandis qu'elle rangeait son couteau, sa seule source de lumière lui échappa pour de bon.

Le seul bruit qu'elle entendait était son souffle rapide. Elle allait mourir comme ça, coincée contre un plafond. Un énième cadavre dans les couloirs. C'était comme si elle était destinée à mourir dans une de ces combinaisons, d'une façon ou d'une autre. Elle donna des coups de pied contre la tuyauterie pour se dégager. Dans quel sens allait-elle ? Il faisait plus noir que dans un four. Elle ne voyait même pas ses bras devant elle. C'était encore pire que d'être aveugle. Savoir que ses yeux pouvaient voir mais ne lui renvoyaient rien. Le sentiment de panique l'étreignit davantage, alors même que l'air contenu dans sa combinaison se raréfiait.

L'air.

Elle porta une main à la base de son casque et trouva le tuyau. Elle le sentait à peine à travers ses gants. Elle se mit à tirer dessus, une main après l'autre, comme si elle remontait un seau d'un puits profond.

Elle avait l'impression qu'il y en avait des kilomètres, qui s'amoncelaient autour d'elle comme de la laine détricotée. Le bruit de sa respiration était de moins en moins rassurant. Son souffle court était-il à mettre sur le compte de l'adrénaline, de la peur ? ou plutôt sur celui du manque d'air ? Elle craignit soudain que le fil qu'elle tirait ait été coupé, que le bout lui file entre les doigts à tout moment, que ses mains n'aient bientôt plus de prise que sur de l'eau noire comme de l'encre…

C'est alors qu'elle saisit une portion du tuyau plus ferme, tendue, comme vivante. Une ligne raide, qui ne contenait peut-être pas d'air, mais pouvait la guider vers la sortie.

Un nouveau cri lui échappa, elle s'agrippa de l'autre main et progressa ainsi le long du tuyau, se heurtant parfois à une canalisation du plafond. Elle continua, une main après l'autre, se hissant à travers ce bouillon noir où flottaient les cadavres, se demandant quel chemin elle aurait parcouru avant de rendre son dernier souffle et de les rejoindre.

67

Silo 18

Lukas et sa mère étaient assis devant la porte ouverte
de la salle des serveurs. Il baissa les yeux sur ses mains,
qu'elle tenait dans les siennes. Elle en lâcha une pour
épousseter l'épaule de son fils chéri, où un petit bout de
ficelle avait eu l'impudence de se déposer.

— Et tu dis que tu vas avoir une promotion ? demanda-
t-elle.

— Ouais, une grosse promotion, même.

Il jeta un œil à Bernard et au shérif Billings qui parlaient à voix basse dans le couloir. Bernard avait les mains
enfoncées dans la poche ventrale de sa salopette. Billings
inspectait son arme.

— Contente de l'entendre, mon chéri. Ça rend ton absence plus supportable.

— Ça ne devrait plus durer très longtemps, maintenant.

— Et tu pourras voter ? Je n'arrive pas à croire que
mon fils ait d'aussi hautes fonctions !

Lukas se tourna vers elle.

— Voter ? Mais je croyais que l'élection était reportée.

Elle secoua la tête. Son visage avait l'air plus marqué que le mois précédent, ses cheveux plus blancs. Il se
demanda si c'était possible en si peu de temps.

— C'est de nouveau d'actualité. Les difficultés posées
par ces rebelles sont censées être sur le point de se terminer.

Lukas regarda de nouveau vers Bernard et le shérif.

— Je suis sûr qu'ils trouveront un moyen de me laisser voter, dit-il à sa mère.

— Ce serait bien. Je me dis que je t'ai quand même élevé avec les bonnes valeurs…

Elle s'éclaircit la voix.

— Et tu es bien nourri? On t'apporte tes rations?

— Plus que je peux manger, même.

— Hmm, alors j'imagine que tu auras une augmentation de…?

Il haussa les épaules.

— Je ne sais pas trop. Mais, oui, j'imagine. Et puis tu sais, je m'occuperai de toi et…

— De moi? s'écria-t-elle en portant une main à sa poitrine. Oh, ne te fais pas de souci pour moi.

— Tu sais que c'est impossible. Euh, bon, maman, je crois que notre entrevue est terminée.

Bernard et Peter se dirigeaient vers eux.

— On dirait qu'il est temps pour moi de me remettre au travail.

— Oh. D'accord. Bien sûr.

Elle lissa le devant de sa tenue rouge avant que Lukas l'aide à se relever.

— Mon petit garçon, dit-elle en lui déposant un baiser sonore sur la joue.

Elle fit un pas en arrière et le regarda avec fierté.

— Prends bien soin de toi.

— D'accord, maman.

— Et n'oublie pas de faire de l'exercice.

— Maman, ça va.

Bernard s'arrêta à côté d'eux, tout sourire. Elle se tourna vers lui et le tapota amicalement sur la poitrine.

— Merci, dit-elle, la voix brisée.

— J'ai été ravi de vous rencontrer.

Bernard lui prit la main et fit signe à Peter.

— Le shérif va vous raccompagner.

— Bien sûr.

Elle se retourna une dernière fois et fit au revoir à Lukas. Malgré la gêne qu'il éprouvait, il lui rendit son geste.

— Une gentille dame, dit Bernard en les regardant partir. Elle me rappelle ma mère.

Il se tourna vers Lukas.

— Bon. Tu es prêt ?

Lukas eut envie d'exprimer ses réticences, de répondre "Oui, j'imagine", au lieu de quoi il se redressa, se frotta les paumes et baissa légèrement le menton.

— Absolument, parvint-il à articuler, sans éprouver l'assurance qu'il montrait.

— Parfait. En route pour l'officialisation de ton poste.

Il lui serra l'épaule avant d'entrer dans la salle des serveurs. Lukas lui emboîta le pas. La porte pivota sur ses gonds et l'enferma à nouveau. Les verrous électroniques se mirent en place automatiquement. Le tableau de sécurité bipa et sa joyeuse lumière verte céda la place à son œil rouge de sentinelle menaçante.

Lukas souffla un bon coup et se fraya un chemin entre les serveurs. Il essaya de ne pas prendre le même que Bernard, et faisait toujours en sorte de ne pas passer deux fois au même endroit. Il opta pour un trajet plus long, histoire de briser la routine de sa prison.

Le temps qu'il arrive, Bernard avait déjà ouvert le serveur. Il lui tendit le casque qu'il connaissait bien.

Lukas le prit et le chaussa à l'envers, avec le micro qui pointait vers sa nuque.

— Comme ça ?

Bernard eut un rire moqueur.

— Non, dans l'autre sens, dit-il en haussant la voix pour que Lukas l'entende malgré les oreillettes.

Lukas s'emmêla le bras dans le cordon, sous l'œil patient de Bernard.

— Bien. Tu es prêt ? redemanda-t-il une fois les écouteurs en place, prise à la main.

Lukas acquiesça. Il regarda Bernard se tourner vers le tableau. Il imagina sa main glisser vers la droite, brancher la prise dans le numéro 17, puis se tourner vers lui pour le confronter à son passe-temps préféré, son amour secret...

Mais la main de son chef ne dévia pas ; l'extrémité du cordon se brancha avec un petit clic, Lukas connaissait cette sensation par cœur, la fiche qui s'insérait parfaitement dans son réceptacle, le petit coup de jus que l'on pouvait ressentir à la pulpe des doigts si on les posait trop près...

La lumière au-dessus du branchement se mit à clignoter. Un bourdonnement familier résonna aux oreilles de Lukas. Il attendait sa voix, celle de Juliette.

Clic.

— Votre nom.

Un frisson de terreur lui parcourut la colonne, ses bras se couvrirent de chair de poule. La voix, qui sonnait creux, au ton impatient et froid, allait et venait comme le scintillement d'une étoile. Lukas s'humecta les lèvres.

— Lukas Kyle, dit-il en essayant de ne pas bafouiller.

Une pause. Il imagina quelqu'un, quelque part, noter son nom, feuilleter des dossiers ou faire quelque chose d'atroce avec cette information. La température monta en flèche. Bernard lui souriait, sans se soucier du silence qui durait.

— Vous avez travaillé comme ombre au DIT.

Ça ne ressemblait pas à une question, mais Lukas répondit malgré tout.

— Oui, monsieur.

Il passa une main sur son front avant de l'essuyer sur sa salopette. Il mourait d'envie de s'asseoir, de s'adosser au serveur numéro 40, de se détendre. Mais Bernard lui souriait, la moustache relevée aux coins, les yeux grands ouverts derrière ses lunettes.

— Quel est votre principal devoir envers le silo ?

Bernard l'avait préparé à ce genre de questions.

— Appliquer les préceptes de l'Ordre.

Silence. Pas de réaction, pas moyen de savoir s'il avait bon ou pas.

— Que protégez-vous par-dessus tout ?

La voix était sans relief et pourtant grave. Comme désespérée, mais calme. Lukas avait la bouche sèche.

— La vie et l'Héritage, récita-t-il.

Mais ça sonnait faux, tous ces trucs appris par cœur. Il voulait entrer dans les détails, dire à cette voix, comme un bon père, qu'il comprenait l'importance et les enjeux de la chose. Il n'était pas bête. Il avait plus à dire que de simples données mémorisées –

— Jusqu'où aller pour protéger ces choses auxquelles nous tenons tellement ?

Il observa une pause.

— Jusqu'au sacrifice, murmura-t-il.

Il pensa à Juliette – et l'attitude paisible qu'il composait pour Bernard faillit s'effondrer. Sur certains points, il n'était pas convaincu de tout comprendre. Celui-ci en faisait partie. Sa réponse lui faisait l'impression d'un mensonge. Il n'était pas sûr que le sacrifice vaille le coup, que le danger soit si grand qu'il faille envoyer des gens, des gens qui n'avaient rien fait, à leur…

— Combien de temps avez-vous passé au laboratoire de Confection ?

La voix avait changé, s'était décrispée. Lukas se demanda si la cérémonie était terminée. C'était tout ? Il avait réussi l'examen ? Il souffla après avoir retenu son souffle un moment, en espérant que le micro n'amplifierait pas le bruit, et essaya de se détendre.

— Pas beaucoup, monsieur. Bern – euh, mon patron prévoit de m'y envoyer quelque temps après le, vous savez…

Il leva les yeux vers Bernard, qui le regardait en tapotant une branche de ses lunettes.

— Oui, je sais. À propos, comment se règle ce problème dans les niveaux inférieurs ?

— Hmm, eh bien, on ne me tient au courant que de l'évolution globale, et les choses s'annoncent bien.

Il se racla la gorge en songeant aux coups de feu et aux violents échanges qu'il avait entendus via la radio dans le dortoir du dessous.

— Nous progressons, il ne devrait plus y en avoir pour très longtemps, ajouta-t-il.

Mais le silence perdura. Il s'efforça de respirer calmement, de sourire à Bernard.

— Si c'était à refaire, auriez-vous agi différemment, Lukas ?

Il sentit son corps osciller, ses genoux s'engourdir. Il se retrouva sur cette table de réunion, l'acier noir de son arme pressé contre sa joue, une ligne partant de ses yeux, se prolongeant à travers une croix, puis le long d'un canon pointé sur une petite bonne femme aux cheveux blancs avec une grenade à la main. Des balles filaient le long de cette ligne. Celles qu'il tirait.

— Non monsieur, finit-il par dire. Tout a été fait dans le respect de l'Ordre. Tout est sous contrôle.

Il attendit. Quelque part, on jugeait ses réponses.

— Vous êtes numéro deux en charge du contrôle et du fonctionnement du silo 18, annonça la voix.

— Merci, monsieur.

Lukas mit une main sur le casque pour l'enlever et s'apprêtait à le tendre à Bernard au cas où un échange officiel devait avoir lieu.

— Connaissez-vous le pire aspect de mon travail ? demanda la voix.

Lukas reposa ses mains sur ses genoux.

— Non, monsieur, qu'est-ce que c'est ?

— Me trouver là, face à ma carte, et devoir tracer une croix rouge en travers d'un silo. Vous imaginez ce que ça fait ?

Lukas secoua la tête.

— Pas du tout, monsieur.

— On a l'impression d'être un parent qui perd des milliers d'enfants, tous en même temps.

Un silence.

— Il vous faudra être cruel envers vos enfants pour ne pas les perdre.

Lukas y réfléchit.

— Oui, monsieur.

— Bienvenue dans l'Opération Cinquante de l'Ordre mondial, Lukas Kyle. À présent, si vous avez une question ou deux, j'ai un peu de temps à vous consacrer.

Lukas voulait dire qu'il n'avait pas de questions ; il voulait raccrocher, appeler Juliette, parler avec elle, aspirer une bouffée de bon sens dans le délire étouffant qui régnait autour de lui. Mais il se souvint de la leçon de Bernard : admettre son ignorance, telle était la clé du savoir.

— Je n'en ai qu'une, monsieur. On m'a dit que ça n'avait pas d'importance, et je comprends en quoi cela est vrai, mais je crois sincèrement qu'il me sera plus facile de faire mon travail si je sais.

Il attendit une réaction, mais la voix semblait attendre qu'il pose directement sa question.

Lukas s'éclaircit la voix.

— Y a-t-il… ?

Il approcha le micro de sa bouche, lança un regard à Bernard.

— Comment est-ce que tout a commencé ?

Impossible de le dire avec certitude – c'était peut-être l'aérateur du serveur qui s'était déclenché –, mais il lui sembla entendre un long soupir.

— À quel point tenez-vous à le savoir ?

Lukas craignit de répondre honnêtement.

— Comme je vous l'ai dit, il n'y a rien de crucial, mais j'aimerais avoir une vision de ce que nous sommes en train d'accomplir, de ce à quoi nous avons survécu. J'ai l'impression que ça me donnera, que ça nous donnera un but, vous voyez ?

— Mais la raison est le but, dit la voix, énigmatique. Avant de vous répondre, j'aimerais entendre votre avis sur la question.

— Mon avis?

— Tout le monde a des idées. Êtes-vous en train de me dire que vous n'en avez pas?

Lukas décela un brin d'humour dans la voix désincarnée.

— Je pense que c'est quelque chose qu'on a vu venir, répondit-il.

Il regarda Bernard, qui fronça les sourcils et tourna la tête.

— C'est une possibilité.

Bernard ôta ses lunettes et se mit à les essuyer sur sa manche en regardant ses pieds.

— Réfléchissez à ceci, reprit la voix. Si je vous disais qu'il n'y a que cinquante silos dans le monde entier et qu'ils sont tous regroupés dans le même petit coin?

Lukas réfléchit. Ça ressemblait à un nouveau test.

— Je dirais que nous étions les seuls...

Il faillit dire qu'ils étaient les seuls à avoir des ressources, mais il avait suffisamment compulsé l'Héritage pour savoir que ce n'était pas le cas. Partout dans le monde on trouvait des bâtiments qui s'élevaient au-dessus des collines. Beaucoup plus de gens auraient pu être préparés.

— Je dirais que nous étions les seuls à savoir, proposa-t-il.

— Très bien. Et pourquoi ça?

Il détestait ça. Il n'avait pas envie de jouer aux devinettes, il voulait une réponse.

Et alors, comme un câble qu'on vient de raccorder, comme le courant qui passe dans un circuit pour la première fois, la vérité le frappa.

— Parce que...

Il essaya de comprendre la réponse qui se formait dans sa tête, d'imaginer qu'une telle idée puisse pencher du côté de la vérité.

511

— Ce n'est pas parce qu'on savait, dit-il en inspirant un petit coup sec. C'est parce que c'est nous qui l'avons fait.

— Voilà, dit la voix. Maintenant vous savez.

Elle ajouta quelques mots à peine audibles, comme si elle s'adressait à quelqu'un d'autre.

— Bien, il est temps de nous séparer, Lukas Kyle. Félicitations pour votre nouveau poste.

Le casque collait à ses cheveux, il était trempé de sueur.

— Merci, articula-t-il.

— Et hmm, Lukas ?

— Oui, monsieur ?

— À partir de maintenant, je vous suggère de vous concentrer sur ce qu'il y a sous vos pieds. Plus de temps à perdre avec les étoiles, d'accord petit ? Nous savons déjà où la plupart se trouvent.

68

Silo 18

— *Allô? Solo? Allez, dis quelque chose.*

Le casque avait beau être démantibulé, impossible de se tromper sur l'origine de cette voix. Elle retentissait, désincarnée, dans la salle de contrôle, où elle avait résonné en direct pendant tant d'années. L'entendre dans cet endroit acheva de convaincre Shirly ; les yeux rivés aux petits écouteurs reliés à la radio magique, elle savait que ce ne pouvait être personne d'autre.

Ni elle ni Walker n'osèrent parler. Ils attendirent une éternité avant qu'elle se décide à briser le silence.

— C'était Juliette, murmura-t-elle. Mais comment on peut… ? Est-ce que sa voix est prisonnière quelque part ? Dans l'air ? Quand est-ce qu'elle aurait dit ça ?

Shirly ne comprenait rien à la science, c'était au-delà de ce pour quoi on la payait. Immobile, silencieux, la barbe luisante de larmes, Walker n'arrivait pas à détacher son regard du casque.

— Est-ce que ces… ces ondes qu'on capte avec l'antenne rebondissent à l'infini, je ne sais où ?

Elle se demanda si c'était le cas de toutes les voix qu'ils avaient entendues. Ils captaient peut-être des conversations qui avaient eu lieu dans le passé. Est-ce que c'était possible ? Un genre d'écho électrique ? Quelque part, ça semblait beaucoup moins choquant que l'autre possibilité.

Walker se tourna vers elle, l'air bizarre. Il avait la bouche à moitié ouverte, les commissures légèrement remontées.

— Ça ne marche pas comme ça, dit-il en finissant par sourire. Ça arrive en temps réel. Ça se passe maintenant.

Il saisit Shirly par le bras.

— Tu l'as entendue toi aussi, hein? Je ne suis pas fou. C'était bien elle. Elle est vivante. Elle a réussi.

— Non… fit Shirly en secouant la tête. Walk, qu'est-ce que tu racontes? Juliette en vie? Et réussi quoi, d'abord?

— T'as entendu comme moi. Les conversations. Le nettoyage. Il y a d'autres gens, quelque part. On n'est pas seuls. Elle est avec eux, Shirly. C'est en train de se passer, là, maintenant.

— Vivante.

Shirly prit le temps de digérer l'info. Son amie était là, quelque part. Elle respirait encore. Elle s'était imaginé tant de fois le corps de Juliette reposant au-delà des collines, battu par les vents. Et à présent, elle se la représentait en mouvement, en train de parler dans une radio, où que ce soit.

— Est-ce qu'on peut lui parler? demanda-t-elle.

Elle savait que c'était une question bête. Mais Walker sursauta, ses vieilles jambes tressautèrent.

— Oh mon Dieu. Oui, mais oui.

Il posa le méli-mélo d'éléments sur le sol, les mains tremblantes, mais manifestement enthousiaste. La peur qu'ils avaient éprouvée avait disparu, le monde qui existait au-delà de cette porte était devenu insignifiant.

Walker plongea une main dans sa caisse pour fouiller dans ses outils.

— Non, dit-il en examinant à nouveau les pièces sur le sol. Non, non, non.

— Qu'est-ce qu'il y a? demanda Shirly en reculant pour qu'il puisse mieux voir. Qu'est-ce qui nous manque? Il y a un micro, là, dit-elle en désignant le casque désarticulé.

— L'émetteur. C'est un petit circuit. Je crois qu'il est sur mon établi.

— Mais j'ai tout fait tomber dans la caisse.

Crispée, elle avança pour fouiller elle aussi.

— L'autre établi. Au départ, on n'en avait pas besoin. Tout ce que Jenks voulait, c'était écouter, espionner. J'ai fait ce qu'il m'a demandé. Comment j'aurais pu savoir qu'on aurait besoin d'émettre ?

— Tu ne pouvais pas le savoir, intervint Shirly en posant une main sur son bras.

Il filait un mauvais coton. Elle l'avait déjà vu partir dans ses élucubrations, et il pouvait se déconnecter en un rien de temps.

— Il n'y a rien ici qu'on pourrait utiliser à la place ? Allez Walk, réfléchis. Concentre-toi.

Il secoua la tête, pointa du doigt le casque à écouteurs.

— Ce micro ne marchera pas. Il sert juste de support au son. Rien que des petites membranes qui vibrent et… Attends un peu. Si, y aurait peut-être quelque chose.

— Ici ? Où ça ?

— Dans les réserves minières. Ils ont des détonateurs. J'en ai réparé un il y a un mois. Ça devrait fonctionner.

Shirly se leva.

— J'y vais. Toi, tu restes là.

— Mais, et l'escalier…

— Je serai en sécurité. Je descends, je ne monte pas. Et ne change rien à la radio. On ne cherche plus d'autres voix. Rien que la sienne. On reste comme ça.

— Oui, bien sûr.

Elle se pencha pour lui serrer l'épaule.

— Je reviens tout de suite.

Dehors, tous les visages se tournèrent vers elle. Elle eut envie de leur crier que Juliette était en vie, qu'ils n'étaient pas seuls, que d'autres personnes vivaient et respiraient à l'extérieur. Mais elle n'avait pas le temps. Elle se précipita sur Courtnee.

— Salut…

— Tout va bien, là-dedans ? lui demanda Courtnee.

— Ouais, ça va. Rends-moi un service, si tu veux bien. Garde un œil sur Walker, d'accord ?

Courtnee acquiesça.

— Tu vas où ?

Mais Shirly était déjà partie. Elle se fraya un passage entre les gens amassés près de l'entrée. Jenkins était dehors avec Harper. Ils cessèrent de parler en la voyant passer.

— Hé ! cria Jenkins en lui prenant le bras. Qu'est-ce que tu fous, là ?

— Je vais au magasin de la mine, dit-elle en se dégageant. Je n'en ai pas pour longtemps.

— Hors de question. On est sur le point de faire sauter l'escalier. Ces crétins tombent droit dans le piège.

— Vous allez quoi ?

— L'escalier, répéta Harper. On l'a bardé d'explosifs. Et quand les autres vont se pointer…

Il forma une boule avec ses mains et les écarta pour mimer l'explosion.

— Vous ne comprenez pas, dit Shirly en faisant face à Jenkins. C'est pour la radio.

— Walk a laissé passer sa chance.

— On capte tout un tas de conversations. Il a besoin d'une seule pièce. Je reviens tout de suite, je vous jure.

Jenkins regarda Harper.

— Combien de temps avant le déclenchement ?

— Cinq minutes, monsieur.

— Tu en as quatre, dit-il à Shirly. Mais fais gaffe à…

Elle n'entendit pas la fin. Ses bottes prenaient déjà la direction de l'escalier. Elle passa devant la foreuse et son air avachi, devant les hommes en position de tir.

Lorsqu'elle mit le pied sur la première marche, quelqu'un au-dessus d'elle annonça sa venue. Elle aperçut deux mineurs avec des bâtons de TNT avant de descendre la volée de marches.

Une fois à l'étage en dessous, elle se rua vers le puits de mine. Les couloirs étaient déserts, elle n'entendait que sa respiration et le bruit sourd de ses bottes.

Juliette. Vivante.

Une personne envoyée au nettoyage, vivante.

Elle s'engagea dans un autre couloir et longea les appartements des mineurs et des mécanos, des hommes prêts à trouer la peau de l'ennemi au lieu de la terre, qui maniaient désormais des armes plutôt que des outils.

Et ce que Shirly venait d'apprendre, cette impossible nouvelle, ce secret, rendait tous ces combats surréalistes. Insignifiants. À quoi bon se battre s'il y avait des endroits où aller au-delà de ces murs ?

Elle arriva dans les réserves. Il devait lui rester deux minutes. Son cœur battait à toute vitesse. Jenkins ne donnerait aucun ordre avant son retour. Elle scrutait les étagères, fouillait dans les casiers, les tiroirs. Elle savait à quoi ressemblait l'objet. Il devait y en avoir plusieurs dans le coin. Mais où ?

Elle ouvrit les casiers des vestiaires, jeta les salopettes, secoua les casques de chantier. Rien. Combien de temps lui restait-il ?

Elle tenta le petit bureau du chef d'équipe, ouvrit la porte d'un coup, se rua sur sa table de travail. Rien dans les tiroirs. Rien dans les étagères. L'un des gros tiroirs du bas était coincé. Fermé à clé.

Elle recula d'un pas et donna un grand coup de pied dans le métal. Une fois, deux fois. Une brèche finit par s'ouvrir, assez pour qu'elle glisse deux doigts à l'intérieur et le déverrouille.

Des explosifs. Des bâtons de dynamite. Quelques relais destinés à les allumer. En dessous, trois précieux émetteurs. Ce dont Walker avait besoin.

Elle en empocha deux, plus quelques relais. Elle prit aussi deux bâtons de dynamite – juste parce qu'ils étaient là et pourraient servir plus tard –, sortit en courant, traversa le magasin, se rua vers l'escalier.

Elle avait mis trop de temps. Déjà à bout de souffle, malgré sa respiration sifflante, elle courait aussi vite que possible, concentrée sur le mouvement de ses bottes qui avalaient les marches l'une après l'autre.

En arrivant au bout du couloir, elle songea à nouveau à quel point ces combats étaient ridicules. Difficile, même, de se rappeler comment tout avait commencé. Knox avait disparu, McLain aussi. Est-ce que les gens continueraient à se battre si ces deux grands chefs étaient encore là ? Auraient-ils agi différemment en amont ? Avec plus de sagesse ?

Elle déplora la folie de la situation en atteignant l'escalier. Elle devait avoir dépassé les cinq minutes. Elle s'attendait à ce que l'explosion arrive, que l'intensité du choc la rende sourde. Gravissant les marches deux par deux, elle se rendit compte en arrivant sur le palier que les mineurs avaient disparu.

— Tire-toi de là ! cria quelqu'un en agitant les bras.

Shirly reconnut Jenkins, ventre à terre avec son fusil, à côté de Harper. Elle faillit trébucher sur les fils qui partaient de la cage d'escalier lorsqu'elle rejoignit les deux hommes.

— Maintenant ! cria Jenkins.

Quelqu'un actionna un interrupteur.

Le sol se souleva et se déroba sous les pieds de Shirly. Elle décolla et atterrit violemment sur le sol en métal, s'écorcha le menton et faillit lâcher ses bâtons de dynamite.

Ses oreilles sifflaient encore lorsqu'elle se releva. Des hommes s'agitaient autour de la rampe, des coups de feu retentissaient dans le nuage de fumée qu'exhalait la nouvelle gueule de métal béante. On entendait les cris des blessés au loin. Tandis que les combats continuaient de faire rage, Shirly tâta ses poches et en sortit les émetteurs.

Une fois de plus, le bruit des armes, futile, sembla s'estomper à mesure qu'elle courait retrouver Walker dans la salle des machines, la lèvre en sang, l'esprit accaparé par des enjeux bien plus importants.

69

Silo 17

Juliette progressait à l'aveugle dans l'eau froide et noire, se heurtait par moments au plafond, ou à un mur, incapable de faire la différence. Désespérément cramponnée au tuyau d'air tout flasque, elle n'avait aucune idée de la vitesse à laquelle elle avançait – jusqu'à ce qu'elle tombe contre l'escalier. Son nez s'écrasa contre son casque et un bref rai de lumière traversa l'obscurité. Tandis qu'elle flottait, déboussolée, le tuyau d'oxygène lui échappa.

En reprenant ses esprits, elle chercha à tâtons le précieux tuyau. Elle toucha quelque chose du bout du gant, l'attrapa, mais c'était le câble électrique. Elle le lâcha et continua de chercher à l'aveugle sans possibilité de distinguer le bas du haut.

Lorsque son corps heurta une surface rigide qu'elle supposa être le plafond, elle s'en repoussa pour nager, espérait-elle, vers le bas. Ses bras s'emmêlèrent dans quelque chose et elle ne tarda pas à reconnaître la mollesse de son bon vieux tuyau. S'il ne lui apportait plus d'air, il pouvait toujours la guider vers la sortie.

Si elle tirait dans un sens, elle accumulait du mou, alors elle tira dans l'autre et se mit à gravir l'escalier carré, régulièrement attaquée par un mur, le plafond, une marche – six étages de ballottements intempestifs qui semblèrent durer une éternité.

Elle arriva en haut haletante. Et se rendit vite compte qu'elle n'était pas à bout de souffle, mais à court d'air. Elle avait utilisé ce qui restait dans son scaphandre, et des dizaines de mètres de tuyau serpentaient derrière elle, invisibles et vides.

Elle tenta un nouvel appel radio en longeant le couloir, sa combinaison continuait de l'entraîner vers le haut, mais plus lentement.

— Solo ! Tu m'entends ?

Rien qu'à l'idée du volume d'eau qui la séparait de la surface, de tous ces étages inondés au-dessus de sa tête, elle étouffait. Que lui restait-il dans la combinaison ? De quoi vivre quelques minutes ? Combien de temps lui faudrait-il pour nager ou flotter jusqu'en haut ? Bien plus que ça. Il y avait sûrement des bouteilles d'oxygène quelque part dans l'un de ces couloirs, mais comment les trouver ? Elle n'était pas chez elle. Elle n'avait pas le temps de chercher. Tout ce qu'elle avait, c'était une envie folle de trouver le grand escalier et de percer la surface.

Elle tourna et se retrouva dans le couloir principal ; ses muscles, fatigués de répéter les mêmes mouvements et de lutter contre la rigidité du scaphandre, la démangeaient. Soudain, l'obscurité ambiante se teinta de vert.

Elle accéléra la cadence, se heurtant ici et là, guidée par son instinct : le poste de sécurité et l'escalier n'étaient plus loin. Elle avait traversé des couloirs comme celui-ci des milliers de fois, dont deux dans un noir complet lorsque les disjoncteurs avaient sauté. Elle disait à ses collègues que tout allait bien, de ne pas bouger, qu'elle s'occupait de tout.

C'est elle qu'elle essayait de rassurer à présent, à elle qu'elle mentait, continue à avancer, n'aie pas peur.

Le tournis revint un peu plus fort lorsqu'elle atteignit le portillon de sécurité. Au loin, l'eau aux reflets verts était pleine de promesses : plus de tâtonnements dans le noir, plus de casque qui cogne dans tout et n'importe quoi.

Elle dégagea son bras qui s'était emmêlé dans le câble d'alimentation et se dirigea vers la colonne d'eau, cet escalier qui ressemblait à une paille géante.

Avant de l'atteindre, elle eut son premier spasme, comme un hoquet, provoqué par un violent besoin d'air. Elle lâcha sa ligne et crut que sa poitrine allait exploser. Elle mourait d'envie d'envoyer promener son casque et d'aspirer une grande goulée d'eau. Une voix dans sa tête lui disait qu'elle pouvait respirer en milieu aquatique. Essaie, tu verras. Rien qu'une inspiration. De l'eau. Ce serait toujours mieux que les toxines qu'elle exhalait dans sa combinaison, conçue pour la protéger de telles particules.

Un nouveau spasme lui serra la gorge et elle se mit à tousser. Elle parvint enfin au pied de l'escalier. La corde était là, lestée par la grosse clé à molette. Elle nagea aussi vite qu'elle put. Elle tira sur la corde mais la sentit molle, et ne tarda pas à voir l'autre extrémité descendre vers elle en décrivant une spirale.

Elle se laissa dériver lentement, il ne restait que très peu de pression dans sa combinaison, il n'y aurait pas de remontée express à la surface. À nouveau, un spasme de la gorge. Vite, il fallait qu'elle ôte son casque. La tête lui tournait, elle allait s'évanouir.

Elle trifouilla le collier de serrage. L'impression de déjà-vu s'ajoutait à celle de suffocation. Sauf que cette fois, elle n'avait pas toute sa tête. Elle se rappela la soupe, l'odeur infecte, sa sortie du petit réduit. Elle se souvint du couteau.

En palpant sa poitrine, elle sentit le manche qui dépassait de son étui. D'autres outils, tombés de leur poche, pendouillaient au bout de leurs fils, astuce qui était devenue une vraie plaie puisqu'ils étaient autant de poids qui la retenaient au fond.

Elle gravissait lentement l'escalier, en proie au froid, le corps pris de convulsions dues au manque d'air respirable.

Obnubilée par le brouillard toxique qui envahissait son casque et la tuait à petit feu, elle céda à la folie et pointa la lame du couteau sur le premier fermoir du collier.

Au déclic, elle sentit un mince jet d'eau contre son cou. Une bulle s'échappa de sa combinaison et se logea au sommet de sa visière. Elle fit jouer sa lame contre le second fermoir et le casque sauta. L'eau lui fouetta le visage, remplit le scaphandre et l'entraîna par le fond.

Mais le froid lui donna un coup de fouet. Elle cligna des yeux, vit le couteau dans sa main, le dôme du casque virevoltant dans le noir verdâtre comme une bulle qui allait dans la mauvaise direction. Juliette se sentait couler à sa suite, les poumons privés d'air, prisonnière de toute cette eau.

Elle rangea le couteau dans la mauvaise poche, vit ses outils qui continuaient leur danse folle autour d'elle, et nagea en direction du tuyau d'oxygène, toujours raccordé à la surface.

Des bulles d'air s'échappèrent par son col et passèrent à travers ses cheveux. Elle saisit le tuyau, cessa de couler, et repartit vers le haut, résistant tant bien que mal à l'irrépressible envie d'une goulée d'air, d'eau, de n'importe quoi. Le besoin d'avaler l'étouffait. Alors qu'elle commençait à remonter, elle entrevit, sous les marches, une lueur d'espoir.

Des bulles prises au piège. Coincées là au moment de sa descente, peut-être. Elles ondulaient, telles du métal en fusion, sous les marches de l'escalier en colimaçon.

Un grognement lui échappa, d'effort, de désespoir. Elle fit quelques brasses, gênée par le poids de sa combinaison, et réussit à attraper la rampe de l'escalier immergé, le long de laquelle elle se hissa. Elle arriva au groupe de bulles le plus proche, s'agrippa au rebord de la marche et posa sa bouche contre le métal.

Elle prit une inspiration mais absorba en même temps une grosse quantité d'eau. L'inévitable quinte de toux fit entrer de l'eau dans son nez et malgré la sensation de brûlure, elle résista à l'envie de respirer à pleins poumons. Son cœur battait à tout rompre. Elle recolla son visage contre le dessous de la marche et, du bout des lèvres, parvint à aspirer un filet d'air.

Les taches lumineuses qu'elle voyait danser devant ses yeux commencèrent à disparaître. Tête baissée, elle expira loin de la marche et regarda les nouvelles bulles monter avant de s'accorder une autre respiration.

De l'air.

Ses paupières écrasèrent des larmes d'effort, de frustration, de soulagement. En levant la tête vers la spirale de métal, dont les marches semblaient onduler à travers les bulles prises au piège, elle vit qu'un chemin unique en son genre s'offrait à elle. Elle n'avait plus qu'à s'élancer et monter plusieurs marches d'un coup en s'arrêtant pour boire les petites bulles d'air coincées sous les marches. Elle ne manqua pas, au passage, de louer le travail des soudeurs qui avaient assemblé l'escalier des siècles auparavant. Ces marches avaient été conçues pour durer, pour supporter le passage de millions de bottes, et elles retenaient à présent le précieux surplus d'air de sa descente. Ses lèvres en effleurèrent une, au goût de métal et de rouille, pour embrasser son salut.

La lumière de l'éclairage de secours demeurant constante, Juliette ne remarquait pas les étages passer. Elle se concentrait sur son rythme : inspirer sur cinq marches, expirer sur six, presque plus d'air, vite une bulle. Et toujours, lutter contre le poids du scaphandre et des outils, pas le temps de penser à couper les fils, continuer à avancer, à se hisser, emplir ses poumons au maximum, ne pas souffler vers les marches du haut, voilà, doucement. Cinq marches de plus. C'était comme un jeu de marelle, cinq cases à cloche-pied, triche pas, attention à la craie, elle s'en sortait bien, s'améliorait même au fil des marches.

Et soudain la bouche qui brûle, un goût atroce, du poison, sa tête qui cogne contre le dessous d'une marche et passe à travers une couche visqueuse d'essence et d'huile.

Elle se vida les poumons et toussa, s'essuya le visage. La respiration sifflante, elle se mit à rire. Elle était libre. Elle repiqua une tête pour passer sous la rampe, les yeux brûlés par l'essence. Les bras battant à la surface, elle appela Solo et, à genoux et tremblante, gravit les dernières marches.

Elle avait survécu. Cramponnée au métal sec, le dos courbé, à bout de souffle, les jambes engourdies, elle voulut crier qu'elle avait réussi, mais un faible gémissement lui échappa à la place. Elle avait froid. Elle était gelée. Il n'y avait pas de bourdonnement en provenance du compresseur, pas de bras tendus pour l'aider à monter.

— Solo… ?

Elle gravit les dernières marches jusqu'au palier en rampant et s'allongea sur le dos. Certains de ses outils s'étaient coincés quelques marches plus bas. L'eau de son scaphandre se répandit autour d'elle, éclaboussa ses cheveux, s'infiltra dans ses oreilles. Elle tourna la tête – il fallait qu'elle se débarrasse de cette combinaison gelée – et vit Solo.

Il était allongé sur le côté, les yeux fermés, une blessure à la tête d'où s'écoulait du sang, partiellement séché.

— Solo ?

D'une main tremblante, elle le secoua. Mais qu'est-ce qu'il s'était fait ?

— Merde, réveille-toi.

Elle se mit à claquer des dents. Elle lui attrapa l'épaule et le secoua violemment.

— Solo ! Il faut que tu m'aides !

Il entrouvrit un œil. Il cligna des paupières, puis se plia en deux et toussa, projetant des éclaboussures de sang sur le sol.

— Aide-moi, dit-elle en essayant d'attraper la fermeture dans son dos, sans se rendre compte que c'était lui qui avait besoin d'elle.

Solo toussa encore avant de rouler à nouveau sur le dos. Sa blessure continuait à saigner, les traces sèches étaient recouvertes par du sang frais.

— Solo?

Il gémit. Juliette s'approcha de lui, le corps tout engourdi. Il murmura quelque chose, mais sa voix n'était qu'un râle.

— Hé…

Elle approcha son visage du sien, un goût d'essence persistant sur les lèvres.

— Pas mon nom…

Il toussa une brume rouge. Son bras se leva de quelques centimètres comme pour couvrir sa bouche, mais il n'eut pas le temps d'y arriver.

— C'est pas mon nom, répéta-t-il.

Sa tête roula sur le côté et Juliette se rendit compte qu'il était gravement blessé.

— Ne bouge pas, dit-elle. Tu m'entends, Solo? Ne bouge pas.

Elle essaya de se redresser, de trouver la force de bouger. Le regard vitreux, la barbe grise striée de rouge écarlate, Solo ouvrit la bouche.

— Pas Solo. Je m'appelle Jimmy…

Il toussa à nouveau, les yeux révulsés.

— … et je crois…

Ses yeux se fermèrent, puis se plissèrent de douleur.

— … je crois bien que…

— Reste avec moi, dit Juliette, le visage strié de larmes brûlantes.

— … je crois bien que j'ai jamais été seul dans ce silo, murmura-t-il.

Puis ses traits se détendirent, et sa tête roula contre le métal froid.

70

Silo 18

Sur le feu, l'eau bouillait à gros bouillons sonores, de la vapeur s'élevait en surface et de minuscules gouttes se projetaient, libres, par-dessus bord. Lukas prit une pincée de feuilles dans la boîte refermable et les déposa dans la petite passoire à thé, qu'il posa d'une main tremblante sur son mug. Lorsqu'il souleva la bouilloire, un filet d'eau coula sur le brûleur, où les gouttes s'évaporèrent en grésillant. Il regarda Bernard du coin de l'œil tout en versant l'eau sur les feuilles de thé.

— Franchement, y a un truc que je comprends pas, dit-il en tenant son mug à deux mains pour les réchauffer. Comment peut-on faire une chose pareille *exprès*?

Il secoua la tête et s'aperçut que de petits morceaux de feuille s'étaient déjà échappés de la passoire.

— Et vous, vous étiez au courant? Comment ça se fait?

Bernard se rembrunit. Il lissa sa moustache d'une main, l'autre posée sur son ventre.

— J'aurais préféré ne pas être au courant, figure-toi. Maintenant, tu comprends pourquoi certains faits, certaines informations doivent être étouffés dès leur apparition. La curiosité ne ferait qu'attiser les braises et réduirait ce silo en cendres.

Il baissa les yeux sur ses bottes.

— J'ai compris par moi-même, un peu comme toi, avec le strict minimum d'informations pour faire ce boulot. C'est pour ça que je t'ai choisi, Lukas. Tu es le seul, avec quelques autres, à avoir une idée de ce qui est sauvegardé sur ces serveurs. Tu es déjà préparé à en apprendre davantage. Tu imagines si tu partageais le moindre renseignement avec quelqu'un qui porte du rouge ou du vert ?

Lukas secoua la tête.

— C'est déjà arrivé, tu sais. Le silo 10 a sombré comme ça. J'étais assis là-bas – il désigna le petit bureau avec les livres, l'ordinateur, la radio – et j'ai écouté ce qui se passait. J'ai entendu l'ombre d'un collègue diffuser ses insanités à quiconque voulait l'écouter.

Lukas regardait son thé infuser. Une poignée de feuilles flottait au gré des courants chauds et obscurs ; le reste restait prisonnier de la passoire.

— C'est pour ça que les commandes de la radio sont sous clé. Et c'est pour ça que toi aussi tu es sous clé.

Lukas opina. Il s'en était douté.

— Combien de temps vous êtes resté enfermé, vous ? demanda-t-il en levant les yeux vers Bernard.

Une image lui revint soudain à l'esprit, celle du shérif Billings inspectant son arme pendant la visite de sa mère. Est-ce qu'ils l'avaient écouté à son insu ? Est-ce qu'il se serait fait tirer dessus s'il avait dit quoi que ce soit ? Sa mère aussi ?

— J'ai passé un tout petit plus de deux mois ici avant que mon modèle soit sûr que j'étais prêt, que j'avais compris et accepté tout ce que j'avais appris.

Il croisa les bras.

— Je préférerais que tu n'aies pas posé la question, que tu ne sois pas déjà au courant de tout ça. C'est bien mieux de le découvrir quand on est plus vieux.

Lukas acquiesça à nouveau. C'était bizarre de parler de cette façon avec quelqu'un de plus âgé que lui, quelqu'un qui en savait tant, avait bien plus de sagesse. Il se dit que c'était le genre de conversation qu'un homme pouvait avoir avec son père – seulement, sur un sujet autre que la destruction préméditée du monde entier.

Lukas baissa la tête et inspira profondément. L'odeur de menthe trouva la ligne directe qui menait au centre du plaisir de son cerveau et l'apaisa instantanément. Il expira longuement. Bernard traversa le dortoir pour aller se préparer sa propre tasse.

— Comment ils ont fait? demanda Lukas. Pour en tuer autant? Tu sais comment ils s'y sont pris?

Bernard haussa les épaules. Il tapota le côté de la boîte et fit tomber quelques feuilles de thé dans un petit chinois.

— Pour autant que je sache, ils y sont peut-être encore. Personne ne parle du temps que c'est censé prendre. Certains craignent que de petits groupes de survivants se terrent quelque part sur la planète. Or l'Opération Cinquante n'a aucun sens s'il y a des survivants. Il faut que la population soit homogène pour…

— L'homme à qui j'ai parlé, il a dit qu'il n'y avait que nous, les cinquante silos…

— Quarante-sept. Et, oui, il n'y a que nous, de ce qu'on en sait. Difficile d'imaginer qu'il ait pu y avoir, ailleurs, des gens aussi bien préparés. Mais il y a toujours un risque. Ça ne fait que quelques centaines d'années.

— Quelques centaines?

Lukas s'appuya contre le plan de travail. Il leva son thé mais la menthe perdait de son pouvoir apaisant.

— Donc, il y a plusieurs siècles, on a décidé de…

— Ils ont décidé, le corrigea Bernard en versant de l'eau encore fumante dans son mug. Ne t'inclus pas. En tout cas, ne m'inclus pas, moi.

— D'accord, ils ont décidé de détruire le monde. De rayer tout le monde de la carte. Pourquoi?

Bernard posa son thé pour le laisser infuser. Il retira ses lunettes, essuya la buée, puis les pointa vers le petit bureau, vers le mur d'étagères et ses livres épais.

— À cause des pires aspects de notre Héritage. Ou du moins, j'imagine que c'est ce qu'ils diraient s'ils étaient encore en vie. Ce qui n'est pas le cas, Dieu merci.

Lukas frissonna. Il n'arrivait toujours pas à croire qu'on puisse en venir à prendre une telle décision, quelle que soit la situation. Il pensa aux milliards de gens qui avaient soi-disant vécu sous les étoiles plusieurs siècles auparavant. Personne ne pouvait en tuer autant. Comment pouvait-on revendiquer autant de vies?

— Et maintenant, on travaille pour eux, lâcha Lukas avec mépris.

Il se dirigea vers l'évier et posa sa passoire sur le rebord en inox. Il prit une gorgée prudente de peur de se brûler.

— Vous ne voulez pas être assimilé à eux, mais on fait partie de ce qu'ils ont initié.

— Non.

Bernard alla se planter face au planisphère accroché au-dessus du coin-repas.

— On ne fait pas partie de cette bande de tarés. Si je les tenais, si j'étais dans une pièce avec eux, je les zigouillerais jusqu'au dernier, dit Bernard en tapant du plat de la main contre la carte. Je les tuerais à mains nues.

Immobile, Lukas ne dit rien.

— Ils ne nous ont pas laissé de chance, reprit Bernard en faisant de grands gestes. Ça, ce sont des prisons. Des cages, pas des maisons. Qui ne sont pas destinées à nous protéger, mais à nous forcer, sous peine de mort, à promouvoir leur vision.

— Leur vision de quoi?

— D'un monde où on se ressemble trop, où on est trop entassés les uns sur les autres pour perdre notre temps à se battre, pour gâcher notre énergie à vouloir la préserver.

Il porta son mug à ses lèvres et but bruyamment.

— En tout cas, c'est ma théorie. Formée à partir de tout ce que j'ai lu pendant des dizaines d'années. Les gens qui ont fait ça étaient à la tête d'un pays puissant qui commençait à vaciller. Ils ont entrevu leur propre fin, et ça les a effrayés au point de vouloir ce suicide. À mesure que le temps passait, je parle en dizaines d'années hein, ils se sont dit qu'ils n'avaient qu'un seul moyen de se protéger, de préserver ce qu'ils estimaient être leur mode de vie. Et donc, avant de rater ce qui serait peut-être leur unique occasion, ils ont mis ce plan sur pied.

— Sans que personne n'en sache rien ? Mais comment ?

Bernard but une autre gorgée. Il fit claquer ses lèvres et s'essuya la moustache.

— Qui sait ? Peut-être que personne n'y a cru. Peut-être que la récompense de ceux qui gardaient le secret était la survie, l'inclusion dans le projet. Tu sais, ils ont construit des choses dans des usines plus grosses que ce que tu pourras jamais imaginer sans que personne n'en sache rien. Ils ont fabriqué des bombes dans ces usines, des bombes que je soupçonne d'avoir joué un rôle dans tout ça. Sans que personne ne se doute de quoi que ce soit. Il y a des récits dans l'Héritage qui racontent comment, il y a très longtemps, dans un pays qui avait à sa tête des rois puissants, comme nos maires mais avec beaucoup plus de gens à gouverner, quand ces rois mouraient, on construisait sous terre des chambres fortes très sophistiquées pour les emplir de trésors. Un travail qui nécessitait des centaines d'ouvriers. Et tu sais comment ils gardaient l'emplacement secret ?

Lukas haussa les épaules.

— Ils leur donnaient des milliers de jetons ?

Bernard se mit à rire. Il pinça une feuille de thé qui s'était déposée sur sa langue.

— Il n'y avait pas de jetons. Et leur méthode consistait à s'assurer que ces hommes ne diraient jamais rien. Ils les tuaient.

— Ils tuaient leurs propres hommes ? s'écria Lukas.

531

Il lança un regard vers les étagères en se demandant dans quel bouquin figurait cette histoire.

— Ça peut se comprendre, pour garder un secret.

Le visage de Bernard s'était durci.

— Ça fera partie de ton boulot, un jour, quand tu auras pris tes fonctions.

Lukas sentit comme un coup de poing au ventre lorsque cette vérité le frappa. Il entrevoyait la réalité de ce pour quoi il avait signé. En contrepoint, tuer des gens à coups de fusil semblait une affaire honnête.

— Nous ne sommes pas ceux qui ont fabriqué ce monde-là, Lukas, mais c'est à nous qu'il appartient d'y survivre. Il faut que tu comprennes ça.

— Nous n'avons pas choisi l'endroit où nous nous trouvons, marmonna-t-il, mais nous pouvons choisir comment aller de l'avant.

— Sages paroles.

— Ouais. Je commence tout juste à les apprécier à leur juste valeur.

Bernard posa sa tasse dans l'évier et enfouit une main dans sa poche ventrale. Il dévisagea Lukas un instant puis se tourna à nouveau vers le planisphère.

— Ceux qui ont fait ça sont des hommes peu recommandables, mais ils ne sont plus là. Oublie-les. Ne retiens qu'une seule chose : ils ont mis sous clé leur progéniture, manière pour eux d'assurer leur propre survie. Ils nous ont inclus dans ce jeu malgré nous, un jeu où le non-respect des règles entraîne notre mort à tous, jusqu'au dernier. Mais vivre dans le respect de ces règles implique de souffrir.

Il rechaussa ses lunettes et se planta devant Lukas en lui tapotant l'épaule.

— Je suis fier de toi, fiston. Tu engranges tout ça bien mieux que moi à ton âge. À présent, repose-toi. Fais de la place dans ta tête et dans ton cœur. Demain, reprise de l'étude.

Il se dirigea vers le couloir, l'échelle.

Lukas acquiesça sans rien dire. Il attendit que Bernard soit parti, que le clic métallique de la trappe ait retenti, pour aller examiner le grand schéma punaisé au mur du bureau, celui avec les silos barrés d'une croix. Les yeux rivés au toit du silo 1, il se demanda qui était le responsable de tout ça, et s'ils pouvaient vraiment justifier leurs actes par la contrainte, s'affranchir de toute culpabilité en se disant qu'ils avaient hérité de cette situation, de ce jeu tordu aux règles à la con où presque tous macéraient dans l'ignorance, sous clé.

Mais qui étaient ces gens, bon sang ? Pouvait-il vraiment s'envisager comme l'un d'entre eux ? Comment se pouvait-il que Bernard ne voie même pas qu'il *était* l'un d'entre eux ?

71

Silo 18

La porte de la salle des machines se referma derrière elle, réduisant le bruit de fusillade à un martèlement lointain. Shirly se rua dans la salle de contrôle sans faire attention à ceux qui, recroquevillés contre les murs et derrière le garde-corps, lui demandaient ce qui se passait dehors. Juste avant d'entrer, elle remarqua quelques ouvriers grimpés sur la génératrice principale pour bricoler le système d'échappement.

— Je l'ai, souffla-t-elle en claquant la porte derrière elle.

Courtnee et Walker levèrent la tête. Les grands yeux et la bouche ouverte de son amie lui firent craindre d'avoir raté quelque chose.

— Quoi? demanda-t-elle en tendant les deux émetteurs à Walker. Tu as entendu? Walk, est-ce qu'elle sait?

— Comment c'est possible? dit Courtnee. Comment elle a pu survivre? Et qu'est-ce qui est arrivé à ton visage?

Shirly effleura sa bouche, son menton endolori. Ses doigts s'humectèrent de sang. Elle tamponna sa lèvre inférieure du revers de sa manche.

— Si ça marche, marmonna Walker en prenant les émetteurs, on pourra le demander à Jules en personne.

Shirly se tourna vers la fenêtre.

— Que font Karl et les autres avec l'échappement?

— Ils le redirigent.

Courtnee se leva pour rejoindre Shirly tandis que Walker soudait les éléments entre eux en se plaignant de sa vue. L'odeur lui rappela son atelier.

— Vers où?

— Le DIT. Le conduit de refroidissement de la salle des serveurs passe ici, par le plafond, avant de remonter. Quelqu'un l'a remarqué sur un plan et s'est dit qu'on pouvait continuer à se battre d'ici.

— Donc, on va les asphyxier, c'est ça?

Le plan plaisait moyennement à Shirly. Elle se demanda ce qu'aurait dit Knox s'il était encore en vie. Les hommes et les femmes qui travaillaient à leur bureau en haut n'étaient sûrement pas le problème.

— Walk, combien de temps il faut attendre avant de pouvoir se parler? De la contacter?

— J'y suis presque. Ah, ma pauvre loupe…

Courtnee posa une main sur le bras de Shirly.

— Ça va? Tu tiens le coup?

— Moi?

Shirly éclata de rire et secoua la tête. Elle jeta un œil aux taches de sang qui maculaient sa manche, sentit la sueur qui ruisselait sur sa poitrine.

— Je suis un traumatisme ambulant. Je ne sais même plus ce qui est en train de se passer. Mes oreilles sifflent encore après ce qu'ils ont fait à l'escalier. Je crois que je me suis foulé la cheville. Et je meurs de faim. Ah, j'allais oublier, est-ce que je t'ai dit que ma copine n'était pas aussi morte que je le pensais?

Elle prit une profonde inspiration.

Courtnee ne s'était pas départie de son air inquiet. Shirly savait que tout ce qu'elle avait dit ne répondait pas à la question de son amie.

— Et, oui, Marck me manque, ajouta-t-elle tout bas.

Courtnee passa un bras autour de ses épaules et l'attira contre elle.

— Excuse-moi, je ne voulais pas…

Mais Shirly la repoussa doucement. Elles observèrent en silence la petite équipe travailler sur la génératrice, dans l'espoir d'acheminer des gaz toxiques vers les trentièmes.

— Mais tu sais quoi ? Il y a des moments où je suis bien contente qu'il ne soit plus là. Des moments où je me dis que je ne vais pas faire long feu moi non plus, une fois qu'ils nous auront coincés, et je suis contente qu'il ne soit pas là à s'inquiéter pour moi. Et je suis contente de ne pas avoir été forcée de le voir se battre, se nourrir de rations, prendre part à toute cette folie.

Elle indiqua du menton l'équipe juchée sur la génératrice. Elle savait que Marck aurait été en train de travailler à ce plan terrible ou dehors, un fusil pressé contre la joue.

— Allô. Test. Test. Allô.

Les deux femmes se retournèrent. Walker appuyait sur le bouton rouge du détonateur, le micro du casque coincé sous le menton, l'air concentré.

— Juliette ? Tu m'entends ? Allô ?

Shirly le rejoignit, s'accroupit en posant une main sur son épaule. Ils avaient tous les trois les yeux rivés aux écouteurs, attendant une réponse.

— *Allô ?*

Un mince filet de voix s'échappa des écouteurs.

Shirly porta une main à sa poitrine, le souffle coupé par le miracle de la réponse. Mais une fraction de seconde plus tard, après ce sursaut d'espoir, elle se rendit compte que ce n'était pas Juliette. Ce n'était pas sa voix.

— C'est pas elle, murmura Courtnee, déçue.

Walker agita une main pour la faire taire. Il appuya à nouveau sur le bouton rouge.

— Bonjour. Je m'appelle Walker. Nous avons capté une émission d'une personne qu'on connaît. Est-ce qu'il y a quelqu'un d'autre avec vous ?

— Demande-leur où ils sont, souffla Courtnee.

— Où êtes-vous, exactement? ajouta Walker avant de relâcher le bouton.

Les écouteurs émirent un petit pop.

— *On n'est nulle part. Vous nous trouverez jamais. Laissez-nous tranquilles.*

Il y eut une pause, un souffle de parasites.

— *Et votre copain, il est mort. On l'a tué.*

72

Silo 17

L'eau infiltrée dans sa combinaison était glaciale ; l'air, froid ; le mélange des deux, mortel. Elle attrapa son couteau en claquant des dents. Elle enfonça plusieurs fois la lame dans la matière détrempée avec le sentiment manifeste d'être déjà passée par là.

Elle se débarrassa d'abord des gants. L'eau sortait de toutes parts. Juliette se frotta les mains mais les sentait à peine. Elle s'efforçait de labourer sa combinaison au niveau de la poitrine quand ses yeux tombèrent sur Solo, dont l'immobilité totale l'inquiétait. Sa grande clé à molette avait disparu, ainsi que leur sac de provisions. Le compresseur, renversé, perdait son carburant, le tuyau coincé sous son poids.

Juliette gelait sur place. Elle pouvait à peine respirer. Une fois le trou assez grand, elle parvint à se tortiller pour y glisser ses genoux, puis ses pieds, et à faire pivoter la combinaison pour s'attaquer aux bandes de velcro.

Mais ses doigts étaient trop engourdis. Elle tenta sa chance avec la fermeture éclair.

Enfin, en serrant ses doigts de toutes ses forces, elle parvint à faire glisser la languette et à se dégager totalement. La combinaison pesait deux fois plus avec toute l'eau qu'il y avait à l'intérieur. Juliette se retrouva avec deux grenouillères sur le dos, toujours trempée, toujours tremblante, couteau à la main, le corps d'un innocent gisant près d'elle, un homme qui avait survécu à tous les coups bas de ce monde cruel, jusqu'à ce qu'elle débarque.

Elle se rapprocha de Solo, tendit une main vers son cou. Elle ne décela pas de pouls, mais ses mains étaient gelées au point qu'elle sentait à peine le contact de sa peau contre le bout de ses doigts.

Elle se hissa sur ses jambes, faillit s'effondrer, se retint à la balustrade. Elle trébucha jusqu'au compresseur, sachant qu'elle devait se réchauffer. Elle éprouva un soudain besoin de dormir, mais elle savait qu'elle ne se réveillerait pas si elle y succombait.

Le bidon d'essence était encore plein. Elle essaya de l'ouvrir, mais ses mains, engourdies par le froid, n'étaient bonnes à rien. Son souffle se condensait dans l'air en petits nuages qui lui rappelaient que son corps perdait le peu de chaleur qui lui restait.

Elle attrapa son couteau. À deux mains, elle enfonça la lame dans le bouchon. Le manche était plus facile à manier que le bouchon en plastique, alors elle fit tourner son couteau dans l'ouverture pratiquée et fit sauter le bouchon.

Elle inclina le bidon au-dessus du compresseur et l'essence se déversa sur les grosses roues en caoutchouc, le chariot, le moteur. Jamais plus elle ne l'utiliserait ni ne compterait sur quelque appareil que ce soit pour respirer. Elle posa le bidon, encore à moitié plein, et l'éloigna du compresseur à l'aide du pied. L'essence coulait à travers la grille de métal et, en ajoutant leur poison à la nappe huileuse, les gouttes faisaient une petite musique qui résonnait entre les parois de béton de la cage d'escalier.

Puis elle abattit la lame contre les ailerons métalliques de l'échangeur de chaleur. Elle retirait vivement son bras après chaque coup pour ne pas se faire surprendre par les flammes. Mais il n'y avait pas d'étincelle. Elle frappa plus fort, même si elle s'en voulait de malmener son précieux couteau, son seul moyen de défense. Et la rigidité de Solo près d'elle lui faisait dire qu'elle en aurait encore besoin si jamais elle survivait à ce froid glacial.

La lame heurta à nouveau le métal. Cette fois, un petit éclatement se produisit et une intense chaleur monta d'un coup jusqu'à son visage.

Elle lâcha le couteau et agita la main, mais elle n'avait pas pris feu. Le compresseur, en revanche, si. Et une partie de la grille avec.

Aux premiers signes de déclin, elle attrapa le bidon et versa davantage d'essence. De grosses boules orange déployèrent très haut leurs flammes, fendant l'air de leur souffle brûlant. Les roues crépitaient. Juliette s'écroula tout près du feu qui consumait toute la machine. Elle commença à se déshabiller et, après avoir jeté un œil à Solo, se promit qu'elle ne laisserait pas son corps ici, qu'elle reviendrait le chercher.

Elle retrouva la sensation de ses extrémités – d'abord doucement, puis avec des picotements de douleur. Nue, elle se roula en boule au plus près des flammes chétives et se frotta les mains, soufflant entre ses paumes. Elle dut à nouveau verser de l'essence pour alimenter le feu. Seules les roues brûlaient correctement, tout du moins lui évitaient-elles d'avoir à faire jaillir une autre étincelle. La grille du sol conduisait quelque peu la chaleur et réchauffait sa peau nue en contact avec le métal.

Ses dents continuaient de claquer bruyamment. Son regard se perdit dans les spirales de l'escalier et une peur nouvelle vint l'étreindre : des bottes pouvaient dévaler ces marches à tout moment ; elle se retrouverait alors coincée entre ces survivants potentiels et l'eau glacée. Elle reprit son couteau et le tint devant elle à deux mains, en s'efforçant de ne pas trembler autant.

Les reflets de son visage qu'elle aperçut dans la lame l'inquiétèrent davantage. Elle était pâle comme un fantôme. Les lèvres violettes, les yeux cernés, le regard vide.

Elle faillit rire en voyant ses lèvres trembler, le claquement flou de ses dents. Elle se rapprocha du feu. Les lueurs orange dansaient sur la lame, les gouttes d'essence non consumées éclaboussaient l'eau en dessous de nouvelles couleurs.

Lorsque les dernières flammes s'éteignirent, Juliette se décida à bouger. Elle tremblait encore, mais il faisait froid tout au fond, si loin du DIT et de son électricité. Les deux sous-combinaisons étaient encore mouillées ; elle avait laissé la première roulée en boule et posé l'autre à plat. Si elle avait eu toute sa tête, elle les aurait pendues pour les faire sécher. La deuxième était encore humide, mais mieux valait l'enfiler et la faire sécher sur elle que de laisser le froid ambiant faire chuter sa température corporelle. Elle y glissa bras et jambes non sans mal et remonta la fermeture éclair.

Les pieds nus et toujours engourdis, elle retourna vers Solo. Cette fois, elle sentit son cou. Il était chaud. Elle ne se rappelait pas combien de temps le corps restait ainsi. C'est alors qu'elle sentit une vibration, faible, lente. Un battement.

— Solo ! s'écria-t-elle en lui secouant les épaules. Hé…

Quel nom avait-il murmuré déjà ?

— Jimmy !

Sa tête roulait d'un côté à l'autre tandis qu'elle le secouait. Elle inspecta sa blessure, à travers la broussaille de ses cheveux, vit beaucoup de sang. Séché, pour la majeure partie. Elle chercha à nouveau son sac – ils avaient apporté à manger, à boire et des vêtements secs pour son retour – mais il avait disparu. Elle attrapa l'autre sous-combinaison. Elle n'était pas sûre de la qualité de l'eau absorbée par le tissu, mais ce serait toujours mieux que rien. Elle le tordit pour en essorer l'eau, qu'elle fit goutter contre ses lèvres. Elle en fit couler davantage sur sa tête et écarta ses cheveux pour sonder la vilaine entaille du bout des doigts. Dès que l'eau entra en contact avec la blessure ouverte, ce fut comme si elle avait appuyé sur un bouton. Solo roula brutalement sur le côté, loin de sa main et de l'eau qui gouttait sur lui. Ses dents jaunies apparurent derrière sa barbe lorsqu'il cria de douleur en tendant les mains vers sa tête.

— Solo, là, ça va aller.

Elle lui soutint la nuque tandis qu'il revenait à lui, les yeux roulant dans leurs orbites, les paupières papillonnant.

— Tout va bien, tu vas t'en sortir.

Elle se servit de la sous-combinaison roulée en boule pour tamponner sa blessure. Solo grogna et mit une main sur son poignet mais sans le retirer.

— Ça pique, dit-il. Où on est ?

— Tout en bas, répondit-elle, contente de l'entendre parler. Je crois que tu t'es fait attaquer...

Il essaya de se redresser, grimaçant de douleur, cramponné au poignet de Juliette.

— Doucement, souffla-t-elle en essayant de le rallonger. Tu as une vilaine entaille à la tête. C'est très enflé.

Il se détendit.

— Ils sont où ?

— Aucune idée. Tu te souviens de quelque chose ? Combien ils étaient ?

Il ferma les yeux. Elle continuait de tamponner sa blessure.

— Il était tout seul, je crois.

Il ouvrit grands les yeux, comme si l'agression lui revenait brutalement en mémoire.

— Il avait mon âge.

— Il faut qu'on remonte. Qu'on se réchauffe, qu'on te nettoie, que je me sèche. Tu crois que tu vas réussir à bouger ?

— Je ne suis pas fou, dit Solo.

— Non, je sais, Solo.

— Les objets qui changent de place, les lumières, c'était pas moi. Je ne suis pas fou.

— Non, répéta-t-elle.

Elle se rappela toutes les fois où elle avait cru la même chose à son propre sujet, souvent quand elle était en bas, en train de fouiller dans les Fournitures.

— Tu n'es pas fou, le rassura-t-elle. Pas le moins du monde.

73

Silo 18

Impossible de se forcer à étudier, en tout cas pas ce qu'il était censé apprendre. L'Ordre était ouvert sur le bureau en bois, baigné par la lumière de la lampe au bras articulé. Encore planté face au plan accroché au mur, Lukas observait la disposition des silos, espacés les uns des autres à la manière des serveurs dans la pièce au-dessus de lui, au son de la guerre lointaine diffusée par la radio.

Ils allaient lancer le dernier assaut. L'équipe de Sims avait perdu quelques hommes dans une terrible explosion, *a priori* dans un escalier – mais pas le grand escalier – et ils livraient à présent un combat. Le dernier, espéraient-ils. Par les petits haut-parleurs, il entendait les ordres que beuglait Bernard depuis son bureau, les hommes sur le terrain qui se coordonnaient tant bien que mal, le tout entrecoupé de grésillements et de coups de feu.

Lukas savait qu'il valait mieux ne pas écouter, et pourtant il ne pouvait s'en empêcher. Juliette n'allait probablement pas tarder à l'appeler pour lui demander une mise à jour. Qu'est-ce qui s'était passé, comment ça s'était terminé… et même si ça lui posait un problème, admettre qu'il ne supportait pas d'écouter tout ça aurait été pire encore.

Il tendit le bras et effleura le toit du silo 17. Il avait l'impression d'être un dieu qui observait la terre d'en haut. Il imagina sa main percer la couche de nuages noirs au-dessus de Juliette et couvrir le toit construit pour abriter des milliers de gens. Il suivit du doigt la croix rouge tracée en travers du silo, deux petits traits pour une si lourde perte. Le papier était comme lustré à cet endroit, comme si la croix avait été faite au crayon gras. Il essaya d'imaginer qu'un jour on lui apprenne que tout un peuple était mort, rayé de la carte. Il faudrait alors qu'il fouille dans le bureau de Bernard – son bureau – pour trouver le bâton rouge et qu'il barre une partie de leur Héritage, une nouvelle capsule d'espoir enterré.

Il leva les yeux vers les voyants. Pas de clignotement. Pourquoi elle n'appelait pas ?

Le bout de son doigt se crocheta sur un bout de craie grasse, qui resta coincé sous son ongle. En dessous, le papier restait rouge. On ne pouvait pas revenir en arrière, le nettoyer, le rendre vierge…

Soudain, des coups de feu dans la radio. Lukas s'approcha des haut-parleurs pour écouter les uns aboyer des ordres, les autres mourir. La sueur perla à son front. Il savait ce que ça faisait, d'appuyer sur la détente, de mettre fin à une vie. Il eut conscience d'un vide soudain dans la poitrine, d'une faiblesse dans les genoux. Il s'accrocha d'une main à l'étagère, la paume moite, et jeta un œil à l'émetteur, pendu dans sa cage fermée à clé. Il mourait d'envie d'appeler tous ces hommes pour leur dire de ne pas le faire, de ne pas céder à la folie, à la violence, aux massacres aveugles. Il pourrait y avoir deux traits rouges en travers de chacun d'eux. C'était cela qu'ils devaient craindre, pas leur voisin.

En effleurant la cage de métal qui lui empêchait l'accès à la radio, il entrevit à la fois la vérité de cette pensée et le ridicule de sa diffusion sur toutes les ondes. C'était naïf. Ça ne changerait rien. C'était trop facile de réagir à la colère immédiate qui s'apaisait à coups de canon. Pour écarter le risque d'extinction, il fallait autre chose, une vision, et une patience infinie.

Il se pencha pour regarder à l'intérieur. Il y avait cinquante chiffres sur un cadran, un pour chaque silo, et une flèche pointée sur le numéro 18. Lukas tira vainement sur la porte. Si seulement il avait pu écouter autre chose… Qu'est-ce qui se passait dans ces contrées lointaines? Des choses anodines, probablement. Des conversations, des blagues. Des ragots. Il imagina s'inviter dans une de ces conversations et se présenter à ceux qui n'étaient pas dans le secret. Le pied! "Je suis Lukas, du silo 18." Alors les gens voudraient savoir pourquoi les silos avaient des numéros. Et Lukas leur demanderait d'être bons les uns envers les autres, dirait qu'il ne restait plus que tant de silos, et que tous les livres et toutes les étoiles de l'univers ne servaient à rien s'il ne restait personne pour les lire, pour les chercher à travers les nuages.

Il laissa la radio tout accaparée par la guerre, passa devant le bureau et sa flaque de lumière en travers de ce triste livre et s'arrêta devant la bibliothèque. Il parcourut les boîtes, à la recherche de quelque chose qui attirerait son attention. Il piaffait, comme un cochon dans son enclos. Il aurait mieux fait d'aller courir entre les serveurs, mais alors il faudrait qu'il se douche, et bizarrement la douche commençait à ressembler à une corvée.

Il s'accroupit au bout des étagères et sortit des tas de papiers pour les passer en revue. Voilà où s'étaient entassés, au fil des ans, les notes manuscrites et les ajouts à l'Héritage. Il y avait des notes à l'adresse des futurs chefs de silo, des instructions, des manuels, des pense-bêtes. Il sortit le manuel de la salle de contrôle de la génératrice, que Juliette avait écrit. Il avait vu Bernard le ranger des semaines auparavant, en disant que ça pourrait être utile au cas où les choses s'aggraveraient dans le tréfonds.

Et à en croire la radio, oui, la situation s'aggravait.

Lukas s'assit à son bureau et tordit le pied de la lampe de façon à pouvoir lire l'écriture de Juliette. Certains jours, il redoutait son appel, craignait de se faire pincer, ou de

546

voir Bernard répondre, ou encore qu'elle lui demande une chose impossible, une chose qu'il ne pourrait jamais refaire. Et à présent, alors que c'était le calme plat, il ne désirait rien tant qu'un appel. Il le souhaitait de tout son cœur. Au plus profond de lui, il savait que ce qu'elle avait entrepris était dangereux, que ça avait pu mal tourner. Elle vivait sous les deux traits rouges, après tout, une croix qui vouait à la mort tous ceux qui se trouvaient sous elle.

Les pages du manuel étaient remplies de mots écrits bien droit. Il passa une main sur l'une d'entre elles, sentit les reliefs que sa mine avait creusés dans le papier. Quant au contenu, il était impénétrable. Réglages de cadrans, positions de valves, schémas électriques. Au fil des pages, il envisagea le manuel comme un projet assez semblable à sa carte du ciel, mis au point par un esprit assez proche du sien. Et cette prise de conscience ne fit qu'exagérer la distance qui les séparait. Pourquoi ne pouvaient-ils pas revenir en arrière ? Avant le nettoyage, avant la série d'enterrements. Le soir, après le boulot, elle viendrait s'asseoir près de lui tandis qu'il observerait l'obscurité. Ensemble, ils réfléchiraient, ils discuteraient, ils attendraient.

Il retourna le manuel et lut quelques répliques imprimées de la pièce de théâtre, tout aussi incompréhensibles. Dans la marge figurait une autre écriture – celle de la mère de Juliette, peut-être, ou d'un comédien. Il y avait des schémas sur certaines pages, de petites flèches qui indiquaient un mouvement. Les notes d'un comédien, supposa-t-il. Des indications de mise en scène. La pièce devait être un sacré souvenir pour Juliette, cette femme pour qui il avait des sentiments et dont le nom était dans le titre.

Il feuilleta le texte, à la recherche d'un peu de poésie pour égayer son esprit. Son regard fut attiré par une écriture familière. Il revint en arrière, une page à la fois, jusqu'à ce qu'il la retrouve.

C'était celle de Juliette, impossible de se tromper. Il approcha la lampe.

> George :
> Tu reposes ici, en toute sérénité. Les rides de ton front et au coin de tes yeux se sont effacées. Je t'effleure quand ils regardent ailleurs, cherchent des indices, mais je suis la seule à savoir ce qui t'est arrivé. Attends-moi. Attends-moi. Attends là, mon chéri. Que ces douces plaintes trouvent ton oreille et s'y enterrent, afin que ce baiser volé se nourrisse de l'amour secret qui nous unit.

Lukas sentit une pointe glaciale lui transpercer le cœur. Son inquiétude pour Juliette se mua en colère. Qui était ce George ? Un amour de jeunesse ? Elle n'avait jamais entretenu de relations autorisées, il l'avait vérifié dans son dossier le lendemain de leur rencontre. L'accès aux serveurs conférait des pouvoirs non avouables. Un simple béguin, peut-être ? Un mécano déjà amoureux d'une autre fille ? Aux yeux de Lukas, ç'aurait été pire. Un homme qu'elle désirait avec une ardeur qu'elle n'éprouverait jamais pour lui. Est-ce que c'était pour ça qu'elle avait accepté ce poste si loin de chez elle ? Pour mettre hors de sa vue ce George qu'elle ne pouvait avoir, ces sentiments qu'elle avait consignés dans les marges d'une pièce de théâtre sur l'amour interdit ?

Il s'installa devant l'ordinateur de Bernard. Il agita la souris et se connecta aux serveurs, les joues rougies par un sentiment écœurant, nouveau, conscient que c'était de la jalousie, mais étranger à l'agressivité qu'elle faisait naître en lui. Il entra dans les dossiers du personnel et lança une recherche dans les étages inférieurs. "George." Quatre occurrences. Il copia les numéros d'identité de chacun et les colla dans la barre de recherche de l'état civil. Lorsque leurs photos apparurent, il parcourut leur historique en diagonale, vaguement coupable pour cet abus de pouvoir, un peu inquiet de cette découverte, mais surtout bien content de ne plus s'ennuyer à mourir.

Sur les quatre, un seul travaillait aux Machines. Un type plus âgé. Tandis que la radio continuait de grésiller, Lukas se demanda ce qu'il adviendrait de cet homme s'il était encore en bas. Il y avait des chances pour qu'il soit déjà mort, que les dossiers ne soient pas tout à fait à jour, que le blocus fasse obstruction à la vérité.

Deux autres étaient trop jeunes. L'un d'eux n'avait même pas un an. L'autre était l'ombre d'un porteur. Il n'en restait plus qu'un. Trente-deux ans. Il travaillait au bazar, profession "autre", marié, deux enfants. Lukas examina la photo, floue. Moustache. Crâne dégarni. Sourire de travers. Les yeux trop écartés, les sourcils trop froncés et broussailleux.

Lukas reprit le manuel et relut le poème.

L'homme qu'il cherchait était mort. *S'y enterrent.*

Il lança une nouvelle recherche, globale celle-ci, qui incluait les dossiers classés. Des centaines d'occurrences apparurent, des noms qui remontaient jusqu'à l'époque de l'insurrection. Mais Lukas ne se laissa pas démonter. Il savait que Juliette avait trente-quatre ans, et donc il lui accorda une fenêtre de dix-huit ans ; il décida que si elle avait eu ce béguin à moins de seize ans, il cesserait de s'en faire et ferait taire ce sentiment honteux qui le ravageait de l'intérieur.

Dans la liste des George, seuls trois étaient morts dans le fond ces dix-huit dernières années. Un à une cinquantaine d'années, l'autre à soixante ans. Tous deux morts de mort naturelle. Lukas songea à faire un recoupement avec les données de Juliette, pour voir s'ils avaient été collègues, ou cousins éloignés.

Mais il vit le troisième dossier. Ça y est, il le tenait. Son George. Il le savait. Après un rapide calcul, il arriva à la conclusion qu'il aurait trente-huit ans s'il avait été encore en vie. Il était mort à peine plus de trois ans auparavant, avait travaillé aux Machines, ne s'était jamais marié.

La photo de l'état civil confirma ses craintes. C'était un bel homme. Mâchoire carrée, nez large, yeux sombres. Il souriait à l'objectif, calme, détendu. Difficile de le détester. Surtout qu'il était mort.

En cherchant les causes de sa mort, Lukas découvrit qu'il y avait eu une enquête ayant conclu à un accident industriel. *Une enquête.* Il se rappela avoir entendu quelque chose sur Jules lors de sa nomination au poste de shérif. Ses compétences avaient fait l'objet d'un débat, et même provoqué des tensions, des rumeurs. Surtout au DIT. Mais il s'était dit qu'elle avait été d'une aide précieuse sur une affaire, que c'était pour ça qu'on l'avait choisie.

Et ça, c'était l'affaire en question. Était-elle amoureuse de lui avant qu'il meure ? Ou s'était-elle entichée de son souvenir ? Sûrement la première solution. Il chercha un crayon et nota à la va-vite le nom et le numéro de dossier. Voilà de quoi l'occuper, une façon d'apprendre à mieux connaître Juliette. Ça lui fournirait en tout cas une distraction jusqu'à ce qu'elle se décide à l'appeler. Détendu, il posa le clavier sur ses genoux et commença à creuser.

74

Silo 17

Grelottant de froid, Juliette aida Solo à se mettre debout.
Il vacilla, se cramponna des deux mains à la rampe.

— Tu vas réussir à marcher?

Elle ne quittait pas l'escalier des yeux, se méfiant de
quiconque pouvant y surgir, quiconque ayant attaqué Solo
et failli la tuer.

— Je crois, oui.

Il se passa une main sur le front et examina le sang
en travers de sa paume.

— Mais je ne sais pas combien de temps je vais tenir.

Elle l'escorta jusqu'à l'escalier, les narines agressées
par l'odeur d'essence et de plastique fondu. Sur sa peau,
la sous-combinaison était encore humide ; son haleine
se condensait en petits nuages devant elle, et dès qu'elle
cessait de parler, ses dents s'entrechoquaient de façon
incontrôlable. Elle se pencha pour récupérer son couteau tandis que Solo se cramponnait à la rampe. En se
relevant, elle prit la pleine mesure de ce qui les attendait. Un retour sans escale jusqu'au DIT semblait impossible. La nage l'avait laissée à bout de souffle, le froid
et les tremblements provoquaient des crampes dans
tous ses muscles. Et Solo était dans un état pire encore.
La bouche molle, les yeux hagards. Il semblait à peine
savoir où il était.

— Est-ce que tu auras la force d'aller jusqu'au poste de police annexe ?

Juliette y avait déjà passé la nuit lors de déplacements aux Fournitures. La cellule était un endroit étonnamment confortable. Les clés étaient toujours dans la boîte – ils pourraient peut-être dormir sans inquiétude s'ils s'enfermaient à l'intérieur et gardaient la clé avec eux.

— Ça fait combien d'étages ?

Il ne connaissait pas le fond de son silo aussi bien que Jules. Il s'aventurait rarement aussi loin.

— Une douzaine, à peu près. Tu vas y arriver ?

Il posa une botte sur la première marche.

— Je vais essayer.

Ils partirent, avec un couteau pour seul moyen de défense. Le fait que Juliette ne l'ait pas perdu dans son expédition sous-marine demeurait un mystère. Elle serrait fort le manche froid dans sa main plus froide encore. Ce simple ustensile de cuisine était devenu son fétiche, l'objet qu'elle devait toujours avoir sur elle, en remplacement de sa montre. Pendant leur ascension, le manche claquait parfois sur la rampe intérieure lorsqu'elle y posait la main pour garder l'équilibre. De l'autre bras, elle aidait Solo, à qui chaque marche arrachait des grognements.

— Tu crois qu'ils sont combien ? lui demanda-t-elle en jetant un regard inquiet vers le haut.

— Il devrait y avoir personne.

Il vacilla, mais Juliette le rattrapa.

— Ils sont morts. Tous.

Ils s'arrêtèrent au palier suivant pour se reposer.

— Toi, tu t'en es bien sorti, lui fit-elle remarquer. Pendant toutes ces années, tu as survécu.

Il fronça les sourcils, s'essuya la barbe du revers de la main. Il respirait mal.

— Mais je suis solo, dit-il en secouant tristement la tête. Ils étaient tous morts. Tous.

Juliette leva les yeux vers le haut de la cage, dont le sommet se perdait dans l'obscurité. Elle serra les dents pour les empêcher de claquer, à l'affût d'un son, d'un éventuel signe de vie. Solo reprit la marche, Juliette le suivit de près.

— Est-ce que tu l'as bien vu ? De quoi tu te souviens ?

— Je me rappelle – je me rappelle que je me suis dit qu'il était exactement pareil que moi.

Juliette crut entendre un sanglot, mais ce n'était peut-être qu'un gémissement dû à l'effort. Elle jeta un œil en arrière, vers la porte qu'ils venaient de dépasser, derrière laquelle il faisait noir, sans électricité déviée du DIT. L'agresseur de Solo était-il caché là ? Laissaient-ils un fantôme vivant derrière eux ?

Elle l'espéra de tout cœur. Il leur restait tant à parcourir, déjà jusqu'au poste de police, sans parler d'un endroit qu'elle soit susceptible de considérer comme chez elle.

Ils gravirent les marches en silence pendant un étage et demi. Elle tremblait, lui grognait et grimaçait. Elle se frottait les bras de temps en temps, sentait qu'elle transpirait – l'ascension, l'aide qu'elle apportait à Solo. Ça aurait pu suffire à la réchauffer, mais sa sous-combinaison était vraiment humide, et elle avait tellement faim qu'elle crut que son corps allait lâcher au bout de trois étages. Elle avait besoin d'énergie, de quelque chose à brûler pour se réchauffer.

— Encore un étage et je vais devoir m'arrêter, dit-elle à Solo.

Il grogna en guise d'approbation. C'était réconfortant d'avoir une plage de repos en ligne de mire – les marches étaient plus faciles à monter quand on pouvait les compter. Sur le palier du 132, Solo prit appui sur la rampe pour s'accroupir lentement. Lorsque ses fesses touchèrent le sol, il s'allongea sur le dos et croisa les bras en travers de son visage.

Juliette espérait que ce n'était pas grave, qu'il souffrait tout au plus d'une commotion cérébrale. Elle en avait vu, des traumatismes crâniens – des mecs qui jouaient les durs et refusaient le port du casque, mais plus si durs que ça quand ils se prenaient un outil ou une poutre en acier dans la tête. La seule solution était de se reposer.

Le problème avec le repos, dans son cas à elle, c'est qu'elle se refroidissait. Elle tapa des pieds pour faire circuler le sang. La sueur qui avait perlé sur sa peau était à présent son ennemie. Elle sentait un courant d'air qui circulait en spirale dans la cage d'escalier, du froid en provenance d'en bas, des eaux glaciales. Ses épaules tremblèrent, le couteau tinta contre la rampe jusqu'à ce que son reflet dans la lame ne soit plus qu'un flou argenté. Avancer était difficile, mais rester au même endroit la tuerait. Et elle ne savait toujours pas où se trouvait cet homme dangereux, pouvait seulement espérer qu'il était plus bas.

— On devrait se remettre en route, dit-elle à Solo.

Les yeux rivés à la porte du palier, aux fenêtres obscures, elle se demanda ce qu'elle ferait si quelqu'un surgissait, là, maintenant, pour les attaquer. Quels genres de coups était-elle en mesure de donner ?

Solo leva un bras et l'agita mollement.

— Avance, dit-il. Moi, je reste là.

— Pas question. Tu viens avec moi.

Elle frotta ses mains l'une contre l'autre, souffla dessus, rassembla ses forces. Elle se rapprocha de Solo pour lui prendre la main, mais il la retira.

— Besoin de repos. Je te rattraperai.

— Tu te figures quand même pas que…

Ses dents claquaient de manière incontrôlable. Elle frissonna et profita de ce spasme involontaire pour secouer les bras et forcer le sang à circuler jusqu'à ses extrémités.

— … que je vais te laisser tout seul, acheva-t-elle.

— Soif, souffla-t-il.

Bien qu'elle ait eu sa dose de flotte pour toute une vie, Juliette aussi avait soif. Elle leva la tête.

— Encore un étage et on est aux fermes du bas. Allez. On s'arrêtera là pour aujourd'hui. À manger, à boire, des fringues sèches pour moi. Allez, Solo, debout. Je me fiche qu'on mette une semaine pour remonter, mais ce qui est sûr, c'est qu'on n'abandonne pas ici.

Elle le saisit par le poignet. Cette fois, il ne recula pas.

La volée de marches dura une éternité. Solo s'arrêta plusieurs fois, agrippé à la rampe, hébété. Un filet de sang coulait dans sa nuque. Juliette tapa des pieds plusieurs fois et jura. Tout ça était stupide. Elle s'en voulait d'avoir été aussi stupide.

À quelques marches du palier, elle laissa Solo derrière elle pour aller jeter un œil aux portes des fermes. Les câbles d'alimentation déviés du DIT qui disparaissaient à l'intérieur dataient de plusieurs dizaines d'années, d'une époque où les survivants, comme Solo, rafistolaient ce qu'ils pouvaient pour garder la mort à distance. Par la fenêtre, Juliette vit que les lampes de croissance étaient éteintes.

— Solo ? Je vais allumer les minuteries. Repose-toi ici.

Il ne répondit pas. Juliette ouvrit la porte et tenta de glisser son couteau entre la grille du sol et le bas de la porte pour qu'elle reste ouverte. Mais son bras tremblait tellement qu'elle avait du mal à viser un espace dans la grille. Elle se rendit compte que sa combinaison sentait la fumée, le plastique fondu.

— Attends, dit Solo en la rejoignant.

Il se laissa glisser le long de la porte. Le tour était joué. Juliette serra son couteau contre sa poitrine.

— Merci.

Il acquiesça. Ses yeux se fermèrent presque malgré lui.

— Boire, dit-il en se léchant les lèvres.

Elle lui tapota l'épaule.

— Je reviens tout de suite.

Le hall d'entrée engloutissait l'éclairage de secours de la cage d'escalier, et la lumière verte cédait rapidement la place au noir complet. Une pompe ronronnait au loin, c'était le même bruit qui l'avait accueillie dans les fermes du haut des semaines auparavant. La différence était qu'à présent elle reconnaissait ce son et savait où trouver de l'eau. De l'eau et de la nourriture, peut-être des vêtements de rechange. Elle avait juste besoin d'allumer la lumière pour y voir clair. Elle s'en voulut de ne pas avoir apporté de lampe de secours, pesta après celui qui leur avait volé leurs affaires.

Elle grimpa par-dessus le portail de sécurité, accueillie par l'obscurité. Elle connaissait son chemin. Ces fermes l'avaient nourrie avec Solo pendant les semaines où ils avaient joué les plombiers de service et bossé sur la pompe hydroponique. Juliette songea à la pompe qu'elle avait raccordée sous l'eau ; son cerveau de mécano, curieux, se demandait si ça marcherait, si elle aurait dû actionner l'interrupteur du palier avant leur départ. C'était une folie, mais même si elle ne vivait pas jusque-là, elle voulait à tout prix que ce silo s'assèche, que toute cette eau reflue. L'épreuve qu'elle avait traversée dans les profondeurs lui paraissait déjà lointaine, comme un rêve, quelque chose qu'elle n'avait pas vraiment vécu, et pourtant elle voulait que ça n'ait pas compté pour rien.

Sa grenouillère couinait bruyamment à chacun de ses pas, le frottement de ses jambes, le contact de ses pieds qui faisaient ventouse contre le sol. Elle progressait une main contre le mur, rassurée par le couteau que tenait l'autre. Elle sentait déjà la chaleur résiduelle des lampes de croissance. Elle était contente de ne plus être en proie au froid glacial de l'escalier. En fait, elle se sentait mieux. Ses yeux commencèrent à s'habituer à l'obscurité. Elle allait leur trouver à manger, à boire, un endroit où dormir en sécurité. Demain, ils viseraient le poste de police du milieu. Ils pourraient s'armer, reprendre des forces. Solo se sentirait mieux. Il le fallait.

Au bout du couloir, Juliette chercha à tâtons la porte d'accès à la salle de contrôle. Sa main se posa machinalement sur l'interrupteur, mais il était déjà actionné. Il n'avait pas fonctionné depuis plus de trente ans.

Elle avança à l'aveugle, les bras tendus devant elle, s'attendant à heurter un mur à tout moment. Le bout de son couteau égratigna un boîtier de réglages. Elle leva une main pour trouver le câble qui devait pendre du plafond. Elle le longea jusqu'à la minuterie auquel il avait été relié, trouva le bouton de programmation et le tourna lentement jusqu'au déclic.

À l'extérieur, les relais émirent une série de "pop" sonores. Une faible lueur apparut. Il faudrait quelques minutes avant que les lampes ne chauffent vraiment.

Juliette quitta la salle de contrôle et descendit une allée envahie par la végétation entre deux longues parcelles de terre. Par endroits, les tiges plantées de part et d'autre de l'allée se rejoignaient au milieu ; elle les écartait pour se diriger vers la pompe de circulation.

De l'eau pour Solo, de la chaleur pour elle. Elle se répétait ce mantra et suppliait les lampes de chauffer plus vite que ça. Les environs demeuraient brumeux, comme une vue de l'extérieur au petit matin, sous des nuages bas.

Les plants de petits pois n'avaient pas été entretenus depuis un bail. Elle arracha quelques cosses au passage pour faire taire ses crampes d'estomac. La pompe, qui travaillait à diriger l'eau vers les canaux d'irrigation, ronronnait plus fort. Juliette mâchonna un pois, l'avala, elle était arrivée.

Le sol autour de la pompe était encore mouillé des semaines qu'elle et Solo avaient passées là à boire et à remplir leurs jerrycans. Il y avait également quelques gobelets éparpillés ici et là. Elle s'agenouilla et prit un grand verre. Peu à peu, au-dessus d'elle, les lampes gagnaient en intensité. Elle avait l'impression de ressentir déjà leur chaleur.

En forçant un peu, elle parvint à desserrer le bouchon de vidange. Comme l'eau était sous pression, elle s'échappa en gouttelettes vaporisées. Elle tint son verre au plus près de façon à minimiser le gaspillage. L'eau gargouilla en remplissant le gobelet.

Elle en but le contenu tout en en remplissant un autre, des petits bouts de terre crissant sous ses dents.

Après en avoir rempli deux, elle les enfonça dans la terre humide pour éviter qu'ils se renversent et resserra le bouchon jusqu'à ce que l'eau ne fuie plus. Couteau sous le bras, elle prit les deux verres et fit le chemin inverse.

À présent, il lui fallait de la chaleur. Elle posa les gobelets, reprit son couteau. Il y avait des bureaux au tournant, et un réfectoire. Elle se souvint de sa première tenue dans le silo 17 : une nappe avec un trou pour la tête. Elle se moqua d'elle-même : elle avait l'impression de régresser, comme si toutes ces semaines passées à améliorer les choses l'avaient ramenée à la case départ.

Le long couloir qui séparait les deux parcelles de cultures était sombre. Une poignée de fils électriques pendaient du plafond, entre les endroits où on les avait attachés à la va-vite aux canalisations.

Juliette jeta un œil dans les bureaux mais ne trouva rien qui soit susceptible de la réchauffer. Pas de salopette, pas de rideau. Elle s'apprêtait à se diriger vers le réfectoire lorsqu'elle crut entendre un bruit tout proche. Un clic. Un claquement. Le courant, peut-être ?

Elle scruta le couloir, la parcelle qui s'étendait au-delà. La lumière y était plus intense, ça commençait à chauffer. C'était peut-être les premières lampes à s'être allumées. Elle s'y dirigea à pas de loup, comme un insecte tremblant attiré par les flammes, les bras soudain couverts de chair de poule à l'idée de sécher pour de bon et de se réchauffer.

Au bord de la parcelle, elle entendit autre chose. Une sorte de grincement. Du métal contre du métal, peut-être une autre pompe de circulation en train de se mettre en marche. Ils n'avaient pas pris le temps de vérifier toutes les pompes de cet étage. Il y avait largement de quoi nourrir et abreuver deux personnes dans les premières parcelles.

Juliette s'arrêta net et se retourna.

Où prendrait-elle ses quartiers si elle essayait de survivre dans cet endroit? Au DIT, pour l'électricité? Ou ici, pour l'eau et la nourriture? Elle imagina un autre homme semblable à Solo tentant d'échapper à la violence, faisant profil bas, survivant au fil des années. Il avait peut-être entendu le compresseur plus tôt, était descendu mener son enquête, avait pris peur, et frappé Solo à la tête avant de s'enfuir. Il avait peut-être volé leurs affaires juste parce qu'elles étaient là, ou alors le sac était tombé accidentellement et avait sombré dans les profondeurs du département des Machines.

Couteau devant elle, elle longea l'allée entre les plantes bourgeonnantes. Le mur de verdure s'ouvrait en bruissant à mesure qu'elle passait au travers. La végétation était reine ici. Hostile. Pas d'entretien, pas de récolte. Cela faisait naître en elle des sentiments contradictoires. Elle se faisait sûrement des idées, croyait entendre des choses, comme c'était le cas depuis des semaines, mais tout au fond d'elle-même, elle voulait avoir raison. Elle voulait mettre la main sur cet homme pareil à Solo. Entrer en contact avec lui. Plutôt ça que vivre dans la peur constante que quelqu'un surgisse du moindre recoin.

Mais… et s'ils étaient plus? Est-ce qu'un groupe aurait pu survivre aussi longtemps? Jusqu'à combien pouvaient-ils être sans se faire remarquer? Le silo était immense, mais avec Solo, elle avait passé des semaines dans le fond, à faire des allées et venues dans ces fermes des tas de fois. Deux personnes, un couple un peu âgé, pas plus. Solo avait dit que l'homme avait son âge. C'est ce qu'elle verrait.

Perdue dans ses calculs, elle tentait de se convaincre qu'elle n'avait rien à craindre. Elle tremblait, mais l'adrénaline y était pour quelque chose. Elle était armée. Les feuilles des plantes livrées à elles-mêmes lui effleuraient le visage ; à mesure qu'elle franchissait ce barrage de verdure, elle se persuadait qu'elle allait trouver quelque chose de l'autre côté.

Les fermes dans ce coin étaient différentes. Bien entretenues. La végétation était apprivoisée. Récemment façonnée par la main de l'homme. Juliette sentit une vague de terreur et de soulagement la submerger, ces deux sentiments contradictoires s'entremêlant comme un escalier et sa rampe. Elle ne voulait pas être seule, ne voulait pas que ce silo soit si désespérément vide, mais elle ne voulait pas non plus se faire agresser. D'un côté, elle avait envie de demander s'il y avait quelqu'un, de dire à quiconque était dans les parages qu'elle ne lui voulait aucun mal. D'un autre, elle se cramponnait fermement à son couteau, serrait les dents et mourait d'envie de prendre ses jambes à son cou.

Au bout de la parcelle cultivée, l'allée tournait vers un recoin plus sombre. Elle jeta un œil vers davantage de terrain inconnu. Un long couloir obscur s'étendait devant elle, au bout duquel une lueur lointaine brillait – sûrement une autre parcelle pour laquelle on avait détourné le courant du DIT.

Il y avait quelqu'un là-bas. Elle le savait. Elle sentait le regard qu'elle devinait depuis des semaines, entendait des murmures tout proches, mais cette fois ce n'était pas son imagination. Cette fois, pas besoin de lutter contre ses propres sens, de se dire qu'elle était folle. Couteau au poing, réconfortée par la pensée qu'elle se trouvait entre cette personne et le pauvre Solo sans défense, elle avança lentement mais avec courage, passant devant des bureaux vides et des salles de dégustation, une main contre le mur pour garder l'équilibre dans le noir.

Elle s'arrêta. Quelque chose clochait. Est-ce qu'elle avait entendu un bruit ? Des pleurs ? Elle revint à la porte précédente, incapable de voir à deux mètres, et se rendit compte qu'elle était fermée. La seule, de toutes celles qu'elle avait passées, à l'être.

Elle recula d'un pas et s'accroupit. Il y avait eu un bruit à l'intérieur. Elle en était persuadée. Comme un gémissement. En levant la tête, elle s'aperçut, malgré la pénombre, que des câbles électriques déviaient de leur cours pour passer à travers le mur juste au-dessus de cette porte.

Elle s'approcha. Toujours accroupie, elle posa une oreille contre la porte. Rien. Elle tendit la main, tourna la poignée, mais la porte était fermée à clé. Et comment pouvait-elle être fermée à moins que… ?

La porte s'ouvrit d'un coup – sa main était toujours sur la poignée – et elle se retrouva projetée en avant dans la pièce obscure. Il y eut un flash de lumière, puis un homme au-dessus d'elle qui agitait un objet en direction de sa tête.

Elle tomba à la renverse. Un éclair argenté passa devant ses yeux puis elle sentit l'énorme clé à mollette s'abattre sur son épaule, la mettant K.-O.

Un cri suraigu retentit au fond de la pièce et noya le cri de douleur de Juliette. Elle se défendit avec son couteau, blessa l'homme à la jambe. La clé tomba à terre avec fracas, encore des cris, il y avait plusieurs personnes. Juliette se releva, une main agrippée à son épaule. Elle se préparait à un nouvel assaut, mais son agresseur battait en retraite, sur une jambe. Il avait dans les quatorze ans, quinze tout au plus.

— Reste où tu es ! cria Juliette en le menaçant de son couteau.

Il avait le regard apeuré. Des enfants étaient massés contre le mur du fond sur un fatras de matelas et de couvertures. Ils se cramponnaient les uns aux autres, leurs grands yeux fixés sur Juliette.

Sa confusion était totale. Quelque chose ne tournait vraiment pas rond. Où étaient les autres ? Les adultes ? Elle imaginait des gens pleins de mauvaises intentions longer l'allée par laquelle elle était arrivée, prêts à bondir. Leurs enfants étaient là, enfermés, en sécurité. Bientôt, les mamans rats reviendraient la punir pour avoir dérangé leurs petits.

— Où sont les autres ? demanda-t-elle, la main tremblante de froid, d'incertitude, de peur.

Elle les passa en revue et se rendit compte que le garçon qui l'avait attaquée était le plus vieux de tous. Une fille un peu plus jeune que lui était figée sur les couvertures avec deux petits garçons et une petite fille cramponnés à elle.

Le garçon regarda sa jambe blessée. Une tache de sang s'agrandissait sur sa salopette verte.

— Combien êtes-vous ?

Elle fit un pas en avant. Ces gamins avaient manifestement plus peur d'elle qu'elle ne les craignait.

— Laissez-nous tranquilles ! cria la fille.

Elle serrait quelque chose contre sa poitrine. La petite vint enfouir sa tête dans ses jambes, comme pour disparaître. Les deux petits garçons lançaient des regards assassins à Juliette, tels des chiens pris au piège, mais ne bougeaient pas.

— Comment êtes-vous arrivés ici ? leur demanda-t-elle.

Elle brandit son couteau face à l'aîné, mais commença à se sentir ridicule. Il la regardait, l'air perplexe, il ne comprenait pas sa question. C'est alors qu'elle sut. Bien sûr. Comment pouvait-il y avoir des décennies de combat dans un silo sans que n'émerge cette autre passion humaine ?

— Vous êtes nés ici, c'est bien ça ?

Personne ne répondit. Le visage du garçon exprimait la plus grande confusion, comme si ses questions étaient celles d'une folle. Elle lança un regard par-dessus son épaule.

— Où sont vos parents ? Quand est-ce qu'ils vont rentrer ? Dans combien de temps ?

— Jamais ! hurla la fille de toutes ses forces. Ils sont morts !

Sa bouche resta ouverte, son menton tremblait. Les tendons de son jeune cou ressortaient ostensiblement.

Le garçon lança un regard noir à la fille, sans doute pour qu'elle se taise. Juliette essayait toujours de se faire à l'idée que ce n'était là que des gamins. Elle savait qu'ils ne pouvaient pas être tout seuls. Quelqu'un avait attaqué Solo.

Comme pour lui répondre, ses yeux se posèrent sur la grosse clé à mollette au sol. C'était celle de Solo. Elle reconnaissait les taches de rouille. Comment était-ce possible ? Solo avait dit que…

Alors Juliette se rappela ce qu'il avait dit. Elle comprit que ces enfants, ce tout jeune homme avait l'âge auquel Solo se voyait encore. Le même âge qu'il avait lorsqu'il s'était retrouvé seul. Les derniers survivants du fond avaient-ils péri récemment, mais pas avant d'avoir engendré une descendance ?

— Comment tu t'appelles ? demanda-t-elle au garçon.

Elle baissa son couteau et lui montra son autre main.

— Moi, je m'appelle Juliette, dit-elle.

Elle voulut ajouter qu'elle venait d'un autre silo, d'un monde moins barré, mais ne voulait pas l'embrouiller davantage ni lui faire peur.

— Rickson, grogna-t-il. Mon père, c'était Rick le plombier.

— Rick le plombier, répéta Juliette en acquiesçant.

Elle aperçut contre un mur, en bas d'une pile de fournitures et de choses glanées à gauche à droite, le sac qu'ils lui avaient volé. Ses vêtements de rechange dépassaient. Sa serviette devait être à l'intérieur. Elle se glissa jusqu'au sac sans quitter des yeux les gamins blottis sur leur lit de fortune, leur nid, se méfiant surtout de l'aîné.

— Bien, Rickson, je veux que vous preniez vos affaires.

Elle s'agenouilla près de son sac, trouva sa serviette, la sortit et, luxe indescriptible, s'en servit pour frotter ses cheveux humides. Hors de question qu'elle laisse cette ribambelle de gamins ici. Serviette drapée autour des épaules, elle se tourna vers les petits, qui avaient tous les yeux braqués sur elle.

— Allez, maintenant. Rassemblez vos affaires. Vous n'allez pas vivre là comme…

— Laissez-nous, dit la grande.

Les deux petits s'étaient levés, pourtant, et commençaient à passer en revue des piles d'objets divers. Ils regardèrent la fille, puis Juliette, perdus.

— Retournez d'où vous venez, dit Rickson.

Les deux aînés semblaient gagner en confiance, unis face à elle.

— Prenez vos machines bruyantes et allez-vous-en.

C'était donc ça. Juliette se souvint du compresseur couché sur le flanc, peut-être victime d'une attaque plus violente que celle qu'avait subie Solo. Elle fit un signe de tête aux deux garçons, qui devaient avoir dix ou onze ans.

— Venez, leur dit-elle. Vous allez nous aider, moi et mon ami, à rentrer chez nous. On a de bonnes choses à manger. De l'électricité. De l'eau chaude. Prenez vos affaires et…

La plus petite cria, c'était un crissement horrible, le même que Juliette avait entendu depuis le couloir. Rickson faisait les cent pas, ses yeux passant de la clé à mollette à Juliette. Elle s'éloigna de lui pour aller réconforter la petite, mais se rendit compte en se penchant que ce n'était pas elle qui avait crié.

Quelque chose bougeait dans les bras de la grande.

Juliette s'arrêta net au bord du lit.

— Non, murmura-t-elle.

Rickson fit un pas vers elle.

— Pas un pas de plus ! s'écria-t-elle en dégainant son couteau.

Il regarda à nouveau sa blessure et décida d'obéir. Les deux garçons s'arrêtèrent au beau milieu de leur paquetage. Rien d'autre ne bougeait dans la pièce que le bébé qui se débattait dans les bras de la grande.

— C'est un bébé ?

La fille tourna les épaules. Geste mu par l'instinct maternel. Mais la fille ne pouvait pas avoir plus de quinze ans. Juliette ne savait pas que c'était possible. Elle se demanda si c'était pour cette raison que les implants étaient installés si tôt. Sa main glissa vers sa hanche comme pour toucher le sien, pour frotter la petite bosse sous sa peau.

— Laissez-nous, gémit l'adolescente. On s'en sort très bien sans vous.

Juliette posa son couteau. Ça lui faisait drôle de l'abandonner mais le garder à la main en approchant du lit lui posait un problème.

— Je peux t'aider, dit-elle.

Elle se retourna brièvement pour s'assurer que l'aîné l'entendait.

— Avant, je travaillais dans un endroit où on s'occupait de nouveau-nés. Montre-moi.

Elle tendit les mains, mais la fille se tourna davantage contre le mur, protégeant son bébé.

— D'accord, dit Juliette en levant les mains au ciel. Mais je ne vous laisse pas continuer à vivre comme ça.

Elle acquiesça à l'attention des deux garçons, se tourna vers Rickson, qui n'avait pas bougé.

— Aucun de vous. On ne peut pas vivre dans ces conditions, même proche de la fin.

565

Elle avait pris sa décision.

— Rickson? Prends tes affaires. Le strict nécessaire. On reviendra si besoin.

Elle fit un signe du menton aux deux plus jeunes, vit que leurs salopettes avaient été coupées au genou, que leurs jambes étaient couvertes de terre. Ils prirent son geste pour une autorisation à continuer à faire leur sac. Ces deux-là avaient l'air impatients que quelqu'un d'autre s'occupe d'eux, n'importe qui tant que ce n'était pas leur frère – si Rickson était leur frère.

— Dites-moi comment vous vous appelez.

Juliette s'assit sur le lit avec les deux filles tandis que les autres fouillaient dans leurs affaires. Elle s'efforça de rester calme, de résister à la nausée que provoquait cette pensée : des enfants qui avaient des enfants.

Le bébé émit un cri affamé.

— Je suis là pour vous aider, dit Juliette. Je peux voir? C'est un garçon ou une fille?

La jeune mère se détendit. Sous un repli de couverture, un bébé de quelques mois cligna des yeux et ouvrit sa petite bouche rouge. Il agita un bras minuscule vers sa mère.

— Une fille, dit-elle doucement.

La petite fille qui se cramponnait à elle depuis le début risqua un œil vers Juliette.

— Tu lui as donné un nom?

— Non, pas encore.

Rickson dit quelque chose aux deux petits pour qu'ils cessent de se chamailler.

— Moi je m'appelle Elise, dit la petite en relevant un peu la tête. J'ai une dent qui bouge.

Juliette rit.

— Je t'aiderai si tu veux bien.

Elle prit le risque de tendre la main et de serrer gentiment le bras de la petite. Les moments de son enfance passés dans la nursery de son père lui revinrent par flashs, des souvenirs de parents inquiets, d'enfants précieux, d'espoirs et de rêves créés et entretenus autour de cette loterie. Ses pensées dérivèrent vers son frère, celui qui ne devait pas vivre, et elle sentit les larmes lui monter aux yeux. Qu'avaient enduré ces enfants ? Solo, au moins, avait eu une vie normale avant la chute du silo. Il savait ce que vivre en sécurité voulait dire. Ces cinq-là, six même, dans quoi avaient-ils grandi ? Qu'avaient-ils vu ? Ils lui inspiraient une grande pitié. Une pitié qui confinait presque au désir cruel qu'aucun d'eux n'ait jamais vu le jour… mais elle s'en voulut immédiatement, coupable d'une telle pensée.

— On va vous sortir de là, dit-elle aux deux filles. Prenez vos affaires.

Un des deux petits vint déposer le sac de Juliette à ses pieds. Il remettait quelques objets dedans en s'excusant, lorsqu'elle entendit un nouveau couinement étrange.

Quoi, encore ?

Les filles se mirent en peine de sélectionner des affaires à emporter. Juliette comprit que le bruit venait de son sac. Elle ouvrit la fermeture éclair, méfiante. Dieu sait ce qui pouvait vivre dans ce trou à rats que ces gamins avaient créé. Elle entendit alors une toute petite voix.

Une voix qui appelait son nom.

Elle laissa tomber sa serviette, fouilla dans le sac, écarta les outils, les bouteilles d'eau, sa salopette de rechange et ses chaussettes dépareillées, et la trouva enfin. Sa radio. Elle se demanda comment Solo pouvait l'appeler. L'autre appareil avait été détruit dans sa combinaison…

— *Je t'en prie dis quelque chose*, siffla la radio. *Juliette, tu es là ? C'est Walker. Je t'en prie, pour l'amour du ciel, réponds-moi…*

75

Silo 18

— Qu'est-ce qui se passe ? Pourquoi ils ne répondent
pas ?

Courtnee regardait tour à tour Walker et Shirly, comme
s'ils pouvaient lui fournir une réponse.

— C'est cassé ? demanda Shirly en prenant le petit
bouton gradué de marques blanches. Walker, on l'a
cassé ?

— Non, non, ça fonctionne, dit-il, les écouteurs coincés contre la joue, passant en revue les divers éléments.

— Les amis, je ne sais pas combien de temps il nous
reste.

Courtnee regardait par la fenêtre de la salle de contrôle.
Shirly se leva pour la rejoindre. Dans la salle de la génératrice, près de la porte principale, fusil à l'épaule, Jenkins
et ses hommes débitaient leurs ordres aux autres. L'inso-
norisation empêchait qu'elles entendent ce qui se passait.

— *Allô ?*

Une voix grésilla dans les mains de Walker. Les mots
semblaient filer entre ses doigts.

— Qui est là ? dit-il en appuyant sur le bouton. Qui
êtes-vous ?

Shirly se rua vers Walker. Elle enveloppa son bras de
ses deux mains, incrédule.

— *C'est Juliette !*

Walker leva une main pour demander le calme. Doigts tremblants, il finit par réussir à appuyer sur le bouton rouge.

— Jules?

Sa voix se brisa. Shirly lui serra le bras.

— C'est toi?

Un silence, puis un gémissement. Un sanglot.

— *Walk? Walk, c'est bien toi? Qu'est-ce qui se passe? Où es-tu? J'ai cru que...*

— Où est-elle? murmura Shirly.

Courtnee les observait, la tête entre les mains, la bouche grande ouverte.

Walker appuya sur le bouton.

— Jules, où es-tu?

Les minuscules haut-parleurs émirent un long soupir. Sa voix semblait très lointaine.

— *Walk, je suis dans un autre silo. Il y en a plusieurs. Tu ne croirais pas tout ce que...*

Sa voix se mua en bruits parasites. Shirly se pencha contre Walker tandis que Courtnee faisait les cent pas entre eux et la fenêtre.

— On est au courant pour les autres silos, dit Walker en tenant le micro sous sa barbe. On les entend, Jules. On les entend tous.

Il relâcha le bouton. Juliette reprit la parole.

— *Comment tu vas? Et le département? J'ai entendu parler des combats. Est-ce que tu es au beau milieu de tout ça?*

Avant la fin de son émission, Juliette s'adressa à quelqu'un d'autre, d'une voix à peine audible.

Walker s'étonnait qu'elle ait mentionné les combats.

— Comment est-elle au courant? dit Shirly.

— Si seulement elle était là, se lamenta Courtnee. Elle saurait quoi faire.

— Parle-lui des gaz d'échappement. Du plan.

Shirly fit un signe en direction du micro.

— Tiens, passe-le-moi.

Walker lui tendit le casque.

Shirly actionna le bouton, plus récalcitrant qu'elle ne l'aurait cru.

— Jules ? Tu m'entends ? C'est Shirly.

— *Shirly...* souffla Juliette, émue. *Salut, toi. Tu tiens le coup ?*

L'émotion palpable dans la voix de son amie l'émut aux larmes.

— Ouais, lâcha-t-elle avant de déglutir. Écoute, on a une équipe en train de diriger les gaz d'échappement vers les gaines de refroidissement du DIT. Mais tu te souviens de la fois où on a perdu de la contre-pression ? J'ai peur que le moteur...

— *Non*, l'interrompit Juliette. *Dis-leur d'arrêter. Shirly, tu m'entends ? Empêche-les. Ça ne servira à rien. Le refroidissement, c'est pour les serveurs. Les seules personnes qui...*

Elle s'éclaircit la voix.

— *Écoute-moi. Dis-leur d'arrêter...*

Shirly se débattait avec les commandes. Walker tendit la main pour l'aider mais elle s'en sortit.

— Attends... Comment tu sais où mènent ces gaines ?

— *Je le sais, c'est tout. L'endroit où je suis est construit de la même façon. Putain, il faut que je leur parle. Tu ne peux pas les laisser...*

Shirly appuya à nouveau sur le bouton. Le bruit de la salle de la génératrice envahit leur petit espace lorsque Courtnee courut à l'extérieur.

— Courtnee s'en charge. Elle y va, là. Jules. Comment tu as su... ? Avec qui es-tu ? Est-ce qu'ils peuvent nous aider ? La situation n'est pas terrible, ici.

Shirly entendit une profonde inspiration, d'autres voix à l'arrière-plan, des ordres que Juliette donnait à d'autres gens. Son amie avait l'air épuisée. Lasse. Triste.

— *Non, je ne peux rien faire*, dit Juliette. *Il n'y a per-sonne ici. Un homme. Des enfants. Tout le monde est mort. Les gens qui vivaient ici n'ont même pas pu se sauver eux-mêmes.*

Elle libéra la ligne. La reprit.

— *Il faut faire cesser les combats. Quel que soit le sacrifice. Je vous en supplie… Je refuse que tout ça ait lieu à cause de moi. Il faut arrêter de…*

La porte s'ouvrit à nouveau. C'était Courtnee qui reve-nait. Shirly entendit des cris dans la salle de la généra-trice. Des coups de feu.

— *Qu'est-ce qui se passe ?* demanda Juliette. *Vous êtes où, là ?*

— Dans la salle de contrôle.

Shirly leva les yeux vers Courtnee, qui semblait morte de peur.

— Jules, je crois qu'on n'a plus beaucoup de temps.

Elle avait tant de choses à lui dire. Elle voulait lui par-ler de Marck. Elle avait besoin de plus de temps.

— Ils vont nous coincer, fut tout ce qu'elle parvint à dire. Je suis contente que tu sois en vie.

La radio grésilla.

— *Mon Dieu, empêche-les. Arrêtez de vous battre ! Shirly, écoute-moi…*

— Rien n'y fera, dit Shirly en s'essuyant les joues. Rien ne les arrêtera.

Les coups de feu se rapprochaient, audibles malgré l'épaisseur de la porte. Les siens étaient en train de mou-rir tandis que, tapie dans la salle de contrôle, elle parlait à un fantôme. Les siens mouraient.

— Prends bien soin de toi, dit Shirly.

— *Attends !*

Shirly tendit le casque à Walker. Elle rejoignit Court-nee à la fenêtre. Une foule battait en retraite de l'autre côté de la génératrice, des canons de fusil tiraient, en appui sur le garde-corps, un homme en salopette bleue était inerte sur le sol. D'autres coups de feu. Des bruits étouffés de fusillade.

— Jules !

Walker essayait encore de lui parler.

— *Laisse-moi leur parler !* s'écria-t-elle de cette voix terriblement lointaine. *Walk, pourquoi je peux te parler, et pas à eux ? Passe-moi les shérifs adjoints, Peter et Hank. Walk, comment tu as fait pour m'appeler ? Il faut à tout prix que je leur parle !*

Walker bredouilla quelque chose à propos de fers à souder, de lunette grossissante. Le vieil homme pleurait, berçait ses circuits, ses fils et ses composants électroniques comme s'il s'agissait d'un enfant désarticulé, leur murmurait des choses, tandis que l'eau salée de ses larmes gouttait dangereusement sur cet objet qu'il avait fabriqué.

Pendant qu'il continuait de parler à Juliette, de bafouiller, les hommes en bleu continuaient de tomber, bras enroulés autour du garde-corps, leurs fusils tombant bruyamment à terre faute d'avoir été à la hauteur de la situation. Les hommes qu'ils craignaient depuis un mois étaient à l'intérieur. C'était fini. Shirly et Courtnee observaient la scène, impuissantes, chacune cramponnée aux bras de l'autre. Derrière elles, les sanglots et les élucubrations du vieux Walk se mêlaient aux coups de feu étouffés, puis, soudain, le clac d'une machine qui se dérègle, qui échappe à tout contrôle…

76

Silo 18

Debout sur la poubelle en plastique renversée, Lukas
chancela, le bout de ses bottes contre le plastique souple,
ne sachant si elle allait voler dans les airs ou s'écraser sous son poids. Il se rattrapa au couvercle du serveur 12, et l'épaisse couche de poussière lui fit dire qu'on
n'y avait pas passé un bon coup de chiffon depuis des
années. Il pressa son nez contre la grille d'aération et
renifla à nouveau.

La porte toute proche bipa, signe qu'on venait de la
déverrouiller. Avec un faible grincement, les gonds tournèrent sur leur axe.

Lukas faillit tomber lorsque Bernard entra. Le directeur du DIT lui lança un regard curieux.

— Tu rentreras jamais, lui dit-il.

Il referma la porte en partant d'un grand rire. Après
les verrouillages et le bip, le voyant rouge reprit sa sur-
veillance des lieux.

Lukas se redressa, en équilibre sur la poubelle, et
sauta à terre, envoyant valser le seau en plastique à travers la pièce. Il frotta ses mains pleines de poussière
sur son pantalon et se força à rire.

— J'ai cru sentir un truc, expliqua-t-il. Ça te paraît
pas enfumé, ici?

Bernard regarda autour de lui.

— J'ai toujours l'impression que c'est un peu brumeux, ici. Et non, je ne sens rien. À part l'odeur de chaud des serveurs.

Il sortit quelques morceaux de papier pliés de sa poche de poitrine.

— Tiens, des lettres de ta mère. Je lui ai dit de me les faire passer par porteur pour te les donner.

Lukas sourit, gêné, et les accepta.

— Mais je crois quand même qu'il faudrait vérifier auprès de…

Il leva les yeux vers la grille d'aération mais se rendit compte qu'il ne restait personne à qui s'adresser au département des Machines. Aux dernières nouvelles crachées par la radio, Sims et les autres lavaient l'endroit à grande eau. Il y avait des dizaines de morts. Et trois ou quatre fois plus de prisonniers. On réhabilitait des appartements du milieu pour tous les faire tenir. Apparemment, il y aurait assez de gens à envoyer au nettoyage pour des années.

— Je vais envoyer un mécanicien remplaçant, promit Bernard. Ce qui me rappelle que je voulais te parler de quelque chose. Beaucoup de verts vont passer au bleu… il va y avoir un gros transfert de cultivateurs vers les Machines. Je me demandais ce que tu dirais de Sammi pour diriger le département.

Lukas acquiesça tout en parcourant une lettre de sa mère.

— Sammi, chef des Machines ? Je pense qu'il est surqualifié, mais parfait. Il m'a appris beaucoup de choses.

Il observa Bernard ouvrir le meuble classeur près de la porte et passer en revue les bons de travail.

— C'est un bon professeur. Mais, est-ce que ce serait permanent ?

— Rien n'est amené à durer.

Bernard trouva ce qu'il cherchait, le glissa dans sa poche de poitrine.

— Tu as besoin d'autre chose ?

Il remonta ses lunettes sur son nez. Lukas le trouva plus vieux après ce mois écoulé. Plus vieux et usé.

— Ton dîner arrive dans quelques heures…

Lukas avait en effet besoin de quelque chose. De dire qu'il était prêt, qu'il s'était suffisamment imprégné des horreurs qui l'attendaient à son futur poste, qu'il avait appris l'essentiel en échappant à la folie. Est-ce qu'il pourrait rentrer chez lui maintenant ?

Mais ce n'était pas la manière de procéder, il l'avait compris de lui-même.

— Hmm… Davantage de lecture ne me gênerait pas…

Ce qu'il avait découvert dans le serveur 18 avait mis son cerveau en ébullition. Il craignait que Bernard découvre son secret. Lukas pensait être sur une piste, mais il fallait qu'il demande le dossier pour en avoir le cœur net.

Bernard sourit.

— De lecture ? Tu n'en as pas assez ?

Lukas agita les lettres de sa mère.

— Oh, ça ? Ça m'occupera le temps que je marche jusqu'à l'échelle mais…

— Non, je parlais de ce que tu as en bas. L'Ordre. Tes sujets d'étude.

Bernard pencha la tête sur le côté, Lukas soupira.

— Oui, je sais, mais on ne peut pas me demander de lire ça douze heures par jour. Je voulais juste un truc un peu moins compact.

Il secoua la tête.

— Non mais ne vous embêtez pas. Si vous ne pouvez pas…

— Qu'est-ce que tu voudrais ? demanda Bernard. Je te taquinais, c'est tout.

Adossé au classeur, il croisa les doigts en travers de son ventre et jaugea Lukas à travers ses petites lunettes.

— Hé bien, ça va peut-être vous sembler bizarre, mais ça concerne une affaire qui date un peu. Le serveur dit

575

qu'elle est rangée dans votre bureau avec les enquêtes classées…

— Une enquête ? s'étonna Bernard.

— Ouais. Un dossier en rapport avec un ami d'ami. Je me demande simplement comment le cas a été résolu. Il n'y a pas de sauvegarde numérique sur le serv…

— Ce n'est pas le dossier Holston, au moins ?

— Qui ça ? Ah, l'ancien shérif. Non, non. Pourquoi ?

Bernard balaya son idée d'un revers de la main.

— Le dossier est au nom de Wilkins, dit Lukas en observant Bernard attentivement. George Wilkins.

Le visage de Bernard se durcit. Sa moustache tomba sur ses lèvres comme un rideau.

Lukas s'éclaircit la voix. La réaction de Bernard lui suffisait presque.

— George est mort il y a quelques années aux Machi…

— Je sais comment il est mort, l'interrompit Bernard. D'où vient cet intérêt soudain pour ce dossier ?

— Simple curiosité. J'ai un ami qui…

— Et comment s'appelle cet ami ?

Les mains de Bernard glissèrent sur son ventre pour se glisser dans les poches de sa salopette. Il fit un pas vers Lukas.

— Comment ?

— Cet ami dont tu parles, il avait un lien particulier avec George ? C'était un ami proche ?

— Non. Enfin, pas que je sache. Écoutez, si ça pose un problème, ne vous en faites pas…

Lukas voulait poser une simple question, mais Bernard semblait tout disposé à vider son sac sans qu'on le force.

— Oui, ça pose un gros problème. George Wilkins était un dangereux personnage. Un homme avec des idées. Du genre qu'on murmure, du genre qui empoisonnent les gens tout autour…

— Comment ? Qu'est-ce que vous voulez dire ?

— L'Ordre, chapitre 13. Relis-le. Toutes les insurrections commencent ainsi, à cause d'hommes comme lui.

Menton contre la poitrine, Bernard regardait Lukas par-dessus ses lunettes et lui parlait avec franchise sans essayer de le duper, comme son ombre s'y était attendue.

Lukas n'avait pas besoin de ce dossier, il avait trouvé les registres qui correspondaient à la mort de George, les dizaines de demandes de boucler l'affaire faites à Holston. Bernard n'en avait aucune honte. George Wilkins n'était pas mort, on l'avait assassiné. Et Bernard était tout disposé à lui dire pourquoi.

— Qu'est-ce qu'il a fait? demanda Lukas.

— Je vais te le dire, ce qu'il a fait. C'était un mécano, un graisseux. On a commencé à entendre des rumeurs dans la bouche des porteurs, des plans qui circulaient, des idées pour agrandir la mine en creusant la terre latéralement. Comme tu le sais, les forages latéraux sont interdits…

— Oui, de toute évidence.

Lukas se représenta les mineurs du silo 18 partis creuser et tomber sur les mineurs du silo 19. Situation pour le moins délicate.

— Une longue discussion avec le chef des Machines a mis un terme à ces sottises, mais alors George Wilkins a proposé de creuser vers le bas. Lui et quelques autres ont dessiné les plans d'un niveau 150. Puis d'un niveau 160.

— Seize étages supplémentaires?

— Oui, pour commencer. Selon la rumeur, en tout cas. Rien que des bruits de couloir et des dessins. Mais ces idées sont tombées dans les oreilles d'un porteur, et les nôtres se sont dressées.

— Alors vous l'avez tué?

— Quelqu'un l'a tué, oui. Peu importe qui.

D'une main, il ajusta ses lunettes. L'autre resta dans sa salopette.

— Un jour, tu devras prendre la même décision, fiston. Tu le sais, n'est-ce pas?

— Oui mais…

— Il n'y a pas de mais, dit Bernard en secouant lentement la tête. Certains hommes sont semblables à des virus. Si on ne veut pas assister à une épidémie de peste, il faut immuniser le silo. Il faut éliminer le virus.

Lukas ne dit rien.

— Nous avons éliminé quatorze menaces cette année, Lukas. As-tu la moindre idée de ce que serait l'espérance de vie moyenne si nous n'étions pas d'une vigilance extrême?

— Mais les nettoyages…

— Utiles pour s'occuper de ceux qui veulent sortir. Qui rêvent d'un monde meilleur. L'insurrection à laquelle nous faisons face en ce moment est pleine de gens comme ça, mais c'est une déviance bien précise. Et le nettoyage est un remède parmi d'autres. Et je ne suis pas sûr qu'une personne atteinte d'une déviance différente ferait le nettoyage si on l'envoyait dehors. Il faut qu'ils aient envie de voir ce qu'on leur montre pour que ça marche.

Lukas songea à ce qu'il avait appris à propos des casques, des visières. Il s'était dit que c'était la seule trahison de la part du DIT. Mais il commençait à penser qu'il aurait dû se pencher davantage sur l'Ordre et moins sur l'Héritage.

— Tu as entendu ces dernières violences à la radio. Tout ça aurait pu être évité si on avait décelé ces déviances plus tôt. Ose me dire qu'il n'aurait pas mieux valu.

Lukas regarda le bout de ses bottes. La poubelle gisait non loin, sur le flanc. Elle avait l'air triste comme ça. Incapable de contenir quoi que ce soit.

— Les idées sont contagieuses, Lukas. C'est un enseignement de base de l'Ordre. Tu le sais bien.

Il acquiesça. Il pensa à Juliette, se demanda pourquoi elle ne l'avait pas appelé depuis une éternité. Elle était l'un de ces virus qu'évoquait Bernard. Ses mots s'étaient infiltrés dans son esprit et l'emplissaient de rêves étranges. Il sentit une intense chaleur se propager dans tout son corps en se rendant compte qu'il était infecté. Il avait envie de toucher sa poche de poitrine où reposaient les effets personnels de Juliette, sa montre, sa bague, sa carte. Il les avait récupérés en guise de souvenirs, mais ils étaient devenus encore plus précieux depuis qu'il la savait en vie.

— Cette insurrection est loin d'être aussi dévastatrice que la précédente. Et même après celle-là, on s'était débrouillés pour que les choses s'arrangent et que les gens oublient. Il en ira de même pour celle-ci. Est-ce qu'on a fini ?

— Oui, monsieur.

— Parfait. C'est tout ce que tu voulais savoir sur ce dossier ?

Lukas acquiesça.

— Bien. Tu as peut-être besoin de lire autre chose, en effet.

Sa moustache frissonna au-dessus de son demi-sourire.

— C'est vous, n'est-ce pas ? lâcha Lukas au moment où Bernard s'apprêtait à partir.

Bernard s'arrêta, mais sans se retourner.

— C'est vous qui avez tué George Wilkins, pas vrai ?

— Est-ce que c'est important ?

— Oui. Pour… pour moi, ça l'est. Ça veut dire que…

— Pour toi ? Ou pour ce supposé ami ?

Lorsque Bernard lui fit face, Lukas sentit la température augmenter encore de quelques degrés.

— Aurais-tu des hésitations, petit ? En ce qui concerne ce poste ? Est-ce que je me suis trompé sur ton compte ? Parce que ça m'est déjà arrivé.

Lukas déglutit.

— Je voulais juste savoir si c'était une chose que je serais amené à… Puisque, vous voyez, puisque je suis votre ombre…

Bernard fit quelques pas dans sa direction. Lukas recula imperceptiblement.

— Je ne pensais pas m'être planté avec toi. Mais c'est bien le cas, n'est-ce pas?

Il secoua la tête, l'air dégoûté.

— Bon sang, cracha-t-il.

— Mais pas du tout, monsieur. Je crois simplement que je suis enfermé ici depuis trop longtemps.

Lukas dégagea ses cheveux de son front. Son crâne le démangeait. Et il fallait qu'il aille aux toilettes.

— J'ai peut-être besoin de prendre un peu l'air. De rentrer chez moi quelque temps, vous voyez? De dormir dans mon lit. Ça fait quoi, maintenant? Un mois? Combien de temps encore je…

— Tu veux sortir d'ici?

Lukas acquiesça.

Les yeux rivés à ses bottes, Bernard réfléchit quelques instants. Lorsqu'il releva la tête, il y avait de la tristesse dans ses yeux, dans le tombé de sa moustache, dans les larmes qui lui voilaient le regard.

— C'est ça que tu veux? Sortir d'ici?

Il replongea les mains dans sa salopette.

— Oui, monsieur.

— Dis-le.

— Je veux sortir d'ici.

Lukas jeta un œil à la lourde porte derrière Bernard.

— S'il vous plaît, laissez-moi sortir.

— Sortir.

Lukas fit oui de la tête, exaspéré par ce petit jeu, la joue chatouillée par un mince filet de sueur. Il avait soudain une peur bleue de cet homme, cet homme qui, d'un coup, lui rappelait terriblement son père.

— S'il vous plaît, répéta Lukas, je… je me sens cloîtré. S'il vous plaît, laissez-moi sortir.

Bernard acquiesça. Ses joues tressautèrent. Il avait l'air sur le point de pleurer. Lukas ne l'avait jamais vu dans cet état.

— Shérif Billings, vous êtes là?

Sa petite main, sortie de sa salopette, avait porté la radio à sa moustache tremblotante.

La voix de Peter grésilla dans le haut-parleur.

— *Je suis là, monsieur.*

Bernard appuya sur l'émetteur.

— Vous avez entendu, dit-il au bord des larmes. Lukas Kyle, ingénieur première classe du DIT, demande à sortir…

77

Silo 17

— Allô ? Walk ? Shirly ?

Juliette criait dans la radio, observée par les orphelins et Solo, quelques marches plus bas. Elle avait poussé les enfants à travers les fermes, fait de rapides présentations, sans jamais quitter sa radio. Elle avait gravi plusieurs étages, les autres à sa suite, et toujours pas de nouvelles de ses amis, plus rien depuis qu'ils avaient été coupés, que des coups de feu avaient couvert la voix de Walk. Elle se disait que peut-être plus haut, à l'étage suivant, si elle essayait à nouveau… Elle vérifia le voyant près du bouton d'allumage pour s'assurer que la pile n'était pas morte, augmenta le volume jusqu'à ce que les parasites se fassent entendre et sut que son appareil fonctionnait.

Elle appuya sur l'émetteur. Les parasites se turent, attendant qu'elle parle.

— Allez, dites quelque chose. C'est Juliette. Vous m'entendez ? Parlez-moi.

Elle regarda Solo, qui se faisait aider par le garçon qui l'avait assommé.

— Je crois qu'il faut qu'on monte encore. Allez. Courage.

Il y eut des gémissements ; ces pauvres réfugiés du silo 17 avaient l'air de croire qu'elle avait perdu la boule. Mais ils la suivaient malgré tout, leur rythme conditionné par celui de Solo, qui semblait avoir repris des forces grâce aux fruits et à l'eau qu'il avait avalés, mais qui ralentissait à mesure que les étages défilaient.

— Ils sont où, vos amis à qui on a parlé? demanda Rickson. Est-ce qu'ils peuvent venir nous aider?

Il grogna tandis que Solo vacillait sur le côté.

— Il est lourd.

— Non, ils ne vont pas venir nous aider, répondit Juliette. Impossible qu'ils viennent jusqu'ici.

Ou qu'on parvienne jusqu'à eux, se dit-elle.

L'inquiétude lui vrillait le ventre. Il fallait à tout prix qu'elle rejoigne le DIT pour appeler Lukas et découvrir ce qui se passait. Elle voulait lui dire à quel point ses plans avaient foiré, qu'elle se plantait à chaque nouvelle décision. Elle prit conscience qu'un retour était exclu. Elle ne sauverait pas ses amis. Ni ce silo. Elle jeta un regard par-dessus son épaule. Sa vie allait désormais être celle d'une mère pour ces orphelins, des gamins qui avaient survécu uniquement parce que les derniers survivants, qui s'étaient entre-tués, n'avaient pas eu le courage de les tuer. Ou le cœur, comme on dit.

Maintenant, toutes les responsabilités lui revenaient. À Solo également, mais à un moindre degré. Il ne serait pour elle qu'un enfant de plus dont elle devrait s'occuper.

Ils passèrent un nouvel étage ; Solo semblait avoir récupéré un peu. Ils progressaient mais le chemin était encore long.

Ils s'arrêtèrent au milieu pour aller aux toilettes, remplir d'autres cuvettes dont les chasses d'eau ne marchaient pas. Juliette aida les plus petits. Ils n'aimaient pas aller aux toilettes, préférait faire leurs besoins dans la terre. Elle leur dit qu'ils avaient raison, qu'ils ne se serviraient des toilettes que lorsqu'ils seraient en déplacement. Elle n'évoqua pas les années que Solo avait passées à détruire des niveaux entiers d'appartements, les nuées de mouches qu'elle avait vues.

Ils avaient mangé tout ce qu'ils avaient emporté, mais il leur restait plein d'eau. Juliette voulait atteindre les jardins hydroponiques du cinquante-sixième avant qu'ils s'arrêtent pour la nuit. Ils y trouveraient assez de nourriture pour le reste du voyage. Elle tenta de nouveau un contact radio, sachant qu'elle usait la batterie. Pas de réponse. Elle ne comprenait pas comment elle avait pu les entendre ; tous les silos devaient se protéger, disposer d'un moyen de blocage des ondes. Ce devait être Walker, un truc qu'il avait mis au point. De retour au DIT, serait-elle capable de comprendre ? Pourrait-elle entrer en contact avec lui, ou Shirly ? Rien de moins sûr, et de là où il se trouvait, Lukas n'avait aucun moyen de les joindre, de leur transférer son appel. Elle lui avait demandé une dizaine de fois.

Lukas…

C'est alors qu'un souvenir la frappa.

La radio du taudis de Solo. Qu'est-ce que Lukas avait dit un soir ? Ils avaient parlé jusque tard et il avait regretté de ne pas pouvoir discuter dans la pièce du dessous, plus confortable. Ce n'était pas là qu'il se tenait au courant de l'évolution des combats ? Si, par la radio. La même que celle de Solo, sous les serveurs, enfermée dans sa petite cage de métal dont il n'avait jamais trouvé la clé.

Juliette se retourna pour faire face au groupe ; ils s'arrêtèrent, main sur la rampe, yeux braqués sur elle. Helena, la jeune maman qui ne connaissait même pas son âge, essaya de calmer le bébé qui commençait à gémir. Le nourrisson sans nom préférait le bercement de la marche.

— Il faut absolument que je monte, dit Juliette en regardant Solo. Comment tu te sens ?

— Moi ? Ça va.

Ça n'avait pourtant pas l'air.

— Tu peux continuer avec eux ?

Elle regarda Rickson cette fois.

— Tu vas bien ?

Le garçon acquiesça. Sa résistance semblait s'émousser au fil des étages, surtout depuis la pause. Les plus petits, eux, semblaient tout excités de voir de nouvelles parties du silo, de sentir qu'ils pouvaient hausser la voix sans qu'il leur arrive quelque chose d'horrible. Ils commençaient à saisir qu'il ne restait que deux adultes, et qu'aucun n'avait l'air d'être un monstre.

— Il y a de quoi manger au niveau 56, dit-elle.

— Les chiffres, dit Rickson en secouant la tête. Je ne sais pas…

Évidemment. Pourquoi avoir besoin de compter, de connaître tous ces chiffres d'étages qu'il n'avait jamais vus ?

— Solo te montrera, reprit-elle. Il y a des gens que je dois appeler, d'accord ? Mes amis. Il faut que je sache s'ils vont bien.

Il hocha la tête.

— Ça va aller ?

Elle s'en voulait de les laisser mais ne pouvait pas faire autrement.

— J'essaie de vous retrouver demain. Prenez votre temps pour monter, OK ? Inutile de rentrer à la maison au pas de course.

À la maison. S'y était-elle résignée ?

Le groupe approuva. L'un des deux petits garçons prit une bouteille d'eau dans le sac de l'autre et dévissa le bouchon. Juliette se retourna et commença à monter les marches deux par deux, malgré ses jambes endolories.

Elle était dans les quarantièmes lorsqu'il lui traversa l'esprit qu'elle n'y arriverait peut-être pas. Sa sueur lui gelait la peau, et ses jambes, qui avaient dépassé le stade de la douleur, étaient engourdies d'épuisement. Ses bras abattaient une grande partie du travail ; penchée en avant, elle agrippait la rampe et se hissait, avec ses mains moites, de deux nouvelles marches.

Depuis cinq ou six étages, elle respirait mal. Elle se demanda si ses poumons avaient souffert de son épreuve sous-marine. Était-ce possible ? Son père l'aurait su. Elle songea à ce que ce serait de passer le reste de sa vie sans médecin, avec des dents aussi jaunies que celles de Solo, à s'occuper d'un bébé en sachant qu'aucun autre ne naîtrait, du moins pas avant que les enfants n'aient grandi.

Au palier suivant, elle tâta sa hanche, à l'endroit où on lui avait posé un implant contraceptif sous-cutané. De tels détails prenaient tout leur sens à la lumière du silo 17. Une foule de choses concernant sa vie d'avant prenait sens. Des choses qui lui avaient semblé bizarres revêtaient à présent une certaine logique. Le coût des messages câblés, l'espacement des niveaux, l'unique escalier, les couleurs voyantes de certains corps de métier, la division du silo en départements bien distincts, qui engendraient la méfiance… tout avait été fait à dessein. Elle en avait eu l'intuition auparavant, sans trop savoir pourquoi. Mais aujourd'hui, ce silo vide et la présence de ces enfants confirmaient ses doutes. Et elle s'aperçut que certains nœuds s'avéraient encore plus pernicieux une fois démêlés.

Son esprit vagabondait tandis qu'elle montait, et elle le laissait faire pour la distraire de ses douleurs, des épreuves de cette journée. Lorsque enfin elle atteignit les trentièmes, si elle souffrait encore, elle bénéficiait au moins d'une concentration nouvelle. Elle cessa de solliciter sans arrêt sa radio. Les parasites étaient toujours les mêmes, et elle avait une autre idée pour contacter Walker, une idée qui aurait dû lui venir plus tôt, un moyen de contourner les serveurs et de communiquer avec les autres silos. Elle était là depuis le début, sous leurs yeux, attendant de se faire remarquer. Il existait un risque pour que Juliette se trompe, mais pourquoi sinon mettre sous clé une radio déjà protégée par deux autres verrous ? Ça n'avait de sens que si l'appareil représentait un danger suprême. Ce qu'elle espérait de tout cœur.

Elle gravit les étages jusqu'au trente-cinquième sans comprendre comment ses jambes la portaient encore. Elle n'avait jamais mis son corps à si rude épreuve, pas même lors de ses travaux de plomberie pour le raccordement de la pompe, ni pendant son excursion à l'extérieur. C'est sa volonté seule qui lui permettait de lever le pied, le poser, tendre la jambe, tirer sur son bras et se pencher pour grappiller des centimètres. Une marche à la fois à présent. Le vert constant de l'éclairage de secours ne lui donnait aucune idée du temps qui passait ; elle ne savait pas si c'était la nuit, ni quand viendrait le matin. Sa montre lui manquait cruellement. Tout ce qui lui restait, c'était son couteau. La donne avait changé : au lieu de compter les minutes qui passaient, elle devait se battre pour rester en vie seconde après seconde.

Trente-quatre. Elle fut tentée de s'effondrer sur la grille de métal, de dormir là, roulée en boule, comme lors de sa première nuit dans cet endroit, simplement heureuse d'être en vie. Mais dans un effort suprême, elle ouvrit la porte et pénétra à nouveau en milieu civilisé. Lumière. Électricité. Chauffage.

Elle tituba dans le couloir ; son champ de vision, très restreint, lui donnait l'impression de voir à travers une paille, plongeant toute la périphérie dans le flou.

Son épaule frôlait le mur. Marcher demandait encore des efforts. Tout ce qu'elle voulait, c'était appeler Lukas, entendre sa voix. S'endormir derrière ce serveur, effleurée par l'air chaud de la ventilation, le casque sur les oreilles. Il pourrait lui parler tout bas des étoiles lointaines tandis qu'elle dormirait pendant des jours et des jours…

Mais Lukas attendrait. Il était enfermé à double tour, bien en sécurité. Elle avait tout le temps de l'appeler.

Elle se dirigea donc vers le labo de Confection, droit vers les outils, sans oser jeter un œil à son lit de peur de ne se réveiller que deux jours plus tard. Sans avoir la moindre idée du jour que ce serait.

Elle saisit le coupe-boulon puis, après réflexion, retourna chercher la petite masse. Les outils étaient lourds, mais leur poids la rassurait ; un dans chaque main, qui tirait sur ses bras et l'ancrait au sol, la stabilisait.

Au bout du couloir, elle pressa son épaule contre la lourde porte de la salle des serveurs. Elle appuya jusqu'à ce qu'elle s'ouvre en grinçant. Elle se glissa à l'intérieur. Elle courut vers la petite échelle aussi vite que ses muscles l'y autorisaient.

Elle traînait les pieds plus qu'elle ne courait, mais vite.

Elle ouvrit la trappe, laissa tomber ses outils dans le trou. Vacarme. Elle s'en fichait, ils étaient incassables. Elle descendit, les mains glissantes, se cogna le menton contre un échelon et fut surprise d'atterrir aussi rapidement.

Elle s'écroula à terre, bras et jambes écartées, se cogna le tibia contre la masse. Elle rassembla toute sa volonté et, miracle, réussit à se relever.

Au bout de l'allée, après le petit bureau, la cage en acier était là, abritant une radio, une grosse radio. Elle se souvint de ses quelques jours en tant que shérif. Ils en avaient une semblable dans son bureau, elle l'utilisait pour appeler Marnes quand il était en patrouille, pour contacter Hank et l'adjoint Marsh. Mais celle-ci semblait légèrement différente.

Elle posa la masse et positionna le coupe-boulon sur un gond de la cage. Mais impossible de serrer. Ses bras tremblaient.

Elle se pencha en avant, mit une des poignées au creux de sa clavicule et la serra entre son cou et son épaule. Elle saisit l'autre poignée à deux mains et força. Elle sentit un mouvement.

Dans un grand fracas métallique, l'acier céda. Elle fit de même avec l'autre gond. La poignée qui travaillait contre sa clavicule lui faisait un mal de chien, et elle craignait que son os se brise avant le métal.

Mais le gond finit par sauter.

Juliette attrapa la cage à deux mains et tira de toutes ses forces, en pensant à la récompense qui se trouvait à l'intérieur, à Walker, à sa famille, à tous ses amis, aux cris qu'elle avait entendus en les appelant. Il fallait qu'elle les amène à cesser le combat. Tous autant qu'ils étaient.

Une fois qu'elle eut ménagé un espace assez grand entre l'acier tordu et le mur, elle saisit le boîtier de protection et tira à nouveau, révélant l'appareil de radio en dessous. Qui avait besoin de clés ? Au diable les clés. Elle finit par arracher complètement la cage, par dégager tout ce qui gênait son accès à la radio.

Le cadran lui semblait familier. Elle le tourna pour allumer l'appareil mais elle passait les crans les uns après les autres sans que rien ne se déclenche. Elle s'agenouilla, à bout de souffle, épuisée, la nuque en sueur. Il y avait un autre bouton pour la mise sous tension ; elle l'alluma et les haut-parleurs émirent un grésillement sonore.

Elle revint au premier bouton. C'était celui qu'il lui fallait à présent. Elle s'était attendue à des câbles de connexion, comme à l'arrière du serveur, ou à des interrupteurs semblables à ceux des commandes de pompe, mais il s'agissait d'un bouton gradué de minuscules chiffres. Juliette sourit, éreintée, et se positionna sur le chiffre 18. Elle attrapa le micro et appuya sur le bouton.

— Walker ? Tu es là ?

Elle s'assit par terre et s'adossa contre le bureau. Les yeux fermés, le micro près du visage, elle aurait pu s'endormir sans problème. Elle comprenait ce qu'avait dit Lukas. C'était confortable.

Elle appela à nouveau.

— Walk ? Shirly ? Allez, répondez.

La radio grésilla.

Juliette ouvrit les yeux. Elle braqua son regard sur la radio, les mains tremblantes.

Une voix : *C'est bien qui je crois ?*

Elle était trop aiguë pour appartenir à Walker. Elle la connaissait. Mais d'où ? La fatigue la gagnait. Elle appuya sur le bouton du micro.

— Ici Juliette. Qui êtes-vous ?

Est-ce que c'était Hank ? Peut-être bien. Il avait une radio. Ou alors elle n'était pas dans le bon silo. Elle s'était peut-être complètement plantée.

— *J'exige le silence radio*, reprit la voix. *Éteignez tous les dispositifs. Maintenant.*

Est-ce qu'on s'adressait à elle ? Son esprit tournait en rond. Quelques voix résonnèrent tour à tour avant de se fondre dans les parasites. Était-elle censée dire quelque chose ? Elle était perdue.

— *Vous ne devriez pas émettre sur cette fréquence*, dit la voix. *On s'expose à un nettoyage pour de tels actes.*

La main de Juliette tomba sur ses genoux. Elle s'affala contre le bureau en bois, dépitée. Elle avait reconnu la voix.

Bernard.

Pendant des semaines, elle avait espéré parler à cet homme, avait prié en silence pour qu'il réponde. Mais pas maintenant. Là, elle n'avait rien à lui dire. C'était à ses amis qu'elle voulait parler, pour tenter d'améliorer leur sort.

Elle appuya sur le bouton.

— Cessez les combats, dit-elle.

Elle avait perdu toute volonté. Tout désir de vengeance. Elle voulait simplement que le monde autour d'elle s'apaise, que les gens vivent, vieillissent, servent d'engrais pour les cultures un jour et…

— *À propos de nettoyage*, couina la voix. *Nous inaugurons dès demain une grande série de départs. Vos amis sont alignés, prêts à partir. Et je crois que vous connaissez le petit chanceux qui ouvrira la marche.*

Il y eut un clic, suivi d'un bruit de friture sur la ligne. Juliette ne bougeait pas. Elle avait l'impression d'être morte. Toute espèce d'énergie avait déserté son corps.

— *Imaginez un peu ma surprise quand j'ai découvert qu'un homme que j'estimais, qu'un homme en qui j'avais toute confiance avait été empoisonné par vos salades.*

Elle actionna le micro mais ne le porta pas à sa bouche. Elle haussa le ton à la place.

— Vous brûlerez en enfer, lâcha-t-elle.

— *Sans doute*, répondit Bernard. *En attendant, j'ai dans les mains des petites choses qui vous appartiennent. Une carte d'identité avec votre photo, un joli petit bracelet et une alliance qui ne m'a pas l'air bien officielle. Je m'interroge à ce sujet d'ailleurs…*

Juliette grogna. Elle ne sentait plus son corps, entendait à peine ses propres pensées. Elle réussit à actionner le micro, mais le geste réquisitionna ses dernières forces.

— Qu'est-ce que tu racontes, espèce de taré ?

Elle cracha tout son venin et laissa sa tête rouler sur le côté, avide de sommeil.

— *Mais je parle de Lukas, celui qui m'a trahi. On vient tout juste de retrouver tes petites affaires sur lui. Ça fait combien de temps, exactement, que vous vous parlez ? Bien avant la salle des serveurs, je me trompe ? Eh bien, devine quoi ! Je te l'envoie ! Et j'ai enfin compris ce que tu as fait la dernière fois, ce que ces crétins des Fournitures t'ont aidée à réaliser, mais je peux t'assurer que ton copain ne bénéficiera pas de ce petit coup de pouce. Je me charge personnellement de la confection de sa combinaison. Ça me prendra la nuit s'il le faut. Comme ça, quand il sortira demain matin, je serai sûr qu'il n'arrivera même pas au pied de ces fichues collines.*

78

Silo 18

Un groupe de gamins descendait l'escalier en trombe tandis que l'on escortait Lukas vers sa mort. L'un d'entre eux poussa un cri de peur mêlée de plaisir, pris au jeu de la course poursuite. Ils se rapprochaient, et lorsqu'ils arrivèrent dans leur champ de vision, Lukas et Peter durent se serrer sur le côté pour les laisser passer.

Assumant son rôle de shérif, Peter leur beugla de ralentir et de faire attention, mais ils continuèrent leur folle descente en pouffant de rire. L'école était finie pour la journée, assez écouté les adultes comme ça.

Lorsque Lukas leur laissa le passage, appuyé contre la rampe extérieure, il réfléchit un instant. La tentation était grande. Un saut, et il serait libre. Libre au moins de mourir comme il l'entendait, une mort qu'il avait déjà envisagée lors d'humeurs sombres.

Mais Peter le tira par le coude avant qu'il puisse faire quoi que ce soit. Il n'eut plus qu'à admirer cette barre d'acier qui tournoyait avec grâce, ses spirales régulières et sans fin. Il l'envisagea comme un filin relié à la terre, une corde cosmique dont il ressentait les vibrations, un brin d'ADN au cœur du silo autour duquel s'agrégeait toute forme de vie.

Telles étaient ses pensées tandis qu'il se rapprochait de sa mort. Il observait les soudures au passage, irrégulières.

Certaines étaient comme des boursouflures ou des cicatrices, d'autres avaient été tellement polies par les ans qu'on ne les voyait presque plus. Chacune était en tout cas la signature de son créateur : ici un travail dont on pouvait être fier, là un boulot vite fait à la fin de la journée, une ombre qui se faisait la main, un pro fort d'une expérience de plusieurs dizaines d'années qui faisait paraître le travail trop facile.

Il passait ses mains entravées sur la peinture brute, ses bosses et ses coulures, les endroits où des écailles manquantes révélaient des siècles de couches superposées, de couleurs qui avaient changé avec l'époque, au gré des teintures à disposition, ou encore du coût de la peinture. Ces couches lui rappelèrent le bureau en bois où il s'était assis pendant presque un mois. Chaque sillon marquait le passage du temps, tout comme chaque nom gravé dans le bois marquait le désir irraisonné d'un homme d'en avoir plus, de ne pas laisser le temps emporter son âme avec lui.

Ils marchèrent longtemps en silence, croisèrent un porteur à la charge volumineuse, un jeune couple à l'air coupable. S'il était bel et bien sorti de sa crypte, il n'était pas pour autant en route pour la liberté, comme il l'avait espéré au cours des dernières semaines. La promenade s'était transformée en piège, en marche de la honte, ponctuée de visages dans l'embrasure des portes, sur les paliers, dans l'escalier. Des visages sans expression. Des visages amis qui se demandaient s'il était leur ennemi.

Il l'était peut-être.

Ils diraient qu'il avait craqué, qu'il avait prononcé les mots tabous, mais Lukas savait à présent pourquoi on envoyait les gens dehors. Il était un virus ambulant. S'il éternuait les mauvais mots, cela tuerait tous ceux qu'il connaissait. C'était par là qu'était passée Juliette, pour la même absence de raison. Il la croyait, l'avait toujours crue, avait toujours su qu'elle n'avait rien fait de mal, mais là il comprenait vraiment. Ils étaient semblables, de bien des manières. Sauf que lui ne survivrait pas, il le savait. Bernard le lui avait dit.

Ils étaient à dix étages du DIT lorsque la radio de Peter se mit à grésiller. Il lâcha le coude de Lukas pour augmenter le volume au cas où ce serait pour lui.

— *Ici Juliette. Qui est là ?*

Cette voix.

Le cœur de Lukas fit un bond avant de retomber bien bas. Il posa les yeux sur la rampe et tendit l'oreille.

Bernard répondit, exigea le silence. Peter tendit à nouveau la main vers sa radio, non pour l'éteindre mais pour baisser le volume. Ils reprirent leur ascension, accompagnés par ces voix. Chaque marche, chaque mot l'accablaient, le rongeaient. Les yeux rivés à la rampe, il envisageait de plus en plus une vraie liberté.

Un peu d'élan, un saut, une longue descente.

Il répéta les mouvements dans sa tête ; plier les genoux, lancer les pieds par-dessus bord.

Dans la radio, les voix se disputaient. Prononçaient des mots interdits. Éructaient les pires secrets, pensant que personne ne pouvait les entendre.

Lukas regardait sa mort se jouer sous ses yeux, encore et encore. Il pouvait aller à la rencontre de son destin, de l'autre côté de cette rampe. Sa vision était si puissante qu'elle s'en prenait à ses jambes et perturbait sa cadence.

Il ralentit. Peter l'imita. À force d'écouter Juliette et Bernard se disputer, ils commençaient à douter ; leur conviction quant au bien-fondé de cette ascension était en train de flancher. Les visions de mort refluèrent dans l'esprit de Lukas, il décida de ne pas sauter.

Les deux hommes reconsidéraient sérieusement les choses.

79

Silo 17

On la secouait. Juliette se réveilla. Un homme avec une barbe. C'était Solo, elle s'était endormie dans sa chambre, près de son bureau.

— Ça y est, on est arrivés, dit-il, montrant ses dents jaunes dans un sourire.

Il avait l'air en meilleure condition. Plus vivant. Alors qu'elle se sentait morte.

Morte.

— Quelle heure est-il? demanda-t-elle. On est quel jour?

Elle essaya de s'asseoir, eut l'impression que ses muscles, déconnectés, flottaient sous sa peau.

Solo se planta devant l'ordinateur et alluma l'écran.

— Les autres choisissent leur chambre, après ils iront aux fermes d'en haut.

Il se tourna pour la regarder. Elle se massait les tempes.

— On n'est pas seuls, lui dit-il, comme si c'était encore une nouvelle toute fraîche.

Juliette acquiesça, mais il n'y avait qu'une autre personne à qui elle pensait. Ses rêves revinrent la hanter, des rêves de Lukas, de tous ses amis, en cellule, pour qui on confectionnait des combinaisons à tour de bras, sans se soucier du fait qu'ils s'adonnent au nettoyage ou non. Ce serait un massacre à grande échelle, un symbole pour ceux qui restaient. Elle songea à tous les corps à l'extérieur de ce silo, le silo 17. Facile d'imaginer ce qui se passerait ensuite.

— Vendredi, dit Solo en regardant l'ordinateur. Ou jeudi soir, comme tu préfères. Il est deux heures du matin.

Il se gratta la barbe.

— J'avais l'impression d'avoir dormi plus que ça.

— Quel jour on était hier ?

Elle secoua la tête. C'était impossible.

— Quel jour j'ai plongé ? Avec le compresseur ?

Son cerveau avait du mal. Lukas semblait perdu lui aussi.

— Tu as plongé jeudi. Aujourd'hui, c'est demain.

Il se frotta la tête.

— Attends, on recommence…

— Pas le temps, geignit Juliette en tentant de se relever.

Solo plaça ses mains sous ses bras et l'aida.

— Labo de Confection, dit-elle.

Il hocha la tête. Elle le sentait épuisé, mais il semblait prêt à tout pour l'aider. Ça la rendait triste de voir quelqu'un lui être aussi fidèle.

Elle passa devant dans l'étroit passage, et la montée de l'échelle réveilla toutes sortes de douleurs. Juliette s'extirpa de la trappe, Solo la suivit et l'aida à se mettre debout.

— J'ai besoin de tout le ruban thermique qu'on pourra trouver, lui dit-elle en se cognant contre un serveur. Les bobines jaunes, des Fournitures. Surtout pas les rouges.

Il acquiesça.

— Le solide, insista-t-elle. Celui qu'on a utilisé sur le compresseur.

— D'accord.

Ils sortirent de la salle des serveurs et traînèrent les pieds dans le couloir. Juliette entendit la clameur des enfants au tournant, réjouis, qui tapaient des pieds.

C'était un bruit étrange, comme un écho fantôme. Mais c'était aussi une chose normale. Quelque chose de normal était revenu dans le silo 17.

Dans le labo, elle mit Solo sur le ruban. Il en déroulait de longues bandes sur un établi, faisait se chevaucher les bords et utilisait un chalumeau pour cautériser et sceller les soudures.

— Au moins trois centimètres de chevauchement, lui indiqua Juliette lorsqu'elle vit qu'il était chiche sur la quantité.

Nouveau hochement de tête. Un coup d'œil en direction de son lit, et elle eut envie de s'y affaler. Mais elle n'avait pas le temps. Elle saisit le plus petit scaphandre de la pièce, avec un collier qui serait suffisamment serré. Elle se rappelait tout le mal qu'elle avait eu à se glisser dans le silo 17 et ne voulait pas que ça se répète.

— Je n'ai pas le temps de fabriquer un autre bouton pour la combinaison, donc je n'aurai pas de radio.

Elle passait en revue chaque partie du scaphandre, arrachait les pièces conçues pour lâcher et cherchait une remplaçante de meilleure qualité dans ce qu'elle avait rapporté des Fournitures. La combinaison ne serait pas aussi impeccable que celle que Walker avait participé à mettre au point, mais elle serait à des années-lumière de celle dont Lukas écoperait. Toutes ces pièces qui l'avaient intriguée pendant des semaines. Elle s'étonnait encore de la maîtrise qu'il fallait pour fabriquer une pièce déficiente en la faisant passer pour un objet de première qualité. Elle testa un joint dont elle n'était pas sûre en le pinçant entre ses ongles. Elle le coupa sans effort. Elle en pêcha un autre.

— Combien de temps tu vas partir ? demanda Solo en débitant une autre bande de ruban. Un jour ? Une semaine ?

Juliette leva les yeux de son établi pour les poser sur celui de Solo. Elle n'avait pas envie de lui dire qu'elle n'y arriverait peut-être pas. C'était une idée noire qu'elle garderait pour elle.

— On trouvera un moyen de venir vous chercher. Mais d'abord, il faut que j'essaie de sauver quelqu'un.

Elle avait l'impression de lui mentir. Elle voulait lui dire qu'elle serait peut-être partie pour de bon.

— Grâce à ça?

Solo fit bruisser la couverture faite de ruban thermique. Elle opina.

— Les portes de chez moi ne s'ouvrent jamais, lui dit-elle. Sauf quand ils envoient quelqu'un à l'extérieur pour nettoyer.

Solo hocha la tête à son tour.

— C'était pareil ici, à l'époque où la vie battait son plein.

Juliette le regarda, perplexe, et le vit sourire. Solo venait de faire une blague. Elle rit, malgré elle, et en ressentit les bienfaits.

— Il nous reste six ou sept heures avant que ces portes s'ouvrent. Et lorsque ce sera le moment, je tiens à être là.

Solo éteignit son chalumeau et examina son travail. Il leva les yeux vers elle.

— Et après? voulut-il savoir.

— Et après, je veux voir comment ils comptent expliquer le fait que je sois toujours en vie. Je pense – elle changea un joint et retourna la combinaison pour s'occuper de l'autre manche –, je pense que mes amis se battent d'un côté de la barrière et que les gens qui m'ont envoyée ici se battent de l'autre côté. Et tout le monde les observe, la grande majorité de mon peuple. Ils ont trop peur pour prendre position, ils restent en retrait.

Elle retira le joint d'étanchéité qui reliait le poignet au gant et le remplaça par un autre, plus solide.

— Et tu crois que ça les fera changer, si tu sauves ton ami?

Juliette leva la tête. Solo en avait presque terminé avec le ruban thermique.

— Je veux sauver mon ami pour qu'il reste en vie, pas pour autre chose. Mais ce que je pense, c'est que lorsque tous ces gens qui sont à cheval sur la barrière verront une condamnée rentrer saine et sauve, ils se rangeront du bon côté, et avec leur soutien, les fusils et les combats n'ont pas de sens.

Solo approuva. Il se mit à plier la couverture sans qu'on le lui demande. Ce geste plein d'initiative, cet instinct quant à la suite des événements, donnèrent de l'espoir à Juliette. Il avait peut-être besoin de ces gamins, besoin de s'occuper de quelqu'un. Il semblait déjà avoir vieilli d'une dizaine d'années.

— Je reviendrai te chercher, toi et les petits, dit-elle.

Il baissa la tête, son regard s'attarda sur elle, il avait l'air de vouloir dire mille choses. Il s'approcha d'elle et posa la couverture pliée au carré sur l'établi en la tapotant doucement. Un bref sourire ouvrit une brèche dans sa barbe, puis il détourna la tête, se gratta la joue, comme si ça le démangeait.

Finalement, il avait encore des manies d'adolescent. Trop gêné pour pleurer devant elle.

Il fallut presque quatre heures pour monter tout ce matériel encombrant jusqu'au niveau 3. Les enfants leur avaient prêté main-forte, mais elle leur avait demandé de rester à l'étage inférieur, inquiète de la qualité de l'air tout en haut. Solo l'aida à enfiler sa combinaison pour la deuxième fois en deux jours. Il la scrutait, l'air sombre.

— Tu es sûre de ta décision ?

Elle acquiesça et prit la couverture de ruban thermique, qu'il lui tendait. La voix de Rickson retentit à l'étage du dessous, ordonnant à l'un des petits de rester tranquille.

— Essaie de ne pas t'en faire. Ce qui doit arriver arrivera. Mais il faut que j'essaye.

L'air contrarié, il se gratta le menton. Il finit par hocher la tête.

— Tu es habituée à être avec ces gens. Tu seras sûrement plus heureuse là-bas.

Elle tendit la main et lui serra le bras amicalement avec son gros gant.

— Ce n'est pas que je serais malheureuse ici, mais j'aurais du mal à vivre en sachant que je l'ai laissé sortir sans rien tenter.

— Et moi qui commençais tout juste à m'habituer à ta présence.

Il se pencha et prit le casque posé par terre.

Juliette vérifia que ses gants et tout le reste étaient solidement attachés et releva la tête. L'ascension jusqu'en haut allait être une sacrée épreuve avec cette combinaison. Elle la redoutait d'avance. Sans parler de la traversée du bureau du shérif où gisaient les restes de tant de gens, puis le passage du sas. Elle prit le casque, effrayée à l'idée de ce qu'elle s'apprêtait à faire malgré ses convictions.

— Merci pour tout, dit-elle.

Elle avait l'impression de lui dire plus qu'au revoir. Elle savait qu'il y avait des chances pour qu'elle accomplisse de son plein gré ce que Bernard avait essayé de faire des semaines auparavant. Son nettoyage avait simplement été retardé. Elle y retournait.

Solo passa derrière elle, tapota le velcro, tira sur son col.

— Tu es fin prête, dit-il, la voix soudain brisée.

— Prends bien soin de toi, Solo.

Elle lui tapota l'épaule. Elle avait décidé de porter le casque sur un étage de plus avant de le chausser, pour économiser son air au maximum.

— Jimmy, dit-il. Je crois que je vais me refaire appeler Jimmy à partir de maintenant.

Il secoua la tête tristement mais sourit à Juliette.

— Je ne serai plus seul désormais.

80

Juliette sortit par le sas et gravit la rampe sans faire cas des cadavres qui jonchaient le sol ; enfin, le plus dur était passé. Un espace immense s'ouvrit devant elle, parsemé ici et là de petits tas qu'elle aurait bien voulu prendre pour des rochers. Pas de problème pour trouver son chemin. Elle tourna le dos à la métropole en ruine vers laquelle elle s'était dirigée il y avait si longtemps, et se remit en marche.

Les gisants qu'elle croisait à l'occasion l'attristaient plus que lors de son premier passage, peut-être parce qu'elle avait partagé leur silo quelque temps. Elle prenait bien soin de ne pas les déranger, tentait de garder une attitude la plus solennelle possible, regrettant de ne pas pouvoir faire plus qu'éprouver de la pitié.

Ils finirent par se faire plus rares, et Juliette se retrouva seule avec le paysage. Elle gravissait la colline balayée par les vents, au son familier et, bizarrement, réconfortant, de la poussière qui s'abattait contre son casque. C'était le monde dans lequel elle vivait, où ils vivaient tous. À travers le dôme transparent de sa visière, elle l'embrassait tel qu'il était. Ses nuages gris et menaçants qui traçaient dans le ciel, ses rideaux de poussière qui balayaient la terre, ses rochers déchiquetés qui semblaient avoir fait partie d'un tout plus imposant, peut-être brisé par les machines qui avaient façonné ces collines.

Une fois au sommet, elle s'arrêta pour admirer la vue. Le vent était plus fort ici, son corps plus vulnérable. Elle planta ses bottes dans le sol pour ne pas tomber et regarda en direction du dôme inversé qui se présentait devant elle : le toit aplati de sa maison. Elle était à la fois exaltée et terrifiée. Le soleil, encore bas, dépassait à peine les collines lointaines et laissait dans l'ombre, dans la nuit, le capteur en contrebas. Elle allait y arriver. Mais avant de descendre du sommet, elle observa, stupéfaite, l'enfilade de cuvettes qui se perdait vers l'horizon. C'était exactement comme sur le schéma : des dépressions survenant à intervalles réguliers, cinquante en tout.

Une pensée s'imposa alors à son esprit avec force : en ce moment même, tout près d'ici, d'innombrables personnes vaquaient à leurs occupations. Des gens vivants. D'autres silos que le sien et celui de Solo. Des silos entiers inconscients des autres, emplis de gens se préparant à aller au travail, à l'école et, qui sait, au nettoyage.

Elle pivota sur elle-même et s'imprégna de cette vue, se demandant s'il y avait quelqu'un d'autre dans ce paysage en ce moment qui portait une combinaison pareille à la sienne mais qui entretenait des peurs complètement différentes. Si elle avait pu les appeler, elle l'aurait fait. Si elle avait pu faire signe à tous les capteurs cachés, elle l'aurait fait.

De cette hauteur, le monde bénéficiait d'une portée nouvelle, revêtait une ampleur différente. On l'avait bannie plusieurs semaines auparavant, sa vie aurait dû prendre fin – si ce n'était sur le versant de la colline juste devant chez elle, alors ç'aurait dû arriver dans les profondeurs glacées du silo 17. Mais ça ne s'était pas terminé comme ça. Alors ça allait sûrement finir ici, ce matin, avec Lukas. Ils allaient peut-être périr par le feu dans le sas, si son intuition n'était pas la bonne. À moins qu'ils ne se lovent au creux de la colline et ne s'effacent peu à peu dans les bras l'un de l'autre, un couple dont l'intimité se résumait à des discussions éperdues au cœur de la nuit, un lien intense entre deux âmes naufragées dont ils n'avaient jamais parlé à qui que ce soit.

Juliette s'était fait la promesse de ne plus jamais aimer quelqu'un en secret, de ne plus aimer tout court. Mais là, c'était en quelque sorte presque pire : elle le lui avait caché à lui aussi. Elle ne se l'était même pas avoué à elle-même.

C'était peut-être la mort, vu sa proximité, qui parlait, la grande faucheuse qui bombardait son casque de sable et de toxines. À quoi bon s'en faire après tout ? Son silo continuerait à exister. Les autres silos aussi.

Une puissante rafale de vent la surprit et faillit lui arracher des mains sa précieuse couverture. Elle retrouva l'équilibre, reprit ses esprits et entama sa descente vers sa maison. À mesure qu'elle perdait de la hauteur et que la vue se faisait moins spectaculaire, le vent perdit de son agressivité. Elle suivit le creux où deux collines se rencontraient, se dirigeant vers cette triste vision d'un couple enterré à la vue de tous, étape marquante sur le chemin fatidique qui la ramenait chez elle.

Elle arriva à la rampe en avance. Il n'y avait personne en vue, le soleil était encore derrière les collines. En achevant sa descente, elle se demanda ce que les gens penseraient s'ils la voyaient sur les capteurs en train de trébucher vers le silo.

Une fois en bas de la rampe, elle se blottit tout près des lourdes portes en acier et attendit. Elle jeta un œil à la couverture thermique, passa en revue les différentes étapes qui allaient suivre. Tous les scénarios possibles avaient été envisagés pendant son ascension, dans ses rêves insensés ou au cours de son excursion dans cet extérieur hostile. Ça allait marcher. La mécanique était bien huilée. La seule raison pour laquelle on ne survivait jamais à un nettoyage, c'était parce qu'on ne recevait aucune aide ; on ne pouvait apporter ni outil ni ressources. Mais elle l'avait fait.

Le temps semblait faire du surplace. Comme sa montre délicate lorsqu'elle oubliait de la remonter. La terre coincée contre le bord de la rampe s'impatientait avec elle, et Juliette se demanda si le nettoyage n'avait pas été annulé, si elle n'allait pas mourir seule. Ce serait aussi bien comme ça, songea-t-elle. Elle respira un grand coup. Elle aurait dû prendre plus d'air, assez pour faire le chemin en sens inverse, juste au cas où. Mais elle s'était trop inquiétée à propos de ce nettoyage pour envisager qu'il n'ait pas lieu. Soudain, après une longue attente, les nerfs en pelote et le cœur battant à tout rompre, elle perçut un petit bruit à l'intérieur, un frottement d'engrenages métalliques.

Juliette se crispa, ses bras frissonnèrent, sa gorge se serra. C'était maintenant. Elle trépignait au son de ces lourdes portes grinçantes qui s'apprêtaient à éjecter le pauvre Lukas. Elle déplia une partie de la couverture et attendit. Tout allait se passer très vite. Elle le savait. Mais c'est elle qui avait les choses en main. Personne n'allait venir lui mettre de bâtons dans les roues.

Dans un crissement atroce, les portes du silo 18 s'ouvrirent et un souffle d'argon retentit à ses oreilles. Elle s'engouffra dans la brèche. Le brouillard l'engloutit. Elle avançait à l'aveugle, bras tendus devant elle, les pans de la couverture battant bruyamment contre sa poitrine. Elle s'attendait à lui rentrer dedans, à devoir lutter contre un homme surpris et effrayé, s'était préparée à le maintenir au sol, à l'enrouler bien fermement dans la couverture – mais il n'y avait personne, pas de corps cherchant à sortir, à échapper aux flammes purificatrices.

Elle faillit tomber dans le sas ; son corps s'était attendu à rencontrer une résistance, comme une botte en haut d'un escalier sombre qui, au lieu d'une marche, trouverait le vide.

Tandis que l'argon se dissipait et que la porte commençait à se refermer, un mince espoir se fit jour en elle, un tout petit rêve : il n'y avait pas de nettoyage. Les portes s'étaient tout simplement ouvertes pour elle, pour l'accueillir. Quelqu'un l'avait peut-être aperçue sur la colline et avait pris un risque, lui avait pardonné, et tout allait rentrer dans l'ordre…

Mais à travers les dernières volutes, elle se rendit compte que ce n'était pas le cas. Un homme était agenouillé au milieu du sas, mains sur les cuisses, face à la porte.

Lukas.

Juliette se précipita vers lui tandis qu'un halo de lumière vive surgit dans la pièce : le feu jaillissait des parois et se reflétait sur le plastique miroitant. Derrière elle, la porte se ferma avec un bruit sourd, les faisant prisonniers.

Juliette secoua la couverture pour la déplier et se pencha vers lui pour qu'il la voie, pour qu'il sache qu'il n'était pas seul.

La combinaison ne put cacher le choc qu'il éprouva. Lukas sursauta, leva les bras au ciel, malgré l'assaut des flammes.

Elle le rassura d'un hochement de tête, sachant qu'il pouvait la voir à travers son casque, bien qu'elle ne le pût pas. D'un geste ample qu'elle avait répété des centaines de fois dans sa tête, elle fit s'abattre la couverture sur lui et s'empressa de s'agenouiller tout près, se couvrant elle aussi.

Il faisait noir sous le ruban thermique. La température augmentait sérieusement. Elle essaya de lui crier que tout allait bien se passer, mais sa voix, étouffée, resta prisonnière de son casque. Elle coinça les bords de la couverture sous ses genoux et ses pieds et se tortilla jusqu'à ce qu'elle soit bien en place. Elle tendit le bras pour faire de même sous lui et s'assurer que son dos serait bien protégé.

Lukas semblait comprendre ce qu'elle faisait. Ses mains gantées tombèrent sur les bras de Juliette et y restèrent posées. Elle sentait son immobilité, son calme. Elle n'arrivait pas à croire qu'il avait choisi d'attendre là, de brûler plutôt que de sortir nettoyer. D'aussi loin qu'elle s'en souvienne, personne n'avait fait ce choix. Elle trouvait ça inquiétant. Ils se blottirent l'un contre l'autre dans le noir, et la chaleur étouffante.

Les flammes léchaient le ruban thermique avec autant de force que des bourrasques de vent. La température montait en flèche et malgré la doublure de qualité supérieure de sa combinaison, elle sentait la sueur perler sur son front. La couverture ne suffirait pas. La combinaison de Lukas ne tiendrait pas le choc. Elle ne craignait que pour sa vie à lui, même si sa peau commençait à chauffer sérieusement.

Le sentiment de panique sembla se propager à Lukas, à moins qu'il n'ait fini par sentir la brûlure du feu. Elle sentit d'abord ses mains trembler, puis il perdit carrément la tête et changea d'avis. Elle ne comprenait plus.

Il la repoussa. Une lumière intense pénétra dans leur bulle de protection lorsqu'il rampa pour en sortir.

Juliette lui hurla d'arrêter. Elle essaya de le retenir, d'attraper son bras, sa jambe, sa botte, mais il lui répondait par coups de pied, coups de poing, cherchant à tout prix à lui échapper.

La couverture tomba de sa tête, et la lumière faillit l'aveugler. La chaleur était insupportable. Elle entendit son casque émettre de petits bruits et en levant les yeux, crut voir le dôme se déformer au-dessus de sa tête. Elle ne voyait plus Lukas, ne le sentait plus, aveuglée par la lumière et accablée par la chaleur qui lui infligeait des brûlures aux endroits où sa combinaison se flétrissait contre son corps. Criant de douleur, elle se réfugia à nouveau sous la couverture, de la tête aux pieds.

Et les flammes continuèrent de faire rage.

Elle ne sentait plus sa présence. Ne le voyait plus. Elle n'aurait aucun moyen de le retrouver. Des sensations de brûlure firent éruption sur tout son corps, comme autant de couteaux tailladant sa chair. Seule contre les flammes sous sa mince pellicule protectrice, elle se mit à pleurer à chaudes larmes. Le corps secoué de sanglots, elle maudit le feu, la douleur, le silo, le monde entier.

Jusqu'à ce qu'elle n'ait plus de larmes et qu'enfin, le carburant cesse d'alimenter les flammes. La température bouillante redescendit légèrement, assez pour que Juliette sorte de sous sa couverture fumante. Elle avait l'impression d'être en feu. Partout où elle était en contact avec l'intérieur de sa combinaison, la peau lui brûlait. Elle chercha Lukas, s'aperçut qu'il n'était pas loin.

Il était allongé près de la porte, combinaison carbonisée, ou effritée, aux endroits relativement épargnés par les flammes. Son casque était encore sur sa tête, ce qui éviterait à Juliette la terrible épreuve de voir son visage, mais il avait fondu et s'était beaucoup plus déformé que le sien. Elle s'approcha de lui, consciente que derrière elle la porte s'ouvrait, qu'on venait la chercher, que tout était terminé. Elle avait échoué.

Elle gémit en voyant les parties de son corps exposées aux flammes, qui avaient réduit en cendre combinaison et doublure. Son bras, carbonisé. Son ventre, bizarrement distendu. Ses petites mains, si fines, brûlées et…

Non.

Elle ne comprenait pas. Les larmes roulèrent sur ses joues. Elle leva ses mains gantées et fumantes contre son casque et cria de surprise, à la fois choquée et intensément soulagée.

Ce n'était pas le cadavre de Lukas qu'elle avait sous les yeux.

C'était celui d'un homme qui ne méritait pas qu'elle le pleure.

81

Silo 18

Elle perdait et reprenait connaissance, tout comme les pics
de douleur provoqués par ses brûlures allaient et venaient.

Juliette se souvenait de volutes de fumée, d'un bruit
de bottes tout autour d'elle alors qu'elle était allongée sur
le côté dans le sas devenu four. Elle observait le monde
se déformer à travers son casque qui continuait à fondre
et à se gondoler. Une étoile d'argent étincelante flotta
devant ses yeux. Peter Billings se pencha pour la regarder à travers sa visière, la secoua par ses épaules brûlées et exhorta les gens tout autour à lui venir en aide.

Des visages en sueur la soulevèrent et l'extirpèrent
de cet endroit fumant, puis de sa combinaison fondue.

Elle traversa son ancien bureau, telle un fantôme, sur
le dos, bercée par le couinement des roulettes en dessous d'elle ; devant elle, des rangées et des rangées de
barreaux en acier, un banc vide dans une cellule vide.

Puis ce fut la descente.

En spirales.

Elle se réveilla au bruit d'un bip régulier, celui de son
cœur, des machines chargées de veiller sur elle, près d'un
homme habillé comme son père.

Ce fut le premier à remarquer qu'elle était réveillée.
Il haussa les sourcils, sourit, et fit signe à quelqu'un derrière son épaule.

Et le visage de Lukas apparut – si familier, si étrange – dans son champ de vision encore flou. Elle sentit sa main dans la sienne. Elle savait que cette main était là depuis un moment, qu'il était là depuis un moment. Il pleurait et riait, lui effleurait la joue. Jules avait envie de savoir ce qu'il y avait de si drôle. Ce qu'il y avait de si triste. Il se contenta de secouer la tête et elle sombra à nouveau dans le sommeil.

Non seulement ses brûlures étaient graves, mais elle en avait partout.

Les jours de convalescence consistèrent principalement à émerger du brouillard induit par les antalgiques pour mieux y replonger.

À chaque fois qu'elle voyait Lukas, elle s'excusait. Son retour était toute une histoire. Peter venait. Il y avait des tas et des tas de mots en provenance du fond, mais personne n'était autorisé à monter. Personne ne pouvait la voir, à l'exception de l'homme habillé comme son père et des femmes qui lui rappelaient sa mère.

Elle recouvra vite ses esprits dès qu'ils lui en laissèrent l'occasion.

Juliette émergea de ce qu'elle ressentait comme un rêve profond, une brume de plusieurs semaines, des cauchemars de noyade et d'incendie, une excursion à l'extérieur, des dizaines de silos semblables au sien. Les médicaments avaient tenu la douleur à l'écart, mais avaient aussi émoussé sa conscience. Elle se fichait d'avoir mal si elle avait les idées claires en retour. C'était tout vu.

— Salut.

Elle tourna la tête sur le côté – et Lukas était là. Était-il parti ne serait-ce qu'une seconde ? Une couverture tomba de sa poitrine lorsqu'il se pencha pour lui prendre la main. Il sourit.

— Ça a l'air d'aller mieux.

Juliette s'humecta les lèvres. Elle avait la bouche sèche.

— Où suis-je ?

— À l'infirmerie du trente-troisième. Ne force pas, d'accord ? Est-ce que tu veux que je t'apporte quelque chose ?

Elle secoua la tête. C'était déjà incroyable de pouvoir bouger, de réagir à ce qu'on lui disait. Elle essaya de serrer sa main.

— J'ai mal, dit-elle d'une voix faible.

Lukas se mit à rire. Il avait l'air soulagé d'entendre ça.

— Sans blague.

Elle cligna des yeux, l'air étonné.

— Il y a une infirmerie au trente-troisième ?

Il mit du temps avant de répondre.

Il acquiesça avec gravité.

— Je suis désolé, mais c'est la meilleure du silo. Et au moins tu es en sécurité. Mais oublie ça. Repose-toi. Je vais chercher l'infirmière.

Il se leva et un gros livre glissa de ses genoux sur le fauteuil, enfoui dans la couverture et les oreillers.

— Tu te sens capable de manger ?

Elle hocha la tête et la reposa à plat, face au plafond et à l'éclairage intense. Tout lui revenait, ses souvenirs émergeaient comme les picotements de douleur sur sa peau.

Elle lut les mots pendant des jours, et pleura. Assis près d'elle, Lukas ramassait ceux qui tombaient en virevoltant comme des avions en papier jetés dans la cage d'escalier. Il n'arrêtait pas de s'excuser, bafouillant comme si c'était de sa faute. Juliette les lut tous une dizaine de fois en essayant de se rappeler qui avait disparu et qui était encore en mesure de signer son nom.

Elle n'arrivait pas à croire que Knox fût mort. Certaines choses semblaient immuables, comme l'escalier central. Elle pleura sa disparition et celle de Marck, mourait d'envie de voir Shirly, mais on lui dit que c'était impossible.

Des fantômes lui rendaient visite quand les lumières s'éteignaient. Elle se réveillait, les yeux collés, l'oreiller trempé de sueur, et Lukas lui frottait le front en lui disant que tout allait bien.

Peter venait souvent. Elle ne manquait jamais de le remercier. C'était lui, rien que lui. Lui qui avait fait le choix. Lukas avait raconté à Juliette l'ascension vers le nettoyage, les voix dans la radio de Peter, les implications de sa survie.

Peter avait écouté, pris le risque. Ce qui l'avait amené à parler avec Lukas. Lukas, qui n'avait plus rien à craindre, avait dit des mots interdits, s'était comparé à un virus, à un rhume extrêmement contagieux. Ils avaient entendu à la radio que des gens des Machines se rendaient, mais Bernard les condamnait à mort malgré tout.

Et Peter eut donc une décision à prendre. Incarnait-il la loi ou était-il redevable à ceux qui l'avaient mis à ce poste ? Devait-il faire ce qui lui semblait juste ou ce qu'on attendait de lui ? La deuxième solution était la plus facile, mais Peter Billings était un homme brave. C'est ce que Lukas lui avait dit dans l'escalier. Que c'est le destin qui les avait mis là, mais que ce qu'ils faisaient pour aller de l'avant les définissait en tant qu'hommes.

Il dit à Peter que Bernard avait tué un homme. Qu'il en avait la preuve. Que lui-même n'avait rien fait pour mériter ça.

Peter fit remarquer que tout le personnel de sécurité du DIT était une centaine d'étages plus bas. Qu'il n'y avait qu'une arme en haut. Qu'une loi.

Les siennes.

82

Quelques semaines plus tard.
Silo 18

Ils étaient tous les trois assis à la table de conférence ; Juliette ajustait le bandage de sa main de sorte qu'il recouvre le tissu cicatriciel qui dépassait. Ils lui avaient donné une salopette trop grande pour minimiser la douleur, mais son maillot la démangeait partout où il était en contact avec sa peau. Assise dans un fauteuil rembourré à roulettes, elle roulait d'avant en arrière, impatiente, prête à sortir d'ici. Mais Lukas et Peter avaient des choses à lui dire. Ils l'avaient escortée à deux doigts de la sortie, du grand escalier, tout ça pour la faire asseoir dans cette pièce. Pour plus d'intimité, comme ils avaient dit. Ils avaient un air qui la rendait mal à l'aise.

Au début, personne ne dit rien. Peter envoya un technicien chercher de l'eau, mais une fois le pichet arrivé et les verres remplis, personne ne se désaltéra. Lukas et Peter échangeaient des regards inquiets. Juliette en eut assez d'attendre.

— Bon, qu'est-ce qu'il y a ? Je peux y aller ? J'ai l'impression que ça fait des jours que vous remettez ce moment à plus tard.

Elle regarda sa montre, agitant légèrement son bras pour la faire glisser loin du bandage de son poignet. Elle regarda Lukas droit dans les yeux et ne put que rire, à y lire tant d'inquiétude.

— Vous voulez me garder là toute la vie ? Non, parce que j'ai dit à tous ceux du fond que je les verrais demain soir.

Lukas se tourna vers Peter.

— Allez, quoi, crachez le morceau ! Qu'est-ce qui vous turlupine comme ça ? Le docteur a dit que j'étais apte à descendre et je vous ai promis de voir Marsh ou Hank si j'avais le moindre problème. Je suis déjà assez en retard comme ça, alors il faut que j'y aille, là.

— OK, soupira Lukas, se résignant manifestement à faire l'annonce. Ça fait quelques semaines…

— Oui, et avec vous deux, j'ai l'impression que ça fait des mois.

Elle tourna le petit bouton sur le côté du cadran de sa montre, comme si ce tic ne l'avait jamais quittée.

— Le truc, c'est que – il toussa, s'éclaircit la voix –, que nous n'avons pas pu te donner tous les mots qui t'ont été envoyés, parvint-il à articuler, le visage fermé, l'air coupable.

Le cœur de Juliette sombra instantanément. Elle s'effondra, dans l'attente du pire. Des noms qu'elle allait devoir ajouter à cette triste liste…

Lukas leva les mains.

— Non, non, ce n'est pas ce que tu crois, s'empressa-t-il de préciser face à son inquiétude. Mon Dieu, excuse-moi, non, ce n'est rien de…

— Ce sont même de bonnes nouvelles, ajouta Peter. Des mots de félicitations.

Lukas lui lança un regard qui fit dire à Juliette qu'elle devait peut-être s'attendre à autre chose.

— En tout cas, ce sont des nouvelles, dit-il en la regardant.

Il avait les mains croisées devant lui, sur le bois marqué, exactement comme elle. Chacun aurait pu faire bouger ses doigts de quelques centimètres, jusqu'à ce qu'ils se touchent et s'enlacent. Quoi de plus naturel après toutes ces semaines d'entraînement? Mais c'était juste un geste normal entre amis inquiets à l'hôpital, non? Juliette y réfléchissait tandis que Lukas et Peter parlaient d'élections.

— Attendez. Quoi? s'écria-t-elle, relevant le mot.

— Question de timing, expliqua Lukas.

— Tout le monde ne parlait que de toi, dit Peter.

— Répétez-moi tout ça, demanda-t-elle. Qu'est-ce que vous avez dit?

Lukas respira un grand coup.

— Bernard était l'unique candidat. Quand on l'a envoyé au nettoyage, l'élection a été annulée. Mais quand la nouvelle de ton retour miraculeux s'est répandue, les gens sont quand même venus voter…

— Beaucoup de gens, ajouta Peter.

— Oui, énorme. Plus de la moitié du silo s'est mobilisée.

— D'accord, mais… moi, maire?

Elle rit, les yeux rivés à la table nue, exception faite de leurs verres d'eau intacts.

— Il y a bien un truc qu'on doit signer, non? Un moyen officiel d'annuler cette folie?

Les deux hommes échangèrent un regard.

— Justement, dit Peter.

Lukas secoua la tête.

— Je te l'avais dit.

— On espérait que tu acceptes.

— Moi? Maire?

Juliette croisa les bras et se cala, non sans douleur, contre son dossier. Elle rit de nouveau.

— C'est une plaisanterie. Je n'ai pas la moindre idée de…

— Ce n'est pas nécessaire, dit Peter en se penchant vers elle. Tu as un bureau, tu serres des mains, signes des papiers, remontes le moral des gens.

Lukas lui tapota sur le bras en secouant la tête. Juliette sentit une vague de chaleur sur sa peau, qui accentua les picotements de ses cicatrices.

— Je t'explique, dit Lukas tandis que Peter se carrait dans son fauteuil. On a besoin de toi. Il y a un vide exécutif tout en haut de ce silo. Peter occupe son poste depuis plus longtemps que quiconque, et tu sais combien de temps ça fait.

Elle l'écoutait attentivement.

— Tu te rappelles nos conversations pendant toutes ces nuits ? Quand tu me racontais à quoi ressemblait ce silo où tu étais ? Est-ce que tu sais à quel point on est passés près de finir comme lui ?

Elle se mordit la lèvre, prit un des gobelets et but à longs traits. Le regard attentif au-dessus du bord du verre, elle attendait qu'il poursuive.

— On tient notre chance, Jules. De faire durer cet endroit. De le remettre sur les…

Elle posa son verre et leva une main pour le faire taire.

— Si jamais on devait faire une chose pareille, énonça-t-elle calmement en regardant tour à tour leurs visages plein d'attente, alors on le fait à ma façon.

Peter n'avait pas l'air de comprendre.

— Plus de mensonges, précisa-t-elle. On donne une chance à la vérité.

Lukas émit un rire nerveux. Peter secoua la tête.

— Écoutez-moi, reprit-elle. Je ne suis pas folle. Ce n'est pas la première fois que j'y songe. J'ai eu des semaines pour réfléchir à tout ça.

— La vérité ? demanda Peter.

Elle acquiesça.

— Je sais ce que vous vous dites, tous les deux. Qu'on a besoin des mensonges, de la peur…

Peter approuva.

— Mais qu'est-ce qu'on pourrait bien inventer d'encore plus effrayant que ce qu'il y a véritablement là, dehors ?

Elle pointa un doigt vers le toit et attendit qu'ils digèrent cette dernière question.

— À l'époque où ces silos ont été construits, l'idée était de nous mettre tous dans le même bateau. Mais isolés, chacun dans sa galère sans avoir conscience de l'existence des autres, pour éviter la contagion si jamais l'un d'entre nous tombait malade. Mais je ne veux pas jouer dans cette équipe. Je n'approuve pas leur cause. Je refuse.

Lukas inclina la tête sur le côté.

— D'accord mais…

— Donc c'est nous contre eux. Quand je dis "eux", je ne parle pas des gens qui vivent dans les silos, qui triment jour après jour et qui ignorent tout, mais de ceux qui vivent tout en haut et sont au courant de tout. Le silo 18 sera différent. Fort d'un savoir partagé, d'une raison d'être. Réfléchissez. Au lieu de manipuler les gens, pourquoi ne pas les responsabiliser ? Leur faire savoir ce contre quoi nous nous battons. Et faire en sorte que cette prise de conscience guide notre volonté collective.

Lukas arqua les sourcils. Peter passa une main dans ses cheveux.

— Vous devriez y réfléchir.

Elle recula de la table.

— Prenez votre temps. Moi, je vais voir ma famille et mes amis. Mais soit je fais partie de l'équipe, soit je bosse contre vous. D'une manière ou d'une autre, je répandrai la vérité.

Elle sourit à Lukas. C'était un défi, mais il comprendrait qu'elle ne plaisantait pas.

Peter se leva, paumes tournées vers elle.

— Est-ce qu'on peut au moins s'accorder sur un point ? Pas d'acte irréfléchi avant qu'on se réunisse à nouveau ?

Juliette croisa les bras et acquiesça.

— Bien, souffla Peter en laissant retomber ses bras.

Elle se tourna vers Lukas. Il la scrutait, lèvres pincées, et elle devina qu'il ne se faisait pas d'illusions. Les choses ne pouvaient évoluer que d'une seule façon, et ça lui fichait une sacrée frousse.

Peter tourna les talons et ouvrit la porte. Il lança un regard à Lukas.

— Tu peux nous laisser une seconde ? lui demanda Lukas en se levant.

Peter accepta. Il serra la main de Juliette, elle le remercia pour la millième fois. Il tâta son étoile, accrochée de travers sur sa poitrine, et quitta la salle de réunion.

Lukas prit Juliette par la main et la tira vers la porte.

— Tu te moques de moi ? Tu croyais vraiment que j'allais accepter ce boulot sans exiger...

Lukas poussa la porte du plat de la main pour la forcer à se fermer. Juliette lui faisait face, perplexe, puis sentit ses bras lui enserrer tendrement la taille, prenant garde à ses blessures.

— Tu avais raison, murmura-t-il.

Il se pencha tout près, la tête au-dessus de son épaule.

— J'essaie de gagner du temps. Je ne veux pas que tu t'en ailles.

Elle sentait son souffle chaud dans son cou. Elle se détendit. Elle oublia ce qu'elle était sur le point de dire. Elle passa un bras dans son dos, posa l'autre main sur sa nuque.

— Tout va bien, dit-elle, soulagée de l'entendre dire ces mots, de l'admettre, enfin.

Elle sentait ses frissons, son souffle saccadé.

— Ça va aller, murmura-t-elle en posant sa joue contre la sienne pour le rassurer. Je ne pars pas pour de bon...

Lukas s'écarta légèrement pour la regarder. Les yeux emplis de larmes, il sondait son visage. Tout son corps tremblait à présent.

C'est lorsqu'il l'attira contre lui pour l'embrasser qu'elle se rendit compte que ce n'était ni de la peur ni de la panique qu'elle devinait chez lui, mais de l'émotion.

Elle s'abandonna à leur baiser, qui lui monta à la tête avec bien plus d'efficacité que les médicaments. Les

617

mains de Lukas cramponnées à son dos ne lui firent même pas mal. Elle était incapable de dire quand elle avait senti des lèvres contre les siennes pour la dernière fois. Elle lui rendit son baiser, et tout se termina trop tôt. Il recula d'un pas avant de lui prendre les mains, et jeta un coup d'œil inquiet vers la fenêtre.

— C'est un… euh…

— C'était très agréable, dit-elle en lui serrant les mains.

— Je crois qu'on devrait…

Il désigna la porte du bout du menton. Juliette sourit.

— Oui. Je crois aussi.

Il traversa avec elle le hall d'entrée du DIT pour l'accompagner jusqu'au palier. Un technicien les attendait avec le sac de Juliette. Elle s'aperçut que Lukas avait enroulé des chiffons autour de la bandoulière, inquiet pour ses blessures.

— Et tu es sûre de ne pas vouloir d'escorte ?

— Je vais m'en sortir, dit-elle en coinçant ses cheveux derrière ses oreilles. Elle passa le sac par-dessus sa tête.

— On se revoit dans une semaine environ.

— Tu peux me contacter par radio, lui dit-il.

— Je sais, répondit-elle en riant.

Après une tendre pression sur sa main, elle se tourna vers le grand escalier. Quelqu'un dans un groupe qui passait par là lui fit un signe de tête. Elle était sûre de ne pas le connaître, mais lui rendit son salut. Des têtes se retournaient pour la regarder. Enfin, elle se décida à empoigner cette longue rampe d'acier qui se frayait un chemin au cœur des choses, qui faisait tenir ces vieilles marches ensemble tandis que des vies entières s'émoussaient sur elles. Juliette posa une botte sur la première marche d'un périple qu'elle attendait depuis si longtemps…

— Hé !

C'était Lukas. Il traversa le palier en courant, l'air perdu.

— Je croyais que tu descendais voir tes amis, pas que tu montais.

Juliette lui sourit. Un porteur passa, chargé d'un énorme fardeau. Juliette songea qu'elle s'était récemment débarrassée des siens.

— La famille d'abord, dit-elle.

Elle leva les yeux vers ce puits qui traversait de part en part le silo bourdonnant et posa une botte sur la marche suivante.

— Avant toute chose, il faut que je voie mon père.

ÉPILOGUE

Silo 17

— Trente-deux !

Elise montait les marches du fond en se dandinant. Son souffle laissait derrière elle des volutes de condensation, ses pieds encore maladroits chaussés de bottes faisaient un raffut du tonnerre sur les marches humides.

— Trente-deux marches, monsieur Solo !

En arrivant sur le palier, elle buta contre la dernière et se rattrapa sur les mains et les genoux. Elle resta ainsi un instant, hésitant probablement entre le rire et les larmes.

Solo s'attendait à ce qu'elle pleure.

Au lieu de quoi elle releva la tête et lui adressa un large sourire qui disait que tout allait bien. Il y avait un petit trou dans ce sourire, laissé par une dent récemment tombée.

— Ça descend ! s'écria-t-elle.

Elle s'essuya les mains sur sa nouvelle salopette et le rejoignit en courant.

— L'eau, elle descend !

Elle se jeta contre lui et passa ses bras autour de sa taille. Il posa une main dans son dos tandis qu'elle le serrait fort.

— Tout va s'arranger !

Appuyé d'une main sur la rampe, Solo baissa les yeux vers l'ancienne tache de sang couleur rouille mais ne s'attarda pas sur ce souvenir et plongea le regard dans l'eau, en dessous, qui refluait. Il détacha sa radio de son ceinturon. C'est à Juliette que cette nouvelle ferait le plus plaisir.

— Tu as raison, dit-il à la petite Elise. Je crois que tout va finir par s'arranger…

Découvrez la suite de la trilogie
de Hugh Howey dans la collection
"Exofictions" aux éditions Actes Sud.

SILO ORIGINES
traduit de l'anglais (États-Unis) par Laure Manceau

*En 2049, le monde est encore tel que nous le connaissons,
mais le temps est compté. Seuls quelques potentats savent
ce que l'avenir réserve. Ils s'y préparent. Ils essaient de
nous en protéger. Ils vont nous engager sur une voie
sans retour. Une voie qui mènera à la destruction ; une
voie qui nous conduira sous terre. L'histoire du silo est
sur le point de débuter. Notre avenir commence demain.*

SILO GÉNÉRATIONS
traduit de l'anglais (États-Unis) par Laure Manceau

Donald a pris la place de Thurman. Juliette, quant à elle, est maire du silo 18, et veut en découdre avec les dirigeants du silo 1. Le compte à rebours commence. Donald parviendra-t-il à déjouer la logique macabre du silo 1 ? Juliette réussira-t-elle à s'échapper du silo 18 ? La vie sur Terre pourra-t-elle reprendre, ou s'agit-il d'un ultime leurre ? La touche finale d'un cycle déjà culte.

BABEL

Extrait du catalogue

OUVRAGE RÉALISÉ
PAR L'ATELIER GRAPHIQUE ACTES SUD
REPRODUIT ET ACHEVÉ D'IMPRIMER
EN OCTOBRE 2014
PAR NORMANDIE ROTO IMPRESSION S.A.S.
À LONRAI
POUR LE COMPTE DES ÉDITIONS
ACTES SUD
LE MÉJAN
PLACE NINA-BERBEROVA
13200 ARLES

DÉPÔT LÉGAL
1re ÉDITION : NOVEMBRE 2014
No impr. : 1404065
(Imprimé en France)